千山茶客 —— 著

簪星

上册

青岛出版集团 | 青岛出版社

图书在版编目（CIP）数据

簪星 / 千山茶客著. -- 青岛：青岛出版社, 2025.

ISBN 978-7-5736-2941-8

Ⅰ. I247.5

中国国家版本馆CIP数据核字第2025CT0573号

ZAN XING

书　　名	簪星
作　　者	千山茶客
出版发行	青岛出版社（青岛市崂山区海尔路182号）
本社网址	http://www.qdpub.com
邮购电话	18613853563
责任编辑	郭红霞
特约编辑	程钰云
校　　对	王子璠
装帧设计	千　千
照　　排	王晶璎
印　　刷	三河市良远印务有限公司
出版日期	2025年3月第1版　2025年3月第1次印刷
开　　本	16开（640mm×920mm）
印　　张	38.5
字　　数	590千
书　　号	ISBN 978-7-5736-2941-8
定　　价	69.80元（全2册）

编校印装质量、盗版监督服务电话 4006532017　0532-68068050

鲛人潜织水底居，侧身上下随游鱼。
有时寄宿来城市，海岛青冥无极已。
始知万族无不有，百尺深泉架户牖。
轻绡文彩不可识，夜夜澄波连月色。
泣珠报恩君莫辞，今年相见明年期。
鸟没空山谁复望，一望云涛堪白首。

目录 — 上册

目录 —— 下册

第一章
落　水

　　夏末，炎意未散，独苏山的日头热辣辣地晒着人的头顶。

　　独苏山山路险峻，骨石耸拔。两崖亘峙间，一条水涧飞流而下，飞溅的溪水撞在青色岩石上，飞舞成细小的水珠。

　　一行车骑停在靠水涧旁的树荫下，往来人马正在溪水边取水纳凉。这是岳城王家的马车，正去往参加都州修仙大宗门太焱派选拔弟子的比赛的途中。

　　太焱派乃都州修仙门派几大宗门之一。十年一次的选拔赛中，来自都州各城的佼佼者齐聚于此，各显神通，只为在选拔赛中出人头地，从此步入修仙之途。

　　岳城的少城主王邵，此刻正坐在马车上纳凉。他今年十七岁，已是筑基中期的修为，离筑基三重只差一步。离到举行选拔赛的姑逢山还有数十日，这数十日里，只要他日日用灵药、灵丹温养，加之不停地修炼，说不定就能在选拔赛开始之前进入筑基后期。

　　王邵是整个岳城的希望。

　　岳城是边陲小城，在都州的舆图中，甚至看不到这座城的存在。城中已经许多年没有出现能成功迈入金丹期的修士。王邵八岁炼气，十二岁筑基，从筑基一重到筑基二重，整整用了五年时间。若是此次他成功突破，就是岳城第一个在十八岁前进入筑基后期的天才。若是他能进入太焱派，成为太焱派的弟子，整个岳城的百姓都要跟着扬眉吐气。

因此，整个岳城的灵石、灵药、灵丹，全都进贡给这位天才了。

在王邵身边，还坐着一个容貌姣好的绿衣少女，此人是王邵的未婚妻，岳城杨家的大小姐杨簪星，此次陪着王邵一起去参加太焱派选拔赛。杨大小姐对修仙并无多少兴趣，与王邵年纪相仿，却堪堪停留在炼气初期。对岳城的女子来说，与其苦心修炼，不如嫁一个修士丈夫，既能与有荣焉，又能吃穿不愁，受人尊敬。

"阿邵，喝点儿茶吧。"杨大小姐笑盈盈地捧上一杯茶凑到王邵的嘴边。

王邵的目光却落在另一头。他站起身道："我出去一下。"

他甩袖下了马车。杨大小姐望着他走去的方向，娇美的脸上顿时显出几分狰狞，咬牙道："那个狐狸精！"

丫鬟红酥凑了上来，忧心忡忡地问："大小姐，少城主该不会是想收了那个女人吧？"

"她做梦！"

王邵走了一段，停下脚步，看着靠树坐着的黄裙少女。这少女大概十六七岁，生得格外清丽，皮肤有些苍白，越发显得羸弱动人。王邵看向她，忽然勾起一抹笑，问："柳姑娘，外面这么热，要不要到本少城主的马车里坐坐？"

柳云心有些怕他，怯生生地回答："多谢少城主好意，不用了，这里就很好。"

柳云心也是陪着她的兄长牧层霄来参加太焱派选拔赛的。牧层霄与柳云心并非亲生兄妹，当年柳云心的父母收留了孤儿牧层霄，待柳家夫妇去世后，兄妹两个人相依为命。王邵早就看中了柳云心的美貌，只是柳云心家境贫寒，配不上他的身份，做妻是不可能了，不过做妾嘛，还是绰绰有余的。

可惜，柳云心不识好歹，对他三番五次的示好视而不见。不仅如此，她那个兄长牧层霄还像防贼一样防着他，让他找不到下手的机会。

这不，他才跟柳云心说了几句话，那头正取水的牧层霄见状，立刻大步奔来，挡在王邵面前，怒道："王邵，你想干什么？"

王邵看着面前的牧层霄。

少年人生得剑眉星目，五官俊逸。他虽穿着打着补丁的衣裳，眉眼间却有清朗坚毅之气。听说他也是八岁炼气，当年也曾被岳城人看好，以为又是一个天才的苗子，可时至今日，他也没能筑基。

"柳姑娘，听说你身体不好，"王邵没有生气，反而风度翩翩地冲柳云心笑道，"令兄要进太焱派，恐怕是为了取得宗门里的灵药、灵丹，好替你疗病。你们兄妹情深，我也能理解，只是……"他轻蔑地看了一眼牧层霄，"你将希望寄托在连筑基都没能冲破的废物身上，不觉得有些天真了吗？倒不如做我的女人，等日后本少城主进了太焱派，那里的灵药、灵丹你可以随便用……"

"住口！"不等他说完，牧层霄打断了他的话，怒道，"厚颜无耻！"

"一个废物，有什么资格说别人？"

气氛顿时剑拔弩张，二人正要拔刀相向的时候，突然，水涧旁传来一声惊呼："少城主，不好了……你……你快来看啊！"

正在争执的二人一同朝水涧看去。

天气晴好，一丝风也没有。水涧往下，溪水如飞起的白练，隐约中水面似有黑影掠过。下一刻，从水中猛地飞射起几道黑影，钻进人的影子中。紧接着，接二连三的惨叫声响起。

"好痛——"

"啊啊啊，救命，这是什么？"

"我的眼睛，我的眼睛！"

车马突然受惊，欲往前奔，缰绳却拴在树上，使马车里的人跌落出来。杨大小姐连滚带爬地跑了出来，躲到王邵身后，惊魂未定地问："天啊，这是什么？"

"这是妖兽'域'。"牧层霄喃喃道。

"'域'是什么？"王邵皱眉。

"是传说中的一种妖物，会躲在水里暗中害人，'域'的口里含着沙粒，会射人。被射中的人会生疮，被射中影子的也会没命！"牧层霄头也不回地往水涧旁跑去，"我去救那些人，王邵，你保护好云心，别让它碰到你们的影子！"

王邵看着牧层霄的背影，一边拉着柳云心往后退，一边不忘嘲笑道："没见过自己赶着送命的蠢货！"

正在这时，两崖间的水量猛地暴涨，水面刹那间漫至脚下，似要将他们所在的土地淹没。与此同时，溪水下的黑影越发明显。只听"噗噗噗"几声，周围的丫鬟、随从都惨叫起来，染红了大片溪水。

王邵吓得抱头就跑，哪里顾得上未婚妻和柳云心？柳云心本就病弱，逃了几步就气喘吁吁。杨大小姐见状，眼神一黯，一手扳过柳云心的肩头，就要将柳云心往水里推去。

一小滴水珠从飞溅的溪水中掉出来，碎裂在生满青苔的岩石上，却又在一刹那还原成水珠的模样。

柳云心惊叫一声，瞪大了双眼。

一只手抓住了她的手臂。

柳云心回头，见杨大小姐牢牢地攥着她的手臂，眼里是不加掩饰的关切："你没事吧？"

她愕然，正欲说话，突然听见身后有人吼道："云心，快跑！它在你的背后！"

水面蓦地升高，明明是平地，却如在汹涌的海中、飞溅的溪水里。柳云心回头，看到了"它"的真面目，如模糊的一团黑影，像是巨大的甲虫，带着熏人的水腥气扑面而来。

"小心！"耳边传来女子的惊呼。

柳云心感到一股推力将自己推开了，身侧的绿影瞬间被黑影吞噬。

水面渐渐平静下来，漫过溪水的潮湿土地被日光一晒，蒸腾起隐约的虹色，方才的一切仿佛是幻影。

柳云心喃喃道："杨大小姐……掉下去了。"

洞穴里很是干燥。

穴壁上慢腾腾地爬着一只蜗牛，爬过之处，留下一道濡湿的痕迹，用手指碰一碰它的触角，它就缩回壳里，不动弹了。

杨簪星收回手，望着黑黢黢的洞，无声地叹了口气。

连续五天的熬夜加班害得她体力不支。她在楼下的便利店里买了份盒饭，还没来得及吃就睡着了，醒来就在这么个鬼地方，很难说清此刻心里的感受。

刚睁眼就看见水里有个黑乎乎的庞然大物兜头而来，她下意识地推开身侧的少女，却听到有人叫那少女的名字"云心"，还听到或许是叫自己的名字"杨大小姐"。

她只是个普通的工薪阶层，倒也不至于到被人叫"大小姐"的地步。

也不知在这里沉思了多久，直到看见自己腰间的玉佩上写着两个字"簪星"，杨簪星才隐隐约约有了一个猜测：或许，她是来到了一本叫作《九霄之巅》的小说中。

杨簪星兢兢业业地上班，老老实实地工作，唯一的爱好是看小说。这本书老长老长，一两千万字，能打发不少时间。过去这些年，她看过的小说没有一百本也有五十本。情节大同小异，无非是"三十年河东，三十年河西，莫欺少年穷""退婚流、打脸流、废柴流、升级流"，套路她都会背，有时候还能记混情节。她这么肯定这本书是《九霄之巅》，可能是因为"杨簪星"这个名字。

"杨簪星"是《九霄之巅》里一个女配角的名字，和她同名同姓，可惜的是，这位女配角出场没几章就被男主角一掌拍死了。从开始到结束，关于她的描写总共也没有三千字，她就是男主角成长路上的垫脚石之一，简直是人间惨剧。

簪星没记错的话，原著进行到这里，本来是"杨大小姐"忌妒柳云心得了未婚夫王邵的青睐，便趁牧层霄与妖兽"域"搏斗的工夫，将柳云心推下水，意图让柳云心消失。牧层霄为了救下青梅竹马的柳云心，跳入水中，被"域"的妖气卷入水中洞穴里，从而得到金手指秘宝，在水下升级突破，最终杀了妖兽"域"，返回地面上。

回来的牧层霄做的第一件事，就是当着众人的面拍死了对柳云心暗下杀手的杨大小姐，从而和王邵结下死仇，开启了"我是主角，我到处结仇"的模式。

虽然剧情老套，但也有理有据，逻辑通顺。只不过，来到此地的杨簪星看到妖兽"域"，千钧一发之时，下意识地将柳云心推到一边，于是落水的人变成她自己，被妖气卷入洞穴里的也是她这个倒霉蛋。

杨簪星站起身来，打量了一下周围。这是一个很黑的洞穴，只有头顶有一丝亮光，但看起来隔得很远。杨簪星吼了两声，声音还没传到一半，就像火苗被人用手指掐灭，消散无影。

四周没有别人，只有一只缩在壳子里的蜗牛。她把蜗牛从穴壁上抠下来，壮着胆子往前走了一段。

地上很软，她用手捞了一下，全是干燥的白沙。她明明是掉入了水里，水下的洞穴里却没有一滴水，这种不科学的事情也只能发生在小说里了。不过……这样下去，没等找到出口，她就会渴死吧？

原著里，男主角拿到金手指后，是怎么找到出口的？金手指……对，金手指呢？

杨簪星刚刚想到这一点，突然觉得指尖一痛。她低头一看，就着头顶微弱的亮光，看清了刚才被自己托在掌心上的花壳蜗牛不知什么时候爬到她的指尖上，在那里，一点儿红色液体冒了出来。

出血了？杨簪星愕然。

蜗牛就算咬人也不会出血吧，这又是什么不科学的设定？

下一刻，杨簪星脚下的土地突然震动起来，穴壁开始纷纷往下掉碎裂的石块。杨簪星捂着头蹲下身，正想找个地方躲起来，就见掌中猛地发出一阵奇异的光芒。同穴顶的光不一样，这光芒亮得刺眼，从她的手心处绽放，瞬间让她觉得似被火灼伤。

光是从花壳蜗牛身上发出来的。

指甲盖那么大的蜗牛渐渐变得模糊，于暴涨的光芒中渐渐幻化成了一颗透明的珠子。那颗珠子像是有了生命，从指间流出的鲜血被吸入珠子里，将珠子一点点染红。

不知过了多久，她脚下的震动停了下来，光芒散去。

杨簪星站定身子，看向手心上的红色珠子。

这珠子大概有眼球大小，冰冰凉凉的，像是玻璃珠。乍一看是红色的，仔细再看就能发现，这颗透明的珠子里竟然燃烧着一簇火苗。火苗还在继续燃烧，像是不会熄灭。

"枭元珠……"簪星喃喃。

原著里，这颗珠子就是男主角牧层霄的金手指了。这颗枭元珠无所不能，既能感应灵器宝物，又能增益修炼，缩短升级时间，关键时刻还能给人补足血条，简直是上分排位的必备神器。也正是因为这颗珠子，被人骂作废物的牧层霄，赶在太焱派选拔赛之前修为暴涨，从炼气直接升入筑基，又到金丹前期，在太焱派选拔赛上出尽风头，一雪前耻，从而进入太焱派，成为太焱派宗门弟子。

簪星心想：如今，在柳云心遇到危险后，英雄救美的人是自己，落入水涧里的人是自己，被妖气卷入沙穴里的人是自己，得到金手指枭元珠的人，理所应当也成了自己。

"这么说来，"杨簪星沉思道，"剧情发生了改变？"

她刚说出这句话，手中的枭元珠突然化作一缕红烟，"嗖"的一下，钻进她的体内。

珠子蹿入体内，如化成一缕烟，什么都没留下。

簪星伸手摸了摸前胸，感觉心口处有一小块地方温温热热的，像是冬天被暖炉暖着，并不难受。

这大概就是宝物认主了。

所有的修仙小说里，只要主角将自己的一滴血滴在宝物上，宝物就立马开启灵智，认主缔结无法解除的羁绊，然后上天入地，堪比最忠诚的情人带着主角打开新世界的大门。

这颗珠子也是一样。

不过眼下，最重要的是她如何离开这里。

原著剧情里，男主角得到枭元珠之后，就在水底修炼。不过，这毕竟是她几年前看的小说了，之后她又看了几十本修仙小说，早已将这本书的剧情忘得七七八八，更不要说这种细节描写了。总之，男主角"灵光一闪""心下一动"连升三级，似乎就找到了出口。但是现在……簪星看了看自己的手，好像除了心口处那颗会发热的珠子，与之前没有其他不一样。

她尝试着用手贴在穴壁上，气沉丹田，喝了一声，一掌拍向穴壁。

穴壁簌簌落下两颗细小的沙子，簪星痛呼一声，看着瞬间通红的手心，觉得自己想得太简单了。

小说果然都是骗人的，这条路行不通。

她站起身来，安静了一会儿，感觉从前面某个地方传来一缕轻微的凉风。

风？

这个洞穴唯一的亮光处在头顶，四面皆是穴壁，哪里来的风？

簪星停了一会儿，不知道是不是枭元珠的缘故，感觉吹来的风逐渐明显，似乎连成一道长长的线。只要她顺着线，就能找到线头。

她站起身，朝着风吹来的方向缓慢地挪过去。

不知走了多久，就在她以为这黑暗永远没有尽头的时候，眼前突然出现一点儿亮光。和头顶那丝微弱遥远的亮光不同，这亮光里还伴随着水声。

不远处的穴壁上出现一道裂缝，扁扁的，恰好能容一个人通过。簪星迟疑片刻，走上前去。她没有贸然钻出去，只是贴着裂缝往外看。

无边无际的水幕，她的头上传来水瀑砸进水里飞溅开来的声音。她抬头，隐约可见山峰的影子。簪星心中一喜，也不管为什么水不会从石缝中流过来这种不科学的现象，心中只明白一件事：外头是水涧，只要她从这里出去，游上去就能抵达岸边。

她刚试探着伸出一条腿，原本平静的水幕中突兀地出现一道黑影。这黑影说大不大，说小也不小，大概有一头牛的大小，却没什么形状，只有囫囵扁扁的一道。有点儿像小时候电视没信号时的雪花点，又像由无数只黑蚂蚁聚集而成的蚁群。

密集恐惧症患者看了能当场去世。

簪星以迅雷不及掩耳之势收回了跃跃欲试的腿，突然想起来，原著进行到这里时，男主角上岸前还做了一件事，即杀死那只该死的妖兽——藏在这水涧中的平静溪水下的"域"。

域，一曰短狐，能含沙射人，所伤者会头痛、发热，剧者至死。这东西喜欢藏在水中，谁也没看清楚过它的真面目，现在簪星看清楚了，它就跟打了马赛克似的，没啥好看的。

那么问题来了，她这么一个柔弱女子，真的要在这水下赤手空拳地和一坨马赛克肉搏吗？而且这马赛克还是远程法师。这已经不是困难模式，而是地狱模式！

簪星一屁股坐在地上，突然觉得前路茫茫。

留在这里倒是没有危险，但迟早饿死，她总不能吃土。她若出去，外面还有一坨马赛克虎视眈眈，"含沙射影"。这其实不是修仙小说，而是求生小说吧！

"冷静点儿，杨簪星。"她深深地吸了口气，强迫自己回忆了一下剧情。男主角牧层霄，在这里拿到枭元珠后就开始修炼。他体质特殊，原先虽然没有冲破筑基，可元力一直积攒在体内。枭元珠替他冲破了体质上的桎梏，过去多年的元力全部归于筋脉，让他瞬间连升几级，从炼气初期直到筑基后期，离金丹只有一步之遥。

升级后的男主角成功杀死了妖兽，回到岸上。

杀死妖兽的前提是有足够的修为，难道她也要在这里修炼吗？

簪星还记得原著里，这个和自己同名的女配角修为很低，她的存在，似乎只是为了衬托柳云心的善良宽容，以及帮王邵和男主角牧层霄结下仇恨。对于"杨大小姐"，原著更多的是描述她漂亮跋扈、心肠恶毒，关于修为，一笔带过。

不过，簪星只要想想，也知道她的修为不可能多出色。

现在的"杨大小姐"，成了杨簪星。来自现代社会的上班族杨簪星，别说修炼，连健身都很少。要说什么沾边的运动，还得追溯到她中学时候学校里体育课上的太极操。

小说里的角色都是怎么修炼的……簪星绞尽脑汁地搜刮了半天，终于依葫芦画瓢地坐直身子。

第一步，应该是闭关打坐……是这样的吧？

盘腿而坐，身体放松，第二步是啥她不知道，那么，她干脆就当练瑜伽一样，闭眼凝神，放空头脑，调理吐息。

深呼吸，吸气，呼气……

或许是来到此地后，簪星一直不曾停下，此时刚一放松，便觉得浑身都累，仿佛要昏睡过去。然而，她渐渐放松下来，只觉得整个人像是飘浮在空中，身体变得格外轻盈。明明在干燥的沙穴里，却像有水流慢慢地流过身体，温热得刚好。而水流也是有呼吸的，如鱼鳃，一张一合间，将空气吞吐纳入。

闭着眼睛的簪星并没有看到，她的心口处隐隐发出金色的光。外面的水幕里，渐渐显出无数水流般的光束，像是被枭元珠吸引，从石缝间掠入，又悄无声息地钻入闭眼静坐的簪星的体内。

倘若有修炼之人在此，就会一眼看出，炼精化气、炼气化元，这原本修为不值一提的少女，竟然在短短的时间里，突破炼气，进而化元，眼看着就要进入筑基期了。

岸边离水涧很远的地方，杨大小姐的贴身丫鬟红酥正抱着王邵的腿哀声哭泣："少城主，求您救救我们家小姐吧，她是您的未婚妻呀！"

王邵不耐烦地将她的手踢开，语气冷酷地说道："簪星都被那妖兽拖下水里去了，不可能还活着。那妖兽相当于一个筑基后期的修士，你要我们全都去送死不成？"

丫鬟还要再哭求，王邵已经往前走去，道："簪星死了，本少爷也很难过。放心，待进了太焱派，我会回禀父亲，让人给杨家送上一份丰厚的奠仪。"

他这话说得太无情了，红酥哭得险些昏了过去。

王邵走到另一头，那里，柳云心和牧层霄被双手双脚反绑着，丢到了树下。

"柳姑娘，你害死了我的未婚妻，说，要怎么赔我才好？"王邵居高临下地看着柳云心。

柳云心受了惊吓，刚刚又淋了水，衣裳湿淋淋的还未干，越发勾勒出窈窕瘦弱的身形。她脆弱如一朵清荷，尤其惹人怜惜。

"胡说八道！"牧层霄怒道，"分明是杨簪星故意推云心入水，自己不小心摔了进去，自作自受，你少诬陷人！"

"不小心？"王邵像是听到了什么好笑的笑话，"谁看到了？你看到了吗？"他问身侧一个随从，随从连连摇头，他又问另一个小厮："你看到了？"

小厮把头摇得跟拨浪鼓似的。

"那就是了。"王邵揣着手，笑眯眯地看向柳云心，"本来这事儿呢，就是一命抵一命，只是本少爷心地仁善，从来又怜香惜玉，所以……"他伸手摸向柳云心的脸，被柳云心侧头躲过，只能遗憾地收回手，"你跟了我，就算赔了本少爷一个女人，我自会想办法帮你摆平此事。"

"痴心妄想！"牧层霄咬牙回道。

"我说姓牧的，我跟你妹妹说话，你在这儿多什么嘴？"王邵面色不善地凝视着牧层霄。他馋柳云心的身子已经很久了，要不是牧层霄从中作梗，柳云心早就成了他的女人。当着柳云心的面，他不好杀人，不过等到今夜……王邵的嘴角一翘，这世上，可就没有牧层霄了。

牧层霄夜里去水洞探寻，被妖兽所杀，没有比这更完美合理的理由。

他心情很好地哼着小曲儿远去了。树下，柳云心问身侧的少年："牧大哥，我们该怎么办？我不想嫁给王公子。"

"放心，大哥不会让你嫁给这种人的。"牧层霄低声道，"今夜我就带你离开。"

"牧大哥……"柳云心迟疑了一下。

"怎么了？"

"杨大小姐，确实是为了救我才掉下去的。"柳云心道。当时柳云心都要被妖兽扑中了，是杨大小姐将她推开的。

"你别替她说话。"牧层霄皱眉，"我在远处看得清清楚楚，她从背后推了你一下。那个女人骄纵跋扈，动辄体罚下人，还几次三番企图毁你的容貌，怎么会这么好心？如今她是遭了报应，你别管了！"

柳云心叹了口气，望向远处哭得昏天黑地的小丫鬟，心想：杨大小姐……真的死了吗？

杨簪星当然没死。

不仅没死，她现在的状态简直好极了。

怎么形容呢，就像是连续加了一周班后迎来了法定节假日，她在家里睡足十个小时，并且看完了一整本小说的那种神清气爽。

身体的每一处都像被温泉泡过，既熨帖又精神。她既不觉得饥渴，也不觉得疲累，整个人焕然一新，与从前截然不同。

不知道是不是簪星的错觉，睁开眼睛时，她觉得连视力都变好了，连高处穴壁上石缝的纹路都看得一清二楚。她站起身，两条腿也比从前有力量了许多。

这一觉不知道睡了多久，醒来后感觉如此不同，簪星琢磨着，莫非这就是修炼成功了？

她再次扒开石缝，不出所料，又看到那一坨游来游去的马赛克。

不知道自己现在大概在哪个阶段，有没有能力与这妖兽放手一搏？簪星心里正盘算着，心口处突然开始发热。那颗枭元珠在她的体内，像是与她缔结了某种契约，她能感觉到枭元珠的异动，像是被妖兽"域"吸引似的。

这是……在鼓励她上去干一票大的？

簪星有点儿踟蹰。

原著里，男主角是怎么打倒这妖兽的，她记不得了，况且，她现在也不会那些功夫心法。不过，枭元珠是主角的金手指，只要有枭元珠，主角就算被打得只剩一丝血，都能被抢救回来绝地反杀。既然枭元珠暗示她冲冲冲，应该就没什么大问题吧？

她要相信金手指的力量，要相信主角是不会死的。既然这颗珠子想搞事，那至少说明一点，剧情线是对的。

簪星鼓足勇气，从石缝间溜了出去。

石缝的一头是沙穴，另一头是水幕，然而从一头到另一头，似乎并没有什么改变。神奇的是，这水幕像是天然含有一层罩子，将水隔开了。与其说是水流，不如说是空气。

那只妖兽"域"明明只是模糊的一团马赛克，没有眼睛、鼻子，却极其灵敏。簪星出来的一刹那，它就朝她扑来。

藏在水中暗地里害人的妖兽。

人在落入水里时，反而大胆起来。

簪星有一瞬间的慌乱，不过，很快就发现自己能在水流之中随意地游动，没有任何阻力。她脚一蹬上去，仿佛踩在弹力板上，跳得老高。她的拳头似乎也充满了力量，挥动间似有隐形气流。簪星有一种错觉，这一拳砸上去，或许能将面前的妖兽砸得粉碎。

这就是枭元珠的力量吗？

清透澄澈的水幕中，庞然大物朝自己扑面而来，乍一看还挺美，如果能忽略那股令人作呕的水腥气的话，或许，里面还夹杂着人类的血腥气。

簪星毫无畏惧，一拳挥上。

刹那间，黑点群一哄而散，这妖兽猛地喷射出一股黑色汁液，簪星躲避不及，正面被喷了一脸。

一股热辣辣的灼烧感从她的脸上传来。

水幕恢复了平静。

沙穴里绵软的沙子被溅出的血染红了，变成红色的沙团。

簪星靠在石缝的一头，看着手上的伤口，形容十分狼狈。

有什么比信心满满地出去打算大干一场，却反被妖兽揍了一顿更丢脸的呢？

她正面挨了一耳光，脸好疼，是真正意义上的疼。

原著里不是有了枭元珠，主角就可以无所不能了吗？怎么偏偏到她这里就不行了？要不是关键时候她拼命逃进石缝里，"域"进不来，只怕自己现在已经没命了。

可是……不应该啊！

刚才她明明已经接触到"域"的身体，很难形容那种手感，像是将化未化的棉花糖，带着一种黏腻的稠感。她的拳头也确实将"域"的身体砸得粉碎，但那些黑点如蚁群一样消散后，就极快地重新聚集在一起。

这家伙是打不死的。

无论她用拳头打散这只妖兽多少回，都丝毫影响不了对方。这太令人沮丧了。

簪星靠着穴壁坐了下来。原著对这只妖兽没有具体描写，大部分的笔墨都用来描述主角的修炼过程，以至她到现在连这玩意儿的弱点都不知道。

它真的没有弱点吗？

簪星低下头，看向地面。地上，从水幕那头吹来的风将她的影子吹得微微摇晃了一下。

"还好在水里它看不到我的影子。"簪星自语。从妖兽嘴里射出的沙子，人是可以躲开，但要让影子也精准地避开，未免有点儿难。

等等，影子？

这妖兽喜欢朝别人的影子放冷箭，它自己……没有影子吗？

心念闪动间，簪星转过身，将头附在石缝边缘朝外看。水下，妖兽模糊的身子时不时从其中掠过。

如果是过去，这很难看清楚，不过可能是因为枭元珠的关系，她现在连细微之处也能看清，因此也就看到了挂在"域"的身下，如尾巴一样的一小块黑影。

这黑影和"域"的身体不同，颜色更深，看起来更为凝实一些，不过并不大，只有巴掌大小。乍一看去，人很容易将其忽略，要仔细地看才能分清其中的区别。

这就是"域"的影子吗？

如果是，这妖兽未免也过于狡猾了。本体长得跟影子一样虚幻，影子反而长得格外凝实。妖兽"域"喜欢躲在水里"含沙射影"，如果影子是这妖兽的弱点，不知道她能不能将它搞定。

但是……簪星看向自己受伤的手。如果这影子也跟刚才的本体一样，被接触的瞬间就消散开来，之后又重聚该怎么办？除此之外，这里也没别的可以做武器的东西了。

她总不能丢沙子吧。

妖兽朝她丢沙子，她也朝妖兽丢沙子，这算什么？小鸡互啄？

不过，洞穴里的沙子还是比"域"吐出来的黑泥浆好得多，至少没有呕吐物般的腥气，看起来还蛮整洁干燥的。簪星蹲在地上，抓了一把沙子，看着沙子从指间漏过，突然想到一件事。

明明石缝就在眼前，这妖兽虽说身体庞大，但毕竟是团马赛克，能随意地变长变短、变圆变扁，要说它从石缝里溜过来，也不是不可能。可石缝里的穴洞和石缝外的水幕，是泾渭分明的两个世界。起先她还以为是枭元珠的原因，可刚刚她和妖兽打架，妖兽也并没有显出畏惧的意思。如果不是枭元珠，这洞里，就只有这些白色的沙粒了。

难道"域"是因为忌惮这些沙粒，才不敢过来吗？

她在指尖上留下一点儿沙粒，将手靠近石缝，趁那只妖兽从前方掠过的时候，猛地朝那一小片黑影弹射过去。

刚才和妖兽搏斗的时候，簪星就发现了，她的眼睛现在似乎能看到一股"气"从她的身上散发出来。只要她愿意，就可以操纵这股"气"。

眼下，这股"气"带着沙粒朝那团黑影扑去，准确无误地射中了对方。

随着一阵嘶哑难听的惨叫声响起，妖兽开始剧烈地翻腾。激起的水花将水风卷起，差点儿把蹲在石缝前观察的簪星撞倒。

她心中有了底，吐了口口水，从地上挖了一大把白沙团成沙团，将身体挤出石缝，朝那只仿佛抽风的妖兽冲了过去。

她扔雪球一般将沙团砸进那一小片恍若有了生命的黑影中。

一瞬间，水柱冲天而起，水下剧烈地震动起来。

水涧边，水面平静无波，树上画眉叫了两声，歪头看着蹲在溪边的人。

小丫鬟蹲在水边，眼泪大颗大颗地往地上砸。

身后，年迈的马车夫叹息一声，唤道："红酥，过来吧，那里危险。"

"小姐还没出来，"红酥泪眼蒙眬地拿手去擦眼睛，"我不能走。"

"小姐不会出来了。"马车夫神色愁苦，"都已经过去六天了，小姐就算没被妖兽杀死，也早已……"

活人在水下是不可能待六天的，王家的马车已经走了，只有他们杨家的两个家仆还固执地守在这里。可谁都知道，没什么希望了。

红酥忍不住捂脸大哭起来："小姐……小姐没了！"

她正哭得打嗝的时候，忽然间，一个熟悉的声音响起："不好意思，那个……"

红酥愣了一下，放下手，就看见溪水边，绿衣少女正好奇地看着她。她的衣裙上沾染了大块的黑色泥浆，发出些腥气。日光分出一线落在她身上，那双眼睛如过去一般明亮，嘴角微微翘着。她像是有些迷惑，又有些关切。

她道："你坐得离水边这么近，不怕被妖怪抓走吗？"

第二章

退 婚

太阳快要落山了。

霞光笼罩了整座山，白日里的喧嚣退去，夜变得凉爽起来。

夏末的山里到了夜晚，雾气很重，火堆刚一生起，冷意便被驱散几分。

梳着双环髻的小丫头看起来不过十三四岁，白日里哭肿的眼睛还没消肿，整张脸活像金鱼。不过，此刻"杨大小姐"回来了，是天大的喜事，小丫头也只顾着高兴了，一边给簪星递上烤好的鸟蛋，一边道："小姐，咱们明日早些起来赶路，应该能在平阳镇追上少城主。"

"是啊，"车夫老牛也跟着道，"少城主一定很担心大小姐。"

他不说此话还好，一说此话，簪星连烤好的鸟蛋都不想吃了。

少城主，就是岳城的少城主王邵，在《九霄之巅》里是这位"杨大小姐"的未婚夫。此人凶恶好色，跋扈嚣张，在整个原著里，作为男主角打架的第一对象，仇恨拉得很稳，妥妥的一个反派工具人。为什么她对王邵这个人记得很清楚？可能因为他是与自己同名的女配角的未婚夫。

不管王邵和男主角间恩怨如何，簪星觉得他至少对"杨大小姐"不错。

当初脱胎换骨的男主角回到地面上后，第一件事就是当着王邵的面，杀了他的未婚妻，继而和王邵结成死仇。为了死去的未婚妻，王邵对男主角赶尽杀绝，处处掣肘，虽然最后被反杀，但还算是个深情种。

没想到，簪星回到地面上，才知道这个"深情种"，早已在簪星落水的当日，连夜赶着马车跑了。

但凡有点儿交情的人，都会想着再抢救一下她吧！而且他便是走了，留几个下人守在这里也好啊！结果，除了杨家的两个家仆还在，啥也没有，就连这辆马车都是杨家自己的。看看，这是人能干出来的事？

似乎看出簪星的怒气，红酥小心翼翼地开口："其实……少城主也是有苦衷的，他是怕连累了其他人，大小姐千万不要难过。"

岳城里不知有多少姑娘想嫁给王邵，毕竟王邵修为高，他爹又是城主，他本人生得也算不错，还有可能进入宗门。杨大小姐可是硬生生凭借美貌在那些姑娘中杀出一条血路，好不容易才和王邵定了亲的。红酥担心自家小姐为此一蹶不振，只好笨拙地安慰着。

"我哪里有心情难过这个？"簪星抚上自己的脸，手指一摸上去，那里立刻生出灼烫感。她在水下被"域"的黑色汁液射中右脸，右脸受伤，不知会不会有危险。

老牛道："咱们岳城是小地方，平日里也没见过几只妖兽，可平阳镇不同。平阳镇在姑逢山山脚下，姑逢山是太焱派宗门所在地。听说平阳镇的人见多识广，一定有人知道大小姐脸上的伤怎么治。"

"对，"红酥也鼓励道，"而且到了平阳镇，咱们就能看见少城主了。等少城主进入太焱派，宗门里的灵丹妙药无数，肯定能治好小姐的脸。"

簪星："……"

她没法告诉可怜的小丫头，王邵那工具人，在太焱派选拔赛中第一关就落选了，连宗门的门都没摸到。

老牛拨弄了一下火堆中的树枝，突然想到什么，问簪星："对了，大小姐，您在水下究竟是如何脱身的？"

"我就……"簪星收回了思绪，回道，"我掉进了一个洞里，后来找到出口，就杀了那只妖兽回来了。"

四周一片安静。

火苗舔舐着树枝，发出"刺啦刺啦"的响声。

半晌，老牛颤巍巍地问："大小姐……杀了那只妖兽？"

"是啊，"簪星点头，"这脸不就是那时候弄伤的嘛。"

"可是……"红酥吞了口唾沫，"奴婢听少城主说，那妖兽的修为相当于一个筑基后期的修士，小姐，您才刚踏入炼气……"

而且就这炼气的门槛，还是用灵丹、灵药堆出来的，不能代表杨大小姐真正的实力。

"是吗？可能我突破了。"簪星淡定地回答。

红酥和老牛对视一眼，彼此都有些迷惑。他们总觉得……大小姐和过去不太一样了。过去的杨大小姐，心中只有少城主，且认为与其修炼功法，不如多找美容养颜的方子。因为生得漂亮，她从小被众星捧月，以至脾气骄横，除了偏宠的红酥，对其他下人动辄打骂。不过，今日回来后，她倒是变得平和柔软了许多，就连临阵脱逃的王邵，也表现得很平淡。要是换了过去，只怕簪星已经边哭边骂，诅咒王邵全家十八代祖宗了。

难道她被恶鬼附身了吗？可世上也没有这样温柔可亲的恶鬼吧。

"老奴听说，有的妖兽修炼多年，体内会结出妖丹，相当于修炼之人的金丹。"老牛换了个话头。

"妖丹？"少女的注意力似乎被他这句话吸引，侧过头来。她的半张脸姣丽明媚，另外半张脸却爬上了几道黑痕，在跳动的火光下，显得有些可怖。

老牛心中叹息了一声，好好的一个女娃娃，偏偏被毁了容。虽说平阳镇的医士见多识广，可万一救不回来，她的一辈子也就完了。

他思虑着自家小姐堪忧的未来，心不在焉地回答："是的，妖丹内有充足的元力，修炼之人若能吸收那些元力，对自身修炼颇有好处。有人说，一枚妖丹相当于一颗三品灵药。"顿了顿，他又道，"不过有妖丹的妖兽很少，难得一见……"

话音刚落，一只白皙的手伸到他面前，掌心处，赫然躺着一枚正发光的血色红丸。

簪星问："是这个吗？"

红丸如血，衬得那只手分外秀气洁白。

老牛活了大半辈子，自认为见过的风浪不少，此刻也被震惊了，结结巴巴地问："这……这是……？"

"我在水下杀了那妖兽，这是从它体内掉落的。"簪星回答。

其实这话说得不对。当时她在水下，用沙团砸中了"域"的影子，上面的虚影开始消散，而那块凝实的黑域则开始剧烈地翻腾，从中飞出一粒血色的红丸。簪星本来也没注意，心口处的枭元珠却开始微微发热，像是十分渴望那东西。于是她伸手，将那枚妄图逃走的红丸抢到手中。

"啊，牛叔，这就是妖丹吗？"红酥兴奋极了，"我还是第一次看见妖丹！"

"我也没见过……"老牛喃喃道。

"牛叔，你刚才不是说这妖丹相当于三品灵药？要是大小姐将这妖丹吸收了，是不是可以大涨修为？"

"话虽如此，"老牛沉思了一会儿，"可这妖丹毕竟是妖兽体内所结，其中蕴含妖力。若是大小姐修为不够，恐怕不能将其中的元力吸收。"他看了一眼若有所思的簪星，提议道，"不如待到了平阳镇，找个交易馆，将这妖丹换成灵石或者低级灵药、灵丹，这样大小姐也更容易吸收。"

"那岂不是很可惜？"红酥撇嘴，"低级灵药和灵石常有，妖丹却不常有。咱们不如把它送给少城主？"她的眼睛一亮，"眼下正值选拔赛前夕，少城主若有这枚妖丹相助，定能顺利地进入宗门。待那时，少城主必然感激小姐，对小姐更加情深义重。"

簪星瞥了一眼沉溺在幻想中的小丫头，心道：这孩子想法还挺天真。不过，她可不打算把这枚自己拼死得来的妖丹送给王邵那个渣男。

夜已经很深了。

浓雾笼罩了整个山头。今夜无月，只有一点儿稀薄的星光透过树枝落在林间。燃烧的火堆旁，小姑娘靠着老车夫睡得很熟。

簪星走过去，将从马车里抱出来的毯子轻轻盖在二人身上。

红酥咂吧了一下嘴，喃喃说着梦话。

簪星轻手轻脚地越过他们，往另一头走去。

她在离两个人不远的地方停了下来，找了块干净的石头坐下，望着夜空，松了口气。

从最初到现在，她一直都在应付突如其来的状况，直到此刻才有时间好好接受自己已在这个世界的现实。

《九霄之巅》是一本男频的修仙小说，文如其名，男主角在整本书里从头到尾就干了三件事：一是打架，二是升级，三是娶老婆。

作为出场没有三千字就下线的女龙套，从某种方面来说，簪星在当时收回了推向柳云心的那只手，代替男主角落水后，就应该改变了剧情。作为"杨大小姐"这个角色，她不会再重复被男主角牧层霄一掌拍死的结局了。

既然不存在和男主角结仇的这条剧情线，她也就摆脱了炮灰的命运，可以展开新的人生，在书中世界过自己的生活……如果她的脸上没受伤的话。

簪星的手抚上右脸颊。

她在水下被"域"射出的泥浆所伤，毁容倒是其次，更重要的是，她感觉到有一股妖气顺着她的脸往深处蔓延。再这样下去，恐怕她性命堪忧。

如牛叔所说，岳城是个小地方，医士只医治寻常伤病。这种妖兽留下的遗症，也许只有平阳镇那些高明的医修才有办法解决。

她必须去平阳镇。

只是……她去了平阳镇，治好脸上的伤痕之后呢？在这个世界，强者为尊，普通女子以嫁一个修士丈夫为荣，若无自保能力，好一点儿的如柳云心，找一个强者做依靠，还得容忍这男人脚踏几条船；坏一点儿的就像杨大小姐，不仅跟错了人，还连性命都不保。

《九霄之巅》的原作者大概对女性充满恶意，在这本小说里，普通女人就如货物、美丽的花瓶、用来做交易的筹码，没有半点儿身为人的自尊和选择权。

那如果……不做普通女人呢？

簪星望向夜空中闪烁的星辰。

拜从前看了无数本修仙小说所赐，至少她对某些通用设定还不算陌生。

古籍上言："地之所载，六合之间，四海之内，照之以日月，经之以星辰，纪之以四时，要之以太岁。神灵所生，其物异形，或夭或寿，唯圣人能通其道。"

远古时代的神仙似乎只存在于遥远的传说中，平凡的人类或追求长寿，或追求更旷远的世界，学道修仙。从幼时起，日日苦习，听息养气，吸收天地灵气，以丹药灵草温养，渴望飞升成仙。

这个世界的修仙者也是一样的，从炼气、筑基、金丹到元婴、出窍、分神，最后到大乘、度劫、化神，每一步都充满艰辛。

她的未婚夫王邵八岁炼气，十二岁筑基，到现在也才筑基中期，已是整个岳城的佼佼者，可谓"天才"。而杨大小姐如今已经十七岁，靠着王邵给她的灵药丹丸，勉强进了炼气一重境。

当然，这是簪星来到这里之前。

而现在……

她摊开手，掌心上的血色红丸在稀薄的星光下显出几分妖异。

妖丹是妖兽体内的妖气所结，除了修仙之人渴望的元力，上头还附着了妖兽凶暴的妖力。她作为一个炼气初期的菜鸟修士，恐怕不仅不能吸收元力，还会被妖丹上的妖气所伤。

不过，她有金手指。

心口处的枭元珠像是等不及似的，开始迅速地发热。簪星将红丸置于面前，两掌相对，从掌心逐渐凝出一股金色的气，将红丸牢牢地包裹其中。

在沙穴里修炼的那几日，包括和"域"搏斗的时候，她大概已经明白如何运用这股"气"，这股"气"也就是天地元力。以还未至筑基的修为来说，簪星想凭借元力制服妖丹上的妖气有些勉强，可枭元珠简直就是作弊神器，簪星的元力在枭元珠的加持下，瞬间涨了十倍。

从她的掌心进出的金光，刹那间将红丸吞没。

最后一丝星光黯淡下去，天地间只余一片寂静的黑暗。不知过了多久，丝丝缕缕的红光如一道道细小的红线，自包裹的金光中，一线线飞向端坐修炼的少女面前。

只用了十日时间，簪星他们便到了平阳镇。

姑逢山位于都州舆图的东面，靠山崖往下有一江横跨，名曰漓秀。江水滔滔如练，船舶风帆在晨光里摇曳。有渔公一边喊着不知名的号子，一边朝被日出染红的江里撒下渔网。

平阳镇就坐落在姑逢山脚下、漓秀江畔。

马车在城门前停下。

红酥挽扶着簪星下了马车，老牛乐呵呵地开口："大小姐，这里就是平阳镇了。"

簪星抬眼望向远处。

平阳镇是姑逢山脚下的一座小镇。远处隐约显现出视线尽头的山脉，高峰如云，似有五色交辉，紫气缭绕间，恍若幽谷仙境。

老牛顺着簪星的目光看去，笑道："那里就是太焱派的宗门所在地。日后若是少城主顺利地进入宗门，大小姐或许能去姑逢山上看看其中的景致。"

簪星收回目光，也笑道："走吧。"

这是一座很热闹的小镇。

街道很宽，极为整洁，不时有马车穿梭而过。两边都是各种店铺和酒楼，穿着奇奇怪怪的人在街道上往来交谈。有身佩长剑的修士，穿得仙气飘飘地坐在茶馆里饮茶，也有光着膀子身形彪悍的大汉，拿着一朵会发光的花，同一位笑容和气的老者吵架。

"二十块灵石？你好好看清楚！我这株药草可是中级灵草'桃花面'，至少一百块灵石！"大汉凶神恶煞地吼道。

站在他面前的老者并不畏惧，温声答道："客人，这株'桃花面'的确是中级灵草不假，不过，灵草的枝叶不完整，花朵只剩下一半，品相太差，就算用来炼化成丹，其效力也不过完整灵草的十分之一。我给您二十块灵石，已经足够了。客人若是不想做这笔生意，可去其他家看看。咱们楼里还要做别的生意哪。"

那大汉与老者争执了片刻，最终拿着二十块灵石骂骂咧咧地走了。

簪星道："这人挺硬气的。"

站在身侧的老牛宛如一个尽忠职守的语音助手，解释道："这应该就是旁人嘴里的'画金楼'了。"

簪星："画金楼？"

"这个奴婢也听过！"红酥忙不迭开口，"听说画金楼是平阳镇最大的交易所。有的人找到宝物，会拿过来让画金楼帮忙寄卖，画金楼则收取佣金。这里有各种功法、兵器、灵丹和灵草。因为靠着姑逢山，所以太焱派的弟子有时候也会来此交易。里面有很多珍贵的灵药秘籍，都是别的交易所没有的！"

"画金楼的老板金翡翠，听说是个国色天香的大美人儿啊……"老牛的眼里闪过一丝期待。

"牛叔，别光顾着那个大美人儿了，先看看你面前这个美人儿吧。"簪星打断了车夫的遐思，"这地方应该有能治我的脸伤的药材，我们进去看看？"

"要买药材，需要灵石。"老牛沉吟了一下。

对了，这个修仙世界的货币是灵石，普通钱币是行不通的。

"那拿灵石吧。"簪星等着两个人掏钱。

红酥和老牛面面相觑。过了一会儿，红酥小心翼翼地道："小姐，您在说什么呀，咱们身上没有灵石啊。"

"怎么可能？"簪星反问，"我不是大小姐吗？难道会缺这点儿灵石？"

"可是……可是……"红酥委屈巴巴地看着她，"大小姐从前需要灵石，都是直接问少城主讨的。奴婢出来的时候，就没带钱……"

簪星："……"

原著里的"杨大小姐"，虽然被称作"大小姐"，其实家底也并没有很厚，就是普通商户。要不是因为她长得格外漂亮，王邵也不会和她定亲。而傍上了王邵这棵大树的"杨大小姐"，也就将这张长期饭票发挥到了极致。

买衣服，刷王邵的卡；买首饰，刷王邵的卡；给宠物洗澡，刷王邵的卡；大到家具小到指甲剪，都用王邵的卡。

王邵，就是一台没有感情的刷卡机器。

此行到平阳镇，杨大小姐一块灵石都没带，车马兼日常出行费用都被王邵承包了。但现在问题来了，当王邵和她分开的时候，她的口袋里竟然就真的一块灵石都没有了。

"女人手里还是要有一点儿钱。"簪星叹气。

"没关系，大小姐。"老牛想到了什么，"您不是得到了一枚妖丹吗？您可以将妖丹卖给画金楼，换成灵石。"

"对啊，"红酥高兴起来，"那枚妖丹肯定比刚才那个人的'桃花面'珍贵多了！"

簪星打断了面前二人的喜悦："被我炼化了。"

"啥？"

"我说，"簪星重复了一遍，"那枚妖丹被我炼化了。"

红酥和老牛一下子震惊到哑然。

簪星看向远处，熙熙攘攘的人群映在晨色里，格外热闹。平阳镇像是什么旅游风景小镇，泛着不真实的旧意。

但这里的一切都是真实的。

脸上的伤越来越痛了，她必须尽快找医士医治。没有钱寸步难行，尽管她非常想要避免沿用从前的剧情线，可阴错阳差，原著还是要她和剧情人物相遇，触发下一段剧情。

算了，去就去吧。

"小姐，那现在咱们该怎么办啊？"红酥问。

"走，"簪星笑笑，"去找我们的'提款机'。"

平阳镇的好运来客栈里，有人正坐着。

这客栈选址很好，临靠江边，客人住在房间里，推开窗，正对着就是漓秀江面。若是到了夜里，江风习习，客人在窗边小几上摆一壶美酒，邀三两好友，弹琴一曲，酌酒一杯，也算没有辜负良宵美景。

当然，客栈的价钱也很贵，一晚一百块灵石。若非家境富贵者，断不敢如此挥霍。此次太焱派招新，从都州各地奔来的青年才俊不乏家世显赫者，都会聚于此。

王邵坐在靠窗的软榻上，美滋滋地望着窗外喝茶。泡茶的水是姑逢山上的灵泉水，不仅清甜香洌，对身体也有诸多好处。

破地方虽然贵，令他感到肉疼，不过一分钱一分货，还是有可取之处的。

"少城主，"小厮进来，低声道，"暂时没有查到牧层霄兄妹的下落。"

"没有查到？"王邵的好心情顿时烟消云散，他正欲摔杯子发火，突然想起茶水珍贵，摔碎了杯子还要赔偿，遂又放下，怒道，"一群废物，连个人都找不到！"

小厮不敢说话。

当日在水涧边，他们一行人遇到妖兽"域"，杨大小姐被妖兽所害，尸骨无存。王邵心中虽恼怒，不过很快就将主意打到了柳云心身上。于他而言，女人和货物没什么两样，一个没了，换一个就是。

何况，他本就垂涎柳云心已久。

所以，他将柳云心和牧层霄绑了，一并带走。他本想到了平阳镇，就将柳云心收为己用，没想到当天夜里，牧层霄就带着柳云心逃跑了。

那小子不知道跑去了哪里，王邵派去的人一直没能打听到他的下落，令人格外恼火。

"少城主……还要继续查下去吗？"小厮问。

"罢了，牧层霄是个废物，不自量力想进太焱派。既然如此，他总会到平阳镇，等选拔赛那日，不用我找，他也会出现。等到了那时，我再慢慢收拾他！"

小厮诺诺退下。

王邵仍旧有些心绪难平。来平阳镇的路上，杨簪星被妖兽害死，柳云心又跑了，现在他连牧层霄的影子都摸不到。此番出行不利，他烦闷至极，将杯中茶水一饮而尽，站起身走出门去。

客栈楼下的大堂里，许多年轻的修士分散在各处坐着，热烈地讨论着接下来的太焱派招新。

都州的修仙界里，太焱派是有名的宗门，已近十年不曾招过新弟子，今年开门纳新，五湖四海的少年才俊便都奔赴此地。一时间，有各处的口音穿着打扮也各不相同的人会聚于此，倒是热闹得很。

好运来客栈因为价钱昂贵，来得起此处的多是大宗族中被看好的天之骄子，王邵以边陲小城的少城主身份进来消费，就显得有些勉强了。不过，王邵亦很精明，自己若能在此地结识一些大家弟子，待进了太焱派后，也能彼此照应。想来岳城最后能进太焱派的只有他一人，而单打独斗总是不大容易的。

"呀，王公子也出来了。"一个女子的声音从背后响起。

王邵转过身，站在他背后的是一个年轻女子。这女子生得虽然算不上国色天香，却自有一番风情。她眼眸细长，鼻子和嘴唇都很小巧，皮肤很白，笑起来的时候尤为妩媚。她身上的纱裙也很薄，隐隐现出里头的一层绯红里衣，整个人如传奇故事里的狐妖，眼眸流转间，将人的心魂勾走。

"香娆小姐，昨夜睡得可还好？"王邵风度翩翩地问。

段香娆微微一笑，目光如水般看着王邵："很好，多谢王公子。"

段香娆是王邵在客栈前遇到的，当时这女子站在好运来客栈前，似乎因为没钱而被掌柜驱赶了出来。关键时候，王邵出来英雄救美了。

他喜欢这女人，不仅因为段香娆在缠绵的时候大胆香艳、柔情似水，还因为段香娆的修为是筑基中期。如果顺利的话，段香娆应该也能进太焱派。如果他在太焱派修行，平日里还有这么一位美人儿道侣双修，共同进益，岂不是美事一桩？

所以，这些日子，王邵都与段香娆缠绵在一起，感情突飞猛进，不知道的，还以为段香娆才是他的未婚妻。

至于原先的"杨大小姐"，早就被王邵抛在脑后了。

"再过两日，就是太焱派选拔弟子的招新赛，香娆听说画金楼里有不少灵丹、灵草，王公子要不要一起去瞧瞧？"段香娆笑道。

王邵面上维持着如常的微笑，心中却有些不悦。这几日，段香娆与他同吃同住也就罢了，连衣裳首饰都要他买。平阳镇不比岳城，物价飞涨，他来这间客栈歇脚，已是打肿脸充胖子，段香娆分明是将他当冤大头在使唤。

不过……四周有听见二人对话的男修朝他们望来，若是他此刻驳回，倒是显得吝啬。花钱事小，丢面子事大。仔细地在心里盘算着所剩的灵石，王邵硬着头皮答道："我正有此意，走吧。"

段香娆笑笑跟了上去。

二人刚刚走到客栈门口，便听得一个惊喜的声音响起："少城主！"

一个扎着双环髻、发髻上缀着几颗红豆的小丫头冲过来，眉开眼笑地道："少城主，奴婢终于找到您了！"说罢，又回头对身后的绿衣少女道："大小姐，您猜得真准，少城主果然在这里！"

簪星打量了一下面前的客栈，客栈门口还聚集着不少修士。红酥这一嗓门儿喊出来，不少人的目光都被吸引过来。

簪星要找到王邵所在的地方并不难。平阳镇虽然热闹繁华，但毕竟只是小镇，总共也就那么点儿大。清楚王邵向来爱慕虚荣的个性，再评估一下他的消费水平，得知镇上只有这家好运来客栈有江景房后，簪星实在不难猜出他的落脚之处。

王邵皱起眉头，看着红酥没说话。红酥心中一慌，拉着簪星凑到王邵面前，道："少城主，您看，我们家大小姐没死，来这里找您了！"

"簪星？"王邵一愣。

面前的少女一袭绿色软香烟罗裙，面上蒙着一层白色薄纱，只露出一双明亮的眼睛。她沉默地望向他，一时没有说话。

"怎么可能？"王邵顿了片刻，终于回过神来，"你不是被妖兽抓到水里去了吗？怎么可能还活着！"

"我跑出来了。"少女声音平静，与过去的娇嗔截然不同。

王邵还没察觉出这点不同，一边的段香娆目光落在簪星面上的白纱上，瞥见那面纱下似有隐隐黑痕，心中一动，微笑着上前开口："这位就是王公子的未婚妻杨小姐了吧。"

话音刚落，她藏在袖中的手指一动，一股劲风飞至簪星跟前，将白纱掀起。

"啊"的一声惊叫响起，却不是从簪星的嘴里发出来的。

王邵一只手指着她，面露惊愕与厌恶："什么东西？！"

好运来客栈前围满了看热闹的修士。

少女静静地站着，并未因这突然的情况而生出半分无措。早晨的日光将客栈门口的山茶树镀上一层浅金色。女孩子的裙角被风吹得摇曳，她长了一双如林间小鹿般明亮清澈的眼睛，睫毛很长，鼻梁纤细，嘴唇红若丹霞。这应该是一个娇俏明艳的美人，如果忽略她的右半张脸的话。

她右脸白皙的皮肤上有几道刺眼的黑痕，将那原本动人的美感给粗暴地破坏掉了。

四处响起窃窃私语的声音。

"这就是王公子的未婚妻吗？"段香娆捂住嘴，像是被吓坏了，躲到王邵身后，"这……"

"你的脸上是什么东西？"王邵跟着后退一步，目光厌恶地避开了簪星的脸。

"少城主，"红酥急了，"我们家小姐在水下被妖兽的妖气所伤，才会毁容的。少城主能不能带我家小姐去医馆看看，她的伤兴许能治好。"

"妖气所伤？"段香娆惊讶，"听闻妖兽的修为相当于修士的筑基后期，若是被妖气所伤，恐怕只有高级灵药才能治好，可高级灵药……"

高级灵药珍贵无比，有灵石也不一定买得到。倘若修士得了高级灵药，必然要为自己修炼突破所用，怎么会拿给一个普通女人治脸。

"听说太焱派的宗门里灵药、灵丹无数……"红酥还想争取。

"可每月弟子领的灵药、灵丹也是有份例的。"段香娆适时地打断。

屡次被截话，红酥看向她，恼火极了："你这女人，怎么老打断人家说话！"她瞥见段香娆挽着王邵的手，心中一动，突然间明白过来，随即义愤填膺地道，"我知道了，你这个狐狸精，想勾引我们家少城主！"

红酥猛地朝段香娆扑去。

段香娆微微一笑，看也不看前面，一掌拍向扑过来的红酥。她本就是筑基二重境的修为，一掌下去，纵然没用元力，也将红酥拍飞了出去。

红酥撞在山茶树的树干上，半晌没爬起来。

这一切发生得太快，簪星没来得及阻止，见状连忙跑到红酥身边，将她扶起来抱在怀里，问："没事吧？"

红酥望向簪星，目光落在簪星右脸的黑痕之上，再看看站在王邵身边神情得意的段香娆，心中越发不平，高声提醒："你……你别忘了自己的身份，少城主的未婚妻是我们家大小姐，才不是你这个狐狸精！"

"是吗？"段香娆毫不在意地一笑，凑到王邵的耳边，轻声问："王公子，真的要娶这位小姐为妻吗？"

王邵皱起眉头，看向抱着小丫头的簪星。

杨大小姐长得是真漂亮，脾气也是真坏。过去他看中杨簪星的美貌，和杨簪星定了亲，可杨大小姐也时不时地要些大小姐脾气。如今他来到平阳镇，见识到了段香娆的柔情似水，再看杨簪星，便觉得她过于粗鲁无状，上不得台面。

再说，她如今的脸也太恶心了。

要是真和这样的女人日日相对，他就算不死也会疯。何况，她脸上的伤虽然有可能治好，却要用高级灵药来疗养。高级灵药，他们整个岳城，能得到一瓶都要靠运气。

这是一桩赔本的买卖。

"王公子，"段香娆的声音温温柔柔地飘进他的耳中，"周围的修士都看着您呢。"

王邵恍然惊觉，他们这一番大动静，早已让看热闹的人群聚在两边，瞧得津津有味。

他要娶杨簪星吗？

他要让整个修仙界的人，日后太焱派的师兄弟们都知道自己有这么一个丑陋可怖、修为低微的未婚妻吗？

怎么可能？！

王邵当机立断道："杨簪星，之前你我二人的婚约本就是口头约定，并无文书，就算了吧。"

树下的红酥身子一颤："少城主……"

簪星将红酥扶靠在树下，站起身，转身走到王邵面前，问："你说什么？"

王邵本想说话，但对上杨簪星的目光时，一瞬间，竟生出些心虚。若是往日的杨大小姐，必然要开始一哭二闹三上吊了。不过今日，她看起来异常平静，那双明亮的眸子直视着他，眼中只有淡然，或许，还有一点儿好奇。

好奇？

四周响起看热闹的修士的声音："打他！打这个负心汉，给他狠狠的一耳光！"

"这姑娘也太惨了，就这么被抛弃了。"

"男人的话能信，母猪都能上树。"

段香娆适时地掐了一把王邵的胳膊："王公子……"

王邵回过神来，轻咳了两声，须臾间便做出决定，高声道："我说，我要退婚！"

四个字，他说得掷地有声，再无转圜余地。

四周安静下来。

"你要退婚？"簪星问。

"不错，"王邵道，"看在你我过去的情分上，我可以给你一些灵石作为补偿……"

话音刚落，他就听到面前少女的笑声。

绿衣少女站在他跟前，眼角弯弯，从眸中溢出的笑意分明不似作伪，可都这个时候了，她怎么还笑得出来？

"你……你笑什么？"王邵有点儿恼火。

"我只是觉得，"簪星叹息，"这台词听着有点儿耳熟。"

这古早男频文一度被滥用的退婚桥段，没有发生在男主角牧层霄的身上，反而发生在她一个女龙套的身上？是因为她抢走了男主角的金手指枭元珠，夺走了男主角的机缘，所以就连男主角专有的套路剧情也落到了她身上？

"杨姑娘，大家都知道你此刻心中不好受。"段香娆柔声开口，"只是男女之间，过于纠缠也不是好事，倒不如好聚好散。"

簪星的目光落在段香娆身上，这位姑娘从头到尾煽风点火的本事，宛如恶毒女配角的标配。

不过，剧情既然已经到了这里，接下来的流程，大家都很熟悉了。

簪星上前一步，王邵防备地盯着她。

"好啊。"她道，"我同意退婚。"

少女清脆的声音落进在场每一个人的耳中。她的神情未见半分凄楚，反而像是如释重负。

王邵蹙眉，原以为簪星会冲上来大哭大闹，或者婉言哀求，没料到她这么爽快就答应了，反倒让他准备好的说辞全堵在了喉咙里。再看到对方满不在乎的表情，他心中竟然生出一股说不出的失落。

"不行啊，小姐，"红酥回过神，爬起来跑到簪星身边，拉着她的手道，"你的脸还需要医治。"她看向王邵，眼泪流下来，哀求道："少城主，就算是看在过去的情分上，您也不能抛弃我们家小姐！"

"这怎么能算是抛弃呢？"段香娆笑着开口，"杨姑娘自己都同意退婚了。眼下太焱派选拔赛在即，杨姑娘若真是为了王公子着想，就不要来打扰他。"

"你……"红酥还要争执。

"算了，红酥。"簪星打断小丫头的话，看向王邵："今日就让在场的各位修士做个见证。王公子，你我之间的婚约到此作废，今后我们桥归桥，路归路，一拍两散，各自欢喜。"

王邵忍住心中的不适，不屑地道："你识趣就好。"

簪星笑了笑，拉着红酥就要离开，走到一半，忽然想起什么，转身看向盯着她的二人。

她差点儿忘了说那句台词了。

"对了，王公子，我还有一句话要送你。"女子声音平静，于平静中似乎又含着某种特别的深意，"三十年河东三十年河西，风水轮流转，莫欺少年穷。"

簪星的背影消失在人群中。王邵紧紧地蹙着眉头，总觉得心里有几分不安。身侧的段香娆拉了一把他的胳膊，将他飞走的思绪拽了回来。

段香娆嗔怪道："怎么？王公子舍不得了？"

王邵收回目光，冷笑一声："一个丑八怪而已，有什么舍不得的。"

他看了一眼周围看热闹的修士，虽说他们今日嘴巴上说着杨簪星被退婚好可怜，但若换作他们，也是决计不会娶这样一个女人。还好他退了婚，否则一旦进入太焱派，他就真的要成为全宗门的笑柄了。

身侧的美人挽起他的胳膊，娇笑道："咱们还是关心关心选拔赛的事吧。"

是夜。

漓秀江畔，江风从远处扑面而来。簪星顺着江水的方向望去，只见江水与夜色连成一片，奔涌向长野尽头的荒流。

渔船在傍晚的时候已经全部靠岸，江上什么都没有，唯有星光落在江水中，又极快地被江水吞噬，留下一点儿泛着银鳞的波光，照亮了江岸的青草地。

马车边升起一丛火，因江风太大，火苗被吹得左右晃动，仿佛下一刻就要熄灭。

"小姐，您怎么能同意退婚呢。"红酥一边添柴，一边絮絮叨叨着白日里的事。

"是啊，"老牛也跟着道，"您太冲动了，这可不是赌气的时候。"

白日里杨簪星和王邵起争执的时候，老牛去牵马了，没在场。回头从红酥嘴里得知了来龙去脉，他气得差点儿当场心肌梗死。

眼下他们这三人，一老一少一病，身上一块灵石都没有。吃的还能将就路上带的干粮和野鸟蛋，睡觉嘛，就只能在野外露宿了。

"阿嚏——"红酥打了个喷嚏，道，"都怪那个女人，要不是她挑拨离间，咱们小姐眼下就该住到那间客栈里的。"

簪星把外套披在红酥身上，漫不经心地开口："没有江景房，有江景也不错了，你就知足吧。"

她的态度倒是十分坦然。事实上，从今日和王邵打了照面儿回来后，她面上便一点儿也没有伤心的痕迹，就跟没这回事似的，还有心思打听关于太焱派选拔赛的情况。

眼下，簪星坐在火堆前，半张带着伤痕的脸隐于暗处，另一半完好的脸被火光照亮，更加俏丽动人。如果没有遭遇这些事情的话，她应该还是和过去一样，做那个张扬美丽的大小姐，虽然跋扈骄纵了一些，总好过现在这样受委屈。

老牛看得心中难受，这时候倒是想起另一桩更重要的事，于是忧心忡忡地开口："大小姐脸上的伤还未好，接下来该怎么办？"

如果段香娆说的是真话，那簪星脸上的伤就必须用高级灵药来医治。岳城里的高级灵药十分珍贵，杨家是决计买不起的。可是，能拿到高级灵药的王邵，如今又已和簪星退了婚。这样下去，难道簪星要一辈子顶着毁容的脸活在世上？寻常女人在这世道活着本就不易，何况是毁了容的女人。

红酥闻言，"哇"的一声哭了起来："都怪奴婢不好，奴婢当时没能撕烂那狐狸精的脸。大小姐毁容了，以后嫁不出去怎么办？"

"拉倒吧你，"簪星道，"人家都筑基了，你一个普通小丫头，别被撕了就好。"

红酥哭得更加伤心欲绝："大小姐嫁不出去了……少城主被狐狸精抢走了……"

《九霄之巅》这本书的作者是个直男，直男写女性角色，向来写得一言难尽。红酥可能是被作者虐得狠了，这辈子的精神寄托，大概就是把"杨大小姐"成功地嫁到王家，让她成为王邵名正言顺的夫人。

簪星一边拿帕子帮她抹眼泪，一边哄道："红酥啊，别想他了，我以后给你找更好的姑爷。"

"骗人，"红酥抽抽搭搭地道，"您都毁容了……"

"能治好。"

红酥止住哭，泪眼模糊地看着她："怎么治？"

簪星捡起地上的柴火，往快熄的火苗里加："不是说，宗门里灵丹妙药无数吗？太焱派堂堂一个名门大派，不会连一瓶灵药都拿不出来吧？"

"可是，"老牛迟疑道，"您不是已经和少城主退婚了吗？"

"谁说要靠他？"簪星笑了笑，"再过一日就是选拔赛了，选拔赛又没有规定谁不能参加。只要通过选拔赛的人，就是太焱派的宗门弟子。宗门弟子，总有资格用里面的物资药品。"

"您的意思是……"

簪星拍了拍手，蹭掉手中的木头渣，说道："我也要参赛。"

第三章
选拔赛

下过一夜雨，清晨的平阳镇已有立秋后的寒意。

晨雾将沿街的杂草打得微湿，寒蝉时不时鸣叫一声，将整个平阳镇的清晨唤醒。

今日的平阳镇分外热闹，无数修士都往一个地方奔去。有过路的外地人，一边吃早点一边问茶铺里的掌柜："老板，他们跑什么？什么事这么热闹？"

"今日是太焱派招新选拔的日子，"掌柜笑着回道，"都州的天才俊杰，可不都等着在望仙台上一鸣惊人嘛。"

望仙台是姑逢山脚下一处平整的高台，听说傍晚的时候站在望仙台上仰头看，能看到姑逢山的仙景霞气。今日的望仙台下，早已挤满熙熙攘攘的人群。簪星和红酥、老牛站在远处，望着望仙台的方向微微出神。

都州大地，修行之风盛行，如今几大宗门里，太焱派算排得上名号的大派。掌门人羽山圣人在三百年前开宗立派，于一百年前化神飞升，是都州修仙界里第一个飞升成功的修士。羽山圣人飞升后，其徒弟少阳真人接任掌门人。自二十年前人魔两族大战后，太焱派元气大伤，这些年日渐式微。不过，瘦死的骆驼比马大，到底是老牌宗门，宗门之中秘籍功法底蕴丰厚，普通修士若能成为其宗门弟子，只会好处不尽。何况，太焱派已经近十年未曾招收新弟子了，今年招新，得了消息的修士们纷纷赶来平阳镇，只为鱼跃龙门，成为太焱派的正式弟子。

"我还以为没多少人呢，"红酥惊讶，"这么多人，太焱派收得过来吗？"

"毕竟是名派，想来的人多也正常。"簪星看了一眼周围，"而且，今年应该是扩招了。"

二人正说着话，就见从姑逢山的方向远远地飞来一行人，脚踩长剑，御风而行，不过片刻，落在望仙台上。

"啊！是太焱派的宗门弟子！"身侧有修士兴奋地喊道，"他们来了！"

红酥也跟着激动起来："小姐，他们就是太焱派的人，长得真好看！"

这一行人大多穿着浅灰色的纱袍，腰间系着白色腰带，束发缎带则是深灰色，各个面目端正，身姿清瘦挺拔，行动间纱袍随风舞动，格外出尘。为首的是一个年轻女子，她与其他人不同，穿的纱袍是灰紫色，生得亦是眉清目秀，眉宇间还有股飒爽英气。她笑起来的时候，那点儿不近人情就消散了，显得亲切又温和。

她站在望仙台上，对着台下众人朗声道："我是太焱派的弟子紫螺。今日太焱派招新，诸位远道而来，可见修行向道之心。修行一途，荆天棘地，斗折蛇行，若无磐石之心、愚公之志，难免半途而废。诸位也知，修行之道，炼气入门，筑基为始。我太焱宗门，人人都过筑基起步。今日宗门招新，自望仙台始，不过这望仙台，也不是人人都能上的。"

紫螺说完，拂袖一挥。她的袖中蹿出一道流光，这道金色流光很快落于望仙台下，形成一个拱形，变成门的形状。

"这是元力门。"紫螺道，"唯有修行已至筑基者方能通过。诸位未至筑基的道友，现在可以回去了。"

簪星："……"

厉害了，智能安检。

今日来往修士，也有许多修行才至炼气者，闻言不满起来："怎么能这样？你们凭什么看不起炼气期的人？"

"就是，太焱派堂堂一个大宗门，怎能这样傲气凌人！"

紫螺笑道："并非傲气凌人。望仙台上的试炼不同于寻常考核，若未至筑基者尝试，轻则重伤，重则丧命。宗门也是为了诸位的安全着想。"

此话一出，刚才那些愤世嫉俗的修士便不敢开口了。想进太焱派是真的，可谁也不想为了进宗门搭上一条命。

紫螺道："那么，现在就请已过筑基期的道友们通过这扇元力门吧。"

金色的光门矗立在望仙台下，仿佛只要跨过这道门，就能进入光怪陆离、玄妙缥缈的月地云阶。有跃跃欲试者迫不及待地跑了过去，一头扎进金色的光门中，末了，在门后哈哈大笑："诸位，我就先进去了！"

剩余的修士见状，一拥而上。其中还有几个浑水摸鱼的修士，尚怀着侥幸之心，没料到，他们刚一到门口，就被金色的光弹了回来，摔得不轻。

紫螺望着被弹倒在地上的修士，笑盈盈地开口："别想蒙混过关啊，元力门可是很聪明的。"

簪星见状，说道："我们也过去吧。"

红酥和老牛连忙跟了上去，三人刚刚走近元力门，簪星还没来得及进去，就听到身后传来一个声音："杨姑娘？"

簪星回头，王邵和段香娆正站在她身后，段香娆惊讶地看着她："杨姑娘怎么也在这儿？"段香娆看了一眼元力门，夸张地开口，"难道，你也要参加选拔赛吗？"

"别说笑了，"王邵想也没想地接口道，"她一个刚进炼气期的，连这道门都通不过。"

"是吗？"段香娆遗憾地笑了，"我还以为能有机会和杨姑娘一同参赛呢。"

这二人一唱一和，简直像是来吵架的。红酥年纪小，禁不住激将，愤愤地道："少看不起人了，我们大小姐可比你这个狐狸精强得多！"

"强不强，不能靠耍嘴皮子。"段香娆分毫不让。

簪星懒得理会工具二人组，抬脚就要往元力门走去。

"等等！"王邵叫道。

簪星回过头："有事吗，王公子？"

王邵也不知道自己为什么要叫住杨簪星，只觉得她的眼里像是没有自己似的，让他的心中莫名其妙地不痛快。顿了顿，他嘲讽道："杨簪星，是不是被我退了婚，你伤心得疯了？刚才的话你没听见？没到筑基期的人，进不去这道门。"

"王公子，"簪星看着他，笑了，"难道你没有听过一句话吗？士别三日，当刮目相看。"

簪星走了进去。

金色的光门纹丝不动，女子轻而易举地穿过那道光门，并未遇到任何阻拦。

"怎……怎么可能？！"王邵大惊。

"大小姐好棒！大小姐通过那道门了！"红酥欢欢喜喜地和老牛击掌庆祝，"大小姐一定行！"

段香娆眉头一皱，问身侧的王邵："你不是说她的修为才到炼气一重境吗？"

"本来就是。"王邵顾不得其他，赶紧穿过元力门，三两步追上簪星，一把握住她的手腕："站住！"

"还有什么事吗？"簪星甩开他的手，问道。

"你什么时候筑基的？明明来平阳镇之前，你都只是炼气一重境。"

簪星望着面前的王邵，过了一会儿，嘴角一勾："这还要多亏当日在独苏山水涧里的那只妖兽了。"

"妖兽？"跟上来的段香娆面色狐疑，"那只'域'？"

"我被妖兽拖进水中，后来侥幸从妖兽嘴里脱险，还得到了一颗妖丹。"簪星不紧不慢地回道，"王公子也知道，一颗妖丹相当于一瓶三品灵药，我吸收了妖丹中的元力，它助我突破了。"

"妖丹在哪里？"王邵迫不及待地追问，随即脸色大变，"你该不会是……？"

"炼化了。"

"炼化？"这一下，连段香娆都失声叫了出来。

"王公子，本来那枚妖丹呢，我是打算送给你的。"簪星望着王邵青白交加的脸色，温声道，"可惜，你我夫妻缘尽，我也没什么依靠，只能自己炼化妖丹，突破筑基，过来同你一起参加选拔赛。"

王邵听得几欲吐血，一枚妖丹，就能让杨簪星从炼气一重境进入筑基，若是自己吸收了其中的元力，定然能突破筑基后期，说不定……说不定还能结丹！

这女人简直暴殄天物！

段香娆的脸色也很难看，她万万没想到，一个没被自己放在眼里的毁容女人，竟然摆了他们一道。

"时间快到了。"簪星冲他颔首，"王公子，我们望仙台上见。"说罢，她头也不回地往望仙台走去。

身后，王邵握紧双拳，气得两眼发红："贱人，我非杀了她不可！"

簪星才没心思去管王邵现在是什么后悔心情。她走到望仙台下，此刻，许多通过元力门的修士会聚于此。她抬起头，望向望仙台上的太焱派弟子，太焱派为首的那位紫螺师姐正低头对身侧的修士说着什么。突然，簪星听见有人在背后唤她的名字："杨簪星？"

簪星回头，站在眼前的是一个十七八岁的少年，生得俊逸高瘦，麦色肌肤令他看起来少了几分修士的仙气，多了几分属于少年人的野性。他身上的赭色劲装尚有补丁，眼神凶悍且带着几分防备，如一头初长成的猎豹，警惕地面对着身前的猎人。

虽然并未见过此人，但杨簪星几乎是第一时间就明白过来，这肯定就是《九霄之巅》的原著男主角牧层霄了。

因为这少年和周围修士的画风格外不同，纵然穿着打扮并不出色，可站在这里，就是令人难以忽略，浑身上下闪耀着属于主角的光环。

"你没死？"他震惊地道。

"侥幸逃生了。"簪星回答，心中有些奇怪。按照原著来说，落入水洞的是牧层霄，牧层霄因为得到枭元珠这个金手指，连升几级，进入筑基，从而才有资格进入选拔赛出尽风头。可后来她成了"杨大小姐"，枭元珠也为自己所有，失去金手指的牧层霄只是一只炼气境的菜鸟，不应该出现在这里。

可他现在出现在这里，说明已经通过了元力门。能通过元力门，证明牧层霄至少是筑基修为。难道在这些日子里，牧层霄又有了别的奇遇？

簪星心中感叹：不愧是男主角，总能坠崖遇良师，山洞得秘籍，气运机缘数之不尽。

"你也要参加选拔赛？"牧层霄亦有些难以置信。杨簪星不是个只知道吃喝玩乐的大小姐吗？她用了那么多灵石、灵药，才勉强混到炼气一重境，如今来这里是什么意思？

"来参观一下。"簪星回答。她心想：牧层霄还是到了这里，和王邵碰上了。这说明剧情的主线并没有改变，之后他们俩应该还是会打起来。不过这一次，自己至少不必成为那个拉仇恨的炮灰了。

想到这里，她又补充了一句："我毁容了，王邵找我退了婚。"

牧层霄莫名其妙地看了她一眼，有些不解为何她会说这句话。

他正沉思着，最后一个修士进入了元力门。

望仙台上，紫螺笑盈盈地道："看来，诸位都已经准备好了。"

她从袖中掏出一个巴掌大的圆锥体，往望仙台上一扔。

刹那间，"轰隆"一声，地面冒出滚滚烟尘，不过须臾，一座巨大的石山拔地而起。

这石头山下细上粗，乍一看去，如一朵巨大的白色蘑菇。这朵蘑菇还在缓缓旋转，簪星看得傻眼："这是什么？游乐场里的螺旋转椅吗？"

"这是连山花。"紫螺笑着为众人解惑，"诸位可看清楚了山上的紫色花朵？"

簪星仔细地去看，才看见这大白蘑菇上还长着许多会发光的紫色小花。蘑菇山蒂的花只有稀稀落落几朵，越往上，花朵越多。

"今日选拔赛，诸位可自行上山采花，以一炷香的时间为准，往石山上攀爬，不得从石山上掉落。一炷香的时间后，我们会清点石山上各位手中的连山花，从上至下的前一百二十位，就是我太焱派的弟子了。"

簪星恍然大悟，简单来说，这就是一个攀岩夺宝的游戏嘛，顺位录取也还行。只是……她望向那座巨大的石山，比赛规则看似简单，不过大白蘑菇在旋转，容易导致眩晕，对恐高症、眩晕症的人未免太不友好。而且人要想多采花，就得爬去高处。如今僧多粥少，在采花的过程中，恐怕也少不了明争暗斗。

周围的修士都已经摩拳擦掌，跃跃欲试。

紫螺笑道："那么，试炼开始。"

望仙台上的香，顷刻间被点燃。

选拔赛开始了。

大蘑菇还在缓缓旋转，望仙台下的修士已经一拥而上，各显神通地往圆锥石山上爬去。

簪星也走了上去。

靠得近了，她才发现这石山生得很妙。从蘑菇伞下往上看，石壁极陡，斜度很大，好在石壁并不是光滑的，还能落脚，只是落脚的间距不短，比普通的攀岩难度大得多。

簪星尝试着抓石头爬上去。

她动作不是很快，脚踩上去，便觉得身子晃得厉害。蘑菇山一直在缓缓旋转，人往会动的山上爬，并不是一件容易的事。

一些修为较高的修士已经爬到上面，速度渐渐慢了下来。簪星倒是不急，当她爬到一小半路程的时候，前面的一位壮汉修士已经发现眼前的一朵连山花，二话不说就打算摘花。他的手刚碰到花瓣，那花瓣突然见风长大，五片紫色的花瓣突然拉长，瞬间化作一只泛着黑紫的枯瘦的人手，朝这壮汉的胸前狠狠地拍去。

这蘑菇山又没有安全绳，全靠人两只手抓着石壁往上爬。毫无准备之下，壮汉被那鬼手花朵一掌拍在胸口上，哕出一口血，仰头栽倒下去。

"咚"的一声闷响，听得人心里发寒。

与此同时，四周纷纷传来惨叫以及此起彼伏的人从高处跌落在地上发出的"扑通"声。

紫螺负手站在望仙台上，一边看着太焱派弟子们将跌落受伤的修士挪走，一边道："连山花还有一个名字，叫作鬼手花。你们想摘下一朵花，也不是简单的事。"

方才急着摘花的修士们大部分中了招，只有小部分修为高的勉强抓住石壁，不至于掉下去。纵然如此，参赛者也瞬间少了一半。

前面那位壮汉掉下去后，簪星仔细地观察着面前这朵花。

这是一朵紫色小花，有五片花瓣，花蕊是金黄色的，还会发光，她凑近去闻，闻到一股淡淡的清香。从外表来看，它非常无害，但簪星记得刚才眼前的一幕。这花在人凑上去的时候，会瞬间变成一只死人手的模样，心理素质不行的，都不用被拍，自己就吓死了。

她要跟这花打架吗？

簪星犹豫了一下，就在这时，她的心口微微发热，那颗枭元珠又开始蠢蠢欲动了。

不知是不是她的错觉，簪星看到面前的紫色花朵自金黄色的花蕊中渐渐渗出一丝丝光芒，像是有生命，又如刚泡开的茶水上蒸腾的热气。这看起来很像是天地元力，簪星并未先去摘花，而是伸出一只手，覆在花朵上空。

簪星刚伸手覆上去，体内的枭元珠突然疯狂地转动起来，自花蕊上渗出的元力一丝丝钻进她的体内，被枭元珠大口吞噬。不过须臾，那花朵便被吸尽最后一点儿金芒，黯淡下来。

簪星微一思忖，右手紧紧地抓着石壁凸出的一角，再伸出左手，小心翼翼地将那朵连山花摘了下来。

花朵静静地躺在她的手心上，没有化成鬼手，也没有攻击她，并无任何变化。

簪星恍然大悟，这花之所以会变化，就是因为花蕊里的某种元力。不过这种元力恰好又能为枭元珠吸收，当簪星利用枭元珠吸收干净花蕊中的元力后，这朵连山花就变成了一朵普通的花，没有半分攻击性。

真是太省事了。

这样一来，簪星反而不急了。比起别的修士需要历经千辛万苦和鬼手花作斗争才能摘下花，她只需要用枭元珠吸干元力再摘花就行了。摘得快不如摘得稳，她慢慢地往上爬，不愁没花摘。

与此同时，她还看见一个熟人，牧层霄手脚并用地往上爬。瞧见簪星在自己前面，牧层霄也愣了一下，他还以为她早就被淘汰出局了，没料到她居然还在，甚至还神情轻松地对自己招了招手。

"你摘了不少嘛。"簪星瞧了一眼牧层霄背篓里的花，这么短的时间里，他已经摘到五朵了。

少年警惕地盯着她："你想干什么？"

"放心，我不会抢你的花。"簪星继续往上爬，"祝你晋级成功。"

牧层霄顿了一顿，总觉得现在的簪星说不出的古怪。不过眼下，他也没把心思浪费在簪星身上。

越往上，蘑菇山的石壁越光滑，与此同时，大蘑菇旋转的速度也开始加快，晃得人头晕。虽说高处的连山花更多，可爬到高处也更危险，说不定还没摘到花，自己就一个不小心从上面摔下来了。许多修士不肯再往上爬，又担心手头的花不够多，进不了太焱派，便将主意打到同为参赛者的修士身上。

一时间，蘑菇山上，人与人相争抢花，又是一阵"扑通扑通"声。

"不行了……"王邵吐出一口气，气喘吁吁地道，"不能再往上爬了。"

段香娆皱了皱眉，眼中闪过不屑，面上却笑道："确实，这山太高了。"

二人的修为都是筑基中期，在这里也算是不错的。纵然如此，他们若再继续往上，也有些勉强。二人结伴，使得旁的修士不敢来明抢，一路上还算顺利。两个人彼此照应，总比一个人单打独斗强得多。

不过眼下，他们好像很难摘到更多花了。

段香娆看了一眼自己和王邵的背篓，她有十二朵连山花，王邵有十六朵，虽然不算少，但也不算特别多。走到此处的修士，已经是千挑万选过的，要让他们去抢别人的，又怕偷鸡不成蚀把米。

段香娆正在心里盘算着，目光突然落在身后一个熟悉的身影上。她怔了一下，连忙唤来王邵："王公子，你看！"

离他们不远的地方，簪星正背着背篓慢腾腾地往上爬。她的动作慢得像乌龟，不过，让王邵震惊的是她居然还在。

"王公子，你看她的背篓。"段香娆提醒。

王邵看过去，顿时目光发直。

簪星的背篓里码着一摞连山花，整整齐齐的，至少二十朵。

计时香已经燃烧到只剩一小半了。

紫螺望着蘑菇山上的修士们。这时候的修士们，大多已经停止继续向上爬，转而向身边人动手。

"师姐，他们都不肯往上爬了。"身侧的小童道。

紫螺叹了口气，摇头道："这些修士畏难怕险，不肯继续往上，殊不知越往上的连山花，所蕴的灵气越充足。山顶的那一株，可比二品灵药。"

试炼结束后，这些修士摘到的连山花都会作为奖励送给他们自己。如果他们爬得高一点儿，奖励也就丰厚一些，可惜了。

"等等，"另一位同门指着高处，"那里还有一个少年。"

紫螺看去，就见石山之上，还有一个穿赭色劲装的少年正在努力地向上攀爬。他年纪也不大，额上冒出大颗大颗的汗珠，爬得格外艰难，但脚步从未停过。

紫螺露出一抹满意的笑："这位道友倒是修行之心坚定，不错。"

"依师姐看，他能通过试炼吗？"

"极有可能。"

另一头，簪星还在不紧不慢地爬着。

说实话，爬到这里，她真是不想再继续往上爬了。这蘑菇山转得人脑袋发晕，她真怕转着转着，就两眼一黑掉下去。

大抵是因为她看起来柔弱不堪，又低调小心不起眼，一路上，竟然没有修士来抢她的花。簪星准备再摘几朵就找个没人的地方躲起来，估计时间也快到了。

她正想到这里，身侧就传来一个声音："杨簪星。"

簪星抬头一看，居然是王邵和段香娆，真是冤家路窄。

"你居然能爬到这里。"王邵盯着她，目光里满是惊异。

杨簪星能通过那扇元力门，王邵已经觉得很不可思议，现在见她居然爬到这里，和自己不相上下，王邵简直觉得在做梦。

"托你的福。"簪星敷衍地回道，"运气好而已。"

她这种没有将自己放在眼里的态度再一次激怒了王邵。他正要发火，身侧的段香娆轻咳一声，王邵这才想起自己要做什么。他放缓了声音，道："你把花给我吧。"

"什么？"簪星看向他，怀疑这人脑子坏掉了。

"杨姑娘，"段香娆轻声开口，"你来参加选拔赛，无非是想进太焱门，拿到治好脸伤的灵药。待王公子进了太焱派，自然会为你寻来灵药。"

"不错，"王邵装模作样地道，"我还会给你足够的灵石丹药，不会让你吃亏的。"

簪星问："你是怕自己进不了宗门，才打我的主意吧？这是作弊。"

"杨簪星，话不要说得那么难听，"王邵恼羞成怒，"我是看得起你才这么说的！"

"多谢你看得起，但是我不愿意。"

"杨姑娘，"段香娆笑着开口，"修炼之道长路漫漫，寂寞清苦，寻常女子何必去受这个折磨？你若是将花卖给王公子，日后治好了脸，寻一位良人，琴瑟和鸣，难道不好吗？女人一生，不就是盼着有个好归宿，何必打打杀杀，将自己弄得粗糙不堪？"

簪星："我恐婚。"

段香娆被堵得哑口无言。

王邵忍无可忍，怒道："你跟这个丑八怪废那么多话做什么？"他冷笑一声："杨簪星，既然你敬酒不吃要吃罚酒，就别怪我不念旧情了！"

听听，他说的是人话吗？别说牧层霄，连她这个前未婚妻听了，都想打死王邵，这人也太招人厌了。

话音未落，王邵就一只手抓着石壁，另一只手朝簪星劈来。

他好说不行，来明抢了。

簪星侧身避开，险险躲过，还好她两只手抓着石壁，否则就会跌下去了。

"我再说一遍，"王邵冷冷地盯着她，语气暴戾，带着一丝焦躁，"把花给我！"

"不给。"簪星的脸色也冷了下来。

原著里，这一幕应该是牧层霄和王邵之间的剧情。牧层霄因为拍死"杨大小姐"，和王邵结成了死仇。王邵在选拔赛中的蘑菇山上，对牧层霄暗下杀手，企图抢走牧层霄的花，没料到被男主角反杀，从大蘑菇山上掉了下去，最后连太焱派的门都没摸到，惨遭一轮游。

但现在没有了这层死仇，剧情居然发生在她和王邵身上！

这难道是在暗示，现在她已经拿了男主角的剧本，所以连原著给男主角安排的情节都要照单全收吗？

这可不是什么好事！

段香娆面上的笑容也散去，目光变得阴戾起来，说道："来不及了，一起上吧！"

计时香快要燃到头了。

又一拨修士手中的花被抢走，被一同参赛的修士从蘑菇山上推了下来，从此和宗门无缘。

"时间快到了。"小童望着远处，"不知这剩在山上的人，究竟够不够一百二十个。"

紫螺不语，越是最后关头越是关键，有时就是那么几息的时间，风云就会突变。

蘑菇山上，簪星艰难地躲避着面前两个人的夹击。

王邵也太不要脸了，居然二打一。原著里其实并没有段香娆的存在，然而，不知道是不是杨大小姐走偏了剧情的缘故，这设定居然又硬生生地搞了第二个恶毒女配角出来。

段香娆堵住簪星的前路，簪星一只手攀着石壁，另一只手阻挡。王邵乘机靠近，劈手朝她背上的篓子夺去。

无法分出多余的手去抵挡，簪星脸色一变，刹那间冒出一个大胆的想法。她运转起体内的枭元珠，将方才被吸收干净的连山花元力猛地注入背篓里的花蕊中。

背篓猛地爆发出一阵金光。

那些被摘下的花像是有了生命，在王邵的手靠近的瞬间，猛地拉长变化，形成数十只紫黑枯瘦的手，狠狠地朝王邵的脸上抓去。

王邵没有防备，被鬼手一掌劈在脸上，脚下一滑，直直地栽倒下去。

"王公子！"段香娆惊叫起来。

"当"的一声巨响传来。

巨大的白蘑菇山慢慢停止旋转，石壁上的紫色花朵尽数消失。火光熄灭，最后一点儿香灰落在桌上，被风吹走。

女子清脆的声音响彻整个望仙台："试炼结束。"

试炼结束了。

与此同时，山上的修士背上装着花的竹篓，不约而同地朝望仙台上的太焱派弟子飞去。

竹篓上一开始就以元力刻下了众位修士的名字，不必担心混淆。

紧接着，蘑菇山迅速地缩小，还在山上的修士尚没反应过来，脚已经踩到了实地上。

簪星刚一踏在地上，便迎面撞上王邵的一拳，伴随着后者愤怒的大叫："贱人！"

这一拳并没有落到簪星身上，站在望仙台上的一位宗门弟子拂袖一挥，王邵就扑倒在地上。那位弟子往这边看了一眼，淡淡地道："不可在试炼场上斗殴滋事。"

这规则挺好。王邵敢怒不敢言，被赶来的段香娆扶起，只得面色阴狠地盯着簪星。簪星才不怕他。

望仙台上，紫螺笑道："一刻钟后公布结果。"

台下的修士又开始热闹地议论起来,认识的不认识的都互相问身边人："你摘了多少朵？"

"不多不多，堪堪十六朵。"

"这么多？看来道友一定能进宗门了。"

"过奖过奖，我也就随随便便那么一摘。兄弟，你呢？"

"嘿，我就惭愧了，不过十八朵而已。"

"……"

堪比考试后大型对答案现场。

那些留在山上、摘到了花的还能抱着忐忑的期待，那些中途摔下来、花被抢走的修士则一脸垂头丧气，都不用等结果，便自行离开了。

考试放榜，向来是几家欢喜几家愁。红酥站在元力门外，远远地对簪星挥手，和老牛看起来仿佛是接考生回家的家长，看得簪星心酸中带了一丝好笑。

簪星还看到了一个熟人——牧层霄。少年站在一旁，身边没什么好友，唯有一个柳云心在外头等他。

簪星问："你摘了多少朵？"

牧层霄皱眉："与你无关。"

好冷酷的男主角，簪星没再继续和他搭话。

不知过了多久，望仙台上的宗门弟子渐渐停下动作。紫螺微微一笑，走上前来，说道："现在开始公布结果。"

她伸出纤纤玉指，随手一点，望仙台下顷刻间荡起一层水波，如在空中突兀地出现一面透明的镜子。随即，无数金光朝着水镜飞去，在镜面凝固出一个个发光的名字，由上至下，整整一百二十名。

"诸位可在水镜上自寻名字，有名者，从今以后，就是我太焱派弟子。"

一瞬间，修士们一拥而上，纷纷在水镜上寻找自己的名字。其中有不认字的人，说道："有没有好心人帮我看看？我不识字，我叫田大头，帮我看看有没有我的名字！"

这情景，像极了高考考生放榜查分的时刻。

簪星也打算去看，才走了一步，就被人拉住了。

她回头一看，居然是王邵。

王邵盯着她的目光仿佛盯着杀父仇人，他道："难道你以为你会榜上有名吗？"

"为什么不行？"簪星反问。

"别开玩笑了！"王邵暴躁地大吼，"你只是一个凭借我的灵石丹药勉强进入炼气一重的废物！就算你炼化了那颗妖丹，侥幸进了选拔赛，也不可能进去太焱门。"他的目光有些癫狂，不知道他是要说服簪星，还是要说服自己，"我告诉你，杨簪星，你害我没能进入宗门，待我回到岳城后，定要你们整个杨家付出惨痛的代价，你将会为自己今日的所作所为后悔万分！"

簪星看着眼前发疯的王邵，心中浮起微妙的感觉。这些话，在原著里，是王邵对牧层霄说的。现在，王邵却对她说了出来，剧情依旧按照从前的设定在发展，只是角色已经换了一个人。这样说来，她到底是改变了剧情还是没有改变剧情？

定了定神，簪星看着王邵，说道："我听说岳城百年间难出一个宗门弟子，一旦出现宗门天才，整座城都要倾尽物资、精力去培养、保护他。"

"那又如何？"

"你之所以在岳城风光，并不只是因为你是城主的儿子，还因为你是岳城第一个十八岁前进入筑基期的天才。"簪星声音平静地说道，"所以岳城百姓对你寄予厚望，而今你落选了。如果我进了宗门，岳城都要以我为荣，你恐怕不能肆意报复。"

"话说得轻松，你以为我进不去，你就进得去吗？"王邵反唇相讥。

簪星不言不语，拨开身前渐渐散开的修士，抬头看向浮在半空中的金字。

"李二，十一朵……段香娆，十二朵……赵六，十七朵……牧层霄，二十三朵……"

簪星不紧不慢，目光继续往上，王邵也不甘心地挤进来，随着她往上看去。

"杨簪星，二十一朵，名次六十八。"

"不可能……不可能……"王邵如遭雷击，抖着嘴唇说不出话。

簪星回过头，看着他，说道："现在，你还要我杨家付出代价吗？"

王邵盯着面前的绿衣少女，日光下，她半张脸上的黑痕似乎被金色的日光模糊掉了，乍一看去，与过去娇俏的少女别无两样，但细细地看去，又截然不同。

杨簪星进了太焱门，不管她修为如何，背后都有宗门作为倚仗，整个岳城都要因为出了一个宗门弟子而扬眉吐气。纵然他再怎么不满，再怎么痛恨，都不能对杨家痛下杀手。强者为尊的世界就是如此，拳头才是硬道理。

少女面上挂着笑意，上前一步，王邵下意识地退了一下。

她的声音亦很温和，于温和中，又含着一层不易察觉的嘲讽。

"王公子，现在全城的希望是我。"她道，"你，出局了。"

一场试炼落下帷幕，众人际遇各不相同。

通过试炼者，将进入都州修仙界赫赫有名的太焱派，从此踏上漫漫的修炼之途。落选者亦有不灰心的，决定回去苦心修炼，再待几年，且寻机会卷土重来。

一开始，红酥只希望簪星进入选拔赛，挫挫段香娆的锐气，没料到簪星居然真的通过了试炼，她抱着簪星喜极而泣。老牛更是老泪纵横，一把年纪了，还跪在地上感谢上天保佑。来来往往的修士见状，好奇地看过来，让簪星好不尴尬。

她正不知如何劝慰时，身后响起一道惊讶的声音："杨大小姐？"

簪星回头一看，就见一黄裙女子站在自己面前，正是之前与她有过一面之缘的柳云心。

《九霄之巅》这本书里，男性角色负责打怪升级，女性角色负责发展和男主角牧层霄之间的感情线。男主角牧层霄一共娶了八个老婆，每个都国色天香，风格各不相同。这位柳云心是牧层霄青梅竹马的妹妹，清丽温婉，柔弱乖巧，属于"白月光"一般的存在。虽然簪星对这种设定颇为鄙夷，但真正见到柳云心时，还是在心里赞叹一声：好漂亮的姑娘！

柳云心人如其名，弱柳扶风，云淡风轻。看见簪星，她讶然地道："你……还活着？"

"是啊，"簪星笑着回答，"我侥幸从妖兽嘴里逃了出来。"

"对不起，"柳云心闻言有些不安，绞着衣角低头道，"当时若不是为了救我，你也不会……"

"不用客气，应该的。"簪星心想：当时要不是救下柳云心，她现在已经是个死人了。

"那你的脸……"柳云心担忧地看向她。

簪星摸了摸自己的脸，宽慰道："没事，找灵药医治就好。"

牧层霄看到正和簪星交谈的柳云心，三两步走了过来，一把抓起柳云心的手，将她护在身后，斥道："云心，过来，别离她太近！"

她长得也没有那么可怕吧，牧层霄大可不必如此警惕。

簪星正要说话，望仙台上的紫螺又开口了："诸位同门，即刻收拾，随我一同前往姑逢山，请在太焱派山门前正式入籍。"

台下众人顿时欢呼起来。

簪星手里突然多了一捧连山花。

台上的紫螺笑道："这些连山花的花蕊含有丰富的元力，将作为奖励赠予各位。大家可将其炼化，以助突破。"

这下簪星明白了，果然，那些花蕊里的元力是可以被吸收的。

"那么，事不宜迟。"紫螺抬手，那道"元力门"被收回紫螺袖中。太焱派一行人再次御剑乘风，就要前往宗门所在的姑逢山。

簪星连忙将手中的花朵全部塞到老牛的手中，花蕊里的元力被她吸收了一半，不至于再变化成"鬼手"。

她道："牛叔，宗门里不能有外人。你们拿这些花去画金楼换成灵石，暂时在镇上找个地方住下来。我在宗门里安顿好后，就下山来看你们。"

就像学校里不能带家属伴读，她也只能先这样安排。

"放心吧，大小姐。"老牛收好连山花，拉着红酥道，"老奴等下就叫人回岳城传信，若城主知道大小姐被宗门选中，定会嘉奖整个杨家！"

"大小姐，你一定要在宗门里好好修炼。"红酥语重心长地道，"别忘了你答应过奴婢，要给奴婢找个更好的姑爷。"

簪星："……"这想法是被红酥刻在骨子里、血液中了吗？

她道："知道了。"

第四章

太焱派

太焱派是都州修仙界里的老牌宗门。

先掌门人羽山圣人在三百年前开宗立派，于一百年前化神飞升，是都州修仙界里第一个飞升成功的修士。

有这么块活招牌，太焱派想低调都低调不起来。

"太焱派十年没招过新人了。"簪星身侧的汉子笑道，"听说宗门里有无数武功秘籍，随便一本在交易所拍卖，都值几百灵石。你说，咱们要是偷偷拿一本去卖……"他笑得有些猥琐，"能不能发财？"

簪星："……"

她为太焱派这一届的招生质量感到担忧。

众人坐在去往太焱派宗门的传送灵舟上。此灵舟一次可运载数十位修士，这些修士大多还未结丹，并不能御剑，只能乘灵舟前往。

簪星身侧的汉子叫田大头，正是刚刚放榜时说自己不识字的那位。当时没人理会这位田大头，簪星看他可怜，帮他找到了自己的名字，这位兄弟就将她视作心地善良的大好人，自动认她当朋友了。

田大头本名也不叫田大头，叫田芳芳，他嫌这个名字过于女孩子气，干脆自称"田大头"。田芳芳本家也是修炼世家，不过他是旁支，得不到好的资源，索性少时就自己出来闯荡。这些年，他也有不少奇遇，今日的试炼中，他得了三十九朵连山花，排名第二。

"嘿嘿嘿，"田芳芳笑道，"待我把这些花都吸收了，就能进入筑基三重境。等进了宗门，我就能结丹了。"他接着道，"簪星师妹，到时候兄弟结了丹，第一个给你看！"

簪星："谢谢啊。"

两人正说话的时候，就见远处云雾之间，耸立着一处危峰，形状像是一支笔，自九天之上挥毫泼墨而下。峰顶弥漫着紫色霞嶂，一头黄色巨龙盘旋在峰上，目光如炬，瞪着往来的修士，仿佛下一刻就要腾云飞起。待人凑近了才能看到，巨龙原是以石雕刻而成，栩栩如生。龙目中燃着两团炎炎烈火，似能将一切焚烧殆尽。

到了峰顶，灵舟停下来。众人下了舟，再往前看，就见面前有一道白玉台阶，直通云海。玉阶两边雕刻着灵龟和蟾蜍，往上，视线尽头是一座朱色大殿，在日光的映照下，显得幽深而辉煌。

大殿前的金色牌匾上，写着三个大字："太焱派"。

鸾翔凤翥，龙蛇飞动。

紫螺从灵舟上走下来，笑道："到了。"

簪星望向大殿的方向。

这里，就是原著里男主角牧层霄腾飞的地方，剧情正式开始的第一站，太焱派。

簪星随着众人一同走上白玉台阶。

待她迈过最后一层台阶时，眼前变得开阔起来。

这里是一处寺殿，最前方供奉着开宗掌门人羽山圣人的雕像。雕像以金塑造，看起来仙风道骨。仙风道骨的"羽山圣人"手持一把拂尘，慈悲安详地俯视着广宇红尘。

大殿中燃着数百盏明灯，烛光照着人影，显出一种深沉的瑰丽。

穿过大殿，则是一处外院，外院与大殿的华丽截然不同，格外幽静清灵。远处，一道飞瀑自崖壁落下，洒下一片银珠。薄雾笼罩山峦，风过绿浪涛涛，如玲珑仙境。

恰好从外头走过一群人，应当是太焱派的宗门弟子，大多穿着浅灰色纱袍。纱袍窄袖、收腰，男子头戴灰木簪，女子则束灰纱带。这纱袍不知是用何种料子制成，颜色清清淡淡的，并不沉闷，行动起来如云雾流动，仙气飘飘。

簪星自语："全都是高级灰啊……"看来修仙界流行冷淡风。

身侧一位女修士问紫螺："紫螺师姐，为何他们有的人衣裳是灰色的，有的却是绿色的，您的还是紫色的呢？"

这群弟子中，的确有几个人衣裳颜色不同，不过即使是绿色、紫色，也是带着一层朦朦胧胧的灰调，饱和度很低，是标准的莫兰迪色系。

紫螺答道："外门弟子皆着统一纱袍，内门弟子则可自行选择衣袍样式，没有过多的限制。"

"内门弟子和外门弟子？"田芳芳问，"那咱们算是内门弟子，还是外门弟子？"

紫螺笑了笑："你们目前都是外门弟子。不过，半个月后有一次宗门考核，考核排名前三十的，可成为内门弟子。"

这群修士没想到进了宗门还不算完，还要接着考核。有人就问："那内门弟子和外门弟子有何区别？"

"自然有区别。"紫螺解释，"内门弟子由各位师父亲自教导，所能接触的功法秘籍、每月领用的灵石丹药，都非外门弟子可比。"

簪星心想：这就是重点班和普通班的区别嘛，尖子生当然值得最好的师资待遇。

"我先带你们去宿院吧。"紫螺继续往前走，"待你们安顿好后，晚点儿会有人将纱袍和明日的安排送来。"

说实话，太焱派的住宿条件真的很好。簪星本以为王邵之前住的江景房已经很不错了，没想到太焱派的弟子宿舍比江景房有过之而无不及。宿舍两个人一间，就在后山外，全是独栋小木楼。木楼一共三层，第一层是会客厅，摆着地榻和小几，平时弟子们可以坐在地榻上喝茶聊天。第二层是卧室，两个人卧室以木墙隔开，保证了隐私性。第三层是天台，夜晚弟子们可以在这里看月亮畅谈人生理想。

可以说，是非常度假风的宿舍。

簪星听说内门弟子的住宿条件更好，一人一间小别墅，非常豪华。她没想到，在现代自己没能达成的房屋自由，在书里达成得猝不及防。

紫螺将人一一送到安排好的宿舍后，就要离开。簪星开口叫住她："紫螺师姐。"

"还有什么事吗？"

"我的脸之前被妖兽所伤。"簪星指了指自己的脸，"有没有解决办法？"

今日在场的修士众多，紫螺也没有注意到簪星，此刻看见她的脸，先是一惊，随即道："这是被'域'伤了吗？"

簪星点头："不错。"

紫螺伸出手，覆上簪星的脸。簪星只觉一股温热从脸上传来。片刻后，紫螺对簪星道："你的脸上仍有残留的妖气，我已用化毒术将残留的妖气从你的脸上拔除。"顿了顿，她才接着道，"不过，你的脸可能要用高级灵药医治，才能恢复如初。"

"师姐可有……"

"抱歉，"紫螺歉意地对她笑笑，"高级灵药稀有，内门弟子每月也只能按份例领用，我这个月的份例早已用光了。"

簪星不语。紫螺见她如此，还以为她是在沮丧，安慰道："你不用担心，只要成为内门弟子，就算不领用高级灵药，师父也会为你想办法的。只要你能在半个月后的考核中冲进前三十名，一切都迎刃而解。"

紫螺拍了拍簪星的肩，这才转身离去。

簪星看着紫螺的背影，还没来得及整理心情，就听见身后传来一个熟悉的声音："这可糟了，只有内门弟子才有资格领用高级灵药。看来，杨姑娘只能一辈子带着脸上的伤痕了。"

簪星转过头，不远处，段香娆一身海棠色纱衣，在这清冷寡淡的仙境里分外亮眼。

簪星问："你怎么在这里？"

"我住在这里。"段香娆笑盈盈地坐了下来。连山花试炼的时候，段香娆和王邵联手抢夺簪星手里的花，王邵被簪星赶了下去，剩下的段香娆刚赶上时间，保住了背篓里的十二朵连山花，吊着尾巴进了宗门。

这也就罢了，偏偏她还和簪星成了舍友。

有什么比和你不喜欢的同学分到一间宿舍更痛苦的事呢？簪星觉得这本书对她不太友好。

三楼的小露台本来很适合与闺密谈心喝酒追番剧的，现在可能要闲置了。

"你该不会真的想当内门弟子吧？"段香娆不紧不慢地给自己倒了杯茶，简单的动作由她做来，也带着一股勾人的轻佻，"我早就说了，修仙之路寂寞清苦，以你的天资和领悟力，在今日试炼入选的弟子中只能算是中等，何况还是靠着运气。"她抚了抚鬓发，"若你如我一般美貌，尚能在这宗门中寻一个依靠，可偏偏你被毁了容。你猜，这宗门中还有谁会要你？还有谁会想帮你？"

簪星闻言，想了想，跟着走到小榻边坐下，直视段香娆的眼睛："你说得不对。"

段香娆一愣。

"我进宗门的时候，可不是想着要来这里相亲，给自己找个依靠的。"簪星笑笑，"姑娘想要利用自己的美貌走捷径，请便。不过，也请你不要把所有人都想得和你一样鼠目寸光。"

《九霄之巅》是一本男频小说，所有的男角色要么是为了给男主角解惑，要么是为了给男主角打脸。女角色要么是为了和男主角谈恋爱，要么是反派的附庸玩物。

但现在不一样了。

簪星道："我要当内门弟子，不过不是靠男人，是靠我自己。"

秋霜如水，夜里的姑逢山很静。

一点儿星光映在银河中，远处的灯火被衬得模糊了。

小木楼旁种着一丛桂花树，到这个时节，桂花已开了不少。风起，浓香摇落，又如飞萤，将山色染上一层芬芳。

簪星坐在三楼，望着远处出神。

段香娆傍晚的时候就出去了，到现在也没回来。她是被几个新进门的弟子接走的，簪星不由得在心里感叹：看看人家的社交能力，入学第一天就能交到朋友，再看看自己……不提也罢！

太焱派的小木楼，第三层是露天的，仰头就能看到星空。簪星盘腿坐着，到现在，她已经能很从容地接受一个事实：她确实进入了《九霄之巅》这本小说里，并且暂时可能回不去了。

簪星这人比较平凡，没什么特长，最大的优点大概是心态好。无论遇到什么事，她都能从容地面对，这也是她为什么到现在都能这么淡定。她进入《九霄之巅》是个偶然，拿到枭元珠也是个偶然，但路毕竟是自己选的，自己选的路，跪着也要走下去。

如今，她的脸上还有残留的妖气导致的伤痕，要想彻底治好，她得进入考核前三十名才行。今日选拔赛上入围了一百二十名，她排名第六十八，还是利用枭元珠开了挂。就凭这个成绩，她想争取内门弟子的名额，有点儿悬。

不过……好在姑逢山上灵气充裕。

太焱派选址不错，这座山上，四处都是充裕的天地元力，且比外面的更加纯粹。她若在此修炼，再以枭元珠淬体，将事半功倍。

虽然她现在拿到了主角副本，但毕竟这个龙套原主身体资质一般。她若想要达成主角天选之子的成就，还得加倍努力。

簪星闭上眼，深吸一口气，运转内力，催动体内的枭元珠。她合动掌心，将四周的灵气元力纷纷吸收，开始炼化。

清晨，日光从小木楼的窗隙间溜了进来。

宿楼里静悄悄的，突然间，一声嘹亮的鸡鸣破空响起，声如巨雷，震得人耳膜"嗡嗡"直响。

簪星从睡梦中惊醒，一骨碌坐起身，揉了揉眼睛，这是鸡叫吗？也太大声了吧！

她揉着眼睛起来梳洗，待梳洗过后，推开门，就见远处的桂树枝头上站着一只鸡。

这鸡长得很漂亮，通体漂亮的大红色，背后延出一道金黄，缀着一点儿翠色，尾巴洒满黄色斑点，羽冠也是金色的。此刻它站在梢头，不紧不慢地踱着步，精神抖擞的样子，像是穿着晚礼服来巡视的工作人员。

都说鹤立鸡群，这鸡就算站在鹤群里，也是扎眼的那只。

"哟，簪星师妹，你也醒了？"隔壁田芳芳正端着一只碗在门前漱口，见到簪星，便走过来打招呼。

簪星："这鸡……"

"听住我屋的兄弟说，这是太焱派的司晨鸡，叫酉日将军。每日早上它一叫，咱们都得起床。"

簪星："明白了，生物闹钟。"

"你看入门安排了吗？"田芳芳问。

簪星回道："昨晚就看了。"

太焱派新进门的弟子都要按时上课。上课也分公共课和选修课，公共课又分基础课和理论课。基础课教的是普通的听息、观光、静功等修炼基础，理论课就是文化课，弟子们会读一些《清静经》《心印妙经》《入药镜》《青天歌》之类的道书。

这种大课，他们都是要一起上的。小课嘛，只有内门弟子才有资格聆听真人的教诲。除此之外，若他们想以最快的速度提高修炼等级，还得靠自习。

姑逢山上灵气充裕，适合修炼。而太焱派唯有内门弟子才能接触宗门的核心秘籍和功法。好在太焱派的武学馆藏书丰富，太焱派也是有名的宗派，只要是入门弟子，都可进入武学馆里挑选秘籍，不过只有内门弟子才能去武学馆一楼以上的楼层。

昨夜紫螺令人送来了今日的安排表，等一会儿，新进门的弟子就要去太焱派的武学馆里挑选功法，作为自己接下来半个月的修炼主课。

田芳芳吐掉最后一口水，抱着碗往回走，边走边道："我去换衣服。簪星师妹，你也动作快点儿，去得晚了，当心好功法都被抢没了。"

簪星应了一声，也回到屋里。屋里，段香娆已经收拾完毕了。

昨天她半夜才回来，按理说也算熬了夜，却一点儿都看不出来。段香娆甚至还有时间给自己梳个复杂的发型，化了全妆，虽说穿着太焱派外门弟子统一的灰纱袍，腰带的系法却与其他人不同，总是显得贴身一些。

簪星拿起昨夜发的灰袍，这袍子摸起来很软，里面是一层白色衬裙，外头是一层纱衣。纱衣胸口处，以黑白两色绣着一只鸾鸟，简单又飘逸，穿在身上，异常合身。她不会弄段香娆的那种复杂发型，只将长发梳理好，在脑后抓起一股束成一小束，随手用发的灰布帛绑了，就出了门。

外头，田芳芳在等她了。

二人边走边问路，不知走了多久，田芳芳指着前面，高兴地道："找到了！"

簪星抬眼看去，前面已经有不少新弟子聚在一处。这些弟子的正前方，坐落着一座黑色小楼，一共三层，楼前立着一块巨大的石碑，石碑上用剑凿刻着三个大字"武学馆"。字迹以红墨涂抹，遒劲无比，像是要将整块石头洞穿。

"这里就是太焱派的武学馆。"身后传来一个声音。

二人回头一看，紫螺笑盈盈地上前，望向小楼的方向："每位进入太焱派的弟子，都能去武学馆里挑一门功法修炼。待你们升为内门弟子，才可继续往上，眼下，你们只能进入第一层。"

"紫螺师姐，"田芳芳挠了挠头，"能不能跟我们透露一下，哪本功法最厉害？"

紫螺笑道："比起厉不厉害，你们修炼更应该考虑合不合适。去吧，现在就去，挑一本适合自己的功法。"

武学馆一次只能进二十人，每次只能在里面待一炷香的时间。

簪星是最后一批进武学馆里挑功法的人，同时进去的人里，还有田芳芳、牧层霄和段香娆。

除了田芳芳，剧情人物都凑齐了，很难说这到底是不是原著的恶意。

簪星一脚跨进小楼里，顿时觉得一股冷气扑面而来。

这武学馆大概存在很久了，放书的木架上，显出一种经过岁月沉淀后的幽冷感。有些架子上还生出了奇形怪状的灵草。书架嵌进墙里，从脚底到头顶堆满了书。簪星刚一走进去，如置身于书籍海流，觉得人类渺小。

这些功法各自散发着幽幽的金光，格外吸引眼球。光是第一层就如此奇丽，让人不禁想象高层的景色该是何等绚烂。

簪星看了看身旁，其他人都走得很远了。她还记得这个情节，主角牧层霄在武学馆里，在枭元珠的指引下，挑到了一本无人修炼的珍贵秘籍，然后将这秘籍修炼到极致，在之后的各种比赛上亮瞎众人的眼。

如今，枭元珠在她的手里。

簪星回头望去，满眼的书籍，究竟哪一本才是她应该挑选的，还是说，原著里牧层霄挑到的那本，如今会为她所有？

枭元珠没有任何动静，簪星走上前去，随手拿起架上的书籍翻看。

《巨力掌》《九重印》《七玄星宿剑》《无量洪荒斧》《第一刀法》……

似乎每一本都是猛男必备。

簪星一本一本地翻过去，感觉每本都很厉害。正当她有些茫然的时候，心口那颗一直没动静的枭元珠突然动了一下。

她一怔，下意识地抬头，就见面前的书架里，一本书幽幽地浮了起来。

这要是放在电影里，大概就是鬼片情节了。簪星向来怕鬼，但这一次，竟没有觉得害怕，实在是因为，这本秘籍看起来格外不同。别的秘籍都散发着金光银光，一看就神秘珍贵，这一本虽也散发着光芒，却是粉色的光芒，还是最俗艳的芭比粉。

簪星皱着眉看了一会儿，在心中对枭元珠的直男眼光发出疑问："你确定？"

枭元珠跳了跳，似乎有些不耐烦。

簪星没办法，只得走过去，还没伸手，那本秘籍像是感觉到有人靠近，"嗖"的一下，自动跳到她的手中。

紧接着，秘籍上的粉色光芒渐渐散去，变成一本普通书籍的模样。簪星低头一看，上面写着五个大字："青娥拈花棍"。

拈花就拈花，拿根棍子是什么意思？

簪星正在沉思，外头传来守门弟子催促的声音："时间快到了，请诸位尽快挑好功法离开。"

她将这本书揣进怀中，缓步离开，在门口弟子处登记过后，出了小楼。

簪星走出小楼，发现田芳芳早在门外等她了。见到簪星，田芳芳连忙拉着她走到一边，低声问："簪星师妹，你挑了什么？我请人帮我挑了一本《斩蛟诀》，虽然比不上中级功法，拿到画金楼里，估摸着也能卖个一百灵石吧？"

"宗门里的书不是不能拿到外面变卖吗？"

"简单，我把它誊画一遍，也就不算宗门里的书了嘛。"田芳芳捅了捅她的胳膊，"你呢？你挑了啥？"

这名字说出来有点儿羞耻，簪星含糊地回答："就一本棍法，花里胡哨的。"

"簪星师妹，打个商量，等你练会了，借我几天，抄书卖了灵石，咱俩一人一半。"田芳芳冲她挤了挤眼睛。

簪星："……"

还没等她答话，小楼里又走出两个熟人。一个是段香娆，她大概对自己挑的功法很是满意，高高兴兴地出来，与接她的一位年轻修士一道离开了。

另一个则是牧层霄，他看起来相当平静，察觉到簪星的目光，牧层霄侧过头看了她一眼，随即皱起眉，匆匆地离开。

没有了枭元珠，簪星也不知道牧层霄挑的是哪本秘籍。不过，她很确定，自己怀中这本《青娥拈花棍》绝对不是原著里牧层霄挑的那本。如果真是这么恶俗的名字，她不会全无印象。

这意味着，枭元珠因材施教，特意为她挑了这本《青娥拈花棍》。这本听起来如此羞耻的秘籍，才是最适合她的。

武学馆外的弟子们挑完秘籍，各自散去。

紫螺正查看着登记功法的册子，有人走到她面前，拿走了名册。

这是个发福的中年男子，穿着灰檀色的纱袍，因为身材有些臃肿，所以精致清灵的纱袍被他穿得有些紧绷，腰间也勒出一道印子。男子面上笑眯眯的，看起来很和气。

紫螺道："六师叔。"

太焱派的玄凌子是掌门人少阳真人所收的第六个弟子，排行老六。玄凌子翻了翻名册："都挑完了？"

紫螺点了点头。

玄凌子期待地搓了搓手，问："可有什么不同寻常的天才？"

"六师叔，哪里有那么多天才？"紫螺无奈，"看名册，被挑走的功法都和往年的差不多，不过……"

"不过什么？"玄凌子的眼睛一亮。

"新入门的弟子挑功法，大多会选听起来厉害的，或者比较顺手的心法秘诀，名字越嚣张越好，不过，有两个人不一样。"

"怎么说？"

"其中一个少年叫牧层霄，他挑走了《五行破神功》。"紫螺道，"师叔也知道，《五行破神功》是一本残卷，正因如此，它虽是中级功法，却还是被放在第一层楼里。"

"你说，这少年挑了一本残卷？"玄凌子有些意外。

"不错。"

只要是残卷，就算是中级功法，到最后修炼者也没办法完整修炼，挑残卷来修炼的人，向来很吃亏。

"那另一个呢？"玄凌子问，"另一个又怎么了？"

"另一位女弟子叫杨簪星，她挑走的，是那本《青娥拈花棍》。"

玄凌子猛地抬起头来："你说什么？"

紫螺看着他，说道："只有有缘人才能找到的《青娥拈花棍》，被杨师妹找到了。"

《青娥拈花棍》不是一本普通的棍法，而是由太焱派的青华仙子所编纂的。青华仙子编纂好《青娥拈花棍》后，将此功法放置在武学馆第一层。这么多年来，从未有新入门的弟子发现这本秘籍，不是因为弟子们的眼光不好，而是因为青华仙子说过，此功法不同寻常，唯有有缘人方能找到。

如今，这本《青娥拈花棍》，却被那位新入门的小师妹找到了。

"你说的那个杨簪星，是什么人？"沉吟了一会儿，玄凌子问。

"弟子打听过，杨师妹来自都州一个叫岳城的小城，据说是陪自己的未婚夫来参加选拔赛的。杨师妹的未婚夫落选，反倒是杨师妹通过了试炼。"

"哦？"玄凌子惊讶，"她如今修炼到了什么程度？"

"按试炼上的元力门显示，是筑基一重境。"

"筑基前期啊？"玄凌子有些失望，"尚稚嫩了些。"

若是岳城城主在此，听到此话大概要吐血。岳城中能在十八岁前筑基的，也就一个王邵，还被奉为天才。只是太焱派见多了少年才俊，如簪星这样的，实在不值一提。

"六师叔看……"

"她既然能找到《青娥拈花棍》，说不准有什么特别之处。咱们且再等等，等宗门考核之时，看她如何。"

"是。"

簪星并不知道因为一本功法，自己被六师叔玄凌子盯上了。挑完功法后，她就和田芳芳一起去授课殿上公共课。

太焱派如今的掌门人少阳真人，一共收了七个徒弟。负责教授公共课的，正是少阳真人的大弟子月光道人。

这名字，听着就让钱包发凉。

月光道人今年已经八十岁，穿着淡褐色的纱袍，庞眉皓发的样子，果真很有几分仙人的味道。他性情也很温和，有弟子提问，便耐心地回答。就是语速极慢，旁人说三句话的工夫，他一句话才说完。

田芳芳坐在簪星身侧，小声与簪星咬耳朵："师妹，不是说修仙之人都很会驻颜之术吗？我瞧着这月光师伯的脸，也不怎么样啊。"

簪星："……"

月光师伯还在慢腾腾地念道："《丘祖秘传大丹直指》上言，回光调息，其法自两眼角收心一处，收到两眼中间，以一身心神，尽收此处，所谓'乾坤大抵一齐收来'是也。"

每个字的意思簪星都能明白，但是凑在一起，她便听得云里雾里。都州大陆修炼之风盛行，许多修士是自小开始修炼，这些理论早已学过。就算没有经过系统的学习，自学成才如田芳芳这样的，也能一听就明白。

但对于一个从小沐浴在科技社会阳光下的现代人来说，无异于猴子听天书，不知所云。

簪星听得两眼发绿，好不容易才熬过早上的课。

田芳芳拉着簪星站起来，说道："走，吃饭去！"

太焱派的住宿条件不错，餐饭条件也挺好，为新弟子单独设了食堂。食堂里各个菜系都有，种类丰富。

簪星打完饭菜，和田芳芳一起找了张空桌坐着吃饭。饭菜味道很不错，簪星边吃边道："我从前还以为宗门弟子修炼，用不着吃饭。"

小说里都是这么写的，修炼者要辟谷。

"师妹，这你就不懂了，"田芳芳夹了一只鸡腿，大大啃了一口，"太焱派的饭菜，那是普通饭菜吗？他们用的瓜果肉蛋，都是经过灵气滋养的。包括咱们喝的茶水，素日里多喝一些，对身体淬炼有好处。你身子瘦弱，更需要多吃，有助于突破。"

簪星拿筷子刨出碗里的小葱："宗门这么浪费，不会被吃垮吧？"

他们又不缴住宿费，也不缴伙食费，太焱派白养这么多人，万一哪天"裁员"怎么办？

"怎么会？"田芳芳惊讶地看了她一眼，"宗门弟子每年去秘境，或者和别的宗门比试，奖品都丰厚得很，宗门便是再招几百个弟子都行。再说了，宗门就是最富裕的，你怎么会担心这种问题？"

簪星不说话，默默地埋头吃饭，这大概就是上班族的职业恐惧吧！

吃完午饭，新弟子不必再去上课。

公共课都在上午，晌午过后，新弟子可自行安排空闲时间。宗门考核在即，今日又刚去武学馆挑了秘籍，大多数弟子都会寻一个地方自行修炼。

今日月光师伯上课时也说过，新弟子自习，最好挑灵气充裕的地方。整个姑逢山上，最适合新弟子修炼的地方，就是宿舍楼后的出虹台。

出虹台就在宿舍后山的一处飞瀑前。

从山顶上看去，天光云影间，一道虹桥横过长林上空，将日光衬得壮丽奇美。刚一走到此处，簪星便觉得身体变得轻盈无比，四周涌动着灵气，让枭元珠瞬间苏醒过来。

"这地方不错啊！"田芳芳伸了个懒腰，"我在这种地方修炼，可比在以前住的破屋里修炼好多了！宗门里的人就是会享受，看看人家这风景！"

簪星也不由得感叹，这书里的世界，先不说设定和逻辑如何，单就自然风光来说，她也真是没白来一趟。

她正想着，身后传来一个熟悉的声音："哟，你也来修炼啊。"

簪星回头，只见她那位"好舍友"段香娆挽着一个年轻修士的手，正皮笑肉不笑地看着她。

田芳芳毫无所觉，问簪星："这是你的朋友啊？"

簪星："你觉得她看起来像是我的朋友吗？"

段香娆的目光落在簪星身侧的棍子上，她先是一怔，随即笑起来："杨师妹，莫非你选了棍法？"

新弟子是可以去兵器库里领兵器的，兵器的品级都很一般，如果弟子有钱，以灵石在他处自行购买了兵器带上山，也可以使用。当然，簪星很穷，用的这根铁棍，就是宗门里给新弟子发的普通棍子。

"是啊，"簪星问，"不行吗？"

"当然可以，说起来，这棍子与你倒是挺相称的。"段香娆揶揄道，"不过，我还以为你要选绫缎之类好看的兵器呢。"

她身侧的年轻修士闻言，恶意地一笑："我看棍子正好，她若选了绫缎，岂不是丑人多作怪？"

簪星看向段香娆身侧的修士。

这是个三十岁出头的男子，脸形窄而长，眉眼略往上挑，显出几分难以相处的刻薄来。不过，他应当很有钱，腰间佩着一把剑，剑鞘上镶了块漂亮的绿宝石。

段香娆小鸟依人地靠着他，看着簪星的目光隐有得色，像是在炫耀自己的新男友。

簪星只觉得一言难尽。

"看什么看，丑女。"这位修士眉眼一横，语气中带着一股张狂的戾气。

田芳芳后退一步，小声提醒簪星："杨师妹，这位兄弟叫华岳，是选拔赛的第一名，如今已经结丹了。"

簪星心中一动，选拔赛上，那位拔得头筹的兄台一共摘取了五十四朵连山花，并非因为他爬得最高，而是因为他抢得最多。

他几乎是靠抢得了第一，因为他已是金丹前期，在本次新入门的弟子中，修为是最高的。

段香娆居然找了新生第一名做新男朋友，簪星不得不再次在心里感叹：这社交能力真是绝了！

识时务者为俊杰，簪星不打算和这人立刻起争执，决定避其锋芒，扛着棍子默默掉头就走。田芳芳见状，赶紧跟上，身后传来段香娆和华岳放肆的嘲笑声，簪星只当没听到。

她走到出虹台，与田芳芳分头寻找。她找到一处灵气充裕、四处又没什么人的林间空地，坐了下来，然后拿出怀中的《青娥拈花棍》，以灵识翻阅。

这本秘籍不知是谁写的，簪星甫一翻阅，带出阵阵香风，像是女子身上的花香，芬芳又清甜。紧接着，簪星眼前渐渐模糊起来。

她像是置身于混沌的白雾之中，不知过了多久，白雾渐渐散去，眼前出现一名年轻的女子。

这女子白衣翩跹，看不到脸，单看身影，就让人觉得是一位绝代美人。美人站在一棵枝繁叶茂的花树下，手持一根青色长棍，片刻后，将长棍横于身前，舞了起来。

棍法向来刚硬凶狠，在这女子的手中，长棍却如有生命的柳枝，柔软又轻灵。她边舞边开口，声音脆若银铃，说道："中直，为棍路之主，中平正直之谓。无论大门小门，身与器皆须成一直线，即所谓子午也。"

话毕，她持棍横刺于眼前，像是要为人解释其言。

簪星睁大眼睛，不敢错过这女子动作的一分一毫。说来也怪，都说女子用棍不雅，白衣女子舞棍却犹如跳舞，身姿飘逸，格外动人。青棍激起的劲风摇动着花树梢头，树上的樱色簌簌落下，铺了满地。

于是树上树下，皆是芳华，一片霞色中，只有这白衣女子孤冷的身影，像是要永远迎风翩然。

起先她的动作很慢，每一步都能让簪星看得清楚，随后棍法渐快，到后来，簪星已然分不清哪里是人，哪里是花，哪里是棍。簪星只觉得绝世美人，翩若惊鸿，婉若游龙。

天色渐渐暗了下来。

出虹台飞瀑前的彩虹慢慢散去，日光完全隐没于云层，几颗零碎的星子探出头，将星光洒向林间。

穿着纱袍的女子纹丝不动，静静地坐在原地，额上渐渐渗出大滴大滴的汗珠。汗珠滚落至她的鼻尖上，她却像是浑然未觉。夜幕中，无数星光会聚于她的头顶，沉默地凝视着这已经修炼了一天一夜的人。

清晨，姑逢山上下起了秋雨。

雨水顺着未关的窗缝溜进来，将窗前桌上的纸张打湿。一声嘹亮的鸡鸣叫醒了整个清晨，学子们纷纷抱怨着起床上课。

簪星揉了揉眼睛，起身梳洗。

随便吃了两口昨夜剩下的烧饼，簪星打着伞出了门。

段香娆已经走了，有时候，簪星真的很佩服这位舍友。为了在众人面前展现最美的一面，段香娆每日都要提前半个时辰起来梳洗打扮。簪星就不行了，能多睡一刻钟也是好的。

学殿里，弟子们将收起的油纸伞放在门口，擦净鞋底上的泥点才能走进去。簪星才坐下，旁边桌的田芳芳就惊讶地问："师妹，你是没睡好觉吗？看起来怎生这般憔悴？"

簪星打了个哈欠，说道："对啊，睡眠不足。"

今日离她挑走那本《青娥拈花棍》已经过去五日，离宗门考核也只有不到十日。簪星每天上完公共课，都去出虹台自习，一待就到半夜，黑眼圈以肉眼可见的速度增长。本来她右脸上就有妖气留下的黑痕，如今越发难看。

这也罢了，常常加班的上班族，熬夜到凌晨已是家常便饭，可恶的是，纵然她如此努力，棍法仍旧没有半分进步。

她已经掌握了拈花棍的棍法，但挥舞长棍的样子就和挥舞普通棍子一般，全然没有灵识之中白衣女子舞出的威力。簪星总觉得自己是拙劣的"买家秀"，只得其形，不得其神。

台上的月光师伯还在慢腾腾地读道："乌飞金，兔走玉，三界一粒粟。山河大地几年尘，阴阳颠倒入玄谷。人生石火电光中，数枚客鹊枝头宿。桑田沧海春复秋，乾坤不放坎离休……九天高处风月冷，神仙肚里无闲愁……"

簪星沉浸在棍法的瓶颈处出神，没有看到田芳芳拼命对她使眼色以及月光道人近在眼前的身影。

月光道人的两根手指落在簪星的书桌上敲了敲，簪星抬起头，对上月光道人和蔼的目光。他道："这位弟子，你来说说，方才的《大道歌》说了什么？"

惨，上课开小差被抓了个正着。段香娆幸灾乐祸地盯着簪星，打算看她出丑。

簪星站起身，面不改色地胡诌道："这是说，人生很短暂，一切都是虚妄，要我们珍惜时间，把握当下……天地万物都有自己的'道'，不必拘泥于形式，应当看清其中的'真'。"

月光师伯笑道："什么是'真'？什么是'妄'？"

簪星一通瞎掰："比如外面下起雨，大家觉得很冷，冷就是'妄'，雨就是'真'。"

唯物主义和唯心主义嘛，谁没学过似的。

月光师伯轻轻摇头，说道："天地无心，万物荣枯是妄，大数终始为真。所谓真妄，本就是世人自笔，千人千面，纷纷不一，你看到什么，什么就是真妄。"

这太晦涩了，簪星不懂，刚坐下来，忽然间，有什么从脑海里飞快地掠过。

等等，真？妄？

下课后，簪星收好包袱，拿起门口的油纸伞就要出门。

田芳芳在背后喊："师妹，你不去吃饭吗？"

"你自己去吧，我等下再去。"簪星举着伞冲进雨幕中。

待她到了出虹台，今日有雨，眼下又正是晌午，门中弟子大多去吃午饭了。簪星找了个地方坐下来，也不管衣裳会不会被雨淋湿，重新以灵识翻阅那本《青娥拈花棍》。

今日与月光道人在课上关于"真妄"的论辩，其实只是她随口胡编的，却在最后关头，她福至心灵，想通了棍法的瓶颈之处。

五日以来，她夜夜苦练，棍法要得像模像样，却始终不如灵识之中的女子那般潇洒。她一直反复钻研女子的棍法，如今想来，这本花里胡哨的功法，名字叫"青娥拈花"。

而她手上空有棍，没有花。

这套棍法若无花，便和外头其他的棍法没什么两样，正因多了"拈花"二字，就沾了一些红粉色彩。此棍法的凶悍之处，在于被棍子激起的"落花"。那些花如被气流裹挟，能准确无误地突破对手的防线，成为最有力的武器。

女子拈花不是为了造作，是为了更好地进攻。

原来如此。

簪星双手重新握住铁棍，闭上眼睛。出虹台附近，到处都是桂花树，正逢秋季，桂树飘香。簪星运转四周的元力，朝眼前横劈而下。棍风激起的香风柔软又芬芳，却又在这芬芳中夹了一丝不易察觉的杀气。簪星能清楚地看见从棍子激起的落花里出现一道笔直的气流，如另一道棍的残影。

而这残影如水面，一层层漾开，她甚至还能看到其中细小的波纹，每一朵花绽开的痕迹。这一刻，簪星心口处的枭元珠疯狂地运转，四周的灵力尽数涌进簪星的体内。簪星只觉得握着的棍子似有无穷的力量。而残影漾开的镜像中，出现了一条笔直的线。

她毫不犹豫地对准那条线劈下。

"青娥拈花棍第一重——镜花水月！"

雨幕似乎在这个瞬间停住了。

空中漾起的波纹突然间生出无数朵花的影子，这些花影层层簇簇，如云似海，猛地朝眼前的巨石飞去。

随之而去的还有女子手中的铁棍。

"砰"的一声。

巨石化为齑粉，桂树浓香，花影、水面尽数消散，只有一灰袍女子手持长棍，立于雨幕中，长发已被雨水打湿。

一只山雀叫了一声，扑扇着翅膀飞到另一棵树上，似是为这动静所惊。

簪星低头看向自己的手。

她刚刚好像突破了。

接下来的几日，簪星照例早出晚归，兢兢业业地学习。

同门弟子也意识到了宗门考核迫在眉睫，纷纷用起功来。一时间，整个出虹台人满为患，堪比期末的大学图书馆，有的弟子去得晚了，连位子都没有。

最乐见其成的，大概就是太焱派的六师叔玄凌子了。明日就是宗门考核的日子，玄凌子坐在殿中，一边核对弟子的名字，一边啃着令人偷偷从山下买来的烧鸡。

山上的食材灵气充裕，厨房做得干净可口，好是好，但不如山下的有滋有味。加之掌门人少阳真人前些日子觉得他臃肿了不少，有损宗门形象，令他辟谷。玄凌子饿了十来日，终于忍不住在这个夜里爆发了。

紫螺走进来的时候，玄凌子正把烧鸡往屁股下藏。紫螺无奈地道："别藏了，六师叔，我都看见了。"

玄凌子轻咳一声："紫螺，这些弟子中我最喜欢的就是你了……你可千万不能告诉掌门人。"

紫螺假装没听到这一句，岔开话头："师叔，明日的考核事宜都准备好了。掌门人师祖说了，这一次宗门考核，就是为了给您招新弟子，您好歹上点儿心。"

少阳真人的七个徒弟里，除了年少的七师叔，只有六师叔玄凌子还没有亲传弟子。他自己又行事散漫，平日里除了爱吃爱睡，没什么壮志。这次少阳真人发话，通过宗门考核的，都是内门弟子，而排于内门考核前三位的，则是玄凌子的亲传弟子。总之，掌门人说，玄凌子总得有些事做。

玄凌子不甚在意地摆了摆手："掌门人甚是偏心，师兄他们的亲传弟子都是早早就被看好的天才俊杰，我却要从普通修士中寻找。紫螺，你不是说，这次入门的新弟子中，没什么让人眼前一亮的？"

如他们这样的宗门挑选亲传弟子，大多是早早去宗族之中寻找灵根非同寻常的天才，自小开始培养。像如今这样从天南地北的散修中找来的弟子，要么资质平平，要么年纪太大错过了最佳培养时机，总之，算不得最好。

"也不完全如此。依弟子看，此次宗门选拔中，那个华岳不错，是本次新弟子中唯一结丹的。就算在咱们宗门里，也称得上优秀。"紫螺安慰他。

"结丹又没什么了不起。"玄凌子想起了什么，"对了，上次那个挑了残卷的少年，还有那个找到《青娥拈花棍》的姑娘呢？"

紫螺回答："弟子暗中查探过，他们俩并未表现出什么特别的地方，不过很勤奋，每日在出虹台上修炼得最久的，就属他们俩。只是他们俩在之前的连山花争夺中，排名都是中等，修为也没有优势。此次宗门考核，他们俩未必能进前三十。"

玄凌子想了一会儿，才道："罢了，至少他们道心坚定，不畏困苦。这半个月以来，究竟他们有何进益，咱们明日就能见分晓。"

"且看明日吧。"

这一夜，簪星睡得也不甚安稳，明日就是宗门考核。如果不能进入内门，她就要永远带着脸上的疤痕过日子了。

说簪星不在意脸是假的，但若说更重要的，大概是人一旦努力起来，总希望有一点儿收获。胜负欲一旦被激发，人就不能做到对结果不悲不喜，无欲无求。

况且人活着，总要有点儿盼头。

簪星翻了个身，抚上心口枭元珠的位置。

至少，她希望自己输得不要太难看。

第五章

宗门考核

接连几日的秋雨，在宗门考核的前一夜终于停了。

司晨鸡一大早开始狂叫，簪星起来梳洗的时候，段香娆已经梳洗完毕，正在照镜子。段香娆在太焱派的这些日子，因为日日受灵气滋养，吃的饭食也含有充沛的灵力，所以气色更好了一些。美人桃花粉面，袅袅婷婷，她将脂粉擦得恰到好处，还换了樱色的口脂。今日她的腰带束得比平日更紧，原本寡淡的纱袍，也被她穿出一种不露声色的娇艳。

段香娆不像是去比赛，像是去选美。

簪星洗了把脸，也跟着看了眼镜子。

镜中的女子若捂住右脸，倒也算是明眸善睐、唇红齿白的美人。可惜右脸上纵横的黑痕破坏了整张脸的美感，簪星看了一眼就看不下去了，闹心。她还是快点儿进入内门，拿高级灵药治伤为好。

待梳洗完毕，吃了点儿东西垫肚子，簪星赶在宗门考核开始前到达比试台。

平日里用来修炼的场所，就在一夜间，一座巨大的石台拔地而起。石台方正而平坦，约有一人来高，四面以铁链绳索围绕，此为边界。此次宗门考核以抽签为主，一共两轮，两两对抗，第一轮胜出的六十人可进入第二轮。第二轮仍以两两对抗为形式，之后，胜出的三十人可成为太淼派的内门弟子。

考核方式挺简单粗暴，簪星细细一想，觉得规则很残酷。

此次新进门的弟子，本就来自都州各地，有富贵宗族人家的天才，也有穷困潦倒自学成才的散修。宗族天才不缺灵石、灵器，譬如选拔赛上的第一名华岳，他手中那把镶着宝石的长剑就是四品灵器。他若对战旗鼓相当的对手，那把剑能为他增益不少。

而如簪星和田芳芳这样的，身上连一块灵石都没有的穷鬼，拿的只是宗门里配发的普通兵器，如此一来，对战时就没有任何优势了。

负责本次宗门考核的又是紫螺。簪星觉得，紫螺大概是辅导员助理之类的，专门负责监考。

紫螺站在比试台上，伸出右手。从她的手心处，渐渐升起一团金色的光芒，片刻后，金光散去，只余一个圆形的小炉。她一挥手，那只圆形的小炉便晃晃悠悠地飘了起来，飘到台下修士的眼前。

"签炉里有一百二十支木签，"紫螺道，"木签上记有比赛顺序。抽到相同数字的，则为本次考核的对家。现在，请诸位抽取木签。"

新弟子们纷纷抬手朝签炉里摸去。弟子们每摸到一支，签炉就自行飘去下一个人面前。

田芳芳捅了捅簪星的胳膊："师妹，咱俩可千万莫要摸到一样的数字，我不想你走。"

簪星："……"

倒也不是田芳芳托大自夸，在之前的选拔赛上，田芳芳本就排名第二。他还未进宗门时就是筑基二重境，这些日子苦练功法，修为应该更有增长。若论实力，他远在簪星之上。

两个人正说着，签炉已经飘到他们眼前。田芳芳先摸，簪星后摸，待签炉飘向下一个后，簪星才低头看自己手中的木签。这木签大概一指宽，很细，上头刻着几个尖尖的红字："三十六"。

"我是十五。师妹，你是多少？"田芳芳凑近来看，看清簪星的木签后，大为高兴，说道，"太好了，你我不是对手！"

簪星不言，抬眼看向另一头。

《九霄之巅》这本小说太长了，有一千多万字，又都是重复的片段。其中许多细节和人物，簪星已经记不起来了。有时候，剧情进行到特定的地方，她才会冷不防地回忆起某些片段。譬如此刻，簪星依稀记得，在宗门考核上，男主角牧层霄第一个上台比试，让众人惊艳了一番。第二轮比试中，他的风头更是直接盖过选拔赛第一名的华岳，继而遭到华岳妒恨，后来两个人也结成了死仇。

如今剧情被自己打乱了一些，簪星不知道属于牧层霄的剧情线还会不会照旧发展。

簪星正想着，最后一名弟子抽到了木签。紫螺收起签炉，望着台下众人，含笑道："抽签结束，宗门考核，开始——"

放在比试台边的滴漏钟发出沉闷的巨响。

第一组参加考核的弟子走上台来。

站在比试台一方的是个青年修士，手持长剑。站在青年修士对面的，则是一个约莫十七八岁的少年，生得剑眉星目，清俊挺拔，麦色肌肤令少年看起来颇有少年人的朝气，此人正是牧层霄。

簪星心中一叹，原著剧情线并没有发生改变。男主角牧层霄还是如文中所写的，第一个上台了。

那个青年修士对牧层霄略一拱手，说道："郭浩。"

牧层霄也还礼："牧层……"

只是"霄"字还没出口，对方的剑光已至他眼前。

台下响起惊呼声，田芳芳一惊一乍地道："偷袭，这人好不要脸！那位小兄弟要糟！"

簪星心想：要糟的恐怕是另一位。

果然，下一刻，簪星就听见身侧传来更响的惊呼。但见台上的少年身姿未动，甚至连腰侧的剑都没拔，只伸出一只手，就将对手的剑锋给握住了。

"怎么可能？"田芳芳呆住了。

新入门的弟子，再差也是筑基修为，筑基修士的一剑，可不是孩童的戏耍。而这少年只是轻轻一握，就将剑锋挡住，随即猛地上前，竟反手将那剑锋推了回去。

这一挡一推，不过瞬息，只听"啪嗒"一声，那青年修士已经飞了出去，重重地落在比试台下，半晌爬不起来。

远处，站在楼阁之上将比试台上的情状尽收眼底的玄凌子骇然开口："他竟然……"

月光道人抚着长须，意味深长地道："将《五行破神功》发挥到此种威力，此子不简单。师弟，看来这一次你能收一个好徒弟了。"

台下，宣读结果的内门弟子声音没有半分感情，读道："第一组，牧层霄胜。"

台下弟子哗然，一招，只一招，尚未拔剑，这少年就赢了。

经过第一组牧层霄的表演，田芳芳大受打击，失魂落魄地道："师妹，你看到没有……咱们这太焱派，可真是卧虎藏龙啊。"

簪星宽慰他道："不必妄自菲薄，如他这样的是少数。"

作为局外人，看书的时候还不觉得，当真身处其中，簪星才发现，作者给男主角开金手指开得有多丧心病狂。

为了展现男主角的厉害，这实力碾压得也太过分了。她再看向刚刚那位被一掌拍下台的弟子，他已经羞愤欲绝，捂脸逃走，毕竟被一招打败，听起来也太惨了一些。

紧接着，第二组弟子上台。簪星抬眼往牧层霄那头看去，牧层霄注意到她的目光，皱了皱眉，转身走到另一头去了。

簪星心道：牧层霄没有了枭元珠，却还是在宗门考核上一招击败对手。看来，原著的剧情线并没有因为自己的到来而发生改变。

不知道这算是好事还是坏事？

弟子们一个个上去。这些日子以来，人人都用功修炼，功法各有不同。若将这考核当作一场精彩的比赛，还挺有观赏性的，让人看得津津有味。

田芳芳也很快通过了考核。他的《斩蛟诀》已经练到第二重，此次考核的对手是一名女弟子。这女弟子年纪也不大，修为不及田芳芳，被田芳芳一刀劈到台下，斩断半头秀发。小师妹气得手都在发抖，罪魁祸首连忙惊慌失措地连连道歉："对不起，对不起，我第一次没控制好力度，对不住。"

簪星："……"

比试有的快有的慢，实力相差过大的，至多十招之内见分晓；修为旗鼓相当的，则各自发挥，打得激烈精彩。

不知不觉间，读签的弟子道："第三十六组，杨簪星、冯虎。"

簪星拿着棍子走上比试台。

远处楼阁上，月光道人一怔："竟然用棍？"

"师兄，用棍怎么了？"玄凌子不解。

月光道人轻抚长须，沉吟道："自古女修选兵器，极少有人选棍，实在是因为不大好看。长剑飘逸，可佩腰上；金刀飒爽，提在手中；缎天绫柔美翩翩，不用时还能做装饰，可若是棍子……扛在肩上，总有几分不雅。"

玄凌子不以为然："可她挑中了《青娥拈花棍》，只能用棍。"

月光道人声音一滞："你说什么？"

"就那个小姑娘，"玄凌子看向比试台上的少女，"在武学馆里，找到了《青娥拈花棍》。"

比试台上，簪星看向自己的对手。

这是个身材魁梧的中年汉子。老实地说，他不大像修士，倒像传说里打虎的英雄，浓眉大眼，脸形方正，颇有狂霸之气。虽是穿着统一的灰袍，他却在脖子上挂了一串虎牙，也不知道是真的还是假的，一看就很彪悍。

他身侧的长枪枪口，做成虎爪的模样，大概有人脑袋那样大，爪子锋利如刀尖，看着就让人心里发怵。

台下的段香娆见状，依偎在华岳怀中，娇声道："杨师妹可真倒霉，偏偏遇到了冯虎。冯虎可不是会怜香惜玉之人。"

"就算要怜香惜玉，也不会是对她这样的丑女。"华岳捏了一把段香娆的脸蛋儿，"这种恶心人的东西，趁早被打死了才好。"

簪星并未在意台下的议论，只将棍子横于身前，说道："请——"

簪星的对手冯虎并未动，只是看了她一眼，不耐烦地开口："我这一虎爪枪下去，你的脑袋都会碎。女人，你还是快点儿认输，省得浪费时间。"

簪星道："你让我认输我就认输，岂不是很没面子？"话音未落，她便持棍迎面冲上去，"还是先打打看吧！"

冯虎冷哼一声："找死！"他提枪迎来。

这冯虎与簪星相同，都是筑基前期的修为，但他毕竟年长，战斗经验丰富，同簪星这样没有实战经验的新手一比，高下立见。

虎爪枪法虽然不算武学馆里最极品的功法，却是最适合冯虎的功法。有的时候，适合的功法遇到适合的人，能发挥出令人意想不到的力量。

壮汉一手持枪，朝眼前的女子刺去。女子身手格外灵巧，每次都能险险避过。几次下来，台下的弟子起哄道："冯虎，你莫不是对这位师妹手下留情？"

"他肯定是看上人家了！"

冯虎闻言大怒，吼道："闭嘴，谁会看上这种丑八怪！"说罢，他猛地运转元力，但见他掌心那把长枪忽然像是有了生命，枪尖的虎爪猛地暴涨，氤氲出一团兽爪的光影。

《虎爪枪》最厉害的一招，就是这招虎爪掏心。一旦被虎爪枪上的虎爪锁定，人就不可能安然无恙。本来冯虎在第一轮考核时并不打算用出来，但大概是被台下的议论声激怒，怎么也不愿意承认自己喜欢上一个容貌丑陋的女子，为了刻意划清界限，便要下死手。

虎爪迅速地变大，像是有了生命，于光影中摇摇晃晃地弯曲生长，眼见这只巨大的兽爪就要朝着簪星的脸抓下去。

"师妹小心！"田芳芳嗓子都快喊破了。

冯虎不屑地道："没用的，没人能逃过我的虎爪……"

一个"枪"字还没说完，就见面前的虎爪扑了个空。

冯虎一愣。

虎爪的确是朝着簪星的脸抓下，却又在靠近簪星头顶的前一刻，像是陷入柔软的水中、沼泽地、泥潭里，被缠着拔不起来。

他试图去拔枪，枪却是越陷越紧，正当他的心中觉得不妙之时，身后突然传来一个女子的声音。她道："师兄，你在打哪里啊？"

冯虎一惊，下一刻，一股巨大的冲力从背后袭来，令他避无可避。众人只听得"扑通"一声，壮硕的汉子从台上猛地跌落下去，将地面压塌了一小块。

他红着眼朝台上看去，只见身着灰袍的女子站在台上，肩上扛着棍子，本是有几分粗犷的动作，却被她带出了几分不羁的风流。

四周鸦雀无声。

簪星晃了晃棍子，看向他道："承让。"

台上台下，一片静默。唯有持棍的灰袍女子，微笑着看着众人。

"这……这到底是怎么回事？"片刻后，有弟子不解地问出声。

刚刚他们只看到冯虎扬起虎爪枪朝簪星刺去，却又突然停住动作，任由簪星绕到身后，一棍将他打下比试台。

冯虎在这新入门的一百二十名弟子中虽算不上顶尖，却也不是籍籍无名之辈，如今被簪星这个没听过名字的弟子打得这么惨，未免让人难以置信。

虽说调笑他们俩有私情，但众人也心知肚明，那不过就是调侃而已。况且冯虎在此之前打得挺凶的，只在最后关头不知怎么回事，像是被魇住了。

"这小姑娘……"玄凌子皱着眉头，想要评点几句，却又不知如何评点，声音卡在喉咙里。

倒是一边的月光道人见状，震惊地开口："她竟然领悟了'镜花水月'？"

"什么？"

"青娥拈花棍第一重，镜花水月，我曾见青华仙子使过一次。这小姑娘能在短短十几日里学会第一重，已是不易，不过，她使出的只有半招。"

"半招？"

"只有'水月'而无'镜花'，纵然如此，也很厉害了。"月光道人看向玄凌子的目光中有几分忌妒，"一个《五行破神功》，一个《青娥拈花棍》，师弟，你运气不错。"

玄凌子笑得眼睛眯成一条缝，装模作样地拱手道："还是师兄慧眼识人。"

宣读的弟子没有感情地道："第三十六组，杨簪星胜——"

簪星走下比试台，田芳芳迫不及待地迎上去，捶了她的肩膀一拳："不错啊，师妹！我还为你捏着一把汗，没想到你这么强。你刚刚到底是用了什么招？那虎头怎么突然不动了？"

"保密。"簪星敷衍道。

"看来你修炼得不错。"段香娆走过来，目光里藏着不善，嘴上却笑道，"希望第二轮里，你我能做对手。"

簪星觉得，段香娆对她的敌意来得莫名其妙。按理说，王邵已经是过去式了，段香娆也有了新男友，无论如何，两个人都没有产生矛盾的理由。一定要说，大概是因为簪星拿走了金手指枭元珠，承接起主角光环的同时，也被迫开启了"结仇模式"。

就如牧层霄的对手是华岳，这剧情线如今也硬生生给她造了个仇家——段香娆。

待段香娆走后，田芳芳小声问："你是不是哪里得罪了段师妹？"

簪星回答："我没有。"

"不可能，"田芳芳一口咬定，"段师妹人长得好看，修为也高，性格也温柔，除非你哪里做错了，否则她怎么可能这么对你说话？"

簪星："你管这叫性格温柔？"

"是啊！"

呵，男人。

剩下的二十多组比试结束得很快。段香娆和华岳毫无悬念地进入第二轮，第一轮过后，没通过考核的，自此失去了做内门弟子的资格。

第二轮考核在下午开始，将会更激烈，更残酷。对手之间的修为，也都不相上下。

眼下，待考核的弟子们可以先去用饭休息，一个半时辰后，再在此地重新抽签。

簪星和田芳芳一道去吃午饭。用饭的时候，簪星察觉很多人在远处议论自己。她问田芳芳："他们怎么这样看我？"

"当然是因为你一招就把冯虎打下台了！"田芳芳一边往盘子里夹菜，一边道，"本来今日我表现得也不差，可如今风头全被你和那个叫牧层霄的少年抢走了。簪星师妹，我都要忌妒你了。"

簪星心道：好家伙，牧层霄自带男主角光环，她有枭元珠这个金手指，一山不容二虎，一部小说里不可能有两个主角……除非是男女主角，可她又不想成为牧层霄的第九个老婆。照这剧情的发展，她该不会和牧层霄对上吧？她总觉得有什么地方不对。

簪星正想着，掌心突然传来一阵剧痛，她的手一抖，筷子落在桌上。她看向掌心，那里不知何时出现了一点儿模模糊糊的印记，带着浅红。簪星下意识地用手指用力地擦了擦，没有擦掉，印记像是从掌心里长出来的一般。

"师妹，你看着手干吗？"田芳芳问。

簪星一把合起掌心，遮盖了红印，说道："没什么。"不知为何，她的心中突然涌出一阵不安来。

用过饭后，又在饭堂里休息了小半个时辰，簪星与田芳芳一道再次来到比试台下。

比试台上，比起上午，参赛的人少了一半，围观的人却更多。太焱派的老弟子们清晨都在上课，待到下午，得了空闲，都来看新弟子们的宗门考核。

簪星甫一走近，立刻感到许多束目光朝自己投来。

"这就是打败了冯虎的弟子，怎么还是个女子？"

"是女子也就罢了，还是个丑女，对着这么个丑女，冯虎怎么也不该手下留情啊。"

诸如此类的恶臭言论不绝于耳，大多是上午考核未通过的那些弟子在一边瞎起哄。

簪星置若罔闻。不多时，紫螺到了。装着木签的签炉一个个飘向第二轮考核弟子的面前，簪星听到抽完签的段香娆同华岳抱怨："我抽到了第三十组，最后一组，真叫人难熬。"

华岳柔声安慰："没事，我等你就是。"他们好像很笃定内门弟子的名额会是他们的囊中之物。

田芳芳抽到第八组。他对这个顺序很满意，喜笑颜开地说道："这个数字好，吉利、喜庆，一听就能发财！"

簪星伸手，从签炉里取出木签。

木签入手冰冰凉凉的，她抬眼看去，第一眼就看到签子上一个红色的"三"字，登时心中有种不好的预感。待看到"三十"两个字时，簪星只觉得眼前一黑，一颗心渐渐沉了下去，半晌回不过神来。

来自原著的恶意，她现在是见识了。

《九霄之巅》是一本标准的男频修仙小说，从开头到结束都是套路写法，以至读者看完整本书，可能记得最清楚的就是男主角的名字。至于其他配角，无论男的女的，都是工具人。

"杨大小姐"也是一个工具人。

从簪星推开柳云心落入水中，得到枭元珠开始，属于男主角的机缘就被她夺去。虽然大的剧情线没有发生改变，但簪星本人就像是程序中的一个错误，随时会造成整个故事情节的变动。

一开始，簪星只是隐隐有些猜想，直到眼下这一刻，当木签上的"三十"明明白白地提示她与段香娆成为考核对手时，她突然明白了原著的用意。

如果将原著看作一段编好的程序，她就是这段程序里的错误。为了使程序正常运转，原著会不断地自行修正这个错误。因此，段香娆出现了。

所谓王邵退婚，突然出现的段香娆，以及这些莫名其妙的敌意，不过是原著针对她这个"错误"所进行的自我修复。

所有巧合都指向同一个目的:让这个原本出场不到三千字的女龙套赶紧下线,省得干扰主线剧情。

簪星深吸一口气,这本书在极力抹杀她的存在。

见她一直沉默不语,田芳芳关切地凑过来:"师妹,你抽到了多少?"他看到簪星木签上的数字,惊道,"三十,那不是和段师妹一组吗?"

他说话的嗓门儿大了点儿,段香娆听见了。她随即愣了一下,走过来,将信将疑地看向簪星:"你我同一组?"

簪星皱了皱眉。

见簪星如此,段香娆反倒确认了。她掩嘴一笑,语气中尽是奚落:"那可真是不巧,没想到你我竟然是对手。虽然这些日子我同师妹住在一屋,也有些同门情谊,不过……内门弟子的资格,你我之间只能有一个,我是不会让给你的。"

"谁让谁还说不定呢。"簪星道。

"那我就拭目以待了。"段香娆轻笑一声,转身回到华岳身边。

簪星表面上胸有成竹,实际上慌得不行。如果说段香娆的出现,是原著为了修正她这个错误而特意设定的人物,那么本次考核,她就绝对不可能轻松地过关。

而且……

她看向比试台,到目前为止,牧层霄还没有和华岳发生冲突,原著剧情线究竟有没有改变,谁也不知道。

第二轮考核在簪星的担忧中开始了。

这一轮中,先上场的熟人是华岳。

在新入门的弟子中,华岳是唯一结丹的。之前的连山花选拔赛中,他也是第一名。此人睚眦必报,手段凶狠,又颇爱出风头。进入第二轮考核的弟子,修为都不会太差。华岳的对手是一个年轻修士,看起来身手也不错,却被华岳一剑将衣裳劈碎,连人带兵器一起滚下比试台,格外狼狈。

同样是一招得胜,华岳却比先前的牧层霄与簪星要风骚多了。他轻描淡写地出手,将镶着宝石的长剑一挥,若是将脸蒙住,还真有点儿主角的风采。

不过,他毕竟不是天选之子。

待华岳比试过后不久，牧层霄也上台了。

这一回，他没有上次打得那般惊艳，不知是功夫不到家，还是刻意保存实力，总之，赢得很是艰难。这和簪星记忆里的不一样，如果牧层霄表现得不够夺人眼球，那么心胸狭窄的华岳就不可能对牧层霄心存忌妒。

簪星看向华岳的方向，果然，牧层霄的得胜并未引起华岳的半分兴趣，这人此刻正被众人围在中央，得意扬扬地接受同门的恭维。

剧情线……发生大改变了。

这对眼下的簪星来说，实在不是一个好消息。

剧情线崩得越厉害，原著针对她所出现的"修正"也就越厉害。

接下来，田芳芳上台了。他虽平日里看起来不怎么靠谱，实则修为很高发挥又稳，毫无悬念地打败了对手，直接进入内门弟子一行。

到最后，不知不觉中，前面二十九组弟子已经全部结束考核，轮到最后一组。

宣读木签的弟子道："第三十组，杨簪星、段香娆。"

台下顿时沸腾起来。

都州大陆，修仙之风盛行。然而修行一道，必定千难万阻，凡间的寻常女子，除非灵根非凡，否则极少主动选择这条艰辛之路。

本次新入门的弟子中，女弟子寥寥无几。而簪星恰好与段香娆成为对手，同为女子，一个娇艳动人，另一个灰容土貌，对比过于鲜明。

楼阁上的月光道人叹息一声："可惜了。"

玄凌子问："哪里可惜？"

"这小姑娘找到了《青娥拈花棍》，可见是有气运的，可惜只能止步于此，做一个外门弟子，可惜啊。"

玄凌子不服气："师兄，这还没打你就说人家会输，不太合适吧？"

"她的修为不过筑基初期，而她的对手已临近结丹。你也知，筑基前期和筑基中期尚且天冠地屦，何况是临近结丹？只是规矩不能废，纵然遗憾，也只能如此。"

"我看未必。"玄凌子很是乐观，"她不是都打出了半招'镜花水月'吗？说不定能赢。"

"仅凭半招，她可胜不了筑基后期的一击。"

簪星走到台上。

两个女子，光是远看身影，同样窈窕动人，但仔细地看去，一人花容月貌，芳菲妩媚；另一人右脸颊上有几道突兀的黑痕，森然可怖。

爱美之心人皆有之，加之段香娆在男子中惯会做人，底下的男弟子们便纷纷为她打气："段师妹，必赢！段师妹，绝胜！"

簪星侧头看了一眼田芳芳，田芳芳会意，大喊一声："簪星师妹最厉害！"

可惜，他的声音很快就淹没在段香娆的追随者发出的吼声中了。

"其实我没想到，竟然真的和你抽到一组。"段香娆看着她笑道。

簪星回答："我也没想到。"

"你的运气不错。"段香娆摊手，一根乌色长鞭现于手中。长鞭如蛇蜿蜒，上头闪耀着幽幽的蓝光，诡谲又美丽。

"正好。"她道，"让你见识一下我的蛇骨鞭。"

美人桃腮杏面，衣袂飘飘，站在风里，手持幽蓝长鞭，美得如一幅画。

相比之下，在她对面扛着棍子的灰袍女子，看起来就有些普通了。

站在比试台侧下首的紫螺还记得簪星，见此情景，担忧地开口："既然是蛇骨鞭，杨师妹恐怕有危险。"

她身边的小师弟问："蛇骨鞭怎么了？"

紫螺摇头："太焱派宗门中，从不限制弟子修习功法，只要不是歪门邪道，尽可选择自己擅长之道。蛇骨鞭法其实很适合女子，因鞭子小巧轻便，但对手若是因此掉以轻心，恐怕要吃大亏。而且，若我没记错的话，杨师妹如今才是筑基一重境。"

而段香娆，入门时已经是筑基中期的修为。

台上，段香娆挥鞭向簪星而来。

蛇骨鞭看起来细细长长的一根，挥过来时却带着劲风。簪星跃开，那一鞭子直接甩在地上，将地面打裂了一条缝。

台下人倒吸一口凉气。

"你躲什么？"段香娆笑道，"不是说，你要凭自己的本事当内门弟子吗？"

簪星停下脚步，转身持棍迎上，说道："你话很多。"

女子的棍是铁棍，在她的手中，却似乎没有半分重量，她能轻轻松松地劈砍。簪星朝着段香娆的腿部横劈下去，被段香娆飞身躲过，那棍子又突然出现在段香娆的背后。原来刚刚她是虚晃一枪。

段香娆再躲开，回手一鞭子抽来，鞭子却被簪星的棍子缠住。段香娆也不恼，微微一笑，手上用力往后一拽，蛇骨鞭像是有了生命，突然将棍子缠紧。簪星的瞳孔一缩，见势不妙，她猛地侧身避开，将棍子抓住后退了几步。

短短几息间，两个人已过了好几招。女子间的打斗不像男子那般粗暴无聊，飘逸风雅如舞蹈，台下的弟子们越发激动起来。

"好，打得好！"

"段师妹打得太好看了！用鞭子抽她！"

"你的棍法倒是比我想象中的好一点儿。"段香娆看向簪星，"可惜，这根棍子太次。"

"你的鞭子不错，"簪星道，"可惜你的鞭法配不上你的鞭子。"

段香娆闻言，柳眉倒竖："你讽刺我？"

簪星："对。"

太焱派给新入门的弟子配发的兵器，都是普通的新手装备，段香娆手中的这根鞭子却不一样。她之前就是因为没有灵石才找上了王邵，毫无疑问，她手中这根漂亮的蛇骨鞭，应该是华岳用来讨美人欢心的礼物。

这赛制也是很不公平，段香娆手上的那根鞭子至少能为她增加一重元力。

"就凭你，也想讽刺我？"段香娆收起脸上的笑容，目光冷了下来，斥道，"比赛结束了。"

她手中的鞭子突然长长，如蛇一般蜿蜒过来。簪星运转元力，迎着鞭风用棍去削。

她的耳边似乎浮起灵识之中白衣女子清脆的声音："高四平，进步扎三枪，进步披身……背弓迎，转金鸡独立，定膝，推二棍……"

不知是不是簪星的错觉，她能感觉此刻身体的每一寸筋脉的呼吸流动，她能将棍法的进退精确到每一毫厘。她以棍挡住迎面袭来的长鞭，顺势勾步上前，反手将棍尖捅向段香娆的心口。

远处的玄凌子有些激动地握紧拳头："这小姑娘棍法使得不错，你看刚刚她那一手推棍，我看她能赢。"

月光道人垂眸不语。

下一刻，玄凌子惊道："什么？"

那根捅向段香娆的棍子停住了。

段香娆看向簪星，目光里满是嘲讽："我说过了，你不行的。"

自棍尖处，突兀地缠上了一根鞭子，这根鞭子发着幽幽的蓝光，像是蛇的身体般柔弱无骨，将棍子缠得死紧。簪星心中一沉，想要抽回铁棍，那鞭子却如巨蟒般难缠。簪星再一用力，只听"咯吱"一声，那根鞭子竟从中而断。断鞭随着棍子一同朝簪星的面门而来，鞭尾突然化作一颗乌色蛇头，吐着蛇芯子朝簪星的心口袭来！

"扑通——"

一同落下的不只是簪星，还有断成两截的棍子。

"簪星师妹！"田芳芳急得大喊。

簪星哕出一口血，只觉得浑身上下如被碾碎一般，疼得眼泪都要掉出来了。

段香娆一抬手，那根断了的蛇骨鞭"嗖"的一下飞回她的手中，重新连接成完整的长鞭。

蛇骨，本来就是灵活的。

"怎么样？"段香娆居高临下地看着簪星，轻笑道，"现在，可算是打得你心服口服？"

倒在比试台上的灰袍女子用手指拭去唇边的血迹，淡声道："我不服。"

台下众人一愣。

簪星艰难地撑起身体，勉强地站起来，直视着对面的人。

段香娆只是一个工具人，工具人的喜怒哀乐，甚至敌意，看起来都是如此的莫名其妙，如此的不真实。簪星不服的，是原著对她的抹杀。

被迫进入书里的世界并非她所愿，她不过是不想做一个随波逐流、成为强者附庸的炮灰工具人，因此试图改变既定的命运。然而，她一旦被原著察觉，就会被这个世界以各种不公平的手段抹杀。

譬如此刻。

不对等的修为、不公平的比试。

灰袍女子慢慢重复道："我不服。"

段香娆皱起眉："你不服，我就打到你服！"

她猛地扬鞭，朝簪星的身上抽去。

一鞭子狠狠地抽到簪星的身上，霎时间显出一道血痕，看得人骨头发冷。

而簪星恍若未觉，蹲身将断成两截的铁棍抢在手中。

"她抢棍子做什么？"台下有弟子不解，"都这样了，她还不如认输。"

"不过是垂死挣扎！"段香娆冷笑一声，再次一鞭抽去。这一鞭她用了十成元力，簪星纵然不死，也是重伤。

"师妹！"田芳芳焦急地大喊，"快认输啊。"

簪星却如没听到似的，仍旧背对着自己的对手。

眼看鞭子就要抽到她的身上。空旷的比试台上，女子的身影显得格外渺小，仿佛这一鞭子下去，她就要消失在天地六界之中，再难寻踪影。

灰袍女子突然转身，向前挥棍。

这一棍看起来如此弱小，如蚍蜉撼树、螳臂当车，显得有些滑稽可笑。

但那鞭子竟然没有继续向前。

众目睽睽之下，棍尖处突兀地开出一朵花来。

生死关头，仅有半截的棍子，迎着凶煞的鞭风，竟然开出一朵小花。

这小花是浅粉色的，突然出现在棍尖，如在春日里突然生长的花枝，带着一种试探的美丽。

"什么东西？"段香娆的眉头一皱，她下意识地想要抽回鞭子。向来灵活随性的蛇骨鞭，眼下却像被什么莫名其妙的东西缠住，一时竟难以挣脱。

段香娆越是用力，蛇骨鞭陷得越深，仿佛在她与簪星面前，出现了一片看不见的沼泽，将鞭子往其中吸去。

"怎么回事？段师妹怎么不动了？"台下的弟子只看到段香娆突然停住动作，疑惑地开口。

簪星冷冷地看着段香娆，将手中的另一截断棍再往前一送。

空旷的比试台上，鞭与棍交缠的曲面里，突然间漾出一层浅浅的涟漪，如秋夜里月色下的湖水，盛满夜幕下的月光。那一轮皎洁的银月随着涟漪起伏，水中空中，难以分辨。

这画面非但不粗鄙，反而充满诗意，令台下的诸位弟子都看得呆住了。

"拙劣的手法！"段香娆讽刺道，"你之前就是用这招通过了第一轮考核吗？"她松开手，任由蛇骨鞭朝着簪星面前的水镜飞去，猛地以掌心合住元力冲向鞭子，喝道，"蛇影——"

台下的紫螺紧张地道："不好了！"

段香娆挑走的功法叫《蛇鞭》，蛇鞭的第三重招式，就是蛇影。蛇影威力极大，段香娆能在短短十几日里炼至三重，已是不同寻常。但寻常人对待同门弟子，极少有使用这招的。只因此招狠辣，蛇影入体，疯狂地吸收人身上的元力，被伤者轻则修为倒退，重则有性命之忧。

簪星的修为本就不及段香娆的修为高，如今段香娆又以蛇影杀招相逼，簪星恐怕要吃些苦头。

果然，陷入水镜的蛇骨鞭突然变成虚影，又在刹那分化成数十数百根细鞭。众人仔细地看去，哪里是鞭子，分明是会动的黑蛇，无数蛇影朝着簪星扑去。

那道原本还漾着浅浅波纹的水镜，突兀地出现一道裂缝，随即发出一声清脆的巨响，涟漪散去，月光碎了一地。

"去死吧！"段香娆的鞭子已近在眼前。

簪星偷步上前，抽棍回击。那蛇影却像是无穷无尽，每一道都落在她身侧，"嗖"的一下钻入她的体内，盗走她一分元力。

筑基后期与筑基前期的差距实在是太大了。

不过转眼间，簪星的灰色纱袍已经被血染红。段香娆摊手，无数蛇影飞回手中，聚成一根闪着幽蓝光泽的长鞭。她朝簪星飞来，扬鞭道："你可以下去了！"

簪星咬牙，持棍迎上，嘴里道："话不要说得太早！"

就在这千钧一发的时刻，簪星的灵识之中似乎响起一个熟悉的声音，这声音清脆、柔和，在天地间，如洪钟般令人清醒。她道："美人之色，空中之音，相中之色，水中之月，镜中之花。"

随着这女子声音落毕，簪星手中的断棍突然增长。她感到体内的枭元珠似乎要冲破桎梏，索性不再控制，任由枭元珠的元力将残棍包裹。

灵识中的白衣女子站在花树下，舞棍激起的棍风将花树上的花朵扫落。如今的比试台上，并无花树，然而在那棍尖所指处，层层叠叠地绽开了一层霞色。

芙蓉如美人，画舫楼台永远藏在艳阳春色里，没有春秋，没有日月，没有迟暮，没有荣枯。千树桃花万年药，不知何事忆人间。所谓碧云红霞，稍纵即逝，斗转星移间，不变的，唯有镜花水月本身。

台上的棍尖处，漾出一片花海。这花海层层绯色，将天边的晚霞都衬得失色。一片红霞中，那站在中间的灰袍女子似乎被模糊成了绝色美人，她手持两截断棍，分明是狼狈的模样，竟显出一点儿惊心动魄的美丽来。

远处的月光道人手一抖，骇然开口："'镜花水月'，她竟然学会了完整的'镜花水月'？"

她能打出半招，已经出人意料。且不说簪星的领悟力如何，单就她如今这个修为，原本不可能打出完整的"镜花水月"。

台上的段香娆已经感觉到不妙，用力地挥动着手中的蛇骨鞭。那蛇骨鞭撞上一层花朵，非但没有将花朵打碎，反而如撞上一层坚硬的壁垒，随即被弹了回来。

簪星猛地运转周身的元力。

在修炼青娥拈花棍的十几日里，这一招"镜花水月"她用过很多次，但没有花树的情况下，只能使出"水月"而无"镜花"。今日，在被段香娆逼入绝境的一刻，簪星突然领会了"镜花"的深意。

原来"镜花"一开始就是虚妄，既然如此，"有花"与"无花"并无区别。"花"是假的，但"棍"是真的。"棍"的存在是为了舞出"花"。

就如这书中的世界是假的，她却是真实的。她顶着工具人的身份，不过是为了创造出真实的、她自己将要走的那条路，而不是做一个不知下一刻会被命运抛向何方的附属品。

她只是想要活下去，想要主宰自己命运的走向罢了。

棍子在空中劈捣，所劈捣处，花海如流瀑。上下翻飞的花棍使得段香娆的蛇鞭无法近前，她自己却被逼得节节后退。

眼看就要被逼至比试台的边缘，段香娆咬牙，再次合元力挥鞭："蛇影！"

无数蛇影朝着花海飞去。虚妄与真实、森然与娇艳，令这空旷的比试台也诡异艳丽起来。所有人都将心提到了嗓子眼儿里，没有人猜得到结局。

"砰——"

那根幽蓝色的鞭子断为两截，上头的光泽迅速地黯淡下去，如腐朽的枯木，再无刚刚的凶狠灵动。下一刻，灰袍女子迎转滚身，手中残棍劈向对手的膝脚。

段香娆飞出了台面。

台上台下，一片寂静。

灰袍女子收棍，空中漾开的水纹、花海、霞色刹那间消失，仿佛刚刚只是一场瑰丽的美梦。

宣读弟子的声音响彻整个比试台："第三十组，杨簪星胜——"

第六章

入　山

女子站在比试台上，霞色散开后，显出她原本的样子。她灰色的衣袍上全是鞭痕渗出的血迹，头发也乱了，看起来竟比败了的人还要狼狈。

然而她目光平静，没有半分动摇。

被簪星一棍打到台下的段香娆半晌爬不起来，片刻后才被同门弟子扶起。她看向簪星，神情里满是难以置信："怎么可能……?"

她一个筑基后期的修为，怎么可能被杨簪星打败？

"比赛结束了。"簪星看着她道，"我才是内门弟子。"

这比试本就不公平，赛制也不怎么合理，抽签全凭运气。按理说，段香娆这样的修为，进入前三十并无悬念，可她和簪星抽到了一组。如果两个实力很强的人凑在一处，得胜者只有一个，那么剩下的那个，未免遗憾。

可修炼之道，除了修心修行，还要修机缘。有时候差那么一点儿，人就与大道无缘。

纵然段香娆再怎么不甘心，考核都结束了。

三十名内门弟子的名册已出，田芳芳过来扶起簪星走下台。待下了台，簪星才察觉自己的背上已然被血水湿透。

紫螺吩咐接下来要做的事宜，包括重新分配住宿的地方。这一百二十名新入门的弟子，只有三十人成为内门弟子，剩下的九十人，都要搬离先前的小木楼。

簪星回去的时候，段香娆正收拾完包袱准备离开。见簪星一瘸一拐地进来，她没有说话，只是看了簪星一眼，目光里满是怨毒与不甘，随即脚步往前，与簪星擦肩而过。

段香娆千方百计要进太焱门，无非是想突破修炼，今日止步于此，自然万般不甘。只是簪星也没有办法。

田芳芳帮簪星在屋里打了热水，她脱下衣裳，把整个人都泡了进去。

山上的溪水灵气充足，虽然算不上药浴，但对刚刚受伤的身体也是有好处的。簪星长这么大，还是第一次挨打，背上被鞭子抽打的疼痛感，到了此刻才慢慢逸散开来，疼得她倒吸凉气。

屋子里少了一个人，空落落的。簪星将两只胳膊放在木桶外，趴在木桶边缘上，心中沉沉地叹了口气。

她如今已经成为《九霄之巅》这本书里的一个变数，原著会不遗余力地抹杀她，但是……她抚摸着心口处，属于男主角的金手指枭元珠，会本能地保护她。

因此，她会在枭元珠的保护下接连突破，会在枭元珠的指引下找到《青娥拈花棍》。甚至她之所以能够这么快地领悟"镜花水月"，也是因为枭元珠的功劳。

枭元珠会本能地保护主人，无论她是牧层霄还是杨簪星，而原著，会因为枭元珠对她的保护，更加不遗余力地抹杀她。

这是一个无解的死循环。

簪星突然想起什么，抬眼看向掌心。今日在饭堂里的时候，她的掌心长出一道红痕，眼下她再去看，那红痕像是更深了一点儿。

这是什么？

她用力地搓了搓，还是搓不掉，总觉得这印记让人有些不安。

她正想着，外头传来敲门的声音。簪星站起身，披了件衣服去开门。门外，紫螺抱着一叠衣物走了进来。

"簪星师妹，"紫螺将衣物放到桌上，转身笑道，"如今你已是内门弟子，不必再穿外门弟子的灰纱袍。这些衣物，若是你不喜欢穿，可用灵石在山下的平阳镇买别的款式。以后授课也有不同，这是内门弟子平日里的安排，你若得了空，可以看看。"

簪星谢过紫螺，又说道："紫螺师姐，我脸上的伤……"

"我之前问过师父，妖兽'域'的妖气浓重，与旁的妖兽不同，寻常的高级灵药未必能治好。"紫螺见簪星有些意外，又说道，"你别担心，我今日来，也正是为了跟你说这件事。你先换件衣裳，随我去见一个人。"

簪星道："好。"

内门弟子的衣裳果真与外门弟子的不同。原先的灰纱袍已经很柔软了，如今这件纱袍，简直轻若无物，纱更细，颜色是漂亮的艾草色，又在浅绿中加了一点儿灰调，朦朦胧胧的，仙气飘飘。

总之，是很性冷淡风格的颜色。

这上头的刺绣仍是鸾鸟，同色的发带上多缀了一点儿细珠，看起来更精致了。

簪星穿好后，就同紫螺一同出去。

秋夜凉爽，姑逢山上云雾弥漫，桂树的芬芳浸染了每一处。这样的夜，纵然她不清修，出来走走，也是享受。

紫螺边走边为簪星解释："咱们太焱派，掌门人师祖一共收了七位徒弟。你看到的月光师伯就是其一；其余几位师叔，授课的时候你都能见到。等下我们要见的，是四师叔。"

两个人穿过一处外院，眼前出现一座小殿。

这殿看起来不大，牌匾处写了一个大红的"丹"字，门口放着两尊小炉，炉下火苗跳动。簪星甫一走到这院里，顿时觉得比外头都要暖几分。

门口一个戴帽子的小童看见紫螺，忙不迭地高声道："师父，紫螺师姐来了！"

"进来吧——"里头传来一个略显沙哑的声音。

簪星和紫螺走进殿里，这长殿里头空落落的，连桌椅都没有，清简得可怜。大殿正中间，摆着一人来高的巨大丹炉，此刻丹炉正"哧哧"地冒着烟，底下一簇火苗烧得正旺。

丹炉前，一名穿着黄纱袍的男子席地而坐，头戴黑纱帽，纱帽正中绣着圆圆的太极图。男子的脸上黑一块紫一块的，像是被火熏花了。他约莫四五十岁，一头花白的头发在脑后扎成小辫，嘴巴里还叼着一根草，正把地上的灵果随手扔进丹炉里。

这人一边炼丹一边哼唱，情绪很激动，摇头晃脑的，簪星都怕他一头栽倒在火中。

"簪星师妹，这是四师叔。"紫螺道。

这就是少阳真人的第四个弟子，擅长炼丹的李丹书。

李丹书看了一眼紫螺，拿起手边的蒲扇往炉子底下狠狠地扇了几下。本来很严肃的炼丹，硬是被他扇出了几分炖骨头汤的感觉。

他问："紫螺丫头，大晚上的，你上我这儿来干吗？"

"师叔，我是来向您讨丹药的。"紫螺把簪星往李丹书面前一推，"这位师妹的脸被'域'的妖气所伤，师父说寻常灵药无法祛除疤痕，让您来想想办法。"

李丹书的双眼一眯："'域'？这年头还能看见'域'，也是稀罕。"他朝簪星招了招手："丫头，上前来我看看。"

簪星上前，李丹书捏着她的脸看了看，松开手道："不难。炼一味素肤玉容丹服下即可。"

簪星心想：丹药这玩意儿不是含铅吗？吃下去会死人吧？但一本修仙小说，又要讲什么科学呢？

"那太好了，师叔。"紫螺倒是一心一意为簪星着想，"请师叔帮忙为簪星师妹炼丹吧！"

"说得容易。"李丹书瞥了她一眼，"紫螺丫头，我门下弟子皆是男子，极少有炼此丹的。要炼此丹，我所需原料不少，其他的便罢了，尤其需要一截夜藤枝。少了夜藤枝，这素肤玉容丹可炼不成。"

紫螺看着他，怀疑地开口："四师叔，我听师父说，您最近在研制一味新丹，其中就少一味夜藤枝……"

李丹书轻咳一声："反正就是要夜藤枝，要不要炼这味丹，还是看这小姑娘自己怎么选吧。"

簪星："……"

这不是趁火打劫吗?

她问: "请问,夜藤枝很贵吗? 到哪里可以找到夜藤枝? "

李丹书双眼一亮,笑道: "好找好找,不贵不贵! 夜藤枝咱们姑逢山上就有。再过三日,你们内门弟子都会进山采药草,届时你将夜藤枝一并带回来就行了。"

紫螺有些生气: "师叔,簪星师妹是咱们门中弟子,您怎么能这般计较? "

李丹书转头对着那只巨大的丹炉,看也不看紫螺一眼,哼哼了两声: "我还是你师叔呢,你怎么就这般计较? "

紫螺无奈,簪星拉着她,对李丹书道谢: "多谢四师叔,待我找到夜藤枝,就立刻拿给您。"

出了大殿,紫螺不赞同地摇头道: "簪星师妹,你不知道,夜藤枝生长在极阴之地,临近黑沼泽,十分危险。纵然是我去取,也不容易。如果真那么轻松,四师叔怎么会让你去拿? 你刚才答应得有些冲动了。"

"我只是答应下来,未必取得到,我会看着办的。"簪星想起刚刚李丹书说的话,"对了,师姐,四师叔说,三日后我们会进山采药草,是什么意思? "

"咱们太焱派,宗门灵药、灵草丰富,丹药也不缺,是因为姑逢山灵气养人,山里有无数灵兽花草。这些灵兽花草都很珍贵,也很危险。内门弟子每隔一段时间都会进山摘取药材灵果,一方面是补充宗门库房,另一方面也是熟悉药经,算作历练。"紫螺说起此事,很是感慨,"要说咱们的掌门人师祖,当年也是在姑逢山里得到一段机缘,才有了如今的成就。因此,对弟子们而言,每次进山的机会都很珍贵。"

簪星这下明白了,也就是说,太焱派的弟子都是免费劳动力。太焱派供给弟子吃穿住宿修行,弟子则为宗门打工填充库房。

这样也好,有一套完整的循环体系,就不怕宗门哪天被弟子们吃垮。对于上班族来说,这样反而更令簪星安心一点儿。

"新来的内门弟子第一次进山,采到的药材和灵果可以为他们自己所用,算是宗门考核的奖励。你进山后,记得多找一些有助于温养突破的灵草。"紫螺提醒簪星,"这几日没别的事了,你在先前的考核中受了伤,就趁着未进山的时间,好好休息一下吧。"

簪星笑道: "多谢师姐。"

"不必谢。说不定……"她还想说什么，最终却是按捺下来，"今日不早了，簪星师妹，你先回去，明日有半日时间歇息，你可以起得晚一些。"

簪星走后，紫螺重新回到殿里。

她走到坐在地上的李丹书面前，说道："四师叔。"

李丹书哼道："走了？"

"走了。"

"你说就是这个小丫头找到了《青娥拈花棍》，并且还打出了'镜花水月'？"李丹书抬眼问。

"是月光师伯亲口说的。"紫螺问，"四师叔刚刚可有看出什么？"

李丹书拿下头上的纱帽抖了抖，纱帽里飞出一点儿灰来，他又端端正正地戴上，才说道："看起来没什么特别的，就是个普通的小姑娘，体质灵根根本不适合修行，也不知《青娥拈花棍》怎么会选中她。"

"许是簪星师妹身上有什么特别之处也说不定。"紫螺道，"如今掌门人师祖正在闭关，到为六师叔选出亲传弟子的考核赛前，掌门人师祖应该能出关了。若是掌门人师祖知道《青娥拈花棍》重新出世，不知有多高兴。"

"他当然会高兴，这么多年了……"李丹书叹息一声，看着丹炉的目光有些出神，"谁能想到，这世上还能有人再打出'镜花水月'呢？"

簪星回到小木楼里。

夜已经很深了。

寻常这个时候，打扮完毕的段香娆刚刚出门，屋里还残留着段香娆最爱的茉莉香气。如今的两人榻拆掉了一座，原本的度假小木楼，竟然显得有些清寂。

簪星脱掉外裳，在一楼的软榻前坐下，给自己倒了杯灵泉茶，喝了一口。

原本她以为当了内门弟子，脸上的伤就好了，没想到还要亲自进山采草药。这和她以为的不一样啊。听紫螺的口气，姑逢山上危机四伏，不是普通的风景区，这要是有什么意外，以她如今这个伤痕累累的身体，谁知道会不会出什么意外？

要知道，还有一个原著世界对她虎视眈眈。

等等，原著？

原著里，好像是有这么一段情节。

原著《九霄之巅》的剧情里，男主角牧层霄在宗门考核赛上大放光芒，出尽风头，引得之前的第一名华岳心生忌妒。这之后不久，牧层霄随着其余通过考核的内门弟子一同前往姑逢山上采摘药草。

在采摘药草的过程中，牧层霄与华岳发生争执。华岳追杀牧层霄，两个人的打斗惊动了山上深潭中的赤火蛟，华岳见势不妙，扛着剑跑了。牧层霄被逼入绝境，反杀了那只凶暴的灵兽，大大涨了一拨经验值。不仅如此，他还顺手带走了赤火蛟的幼崽，并将幼崽养大，使其成为和自己并肩作战的伙伴。

赤火蛟后来在原著里多次出现，因此这段剧情还挺重要的。只是当初簪星看到这里免不了吐槽，这根本就是杀了人家母亲还要榨干人家最后一滴血啊。赤火蛟知道牧层霄是它的杀母仇人吗？就这关系，它还能和牧层霄并肩作战，合理吗？

不过如今，牧层霄并没有在宗门考核赛上大放光彩，华岳看上去甚至都没有留意牧层霄的存在。这二人不存在龃龉，也就不会在进山后发生争执，不会惊动那条赤火蛟，牧层霄更不会多一个"战斗伙伴"。

剧情主线似乎到这里已经变了。

簪星看向自己的掌心，不是错觉，掌心的花朵状红印，确实比之前中午在饭堂里看见的深了不少。

是因为剧情在此出现了第一个分岔吗？

她看了一会儿，收回手掌，将面前的茶水一饮而尽，站起身来。

不去改变剧情，以这天杀的原著剧情线，她迟早得做回那个炮灰工具人。努力地争取一下，说不定她还能闯出一条新路。

既然如此，不如一搏。

靠崖边的一座小木楼里，露台被铺上雪白的毯子，长桌上放满美酒瓜果。

宿楼虽是一样的小木楼，位置却各有不同。这一栋小木楼靠着崖边，夜里月光漫过，云海蒸腾，若以琉璃灯盏点缀，如蓬莱仙宫。

木楼都是随机安排给弟子的，不过，若有灵石，弟子间自然也可以互换。这一座木楼，就是华岳以五百灵石和原先的弟子置换的。

此刻，他坐在露台的软榻上，一只手持盏，另一只手拥着美人，神情格外满足。

今日他轻轻松松地通过了宗门考核，自然春风得意。见怀中美人神情忧愁，华岳不由得伸手捏了一把对方的脸，笑道："不必愁眉苦脸，我听说，不久后玄凌子要选亲传弟子。待我做了玄凌子的亲传弟子，在太焱派自然地位非凡，届时我再与掌门人说几句好话，你定能进入内门。"

段香娆抬起头，目光殷切："果真？"

华岳将她的手凑近嘴边亲了一口："我还会骗你？"

说起来，太焱派的女弟子不少，长相清丽脱俗，看着很是动人，但各个性格清高，别人与之说话，爱搭不理的。比起来，还是段香娆这般风情解语的娇花更对他的口味。段香娆修为不低，本来以她的实力，通过宗门考核是板上钉钉的事，谁知关键时候杀出杨簪星这匹倒胃口的黑马，前功尽弃。

"今日之事，我着实不甘心。"段香娆说起此事，语气变得怨毒起来，"一场考核，倒叫她抢了风头！"

华岳安慰她道："那个丑女，纵然抢尽风头，也不过让旁人知道她的丑陋而已，你又何必在意？"

段香娆趴在他的怀中，目光黯了黯，轻声道："我在意的岂是被抢了风头，我在意的是你啊。我只是一个女人，被抢了风头也就罢了，可若是华公子你被抢了风头，又当如何？"

"我？"华岳像是听到什么好笑的笑话，"就凭她？你也太小看我了。"

段香娆坐直身子，盯着华岳道："不瞒你说，我认识杨簪星是在连山花选拔赛前。那时候，她是陪着自己的未婚夫一道来参赛的。我听杨簪星的未婚夫提起过，在到达平阳镇之前，杨簪星的修为刚刚到达炼气。"

"炼气？"华岳眉头一皱，"她现在可是筑基一重境。"

"不错，修行每一突破，少辄数月，多则数年，甚至有数十年数百年难以突破的。杨簪星根骨平凡，亦无良师教导，何以进步如此神速？说是天才也不为过。"段香娆引导道。

"你的意思是……"华岳的神情凝重起来。

"她的身上一定藏着什么秘密，说不准是身怀秘宝，才能在这么短的时间里突飞猛进。"段香娆关切地看向华岳，"她现在是筑基前期，不如你，可再过些日子，有秘宝相助，她未必不能超过你。就如她今日能代替我成为内门弟子，焉知将来有一日，不会代替你成为亲传弟子？"

一席话说得华岳脸色突变，他猛地一拍桌子站起身："岂有此理！"

"华公子息怒！"段香娆适时地起身，替他揉着肩膀，"我也只是胡乱猜测，并不能当真。"

"不，你说得有理。"华岳抬手，"能在这么短的时间里连升三级，此女确实可疑。"

段香娆嘴角一翘，不动声色地问："那华公子打算怎么办呢？"

"简单。三日后，所有新进的内门弟子都要进姑逢山采摘药草。"华岳的目光里闪过一丝阴鸷，"山中多凶兽妖花，新弟子不慎遇险，也是自然。"

"身怀秘宝，也要看她守不守得住。"他冷笑道。

簪星并不知道，自己莫名其妙又多了个新仇家。宗门考核以后，太焱派许是为了让新弟子们休养一下，没有继续开公开课。只是人人分了一本《姑逢山千物图谱》，需要熟悉背诵。簪星打开看过，这是一本收录了姑逢山上的各种花鸟虫兽的图鉴，大概是派里怕新弟子们踩雷，特意准备的。

说是千物，其实应该过了千。簪星抓紧时间连背三天，总算模模糊糊有了印象。不过，她也不能保证记住多少，对临时抱佛脚这种事，总不能抱太大期望。

转眼间，三日已过，进山的时间到了。

这一日，天气极好。

三十名弟子，每人领到一只绣着鸢鸟的白色锦袋。

紫螺笑道："这是乾坤袋，不过，只是很普通的乾坤袋，一共能装十样东西，且装进去后，回来之前不能取出。因此，若非采到珍贵之物，切勿往里装放。否则，白白浪费了份额，可不能怪别人。"

簪星捏着那只乾坤袋颠来倒去地看，袋子只有巴掌大，软乎乎的。簪星尝试着把手指伸进去，感觉里头凉凉的，没有实感，又将手指缩了回来。

"姑逢山里多凶兽，凶兽白日里多在沉睡，记得动作要轻缓，太阳落山之前务必离开。否则月亮升起，凶兽醒来，山上会很危险。"紫螺说罢，看向面前的密林入口，长袖一挥，那里即刻漾出一层波纹，像是有什么禁制解开了。

"去吧。记住,太阳落山之前,一定要回来。"她道。

簪星把乾坤袋装好,随着众人一道走入密林中。

姑逢山极险。

许是除了门中弟子,寻常人极少来此,连山路都是临时劈砍而出。一条木绳索道悬在两崖之间,弟子们一个个走上去,索道摇摇晃晃的。簪星目光下移,只见山光云气,缭绕不绝,一眼看不到底。

簪星想:幸好她不恐高。

这里的季节也很奇怪,方才路过一处鲜花妍丽之地,下一刻,就见积雪覆满石阶,如疏疏冷玉。山腰处生长着许多奇树怪藤,亦有乱石嶙峋,树石交映。

突然听得一声鸟啸,众人抬头去看,就见群峰之中,自远而近掠过一道长影,如灰鹤大小,羽翅乌黑,眼睛竟是鲜红色的。这大鸟在众人面前盘旋一周,倏尔拍着翅膀跑了。

"这是啥?"田芳芳疑惑,"长得不像普通的鸟。"

"《姑逢山千物图谱》上有言:传太阴之地,积尸之气,久化为罗刹鸟,能变幻作祟,好食人眼。如图上所示,那应当就是罗刹鸟了。"一名弟子道。

其余弟子闻言,纷纷抓紧了手中的兵器,只道:"这山上凶兽众多,咱们还是不要走散了,聚在一处,好歹有个照应。"

陌生环境中,一群人聚在一起多少令人安心一点儿。簪星一开始也是这么想的,直到她看到这群人开始采摘药草。

《姑逢山千物图谱》上记载了上千种花鸟虫兽,要将这些东西一一背下来显然是不可能的。不过,接受过应试教育的现代人多少还是善于总结的,无非是颜色越鲜艳的越有毒,模样越特别的越凶险。

但这群新弟子,恰恰很喜欢挑这种长得扎眼的东西采摘。簪星劝过他们,未果。人人都想寻不一样的装进乾坤袋里,形状普通但效果不错的药草,他们不屑一顾。

这不,一名新入门的少年才摘了一株草,就被蛇咬了。

一群人吵吵嚷嚷地围在这少年身边,那条蛇倒是被打死了,长得花花绿绿的,一看就不是什么正经蛇。

"别怕,师弟。"一位热心的大哥说道,"我帮你把蛇毒吸出来。"说罢,他撩开这少年的裤腿，埋头就要凑上去。

簪星看不下去了，喝道："等等！"

众人疑惑地看向她。

"蛇毒可不能靠吸。"簪星从旁边大哥的手里拿了一截绳子递过去，"这个系在伤口附近吧，绑紧一点儿。"

"你在胡说八道些什么？"一名弟子开口，"不把蛇毒吸出来，他死了怎么办？"

华岳见状，不咸不淡地插了一句："杨簪星，没想到你长得丑，心眼儿也这么毒。这位师弟跟你无冤无仇，你居然想害他。果然相由心生！"

簪星只觉得莫名其妙，她怎么就毒辣了，这怎么又扯到长相上去了？他这仇恨拉得未免也太生硬了一点儿。

她正想着，身后又传来一个声音："不用吸，这是玉斑锦蛇，图谱上有，无毒。"

簪星转过身，牧层霄看了他们一眼，说道："想必现在血都止住了。"

那少年闻言，低头一看，果然，被蛇咬到的伤口现在已经凝成一道浅色，眼看着就要结痂了。他不由得挠了挠头，不好意思地道："啊，是我少见多怪，多谢师兄。"

簪星看向牧层霄，她确实没想到，牧层霄会在这个时候站出来说话，顺便替她解了围。

直到现在，她和这位原著男主角说过的话不超过十句，每一次都是她主动，这回牧层霄多少对她释放了一点儿善意，难道……原著见抹杀不了她，干脆升级她为女主角？

簪星打了个冷战，她可不想做牧层霄的第九个老婆。

见簪星神色微妙地盯着自己，牧层霄眉头一皱，转身走了。看样子，他并没有和自己发展感情的意思，簪星稍稍放下心来。

一群人各自摘了些药草，胃口越发大了。有人想摘补气益血的灵果，有人想摘有助突破的药材，还有人听说这里头的某种花朵相当于三品灵药，跃跃欲试。人人所求不同，又怕被别人抢先一步，于是刚刚还信誓旦旦要一起走的同门，顷刻间分头行动了。

簪星本来与田芳芳在一处的，走了几步后，田芳芳停下脚步，挠了挠头，有些不好意思地对簪星道："师妹，我这几日仔细地看过图谱，圈出了其中最值钱的十种药材，打算采来拿去画金楼卖……这些药材，和你那截夜藤枝不是一个方向，所以……"

簪星了然："你去吧。"

"你放心，我采完我的，马上来找你。"田芳芳跟她保证，"不会耽误太久！"

"没事。"簪星道，"我一个人也行。"

又跟簪星解释了几句，田芳芳才离开。簪星看了看手中的图谱，轻轻叹了口气。

夜藤枝生长在黑沼泽边，那里的林中常有瘴气，寻常草木难以生长，别的弟子寻药草也不会去那个方向。因此，注定是她一人前去了。

姑逢山很大，若要在其中寻某种药草不是件容易的事，但夜藤枝除外。

夜藤枝生长在黑沼泽边，沼泽池底源源不断地冒出瘴气，瘴气渐渐飘散，将方圆十几里的树木都给毒死了。因此，只要照着山头最秃的那一块去找，准能看见。

簪星绕过一处清溪，攀过几百步云梯，就见远处的山崖林间，突兀地出现一道金光。

这金光似雾非雾、似云非云，笼罩在树林上头。簪星再看那一处树林，树木枯焦，隐隐散发出一股湿霉腐气。簪星就知，应该是找对地方了。

簪星歇了片刻，继续往前走，越靠近那片树林，湿热之气越重，连身上的青纱袍都被雾气打湿了。从树林中蜿蜒流出一道溪水，一半是红色，另一半是绿色，鲜艳又污浊，看着就让人心生不适。

簪星越往里走，那股不适越明显。她拿出提前备好的雄黄包，放在鼻尖吸了一口，不适的腥秽之气略散了些，但还是觉得胸闷、恶心、发寒。

这地方，确实不怎么适合人来。

她又艰难地走了几百步，半红半绿的溪水到了尽头，眼前出现一汪黑色的沼泽。

这沼泽像是有生命，正当中，隐隐形成一个流动的漩涡，像是要将周围的一切吸进去。她再看沼泽周围，一棵草也无，从漩涡处不断蒸腾起金色的瘴气，颜色越是鲜艳，看起来就越是危险。

黑沼泽边生长着一棵树，约莫一人来高。整棵树都是斜着长的，树干有手臂粗，尽头抽出一条血色细枝，垂在黑沼泽的上空。

这就是夜藤枝了。

夜藤枝，有枝无花，一棵树只生一根枝，一年只生一次。采摘一枝，下一枝就得等到第二年。

簪星估量了一下自己与这棵树的距离，觉得有些难办。

要采夜藤枝，她只能先爬上这棵树。且不论这棵树牢不牢固，她自己爬得稳不稳，光是要靠近那瘴气发源地的漩涡就很难。

她摸了摸心口，期望枭元珠能给她一点儿灵感。然而，自从她上次打出"镜花水月"，枭元珠短暂地爆发一下之后，就像是死了一样，再无反应，不知是不是进入了休眠期。

不得已，簪星把准备好的布巾戴在脸上，蒙住口鼻，又含了几颗薏米在嘴里，才走到夜藤枝前，脚一蹬开始爬树。

不得不说，自从开始修炼后，她身体素质倒是变好不少，爬起树来也算顺利。这树看起来不粗，爬起来很稳，很结实。簪星只爬到枝头端点就不敢爬了，纵然如此，扑面而来的瘴气还是令她险些支撑不住，汗水瞬间湿透了衣裳。

她一只手紧紧地抓住树干，另一只手抽出腰间的小刀，想要将树枝切下来。没想到，她切了两下，连一道刀印都没留下。簪星愣了愣，索性以元力包裹住刀锋，用力一砍。

"当"的一声，刀被弹回来，刀刃出现一道缺口。

"这树枝是铁做的吗？"簪星目瞪口呆。

她再次用力地砍了几下，树枝纹丝不动，仿佛是嘲笑她的无能。

簪星蒙了，东西是找到了，带不走又该怎么办？

她正想着，忽然觉得背后有劲风袭来。簪星猛地皱眉，一道剑光朝她的胸前横扫而来，她往后一退，身后却是只有手指长的夜藤枝。她脚步顿滑，一头栽向黑沼泽。千钧一发之际，簪星一只手握住那根夜藤枝，整个人悬在空中。

身下是不断冒着瘴气的黑沼泽，身前……站着一个穿着金纱袍的男子，手持长剑，目光不屑地看着她。

"华岳？"簪星震惊地问道，"你干什么？"

华岳踏在树干上，居高临下地盯着簪星，语气阴沉地说道："你说我干什么？"

簪星蹙眉："我跟你无冤无仇，你为何害我？"她心念一动，"你想为段香娆出头？"

"嘁，"华岳把玩着手上的扳指，"女人之间的争夺，本少爷哪儿有那个工夫参与？交出来吧。"

簪星一愣："什么？"

他逼近一步，眼里是不加掩饰的贪婪："你身上藏着的秘宝。"

"秘宝？"

"你在短短一个月时间里，从初入炼气到筑基前期，连升三级，还越级打败了香娆。要说没有秘宝相助，怎么可能？"他笑了笑，语气阴森地说道，"你若乖乖地交出来，我还能饶你不死。否则……"他作势要去砍那截夜藤枝。

簪星心下一沉。

华岳竟然猜得八九不离十。

原著里，关于华岳和牧层霄结仇的剧情，的确到现在都没有发生。然而，应该出现在牧层霄身上的剧情，发生在了自己身上。可是，原著里并没有提到这一处黑沼泽，难道接下来的剧情，她会惊动什么妖兽，从而杀兽抢崀吗？

"你在发什么呆？"华岳皱眉，"还不快交出来？"

簪星定了定神，看向他道："我身上并没有什么秘宝，我也不知道你从哪里听来的谣言。不过你陷害同门，就不怕东窗事发，被逐出师门吗？"

华岳毫不在意地一笑："这黑沼泽极少有人踏足，大家都忙着在另一头摘取灵草，这里只有你我二人。不过，"他嘴角的笑容散去，"你真的很不识相，既然如此……"他突然拔剑往前，吓得簪星的心跳骤停一刻。

簪星浑身一凉，她的衣袍竟然被剑锋劈开了。华岳忌惮黑沼泽，不敢上前，却用剑风将她的衣袍切碎。簪星的乾坤袋飞到华岳的手中，他再以元力扫过簪星全身，脸色蓦地难看起来："怎么会没有？"

"我早就说过了。"簪星双手抱着树枝，悬挂在半空中，"我没有秘宝。快拉我上去。"

华岳盯着她，片刻后笑了："之前在宗门考核上你伤了我的女人，如今，你害我白跑一趟。耽误了我这么久的工夫，我不杀你，已经是开恩。杨簪星，你怎么还有脸要我救你？"

簪星："是你暗算我在先。"

"那又怎么样？"华岳往后退了一步，"你有本事的话，自己上来就是。不过，你也应当没有这个机会了。"

簪星顺着他的方向看去，目光蓦地一凝，只见之前那根刀劈不断、坚硬如铁的夜藤枝，枝头突然出现了一丝裂纹。

"不是吧？"簪星喃喃，"是不是玩不起？"

下一刻，她只听一声脆响，那根夜藤枝从中间断裂，和坠在枝头上的人，一同掉进泛着瘴气的黑沼泽中。

人倒血霉的时候，喝凉水都塞牙。

簪星一直觉得，自己并不是个运气很好的人，但对于这种事，她一向都很平常心，不会太过执着。

活了二十多年，第一次中奖就是来到《九霄之巅》这本书里，夺走了属于男主角的金手指。她万万没想到，强行逆天改命，是要遭天打雷劈的。她没有主角的命，却要去抢主角的运，结局就是被原著坑成这样。

属于牧层霄的对手华岳，成了她的对手。那根在原著的设定里用刀都砍不断的夜藤枝，只因为原著想要她死，就可以莫名其妙地从中间断开。

簪星全身浸在沼泽中，几乎瞬间身影就被吞没。

岸上，华岳退回树下，看向沼泽中间。漩涡还在缓缓流动，方才坠入的人如一个幻影，什么都没留下。

这里的瘴气太浓，待得久了，连他都觉得恶寒。杨簪星掉进去，顷刻间就会没命，不可能活下来。华岳最后看了一眼黑沼泽，冷哼一声，道了句"活该"，转身走了。

黑沼泽又恢复了平静，唯有岸边夜藤枝上的梢头，从中间突兀地断开一截，昭示着方才的凶险。

水下，簪星觉得浑身上下都疼。

这感觉，如同一个人剥了皮，被放到辣椒盐水中浸泡，每一寸肌肤都感到钻心的火辣。这还不算，她胸口的窒闷感也越来越重，从脚下到小腿，再到腰部，像是变成石头，像是有什么东西抓着她往深处下坠，让她永远无法再见光明。

簪星在公共课上学过闭息，此刻紧闭双眼，不让自己因涌入的泥浆窒息而亡，同时拼命催动体内的那颗枭元珠，在心中发出无声的呐喊：不要在这种时候装死啊，起来干活儿了！

那颗枭元珠从前挺活泼好动的，自打宗门考核后，便再无动静，簪星怀疑它是不是失灵了。还是说，原著现在连金手指都要限制，就是为了抹杀她？

身子还在往沼泽深处下坠，石化的感觉从腰部渐渐往胸口蔓延，簪星没有放弃，一遍又一遍地以元力催动枭元珠。不知往下沉了多久，直到她感到那股僵硬开始往心口爬去时，枭元珠才突然动了一下。

这动静很微弱，像是在漫长的沉睡中终于被唤回一点儿意识。簪星心中一喜，越发用力地催动。可惜的是，她如今只能在心口以上的地方发力。元力衰退得很快，不能与平日相比。于是，这点儿元力如泥牛入海，并未让枭元珠焕发如从前一般的金光。

就在她几乎绝望的时候，眼前突然出现一点儿绿色的光芒。

簪星双眼紧闭，这沼泽下泥浆如墨，自己什么都看不见，但在灵识的指引下，能清楚地看见前方有一颗绿色的发光的珠子。她犹豫了一下，心口的枭元珠微微晃了晃，似在催促她作决定。簪星顾不了其他，心下一横，既然如此，反正都是死，就死马当活马医了。

簪星身体无法移动，所幸两只手还未被泥浆僵化。簪星拼命伸长手臂，终于，手指够到了那颗会发光的绿珠。

甫一碰到那绿珠，簪星顿时觉得一股清凉感扑面而来，所有腥秽、湿热、黏滞一扫而光，胸口以下也能活动了。

有用！

她一把合住掌心，将那绿珠收回，还没来得及进行下一步动作，那绿珠像是有自我意识似的，突然朝她飞去，飞进她的唇间。

她的喉咙里迅速地滑过一抹冰冰凉凉的东西。

准确来说，簪星觉得像是吃了一粒薄荷糖，糖粒入口即化，变成糖浆。就在这绿色的"薄荷糖"入腹的那一刻，她的身体突然变得轻盈起来。

四周的泥浆似乎不能再对她造成任何影响，她如在清澈的水中，能轻松地游动。簪星奋力往上游去。

黑沼泽岸，一只罗刹鸟停在夜藤断裂的枝头上，歪头看着水中的漩涡。

它渐渐变得缓慢，最后停止不动。罗刹鸟像是察觉到危险，尖啸一声，羽翅一展，飞走了。

"哗啦——"

沼泽里突兀地伸出一只手，满是泥浆。紧接着，女子的身体从沼泽里拔起，带起身侧黏稠的黑泥。片刻后，女子从沼泽里钻出来，仰面倒在岸边，大口大口地喘着气，享受着劫后余生的喜悦。

长空如墨，万点星光如雨洒下，将平静的黑沼泽照得神秘又幽丽。瘴气不知何时已经散光了。夜里的姑逢山，径幽香细，静谧旷远。

簪星看了一会儿，渐渐皱起眉头，坐起身来。

从坠入黑沼泽到现在，她感觉也没过多久，怎么人一出来，天都黑了？

紫螺的话在耳边响起："太阳落山之前务必离开。否则月亮升起，凶兽醒来，山上会很危险。"

簪星："……"

她抬起头，看向头顶银盘似的月亮。

绝了，这原著坑起人来真是一套一套的。

第七章
顾白婴

姑逢山入山禁制前的空地上，进山的新弟子一个个从里头钻了出来。有衣衫褴褛、蓬头垢面的，显然在里面吃了不少苦头；也有光鲜亮丽、精神奕奕的，似乎寻宝之途颇为顺利。

不过，无论他们出来的时候情状如何，拿出腰间乾坤袋时，脸上的表情都是止不住的激动。

"我挖到了绝鸣花！"

"我找到了凌霄子！"

"嘿嘿，我摸到了一尾七目鱼。"

"啊，师兄，七目鱼不是满口利牙、凶煞无比吗？你居然敢捞？"

"可不是，裤子碎成这样，差点儿连命根子都被咬掉了。"

诸如此类。

紫螺站在门口，清点着回来的修士。此刻天色渐晚，最后一丝日光坠入山后，姑逢山的夜晚来临，一线星光落在远处群峰环抱的山谷之中。

身侧的小弟子看着看着，突然皱起眉来："师姐，还差一个。"

"差一个？"紫螺一顿，神情变得严肃起来，"谁没有回来？"

每到夜晚，姑逢山中凶兽出没，极其危险。白天，她与众位弟子打过招呼，要他们务必在太阳落山前赶回来，怎么会……？

"是簪星师妹。"弟子查对着名册上的人，答道，"杨簪星没有回来。"

三十个弟子进了山，只回来二十九个。

吵吵嚷嚷的人群渐渐安静下来，田芳芳意识到簪星不在，走到紫螺跟前道："师姐，簪星师妹怎么还未回来？"

紫螺眉头紧锁，问田芳芳："你之前可与她在一处？"

"在啊，"田芳芳点头，"簪星师妹要找夜藤枝，我要找别的药草，我们俩便分头行动。后来我摘完药草，还去黑沼泽边找过人，我看那根夜藤枝已经被砍掉，周围又没有簪星师妹的影子，还以为她已经离开了。"

"她已经找到了夜藤枝，人却不见了……"紫螺的脸色越发难看，"不会是出了什么意外吧？"

"师姐，"先前那个被蛇咬了一口的少年道，"听说太阳落山以后山中会很危险，要不咱们找几个师兄弟，进山去找找师姐吧？"

一边的华岳闻言，不咸不淡地开口："杨簪星自己不按规矩办事，如今困在山里，却要别人冒险救她？要知道山上凶兽不少，咱们贸然前去，恐怕不妥。"

田芳芳不满地说道："难道你要眼睁睁地见死不救吗？"

"师姐，过去不曾有这样的情况吗？"一直没开口的牧层霄顿了顿，才问。

紫螺叹了口气："也不是没有。只是夜里的姑逢山很危险，为防止弟子意外闯入，掌门人师祖特意在山门前布下禁制。一旦太阳落山，姑逢山只出不进。此刻我们要想进山，唯有解开禁制。"

"那就将此事报与掌门人，请掌门人解开禁制。"田芳芳心中一喜。

紫螺摇了摇头："掌门人师祖如今还在闭关，要等八十一日后才能出关。"

"整个太焱派，难道没有别的人可以解开禁制？"过了片刻，牧层霄问。

"有是有，七师叔也能解开禁制，"紫螺无奈，"可是，七师叔离开太焱派已经一年有余，不知何时才会回来。"

众人沉默下来。

远处，姑逢山的星光如金色的长雾，笼罩在黑暗峰林的尽头。

"我先将此事告知各位长老师叔。"紫螺忧心忡忡地道，"但愿簪星师妹平安无事。"

四周变得越来越冷。

簪星扶着树站起来。

先前华岳用剑劈散了她的衣裳，现在纱袍变成破破烂烂的几块。簪星重新组装了一下，整个人看起来像是个性化走秀的模特。

太焱派讲究清冷寡淡的风格，纱袍看着是很仙，却御不了寒。修炼之人身体素质好，平日里也不觉得冷，但她现在元力受损，加上山中地形特殊，此刻便犹如在冬日穿了件单衣，冷得牙齿打战。

四周仍有着艳色的瘴气，簪星却没有任何感觉，或许是因为刚刚吃了那粒"薄荷糖"。眼下已是夜晚，姑逢山危险得很，簪星琢磨着，还是早些离开为好。

夜里的姑逢山看起来很美，和白日的蓬莱仙境不同，染上了几分诡异的色彩。远处传来罗刹鸟的尖啸，伴随着几声不知名的兽吼，加之风狂露重，像个荒野求生的世界。

她走了两步，越发觉得天气寒冷，忍不住搓了搓手，放在嘴边呵了口热气。

在原著世界里，若她没有被妖兽杀死，反而在山里冻死，听起来未免像个笑话。

簪星拨开面前的一丛树枝，忽然听得前面传来一阵"窸窸窣窣"的声音。这声音本来很轻，但在寂静的山林里，显出几分说不出的恐怖。

她按住腰间那把用来砍夜藤枝的小刀，定睛一看，就见前面的草丛里盘着一条金色的蛇。这蛇大约小孩儿的胳膊粗，居然还会发光，身体卷成一盘，正昂着头吐着蛇芯子，"咝"的一下朝簪星蹿来。

簪星早有准备，扬手挥去，"唰"的一下，手起刀落，蛇头被砍了下来，溅出一地绿汁。蛇头居然还未死，又朝簪星飞来。簪星以元力将那蛇头包裹，用力一击，蛇头终于破碎成渣。

多亏之前和段香娆打过一场，簪星对于捕蛇已经很有经验。她小心翼翼地绕过蛇尸，正要离开，突然察觉到有些不对劲，脚步一停，看向刚刚的方向。

没了头的蛇尸失去了力气，盘着的身体变成软趴趴的一条，也露出了藏在中间的东西。

这是一枚金色的蛋。

死蛇灰扑扑的，那蛋却如打了夜光粉，几乎要亮瞎她的眼睛。原来刚刚的金光不是来自那条蛇，而是这蛋发出来的。

这看起来也不像是蛇生出来的蛋，这蛋可比蛇大得多。

簪星没敢直接去碰那蛋，只在金蛋面前蹲下身，仔细地观察着。

这枚蛋大概有鸵鸟蛋那么大，乍一看去，像是楼盘售楼部的砸金蛋活动道具，金得有些浮夸。

簪星用小刀的刀鞘轻轻碰了碰那蛋，金蛋纹丝不动，却在她靠近的时候，发出一点儿热气来。

热的？

簪星一愣，这玩意儿揣在怀里，就是一个现成的暖宝宝啊！

她有点儿动心，又怕拿走这枚蛋会有什么麻烦，毕竟原著世界不做人很久了。想了想，簪星催动心口的枭元珠。枭元珠眼下像是电量不足，在簪星的强力催动下，勉强地飞了一丝元力出来，试探地包裹住面前的金蛋。

簪星开启与蛋连通的五感，甫一接近那枚蛋，顿时觉得一阵熨帖之气扑面而来，像是在困倦的时候，面前出现一张床，又暖又软，如宠物的毛皮，温和又亲昵。只在一瞬间，簪星就做了决定，伸出手，将那枚蛋抱了起来。

金蛋看着不大，抱起来也有些沉，不过很暖。在寒冷的山中，它就像暖手宝，立刻温暖了簪星的心灵和肉体。它也很亮，自带照明功能，刹那间照亮了前方的路。

簪星抱着金蛋，深一脚浅一脚地往前走，防备地盯着四周，以免遇到意外，竟没有察觉，山林里原本不时传出的鸟啸和兽吼，不知何时全部消失了。

姑逢山明月皎皎，万物静谧。

太焱派的前厅大殿里，几位师叔围坐在一起。

紫螺急得跺脚："师叔们，快想个办法啊！"

"有什么办法？"四师叔李丹书正了正自己的纱帽，慢条斯理地道，"你也知夜里的姑逢山有多骇人。二十多年前有一批新弟子入山，其中一名弟子仗着自己修为高，心生贪念，太阳落山后仍流连山林。待掌门人带人去将他救出来时，修为全废不说，一条胳膊还毁了，这辈子都没法修炼。”

另一头，擅长符咒的三师叔崔玉符冷哼一声："这还算好的，十几年前，一名弟子想要摘取灵果炼丹，乘人不备偷偷溜进山里，惊动了凶兽'双头药叉'，被撕成两半，连元灵都被吞嚼干净，留了一地的碎骨。自那之后，掌门人才在山口设下禁制，太阳落山后，任何人不得进入姑逢山内。"

"簪星师妹不是心存贪念的人。"紫螺解释，"她定是在其中遇到什么麻烦了。"她看向李丹书："师叔，若不是为了找那根夜藤枝，簪星师妹也不会遇到危险。我不管，您得想想办法！"

李丹书轻咳一声："我哪儿知道……? 喀，紫螺丫头，我也很想去救人，但是掌门人的禁制我也解不开啊！"

"不错。"月光道人叹道，"紫螺，别为难你师叔了。"

"难道掌门人的禁制，就没一个人能解开吗？"紫螺道，"那若是掌门人师祖闭关，有弟子遇到危险，咱们太焱派难道就放任不管，见死不救吗？"

"若是七师弟在，尚能一试。"月光道人摇头，"不过……"

这人已经离开宗门一年，鬼知道他什么时候回来。

月光道人道："眼下只能盼着那小姑娘机灵些，安然度过一夜。待天明，禁制解开，我们几人再一同进山找人。"

崔玉符面无表情地给他泼冷水："等天明，那丫头估计被吃得骨头都不剩了。这么多年来，除了掌门人和小七，从未有人在姑逢山过夜而毫发无损的。"

紫螺心急如焚，却又无可奈何。

尘霜结成白露，从宽大的叶子上滚落，滴到树下人的鼻尖上。

女子鼻尖微微动了动，突然"阿嚏"一声，叫响了整个清晨。

簪星睁开眼，看向远处的天边。

星光和夜幕一同散去，眼前是姑逢山上笼罩的白雾和群峰尽头隐隐可见的太焱派巨龙雕像。

她抬起头，抹了把脸，站起身，心中微讶，不知不觉间，竟然过去一夜了。

昨夜，她抱着金蛋一直走，走来走去竟迷路了，本想在树下歇一歇，连什么时候睡过去的都不知道。对了，蛋。簪星低头，看向被她牢牢地抱在怀中的蛋。金蛋到了白日便黯淡许多，也不再暖乎乎的，看起来就是普通的彩蛋道具。

不过，昨夜多亏这枚蛋，否则她一定会被冻出病来。

簪星看向周围，白日里的姑逢山又恢复成平日里风光满目、晓光丹霞的人间仙境。紫螺说过，夜晚的姑逢山很危险，凶兽出没，昨夜她走了很久，又在树下睡了一夜，竟一点儿事也没有。

难道是枭元珠在暗中保护自己？

也好，簪星已平安地度过一夜，眼下天也亮了，她便打算一鼓作气走出姑逢山。待回到太焱派，她一定要把华岳那个王八蛋大卸八块。

辰时，司晨鸡飞上枝头，准确无误地开始啼叫。

残月隐于云层之后，日光渐渐从群峰间冒出。

旭日初升，彩云沸腾。

正打盹的紫螺一个激灵醒过来，连忙起身叫醒周围睡着的几人："师叔们，天亮了，禁制解开了！"

"解开了？"李丹书揉了揉眼睛，看向窗外，被外头的日光晃得眯了下眼睛，说道，"啊，竟然这么晚了。"

"快点儿。"紫螺扯着李丹书的袖子将他从地上拉起来，"簪星师妹还在山里，快去救人……"

"救什么人？"一个声音从她身后传了过来，带着调侃的笑意，"紫螺丫头，你这么心急火燎的，是要去哪儿？"

紫螺诧然回头，一个中年男子走了进来。这男子穿着一身褐色的粗布麻衣，眉目倒是清俊雅致，长发以同色的发簪绾好，又在下巴留了一簇尖尖的胡子，便显出几分狡黠，乍一看去像个文士或者民间的说书先生。

"五师叔？"紫螺愣了一下，"您不是和七师叔云游去了吗？怎么回来了？"她心中一动，"难道……？"

"怎么？"门外传来少年清亮的声音，带着几分狂妄，"只欢迎他，不欢迎我？"

姑逢山山门禁制处，田芳芳一行人正坐在门口等着。

簪星人缘一般，田芳芳人缘却极好，因此，很有几个交好的兄弟陪着他一道，在山门口等到天亮，打算等禁制一解除，一行人好进姑逢山寻人。

司晨鸡一声啼叫，姑逢山的山色亮了起来。

坐在树下的田芳芳精神一振，站起身，催促身边人道："天亮了，天亮了！走走走，赶快进去！"

他身侧的弟子打了个哈欠："田师兄，你这么着急做什么，别怪做兄弟的话说得难听，你没听昨夜那些内门弟子说吗，在姑逢山过夜的人，一般都有去无回。那杨师妹还是个女子，只怕早就……"

"你胡说八道些什么呢，"另一人拍拍田芳芳的肩："田师兄，别听这乌鸦嘴乱说。杨师妹吉人自有天相，说不准只是缺胳膊少腿，命还是在的。"

田芳芳急了眼："别跟这儿胡扯了，赶快……"

他话还没说完，面前的山门口突然出现一声巨响，伴随着女子气喘吁吁的声音："我的天，终于出来了。"

众人朝山门看去。

从山门里钻出来的女子，蓬头垢面，衣裳沾满树枝和污泥，长裙早已成了短裙，精神看起来倒是不错。她怀里抱着枚金灿灿的蛋，扶着树站稳了身体。瞧见门口围了这么多人，她也是一愣，说道："你们都在啊？"

"簪星师妹！"田芳芳冲过去，一把将她抱起来，"太好了，你还活着！"

簪星拍了拍田芳芳的肩，示意他冷静下来。田芳芳松开手，周围的新弟子们拥上来，纷纷问道："杨师妹，你感觉如何？可有不适？"

"可有缺胳膊断腿或者身中剧毒？"

"看起来不像啊，昨夜你在山上究竟是如何度过的？"

簪星伸手，说道："等等。容我先问句话，华岳在哪里？"

田芳芳答道："华岳师兄昨夜回去就就寝了，这会儿应当还在木楼里。你找他干啥？"

簪星笑了一笑，把手中的金蛋往田芳芳的手里一塞："帮我拿着。我去去就来。"说完，她转身就往木楼的方向走去。

一大早，木楼里，听见司晨鸡啼叫的弟子们纷纷起来梳洗。

众人从刚开始的不习惯到现在的闻鸡起舞，也没花多少时日。留下来的弟子十分珍惜机会，修炼倒是格外勤奋。

华岳起身下榻，伸了个懒腰。他这间屋子靠近崖边，早晨将二楼的窗打开，霞光从三楼的露台透下来，景色极美，是寻常人想象不到的享受。

他刚扎好发髻，用水将碎发抹好，还没来得及穿上外裳，就听得外头传来一阵喧闹。华岳皱眉往外看了一眼，推开门，正要斥责这些弟子不懂规矩，扰人清闲，便觉一股杀气腾腾的劲风飞至眼前。

"什么人！"华岳喝道，随手召来长剑，待看清眼前人时，忍不住吃了一惊，"杨簪星，你没死？"

簪星看着他一笑："是很遗憾。"话毕，她手中的铁棍朝他兜头袭来。

华岳持剑相迎。

他心中震惊，一时竟被杨簪星的棍风所扰，落于下风。他的脑中只有一个念头：杨簪星没死，这怎么可能？

且不说便是他碰到了黑沼泽里的瘴气都要避开，杨簪星是他看见掉进黑沼泽中的，再者，在姑逢山过夜却毫发无损，太焱派过去几百年里从未出现过这样的新弟子。

而杨簪星只是筑基初期而已！

华岳的眼神蓦地冷了下来："你果然有秘宝在身。"

若非如此，实在不能解释眼下的情形。

簪星冷冷地道："那也不是你残害同门的理由！"

朝华岳冲去的棍风突然间开出层层叠叠的花朵，每一朵都像一把温柔刀，看似姹紫嫣红，娇艳欲滴，实则暗藏杀机，步步凶险。华岳手中的长剑再也无法前进一步，而那些花朵似迷阵，又从迷阵中猛地冲出一根铁棍，气势汹汹地朝他的咽喉打来。

这样凶厉的棍风下，华岳居然避无可避。

就在千钧一发的时刻，斜刺里突然出现一支枪尖。

这枪尖是银色的，如一道银霞，只轻轻一挑，簪星手中的铁棍便被掉转了方向。无数柔美的花朵与枪风相撞，刹那间化为千道流雪，如在冬日，又似初春，让人分不清花似雪，还是雪如花。

只在片刻，凶厉的杀招尽数解开，花雪纷飞，煞气消解。天地静谧处，花雪交错缠绵，竟平添几分风月之色。

簪星被那枪尖所裹挟的巨大灵气所迫，忍不住倒退几步，方才站稳，这才看向前方。

银枪飞舞一圈，重新回到主人的手中。站在前方的人转过身，露出了他的脸。

这是一个十八九岁的少年，俊美得有些过分，长发以红白两色丝帛束起，眉毛很浓，眼眸是漂亮的深茶色，显得格外清澈，嘴唇亦是红润。太焱派的弟子们偏爱飘逸出尘的纱袍，这少年却着一身珍珠色的云缎锦袍，袖口和领口则是朱色，胸口的鸾鸟图案和弟子们的有所不同，颜色鲜亮又耀眼。

因他个子高，人又生得俊俏，着一身收腰窄袖的锦袍，在一众师兄弟中便显得格外明亮灿烂，如缥缈仙境中多了几分人间的鲜活色彩。总之，一眼看去，此人就令人移不开目光。

他看向簪星，眉间微有不耐烦，语气听不出喜怒："太焱派内，弟子不得斗殴。"

簪星看向落在自己手中的冰凉的雪花，问："雪？"

少年闻言，有些意外地看了她一眼："你连幻术都看不出来？"

少年话音刚落，簪星就见紫螺并玄凌子等人匆匆地跑来。紫螺跑到簪星身边，玄凌子走近，大声喝问："谁让你们在这儿斗殴的？"又对那少年关切地问："师弟，你没事吧？"

少年收起银枪，偏头看向玄凌子，嗤道："师兄，你收弟子的眼光真是越来越差了。"

"师兄？"簪星疑惑。

紫螺拉了一下簪星的袖子，小声道："这就是咱们宗门的七师叔——顾白婴。"

簪星看向面前人。

太焱派有七位师叔，这她知道，可是原著里似乎并没有这么一号人物。这样的名字和相貌，她要是看过，不可能没有印象。

见簪星看着顾白婴思索，紫螺又悄悄地扯了一下她的衣角，低声道："师妹。"

簪星回过神。

"杨簪星、华岳，"玄凌子板起脸看着二人，"谁让你们在这儿斗殴的？"

华岳无辜地道："师叔，可不是我挑事。我刚起床，就见杨师妹气势汹汹地找我来拼命。诸位同门都可以为我做证。"

其余弟子纷纷点头附和："不错，我发誓，确实是杨簪星先动的手。"

"华岳师兄什么都没干。"

玄凌子转向杨簪星："杨簪星，你为何对同门师兄出手？"

簪星看了华岳一眼："昨日我与同门一道进山，华岳在我去寻夜藤枝的路上偷袭，意图害我，难道这就是同门情谊吗？"

"不可能。"说这话的是玄凌子，"为了防止有残害同门的事发生，入山前，我对你们每个人都下了连心咒。若有人对同门下手，连心咒发，此人额上会出现印记。华岳的额上干干净净，并无印记。"

"不错，"华岳义正词严地道，"杨师妹可别因为个人私怨，血口喷人哪。"

簪星皱了皱眉，很快就想通了。华岳的确没有对她出手，因他手中的剑，没有一下是砍在她身上的。他不过是将自己逼得抓住夜藤枝，害得夜藤枝断开。从某方面来说，华岳还真不是"对同门下手"。

不过……看着这人眼底的得色，簪星气闷。华岳应当一早就知道连心咒的存在，特意钻了空子。

这也是原著给她的考验吗？

"六师叔，"紫螺笑道，"簪星师妹可能是在山里待了一夜，有些糊涂了。你瞧她衣裳也脏了，有什么事，还是等簪星师妹换过衣裳歇息过后再说吧。"

玄凌子这才注意到簪星身上被裁剪得颇有个性的纱袍，不由得老脸一红，挥了挥手："赶紧去吧，等梳洗过后，你再来殿中找我。"

紫螺连忙拉着簪星走了。

她们走后，木楼外的弟子们也随之散去。华岳回了自己的屋子，玄凌子与顾白婴一同往殿中走去。

"师弟啊，真是不好意思，"玄凌子赧然，"你一回来就叫你看了笑话。这些兔崽子，年轻气盛，一言不合就打打杀杀，也不知是随了谁。"

"反正不是随了你。"顾白婴漫不经心地一笑，"不过，刚才那个家伙，连幻术都看不出来。这次你招收的内门弟子，看起来资质不怎么样。"

"也不能这么说，杨簪星不是刚刚从姑逢山上回来了吗？"玄凌子说罢，感叹地摇了摇头，"一个新弟子，能在姑逢山上待一夜，还平安无事地出来，自打太焱开宗立派后，还是头一个。就冲这一点，她总不普通吧？"

顾白婴继续往石阶上走去，不以为然地道："说不定她是在山里遇到了什么机缘，侥幸保全了性命。偶然一次，算不了什么特别。"

他走了几步，见身后没动静，回头一看，只见玄凌子停下脚步，站在他身后，不知道在想什么。

"怎么了？"

"师弟啊，"玄凌子抬起头，神情有几分踌躇，过了一会儿，才支支吾吾地道，"有件事我还没来得及告诉你。"

顾白婴挑眉："什么事？"

"为什么我说杨簪星特别呢，是因为之前在武学馆里……她找到了《青娥拈花棍》。"

少年的神情突然凝住："你说什么？"

"你娘……青华仙子写的那本功法，被杨簪星找到了。"玄凌子道。

小木楼里，簪星坐在木桶中，舒舒服服地泡了个热水澡。

紫螺一边将干净的纱袍拿进来，一边对她道："等晚些时候，我叫人送点儿灵草过来。昨夜你在山里待了一夜，我瞧着元气有些受损，这几日你要好好补补。"

"多谢师姐。"簪星趴在木桶的边缘上。枭元珠经过昨夜的折腾，似乎在蓄养元气，不再有动静，簪星也决定休养几日。不过，虽然掉进了黑沼泽里，她的身上竟全无被瘴气侵袭的伤口，除了疲倦一点儿，她并未有任何不适，实在是不幸中的万幸。

只是，此次她和华岳算是彻底结仇。如今华岳笃定她身上藏宝，一计不成，必然还会卷土重来。想到此处，簪星不由得叹了口气。

紫螺以为簪星是在担心玄凌子那头无法交代，安慰道："师妹别担心，六师叔平日里很好说话。等下你去找他时，将自己说得惨一些，六师叔不会计较的。你与同门斗殴，他顶多罚你扫外院。"

簪星怔了怔，倒是想起另一桩事，就问："师姐，今日出现的那个七师叔，是否擅长驻颜之术？他看起来与我们年纪相仿，大师伯为何不与他学学？"

紫螺闻言，"扑哧"一声笑了，说道："什么驻颜之术，七师叔本就年少，今年还不到双十。"

"十九岁？"簪星不解，"那他年纪轻轻的，怎么成了师叔？"

玄凌子看起来都五十多岁了，能当顾白婴的爹，二人却是师兄弟。虽然这是本修仙小说，不用考虑逻辑，但这个设定似乎也太随意了。

"七师叔虽年少，修为却高，况且他娘还是青华仙子，是掌门人师祖的同门师妹，按辈分，他自然与师叔们同辈。"

簪星心头一动："青华仙子？"

这个名字她倒是有印象。如果说开宗掌门人羽山圣人是都州大地唯一飞升成功的修士，从而成为太焱派的活招牌，那羽山圣人的徒弟青华仙子，则是太焱派这么多年来经久不衰的代言人。

原著对青华仙子虽然只是一笔带过，但寥寥数笔，也勾勒出了一个修为高超、性情冷酷、容颜绝美的女神形象。

不过，原著也只是描述女神本人，并未写女神还有个儿子啊。

紫螺看了簪星一眼，将纱袍上最后一道褶子将平整，说道："你在武学馆里找到的那本《青娥拈花棍》，就是七师叔的母亲青华仙子所著。"

青华仙子，在太焱派里是一个特别的存在。

羽山圣人早在一百年前飞升成仙，飞升前只收了两位弟子，少阳真人和青华仙子。而比起少阳真人，当年的青华仙子显然声名更胜一筹。

青华仙子灵根慧，天生适合修炼。羽山圣人飞升后，她的修为已至大乘，离度劫只有一步之遥。若她只是修为出众便罢了，传言青华仙子的美貌可颠倒众生，连最好的画师见了，也画不出其万分之一的风华。

一个绝色姝丽、清冷孤傲，且修为不俗的女神，总是供人仰望的。

"那青华仙子现在身在何处？我在宗门里好像没见过她。"簪星擦干身上的水，穿好里衣，从屏风后走了出来。

桌上的灯芯被剪得短短的，烛影在墙面摇曳，夜里的凉风从窗外吹了进来。

紫螺叹了口气："青华仙子，早就不在了。"

"不在是什么意思？"簪星问。

紫螺看向窗外："二十年前，人魔两族大战，青华仙子率宗门修士迎战，亲手斩杀了魔王。之后她回到宗门，诞下七师叔，再过一年，就不见了。"她道，"有人说仙子是度劫成功飞升上界了，有人说……"她顿了顿，才继续说下去，"仙子是殒命了。"

总之，许多年过去了，都州大陆不曾有人见过青华仙子的影子，而掌门人少阳真人也下令，门中弟子不得随意提起青华仙子一事。

时光如长河，慢慢流逝，所有的波涛汹涌，都化作流水潺潺。距离人魔大战已经过去二十年，当年那个手持青棍的绝色女子，容颜也渐渐在众人的记忆中褪色。

"那七师叔的父亲呢？"簪星问，"青华仙子不在，七师叔的父亲总要管着他吧。"

"嘘——"紫螺伸出手指在唇边，四处看了看，见无人才敢小声道，"这话你可别在宗门里提，尤其不要在七师叔面前提。"

簪星好奇地看着她。

"青华仙子的道侣究竟是谁，到现在也没人知道。当年仙子回到宗门，一声不吭地就生下了七师叔，掌门人还为此发了脾气。"紫螺将声音又压低了一些，"青华仙子失踪后，外头还有传言，说仙子是回去找那个男人了。"

"应该不是什么好人。"向来温和的紫螺，提起此人时面上犹带不忿之色，"他与仙子结成道侣，却对仙子不闻不问，咱们宗门又不是见不得人，他何以如此薄情？"

簪星脑子里跑偏了一会儿，原著对于青华仙子的过往也没有细讲，但如果真的展开来说，以剧情的狗血程度来看，那个魔王该不会是顾白婴的父亲吧？

"总之，簪星师妹，你千万别在七师叔面前提此事。"紫螺叮嘱道，"从前有别派弟子拿此事折辱七师叔，被七师叔打断了一条腿。我想，他大概很介意旁人说起自己的父亲。"

簪星点头："我知道了。"

"此次你从山上下来，大难不死实属幸运，六师叔那边我也会替你说话的。"紫螺拍了拍簪星的肩，"这几日，你先好好休养。"

簪星笑着道谢："多谢师姐。"

妙空殿中，长几上摆着的灵果堆成阴阳太极的形状，此刻，太极的阳面被人突兀地拿走一块，留下一道缺口。

夜里凉风飒飒，从空旷的殿中穿殿而出，越发显得秋夜寒寂。

玄凌子捧着果子"咔嚓咔嚓"吃得起劲。月光道人道："师弟，注意仪容。"

"我这是看七师弟回来了，高兴。"玄凌子笑道，又看向一侧身穿麻衣的中年修士："五师兄，你不是带着师弟去南边云游了吗？怎会突然回来？"

赵麻衣——那位留着小胡子的中年修士闻言，笑容微敛，说道："前段日子，我夜观天象，发现星象有异，于是以龟甲扶乩，发现……"

玄凌子问："发现什么？"

"我发现，有妖星出世，只怕都州有祸乱将至，于是带着白婴速速赶回，好教你们提早做好准备。"赵麻衣道。

妙空殿中半晌无声。

过了一会儿，一个不耐烦的声音响起："师兄扶乩，十次有八次都是错的，你们倒也不必放在心上。"

少年倚在长几前的软榻上，坐得不甚规矩，一只手懒洋洋地搭在榻边扶手上，丝帛束起的长发垂在肩头，衬得黑发色泽柔顺又明亮。

顾白婴从桌上拣起一颗灵果握在掌心里，上下抛了两下，才侧头看向几人，说道："不如你们来说说，那个杨簪星到底是怎么回事？"

赵麻衣也是刚刚回的宗门，对宗门这些日子发生的事一无所知，闻言问道："什么杨簪星？是新来的弟子吗？"

月光道人温声道："不错，这位姑娘在武学馆里找到了《青娥拈花棍》。"

"那不是青华仙子的功法吗？"赵麻衣微讶，"这么说，青华仙子选中了她？"

当年青华仙子斩杀魔王，回到宗门，编写了《青娥拈花棍》放在武学馆中，曾说只有有缘人找得到这套功法。这么多年过去，簪星是第一个找到《青娥拈花棍》的人。

顾白婴嘲笑道："一个连幻术都分辨不出的筑基初期修士，我看她是误打误撞碰上了。"他想到白日里看到的那个穿着破烂不堪的纱袍、满脸污泥、形容狼狈的女子，神情微暗，冷哼一声，"我娘……怎么可能选中她？"

"那可未必是巧合。"月光道人微笑着看着他，"如果我说，她打出了'镜花水月'呢？"

少年一愣，随即道："不可能。"

"是真的。"玄凌子连忙道，"我可以做证，在宗门考核上，杨簪星的确打出了'镜花水月'一招。"

镜花水月，是青娥拈花棍第一重，看着简单，但若修习者没有真正领悟功法心经，只怕不能练成。

"若这是青华仙子的意思，或许这姑娘身上藏有什么机缘。"月光道人含笑看向他，"白婴，或许这姑娘能带你找到你的母亲。"

顾白婴攥着灵果的手指不由得握紧。片刻后，他站起身来，哂笑一声，说道："那和我有什么关系？我一点儿都不想找到她。"

第八章
琴　虫

一线日光顺着小木楼的窗隙溜了进来，伴随的还有司晨鸡嘹亮的啼叫。

"咚咚咚——"

一大早，木门被拍得直响，簪星起身去开门，问道："谁啊？"

门一打开，田芳芳站在门口，怀里抱着个东西。一见到簪星，他立刻像扔烫手山芋般将怀中物往簪星的手上一塞："师妹，你让我帮你保管的东西，物归原主！"

簪星低头一看，一枚金灿灿的蛋躺在手心上，散发着熟悉的暖意。

田芳芳扒着门框，半个身子躲在门外，目光如临大敌。

"怎么了，师兄？这蛋有什么问题吗？"簪星问。

"也没什么问题，就是这个蛋会动，昨晚吵了一夜，今早还把我给砸醒了。"田芳芳揉着额头上的一块瘀青，"我估摸着这蛋是不是认生，想回家，就赶紧给你拿了过来。"田芳芳一脸苦恼，"簪星师妹，这蛋里是个啥啊？脾气恁大。"

"我也不知道。"簪星懵然，但见这蛋在她的怀中倒是乖巧得很，想了想，就道，"罢了，我正好要去找六师叔，让他看看好了。"

簪星到了妙空殿。玄凌子正在看书，见簪星前来，就对她招手道："簪星，你是为昨日在宗门中斗殴一事领罚来的吧。紫螺已经跟我说过，念你是因受了惊吓神志不清，故只小惩示戒。我罚你从今日起打扫宗门外院七日，再抄《清静经》十遍。"

簪星还没来得及说话，玄凌子又从怀中掏出一只白色的锦囊，对她道："对了，华岳在姑逢山里捡到了你的乾坤袋，赶快拿回去吧，下次莫要丢了。"

簪星："……"

华岳这个王八蛋。

"我知你心中不平，不过规矩如此。"玄凌子的声音传过来，似乎含着几分深意，"你第一次进山，就当买个教训也好。想来因此事，你也会成长许多。"

簪星抬头，玄凌子仍是一副不甚正经的模样，仿佛刚刚那席话只是随口说说。簪星顿了片刻，拱手道："弟子明白了，多谢师叔教诲。"

"知道了就回去吧。"玄凌子招了招手，"秋日落叶多，打扫起来可不轻松。"

簪星转身欲走，走了两步，又想起什么，回头从怀中掏出那枚金灿灿的蛋，问玄凌子："对了，六师叔，我在姑逢山里捡到这枚蛋。《姑逢山千物图谱》中未曾记载，想让师叔帮我看看，这是何物？"

不知是不是她的错觉，手中的蛋似乎颤抖了一下。

玄凌子上前，将金蛋接过来，抚摩了几下，又认真地看了许久，摇了摇头，说道："形状倒是有几分像罗刹鸟的蛋，颜色却又全然不同，且其中并无凶煞之气。"

过了一会儿，他看向簪星："姑逢山中奇物众多，此物我也不曾见过。你的乾坤袋一开始就遗失了，此次进山，除了夜藤枝，你也全无收获。既然找到这枚蛋，它就是你的机缘。你将此蛋带回去，我瞧蛋壳之上灵气欲溢，蛋中之物恐怕即将破壳。不出三日，你就知这到底是何物种了。"

簪星又将金蛋抱回去了。

因玄凌子的那番话，簪星特意找了个木盒，往里头垫了些软布，将金蛋好好地放在其中，还给它盖了一条手绢。田芳芳过来看到的时候，脸色有些精彩，大概是觉得她有病，又不好直说，最后只道："簪星师妹倒是挺有爱心，对一枚蛋都如此尽心。"

簪星："毕竟是我的机缘。"

这玩意儿就跟开盲盒似的，不到开的那天，谁都不知道里面能出来个啥。想想还挺让人期待，不过，以她倒霉运的特质，估摸着她也不会开出什么隐藏款。

这之后，她又将夜藤枝送到李丹书的殿中。

此次进山，别的弟子的乾坤袋中装满了灵草、灵果，收获颇丰，唯有她连乾坤袋都被抢了，人侥幸逃生，在路上捡了个盲盒——金蛋。亏得簪星掉下黑沼泽的时候没有松手，如今费了这么多周折，总算没有白跑一趟。

李丹书喜滋滋地叫弟子将那截夜藤枝收起来，看向簪星，笑眯眯地道："丫头不错，这夜藤枝很新鲜。今日我就为你炼那味素肤玉容丹，七日后，你来殿中自取。"

簪星行礼："多谢四师叔。"

"不客气，"李丹书挥了挥手，露出被丹火燎焦了一角的袖子，和气地道，"都是自家人，不必言谢。"

簪星心想：信他个鬼，要知道为了这截夜藤枝，她可是差点儿连命都搭在姑逢山上。

接下来的几日，簪星就忙着领罚——打扫宗门外院了。

因是秋日，落叶纷飞，她刚刚扫过，一股风吹来，地上又满是金黄。华岳这个王八蛋，暗中收买同门，故意趁簪星扫地的时候在一旁练剑。剑气吹得落叶到处都是，平白给簪星增添了许多负担。

这样辛辛苦苦地打扫了三日，第四天清晨，簪星从睡梦中醒来，感觉屋中一片嘈杂。

她坐起身，揉了揉眼睛。此刻司晨鸡还未叫，天色刚亮了一角。就着昏暗的晨光，她见屋中被褥、杯盏都在地上，活像是被狂风席卷后的乱象。

床脚的木盒空空的，手绢飞到了地上，一个沉甸甸的东西压在她的肚子上。簪星低头一看，那枚蛋卧在眼前，金得晃眼睛。

簪星将蛋抱起，放在一边，正要下床将地上的东西捡起来，忽然听得"咔嚓"一声。

她回头，就见金蛋光滑的表面出现了一道裂痕，紧接着，裂痕越来越大，越来越长，随后发出一声脆响，金蛋裂成两半。

这是要生了？簪星突然激动起来。

蛋壳里隐约有一团白色的东西在蠕动，片刻后，一只软绵绵、毛茸茸的爪子探了出来，伴随着奶乎乎的叫声。

簪星伸长脖子看过去，对上一双碧色的眸子，不由得愣住了。

猫？

这蛋壳里生出来的，赫然是一只雪白的奶猫。

饶是簪星内心有过很多种猜想，也万万没想到这蛋里居然是一只猫。

其他的就不说了，但问题是，猫怎么可能是卵生动物啊？虽然修仙小说里不必讲什么科学，但从蛋里孵出一只猫来，这也太不科学了！

面前的猫崽摇摇晃晃地走了两步，舔了舔簪星的手指。怎么说呢，叫人有种心脏瞬间被击中的感觉。

但无论如何，这都超出了簪星的认知范围。于是，她找了块布将猫崽包起来，梳洗了一下就抱着猫出了门，打算让玄凌子看看。

刚一出门，她就撞见正要去晨练的田芳芳。田芳芳见簪星手中抱着襁褓，神情一动，凑过来，惊喜地道："是不是生了？什么时候生的？"仿佛前来看产妇新生儿的八卦亲戚，下一刻就要问"男的女的"。

簪星把怀里的猫崽给田芳芳一看，这人立刻就疯了。

"是猫，是猫啊！"田芳芳乐得手舞足蹈，"居然是猫！太可爱了！簪星师妹，能不能给我抱抱？"

簪星："……"

她把襁褓递过去，田芳芳将手在纱袍上狠狠地擦了擦，才小心翼翼地伸出手将猫崽接过来。他看着猫崽，宛如看着婴儿的母亲。

簪星看不下去了，说道："走吧，我还要去妙空殿，让六师叔看看这到底是何物种。"

"不管是什么物种，都好可爱。"田芳芳幽幽地道，"簪星师妹，我好羡慕你。我也想有只这样的小猫。"

端的是铁骨柔情。

簪星假装没听到："走吧走吧，再晚人都凑在一起看热闹了。"

待二人到了妙空殿，玄凌子已经起来了。他如今年纪大，睡眠少，一大早就起来浇花浇草。见二人前来，他先是一怔，还没来得及说话，簪星就把襁褓往他的眼皮子底下一送："六师叔，我捡的蛋破了。"

玄凌子探头，襁褓里的奶猫怯生生地瞅着他，让他差点儿脚下一滑。

"这……这是猫啊！这蛋里怎么会孵出一只猫？"

看他震惊的模样，比簪星自己还有过之而无不及。簪星沉默了一刻，问："六师叔也不知道此猫的来历？"

"我……我也没见过蛋里孵出猫的。"玄凌子费解，伸出手指拨弄了一下奶猫的脑袋，奶猫被他戳得脑袋歪到一边。

他道："这看起来就是一只普通的猫啊。"

"那不是猫。"大殿后传出一个声音。

几人回头望去，就见大殿后走出一个少年，正是顾白婴。今日他穿了一身雪白的劲装，衣裳边角处绣了墨色梅花，清爽又俊气，眉眼间带着几分少年人特有的轻狂。他走到簪星跟前，瞥了一眼襁褓中的奶猫，才看向前方，说道："这是银琅狮。"

"银琅狮？"玄凌子看了看猫崽，又看了看顾白婴，"师弟，我记得银琅狮不长这样。"

簪星问："银琅狮是什么？"

玄凌子轻咳一声："银琅狮是上古神兽，曾在仙籍中有所记载，不过，大概五百年前银琅狮就灭绝了。"顿了顿，他又道，"仙籍上注明，北海之东，有银琅，状如狮兽，身银、雪足，食云为生。这……"

这奶猫打哈欠的模样，怎么看都不像是"状如狮兽"。

顾白婴道："它是银琅狮，也不是。此猫体内有银琅狮的血脉，但极为微薄，可以忽略不计。这点儿微薄的血脉，就算到它寿终正寝都不会觉醒，"他看向簪星，"所以，你可以将它当作一只普通的家猫。"

"只有一点儿血脉啊……"玄凌子闻言有几分惋惜，"真是可惜了，就算作为灵兽豢养，也不太合格。"

簪星心中却不这么想。都说姑逢山夜里凶兽出没，危险得很。可当日她从黑沼泽中爬出来后，并未遭遇任何危险，最后甚至是在树上过的夜，也安然无恙。当时她只觉得靠了枭元珠的保护，但……如果是因为那枚蛋呢？

它既有神兽血脉，姑逢山的凶兽或许有所察觉，才不敢近前。虽然这奶猫现在看起来平平无奇，但都是猫科动物，焉知有一日不会发育成狮子？

"簪星师妹，"一边的田芳芳打断簪星的冥想，盯着奶猫道，"不管是猫还是狮子，现在都是你的了，你要不给它取个名字？"

簪星："……"

她向来取名无能，随口道："那就叫咪咪吧。"

"好啊，"玄凌子一拍巴掌，"这个名字好！"

顾白婴眉尖一蹙："好在哪里？"

"牛女心期与目成，弥弥脉脉得盈盈。咱们簪星还是挺会取名字的。"玄凌子笑道，"那就叫弥弥吧！"

簪星："……"

她也懒得纠正玄凌子的说法，况且弥弥听起来也确实比咪咪好得多。

田芳芳正抱着弥弥逗，簪星察觉到一道目光落在自己身上，回头一看，顾白婴已经别开眼。

她想了想，走到顾白婴身前，问："七师叔为何老是偷看我？"

少年闻言先是意外，随即莫名其妙："谁在偷看你？"

"你。"

顾白婴低头看着她，微微扬眉："我为什么要看你？你长得很好看吗？"

簪星坦然地道："我觉得还不错。"

面前的少女身材窈窕，目光平静，说起来五官倒是娇俏动人，可惜右脸颊上黑痕纵横，实在让人难以说出"美丽"二字。

顾白婴冷笑一声："大言不惭。"

似乎懒得搭理簪星，他转身拂袖而去。

簪星看着他的背影，心中了然。

她这么一个平平无奇的新弟子，实在不值得这位天之骄子另眼相看。想来顾白婴之所以频频注意自己，还是因为那本《青娥拈花棍》。

毕竟从某方面来说，她也算顾白婴母亲的弟子，总扯得上几分关系。

只是，《青娥拈花棍》这本书在原著里并未出现，顾白婴在原著里也没有姓名。如今一桩桩一件件，全都以各种方式与她形成联系。

簪星低头，看向自己掌中的红痕。

这回，连支线剧情都改变了。

夜里，姑逢山起了一层秋雾。

过不了多久，就要入冬了。

都州大陆，修仙界中，寒暑并不分明。修仙修的是道心，四时荣枯，寒来暑往，不过须臾。然而，当年太焱派的开宗掌门人羽山圣人是个老顽童的性子，不愿过得乏味沉闷，便解了姑逢山的四时禁制，于是一年四季，山上与人间并无区别。春花秋月，夏雨冬雪，总有各处风景。

少年坐在窗口，双手枕在脑后，望着远处的群峰。夜风将他的发带吹得飞扬，也将他的目光吹得不甚分明。

有人在外面敲门，敲了几声，顾白婴没有回头，说道："进来。"

外头的人走了进来。

来人是个眉清目秀、粉雕玉琢的小童，看着八九岁的模样，生得玉雪可爱。小童一身粉色纱袍，纱袍胸口处绣了一朵粉紫色的月季，头扎同色发带。虽是男孩子，却比女孩子看着还要秀气。

这是月光道人的亲传弟子——门冬。

"师叔，"门冬走到窗口，仰头看着坐在窗户上的少年，"咱们就这么回来，你的灵脉……"

青华仙子的儿子顾白婴，天资出众，十四岁结丹，如今已至分神后期。虽是分神，真实实力却不仅如此。人人都说他不仅继承了青华仙子的美貌，还继承仙子的灵根，说不定日后将会是都州大陆上第二个飞升成功的天才。

况且，他还如此年轻。

寻常人并不知道，顾白婴天生灵脉有损，若不修炼，灵脉反噬，必定性命不保，但他如果一直修炼，灵脉滞胀，终有一日，会被他的功法所吞噬。

他不修炼，是死；修炼下去，不过是死得更慢一点儿而已。

所以这些年，顾白婴极少出现在宗门，不是因为他狂妄自大、嚣张傲慢，而是因为大多数时候，都是赵麻衣和门冬陪着他去各处寻找灵草、灵药，以修补灵脉罢了。

门冬是月光道人的亲传弟子，虽修为不算很高，但天生"仙灵窍"，能辨认察觉各种灵草丹药。门中弟子但凡有个疑难杂症、不治重疾的，由门冬煎几服灵药服下，大多药到病除。

去年初，赵麻衣和门冬、顾白婴一道去了西洲，并无收获，白白浪费一年时间。纵然顾白婴不想，元力也会在他的体内积攒，再过不了多久，他恐怕又会突破了。只是如今，每一次突破，对顾白婴来说，都是更接近死亡而已。

　　"五师叔也真是的。"门冬没好气地道，"说什么妖星出世，着急忙慌地非要咱们赶回来，结果呢，什么事都没有。每次扶乩都不灵，掌门人师祖怎么还不将他逐出师门？真是家门不幸！"

　　"这话你到掌门人面前说。"少年哼道，"跟我发牢骚有什么用？"

　　"我还不是为你着想。"门冬想了想，又看向他，"不过师叔，你也别灰心。咱们养在黑沼泽池底的'琴虫'应该过几日就成熟了。咱们回来的时间刚好，等将'琴虫'种入你的体内，灵脉会修复一部分。到那时，你也会轻松很多。"

　　"但愿吧。"顾白婴心不在焉地回答，拿起桌上的茶盏，凑到唇边喝了一口。

　　"师叔！"小童一把扯住顾白婴的袖子，差点儿将他从窗户上拽下来，"你这几日怎么老是走神？他们说你看上了新来的一个女弟子，叫杨簪星，是真的吗？"

　　"噗"的一声，顾白婴一口茶喷了出来，看向门冬的目光里满是恼怒："你听谁说的？"

　　"六师叔呀。"门冬道，"六师叔说你老偷看那个女弟子。师叔，她长得很漂亮吗？"

　　"玄凌子那个混账。"顾白婴将茶盏往桌上重重一搁，又冲门冬怒道，"你好奇的话，自己去看啊！"说完，顾白婴摔门走了。

　　小童望着他的背影，喃喃道："不说就不说呗，生什么气呀。"

　　与此同时，簪星站在李丹书的炼丹房里。小童捧着一个盒子出来，递到簪星的手中："师姐，素肤玉容丹炼好了。"

　　簪星接过盒子，目光落在盒子里的丹药上。

　　这丹药看起来像颗巧克力豆，闻起来带着草药的清香。她问坐在丹炉前炼丹的李丹书："师叔，这丹药，我是嚼着吃还是用水冲服？是一次吃完还是分几次吃？"

　　"随你。"李丹书摆手，"没那么多规矩，你想怎么吃就怎么吃。"

　　"那……"簪星又问，"我吃掉这颗丹药后，脸上的伤痕什么时候能消失？"

李丹书看了她一眼："没多久，至少一年，至多两年。"

"两年？"簪星惊讶，"怎么要那么久？"

李丹书扶了扶快要滑下来的帽子，对她的大惊小怪很不满意："当然，你以为这是什么灵丹妙药吗？"

簪星："难道不是吗？"

"喀。"李丹书摇了摇蒲扇，"你脸上的伤痕，是妖兽妖气所伤。寻常人如此，是不可能恢复如初的。这丹药见效是慢了些，可是能让你恢复原貌，已经很好了。再者，女子内秀即可，外貌这种事，不必过于在意。"

簪星看着李丹书满脸的烟灰以及被燎黑的纱袍，觉得这话实在很没有说服力。

只是眼下她也没有别的办法。内门弟子一个月可领三十灵石，三十灵石连中级灵药都买不到，更别说其他了。

簪星只好朝李丹书拱手道："多谢师叔。弟子先回去了。"

"去吧去吧。"李丹书挥了挥手。

出了丹炉房，簪星往小木楼的方向走去。这几日她休养得也差不多了，明日开始，所有内门弟子将要一同修行上课。从某方面来说，她总算是进了太焱派的重点班，成为重点培养的苗子。

只是……簪星看着手上的红痕，先前且不说，自打弥弥从蛋里出世后，她手心上的红痕又明显地加深了一些，依稀勾勒出一朵花的形状。

簪星总觉得心里有些不安。

正想到这里，突然觉得身后有劲风而至，簪星下意识地避开，抽出腰间铁棍，反手迎上，正对上一抹银色流霞。

外院的飞瀑前，突然响起一阵金戈交错的清脆的响声。

月色朦胧，将水流照得如雪一般银白。

而那雪竟不是错觉，无数盐絮围绕在簪星身侧，细小的，微凉的，如无数落花，落在人的发间，落在人的手心上，又如破碎的月光，温柔地缠绵在人的裙角。

下一刻，片片雪花突然变成利刃，朝簪星身前飞来。簪星目光一凝，移步后退，铁棍一提，朝面前挥打而去。

刹那间，于铁棍前端源源不断地涌出霞色的芬芳，无数花簇瞬间开放，将雪刃包裹其中，花雪交缠，于月色笼罩的峰顶飞舞。可那花雪夜色中，仍有银枪带着杀气，以不可抵挡之势，排山倒海而来。

簪星竟被那其中蕴含的巨大元力压制得动弹不得。

枪尖，在她的咽喉处堪堪停下。

飞舞的花雪渐渐散开，露出拿枪少年的脸。

夜色下，白衣少年的神情少了几分白日里的轻狂，多了几分春色般动人的艳丽。

"七师叔？"簪星惊讶地看着他。

顾白婴收起银枪，冷哼道："青娥拈花棍，不过如此。"

簪星盯着他不说话。

前几日，她与华岳大打出手，顾白婴出来横插一杠。当时簪星忙着好奇他的身份，没顾得上细看这人的长相。后来，她虽因弥弥的出生和顾白婴见过一面，但当时还有旁人，也不好意思盯着人家一直看。眼下终于有了机会，再看眼前人，簪星不得不在心里感叹：顾白婴这长相，出现在男频爽文里，真的不怎么科学！

和牧层霄那种朝气蓬勃、蕴藏着野性的俊气不同，眼前人看起来唇红齿白、风姿特秀，带着少年人特有的清爽意气。月光将他的白袍镀上一点儿冷色，却让他的发带和衣袍的朱红显得更加灼眼，将他的五官也衬得美如冠玉。

但若说他是个端正冷漠的翩翩公子又不对。少年眉眼明朗如风，尤其是一双漂亮的眼睛，眸色深而清亮，如猫的瞳仁，藏着难以捉住的骄傲。少年就连唇边的笑，也带着点儿轻狂的傲慢。

这张脸，足够"恃美行凶"了。

众所周知，男频文中，长得漂亮的男性角色，要么是炮灰，要么是反派。簪星不记得有反派叫这个名字，原著里甚至都没出现这个角色。可是按他的长相，分明应该是女频文的男主角才对。

见簪星眼睛一眨不眨地盯着自己，顾白婴眉头一蹙，问："你看什么看？"

簪星温声问道："七师叔刚刚为何要对我动手？"

"恰好路上遇到了，考考你的身手不行吗？"他见簪星把铁棍别回腰间，嫌弃地开口，"居然会有人把棍子别在腰上。"

一说这个簪星就气闷。除非是极品法器，可以随召唤入手，平日里隐于身体中，普通的法器都得随身携带。若是别的也就罢了，偏偏她练的是棍，每日扛着棍子很不方便，最后只能将棍子别在腰间，好腾出手来。

当然，这样看起来实在不怎么雅观。

顾白婴瞥了她一眼，似乎也不想与她多说，就要离开。

簪星叫住他："师叔。"

少年脚步一顿："干吗？"

簪星上前一步，仰头看着他。

这样一来，两个人的距离就很近了。

顾白婴似没想到簪星会这么做，目光一顿，随即警惕地问："你想干什么？"

"七师叔，你是不是很奇怪，为什么《青娥拈花棍》会挑中我？"簪星开口。

顾白婴一愣，随即别过头，冷声道："笑话，这和我有什么关系？"

"《青娥拈花棍》是青华仙子所著，师叔，你是不是想看看我的棍法练得如何，因此才会在暗中一直关注我？"

顾白婴本来移开了目光，闻言立刻恼怒地看向簪星："你胡说八道什么？谁暗中关注你了？"

"你不想我丢青华仙子的脸，便出手试探。"簪星自顾自地说道，"我的确资质普通，到现在也不能算出挑。既然如此，师叔平日里不妨多多指点我，届时我练好了棍法，师叔也与有荣焉。"

顾白婴忍无可忍："谁跟你与有荣焉？谁是你的师叔？"

"我现在是内门弟子，你自然是我的师叔。"簪星回答得很爽快。

顾白婴哽住了。

他在太焱派待了这么多年，因辈分高，又生了一副好皮囊，弟子们同他讲话，都是温温柔柔、客客气气的。杨簪星还是他的师侄，辈分也要矮一头，怎生看起来这般无礼坦荡？难道《青娥拈花棍》挑有缘人，就是凭脸皮厚度挑人的？

他后退一步，像是嫌弃地拉开与簪星的距离，嘲讽道："那你做梦去吧，我可没那个闲工夫指点一块朽木。"

说罢，他就再也不看簪星，大步离开了。

簪星瞧着他的背影消失在夜幕中，若有所思地低下头。

她这几日反复回想过，确定原著里没有顾白婴这么一个名字。他如今出现了，虽然她不知道是什么原因导致的，但如果说和自己没关系，怎么看都不可能。

簪星慢慢地往小木楼的方向走去，陷入沉思中。因她的出现，原著剧情线出现了改变。而原著世界为了抹杀她，创造了许多新人物。譬如段香娆，就是为了抹杀她而新出现的恶毒女配角，帮她拉稳仇恨的新角色。

那么顾白婴……会不会也是原著安排的新人物？

这个少年，是因她的出现而出现的。

但问题来了，他看起来对自己并无恶意，顶多是看不上罢了。要说是原著特意为她创造出这么一个对手，实在有点儿大材小用。

而且这对手还是按簪星喜欢的类型打造的，要是在乙女游戏里，这种设定和长相的角色，她一定第一个选择攻略。

等等，簪星一个激灵，莫非……这是条感情线？

不管顾白婴的出现是不是原著为簪星设定的感情线，她都没工夫理会。眼下，她还是发展事业线更要紧。

太焱派整个宗门内，所有内门弟子，不管新生老生，每隔四个月都要考核一次。拿到第一有奖，成为倒数第一也有罚。簪星并不在乎奖励，也不惧怕惩罚，但是有个华岳隔三岔五地来找她麻烦。

息事宁人、小心低调地做事固然可以让她暂时苟住，但以这杀千刀的原著个性来看，指不定早就给她挖了坑，等着她跳进炮灰女配角的固定结局里。想来想去，她还是得好好修炼，唯有实力才是硬道理。

如今，华岳已经结丹了，簪星努力一把，也快进入筑基中期，不过离华岳仍有一定距离。越级挑战也不是次次都能成功的。在下一次内门弟子考核前，她至少得缩短两个人之间的差距才行。

因此，这些日子，簪星早出晚归，学得废寝忘食，头悬梁、锥刺股，考研都没这么用功。

宗门里除了月光道人的理论大课，内门弟子还需要上各位师叔的小课。譬如三师叔崔玉符的符咒课、四师叔李丹书的炼丹课、五师叔赵麻衣的扶乩课……诸如此类，德、智、体、美、劳全面发展，非常素质教育。

其中，簪星比较喜欢的是炼丹课。

炼丹课上的灵草、灵果都由宗门提供，他们如今是新弟子，用的都是低级灵草。但簪星炼丹的报废率很低，原因无他，全靠枭元珠帮忙。

炼丹炼丹，最重要的就是掌握火候。而枭元珠宛如一个恒温自动加热器，将火候一直把控得分毫不差，簪星只管往里丢材料就行。旁人一堆材料，炼出一颗补气丹，她能炼出三颗，连李丹书看了都说好。

炼好的丹药可以带回去自行处理，攒了一盒子后，簪星就带回小木楼喂猫。

有一次，田芳芳看见簪星往弥弥的饭盆里放了三颗补气丹，大惊失色道："你拿这个给它吃？"

"养猫不都这样嘛，尽着好的给。"簪星见怪不怪，撸着弥弥的下巴，说道，"就当是营养品了。"

弥弥也没有白吃簪星的补气丹，相当争气，不过月余，身子就大了一倍，再无奶猫的模样。至少现在，它是一只胖猫了，但喜欢撒娇的个性还是没有改。近来清晨，簪星不是被司晨鸡叫醒的，而是被弥弥硕大的屁股给砸醒的。

她琢磨着，弥弥可能发育不成银琅狮，但至少可以发育到银琅狮的体重。

每日除了上课和撸猫，外加去出虹台自行修炼，簪星还喜欢去宗门里的藏书阁。

藏书阁也就是大型图书馆，和武学馆里全是功法秘籍不同。藏书阁里有各类典籍，比如有都州大陆各国风土人情，也有上下几百年修仙界独家八卦，有文学著作、社会法律，也有医药卫生、自然科学，连少儿读物也不缺。

《九霄之巅》除了节奏快，另一个卖点就是丰富宏大的世界观。当人置身于书中世界时，要了解这个世界的方方面面，只能通过这些典籍。这些日子，簪星一有空就往藏书阁跑，好弥补自己对这个世界认知不全的不足。

藏书阁里人很少，待外头风灯亮起来的时候，簪星看向窗外，夜色降临，天已经黑了。

她从地上站起来，拍了拍身上的灰，将手中的书放回书架上，起身离开了藏书阁。这个时间，她吃个晚饭就可以去出虹台自行修炼了。

待簪星走后，从藏书阁楼上的架子上跳下来一人。白衣朱绣，正是顾白婴。他走到簪星刚刚站定的地方，抽出簪星看了一下午的书，赫然是一本《惊！你不知道的修仙界一百个奇幻故事》。

顾白婴："……"

少年"啪"的一下把集册甩回书架上，骂道："有病！"

这些日子，他见簪星常来藏书阁，犹豫许久，还是跟了过来，想着既是被《青娥拈花棍》选中的人，或许有什么特别之处也说不定。但是，簪星每日来这里看的不是《冬季姑逢山养花实用建议》，就是《都州西北交通运输地图集》，完全没有半点儿正经。

顾白婴十分怀疑，那本《青娥拈花棍》是不是找错了人。

他走出藏书阁，往自己住的逍遥殿走去。逍遥殿就挨着玄凌子的妙空殿，当年，青华仙子曾住于此。

一到夜里，逍遥殿就云雾蒸腾，青华仙子的宫殿藏在其中，如碧海流云，越发显得缥缈如梦。

但顾白婴其实并不喜欢这样。

比起虚无缥缈的仙界，他似乎更流连鲜活生动的人间。这些年，他待在宗门的日子少，或许并不仅仅因为要去各地搜罗修补灵脉的草药，还因为他从心底就不爱这些琼天幻境。

它们过于美丽，过于易碎，也过于不真实。

顾白婴回到自己的殿中，和其他师兄不同，他并不喜欢在殿中留下伺候的弟子或小童，因此，逍遥殿中常常空落落的。

他站了一会儿，正要回房，就见门冬匆匆忙忙地跑了进来，边跑边喊："师叔，不好了！"

"干什么？"顾白婴不耐烦地说道，"别大呼小叫的，吵死人了。"

小孩子在他面前站定，大约跑得太急，脸上红扑扑的，越发衬得像个仙人手下服侍的小童。门冬道："师叔，我今日想去黑沼泽看看琴虫长得怎么样了，结果……结果……"

琴虫，是十年前掌门人少阳真人从一处秘境中得到的仙草种子。传说数千年前，有一仙人飞升成仙，遗留下的法器古琴上生出了一株灵草。此灵草看上去形如幼虫，实则是灵草。待人服下，于灵根中发芽，随着琴虫渐渐长大，也会慢慢修补其灵脉中的不足。

琴虫种子难得，少阳真人费尽千辛万苦只得一颗。此灵草需要养在瘴气充足之地，姑逢山上只有黑沼泽瘴气浓厚，少阳真人将种子放于黑沼泽池底，加上禁制，寻常人无法进入沼泽。不过，纵然寻常人进入黑沼泽，其中的瘴气也会立刻要其性命。

知情的赵麻衣几人，从未怀疑过琴虫会有什么问题。而且，门冬每隔一段时间都会去查看种子的情况。

如今已是第十年了，眼看着种子就要成熟。

门冬哭丧着脸道："师叔，琴虫不见了！"

空旷的大殿里，风卷起院外的落叶，从窗外飞来，落在摆着灵果杯盏的长几上，将空气衬得更冷寂了几分。

大殿里一片安静。

片刻后，少年看向对面的门冬，缓缓开口："你说什么？"

"琴虫不见了。"门冬瑟缩了一下，似乎被顾白婴的眼神震慑，干脆利落地往地上一跪，开始干吼，"今日我去姑逢山，盘算着琴虫种子过几日就该成熟了。没想到，我一到黑沼泽，就发现黑沼泽的禁制被人动过，我又以元力探过整个黑沼泽底，发现琴虫不见了！"

"怎么可能？"顾白婴站起身，"是不是你看错了？"

"师叔，"门冬跪在地上，苦着脸道，"整个黑沼泽底下就那么一个活物，好找得很。如今什么都没有，我怎么可能看错？"

顾白婴脸色一沉："琴虫的存在，只有你我、五师兄和掌门人知道。就算侥幸有人得知，也不可能冒着被瘴气侵蚀的危险前去摘取，除非是偶然所获。"顿了顿，他又沉吟道，"只有内门弟子采摘灵草丹材会进姑逢山，"他看向门冬，眼神转冷，"查查我不在的一年里，有哪些弟子进了姑逢山。"

门冬的神情顿时迟疑起来，他吞吞吐吐地道："其实，师叔……"

顾白婴见状，目光微变："你知道是谁？"

"我……我问过紫螺师姐，"门冬小心翼翼地斟酌着语句，"之前有位女弟子，脸上被妖气所伤留下疤痕，四师叔要她寻一截夜藤枝，好炼成素肤玉容丹，服用即可美容养颜。夜藤枝就生长在沼泽边上，听那位女弟子自己说……她被同门暗害，掉进黑沼泽中，侥幸逃出……"剩下的话，门冬说不下去了。

掉进黑沼泽里的人，十年就这么一个，不是她是谁？

"脸上被妖气所伤留下疤痕，"少年盯着他，语气倏尔变得危险，"你不会告诉我，那个女弟子，名叫杨簪星？"

"师叔，你怎么知道？"门冬诧异地扬起头，随即又恍然大悟，"是了，六师叔说你时时偷看她，自然明了。"

"我没有偷看她。"顾白婴咬牙，一字一顿地强调。

门冬身子一缩，小声道："那……现在怎么办啊？"

辛辛苦苦养了十年的种子，说没就没了，换谁谁不崩溃？

大殿里是死一般的寂静。

"此事先不要告诉掌门人和五师兄。"不知过了多久，少年的声音传来，带着点儿冷意，"琴虫种子入灵脉，会有感应。我先去试探一番，若真是她……"他看向门冬，门冬吓得把脑袋一低，听得头上传来阴森森的警告，"你给我想办法，把种子弄出来。"

簪星修炼完后，扛着棍子回到小木楼。

小木楼里，田芳芳已经不请自来，正蹲在地上撸猫。

弥弥身子胖了一圈，呈大字瘫在地上，被田芳芳挠着下巴，一脸心满意足。田芳芳也得到了灵魂上的慰藉，表情称得上欲仙欲死。

簪星一回来看到的就是这一人一猫无比和谐的画面，要不是这是自己的宿舍，她会怀疑这是到了大烟馆。

她绕过地上的弥弥，走到软榻边坐下，给自己倒了杯茶。

田芳芳被动静声吵醒，见簪星回来，连忙起身打招呼："师妹回来了。哟，这汗水，你可真用功。"

"不用功能行吗？"簪星喝了口茶，"你没听见华岳前日里放话，迟早弄死我。"

"别怕，"田芳芳拍了拍自己的胸脯，"有师兄罩着你，不会让你出事的。"他的目光落在簪星的铁棍上，"不过，师妹，你这棍子，真是有点儿丑。"

这铁棍还是太焱派的新生标配，用了这么长时间，或许是禁不起元力的磨损，整个铁棍上锈迹斑斑，活像乞丐捡破烂用的。整个太焱派，女子用棍本就少，这棍子还这么丑，有时候看着确实一言难尽。

"没办法，"簪星的双手往身后一撑，"我也没有多的灵石去画金楼里买新的。"她叹了口气，"如果太焱派的人每人给我一块灵石……"

簪星摇了摇头，她真是穷疯了。

"哎，"田芳芳抱着弥弥跟着坐到簪星对面，凑近道，"我听说，再过几个月，咱们内门弟子考核，六师叔玄凌子会在新弟子中选最有资质的做亲传弟子。"

接下来，他神神秘秘地道："我还听说，亲传弟子可以去太焱派的兵器库里自选兵器。那里头的兵器全是好东西，最差也是中等灵器。师妹，你说，咱们要是做了亲传弟子，是不是就算飞黄腾达了？"

簪星："……"

她有时候对田芳芳挺佩服的。凡人修仙，大多是为追求强大的灵力，凌驾于一切之上的功法，或是跳出寻常人的普通寿命，以求永生。但田芳芳修仙，竟修出了一种俗世中的力争上游之感。他仿佛立志做一位一路往上、争名夺利、衣食无忧的土财主。

不过，人各有志，求仁得仁，他开心就好。

簪星道："不错，师兄，我相信你肯定能一鸣惊人。"

"谢谢。"田芳芳喜滋滋地回敬，"咱们一起发财。"

又撸了一会儿猫，田芳芳才依依不舍地回了自己的小木楼。

簪星梳洗完毕，也跟着上了榻。白日里上课，晚上自习，累了一天，很快，簪星就进入梦乡。

待她睡着后，窗户上突然出现一个影子。又过了片刻，屋子里有人进来了。

大半夜的，有人一声不吭地站在自己榻前，若是簪星此刻醒来，当会被吓出心脏病。

卧在床头的白猫睁着一双碧色的眼睛，一眨不眨地盯着眼前的不速之客。顾白婴看了它一眼，伸出一根手指，挠了挠它的下巴。白猫舒服地眯了眯眼，喉间发出"咕噜咕噜"的叫声。

床上的女子翻了个身，一条腿横跨过来，搭在被子上。月光将屋子照得清楚，也照得那条腿格外晃眼。这睡相，实在不怎么雅观。

顾白婴嫌弃地移开眼，手指一动，被子"唰"的一下飞了上去，将这人胸口以下盖得严严实实。

他又转过头，掌心用力，刹那间，一线元力钻进对方的胸口里，如一道银光，眨眼不见。

簪星的胸口处，渐渐浮起绿色的光影，这光影如春日的柳树在江边投下的掠影，带着一股浓郁的生机，充斥了整个屋子。

顾白婴猝然收手，脸色难看得出奇。

琴虫种子，果然在她身上。

第九章

孟　盈

夜里发生的事，簪星全然不知。

有了弥弥后，她睡觉倒是更安心了些。纵然华岳暗中想搞事，弥弥好歹也有个看家护院的作用。簪星夜里睡眠充足，白天就更有体力全心全意地投入修仙事业。

况且，也不知是不是她最近的错觉，簪星觉得自己的精神比刚来太焱派的时候好了很多，每次运转元力到灵脉时都十分流畅。簪星估摸着，继续努力下去，离突破到下一重境界应该不远了。

妙空殿里，此刻坐了些人。

崔玉符、李丹书、赵麻衣、月光道人都到了，玄凌子从殿后走了出来，瞧了一眼外面："七师弟还没来吗？"

"来了。"赵麻衣对着外头努了努嘴，就见顾白婴从门外走了进来。

少阳真人的七个弟子，个人有个人的法殿。不过，只要掌门人少阳真人不在，寻常商议要事的时候，七个弟子还是喜欢到玄凌子的妙空殿中。

如崔玉符的法殿，堆积了各种符咒法阵，别人不小心踩错了，修为倒退十年，好不凄惨。李丹书大大小小的炼丹炉摆得到处都是，他又一向小气，明明是自己没炼好，非说是因为外人进来导致空气不对，其他人赔偿了几次就不敢再来。赵麻衣长年累月不在殿中，殿中竹笋长了一茬又一茬，门中弟子偶尔半夜中饥饿，还去掰两根填肚子。顾白婴就更别说了，脾气这么凶，谁要是偷偷进了他的殿中，准吃不了兜着走。

众人想来想去，觉得玄凌子性情柔和，殿中美食也多，适合商议要事。毕竟有时候商议晚了，大家还能吃点儿东西。

月光道人轻咳两声，说道："今日叫各位师弟前来，实则是为了离耳国秘境一事。"

都州大陆散落着各处秘境，这些秘境并不容易为人找到，有的生长着灵宝仙草，有的蕴藏秘籍功法……总之，要想找到，需要很大的机缘。

二十年前，人魔两族大战，都州的秘境被魔修们毁得七七八八。离耳国的那一处秘境，其实只能算一处小秘境，十年前曾开放过一次，太焱派也派弟子前去，所得机缘并不算多珍贵，但也聊胜于无。

"离耳国？那处秘境，紫螺上回不是去过？一堆废品，有什么稀罕的。"崔玉符恶声恶气地道。

崔玉符今年六十八岁，看起来却如四十岁出头，生得肌肉遒劲、眉眼凶悍，头发剃得光光的。他虽穿着白色纱袍，看起来也如一个恶僧。他挽起的袖子里，露出现出青筋的胳膊，胳膊上刺着黑色符咒。

听说此道符咒是以针刺进皮肉里，从胳膊蔓延至整个脊背。倘若有敌人攻击崔玉符，崔玉符体内的符咒就会开启阵法。

"话虽如此，"李丹书正了正帽子，"找到些花花草草，回来炼丹也是很好的嘛。"

月光道人不紧不慢地开口："不错，此次离耳国秘境，修仙界各大门派都有意前往。离耳国秘境存在数百年，其中灵草仙药已被采摘得寥寥无几。各大宗门都想让自己门中新弟子里的俊杰前往此秘境，欲得机缘灵草为假，借秘境磨砺心性为真。"

"为什么要去离耳国磨砺？"崔玉符眉头一皱，"我们门中又不是没有磨砺弟子的办法。"

"靠考试磨炼吗？"李丹书望了崔玉符一眼，嘲笑道，"门中弟子可不这样想。"

崔玉符看起来是个只会动武的妖僧，其实是考试狂魔。和李丹书时常创新的炼丹不同，符咒一类，全靠死记硬背。都州大陆符咒一术，种类繁多，光是清洁术都有几千种。偏偏崔玉符每次出的考题又很偏，每次考试，众弟子合格率都很低。弟子们最害怕的就是他。

"比起沦落到和你一样炼丹，考试当然很好。"崔玉符反唇相讥。

这两个人凑到一起就要吵架，玄凌子连忙出来打圆场："既然别的门派都这样，我们也就随大溜儿吧。只是，这一次去秘境，师兄可有人选？"

月光道人不紧不慢地开口："名额一共六个。紫螺已经去过一次，此次不必再去；门冬有仙灵窍，方便摘取灵草、灵果；孟盈也快出关了，届时可借着秘境试剑。其余人，就在你的弟子中选吧。"

"我的弟子？"玄凌子一愣。

"你不是要收亲传弟子吗？"月光道人微微一笑，"内门考核里，表现出众的将成为你的亲传弟子。"顿了顿，他道，"此去离耳国秘境的资格，就是此次考核的奖励吧。"

玄凌子："……"

他扭扭捏捏地看着面前的果盘："师兄，这恐怕显得咱们门派有些抠门……"

"无妨，"月光道人继续道，"画金楼的金掌柜说，还会给此次考核提供别的奖励。"

玄凌子闻言这才松了口气。

赵麻衣看向顾白婴，突然问："师弟，你怎么不说话？"

这几日，顾白婴老是心不在焉，也不知道他在想什么。

顾白婴站起身，神情没什么起伏，说道："刚才你们说的我都听到了，我没意见。"他捡起桌上的一个灵果啃了一口，依旧是一副不甚在意的模样，"我还有事，先走了。"说罢，他径自走出殿外。

"他怎么了？"玄凌子碰了碰赵麻衣，"像是有心事。"

赵麻衣沉吟："昨日里我为他算过一卦。"

"什么情况？"李丹书也凑过来。

"红鸾星动日，满院桃花生。"赵麻衣揪了一下胡子，一脸深不可测，"七师弟，约莫是要走桃花运了。"

妙空殿里一群人的胡说八道，顾白婴并不知晓。

他回到逍遥殿里，殿中无其他人。少年坐了下来，握紧手中的灵果，只觉得心中有些烦躁。

琴虫种子的事到现在还没有一个解决办法，别的且不说，待少阳真人出关知道此事……只怕会大受打击。

他正想着，外头传来一阵"咚咚咚"的声音。他抬头，就见门冬跑了进来。

顾白婴不语，门冬一口气跑到他面前，喘了口气道："师叔，我找到办法了！"

"什么办法？"

"想要琴虫回到你身上，只要……"

少年眼睛一亮，急切地问："只要什么？"

"只要你和她双修即可！"门冬大声回答。

"啪"的一声，顾白婴手中的灵果裂成两半。

殿中一个服侍的小童都没有。秋末初冬，风从外面吹进来，本不觉寒暑的小少年，第一次觉得太焱派的纱袍有些不能御寒，否则，他怎么会如此瑟瑟？

半晌，门冬"哐"的一下跪了下来，耷拉着脑袋，低声道："近几日，我翻遍和琴虫有关的典籍，知道琴虫种子虽是草，却似虫，一旦寄生于人体内，只能待它破土发芽。但琴虫亦近强，若是两个人双修，灵脉交融，琴虫自会选择修为更强的一方寄生。杨簪星只是筑基修为，所以……师叔只要和她双修，琴虫自然会转移到师叔体内。"

顾白婴听了连连冷笑。

门冬大着胆子看了他一眼，建议道："师叔其实应该庆幸，毕竟杨簪星是个女子，若是男子……"

少年不怒反笑，一双漂亮的眼眸里似有熊熊怒火，明亮得摄人心魄。他寒声开口，语气中充满嘲讽："你的意思是，我还该感谢她，是吗？"

"弟子可没有这么说。"门冬振振有词，"但是比起贞洁来，性命不是更重要吗？师叔，你也不要太迂腐了，在我们宗门，男女双修很正常，不过是一夜……"

下一刻，他的嘴巴被那啃过一口的灵果堵住了，门冬只能徒劳地发出"啊啊"的声音。

顾白婴气得脸色发红，咬牙切齿道："你给我闭嘴！"

门冬不敢说话了。

又过了一会儿，顾白婴没好气地问："其他办法呢？"

门冬从嘴里拔出那颗灵果，问："什么办法？"

少年盯着他，忍了又忍，一字一顿道："除此之外，别的办法。"

"我暂时还没找到。"门冬的话格外欠揍，"而且杨簪星被种子寄生不久，若生取，种子即刻枯萎，就算要想别的办法分离，也要等种子破土发芽后。"

见顾白婴眉头紧锁，门冬又乘机道："师叔，要我说，你还不如就和她双修，双修对你们彼此也有好处。虽然你的确吃点儿亏，但是男子汉大丈夫，吃点儿亏就……"

顾白婴忍无可忍，恼怒地握紧双拳，下一刻，门冬被元力包裹着滚出门外，消失在逍遥殿外的秋色中。

少年站起身，走到窗前，垂在肩头的发梢被风吹得飘摇，身姿却挺拔，如一杆光华流转的枪，彰显着不加掩饰的锋利。

窗外，姑逢山的群峰藏在雾色下，像是披了一层薄纱。

他看了一会儿，咬牙自语道："我怎么可能和她双修。"

簪星不知道，自己才进太焱派几个月，连双修都被人给安排上了。

这些日子，她全身心地沉浸于修炼中。

出虹台边，到了冬日，便没有了晴天里那样漂亮的虹桥，飞瀑下结了一层薄霜。听太焱派的师姐们说，待到隆冬时节，整个瀑布都会冻上，冰瀑如银镜，将汹涌的姿态保留，直到来年开春，冰雪消融，才会恢复往日流动的霞色。

林中似传来一声闷响，伴随着大地震荡的声音，一线落叶被这震荡激起，飞到半空中，又在空中准确地凝住。

树下，穿着淡绿纱袍的女子站了起来，看着空中凝住的落叶，过了片刻，伸出手指，凝在空中的落叶，于刹那间骤然消失。

簪星见状，脸上绽开一抹笑意。

她终于突破了筑基第二重。

之前她刚来到这个世界时，在水底为妖兽所制，或许是被激发出潜力，又可能那个时候的枭元珠电量正充足，从炼气到筑基，她连升三级。那之后，枭元珠的力量越来越微弱，姑逢山之夜后，干脆休眠罢工，而一个现代人要从头开始修炼，并不是一件容易事。

这些日子，她废寝忘食地学习，总算有了一点儿收获。

只是……簪星看着自己手中锈迹斑斑的铁棍，这青娥拈花棍的第二重，怎么都打不出来。

学习遇到瓶颈了，而教材编纂人现在不知所终。簪星琢磨着，是不是找个师叔请教一下。

她正想着，就见出虹台附近，许多修炼的年轻弟子正匆匆地往一个方向跑。簪星奇怪，抓住一个弟子问："这位师兄，你们急急忙忙的，是要去哪儿？"

"你还不知道吗？"那位新弟子道，"听说孟盈师姐出关了，大家都想去看看！"说罢，他又将被簪星攥住的袖子抽了出来，边跑边撂下一句，"那可是孟盈师姐！"

簪星望着他的背影，自言自语道："孟盈？"

这名字似乎听着有些耳熟。

突然间灵光一闪，簪星猛地看向前方，对了，孟盈！

孟盈在《九霄之巅》里，是男主角的八个老婆之一。《九霄之巅》这本书，男主角的八个老婆各有千秋。有温柔乖巧的纯情青梅，有冷若冰霜的天之骄女，有骄纵邪气的性感辣妹，也有古灵精怪的淘气医女。从御姐到萝莉，从人妻到女神，作者大概把自己能想到的所有类型的女子都安排进去了。

而孟盈，就是那个冷若冰霜的天之骄女。

当年男主角牧层霄的八个老婆中，人设最完整、戏份最多的，当属青梅竹马的柳云心和冷若冰霜的孟盈。柳云心温柔体贴，有共患难的情谊，适合做老婆。而孟盈美貌倾城，修为高绝，冷若冰山之巅，一看就让人很有征服欲。在这两位老婆中，男主角左右摇摆，不是伤了这个的心，就是欠了那个的情。

簪星就想说，神经病，但凡有一颗花生米，他也不至于醉成这样。

她随着众人一同往前走去，心中倒是生出了一点儿好奇。

柳云心她已经见过，的确是个惹人怜惜的漂亮姑娘，就是不知道在这原著里以美貌著称的孟盈，真人究竟有多惊艳。

她正想着，前面有人喊道："快看，孟盈师姐来了！"

簪星抬头一看。

从妙空殿里走出两名女子。

左侧的女子一身灰蓝色纱袍，看起来四十来岁，肤白貌美，额间一点朱色。她眼眸偏长，唇色偏深，便给这美貌增添了几分凌厉刻板之意。而她的纱袍上一点儿多余的褶子都没有，衣领十分平整，走路时，脊背挺直，似乎连每一步的长度都是计算好的，分毫不差。

而这古板女子身侧站着的少女，则是一袭雪白纱袍。纱袍飘逸，少女只在腰间用月白腰带束起，一头青丝绾起，云鬟峨峨，光是身影，已是神清骨秀。

簪星一怔。

这女子的身影……和她修炼棍法时灵识中的那位白衣女子真是格外相似。

台下有痴汉弟子已经喊了起来："孟盈师姐，看这里！看这里！"

白衣少女转过头，露出了她的容颜。

登时，四周没见过世面的新弟子，眼睛都看直了。

簪星也在心中赞叹了一声：好美！

和柳云心那种小家碧玉、楚楚动人的美不同，孟盈的美，果如原著所说，是一种可远观不可亵玩的美。她的眉间也如身侧女子一般，点着一粒朱砂，却不如身侧女子古板端庄。她桃花玉面，仙姿玉色，站在这里，如巫山神女，竟让人不知用什么形容词才好。

然而她又不是只有美貌，因她的腰间还佩着一把黑色长剑。长剑突兀地将她身上那点儿仙气给打破了，却又给这美人平添几分肃杀之气。

簪星心想：是了，这就是孟盈了。

原著里，孟盈是太焱派的天之骄女，是被当成未来掌门人培养的。谁知道男主角牧层霄在宗门考核上大放光彩，引起了各位长老师叔的注意，到后来，甚至被掌门人亲口夸赞。孟盈心中不屑，以为牧层霄不过是走了好运道。直到后来，她与牧层霄共赴秘境，在秘境中为牧层霄所救，才慢慢对牧层霄有了改观。再加上有别的门派屡次挑衅太焱派，牧层霄代表太焱派打脸打得痛快响亮，于是，孟盈对他从开始的不屑，到后来的改观，再到暗暗倾慕，终于被牧层霄收进后宫里。

孟盈与牧层霄的感情线，在原著里相较其他几个老婆来说，已经算是很圆满了。纵然如此，簪星看起来也觉得辣眼睛，尤其是眼下看到孟盈长得这么美，心中更觉惋惜。这样的仙女，居然谈了个八分之一的恋爱，真是人神共愤。

算起来，离男主角牧层霄正式被孟盈注意，应该也过不了多久了。待此次内门考核，牧层霄一鸣惊人，亮瞎众人的眼，孟盈就会开始与他走上"融冰之旅"的第一站。

不过……簪星看了看自己掌心的红痕，心中沉思着：剧情线已经开始大乱，这一次，牧层霄还会在内门考核上大放光彩吗？

"簪星师妹！"一声响亮的招呼在簪星的耳边响起，下一刻，田芳芳将胳膊搭在簪星的肩膀上，熟稔地笑道，"原来你在这里……哇！这位仙子姐姐是谁？绝了！"

簪星被他拍得肩膀发酸，刚把他的胳膊挪下去，一抬头，正对上孟盈看过来的目光。

不知是不是簪星的错觉，她总觉得那目光里带着几分审视之意。不过很快，孟盈就移开了目光，对身侧那位年长的女子说了什么，两个人一道离开。

所有新弟子目送着她们远去，田芳芳问身侧的师兄弟："哎，兄弟，刚刚那两位是谁啊？"

"是月琴师叔和她的弟子孟盈师姐。"那小弟子脸红红的，一脸憧憬地开口，"孟盈师姐是仙女吧？仙女恐怕也没她好看。你们看到了没？她刚刚好像看了我一眼……"

"屁！她明明就是在看我！"

"那是在看你吗？那是在瞪你吧！"

簪星："……"

她没有说什么，只是孟盈最后的目光让她有些在意。

另一头，孟盈随着身侧的月琴往霜月殿走去。

白衣少女淡声开口："师父，我刚刚看到了杨簪星。"

月琴一顿，问："你是说，找到《青娥拈花棍》的那位女弟子？"

孟盈点了点头，又看向远处，声音缥缈："这么多年了，我去过武学馆很多次，从未找到过那本《青娥拈花棍》。"

"盈盈，"月琴脚步一停，看向身侧的少女，不赞同道，"你修炼的是剑法，纵然找到《青娥拈花棍》，也同你的修炼方式不同。如今你已突破元婴，为何还要执念于此？"

孟盈沉默片刻，才慢慢开口："师父，掌门人师祖曾告诉我，未来太焱派要交到我的手上，我须得好好努力。"

都州修仙界传言，太焱派的未来掌门人是这一代的孟盈，此言不假。从小到大，她的确是被当掌门人接班人来培养的。

"师祖说，当年青华仙子若是不出事，掌门人的位子，该是青华仙子的。"她垂眸，眼睫如蝶翼，十分动人，"我想，或许只有找到那本《青娥拈花棍》，得到青华仙子的承认，我才有资格挑起太焱派的重担。而今……"她叹息一声，"青华仙子选中了杨簪星，杨簪星才是……"

"不可能。"月琴厉声打断孟盈的话，似乎意识到自己的态度有些严厉，片刻后，放缓了语气，"我问过玄凌子，也了解过杨簪星。她身上或有奇遇，可她十七岁才进炼气初期，已耽误了许多年，近来的宗门课业，也无过人之处。青华仙子选中她，或许自有用意，但你不能因此怀疑自己。"

"盈盈，"月琴看向她，"自人魔两族大战后，我太焱派元气大伤，不如往昔。如今赤华门、吟风宗等宗门虎视眈眈……掌门人的身子也越发……总之，未来还需要你带领弟子们走下去。如今你突破元婴，是一件好事。假以时日，未必不能超过青华仙子。"她拍了拍孟盈的肩，"我知你心中包袱沉，时常思虑过重。有时为师盼着你知晓轻重，用功修炼；有时却又盼着你不知道，只愿你能活得轻松一些。"

这妇人眼里显出一阵愧疚不忍之意，倒教一边的孟盈见状有些惭愧，连忙道："师父所言，孟盈记住了。我不会再妄自菲薄。待内门考核后，弟子会同师弟师妹们一同前往离耳国秘境，待试剑过后，用心修炼，争取早日突破。"

月琴微笑着点了点头，再看面前的白衣少女，心中忍不住掠过一丝苦涩。

若太焱派不是如今这个局面，以孟盈这样的资质，她本该是各大宗门争抢之才，不该是如今这个境遇。

说起来，还是怪他们宗门无能，比不得往昔风光了。

姑逢山下起第一场雪的时候，距离簪星进入内门，已经过去三个多月。

出虹台的飞瀑，果然如师姐们所说，被冻成一面银镜，又似为时间凝住的春日，仍旧保持着水花粒粒飞溅的模样。远处的树林则罩上一层银白的雪色。鹅毛般的大雪纷纷扬扬地落下来，小木楼外的空地，一夜过后，迅速地积起一层雪。一脚踩下去，积雪没至膝头，带着寒气，发出"窸窸窣窣"的声音，像是踩进一盆盐粒中。

司晨鸡还未叫，冬日天亮得晚。远处天幕上，残月未落，挂在梢头。弥弥卧在小榻上，懒洋洋地将头搁在窗台上，半眯着眼，任由雪粒飘落至它的鼻尖，又迅速地融化。

树下，风灯映亮了一片雪地。簪星丢掉铲子，将最后一根胡萝卜插进雪人的脸中间，拍了拍手上的残雪。

田芳芳搓着手从屋里出来，一看就乐了，笑道："哟，这么早就起来堆雪人。师妹，你不冷吗？"

"不冷。"簪星看着雪人，"这雪不堆可惜了。"她是南方人，来到这里之前也没见过雪。昨夜里第一场雪下起来的时候，她兴奋地在雪地里滚了半宿。今日一早，簪星就将雪人堆起来了，实在心满意足。

"也是。"田芳芳想了想，"听说你是岳城人，岳城那地方偏南，一年四季不怎么见得到雪。"

簪星道："你先等一下，我回屋拿个东西。"

片刻后，她拿着个包袱从小木楼里出来，与田芳芳一道去了太焱派的正门寺殿。

宗门正殿，簪星除了第一次连山花考核通过后，和新弟子们进门路过，从未特意前来。此刻正是清晨，弟子们虽有早起的，但要么是去出虹台修炼，要么是在饭堂前盘旋，不会有人特意来正殿。

簪星一脚跨进大门，催促身后的田芳芳："快点儿。"

天还未亮，殿中燃着数百盏明灯，在这个冬日的早晨，显出一种深沉的暖意来。烛光将朱色的大殿照得格外明亮，人影落在壁面上，如会动的长画。

羽山圣人的金身雕像就立在殿中，极高极大，须发栩栩如生，仙风道骨，手持一把拂尘，沉默地俯视着他们。

虽然那眼神很是平静，田芳芳却莫名其妙有些发怵，小声道："师妹，我们来这里，到底是干什么的？"

"让你带的东西带了吗？"簪星问。

"带了带了。"田芳芳从怀里掏出一个包袱，将包袱皮打开，里面零零散散地装着一点儿灵果和灵草，还有半个馒头。

"只有这些？"簪星皱眉。

"师妹，"田芳芳苦着脸道，"灵草和灵果难得，我还在长身体，饭量大。这半个馒头，还是我好不容易从晚饭里省下的。"

"行吧。"簪星打开自己的包袱，里面整整齐齐地摆着十来颗丹药。她拿出其中两颗递给田芳芳，"这个给你。"她炼丹课上得不错，每次带回去的丹药都比别人多，攒得多了，猫吃不完，就留在小木楼里。

田芳芳接过来，一脸费解："谢谢师妹，但我们到底要干什么？"

簪星叹了口气，说道："明日就是内门考核，你知道吗？"

"我知道啊，"田芳芳点头，"咱们这几个月日日辛苦修炼，不就是为了在内门考核上一鸣惊人，好当上六师叔的亲传弟子吗？"

"且不说一鸣惊人了。"簪星道，"我听说，内门考核与之前的考核不一样，极其凶险。弟子一旦进入考核场地，到整个考核结束，大多会伤得不轻。"

"你是担心受伤？"田芳芳疑惑，"但和我们现在做的事有什么关系？"

簪星示意他看眼前羽山圣人的雕像："羽山圣人是整个都州修仙界唯一飞升成功的修士。在这个专业领域里，他是第一人，所以，拜他是对的。"

"拜……拜什么？"田芳芳蒙了。

"拜考神。"簪星将包袱里的东西一点点摆到羽山圣人脚下，拉着田芳芳一道磕头，说道，"我们当地有个习俗，考前拜一拜这个专业领域的大拿，就会好运连连，逢考必过。"

"是吗？"田芳芳一边磕头一边问，"我怎么没听过这个习俗？"

"那是你孤陋寡闻。"簪星道，"心诚则灵，多拜拜，有好处的。"

簪星、田芳芳一大早就摸黑起来，到羽山圣人的雕像前又是送吃的又是磕头这件事，不出半刻就传到几位师叔耳中。

玄凌子费解地开口："莫非，她是对圣人心存敬慕，才特意去叩拜？但为何又要放些灵草灵果、丹药馒头呢？又不是什么节日，总不会是祭拜吧？"

在他殿中睡觉的顾白婴闻言，睁开闭着的双眼，从软榻上坐起身来，嗤笑道："还能有什么原因，明日就是内门考核了。"

"所以？"

"所以她求神拜佛，希望飞升成功的圣人能分她一点儿运气，好让她平安无恙地度过明日的试炼。"顾白婴不耐烦地解释，"这都看不出来！"

玄凌子恍然大悟："原来如此！"他笑道，"这丫头倒是天真，我太焱派的内门考核，岂是求神拜佛就能通过的，全凭真本事，再说……"

再说，今年为了给他选亲传弟子，几位师叔特意提高了难度。有过考核经验的弟子还好说，这一批从都州各处选拔而来的新弟子，恐怕不死也会掉层皮。

说起来，这小姑娘看起来弱不禁风，不知道能在考核中坚持多久。

玄凌子道："若圣人真有灵，我倒希望他能护佑这丫头顺利地通过。"

"师兄，你这么说可不对。"身侧的少年闻言，看了他一眼，似对他的话不敢苟同，不咸不淡地开口，"我太焱派从来凭实力说话，光想着旁人的护佑，不是修炼之道。"

他拿起桌上果篮中的一个灵果，手指擦过表皮上的疤痕。

"若连这点儿苦头都吃不了，就根本不配修仙。不如迟早卷铺盖走人，滚出姑逢山。"

簪星拜完羽山圣人的当夜，姑逢山下了整整一夜雪。

第二日一早，司晨鸡叫醒了清晨。簪星梳洗完毕推开门，望见的就是大雪满山。

姑逢山的青苍被银白覆盖，日光被镀上一层寒色，连群峰尽头的云雾似乎也被冻住，如凝住的琼玉，堆在青空尽头。

人走出去，朝手心呵口气，就能见到眼前有一层潮湿的白雾。

太焱派什么都好，就是一点不好，冬天太冷。簪星在这里已经过了一个完整的秋天，却仍旧没能适应这里的气候。

她正想着，就见田芳芳从旁边的小木楼里走了出来。田芳芳见弥弥卧在门前打盹儿，顺手撸了一把它的头，一边搓着手，一边对簪星抱怨道："今日也太冷了！这衣裳也太不御寒了！"

宗门发的纱袍就那么薄薄的两层，大抵是为了维持仙气飘飘的修士形象。

老弟子已经适应这里的穿衣风格，但对于新弟子来说，显然有点儿难度。

簪星一撩自己的裙子，吓得田芳芳连忙背过身去："你干什么？"

"喏。"簪星示意田芳芳看。他小心翼翼地回过头，见簪星在纱裙底下还穿了一条厚厚的棉裤，登时愣住。

"你觉得冷，就在里面加条秋裤。"簪星道，"反正外面又看不出来。"修仙界太虚荣了，只要风度不要温度的习气真是要不得，等到老了，谁得老寒腿谁知道。

田芳芳突然被打开了新世界的大门，沉思了一会儿，觉得簪星这个办法确实不错。于是，他又加了条裤子在纱袍底下，这才和簪星去饭堂吃早饭。

今日是内门考核的日子，也是玄凌子选亲传弟子的日子。饭堂里人多得很，恰好又是冬至，饭堂里的早食是羊肉饺子。簪星和田芳芳一人吃了一碗，顿时暖和多了。

待吃完后，两个人又一道去了比试台。

比试台前已经围满了人，和上次一样，又和上次不太一样。上回只有紫螺在台前主持，今日却是颇受重视的一场，七位师伯师叔都到了。

月光道人、月琴、崔玉符、李丹书、赵麻衣、玄凌子以及顾白婴，都在比试台的一侧坐着。比试台的正前方矗立着一块方形巨石，极宽极长，上面什么都没有。

簪星还看到了华岳，华岳目光阴鸷地扫了她一眼，看上去就没打什么好主意。

这些日子，华岳没少找人来骚扰她。不过在宗门内，他暂时也没找着什么机会下黑手，至多就是让他的狗腿子找碴儿，毕竟宗门内不许斗殴。听说他和段香娆也分手了，嫌弃人家只是个外门弟子，配不上他这个准亲传弟子。总之，此人"渣"得堪比第二个王邵。

簪星也看到了孟盈。这位太焱派未来掌门人前段时间刚刚出关，突破了元婴中期，这样的内门考核难度已经不适合她的实力，因此她不必参加。簪星的目光在孟盈和牧层霄身上流连一转，这二人看起来非常不熟，暂且没有发现任何感情线的苗头。簪星沉思着，看来到目前为止，有关牧层霄和孟盈的那一段剧情，还没有开始。

不知道这一次内门考核会不会出现变故。

她正想着，见台上的紫螺已经核对好参加考核的弟子名单，将名册放在一边。四周渐渐静下来，站在阵列中的弟子们知道，考核即将开始了。

此次参加考核的一共四百名弟子，全是太焱派的内门弟子。玄凌子起身，走到比试台中央，此次是为他选亲传弟子，自然由他主持大局。

玄凌子道：“今日是内门考核的日子，本次考核，经诸位师叔共同商议，决计改变考核方式。”

他伸手，掌心即刻出现米粒大的光点。玄凌子再一挥手，米粒大的光点落于空中，徐徐展开，竟是一幅画。

这是一幅长卷，绘制着妖兽与修士，双方似在进行一场大战。乍一看去，画上像是描绘着战场的情景。

“这啥啊？”台下的弟子们窃窃私语。

玄凌子含笑望了众人一眼，待弟子们讨论得差不多了，才慢腾腾地道：“这是《须弥芥子图》，也是你们此次考核的场所。”

簪星心中惊讶，这考场有点儿高级啊。

就在此时，簪星忽见那描绘了战场画面的长卷突然间放大至眼前，下一刻，她眼前一花，再看清楚时，发现自己身处的环境，已经不是方才的比试台了。

这是一片野地，草很深，不远处有一片密林，云层很低，沉沉地罩在人的头顶。目光尽头，又是一处险峰流瀑、日光晴好的模样。只是远处的风景看起来极假，像是拙劣的假画，唯有眼前的阴森与凄凉是真实的。

地上的泥土很软，泛着些污红，隐约带着血腥之气。一只乌鸦停在树枝上，血色的眼睛盯着簪星，散发出不祥的味道。

玄凌子的声音从长空尽头传来，似乎隔着遥远的空间，回荡在四处。他道：“二十年前，魔王鬼雕棠在人间肆虐，屠戮人族。人魔大战，修仙界宗门率领弟子出战，我派青华仙子亲手斩杀魔王鬼雕棠，助人间恢复平静。人魔一战后，我太焱派元气大伤，许多优秀弟子殒命。魔族邪恶嗜杀，罪不容诛。后有人绘出《须弥芥子图》，以映当年战场惨烈之相。

“所有参加考核的弟子，你们脚踩的这片土地，就是当年人魔大战时的场景。此图中，以元力勾勒出当年大战中出现过的各种魔修。每击败一个魔修，所获元力自动增长。不同魔修所代表的元力各有不同。低等魔修元力最少，高等魔修元力较多。所有魔修数量有限，你们需要做的，是尽量在最短的时间内击败更多魔修，获得元力。

"比试台外的排名石，每隔一个时辰会按所获元力自动更新排名。"

簪星正凝神听着，忽然觉得自己的手中多了什么。她低头一看，是一张符纸，上面歪歪斜斜地画着一个红色的"止"字。

"你们每人手中都有一张离场符。《须弥芥子图》中，魔修虽是假的，考生与魔修搏斗的过程中却有可能真的受伤。坚持不了的时候，你们可捏碎离场符，自行离开考场。若遇到魔煞，以你们目前的修为，不必打，直接捏碎离场符就是。"玄凌子道，"比试最长可达两日，以最后一位考生离场为限，整场考核结束。现在，试炼开始。"

第十章

《须弥芥子图》

远处散着金光的险峰和流瀑，慢慢地隐于黑暗中，于是整幅图中最后一丝光明散去，战场变得阴诡起来。

簪星看向远处，一个人都没有。看来为了防止弟子们组队，一开始这图就将众人随机分配到了各个地方。

这就有些恐怖了。

这里没有太阳，也没有月亮，时间像是凝滞在黑夜来临的前一刻。天色将暗未暗，是一个沉闷诡异的战场傍晚。

簪星沉思片刻，把离场符收好，又从怀里摸出另一张符，贴在自己的胸口上。

刹那间，四周即刻亮了起来，在深林之中，影影绰绰地出现一些光点。这些光点有的明亮，有的暗淡，有的小如萤火，有的大如车斗。

簪星看了一会儿，先朝有小光点的地方走去。

比试台外，正通过清心镜窥视《须弥芥子图》里考核情况的玄凌子差点儿没捧稳茶杯，指着镜子，惊呼道："她怎么会有炬眼符？"

一边正在撸猫的崔玉符闻言，立马站起来凑上前，吼道："哪儿呢？哪儿有炬眼符？"

炬眼，又称慧眼，在佛教中，为上乘的智慧之眼，能够看到过去和未来。这炬眼符是崔玉符捣鼓出来的新符，虽不能有使人看到过去和未来的能力，但寻常人贴上此符，就能看到附近的元力流动。

不过，此符作用不大，崔玉符便不好将之写进宗门教材里，遂另外编纂了一本《好好画符：新鲜有趣的冷门符咒小技巧》，放进藏书阁内。

这本书被他放进阁内至少也有五年了，没有一个人借阅过，他估摸着也没人去看。如今，一枚炬眼符却在簪星的胸口上明晃晃地贴着。

"她什么时候练的符你不知道啊？"玄凌子气急败坏，"你是不是给她透题了？"

"我透什么题！"崔玉符怒道，"我自己都不知道炬眼符还能这么用！"

考生们进入《须弥芥子图》里，随身携带各种丹药符咒并不意外。考场中自有规则，规则会自行评判，所携带物品如果对考核结果造成巨大影响，进入考场后会自动失效，譬如杀伤力很大的符咒之类的。寻常的治疗用丹药、辅助用符咒，并不会受到限制，这也是因为宗门鼓励考生们平日里用心上丹药课、符咒课，不要偏科。

但平日里上课也就罢了，确实没人想到，簪星居然会去藏书阁，还翻看了崔玉符编纂的冷门书籍。

她可真闲啊。

这么一来，簪星在这场考核里就能拥有得天独厚的条件。旁人也许在不经意的情况下，一开始就遇到高等魔修，打不过提前出局。而簪星可以通过元力光点来判断，选择最适合自己的对手，不慌不忙、悠悠闲闲地积攒元力，直到比赛结束。

"投机取巧罢了。"月琴向来古板，见状冷哼一声，"只有实力不足的人才会想出这种旁门左道。"

"我倒是觉得这小姑娘很聪明。"月光道人轻笑道，"至少，她要练成一道炬眼符，也不是件容易的事。"

"师弟，你怎么不说话？"赵麻衣笑着问顾白婴，"你怎么看？"

顾白婴懒懒地道："瞎猫碰上死耗子，有什么好看的。"

《须弥芥子图》里，簪星正收起铁棍，地上躺着一头四耳妖狼的尸体。被斩杀的四耳妖狼化作一缕青烟，一道道元力涌进簪星体内。不必看，她也知道外面的排名石上自己的名次又往前移了。

这道炬眼符非常好用，簪星避开了所有过大的元力团，选择了中间等级的魔修，对方的实力与自己的实力不相上下。不仅如此，簪星将之前那本《好好画符：新鲜有趣的冷门符咒小技巧》里介绍过的有意思的符都画了一遍，也带在了身上。这些符咒确实挺冷门，作用不大，但如果配合其他书籍来看，就非常有用了。

比如其中一道"消音符"，用在四耳妖狼的身上就非常有用。此魔兽无眼，却有四只耳朵，攻击时全靠耳朵捕捉音源方向。它的修为虽相当于筑基中期修士的修为，可一旦面对消音符，四耳妖狼便如同瞎了，能被轻易斩杀。

知识就是力量，簪星暗暗下定决心，待回去，她一定将《好好画符：新鲜有趣的冷门符咒小技巧》这本书再多看几遍。

与此同时，《须弥芥子图》中的其余弟子，也在各处同魔修厮杀。

比试台前的排名石，换第一次名次的时候，有支撑不住的弟子捏碎了离场符，主动退场，结束了本次内门考核。

紫螺看着排名石上的名字，沉吟道："目前来看，撇去老弟子不提，此次新进门的内门弟子中，排名第一的是华岳。他毕竟已经结了丹，寻常魔修不是其对手。"

"田芳芳也不错。"李丹书看着清心镜里一斧头撂倒一个魔修的壮汉，赞叹道，"他倒是生猛，似有怪力，一本《斩蛟诀》，真被他炼出了几分斩蛟伏龙的气势！"

"那个牧层霄呢？"赵麻衣问，"听说他挑了《五行破神功》这本残卷，先前还好，残卷修炼到后半部分，因缺页无法修炼成功，他会很吃亏。"

"我看你不必担心他了，"月光道人一笑，"这少年也不比华岳差。"

清心镜里，麦色皮肤的少年手持一把金刀，正将一头魔伥的脑袋砍下。他的刀上似乎燃着熊熊火焰，魔伥的脑袋甫一砍下，绿色的血就流了出来，浇在刀上的火焰中，非但没将火焰扑灭，反而令火焰更猛烈了些。

"他已经能熟练地运用五行力量了。"月光道人微笑，"依我看，此子前途不可限量。"

若是簪星听到月光道人此刻的话，必然要大笑三声。牧层霄可是男主角，别说是一个华岳，就算一百个华岳加起来，也不是他的对手。

"盈盈丫头，"李丹书笑问，"这批新弟子中，你最看好的是谁？"

原著中会为牧层霄所吸引的大美人孟盈，如今眼里却只有一人。她看向清心镜，淡声道："旁人我都不关心，我只关心……杨簪星。"

被大美人关心的杨簪星本人，正坐在树下休息，看起来十分惬意。倘若这里不是考场，看在旁人的眼里，她简直就像是踏青来了。

别的考核弟子自然争分夺秒地刷怪上分，因为他们没有炬眼符，有时遇到一个弟子刷出了魔修，还有人会去抢。簪星则不同，她是选择性挑战，打累了，就从怀里掏出几颗元气丹嚼着吃。

炼丹课上的丹药，弥弥吃不完的，被她丢进乾坤袋里带进了考场里。这些元气丹虽能补充元力，但一次也只能补充一点儿，不过聊胜于无。

她正吃着，前面的草丛里传来人说话的声音。簪星一顿，匍匐着过去，将草丛扒开一角，看见前面站着两个人。

这两个人穿着纱袍，一个是年轻男子，另一个是妙龄少女，应当不认识彼此。那位男弟子问对方："姑娘，你怎么在这儿？"

那位姑娘看起来也是内门弟子，在树下歪倒着，一只手扶着膝盖，小声道："刚刚遇到魔修，我打不过……逃到这里崴了脚。"她抬起头，露出一张楚楚动人的脸，有些难为情地开口，"师兄莫要笑话我。"

她生得很漂亮，一张巴掌大的脸，皮肤又白，眼眸像是含着汪水，长发垂在肩头。此刻，她整个人如一只受惊的小鹿，格外惹人怜惜。

那男弟子冷不防看呆了，过了片刻才反应过来，红着脸道："我不会笑话你的。我扶你起来吧。"

说罢，男弟子就将这姑娘扶了起来。才走了一步，这姑娘就差点儿跌倒，嗫嚅着道："对不起……我好像不能走了。"

这种时候，就算是个女的也会怜香惜玉，男弟子就结结巴巴地道："那……那我背你吧。"

簪星眼睁睁地看着那男弟子将姑娘背起来，而姑娘的后心处，隐隐散发出一团光点，如蹴鞠大小，一看就是个狠角色。

簪星："……"

她终究起了善心，跟上去，想要捡个什么东西砸过去，提醒一下这小师弟。没想到小师弟还想得挺美，问背上的姑娘："姑娘，我之前没在宗门见过你，你叫什么名字啊？"

"我叫小双。"姑娘一边说着，一边幽幽地转动着脖颈，长发被风微微吹动，露出了脑后的黑发下另一张凶神恶煞的恶鬼脸。

篝星一口气堵在嗓子眼儿里，差点儿没跪下来。

小双，原来是双头修罗。

这魔修，还给自己起了个别致的名字。

"呀，居然遇到了双头修罗。"比试台上的崔玉符幸灾乐祸地道，"这小子运气不怎么样。"

双头修罗是魔修中很难缠的一种。顾名思义，此魔修前后有两张脸，一张美人脸，另一张恶鬼脸。遇到人类，此魔修便将恶鬼脸藏起来，以美色相诱，再乘其不备，将其一口吞掉。吞掉后剩下的那张美人皮，则会被他当作下一张用来诱惑他人的"脸"。

当年人魔两族大战，魔族在人界为祸一方，葬在双头修罗手中的人不少。《须弥芥子图》整幅图中，就只有这么一只双头修罗，就这么被小弟子遇到了。看来这场考核，这小弟子马上要止步于此。

丛林里，篝星站在原地，已经看不下去了。

眼前的画面太过刺激，对于怕鬼的篝星来说，无异于在看一部全息投影的恐怖片。

唯有那背着"姑娘"的男弟子浑然未觉，还害羞地夸赞道："小双？你的名字真好听！"

"是吗？"双头修罗脖子以上的部分已经全部转了过来，现在那张美人脸在后，而那张恶鬼脸在前。

她幽幽地笑道："那你喜欢我哪张脸？"

小弟子一抬头，对上的就是一张青面獠牙的脸孔。此时天色将晚，自己背上背着这么个玩意儿，未免冲击力太大。林中顿时传来一声惨号，他甚至没来得及掏出离场符捏碎，就被恶鬼脸一口咬在脖子上，如被黄鼠狼叼住脖颈的鸡，一阵扑腾后被迫离场。

那穿着纱袍的修罗有些遗憾地看着化作青烟离场的修士，重新站起身来。

虽然簪星知道那是假的，但暮色沉沉，丛林里站起来这么一个东西，看起来也格外瘆人。

以元力勾勒的双头修罗虽不如真身可怕，但也相当于元婴后期的修士，她要打过对方也不是那么容易。簪星还没想好怎么撤退，就见那转过来的人影不知何时已经抬起头，拨开黑发，露出一张英俊的男子面容，如一张生硬的、雕刻完美的面具。他望着簪星，微微勾起唇角，泛着诡异的恶心。

簪星的心中"咯噔"一下，她忘了这玩意儿脑袋后也长了一张脸，还会随着攻略对象的变化而变化。

但她刚刚看过那么血腥的一幕，就算现在面前换了张绝世美男脸，内心也没有任何波动，甚至还有一点儿害怕。

想来这家伙身上的灰纱袍，应该是从哪个倒霉弟子身上扒下来的。

眼下，双头修罗已经注意到了簪星，她要跑也跑不了。他甚至对簪星露出一个温和的笑容，上前走了两步，说道："姑娘，我……"

簪星"唰"的一下抽出腰间的铁棍，说道："别说了，直接打吧。"

刹那间，棍尖绽开层层花瀑。

清心镜外，李丹书几人已经不由自主地围了上来。杨簪星毕竟是拿到《青娥拈花棍》的人，此次内门考核，给玄凌子选亲传弟子，簪星也在他们的考虑范围内。先前的炬眼符已经出人意料，不过，众人确实没想到，她会这么早就撞上双头修罗。

过早遇到高等魔修，也意味着过早离开考场，排名无法上升。对考生来说是很不利的。

"双头修罗相当于元婴后期的修为，"月琴皱眉，"杨簪星如今才到筑基中期，修为不敌。"

"那可不一定，"李丹书笑道，"之前宗门考核里，她不也越级打败了段香娆？"

"修士与魔修又有不同。"赵麻衣沉吟了一会儿才开口，"魔修向来手段凶残，而且她的功法……看起来还没练到第二重吧？"

顾白婴蹙眉，目光紧紧地追随着清心镜里的身影。

"若要硬打，她自然是打不过的。"月光道人摇头，"但我总觉得，她会给我们什么别的惊喜也说不定。"

密林里，簪星的铁棍被魔修一把抓住，她竟上前不得。

双头修罗比之前与她战斗的魔兽都要凶狠，还很狡猾。低等魔修没有思想，如刚修炼成精的妖兽，攻击靠的是捕食本能。中等魔修有了灵智，对付起来更难。双头修罗属于高等，会思考，会设陷阱，同样，在交战过程中，会避免自己受伤，选择更凶狠的办法。

"镜花水月"的波纹甫一在空中漾开，一只青黑的爪子便恶狠狠地将其一把撕碎。双头修罗粗暴地撕开面前的花瀑，尖利的爪子直直地朝着簪星胸前掏来。

"刺啦——"

簪星胸前的外纱袍被撕碎，不由得后退两步，只觉前胸阵阵发凉。

太快了，这魔修的速度太快了，自己根本不是他的对手。"镜花水月"对人有用，但对于没有"弱点"的魔修来说，似乎弱了一些。

簪星焦头烂额，心口的枭元珠仍旧没有动弹。她一咬牙，正要持棍再次迎上前去，却突然发现那双头修罗从地上捡起一朵花。

他的动作很快，几乎让人察觉不到。那朵花看起来很完整，开得格外娇艳，被他藏在心口。簪星突然心中一动，倒是想起一桩旧事。

先前几个月，为了恶补这个世界的知识，簪星去藏书阁看了许多闲书。多亏从前没事看地摊网文养成的习惯，她阅读速度不错，也特爱看一些杂七杂八没营养的八卦。修仙界里近一百年发生的大事，大概就是二十年前那场人魔两族大战了。

因此，簪星看完了《铭记历史：纪念人魔族战胜利二十年》。这本书封面挺正经，其实像本志怪小说，里头详细地记载了当年大战期间一些颇有特色的魔修，比如他们的来历、外貌特征以及弱点，还附有插图。

双头修罗也被记录其中。

传说许多年前，有一位修士，修为挺高，资质不错，人生得俊气，家世也出众，可以说年纪轻轻就是人生赢家。

只是这位修士有一个怪癖，喜欢穿女人衣裳，偷偷扮作女人。起先大家不知道，后来有一次，他的扮相被人看见了，众人看他的目光顿时大变，这位人生赢家也立刻尝到了苦头。

家人将这位修士逐出宗族，同乡在背后戳他的脊梁骨，往日交好的友人耻于与他为伍，人人都在背后骂他恶心、变态。不仅如此，还有人故意捉弄他，逼着他白日里穿女人的衣服，供人玩乐，最后不知怎么的，还有人将这位修士的脸给毁了。

被毁容的修士满心愤懑，终于在穷途末路中投湖不成，阴错阳差地堕入魔道，成了一名魔修。

因这修士堕魔之前，心结是两张脸，于是成魔后，也生出两张脸：一张青面獠牙，形如恶鬼；另一张美丽温柔，人见人爱。他用美人脸来迷惑人，又用恶鬼脸来伤害人。

当时，簪星看到这一页，觉得这大概是编书人随意编纂的，哪儿能这么狗血？不过眼下，她看这魔修将一朵花小心地收藏在心口，突然觉得，书里记载的或许并不完全是假的。

传言那位修士在堕入魔道前，也是温和有礼、行事斯文的人。虽说大家认为他的有些行为过于似女子，譬如爱花爱俏，但也只当他是讲究，直到发现他爱穿女装的那一刻。

簪星原本是很忌惮这魔修的，眼下再看对方，心里竟生出一丝同情。

他堕魔前的行为举止，往小了说是个人爱好，往大了说无非是跨性别者，又不是他的错，何至于被逼入如此境地。有时候，人类的恶意来得莫名其妙，真是令人生气。

"大哥，"她一边躲避着双头修罗的攻击，一边道，"我支持你做你自己，但是，你也不要伤及无辜。"

双头修罗的"脸"被拆穿后，便不再伪装。他那张美人脸越是温柔动人，恶鬼脸的神情就越是狰狞可怖。纱袍在交战中被风撕裂，露出他原本的身体。那是与寻常人类不同的如野兽般青色的身体，筋脉浮于肌肤表面，像是下一刻就要崩开。

簪星手中暗暗用力，于铁棍尖绽开的花，在她的手中迅速地结成一串花环。她大声道："我看这个就很适合你！"说罢，她手腕用力，那串花环就在暗色的天幕下飞入半空中，如一道绚烂短促的彩霞，吸引了双头修罗的目光。

双头修罗的目光追随着那道彩霞，爪子下意识地将花环抓住，似乎控制不住自己，要将那花环戴在头上。

他也确实那么做了。

那串粉色的花环被轻轻放在男人的头顶上。刹那间，不知是不是簪星的错觉，那张恶鬼脸竟然柔和起来。而那张男人的脸，忽然间变得模糊不清，又渐渐清晰。浮上来的，是一张温和清隽的青年的脸，既不过分英俊，也不令人恐惧。

他像是很满意这串花环，嘴角慢慢翘了起来。同方才那张面具一样的虚假外壳不同，这笑容，像是小心愿得到满足后的欣慰。

紧接着，他头上的花环猛地爆发出一团强烈的金光，将这魔修吞没了。

与此同时，一股元力注入簪星体内。比试台前的排名石上，簪星的名字如坐了灵舟一般，飞也似的跑到前头。

玄凌子揉了揉眼睛："她做了什么？双头修罗怎么就败了？"

顾白婴微微挑眉，望着清心镜里的人影，哼道："喊，又投机取巧。"

丛林里空荡荡的，什么都没有。泛着红色的土地上，只剩下那串孤零零的、灿烂得过分的花环。簪星走过，弯腰将花环捡了起来。

她在花环里藏了诛邪诀。诛邪诀灵力强大，若是置于魔修头顶，必能将魔修诛灭，但鲜少有人能将诛邪诀直接印于魔修头顶。

簪星也只是赌了一把，赌这位因人言而堕入魔道的修士，仍旧如许多年前一般，会为了一朵花而心动。

他确实心动了，将花环戴在了头顶上，而簪星也确实打败了他，只是……她看着手中的花环，并未觉得心中有多欢喜，反而有股莫名其妙的沉重。

密林里的风层层吹来，那本是因"镜花水月"而生出的花朵，很快便消散成烟。簪星看了一会儿，将铁棍扛在肩上，继续往前走去。

第一日过去，有一大半的弟子捏碎了离场符，从《须弥芥子图》中提前退场。石上的排名变了一次又一次。

运气不好的弟子，刚进去就撞到高等魔修，还没打就退场了，所获元力为零，自然垫底；运气好些的，遇上的都是低、中等魔修，筹集元力虽然慢，但积少成多。

当然，也有簪星这种，凭借一张炬眼符不紧不慢地打着，还能挑选挑战对象。虽看着不公平，却也教人无可奈何。

新弟子第一次参加内门考核，表现出众的自然备受关注。其中，田芳芳和牧层霄算是两匹黑马。他们二人看起来并非出自大宗族，但天生根骨精奇，适合修炼。田芳芳力大无穷，元力浑厚。牧层霄将五行之力运转自如，疑似自行补全了一本残卷，实属天才。

他们二人也遇到了不少中等魔修，打败过一两个高等魔修，虽然过程辛苦，但终究胜出。名字如今在排名石上的第一行。想来，看玄凌子的意思，亲传弟子的三个名额，这二人或许皆有一席之地。

新弟子中排名最前的，仍是华岳。

对于华岳来说，低等魔修根本不配做他的对手，中等魔修他也应战得游刃有余，唯有高等魔修是他的猎物。他就靠着击败中、高等魔修，牢牢地占据了第一名的位子。

老实地说，华岳的潜力就算在老弟子中也是排得上号的。月琴和赵麻衣都认为，玄凌子若要挑亲传弟子，华岳是最好的人选。不过，崔玉符不这么认为。他很看好簪星，大抵是因为簪星阅览了他编纂的小众书籍，甚至还练出一道炬眼符。崔玉符对玄凌子道："你要是不想要她，我要！她给我做亲传弟子，我喜欢！"

"哟，那可不巧，我也想要。"李丹书笑眯眯地开口，"这丫头这么能炼丹，要放在我们炼丹房里，能省下多少灵草啊。这丫头真好，比那些不会当家的年轻人好多了，我也喜欢。"

顾白婴白了他们一眼，懒得出声。

"咦，"一边的紫螺道，"簪星师妹去的这个方向，好像……华岳就在前方。"

《须弥芥子图》里，簪星扛着棍子慢慢地走着。

考场里感觉不到时间的流逝，天色既不会变亮，也不会变暗，如图画一般，永远都是一片将暗未暗的暮色。

没有考核时间的提示，簪星就走走歇歇。有炬眼符在身，她也不至于撞上什么对付不了的高等魔修。她估摸着，自己这一路走来，名次应当是在中等偏前一点儿，想再往上走，似乎有些困难。

以她筑基中期的修为，对付高等魔修尚有些勉强。她与其一开始就挑战高难度试题，提前交卷，倒不如多做几道基础题。

簪星正想着，前面似有声响传来，她的心中一动，估摸着是遇到同门了，就往前走了几步。

在这里，除了在双头修罗那里遇到的那个小弟子，她都没能看到同门。大概师叔们也是怕弟子们组团击败魔修，元力不好分配，干脆将各弟子分配得远远的。这图倒也不负"须弥芥子"之名，看着只有那么小一点儿，却如没有边际似的。

簪星才走了两步，就见眼前的密林开阔起来，变成一片原野。原野之上，正有一只巨鸟俯冲而来。这鸟看起来如苍鹰大小，浑身红羽，鸟喙极长极尖。它冲至前面的人面前，那人侧身避开，鸟喙便插入一块青石中，瞬间将青石插得粉碎。

簪星看得暗暗咋舌，这鸟嘴要是在人的脑袋上戳一下，大概能戳个洞。

可是下一刻，前面穿金纱袍的人提剑一挥，只听得空中传来一声尖厉的鸟啸，巨鸟的身体被剑划为两段，又迅速地消散成一缕青烟，消失在空中。

此人竟然一剑就拿下了巨鸟。

穿着金纱袍的男子转过身，露出一张熟悉的脸。他似乎也没想到会在这里遇到簪星，先是惊讶了一瞬，随即面露狂喜之色，说道："杨簪星，竟然是你？这可真是天助我也！"

簪星："……"

茫茫人海，偌大一个考场，她居然又能遇到华岳。她就知道，原著那个混账东西，绝对不可能这么轻易地放过她。

"华岳，"簪星盯着他，冷声道，"你我在《须弥芥子图》中的一举一动，外头的人都能看到。你以为，你对同门出手，师伯师叔们会袖手旁观吗？"

华岳大笑几声，似乎听到了什么笑话，狂妄地道："的确如此，不过，我可没打算对你出手。"

他盯着簪星，眼中似有得色。簪星只觉得怀中突然腾起一团火，低头一看，就见那张藏在怀中的离场符已经燃烧成一团，很快化为灰烬。

她皱眉："你干什么？"

"杨簪星，现在，除非被魔修打至奄奄一息，否则你不能主动退场。"他的剑尖轻轻划过土地，簪星眼睁睁地瞧见那块土地上生出一团明晃晃的光团，大如车盖，随即慢慢溢开。

她心中一紧，这可不是中级魔修能呈现出的元力。

下一刻，华岳手中的剑朝簪星刺来。

剑尖裹挟着巨大的元力朝簪星扑面而来，却又在靠近处停止，突兀地缠上簪星的铁棍。筑基中期的元力与结丹后的元力相比，实在不值一提，更勿提华岳手中的那把宝剑。

刹那间，铁棍被席卷着劈向地面，土地剧烈地震荡起来。

"不好。"簪星心下一沉。

在炬眼符的加持下，她可以看得清清楚楚，地面升起的元力光团，比之前任何一次都要璀璨。这回出来的绝对是高等魔修，而且，还是很厉害的高等魔修。

华岳看不到元力光团，只是感觉到此处有高等魔修。考场内他不能对同门出手，可魔修可以。簪星必然不是高等魔修的对手。《须弥芥子图》中的魔修虽然是以元力勾勒的假货，弟子们真同对方打起来，受伤却是实实在在的。

簪星会被这高等魔修狠狠地折磨，而他只需要看戏，待簪星奄奄一息时，再逼问她，或者直接掠走她所藏的秘宝，是一件水到渠成的事。这一切都在华岳的计划之内，唯一的变数，就是他未必能在偌大的考场里遇到簪星。但有时候，连老天都会站在他这边，可不就是瞌睡来了送枕头？杨簪星还真的自动送上门来了。

簪星此刻全部的心思，都在面前迅速扩大的元力光团上。她脚下的土地晃得厉害，几乎让人站不稳。紧接着，震荡渐渐平息，泛着猩红色的土地缓缓蠕动起来，如有了生命。

簪星定睛一看，就见脚下的土地上不知何时浮起一张巨大的人脸，五官俱全，双眼如箕，似是一个隐藏在地底下的巨人，面无表情地张开了眼睛，令人毛骨悚然。

"亡人冢……"簪星喃喃道。

亡人冢，是高等魔修的一种，或者说，它不能算作魔修，而是一块有了生命、被诅咒的土地。多年以前有一处村庄，灾年大旱，饿殍无数，后暴发瘟疫。为免瘟疫蔓延，城主下令封死村庄，将所有村人就地掩埋，而掩埋时，许多村人尚有活气。

大抵是怨气太浓，这片土地竟生出魔气，有了意识，成了一座魔冢。顾名思义，亡人冢平日里都在沉睡，有人经过时，地面便会浮现巨大的人脸，将过路人尽数吞噬，使其成为土地的"养分"。

"你怎么把这么恐怖的东西放了出来？"簪星深吸了一口气，这人脸看起来同普通人脸一般无二，越是这样，越是让她感到诡异、恶心。

华岳虽感觉到此地有高等魔修，却也没料到魔修会长成如此恶心的模样，不过仍摆出一副作壁上观的姿态，大笑道："如今你的离场符已碎，杨簪星，你就好好享受吧！"

清心镜外，看得昏昏欲睡的李丹书一个激灵，坐起身来："呀，不好了，这丫头居然遇到了亡人冢！"

"四师叔，那是什么？"紫螺也是第一次见到亡人冢，问，"是魔煞吗？"

"亡人冢的厉害之处，在于这块土地本身是暴发过瘟疫的。置身于其中的人，一旦为亡人冢所伤，也会为瘟疫所伤，虽不至于丢掉性命，却对修为有损。寻常弟子遇到亡人冢，为免受伤，即刻捏碎离场符离场就是，可现在，符纸被华岳毁了，这丫头只能和亡人冢一战了。"

"若她能胜过亡人冢呢？"一边的孟盈开口，神情一如既往地冷淡。

"那很难。"李丹书摇头，"她是新弟子，不知亡人冢的弱点，就不可能击败它。"

"师叔，亡人冢的弱点是什么？"紫螺问。

李丹书没有说话，看向清心镜里的人。

一条红色的舌从人脸的"嘴巴"中射了出来，簪星猛地跳起躲开。"扑哧"一声，舌尖将簪星面前的树穿透。

那张嘴巴里渐渐流出涎水一样的汁液，不知是不是簪星的错觉，脚底巨大人脸的眼睛里，竟然浮现起狡诈的笑意，看得人脊背发凉。

簪星正欲举棍，突然间觉得自己的脚下一沉，一股强烈的吸力将她往地底吸去。

亡人冢会吞噬一切路过的东西，哪怕是一根羽毛落在土地上，也会被瞬间吸收。

簪星奋力跳起，抓住面前的树枝，待站定，就见自己的小腿鲜血淋漓，已被腐蚀掉一层皮。

这亡人冢好厉害！

土地是会移动的，人脸也是会移动的。也就是说，只要站在这块土地上，就不是亡人冢的对手，而跳到树上……

簪星感到这棵树在缓缓下沉，如同她此刻的心情。

虽然知道不会死，但是想想被活埋的感觉，簪星只觉全身的汗毛都快竖起来了。

脚底的人面似乎不耐烦了，那双空洞的眼睛里，眼球缓缓转动了一下，定在树上的杨簪星的身上。紧接着，她身下的树"咔嚓"一下断为两截。簪星躲避不及，无处可攀，然后，那张红色的嘴一下子张开，将簪星吞了进去。

图内图外，霎时间安静下来。

这一切发生得太快，谁都没来得及反应。待华岳意识到簪星已经被亡人冢吞噬时，地上已没有了簪星的影子。

"该死！"他怒喝一声。

华岳的目的，向来就是簪星身上藏着的秘宝。可这魔修不知是何来头，竟然将秘宝连人一起吞了进去。这样一来，他岂不是前功尽弃！

清心镜外，月光道人一行人也呆住了。

顾白婴原本懒散地斜躺着，此刻也忍不住坐起身来，皱眉道："这就完了？"

众人虽然心里都清楚，簪星必然不是亡人冢的对手，可也没想到，她会这么简单就被吞了进去。

"以她现在的名次，应当在一百名左右，不会再往前了。"李丹书沉吟道，接着去看排名石上的名字，随即愣住，"咦？"

"怎么了？"玄凌子问。

"她的排名怎么没变化？"李丹书疑惑。

簪星既然被亡人冢吞噬，也就意味着她被亡人冢击败，即将被迫离场。对于簪星来说，本次考核到此结束，她不会再收获更多的元力，名次也会下降，但是眼下，簪星的名次并未出现任何变化。

崔玉符也开口问："她怎么还没离场？"

孟盈神情微动，看向清心镜里的人。

华岳躲在树上，看向那块仍在不停蠕动的土地，亡人冢吞噬掉簪星后，渐渐恢复了平静。他悄无声息地拔出腰间的宝剑。

这魔修不知是什么来头，但既然是高等魔修，元力自然不低。杨簪星已经出局，不过，若是他斩杀掉这头魔修，所获元力，应当会让他的名字在排名石上上升一大截。

他好歹拥有结丹期的修为，可不像杨簪星那样"废"。

思及此，华岳猛地持剑，朝亡人冢上那张嘴巴所在的方向一剑斩下！

"轰"的一声，魔修被剑锋斩成几段的画面并未出现。泛着血红腥气的土地像是有了生命，又像是密密麻麻的虫子，将华岳的宝剑牢牢地吸住，拼命往地里拖，他一时间竟拔不出剑。

他心中一惊，还未来得及做下一个反应，就感到脚下的土地"咕嘟咕嘟"地冒出腾腾热气，像是灶火上的水即将煮沸。

紧接着，那张巨脸上浮现出痛苦的神情，嘴巴一张，喷出一股黏稠的汁液，里面还裹着一个熟悉的人。

簪星被抛到一边，扶着脖子坐起身，吐出一大口黏液，深深地喘了两口气："憋死我了！"

"杨簪星？"华岳大惊，"你怎么还活着？"

比试台上，月光道人一下子站起身来，满脸都是难以置信："不可能！"

月琴亦是震惊："被亡人冢吞噬的活物，不可能会被吐出来。"

纵然《须弥芥子图》中的一切魔修都是以元力勾勒的假货，可是其外表、习性、特征、弱点都与真的分毫不差。被亡人冢吞噬的人会迅速地沦为养分，无一生还。而考场中，一旦簪星陷入那块暴发过瘟疫的土地，就会立刻离场终止考核。

而现在，她不仅没离场，还被这魔冢吐了出来。

门冬正老老实实地站在原地，冷不防听见顾白婴的声音回响在耳边。他十分严肃地问："亡人冢不肯吞噬杨簪星，是不是因为琴虫种子在她的身上？"

门冬一头雾水，小心地回道："不知道啊，师叔，我也没听过琴虫种子有这种功用。"

众人或惊异或震撼，各自心中有着猜测，倒是一边的崔玉符，盯着清心镜里的画面半晌，突然笑了一声："我知道了。"

其他人的目光"唰"的一下朝他投来。

"三师兄，你知道什么了？"玄凌子问。

"我知道亡人冢为何将这丫头吐了出来。"崔玉符凝视着画中人，慢慢开口。

"为何？"赵麻衣迫不及待地问。

"香灰。"他幽幽地道，"因为香灰。"

《须弥芥子图》里，簪星的手碰到胸前口袋里的锦囊，恍然大悟："原来是香灰。"

亡人冢，原本是一块土地，因为活埋了许多得了瘟疫的百姓而生出魔意。它会吞噬一切路过的活物，但亡者除外。

亡者，对魔冢来说，是养分，也是它的一部分。因此，若是死物，亡人冢便不会对其发动攻击。

簪星在考核前一日，带着田芳芳一道去拜考神。除了奉献一点儿灵果丹药，顺带还烧了两沓纸钱。虽然她不知道仙界的货币是不是纸钱，总归是意思意思。烧完后，她还抓了点儿香灰，用锦囊装起来戴在身上，权当是祖师爷赏的护身符。

谁知道簪星歪打正着，只有祭拜亡者才会用到的香灰，竟会让亡人冢将她看作亡者，所以将她吞了进去后，又给吐了出来。

第十一章
亲传弟子

簪星万万没想到，拜考神居然真的有用。

她想通了这一点，还没来得及高兴，就听见华岳气急败坏的声音："杨簪星，你搞什么鬼，为何这魔修不攻击你，只攻击我？"

她回头一看，就见华岳的脸色难看至极，一只脚已经陷入泥土中，正在奋力挣扎。

先前有簪星在前吸引亡人冢的目光，华岳还没和亡人冢正面撞上，不知道魔冢有多难缠。待宝剑被魔冢吸入一半后，他依然不肯撒手，被亡人冢抓住机会，将他的腿也给缠住了。

先前是华岳看戏，如今轮到簪星作壁上观。簪星索性抱着胳膊站在一边，笑道："只攻击你，当然是因为你讨人嫌。"

"你这个贱人！"华岳怒道，"快点儿把我拉上去，伤害同门，你以为宗门会放过你吗？"

簪星两手一摊："你说的，我可不打算对你出手。现在是你和魔修交手，你自己实力不济，关我什么事？不过你可以挣扎挣扎，万一还有机会呢？"

她嘴角一翘，从怀中掏出一把丹药，扔石子儿一般朝华岳附近抛去。

"你干什么？"华岳突然生出一股不好的预感。就见土地上浮现的巨大人脸，似乎被簪星所丢的丹药吸引了目光，眼球转动着朝这头看来。紧接着，那双眼睛慢慢眯起，露出一个诡谲的笑容。

嘴唇渐渐张开，从里面散发出一股令人作呕的气味。华岳大惊，颤声道："不要过……"

他"来"字还没说出口，一条柔软的、血色的舌头已经准确无误地卷中了他，如蛇芯子卷走小虫一般，将他整个人一起送入嘴里。

他甚至没能捏碎自己的离场符，土地上就看不见他的身影了。

泥土又开始蠕动起来，像是在消化刚刚的美餐。

簪星忍着心中的不适，站在原地，既没有逃走，也没有用铁棍去对付魔家。她身上带着香灰，魔家已经将她看成亡者，不再对她出手。

"她怎么不动了？"玄凌子有些紧张，撸猫尾巴时下手重了一点儿，弥弥尖叫一声，从他的怀里跳出来跑了。

李丹书乐了："你没看到她刚刚扔的那一把丹药？"

"看见了。"崔玉符纳闷儿，"她这是嫌亡人家不够厉害，还送对方几颗丹药补充元力？"

"那可不是补充元力的丹药。"李丹书扶了扶快掉下来的帽子，看向簪星的目光很是满意，"那是助眠丹。"

"1、2、3、4……"《须弥芥子图》里，簪星在心里默默数着。

数到30的时候，亡人家的眼皮开始有一搭没一搭地合上，仿佛上课打盹儿的学生。

簪星心道：很好，安眠药它可没白吃。

前段时间，田芳芳跟簪星抱怨，说入冬后，姑逢山太冷，考核在前，压力也大，他成夜成夜地睡不着觉，头发都掉了不少。簪星刚好在上炼丹课，就顺带给他炼了几颗助眠丹。

田芳芳吃了后，果真一夜安稳，睡到天明。

簪星问过李丹书，听闻助眠丹没毒，也不会让人产生依赖性，加之原材料好找，她索性炼了满满一盒子，以备不时之需。此次考核她也带上了一些，刚刚华岳和亡人家对战的时候，簪星一把助眠丹丢过去，丹药中蕴含元力，不算是死物，必然会被魔冢吞噬。

一颗助眠丹自然没什么，可这么一大把下去，即便是魔冢也该有点儿反应。

果然，不过片刻，亡人冢已经睡得不省人事，鼾声震天。

簪星深吸了一口气，提着铁棍走到亡人冢面前，在它的脸上踩了踩。亡人冢毫无反应，甚至冒了个鼻涕泡泡，看样子是睡熟了。

簪星放下心来，运转全部元力至棍尖，双手握棍，狠狠地劈下！

玄凌子："……"

排名石上的"杨簪星"三个字，刹那间跟坐了灵舟似的"嗖嗖嗖"往前狂奔了好几行，最后渐渐落在第三行，堪堪三十名的位置。

坐在清心镜外的少年忍无可忍，站起身，皱眉道："这家伙又投机取巧！就这也能算过了考核？"

"七师弟，"玄凌子安抚他道，"智取也是考核的一种。我们宗门不仅看修为，也要看才智的嘛。"

"那也不行！"顾白婴的心中憋着一团火。他原以为杨簪星既然继承了《青娥拈花棍》，总该有几分真本事。就算他嘴上嘲讽，可对她也是存了几分期待，没料到这人如此不正经，只会耍小聪明，简直丢青华仙子的脸！

"不过，我看她对付亡人冢这样的高等魔修已经如此吃力，须得靠一点儿运气和小聪明，"月琴淡声道，"恐怕最后的名次，也就是在眼下名次左右浮动了。"

"你说这小姑娘运气这么好，"赵麻衣笑道，"该不会遇到魔煞吧？"

"整个《须弥芥子图》里，统共有两名魔煞，过去十年的考核，从未有弟子遇到，你以为她那么容易就遇上？"崔玉符冷哼。

话音落地，没人理他。崔玉符有些疑惑，一转头，就见所有人都盯着清心镜。他跟着瞥了一眼，随即怔住。

簪星刚刚击败了亡人冢，收获了一大把元力。方才被亡人冢吞进去，她的衣裳黏黏糊糊的，此时她正想用清洁术整理一下，一回头，就看见一个黑衣男子站在自己面前。

镜子外，门冬的嘴唇都哆嗦了："魔……魔煞！"

魔煞，是魔修里特别厉害的一种。

说起来，魔族的历史和人族的历史一样悠长。有如双头修罗，原本是人族，

· 168 ·

但因种种变故堕落成魔的，也有如亡人冢，原本是死物，却沐浴魔气，生出魔灵的。

这些都是后天成魔的典型，还有一种，自天地开辟以来，就是魔族，拥有最纯正的魔族血统。准确地说，之前簪星在《须弥芥子图》里遇到的魔修，都是后天成魔的。而天生是魔族的魔修与后天魔修最大的区别，大概是在外形上。

天生便是魔族的魔修，除了发色和瞳色有异，生得和常人一般无二。

魔煞就是先天魔修。

此种魔修完全有灵智、有思想，除了物种不同，和人类一模一样。魔煞最低也相当于元婴修为的修士，且凶残嗜血、狡诈狠辣。一旦遇见，是人类修士的噩梦。

当年人魔两族大战，死在魔煞手中的人族不计其数。此种魔修纵然以元力也难勾勒，画这幅《须弥芥子图》的画师修为已经很高了，也只能画出两名魔煞。

而此刻，簪星看着眼前人，都不用去想，就知道这是遇到魔煞了。

这是一个相貌平平的男人，发色和瞳色却是赤色。他目光平淡，看簪星的目光仿佛在看蝼蚁。纵然他没什么表情，浑身上下也散发着令人心悸的寒意。

他伸手，一把带血的弯刀立刻出现在手中。

簪星凝神，抽出腰间的铁棍。

清心镜外，玄凌子倒吸一口凉气。

"她居然遇到了魔煞，"李丹书喃喃道，"这是什么难得的运气？"

"先不说运气了，"崔玉符皱眉，"魔煞可不是普通魔修，她那些小把戏对魔煞可没用，打下去，恐怕会重伤。"

"不能不打吗？"玄凌子有些着急，"打坏了怎么办？"

"她若有离场符还好，能赶在打起来之前自行离场。但离场符不是被华岳毁了吗，眼下看，她只能硬着头皮打下去了。"

"大师兄！"玄凌子看向月光道人，"近十年都没有弟子在《须弥芥子图》中遇到魔煞，从前遇到过的，也早在打起来之前自行离场。魔煞凶残嗜血，就算是假的……也不好对付。她毕竟只是个小姑娘，这样比试不公平！"

月光道人摇头："师弟，你如此惊慌，如何能做他们的师父？"

"可是……"玄凌子还想争辩，却听得身侧的月琴惊道："怎么回事？"

众人顺着月琴的目光看去，就见清心镜里的另一处，身负长刀的少年跟前，赫然站着一个黑衣人。

"怎么牧层霄也遇到了魔煞？！"崔玉符表情古怪。

《须弥芥子图》本就无限大，如簪星一连两次在考场撞上同门师兄弟，已经算是十年难遇之事。而今日，图中仅有的两名魔煞，竟然同时出现在考核弟子面前。

"牧层霄如今也只是临近结丹，不是魔煞的对手。"月琴皱眉，"可他怎么也不用离场符？"

簪星的离场符是为人所毁，不得不打，牧层霄的离场符却是完好无损。这少年只是死死地盯着面前的魔煞，举起长刀，随即向着眼前的黑衣魔煞冲杀而去，竟也是要硬打！

李丹书闭了闭眼，长叹道："虽然我很欣赏少年人的勇气，不过……他明知结局还要硬撞，到时候损了修为，可就得不偿失了！"

"这二人同时遇上魔煞，也算倒霉。"崔玉符站起身，"看来，结局已经注定。他们虽没有拔得头筹，不过以他们的修为，能冲到这里，也不算太差。"

外面的人正说着，远处群峰间，远远地传来一声青鹤的长啸。啸声回荡在山谷中，不绝于耳。众人回头看去，月琴惊喜地道："是掌门人的灵兽……掌门人出关了！"

太焱派的掌门人少阳真人已经闭关近两年，今日恰好出关。众人听见青鹤长啸，知少阳真人必有突破，心中皆大喜过望。

大家正瞧着那灵兽拖着长尾划破青空，忽然又听得"咚"的一声巨响。

比试台上，一个人影被抛了出来。

紫螺惊叫一声："簪星师妹！"

被《须弥芥子图》抛出来的簪星倒在台上，半晌没有动弹。

"唉，"李丹书见状，叹息一声，"就知道她打不过魔煞，莫不是受了重伤？门冬，快把她送回去，给她看看。"

门冬应了一声，正要过去，突然想到什么，扯了一下顾白婴的衣角，说道："师叔，你快把她抱回去。"

顾白婴莫名其妙："为何要我抱？"

· 170 ·

"你别忘了，她的身上还有琴虫种子，眼下正是虚弱的时候，要是哪位师兄借此亲近她，二人有了情意，私下里双修，那琴虫种子不就要不回来了嘛！"门冬急道，"你快去呀，你看有别人要去了！"

顾白婴瞥了一眼前面，果真见一弟子正要往比试台上走，顿时脸色微变。他犹豫了一下，一咬牙站起身，快步走到台上，弯腰将簪星抱了起来，往妙空殿走去。

其余人顿时一呆。

顾白婴在太焱派委实不算一个爱管闲事的人，古道热肠、怜香惜玉这种词更是与他一点儿边都沾不上。众人还是头一次见他主动抱一个女子，顿时神情微妙。

"七师弟……"玄凌子迟疑了一会儿，"什么时候和簪星这样要好了？"

赵麻衣揪了揪长须，看着顾白婴的背影，若有所思。

"被魔煞伤了可没那么容易养好，要说她……"月琴话才说到一半就戛然而止，众人不明所以，见她指着排名石，第一次说话有些结巴，"你们看！"

比试台前的那块排名石上，"杨簪星"三个字，不知何时跑到了最前头，金光闪闪的，让人想忽视也难。

"不会吧……"李丹书喃喃。

刚刚还在三十名左右晃荡的名字，如今才一眨眼的工夫，竟跑到头名去了。难道……她击败了那名魔煞？

怎么可能！

妙空殿里，顾白婴和门冬走了进来。

玄凌子极懂享受，殿里的每一处软榻都铺得又软又柔，人躺在上面，如睡在云朵上。顾白婴随意找了张软榻，手一松，簪星就从他的怀里滚到了软榻上。

少年嫌弃地低头，看着被簪星身上的黏液弄脏的锦衣，顺手给自己施了个清洁术，催促门冬道："你快给她看。"

门冬在榻前坐了下来，以灵力小心试探，一探就愣住了，说道："奇怪。"

顾白婴问："什么奇怪？"

"杨簪星身上并无伤口，顶多就是点儿皮外伤。"

"那她怎么还没醒？"顾白婴跟着在软榻边坐下，凑近簪星看了一会儿，将信将疑道，"不会在装死吧？"

"倒也不是。"门冬看向他，"师叔，我发现杨簪星的元力运转得有些奇怪。"

"怎么说？"

"寻常人的元力如小径溪流，源源不断地汇入灵脉各处，可她的元力似乎没有动静，既无流动，也无消亡，就好像……本就如此，不会有任何变化。"

顾白婴闻言，目光一怔，凝神想了一会儿，才问："是琴虫的原因？"

门冬摇了摇头："我不知道。"

榻上的女子神情平静，像是睡着了般香甜。殿外的风吹来，吹得她额前的一缕散发微微飞扬，露出半张带着黑痕的脸。

少年蹙眉盯着她的脸，不知在想什么，过了片刻，起身道："算了，再看吧。"

簪星做了一个很长的梦。

梦里似乎有人在她的耳边说着什么，一声声很急促的样子。远处有大块大块模糊的血光，她努力想要看清说话人究竟是谁，眼皮却像粘住似的，依稀能瞧见雪白的裙角，如云雾般轻柔。

全身被禁锢般难以动弹，似乎往泥沼中一点点陷去，窒息的感觉越来越严重……簪星猛地睁开双眼。

弥弥偌大的屁股坐在她的脸上，塞了她一嘴猫毛。

簪星动了动，这胖猫才意识到她醒了，不紧不慢地从她的脸上踩过，走到一边。

旁边传来田芳芳惊喜的声音："簪星师妹，你醒了！"

簪星坐起身，看了看四处，疑惑地开口："我怎么在这儿？"

"你在考核里受伤晕倒了，出了《须弥芥子图》后，是七师叔把你抱回来的。"田芳芳说到此处，激动起来，"簪星师妹，没想到你才是真人不露相，竟然凭一己之力击杀魔煞，成了本次考核的第一！兄弟，不，姐妹，日后你成了亲传弟子，哥哥的飞黄腾达可就全靠你了！"

簪星过了好半天才消化了田芳芳话里的意思，问："你说我击杀了魔煞？"

"是啊，你不记得了吗？"田芳芳意外，随即又点头道，"也是，想来你与那魔煞搏斗，也费了好一番功夫，不记得也正常。现在宗门上下都在议论，太焱派近十年考核,第一次有人遇到魔煞,你和牧师弟现在都成了宗门的传说。新弟子越级斩杀魔煞,放在都州修仙界的哪个门派,都是值得夸耀的大事!"

"牧层霄?"簪星一愣,"他也遇到魔煞了吗?"

"是啊,说来也巧,你们二人同时遇到魔煞,又都将魔煞斩杀。最后的元力总分,牧师弟差你一厘,你第一,他第二。此次六师叔选亲传弟子,你和牧师弟定在其中。"田芳芳一股脑儿说完,又不好意思地笑了,"不过,我也不差,我第三,凑合一下,说不定也能当个亲传弟子。"

这信息量有点儿大,簪星下意识地问:"华岳呢?华岳怎么样了?"

"你说华岳师兄?"田芳芳回忆了一会儿,"我听同门说,他在《须弥芥子图》里遇到了难缠的高等魔修,早早出了局,不仅如此,似乎还被什么病症缠上了,要想恢复也不是件容易的事。你别担心他找你麻烦,等成了六师叔的亲传弟子,有六师叔在背后为你撑腰,你还怕什么?"

簪星轻轻松了口气,亡人冢本就是因瘟疫而生的魔冢,一旦被其吞噬,自然也会被瘟疫缠上。人虽不至于死,却也很麻烦,想来华岳近两年都不会把心思放在她的身上了。

只是……她竟然成了第一,牧层霄成了第二?

别说田芳芳,连簪星自己都感到意外。

"你现在感觉怎么样?"田芳芳问,"六师叔跟我说,掌门人师祖出关了。你醒来后,还得去见见掌门人师祖。"

簪星想了想,起身穿鞋,说道:"我感觉好得差不多了,现在就去见掌门人吧。"

太焱派各位师伯师叔,每人都有自己的法殿。如李丹书的法殿摆满丹炉,崔玉符的法殿到处是符阵,月琴的法殿清冷雅致,玄凌子的法殿温馨实用……掌门人少阳真人的法殿,看起来就很符合掌门人的身份了。

金华殿极大极宽广,但并不显得空旷。朱色的长柱上细细地雕刻了鸾鸟乘云图,长殿内铺了金色的毯子,毯子上以朱色丝线绣满太极阴阳的图案,既热闹又华丽。

桌椅、长几则是深沉的暗褐色,丹楹刻桷,碧瓦朱甍。比起太焱派常用的高级灰,这个风格一看就是上年纪的人最喜欢的,于庄重典雅中带着一丝喜庆的浮夸。

所以，簪星看到掌门人少阳真人时，才会大感意外。

和簪星想象中的不同，少阳真人并不是一个须发全白、慈眉善目如羽山圣人雕像那般的老者。他看起来顶多三十岁出头，生得十分俊美，只是神情极淡，淡得像是不属于这世间。他有一头雪白的长发，垂至腰间，穿一件暗朱色绣着鸾鸟的纱袍，袖子宽大，仙气逼人。他站在此处，眉目如画。

簪星在心中暗暗赞叹了一声：原著可没说掌门人少阳真人是这么一个神仙美男！

"簪星，"玄凌子见簪星盯着少阳真人不说话，就道，"快来见过掌门人师祖。"

簪星回过神，恭恭敬敬地对少阳真人俯身行礼："弟子杨簪星，见过掌门人师祖。"

少阳真人抬眼看向簪星。

眼前的少女，看起来年纪不大，只要稍一试探，就能察觉她根骨一般，修为也不算高。她脸上带着点儿笑意，看起来性情不错，纵然右脸上有疤痕，却未显自卑苦恼之色。宗门里讲究去"俗"，人人恨不得将自己装饰得不食人间烟火，而这女子浑身带着人间的鲜活，朝气蓬勃，令人印象深刻。

少阳真人微微勾唇，淡声问道："《须弥芥子图》中，你击杀了一名魔煞，凭你筑基中期的修为，是如何做到的？"

簪星下意识地看向玄凌子："师叔，你们没有看见吗？"

玄凌子轻咳一声："当时掌门人出关，我们都顾着看青鹤去了，一回头，你都出图了……"

谁知道那么短的时间里，簪星就将魔煞击败了？

簪星一愣。她原以为自己在《须弥芥子图》中的一举一动，早就被师叔们看了个清楚，没料到竟恰好错开。这难道也是原著的陷阱？她心念闪动间，半真半假地回道："我当时拿铁棍迎上，用了青娥拈花棍，那魔煞很强，我打不过，晕倒了，再醒来，已经在妙空殿里。田师兄说我击败了魔煞，起先我也不敢相信。本想让师叔们为我解惑，没想到师叔们也不知道是怎么回事。"

崔玉符沉声问："你自己也不知道？"

簪星点了点头。

"难道是歪打正着？"李丹书嘀咕了一句，"这运气也太好了。"

顾白婴抱胸站在一边，闻言挑眉道："杨簪星，你是不是用了什么秘宝，钻了比试的空子？"

簪星看向他。

这少年的目光里写满怀疑，不过，他也猜得八九不离十了。

簪星微微一笑："七师叔，说这话要有证据。"

顾白婴语塞，早在他将簪星抱回妙空殿时，就以元力探测过，确实没在她身上发现什么异常。不过，门冬也说过，杨簪星身上的元力流动与寻常人的不同，加之她还抢走了琴虫种子。总之，顾白婴瞧她怎么都不对劲。

"若真有秘宝，亦是属于她自己的机缘。"少阳真人开口，看向杨簪星，那双平静的双眸里似含着几分深意："你能在本次内门考核中击败魔煞，排名第一，不管用了何种方式，既然《须弥芥子图》默许了你的行为，你就不算犯规，这亦是命里注定之事。"他叫玄凌子的名字："玄凌子，如今排名石已出，亲传弟子的名额，可以定下了。"

"是。"玄凌子拱手道，"弟子心中属意杨簪星、牧层霄及田芳芳三人。这三人一人机缘在身，一人根骨精奇，还有一人对修仙一道颇有慧根，若能为我玄凌子的亲传弟子，再好不过。"

簪星听着玄凌子一番话，不知为何，心中竟莫名其妙有些紧张。

金华殿中，半晌无人说话。

又过了一会儿，男子冷淡的声音响起："既然心意已决，就照你说的办吧。"少阳真人转过身，往殿中台阶上走去，"从今日起，他们就是你的亲传弟子了。"

少阳真人一句话，簪星就成了玄凌子的亲传弟子。

宗门里程式众多，过典仪式由赵麻衣卜卦，选一个良辰吉日，当着太焱派所有弟子的面举行。而按照先前的规矩，簪星既然赢得了本次内门考核的第一名，也理应得到第一名的奖励。

待少阳真人离开后，玄凌子笑眯眯地从殿后捧着一个盒子走到簪星跟前，将盒子交到簪星的手中，说道："簪星，此次你在内门考核中虽拔得头筹，但也吃了不少苦头。还好，这彩头不赖，你也没亏。"他拍了拍簪星的肩，一副老怀欣慰的模样，"你如今修为尚浅，比不得那些天资聪颖之辈。不过，师父对你有信心。咱们妙空殿，也算后继有人了。"

簪星谢过玄凌子，同诸位师叔告别。紫螺陪着簪星去领亲传弟子的用度，又瞅了一眼她手里的盒子，好奇地问道："不知第一名的奖励是什么？"

簪星低头看向手中的盒子，这盒子就是一个普通的黑色木盒，上面还印着一点儿带油脂的指印，不知是不是玄凌子吃完烧鸡没洗手就去取盒子蹭上的。簪星想了想，打开盒子，就见盒子里铺着一层黄色的绒布，绒布之上，躺着一朵泛着青色光芒的灵芝。

"是仙玉灵芝。"紫螺惊讶地道，"金掌柜这次可真大方。"

簪星："仙玉灵芝？"

"是一种天生灵草，普通人服用，可淬炼筋骨，步入修炼一途；若是修士服用，自然能增长修为。"紫螺叮嘱她道，"簪星师妹，你要好好将此物收藏，临近突破时，你便服用此灵芝，可事半功倍。"

簪星愣了一下，记得原著里，牧层霄在内门考核中大放异彩，狠狠地打了华岳的脸。而牧层霄拼命修炼，就是为了第一名的奖励——仙玉灵芝。

仙玉灵芝对普通人来说，可淬炼筋骨、强身健体。牧层霄的青梅竹马柳云心先天不足，自幼身体羸弱，牧层霄去参加太焱派选拔赛，就是为了进入宗门，好将宗门里的药材拿给柳云心治病。

如今，仙玉灵芝却到了簪星的手中。

紫螺见簪星不语，疑惑地开口："怎么？簪星师妹，你不喜欢这个奖励？"

簪星看向她："师姐，不知第二名和第三名的奖励又是什么？"

"你是说牧师弟和田师弟的奖励？方才你没在的时候，六师叔给他们了。我瞧见了，牧师弟的奖励是天玑法衣，可抵御一些法术攻击。田师弟的奖励是火狼牙，可辅助修习火系法术。"紫螺答道，"这些固然不错，可还是你手中的这朵仙玉灵芝珍贵得多。"

簪星了然，说道："多谢师姐，我明白了。"

紫螺继续随着簪星往前走，边走边道："师妹，你在内门考核中的表现真是令人吃惊。掌门人师祖虽然没说什么，可我瞧着，他顶满意你。日后你在宗门里好好修炼，修仙界里，定会有你的一席之地。"

簪星不如紫螺那般盲目乐观，岔开话头问："师姐，掌门人师祖看起来颇年轻，是本身年纪不大，还是驻颜有术？"

闻言，紫螺"扑哧"一声笑了，说道："新进门的女弟子见到掌门人师祖，十个有八个都会这么问。掌门人如今一百多岁了，不过是生得年轻一些罢了。"

"也不是'一些'吧。"簪星嘀咕了一句，"要不是他一头白发，我还以为他是什么年轻的师兄呢。"

紫螺笑道："掌门人师祖和青华仙子是同门师兄妹，当年人魔两族大战，青华仙子斩杀魔王后，自己也受了伤。好像是为了给青华仙子疗伤吧……掌门人师祖耗费了大量元力，一夜白头，到如今，还时时闭关养伤呢。"

簪星心想：那可未必。俊美出尘的师兄、绝色盖世的师妹，两个人同样天赋异禀，师妹居然芳心另投。少阳真人那头白发究竟是为情所伤，还是因元力受损而褪色，旁人很难不多想。

紫螺在小木楼前停下脚步，看向簪星："师妹，我就送你到这里了。你先将东西收拾一下。明日起，你和牧师弟、田师弟一起搬进妙空殿里，用不上的东西不必带了，记得将仙玉灵芝收好。"

簪星点头："多谢师姐。"

紫螺又叮嘱了几句，这才离开。

簪星回到小木楼里，弥弥在床上睡觉，见她进来，懒洋洋地抬起眼皮看了她一眼，又睡去了。

她走到地榻前坐下来。桌上的茶已经冷掉，簪星喝了一口，牙齿哆嗦了一下，将她纷乱的思绪激得清醒了一些。

她在金华殿中对着少阳真人说了谎。

《须弥芥子图》中，簪星在击杀亡人冢之后，一回头遇见黑衣魔煞。因离场符被毁，簪星不能主动退场，不得已只能抽出铁棍迎上。玄凌子之前特意交代过，若遇魔煞，不必恋战，直接主动离场就是，可见魔煞之凶残，进入考场的弟子绝不是其对手。所以簪星想着，那自己就随便打两下，被魔煞击杀了就好。

可当她手握铁棍迎上去，魔煞也提刀相向时，胸口的枭元珠突然剧烈地颤动起来。紧接着，那名黑衣魔煞像是被人点了穴道，不动弹了。

簪星手中的铁棍劈到他的身上，没有留下半分伤痕。那魔煞却迟疑了一下，缓缓地跪下身去。

他对着簪星跪下了。

簪星目瞪口呆，刹那间，掌心爆发出一阵剧痛，令她不由得惨叫一声，随即眼前一黑，晕了过去。再醒来，人已经在妙空殿里田芳芳的跟前了。

那名魔煞并不是被簪星击败的，或者说，他根本没有对簪星出手就跪下了，仿佛为某种东西所慑。

簪星抚上心口，是因为枭元珠吗？

可原著里，牧层霄即便拥有枭元珠，在击杀对手时也是花里胡哨的，不曾这么简单粗暴。虽然现在剧情已如脱缰的野马，九头牛也拉不回来了，但这样胡乱发展，簪星总觉得格外不安。

她低头看向掌心，那里已经有了明显的红色，花的形状也趋于完整。似乎她每改变主线剧情一次，掌心的红痕就会加深一些，像是某种警告。

上次只是剧痛，以后呢？

簪星盯着掌心，过了一会儿，又瞥见桌前放着仙玉灵芝的黑盒。她先是一顿，随即想到什么，犹豫片刻，终是起身抱起黑盒，出了小木楼。

第十二章
端 水

屋子里，牧层霄正将几件衣服叠起来，收进包袱中。

他不是华岳那种走到哪儿都前呼后拥的富家子弟，既不爱享受也没钱享受。当初进太焱派时，他本就没带什么行李，此行收拾去妙空殿，统共只有几件衣裳要包好带走。

太焱派会给弟子发纱袍，不缺穿的。包袱里装的都是柳云心亲手给他做的里衣和靴子，虽然他在这里用不上，不过，它们总归是柳云心的一片心意。虽然那些衣裳打满补丁，有些地方拆了又缝、缝了又拆，但他看着就觉得心里暖融融的。

他正想着，听见外头有人敲门。牧层霄以为是妙空殿里送东西的弟子，走去将门打开，待看清楚外头站着的是谁时，不由得愣住。

杨簪星冲他笑道："牧师兄。"

牧层霄皱了皱眉："杨簪星，你来干什么？"

"当然是来恭喜你。"簪星一脚跨进门，自来熟地走进去，"牧师兄，日后我们都是师父的亲传弟子，同住妙空殿，你不必一看见我就给我摆脸色吧。"

"没什么好恭喜的。"牧层霄冷冰冰地道,"得魁首的是你,不是我。"说到此处,牧层霄心中亦有不服。他入太焱派,为的就是找到灵药给柳云心治病。仙玉灵芝对柳云心来说无异于雪中送炭。因此,他拼了命也要在内门考核中争夺第一,可没想到自己技不如人,竟然输给了杨簪星。

杨簪星明明只是一个狂妄娇气、心胸狭隘的女人,一心只想抓住王邵的心。牧层霄也不知她和王邵之间发生了什么,最后竟是她进了太焱派,且一路顺风顺水。

许是有什么奇遇,就如他一样。可运气这种事,旁人羡慕也羡慕不来。牧层霄心里这般想着,又从床下拿出一双新鞋往包袱里塞。

簪星走到他身边,伸手拿起那双新鞋。牧层霄一把夺了过来,怒道:"你干什么?"

"这鞋不是宗门里的,是柳姑娘给你做的吧?"簪星感叹,"做得真好,针脚这么密,一看就暖和!"

"你到底想说什么?"

簪星看着他,少年站在灯火下,不如顾白婴那般俊俏明亮,却也不是一眼就会被忽略的人。他寡言冷峻,灰蓝色的纱袍穿在身上,将他衬得沉毅了几分。这种力量感,确实非常引人注目。

簪星收回目光,自顾自在桌前坐下,拿起茶壶给自己倒了杯茶,喝了一口才道:"你和柳姑娘一道长大,青梅竹马,虽没有血缘关系,却比亲兄妹还要亲密。可是,柳姑娘身体不好。"簪星顿了顿,"上次在平阳镇的时候我就瞧出来了。她先天不足,身体赢弱,你想进太焱派,就是希望能庇护她吧。"

"与你何干?"牧层霄一脸警惕地看着她。

簪星道:"此次内门考核,第一名的奖励是仙玉灵芝。对修炼之人来说,仙玉灵芝能帮助突破,对寻常人来说,却能淬炼筋骨。柳姑娘应该很需要这棵灵芝。"

"你是来炫耀的吗?"牧层霄脸色一黑。

簪星将手边的黑盒打开,盒子里,仙玉灵芝发出幽幽的青光。

她道:"听说你的奖励是天玑法衣。牧师兄,我们来做个交易吧。我用我的仙玉灵芝,换你的天玑法衣。"

牧层霄眉头一皱："你说什么？"

"换不换？"簪星笑盈盈地看向他。

牧层霄眉头拧成一团，目光里满是怀疑，一时没有说话。

"你不用这样看着我。我对于突破成为强者并无太多兴趣，相比起来，更喜欢那件漂亮的法衣。既然如此，你我交换，各取所需，不是皆大欢喜吗？"她想到了什么，又笑笑，"你若是怕我在其中动手脚，可以拿此物去师父那里鉴别，看它究竟是不是真的仙玉灵芝。有师父掌眼，总不会出错。"

牧层霄神色不定，诚然，簪星的话对他十分有诱惑力。他在内门考核里拼命打败魔煞，为的就是这棵仙玉灵芝，可终究功败垂成。如今簪星提出交换，他自然求之不得。然而众人皆知，天玑法衣再珍贵，也不能和仙玉灵芝相比，傻子都知道这是赔本的买卖，杨簪星为何这么好心？

"你慢慢想吧。"簪星将茶盏里的茶喝尽，站起身道，"这灵芝我先放在你这里。你想好了，要是不换，就将盒子送回来；要是想换，就知会我一声，我好来取天玑法衣。"说完这句话，她就要起身离开。

"等等，"牧层霄叫住她，"你就把仙玉灵芝留在这里？"

簪星望着他，笑道："都是同门师兄妹，我信得过你。师兄慢慢考虑吧。"

牧层霄可是《九霄之巅》的男主角，男主角嘛，都是一言九鼎，不屑于那些小人行径的。

她一只脚正要跨出门，突然听得身后之人开口："不必了，我现在就回答你。"

簪星回过头，见这少年看着她，似乎下定了决心，说道："我跟你换。"

到了晚上，姑逢山的雪总算是停了。

逍遥殿外，曲廊尽头有一座小桥。青华仙子在时，曾喜欢站在桥头，用鱼食喂养池底的红尾。如今佳人已去，桥面无人打扫，覆盖了厚厚一层积雪，压得青石桥仿佛也快塌了。

少年正在小桥尽头的空地上舞枪。他一身苍白锦袍，袍角和衣襟处绣了墨色燕纹，枪尖带起地上的积雪，梨花雪片于他周侧飞舞。桥底的红尾似被吸引，浮上水面，倏尔一朵雪落在池中，发出轻微的"扑通"一声，水面只余一点儿红色。

顾白婴猛地收枪，银色长枪枪尖处，一朵雪还未来得及融化。他看了片刻，手腕一抖，那朵雪便悠悠地飘落，融进茫茫的白雪中。

远处，一个穿浅粉纱袍的小身影狂奔过来，边跑边喊："师叔，不好了！出大事了！"

顾白婴抬眸，见门冬从殿外气喘吁吁地跑进来。

这小孩儿总是大惊小怪，顾白婴不甚在意地拿帕子擦拭枪尖，问："什么大事？"

门冬站定，喘了几口气，待体力恢复了一些，才说道："我刚刚去送内门考核弟子的用度，顺带想去看看杨簪星……结果见她拿着仙玉灵芝出了门。我……我一路跟了上去，发现她是去找牧层霄，就是本次内门考核第二名那个弟子！"

"哦，"顾白婴瞥了他一眼，"然后呢？"

"我偷听到他们说话，杨簪星居然要和牧层霄做交易，用自己的仙玉灵芝换牧层霄的天玑法衣！"

闻言，顾白婴擦拭长枪的动作一顿，疑惑地开口："她是脑子有问题吗？难道没有人告诉她，仙玉灵芝比天玑法衣珍贵得多？"

"她知道！她什么都知道！"门冬急道，"杨簪星是故意换给牧层霄的。"

顾白婴嗤笑一声："那她还挺大方。"

见少年满不在乎的模样，门冬急了，忍不住拽住少年的衣角："不是啊，师叔，你难道不着急吗？"

顾白婴："这和我有什么关系？"

门冬长叹一声："仙玉灵芝如此珍贵，杨簪星却肯主动相让，做一桩赔本的生意，图什么？"

顾白婴不明所以："图什么？"

"当然是图牧层霄了！"门冬吼道，"她肯定是喜欢牧层霄。"门冬急道，"师叔！你要知道，琴虫种子还在杨簪星的身上，杨簪星如此作为，保不齐牧层霄会心生感动。他们二人正是血气方刚的年纪，倘若一时冲动，乘人不备双修了……牧层霄比杨簪星修为高，琴虫种子肯定会移到他的身上去。这样下去，咱们岂不是白白便宜了那小子！"

少年猛地抬眸："什么？"

见这人总算有了反应，门冬长舒了口气："师叔，所以我才说大事不好了。他们二人现在指不定哪天就偷偷双修了，毕竟干柴烈火的……咱们可不能无动于衷，必须将这种事扼杀在摇篮之中。"

顾白婴屈指弹向门冬的脑门儿，疼得他叫了一声："师叔，你干吗？"

"你成日口口声声双修双修的，小孩子懂什么双修？"他道，"再说了，这种事怎么扼杀？"

"那可不一定。"门冬捂住脑袋，狡黠一笑，"师叔，我有一个办法，保管行得通。"

"什么办法？"顾白婴狐疑。

"听说那牧层霄还有个青梅竹马，如今就住在平阳镇中，咱们不如将她带回宗门。有那位姑娘在，杨簪星休想跟牧层霄云情雨意。"门冬得意扬扬。

簪星当天夜里就和牧层霄交换了奖品，拿到了天玑法衣。

天玑法衣是用雪蚕丝织成的，普通情况下，此物刀枪不入、水火不进，也能抵御几番法术攻击，还能根据穿衣人的身材、性别，自动调整至最合身的模样。

第二日一大早，簪星就将天玑法衣穿在了身上。

法衣是漂亮的湖绿色，明朗又清爽，衣裙的袖口和裙角绣了乌色的忍冬纹，亦配有同色的发带。簪星将发带系好，出了门，便见到前来撸猫的田芳芳。

"师妹，你今天真漂亮！"田芳芳衷心地夸赞道。

天玑法衣毕竟是法衣，要说样式有多精美也算不上。不过，这明朗的颜色在满宗门的高级灰中，自然十分亮眼，如在蒙蒙冬日里飘飞的春日柳叶，自有勃勃生气。簪星如今也就是个十七八岁的姑娘，若不是右脸上的黑痕，站在雪地里也是亭亭如玉，确实明艳娇俏。

田芳芳摸了一把簪星的袖子，咂了咂嘴："这料子看起来不便宜。师妹，你发财了？"

簪星道："我拿仙玉灵芝和牧师兄换的。"

"什么？"田芳芳大惊，"你把仙玉灵芝换给牧师弟了？"

簪星点了点头。

田芳芳震惊过后，立刻捶胸顿足："师妹，你怎么能暴殄天物！你若一定要换，怎么不先找我，我愿意跟你换，我……"

簪星制止了他的干吼："田师兄，我又不想要火狼牙，自然是跟牧师兄换了。"

"你难道不知道仙玉灵芝有多珍贵吗？"田芳芳强调，"就算你将它拿到画金楼去卖，也能比天玑法衣多卖一千灵石！"

"我知道，师兄。"簪星无奈地开口，"你今日不是帮忙一起搬东西的吗？走吧，别耽误了时辰。"

如今，簪星、牧层霄和田芳芳都是玄凌子的亲传弟子，住宿待遇必然提高，需要从公共宿舍搬去妙空殿里。不过，三人的行李本就不多，牧层霄更是只提着一个小包袱，一大早就自行去了妙空殿。簪星这头东西稍多一点儿，田芳芳来帮忙。

两个人到了妙空殿，发现玄凌子早已等着了。

他今日大约也是为了迎接亲传弟子，特意将自己好好梳洗打扮了一番，连发髻都绾得一丝不苟。他虽竭力想要保持严肃的模样，眸底却满满都是笑意。许是第一次当人家师父，玄凌子还有些局促地搓着手，对簪星和田芳芳道："为师在妙空殿后院里，为你们特意寻了三处空院。层霄的房间在寒梧院。芳芳你住松风院。簪星，你的院子在最里头，靠近道遥殿的墙边，叫明秀院。院子里东西都置齐了，要是缺什么，你们就跟紫螺说，让她记在册子里，下个月一道送来。我先带你们去逛逛。"

虽然宗门的色调整体是高级灰，但每个师伯师叔的法殿风格多少还是带着个人审美的。譬如玄凌子，由于很喜欢温馨实用的风格，故此他的殿内三步一座歇脚的小亭，五步一把喘气的长椅，矮榻摆得随心所欲，树都是能结果子的那种——方便他随摘随吃。

簪星来到自己的明秀院，不由得怔了一怔。

这院子很大很宽敞，院前有门，里头是寝房，外头挖了一泓小池塘，池塘边有一座小亭，修得小巧玲珑。院内花草很多，不过眼下是冬季，一朵都没开。檐下挂着各式风铃，院子正中有一棵柿子树，长得很高。

水池花木，尽在景中。

虽然簪星早就听说宗门里的亲传弟子住宿条件很好，一人一间小别墅，但此刻真正看到时，还是忍不住吃惊。

太焱派真是好有钱。

"别光顾着在外面，也去里面瞧瞧。"看簪星面露惊叹之色，玄凌子不免得意，带簪星进了寝屋。

寝屋也分外屋和里屋，与外头明秀的景致不同，屋里的风格过于温馨了。簪星甫一进去，就打了个喷嚏。

"我让你四师叔送了颗长香丸放在床头，是玉兰花香味的。"玄凌子轻咳两声，"你是女弟子，为师就按平阳镇上那些女娃娃喜欢的式样给你安排了。"

簪星："……"

屋子里全是香妃色和桃红色，粉嘟嘟的。被子是胭脂红绣缠枝百合，纱帐则是淡粉色，就连桌上的茶具，都是粉彩桃花。

簪星险些被这满屋的粉色晃瞎了眼，又见床头摆了一张樱桃色的软垫，软垫前摆着两只白瓷碗，应当是为弥弥准备的猫窝。簪星心中长叹一口气，罢了，虽然直男眼光一言难尽，但毕竟体现了师父的拳拳爱徒之心。

"多谢师父为弟子准备布置……我很喜欢。"簪星违心地说道。

玄凌子果然高兴起来，笑道："喜欢就好，你日后既然是妙空殿的人，自然应当用上最好的。为师过几日再下山一趟，替你添置些姑娘家喜欢的东西。你有什么喜欢的、想要的，别客气，跟师父说，师父给你买。"

玄凌子的语气颇有富豪之风。

簪星又道过谢，玄凌子便去松风院看田芳芳了。簪星走到窗前，看向院子里的风景。

小木楼靠近崖边，仙气缭绕。妙空殿各院落则如普通人家的宅院，少了几分脱俗，多了几分温馨，更像是"家"。

簪星看了一会儿，低头笑了。她摊开掌心，掌心的红痕确实比昨夜淡了一些，不是错觉。

仙玉灵芝本该是牧层霄所得的奖励，而她改变了剧情，因此红痕加深。昨夜她与牧层霄做交易，让仙玉灵芝物归原主，其实是在做一个试验，而这掌心的红痕，果然淡去了一些。

簪星握紧掌心，将红痕覆盖掉，看向远处。

她不能改变主线剧情，也不能抢主角光环，只有这样，原著世界才不会对她发出警告。

又过了几日，赵麻衣卜出的良辰吉日到了。宗门里举行过典礼，当着所有宗门弟子的面，簪星几人正式成为玄凌子的亲传弟子。

过典礼那日，簪星身上穿着天玑法衣。典礼过后，没过半日，满宗门都是有关簪星的流言蜚语。

总结起来，大抵是内门考核第一的那位女弟子，暗恋内门考核第二的牧师兄，于是故意做了一桩赔本买卖，将仙玉灵芝换给牧层霄，赚回一件远不如仙玉灵芝的天玑法衣。

若主角是寻常姑娘，这在宗门里也不过是一桩男女之间的风月趣事，众人聊聊就好，偏偏簪星容貌有毁，当初在平阳镇，还在大庭广众之下被未婚夫当面退婚。因此，种种因缘，给这桩风月趣事增添了一丝苦情的色彩。

簪星如今走在路上，都被人拿怜悯的目光看着。

紫螺更是连夜来找簪星，急道："师妹，你怎能将仙玉灵芝换给牧师弟？我不是告诉过你，天玑法衣远不如仙玉灵芝吗？"

簪星给她倒了杯茶："师姐，我是见那法衣漂亮才换的。"

紫螺没有接簪星手里的茶，目光里满是了然，叹道："我懂，你既钟情于他，自然想要将最好的留给他。平日里，在修炼一道上，我见你颇有小聪明，怎么在情事上却参不透，傻乎乎的？"

"我没有……"

"况且，你也得看对方值不值得你这般付出。"紫螺面上显出些不平之色，喝了一口茶，待气顺了才道，"你知不知道，牧师弟原本便有一个青梅竹马的妹妹。"

簪星："我知道啊。"

"那你知不知道，她马上就要来咱们太焱派了！"

这个簪星还真不知道，诧然开口："师姐，你听谁说的？"

"前几日，七师叔跟掌门人提议，说是六师叔既然选好了亲传弟子，当解决弟子们的后顾之忧。那位柳姑娘如今一人留在平阳镇，身体羸弱不堪，不如将其接回太焱派，让她住在寒梧院，方便牧师弟照顾。"紫螺摇了摇头，"掌门人认为七师叔说得有理，就同意了，估摸着那位柳姑娘明日一早就到。"

紫螺看向簪星："师妹，那仙玉灵芝，牧师弟十有八九会给柳姑娘服用的。

你一片真情，却为别人做了嫁衣，别说是你，就连我这个外人听了也心中不平。"

"七师叔提议？"簪星大感意外，顾白婴看起来可不像会多管闲事的人。这是什么剧情发展？

"是啊，我也不知七师叔是怎么想的。你是不是得罪了七师叔？"紫螺问。

簪星心里将自己的举动从头到尾梳理了一遍，确实没发现自己有得罪顾白婴的地方。不过，柳云心住进宗门，反而更合原著本来的剧情发展。顾白婴误打误撞地将剧情线扳回了一些，对簪星来说是件好事。

不过……此事还有能利用的地方。

簪星将茶壶放下，霍然站起身。

紫螺问："师妹，你怎么了？"

"我去找师父，有些话想对他说。"说罢簪星头也不回，转身出了门。

紫螺愣了一会儿，"哎呀"了一声，说道："坏了，师妹该不会是去讨说法了？"

她心中焦急，立刻用了张传音符，提前跟玄凌子打好招呼。

妙空殿中，玄凌子躺在榻上，望着坐在椅子上的白衣少年，神情无奈地说道："师弟，你说你好端端的，干吗跟掌门人提议将那位柳姑娘弄进宗门，这不是往簪星心上插刀吗？"

顾白婴心情却很好，颇有兴致地削着手中的一个灵果，说道："那不正好，她年纪轻轻的，想什么双修。"

玄凌子一愣："什……什么双修？"

顾白婴回过神，敷衍道："没什么，新弟子进门，不好好修炼，光想着情情爱爱，成何体统？"

"哎呀，"玄凌子一拍大腿，"她还是个小姑娘嘛，年轻人情情爱爱的很正常。那柳姑娘是层霄的青梅竹马，簪星又是我的亲传弟子，若是她们二人争风吃醋打起来，我这个师父如何将一碗水端平？师弟，你这不是在给我找麻烦吗？"

"干吗要将一碗水端平？"顾白婴漫不经心地将果皮抛进门口的废篓里，咬了一口灵果，说道，"你就端好牧层霄那碗水，杨簪星那碗水别端了，泼了吧。"

玄凌子盯着他："师弟，簪星到底什么地方得罪你了？你怎么如此不待见她？”

顾白婴冷笑：“我不是不待见她，我是烦她，讨厌她。”

习惯了自家师弟轻狂傲慢的模样，玄凌子也只得叹了口气，正要说话，忽然听得一道传音入耳，是紫螺的声音。

紫螺道："六师叔，簪星师妹刚刚得知柳姑娘要进宗门的消息，愤懑不平，这会儿正气势汹汹地去外殿了，大概是要向师叔讨个说法。您最好提前想好说辞，可别火上浇油！"

玄凌子屁股一歪，险些滚到榻下，又赶忙连滚带爬地站起来，四处寻可以躲避的地方。

顾白婴纳闷儿地看着他："你干吗？"

"簪星过来了。"玄凌子试图往椅子背后钻，"我找个地方躲躲，你别……"

他话音未落，就听见外头熟悉的声音传来："师父。"

玄凌子的动作一僵，他勉强挤出了一个笑容，笑道："簪星来了。"

顾白婴幸灾乐祸地看着他。

簪星走进殿里，瞥见一旁吃灵果的少年，讶然道："七师叔也在？"

顾白婴没搭话，倒是玄凌子走上前，装出一副镇定自若的模样，笑道："簪星，这么晚了，你怎么来了？"不等簪星说话，他又絮絮叨叨地道，"这几日也没来得及问你，在妙空殿里住得可还舒心？有没有需要添置的东西？屋子里的那套茶具可还喜欢？芳说弥弥最近在掉毛，我去找你四师叔要了几颗固发丹，回头你喂给它吃了，可不能掉秃……"

簪星打断了他的东拉西扯："师父，我今夜前来，是为了柳姑娘一事。"

玄凌子被自己的口水哽住了。

"我听说，牧师兄青梅竹马的小妹妹柳姑娘，马上要进入太焱派，和牧师兄住在一起了。这是真的吗？"

玄凌子语塞，将求救的目光投向椅子上的少年。

顾白婴目光掠过簪星，唇角一翘："真的。"

"可是我记得刚进宗门的时候，紫螺师姐曾经说，无关人士不能进入太焱派。"簪星开口，"为何现在师父又要打破规矩？"

"不是……那个……簪星……"玄凌子小心地斟酌着词句。

顾白婴坐直身子，将手中的果核儿对准门口的废篓一抛，果核在空中画出一道弧线，准确无误地正中红心。少年睨着她，语气散漫地说道："他如今是亲传弟子，亲传弟子与普通宗门弟子自然有所不同。规矩是规矩，不过，偶尔也可破例。"

簪星道："我不服。"

这话她曾在第一次内门考核里说过一次，面对段香娆的蛇骨鞭，语气平静。

玄凌子生怕簪星伤心之下做出什么傻事，连忙打圆场："簪星啊，其实……柳姑娘住进来也没什么，她身子不好，层霄也只是照顾她而已。平日里，层霄也要忙着修炼，他们二人相处的时间并不会太多。再说了，宗门里青年才俊很多，或许你过几日就不再迷恋他了。"

簪星只重复道："我不服。"

顾白婴从椅子上站起身，走到簪星跟前，直视着她的眼睛，声音颇为冷酷地说道："你和牧层霄之间的私事，宗门管不了。我奉劝你，最好将心思用在修炼一道上，少想些无聊的双……情爱痴缠。你有那工夫，不如多看几本功法，早日突破才是正道。"

如今簪星的修为还未结丹，但凡有点儿资质的修士都比她强。谁要和她双修，琴虫种子立马就会转移。若是她潜心修炼，能在短时间里突破结丹元婴，甚至出窍分神，那么就算是和别人双修，琴虫种子也能安然无恙。

可惜，这家伙刚进宗门就想着这些风月之事，叫人怒其不争。

簪星蹙眉，盯着眼前人。这少年眉宇之间都是不耐烦，偏那双深茶色的眼眸里又含着一丝警告。

簪星无言片刻，说道："第一，我和牧师兄之间清清白白，我对他也没有任何非分之想。"

"簪星，没事，"玄凌子还在安慰她，"师父觉得，你比那个柳姑娘好多了。"

簪星深吸一口气："第二，我不服，是因为他可以将自己的亲人带进太焱派。既然如此，我也要带。"

玄凌子："啊？"

"我的贴身丫鬟红酥，自小跟着我长大，如今就住在平阳镇。她年纪还小，我也想照顾她。既然我和牧师兄都是您的亲传弟子，师父理应一视同仁。我也要把她带进宗门，这不为过吧，师父？"簪星一口气说完。

当初她通过选拔赛，进了太焱派，红酥和老牛留在平阳镇。每月簪星能下山见他们一次，老牛年纪大了，回了岳城杨家，本来红酥也该回去的，但小丫头不放心簪星，非要留下。

岳城毕竟只是小城，杨家也不是什么大户人家。纵然簪星已经成为宗门弟子，可杨家给一个小丫鬟的用度总不会太多。平阳镇是旅游胜地，物价偏高，簪星每月领到的灵石，大部分都贴补了红酥。如今，她听闻柳云心可以进宗门，就想着干脆让红酥也进来，如此还能省点儿生活费，况且红酥一个小女孩儿在外面，总让人不放心。

"师父，我和牧师兄都是您的亲传弟子，您可不能厚此薄彼，须得一碗水端平啊。"她道。

饶是玄凌子和顾白婴已经想过几百种簪星发疯撒泼的情景，也没料到她居然会剑走偏锋，行事如此莫名其妙。

不过，相较而言，她只是叫一个小侍女住进宗门，已经是很容易达成的条件了。

玄凌子连忙笑道："当然，当然，理应如此。我等下就令人去平阳镇，明日一早，将你的丫鬟接进宗门，同你一道住进明秀院。"他小心翼翼地问，"簪星，你还有别的要求吗？"

"没有了。"簪星朝玄凌子拱了拱手，"多谢师父替弟子着想，那弟子就先回去了。"说罢，簪星又如来时那般，风风火火地离开了。

见簪星的身影消失在殿外，玄凌子腿一软，一屁股瘫倒在椅子上，拍着胸道："吓死我了，我还以为她要闹呢。她真要闹起来，岂不是让宗门里的其他人看了笑话？师弟你说是不是……？师弟？"玄凌子回头，法殿里空荡荡的，顾白婴不知什么时候已经离开了。

师弟徒弟没一个省心的。他长叹一声，捡起桌上的炒栗子，边嗑边道："做师父可真难，可怜天下父母心啊。"

另一头，顾白婴回到逍遥殿，将方才发生的事同门冬说了一遍。

末了，他怀疑地看向门冬："你说杨簪星苦恋牧层霄，可刚才她在殿里，看起来一点儿都不伤心。"

杨簪星同玄凌子做交易的架势，让他怀疑在她心中，牧层霄恐怕还没有她那个小丫鬟来得重要。

"师叔，这你就不懂了，"门冬扒拉着手中的九连环，"女子多口是心非。别看她表面满不在乎，定是为了维持自己的脸面，不想叫别人看了笑话，才装作若无其事。等明日那位柳姑娘进了宗门，师叔你瞅着，她肯定会在背地里偷偷哭的。"

"是吗？"顾白婴很怀疑，更难以想象杨簪星流泪的模样。

"当然，"门冬专心致志地扭着眼前的九连环，头也不抬地开口，"不过师叔，你可不能心软。咱们虽然做的是棒打鸳鸯、天打雷劈的恶事，但都是为了琴虫种子。虽然这行径不怎么光彩，但也情有可原，是吧……哎呀！"他捂着脑门儿，"你打我做什么？"

顾白婴黑着一张脸，收回手道："闭嘴。"

第十三章

兵器库

不知这一夜有多少人失眠，又有多少人等着看明日的热闹，簪星自己却睡得很安稳。第二日，弥弥将她踩醒的时候，已经是清晨了。

簪星起身梳洗，换好衣裳，刚推开门，就听见院子里传来脆生生的喊声："大小姐！"下一刻，一抹红色的身影飞奔而来，直接扑进她的怀里。

簪星被扑得一个踉跄，低头看向怀里的人。红酥紧紧地抱着簪星，喜道："大小姐，这么久不见，红酥可想死你了！"

簪星将小姑娘从怀里扒拉出来。红酥比第一次见面的时候长高了点儿，这个年纪，正是长身子的时候。不过，小姑娘这些日子在平阳镇，大概吃穿也不错，比先前圆润了，站在院子里，一身珊瑚色的小裙，和满屋子的粉色倒是极为相衬。她又生得一张可爱的圆脸，看着十分讨喜。

簪星摸了摸她的头："日后你就住在这里，和我在一起，不必再下山了。"

"奴婢知道！"红酥将头点得跟小鸡啄米似的，"他们说是大小姐特意安排红酥住进宗门的。大小姐心里想着红酥，红酥可感动了！"小丫头又将院落打量了一番，惊喜不已，"大小姐住的院子可真漂亮。大宗门就是不一样，比咱们岳城里王家的宅子还要宽敞！"

"还行吧。"簪星道，"你若缺什么，就跟我说，咱们回头再添置。"

红酥点了点头，看向簪星，突然红了眼眶，握住簪星的手："大小姐可算是熬出头了。先前少城主说要退婚，奴婢还想着，待咱们回了岳城，不知有多少人在背后嘲笑。现在可好，大小姐成了宗门里的亲传弟子，日后不会有人再敢来欺负咱们。"

簪星觉得，红酥这架势看着颇像供儿女考上名校的慈母，笑了笑："知道了，你日后就好好留在这里吧。有我在，总不会让你吃亏。"

红酥揉了揉眼睛，乖巧地应了。

接下来的大半天，簪星带着红酥逛太焱派的各处。红酥性情活泼，正是贪玩爱新鲜的年纪。她第一次进宗门，好奇得不得了。簪星带她跑了半个宗门，又见了玄凌子。玄凌子上了年纪，最喜欢红酥这样天真烂漫的小姑娘，将从山下买的糕饼糖果塞了红酥满满一口袋。

待到傍晚，簪星修炼完毕，回了明秀院，红酥已经用汤婆子滚好被褥，茶也热上了。桌上摆了点心瓜果，小姑娘自己抱着弥弥坐在门槛处玩不倒翁。这般岁月静好的画面，登时让簪星有一种人生如此、夫复何求的满足感。

"大小姐，这宗门里的人好像都不怕冷，"红酥站起身搓了搓手，"衣裳穿得薄，被子也盖得薄，奴……我怕姑娘冷，将床先暖了，睡起来才舒服！"

簪星已经叮嘱过她，日后不必再自称奴婢。既已进了宗门，红酥便也算是外门弟子，奴婢奴婢地叫，让簪星心里怪不自在的。

"太好了。"簪星在桌前坐了下来，"我也觉得冷。"

有时候她也很怀疑，宗门里的那些弟子，会不会偷偷在被窝里施一个什么温暖术之类的。

簪星才吃了两口点心填肚子，便听见外头响起敲门声。簪星起身去开门，门一开，就见一如花似玉的姑娘站在门口，忐忑不安地望着自己，正是柳云心。

"柳姑娘？"簪星有些意外。

红酥见是柳云心，立刻"噔噔噔"地跑过来，站到簪星身侧，一副护犊子的模样。

"我……今日跟着牧大哥一道进了宗门，日后就和杨大小姐一起住在宗门里了。"柳云心有些不安，"我听牧大哥说，杨大小姐用自己的仙玉灵芝换了天玑法衣。仙玉灵芝很珍贵……我……我做了双棉鞋，杨大小姐不嫌弃的话，就请收下吧。"说完，她将手中的包袱塞到簪星怀里，似乎很难为情。

"一双鞋又不值钱。"红酥的白眼快翻到天上去了，"糊弄谁呢。"

簪星捂住红酥的嘴，看向柳云心笑道："柳姑娘有心了，多谢。这几日天冷，我正需要一双鞋。"

柳云心便露出感激的笑来，说道："那我不打扰了，杨大小姐也早些休息吧。"说罢，她提着裙子离开了。

"大小姐！"红酥挣开簪星的手，看着柳云心的背影消失在院外，气道，"你看她，分明就是来耀武扬威的。要是放在以前，大小姐绝不会这样忍气吞声！"

簪星拿着包袱转身往屋里走，边走边道："什么耀武扬威？"

她在桌前坐下，将包袱打开，里面果真收着一双棉鞋。鞋底很厚却极软，簪星用手一摸，暖融融的。鞋面是简单的黑色，鞋底却刻了梅花的形状。若她穿着这双鞋走在雪地里，会跟小狗一样，一踩一朵梅花印。

再说这鞋的针脚，细密整齐，做鞋之人明显是费了心思的。

红酥将门关上，三两步走到桌前，看着簪星，目光沉痛地道："大小姐，你就别藏在心底了。大家都知道，你是钟情牧公子，才将仙玉灵芝拱手相让的。牧公子将仙玉灵芝给了柳云心，还将她接到太焱派，这不是打你的脸吗？"

簪星："……"

这绯闻传得还挺快。

她问："谁说我钟情牧层霄了？"

"所有人都在说啊。"红酥回答，"牧公子原先的确不起眼，不过现在也是宗门里的亲传弟子，修为高，人也长得精神。姑娘若想让他当红酥的姑爷，也是可以的。"还有句话红酥没敢说，毕竟簪星现在脸伤未好，而柳云心本就美貌，男人嘛，都爱漂亮的。加上柳云心和牧层霄从小一起长大，簪星和柳云心真要对上，牧层霄肯定偏心柳云心。

"小丫头，成日就知道姑爷姑爷。"簪星好笑，"你瞧瞧咱们这宗门里，多少青年才俊。牧师兄虽然不错，我可看不上他。"

原著里，牧层霄一共娶了八个老婆，她没那个心思当第九个。

"有哪些青年才俊？"红酥打破砂锅问到底，"红酥先帮大小姐看一看。"

这孩子还没完没了了，于是，簪星随口道："那可多了，就比如七师叔，住咱们隔壁的那位，长得俊俏，比牧层霄修为高多了，人家还没有乱七八糟的青梅竹马，是货真价实的青年才俊。"

红酥眼前一亮："果真？"

簪星："不信你自己去看。"

簪星本是随口敷衍小姑娘，毕竟顾白婴脾气不好，估摸着吓吓红酥，她就该老实了。但簪星万万没想到，红酥内心对于找个新姑爷的执着，竟然令她不惜钻了狗洞也要爬去隔壁院子，为的就是目睹那位"青年才俊"。

夜幕如浓墨，零散地洒着几粒星点，院子里积了雪，一行脚印格外明显，延伸至狗洞边就消失了。

簪星叹了口气，望着高高的院墙陷入沉思中。

她不过一个时辰没瞧见红酥，出来一瞅，就瞧见狗洞旁边的脚印。妙空殿与顾白婴住的逍遥殿本就挨着，她这处明秀院，和逍遥殿的院子更是只有一墙之隔。不过，簪星自己从未想过要去串门，毕竟顾白婴看起来不是一个好客之人，难为红酥居然钻了狗洞。

这狗洞极窄，细胳膊细腿的小丫头钻得过去，换了簪星，就有些勉强了，况且也实在不雅。簪星想了想，拿铁棍一撑，轻松地跃上了墙头。

她不打算走正门，最好是趁顾白婴没发现的时候，将红酥小朋友带回来。这墙附近也没设禁制，她估摸着，这位小师叔脾气不好是全宗门都知道的，也没人敢狗胆包天地潜入逍遥殿的地盘。

簪星从墙头跳下来，打量着周围的环境。

这是簪星第一次进逍遥殿。

说实话，顾白婴成日里的穿着习惯不像是个修仙之人，倒像是红尘俗世中的世家小少爷。簪星还以为，逍遥殿里也会偏向热闹风流，没料到这地方冷清缥缈至极，和妙空殿温馨朴实的风格截然不同。长平的地面，覆盖着银白积雪，院中的小桥似乎也无人洒扫，在夜色下显得孤零零的。

今夜无月，唯有池塘中的静水倒映一湾星辰，身处此中，风寂雪静，只觉天地辽阔。

这地方确实像仙境，可未免太孤凉。

簪星正想着，突然看见长院的尽头，靠近殿窗的地方，生长着一棵巨树。这树不知是什么品种，树干极粗，亦很高。枝叶间盛开了大朵大朵的花，花朵皆呈石榴色，艳丽夺目，如朵朵明霞，雪色下似有光彩流动。

簪星忍不住仰头看去。

孤冷空旷的雪地里，这棵开满艳丽花朵的巨树安静地立在院中，刹那间如浓春悄然而至，又像红云照霜，多情得很。

可是……簪星讶然，隆冬时节，怎么会有花？姑逢山夜夜下雪，这花枝上怎会半点儿残雪都无？

"那是幻术。"一个声音从背后响起来。

簪星回头，见一八九岁的小童立在自己面前。小童皮肤白皙，眉眼秀气，如年画上的观音童子，浅粉色的纱袍穿在他身上，说他是个女孩子也有人信。

"你说这是幻术？"簪星问。

"自然，现在是冬天，怎么可能有花开得这么好？当然是我师叔以幻术维持的。"小童嫌弃地开口，"你连幻术都看不出来，真丢人。"

簪星弯腰看着他："你是谁？"

"我叫门冬，是月光道人的亲传弟子，入门比你早，你可以叫我师兄。"小孩儿得意地道。

簪星站直身子，全然没将他的话放在心上："入门弟子是按年纪叫师兄师姐的，既然你比我年纪小，我就叫你师弟了。"

门冬气急："你是在无视我的话吗？"

簪星："是啊。"说罢，她收回目光，四处寻觅红酥的身影。

门冬跟在她身后，气鼓鼓地道："你……你就不怕我将你溜进来的事告诉师叔？你偷偷进入逍遥殿，到底是要做什么？"

"嘘——"簪星竖起一根手指在唇上，"安静点儿，我找个人。"

门冬好奇起来："你找谁啊？"

一个声音说道："你要找的，是这两个家伙吧？"

簪星突然回头，就见自殿里走出一人。顾白婴一只手提着弥弥，另一只手拎着红酥，居高临下地看着她。

簪星："……"

红酥这孩子，钻狗洞就钻狗洞，居然还把猫带上了。

这人一只手拎一个，走到簪星身边。红酥可怜巴巴地看着她，弥弥"嗷呜"一声，尾巴差点儿甩到顾白婴的脸上。

顾白婴手一松，一人一猫双双跌落在地上。红酥揉着屁股站起来，一溜烟躲到簪星身后。

"七师叔，"簪星试图打圆场，"红酥这孩子刚来，不识路，在我的院子里逛呢，不小心逛到你的院子里去了。咱们的院子挨得近……逍遥殿挺宽敞，好看！这花开得也漂亮，养得好！"

顾白婴冷眼看着她东拉西扯。

簪星声音慢慢小了下来，末了，说道："太晚了，人找到了，我也就不打扰师叔休息，先回去了。"

她拉着红酥转身，冷不防身后传来一句"等等"。

簪星回过头，顾白婴上前一步，走到她跟前，似乎有话对她说。

"今日柳云心进宗门，你看起来似乎心情很好。"他开口，神情有些微妙，"难道一点儿都不伤心？"

簪星："你要问的就是这个？"

少年漂亮的眼眸里尽是审视之意："不要顾左右而言他。"

"不伤心。"簪星坦然地说道，"我又不喜欢他。"

他轻哼一声："撒谎。"

"就是，"门冬在一边小声帮腔，"女子都口是心非！"

簪星无言片刻，自己是在脸上写着"弃妇"二字还是怎么，为何老有人喜欢给她加戏？她无奈地道："总之，我就是不喜欢他。你们要这么想，我也没办法。我现在只想好好修炼，赶在开春前，早日突破。"

"为何要赶在开春前？"门冬问。

"开春后，我就要去离耳国的秘境试炼了。"簪星答道，"虽然师父说，离耳国的那处秘境算不上特别危险，不过那是我第一次秘境试炼，听说还有其他宗门才俊在，我总不好丢脸，自然要有备无患了。"

此话一出，顾白婴和门冬皆是一怔。门冬喃喃道："对了，离耳国秘境试炼……本次试炼弟子，人选是新入门的亲传弟子……你、田芳芳……还有牧层霄。"

顾白婴猛地抬眸："牧层霄？"

"是啊。"簪星随口开玩笑道，"这回我与牧师兄一道前去试炼，该不会宗门里又要传出什么流言蜚语，说我们是打着试炼的幌子谈情说爱吧？"

话音刚落，她就听见面前的少年寒声开口："不行。"

簪星一愣。

顾白婴盯着她："我不同意。"

簪星到最后也没明白为何一提到她和牧层霄将去秘境试炼，门冬和顾白婴都是一副如临大敌的模样。

是以，她自然也不知道，待她走后，逍遥殿中险些翻了天。

门冬坐在地上，苦口婆心地劝道："师叔，绝不能让他们去秘境试炼。这般年轻男女，正是血气方刚的年纪，那秘境里一旦有了危险，大家同舟共济一回，很难不生出患难之情！要是一个激动，他们干柴烈火的……说不定哪一夜就背着人偷偷双修了！"

"你给我闭嘴！"顾白婴没好气道，"牧层霄喜欢柳云心，如今都把人接到宗门里来了，如何与杨簪星生情？"

"师叔，你怎么这般天真？你不了解男人吗？"门冬说得唾沫横飞，"男人是什么禀性？纵然牧层霄心中有柳云心，可远水解不了近渴，万一他饥不择食，只图一时之欢怎么办？"

顾白婴屈指狠狠弹了他的脑门一下："平日叫你多读书，少胡乱用词，你看看你说的什么乱七八糟的。"

"总之，师叔你一定不能给他们单独相处的机会！"门冬急切道，"咱们可冒不起这个险。掌门人现在都还不知道琴虫种子在杨簪星身上。如今咱们尚有挽回的余地，琴虫种子一旦换了宿主，就再也不可能有转移的机会了！师叔，三思啊！"

"我知道了。"顾白婴不耐烦地站起来，暂且压下眉间的烦躁之意，"我想想明日怎么对师父说。"

新入门的亲传弟子去秘境试炼是太焱派的老规矩。纵然他说得容易，可真要贸然提出不让簪星或是牧层霄前去的建议，难免惹人怀疑。人魔两族大战后，少阳真人的修为到现在也没恢复过来，自己万不能让他再操心。

少年走到窗前，望着院中那棵开得艳丽的花树，轻轻叹了口气。

或许……这是天意。

他本不该活到现在。

第二日一早，顾白婴就去了金华殿。

和总是睡到日上三竿的玄凌子不同，少阳真人每日亥时睡，辰时起，从不差一刻。顾白婴到金华殿的时候，赵麻衣和月光道人也在。

小几前放着早食，普通宗门弟子都去饭堂用食，各殿却有各殿的小厨房。整个太焱派里，对吃食最讲究的，大概就是金华殿和妙空殿了。

玄凌子爱吃，不过总爱吃山下平阳镇普通人吃的食物，虽然美味，于修炼一途却没什么好处。掌门人少阳真人则不同，他的饭食讲究荤素搭配、营养均衡，食材也都是灵气充裕之地长养的，烹调方式多为蒸煮，堪比人间皇宫的药膳。

宗门弟子们私下里都很眼馋金华殿的食谱。要知道，一个上了年纪的百岁老人驻颜能到如此地步，肯定是食疗的功劳。月光道人亦是上了年纪，而赵麻衣在宗门里无所事事，所以，他们二人时常来金华殿蹭饭。

三人正坐在桌边用饭，见顾白婴到了，赵麻衣笑着打招呼："七师弟来得这么早，一起吃点儿？"

顾白婴瞥了一眼那桌上一片绿油油的水煮菜心，眉头微皱："我吃过了。"

"师弟不爱吃我们这些老头子的东西。"月光道人了然一笑，"白婴，长几上有核桃酥，掌门人亲手做的，没有放糖，你拿着吃吧。"

少阳真人隔三岔五辟谷，不吃糖，油也用得很少。顾白婴走到长几前坐下，桌上摆着一盘核桃酥，做得小巧，应是为了避免贪嘴多吃。

顾白婴拿起一个，心不在焉地端详着，思索着等下要如何对少阳真人开口。不过须臾，三人已经用完饭，弟子将空碗盘撤走，少阳真人起身走到长几前坐下，开始泡茶。

他的动作很慢，亦很认真，若忽略那张俊美出尘的脸，他和人间清心寡欲的百岁老人没什么两样。

顾白婴正想开口，就听少阳真人道："白婴，你来得正好，此去离耳国秘境试炼的弟子名单我已经拟好，你记得拿给玄凌子过目。"

顾白婴迟疑了一下："掌门人，去离耳国的弟子都有谁？"

"就是老样子呗。"赵麻衣在一边接口道，"六师弟新收的三个亲传弟子、门冬，还有刚出关不久的孟盈，加上紫螺，六个人刚好。"

"紫螺不是已经去过离耳国了？"

"离耳国秘境十年才开启一次，虽然秘境里的机缘已经被分得差不多了，可都州各大宗门都会将此秘境作为新弟子试炼的第一场所，因此，今年那里也会聚各大宗门的新生才俊。"月光道人轻叹一声，"你也知道，咱们宗门不如往昔风光，新出来的弟子，连至元婴的都屈指可数，紫螺跟去，至少能保住些脸面。"

顾白婴不语。

一边正泡茶的少阳真人不紧不慢地开口："不必妄自菲薄，玄凌子此次收的三人，都颇有仙缘慧根，未必不能在秘境中表现出色，或许能比紫螺在这次秘境中收获得更多。"

"也是。"赵麻衣捋了一把胡子，"《须弥芥子图》中，杨簪星和牧层霄都打败了魔煞，光凭这一点，就能在修仙界新弟子中扬眉吐气了。孟盈是天才，紫螺已经去过一次，门冬是因为仙灵窍，只有这三位新弟子，算是代表咱们宗门的脸面，别的宗门都看着呢。"

顾白婴握着糕饼的手指微微屈起。事已至此，杨簪星和牧层霄是肯定要去离耳国秘境的。可是……门冬的话响在他的耳边："师叔，绝不能让他们去秘境试炼。这般年轻男女，正是血气方刚的年纪，那秘境里一旦有了危险，大家同舟共济一回，很难不生出患难之情！要是一个激动，他们干柴烈火的……说不定哪一夜就背着人偷偷双修了！"

"师弟，你怎么不说话？"月光道人提醒，"核桃酥快被你捏碎了。"

顾白婴回过神，将核桃酥放下，顷刻间作了一个决定。他看向少阳真人，说道："掌门人，这次离耳国秘境试炼，换我去吧。"

殿中几人都愣住了。

少阳真人泡茶的动作一顿："你说什么？"

"我说，"少年拿起眼前的茶喝了一口，将茶盏放到桌上，"我也要去离耳国秘境。"

金华殿中发生的事，簪星一概不知。

只是等她拿到去离耳国秘境试炼的名单时，不免有些疑惑。牧层霄、田芳芳和她自己在名单上是铁板钉钉的事；据说那个叫门冬的小师弟有劳什子仙灵窍，做辅助很绝，带上他也不意外；大美人孟盈要去秘境试剑，当然，不这样也不能和男主角发展感情线；她盯着最后的"顾白婴"三个字，就有些看不明白了。

以顾白婴的辈分和修为，完全没有必要去离耳国这样普通的秘境试炼，剧情里也没有这一遭。簪星看向掌心的红痕，并未有加深的痕迹。

剧情线似乎并没有发生什么改变。

她想了许久也想不明白，索性将此事抛到一边，潜心修炼起来。毕竟她是第一次进秘境，谁知道原著会不会又暗中挖什么坑，等着她往里跳？她还是先提升修为，只要不抢主角的光环，不改变主线剧情就行了。

转眼又是两个月过去，枭元珠自打上次休眠后，在每日充裕的灵气滋养下，渐渐又恢复了一些生机。过完年初八那晚，簪星再一次突破，到达筑基后期。

这个修炼速度已经算很快了。当然，其中亦有枭元珠的作用，加之许是觉得她是好苗子，玄凌子找李丹书讨了好些温养灵根的丹药给她。簪星每日吃几颗，总算是有了点儿长进。

众人去离耳国秘境的前三日，玄凌子叫她开始收拾行李。

作为亲传弟子，簪星如今的行头比先前要体面一些。玄凌子给了她一只大红织金的乾坤袋，比起在姑逢山上遗失的那只能装更多，料子也更珍贵，就是颜色过于浮夸。玄凌子告诉她，这是掌门人少阳真人送来的，簪星也就不意外了。少阳真人虽看着是位不食人间烟火的美男子，但某些习惯确实和百岁老人差不多，譬如喜欢养生，审美风格偏庄重喜庆，这在偏爱清淡脱俗的太焱派中，确实是一股"泥石流"。

她坐在地上，将乾坤袋打开，把一些丹药放进去，顺便将一些书籍收好。自打上次见簪星在《须弥芥子图》中用上炬眼符，崔玉符便隔三岔五地差弟子送来一些小众的符咒典籍，当然都是他自己编写的。譬如《符阵师留给弟子的365封信》《从筑基到化神：最伟大的符阵师训练计划》之类的。簪星以为，如果崔玉符活在现代，一定是一线教辅资料编纂专家。

簪星又将从藏书阁里借来的几本杂书一并带走。毕竟她也是第一次去离耳国，就顺带带了几本相关的，权当是旅行指南了。

红酥想帮忙，可这些丹药之类的东西她自己分不清楚，只得坐在一边撸猫。

自打红酥来了太焱派，弥弥本就不小的胃口日渐增长，簪星觉得再这样下去，它还没发育成银琅狮，就先长成银琅猪了。

小姑娘倒是很喜欢毛茸茸的白猫，一边搓着弥弥的头，一边问簪星："大小姐，它真的不能说人话吗？"

簪星："不能。"

"那你能听懂它说的是什么吗？"

簪星叹了口气："你当我是迪士尼公主吗？"

红酥眨了眨眼："什么公主？在红酥心中，大小姐就是公主。"

簪星从地上站起身，摸了摸她的头："我去外殿找师父一趟，你自己玩吧。"

红酥乖巧地点了点头。

簪星出了明秀院。再过几日，他们就要出发去离耳国秘境了，在此之前，少阳真人让玄凌子带几位新徒弟去兵器库挑选法器。

每一位亲传弟子都能去兵器库挑选法器。兵器库里的法器是中级往上法器。当然了，法器与修士之间，自有缘分一说，并不是越高等的法器就越好，还是要适合自己才行。

簪星去了妙空殿，牧层霄和田芳芳已经到了。田芳芳一见簪星，就大笑着过来搂她的肩，说道："师妹，你那铁棍子都锈得生蘑菇了，这回去兵器库，你可得睁大眼睛好好挑一把！也别客气，你就挑最贵的，以后不想要了，拿去画金楼也能卖个好价钱！"

这般光明正大薅羊毛的姿态，令玄凌子忍不住轻咳一声，说道："先跟我过来吧。"

兵器库在武学馆旁边，是一座巨大的仓库，外表并无过多的装饰，只有黑漆漆的铁门上挂着一把铜绿色的巨锁。锁上面似乎雕着图案。待走近了，簪星才看清上头雕的是百子闹龙灯，格外热闹喜庆。

簪星："……"

如此审美，不必问她也知道是少阳真人的手笔。

簪星等着玄凌子开锁。玄凌子走上前去，将手覆在巨锁之上，于是，三人只听得一声沉闷的巨响，那扇看起来严丝合缝的黑色大门，缓缓打开了。

簪星有些意外，这居然还是指纹锁。

"走吧。"玄凌子率先走了进去。

簪星几人跟上。

仓库很大，大概是武学馆的两倍，只有一层，顶部挑得很高。墙上挂满各式各样的刀剑，地上也堆了不少。人甫一走进，便能见到四处扬起的灰尘。

玄凌子站在中间，望着簪星几人笑道："这里的法器，最次也是中级法器，当然，也有高级法器。不过，能不能拔出它们，得看你们自己。若无本事降服，它们自然不能为你们所用。而你们，也须根据自己平日里的功法习惯，挑选最称手的那一样，别光想着卖钱。"说罢，玄凌子意有所指地看了一眼田芳芳。

田芳芳毫无察觉，问玄凌子："师父，最好的法器就是高级法器吗？"

"当然不，"玄凌子含笑道，"若有法器能生出灵智，拥有器灵，那么，此等极品法器才是天下间最厉害的。"顿了顿，他又道，"不过这种极品法器，千年难生一件。我们宗门没有，想来修仙界宗门里，这样的宝物也寥寥无几。"

闻言，兵器库里的几人都沉默下来。这样的极品法器一听就让人心生向往，不过，这种机缘也不是谁想要就能要到的。

"不说这些了，你们谁先挑？"玄凌子问。

簪星后退一步："我最后挑，师兄们先请吧。"她不能抢走牧层霄的机缘，否则原著世界会发出警告，其实她就做个第二第三也没什么不好。

田芳芳摸着下巴，四处转悠。簪星的目光落在牧层霄身上。

这少年似乎并不心急，随意地用手抚过面前的法器，目光在墙上挂着的刀剑上逡巡。

他练的是刀法，自然该选一把刀。

玄凌子也打量着牧层霄和田芳芳。说实话，每次新弟子进兵器库里挑法器，作为师父，他总是格外紧张。原因无他，人看人，有时候会看走眼，但兵器不会。厉害的法器都有自己的选择。大多数时候，从挑选法器一事，做师父的就能看出此子的潜力。

这三位徒弟，虽然眼下修为都不是修仙界中最惊艳拔群的，但各有各的机缘。许是因为他们从民间自行修炼而来，反倒频频让人惊喜。玄凌子在太焱派几十年，还是第一次收弟子，自然希望收到的弟子都是最好的苗子，教那些自诩厉害的新派宗门看看。

他正想着，就见牧层霄在一处法器堆前站定了。

这里横七竖八至少摞了十几把法器，鞭子、长枪、刀、戟什么都有。少年看了一会儿，弯腰从其中拔起一把刀来。

簪星心中一动，来了来了！原著里重要的一幕来了！

就是这把看起来平平无奇，甚至还有些残破的铁刀，最后在修仙界里成了一把让人闻风丧胆的神刀。因为刀上暗含禁制，但牧层霄以枭元珠之力将刀上的禁制解开，又以鲜血灌溉，使得这把灭神刀最后生出了器灵，陪伴他上天入地、斩妖灭神，走上人生巅峰。

如今枭元珠在她身上，可牧层霄还是拔起了这把刀，是否说明，他的男主角光环并没有受到影响？到目前为止，主线剧情还是按照原著发展？

玄凌子见牧层霄拔起了那把刀，目光隐有惊讶，想说什么终是没说。另一头，田芳芳大笑道："这把斧头不错，看起来就很值钱！我就要这个了，师父！"

几人回头看去，就见田芳芳举着一把金灿灿的斧子大步走来，笑得格外灿烂。这斧子看起来既沉又宽，斧刃极长极大，若拿在手中挥舞，倒也显得粗犷彪悍，但不知是镀金还是纯金打造，整把斧子呈赤金色，极尽奢华，以至衬得田芳芳像个皇家杀鱼的帮厨。

不管如何，他们二人算是挑到了自己满意的法器。

玄凌子看向簪星："簪星，该你挑了。"

簪星看向仓库里挂满的刀枪剑戟，心中一沉。

她原本是想着，不要和牧层霄抢主角光环，让他先选，只要避开灭神刀就行，但现在……枭元珠没有动静。

枭元珠不曾给她提醒。

第十四章
盘花棍

不管是原著里，还是之前她在武学馆里挑秘籍的时候，枭元珠都发挥过巨大的作用。它就如一个精准的探测仪，能发现失落的秘宝。

但现在，无论簪星怎么催动枭元珠，枭元珠都没有半分反应。

"去啊，师妹。"田芳芳兴奋地看着她，"这么多法器，就没有一件是你一眼瞧上的？"

簪星心想：还真没有，没有什么比把一个选择恐惧症患者扔进仓库里更让人崩溃的事了。

牧层霄也提着灭神刀盯着她。在众人的视线中，簪星走到墙角，目光落在一根银色的棍子上。

她练的是青娥拈花棍，理应选一根棍子，既然枭元珠没有动静，那她就自己选吧。簪星站定，将手伸向这根棍子，深吸了口气，将棍子拿……没拿起来。

簪星一愣。

这棍子看起来纤细小巧，比宗门分发的那根铁棍还要短一些，似是为女子准备的。然而棍身甫一入手，簪星便觉得上头如坠着一座山似的，怎么都拿不起来。

她试了两次，银棍纹丝不动，气氛变得尴尬起来。

牧层霄问："你拔不起来吗？"

簪星缩回手，掌心火辣辣地疼。

她道："好像……拔不起来。"

"那就是你与它没有缘分。"玄凌子的声音传来，面上的神情有些莫测，"兵器库中，表面上是主人挑法器，实则是法器挑主人。层霄能拔起灭神刀，芳芳能拿动乾阳斧，都是因为法器认定他们能做自己的主人。如果你无法拔起这根棍子，只能说明，它不是你的法器。属于你的法器在别的地方，你去挑下一个吧。"

簪星目光微黯，莫非这还是双向选择？未免太难了。

见她迟迟不动，玄凌子又问："难道这么多法器，就没有你中意的？"

"是啊，师妹，"田芳芳满意地掂了掂自己手中的乾阳斧，笑道，"我一看到这把金斧头，就觉得上头好像写了我的名字。你找找一眼看上去就特别想拿在手上的，准没错！"

簪星："没有。"

她走到另一根看起来像棍子的长戟边，这长戟看起来其貌不扬，簪星伸手试图拿起来，仍觉沉得要命。

这一把长戟，最终也没能被她拔起来。

接下来，簪星又依次试了刀、剑、盾牌、鞭子、叉、镗、长锤、狼牙棒……没一件是她能拔起来的。

到最后，簪星累得大汗淋漓，玄凌子面上的笑容逐渐消失，眼看着慌乱起来。

"师父，"簪星拔不动了，干脆坐在地上，擦着汗道，"不行了，我一件都拔不起来。看来这兵器库里的兵器没有一件和我有缘分。"

"不是，不应该啊。"玄凌子不肯相信现实，"你修为虽不算太高，但也不算垫底。就算你拔不动高级法器，中级法器也该拿得起来，怎么会一件都拔不动？"

"不如去问问掌门人师祖？"牧层霄道。大概是拿人手短，自从柳云心服用了仙玉灵芝后，牧层霄对簪星的态度好了很多，虽然不算热络，但也不怎么甩脸子了。

玄凌子左思右想，也没能想出个所以然，只得听从牧层霄的建议，说道："罢了，你们先出来，我去金华殿问问掌门人，簪星何以拔不起兵器库的法器。"

簪星点头应了。

玄凌子一出兵器库，立马去了金华殿。金华殿中，几位师兄弟都在，商议着此去离耳国秘境一事。

玄凌子一到金华殿，李丹书瞧见他就道："师弟，你这是从兵器库回来了？怎么？今日你那三位小徒弟，都挑走了什么法器？"

玄凌子走到殿中坐下，先喝了口茶压压惊，才道："芳芳挑走了乾阳斧，层霄挑了灭神刀。"

"乾阳斧？那可不错，"赵麻衣惊讶道，"田芳芳本就修习火系功法，这法器再适合他不过，虽是中级法器，但配合他的功法，比高级法器还要厉害。这小子，我还以为他那么贪财，会选一把高级法器，倒是小看了他。"

"可灭神刀上不是有禁制吗？"月琴疑惑地问，"牧层霄怎么会挑一把有禁制的刀？"

崔玉符瓮声瓮气地开口："你该奇怪的不是他为何能拔起那把刀吗？过去这么多年，也不是没人看上那把刀，却没一个能拔起来。"

"你可别忘了，"月光道人笑着摇头，"这少年之前还在武学馆里挑了《五行破神功》这本残卷，不是照样修炼得如鱼得水？或许，他能解开这上面的禁制也说不定。既然灭神刀能被他挑走，牧层霄就是被灭神刀承认了。而解开禁制的灭神刀……"他没有说下去，但所有人都知道灭神刀真正的威力有多令人震撼。

众人吵吵嚷嚷中，坐在椅子上喝茶的少年状若不经意地问："那你最宠爱的那个小弟子呢？杨簪星挑了什么法器？"

殿中几位师兄顿时朝玄凌子看来。

玄凌子苦笑一声："没有。"

"什么？"

"她一件都拔不起来。"

殿中渐渐安静，高座上的少阳真人眉头几不可见地一皱："怎么回事？"

玄凌子实话实说："我带三人去了兵器库，簪星没有一眼看上的法器，而且……她试过很多,一件都拔不起来。虽然法器与修士间自有缘分,但她连中级法器也拔不起来。掌门人,我也糊涂了,弄不懂这是怎么回事。"

"嗷,"顾白婴笑了一声,"我就说,光靠小聪明进内门,迟早有一日要翻船。连法器都看不上的人,在太焱派里她似乎还是第一个。"

"师弟,你不要说风凉话,"玄凌子有心维护,"法器承不承认我不知道,她可是找到《青娥拈花棍》的人,反正是被你娘承认了。"

顾白婴怒道:"玄凌子!"

"哎呀,别吵架别吵架,"李丹书笑眯眯地开口,"没挑到法器也不是什么大事,咱们宗门兵器库里的法器本就各有个性。"

"对,我也认为杨簪星是有机缘慧根之人。"崔玉符难得和李丹书一条战线,大约是因为簪星捧场了他的小众符咒书籍一事,他便为簪星说话,"没有法器也不是什么大不了的事,我平日也不怎么用法器,用符阵就够了。"

看着殿中吵成一团的弟子们,少阳真人缓缓开口:"此事不必再提,法器与修士间有灵元感应。杨簪星拿不到法器,或许是因为,她的机缘在别处。"

"可是,"月琴道,"他们即将前去离耳国秘境,若无好一点儿的法器,别说是在秘境里与人争斗,光是看着,也会被其他宗门耻笑的。"

少阳真人沉默了一会儿,唤道:"白婴。"

顾白婴抬眸,只听少阳真人又道:"你带杨簪星去画金楼,重新为她挑一件法器吧。"

宗门里的法器各有个性,画金楼里的却不同,给灵石就能买到。虽然品级比不上兵器库里的品级高,但也比那生了锈的铁棍好多了。

"没兴趣,"顾白婴想也不想地拒绝,"我不去。"

"此去离耳国,你也要动身,一并看看可有用得上的东西。"少阳真人。

顾白婴还想推托:"掌门人……"

少阳真人:"去。"

当少阳真人说一个字的时候,就是没有转圜余地的意思了。顾白婴只得站起身,心不甘情不愿地道了一声:"是,掌门人。"顾白婴转身走了。

望着顾白婴离开的背影,月琴道:"掌门人,有件事情我不明白……七师弟为何这次也要跟着一道去离耳国?"

人人都说太焱派的孟盈是天之骄女,其实顾白婴的修为比孟盈的还要高,年纪亦是相仿。不过这些年，他确实很少抛头露面，大多数时候都和赵麻衣、门冬在外清修。月琴一直认为，如今各大宗门明争暗斗，谁都想争头名，但那些新起的俊杰，没一个比得上顾白婴。只要顾白婴在宗门百家大会上出几次风头，太焱派自然能扬眉吐气。

不过，少阳真人似乎没有让顾白婴扬名的打算。

想想也是，身为青华仙子的后代，他本就背负着诸多希望，有时候被人关注过多，反而不是件好事。

但为何这一次，一个普通的离耳国秘境试炼，顾白婴又要顶掉紫螺，主动前去？

"你当然不懂了。"赵麻衣高深莫测地一笑，"终日劈桃穰，仁在心儿里。两朵隔墙花，早晚成连理。"

"什么意思？"月琴皱起眉头，"你是说他们二人有私情？怎么可能？"

"怎么不可能？"赵麻衣不以为然，"你又没有道侣，也不是年轻人，成日就知道练剑。孟盈好端端一个小姑娘，被你教得现在总是端着个架子，冷冰冰的，一点儿都不可爱。你再看人家簪星，多活泼，性情又好，我要是年轻个几十岁，我也喜欢她。"

"赵麻衣，你疯了吧？"月琴气急，"盈盈哪里不好？她不好好练剑，难道像你这般，一把年纪为老不尊？你还要不要脸，简直是太焱派之耻！"

"你们都别吵啦。"李丹书揣着手，笑眯眯地劝架，"掌门人都听不下去，先走了。"

殿外，少阳真人在长崖尽头停下脚步，负手而立。姑逢山无穷群峰处，含霞饮景，长空寥廓。风吹起他的白发，令这位掌门人总是平静的眸色里，也荡起一层涟漪。

顾白婴提出要去离耳国秘境试炼，的确出人意料。事实上，顾白婴如今修为已至分神，恐怕即将突破分神中期。这并不代表是一件好事，他的灵脉中元力涩滞，只会令他的处境更加危险。在如此危险的时候，他其实并不适合到处乱跑。

没人知道变故会在什么时候到来，原本依照计划，顾白婴服下琴虫种子，就能修补灵脉中的不足，但是……

但是所谓天意，就是让人永远无法预料接下来会发生什么。

姑逢山头，积雪已经化开，飞瀑也不再是冻碎的琼玉。再过不了多久，春日来临，漓秀江边，又会是一片春水绿波，如烟细柳。

他看向远处，眼中掠过一丝悲悯。

天意从不可违。

簪星原本以为，既然她没有在兵器库里拔起法器，此事也该到此为止了，但她没想到，少阳真人不仅人长得英俊，性情也体贴，居然让顾白婴带她去山下平阳镇的画金楼里重新选法器，耗费的灵石可回宗门里报销。

不过，这位七师叔看起来十分不情愿。

簪星初到平阳镇时，曾经和老牛在画金楼外远远地看过一眼。她记得老牛说过，画金楼的掌柜金翡翠是个国色天香的大美人。不过《九霄之巅》中，但凡女性角色都是美女，连雌性动物都生得眉清目秀，所以簪星也见怪不怪。不管金翡翠是不是美女，富婆是当之无愧的，别的不说，单说内门考核前三名的奖励，仙玉灵芝、天玑法衣和火狼牙，便都是画金楼赞助的。

这位美女掌柜应该很有商业头脑，既做了太焱派整个宗门的金主，也让太焱派无形中为他们店铺招揽了不少生意。旁人一到平阳镇，就知道画金楼的宝贝货真价实，连太焱派的弟子都说好。

簪星与顾白婴在画金楼前停下脚步。

画金楼修得颇气派，在平阳镇这么一个小镇中，和好运来江景客栈一样，都属于一眼看上去就知道是高消费场所的地方。画金楼做进也做出，生意门路很广，从灵果花草到功法秘籍、法器首饰，应有尽有。

门口的小伙计见到顾白婴，立刻扬起笑脸迎上去："顾小仙长今日怎么有空来楼里了？您先上楼歇歇，喝杯茶，小的去叫掌柜。"

簪星随着顾白婴上了二楼，随意寻了个靠窗的位子坐下。这里一楼是大堂，堂厅很宽，据说偶尔会有珍贵的法器在此竞价售卖。人在二楼也可看到一楼的场景，珠帘一拉，二楼则变作单独的茶室。

桌上的点心花样也很可爱，茶水香气扑鼻。长椅上铺着软绵绵的毯子，刺绣精致得很，似乎散发着灵石的味道。

"七师叔，"簪星问对面的顾白婴，"这地方的法器是不是很贵？"

"杨师侄，"少年手靠在椅子上，坐得跟在自己家里一般随意，漫不经心地道，“麻烦你出来时，不要一副没见过世面的样子，省得丢了太焱派的脸面。”

“脸面可不是这样争的。”簪星喝了一口茶，“我早就发现了，咱们宗门里攀比的风气太浓，过于虚荣，不好。”

“说得好听，”顾白婴瞥了她一眼，“想虚荣也得有值得虚荣的地方，你有吗？”

簪星正要说话，突然听得一声娇媚的笑声从帘后传来：“谁虚荣呀？”

紧接着，茶室的珠帘被人掀开，一道带着香风的身影走了进来。

这是一个颇美貌的年轻女人，丰腴得恰到好处，皮肤白得晃眼，凝脂般吹弹可破，眉画得很细，天然一双笑眼弯弯，看人的时候含情凝睇，撩人心怀。她穿一身淡金色纱裙，裙摆绣着红色的璎珞花纹，一头长发绾成高高的发髻，斜斜地插着一支凤头金簪，腕间一只翠色欲滴的翡翠玉镯，衬得皓腕如雪。

美人风姿绰约，媚态如风，纵然这般胡乱跟暴发户一般的穿衣，也因为那张脸和情态，硬生生地撑住了。

这就是画金楼的美女掌柜金翡翠。

“婴婴呀，你可真是稀客。大半年没见着你，还以为你将姐姐忘掉了。”金翡翠在桌前坐下，目光落在簪星身上，先是一怔，随即莞尔，“这位可爱的姑娘是谁？是你的道侣吗？”

顾白婴正在喝茶，闻言差点儿被呛住，放下杯子斥道：“别胡说八道，这是我六师兄的亲传弟子杨簪星。”

“原来是玄凌子的亲传弟子，”金翡翠一抚鬓发，“你第一次带姑娘来画金楼，我还以为是你的道侣呢。”

“我眼睛又不瞎。”顾白婴按了按额心，“带她来是掌门人的意思，你快给她挑一件法器吧。”

“法器？”金翡翠面露疑惑，“你们宗门不是有兵器库吗？”

顾白婴挑眉，没有说话，看向簪星。

簪星丝毫没感到不好意思，坦然地回答：“我没拔起来。”

金翡翠愕然看着她：“你是玄凌子的亲传弟子，怎么会……？”不过片刻，这位美人立刻换了笑颜，“没事，我们画金楼的法器，虽比不上太焱派兵器库里的，可也不差，带出去唬唬人是足够了。小师妹，你平日里用的是什么？

刀还是剑？我猜像你这样可爱的小姑娘，应当喜欢用绫缎。"

簪星心想：画金楼生意能做这么大，果然是有原因的。对着自己这张半毁容的脸，金翡翠还能以诚挚的表情说出"可爱"二字，活该她发财。

"棍。我平日里用的是棍。"簪星笑道，"不知金掌柜的画金楼里，可有棍之类的法器？"

金翡翠闻言，意外了一瞬，随即道："有是有，不过……女子用棍，倒是很少。"

"我没觉得有什么不好。"簪星拈了一块盘子里的糕点尝了一口，"很适合我。"

仙女用仙女棒，没毛病。

画金楼里，东西倒是很全。不过片刻，金翡翠就去而复返，手里捧着一只长长的木盒，继而放到簪星面前。

"我们楼里棍子不少，不过用棍者，大多是修为普通的男修。寻常的棍子我也不拿给你了，这是我们楼里最好的一根盘花棍。"金翡翠笑着将盒盖打开，"小师妹瞧瞧称不称手？"

簪星看向木盒，木盒里红色的软布上，躺着一根其貌不扬的黑色铁棍。单看起来，它倒是和先前太焱派分发的那根被她用到生锈的铁棍差不多。她将铁棍拿起，发现棍身处细细密密地雕刻了许多花纹，仔细地去看，才知那并不是花纹，而是符咒。

"这棍子上刻着清心咒，"金翡翠笑道，"可辟邪驱煞。"

"辟邪驱煞？"簪星惊讶，"难道不是增长元力、抵御攻击吗？"

"这棍子原本就是一位佛修所持，是替平民驱邪用的。"金翡翠笑盈盈地回答，"盘花棍上自然也蕴含元力，而且棍身轻巧，小师妹用，再合适不过。"

簪星掂了掂，确实比先前的铁棍轻多了。

"这是中级法器，小师妹要是看不上这个，楼里剩下的棍子，就都是低级法器了。"金翡翠问，"所以……？"

"就这个吧。"簪星将棍子提在手里，只有高级法器才可以隐于体内，使用时再召唤入手，中低级法器只能随身携带。这根棍子纤细，相较之前的铁棍，簪星将它别在腰上，倒不那么像赶羊的了。

她转头看向顾白婴："师叔……"都说了这次花费的灵石由宗门报销，

她也不打算自己破费。

顾白婴懒洋洋地坐直身子，问掌柜："多少灵石？"

"不贵，"金翡翠抚着腕间的翡翠玉镯，笑得很和气，"既是小白弟弟带过来的人，姐姐就给你便宜点儿算，凑个整，五千灵石。"

"谢了。"顾白婴将乾坤袋丢在桌上，"你自己拿吧。"

簪星看得心中颇为不平，同样是宗门弟子，顾白婴随随便便就能拿出五千灵石，而她每月能攒下来几十灵石都很难。储蓄这种事，果然只靠节流是不行的。

见簪星盯着自己，顾白婴挑眉："看什么看，你有什么不满意吗？"

"没什么，"簪星微笑道，"只是觉得师叔炫富的样子格外迷人。"

顾白婴轻哼一声，没有否认簪星的马屁，站起身道："拿好你的棍子，走了。"

待簪星回到太焱派，玄凌子看过他们在画金楼里挑好的盘花棍，虽说不上特别惊喜，但也勉强满意。

这之后，他又交代了一些去离耳国秘境的事宜。

三个亲传弟子都在殿里，俯首听着师父训诫。

玄凌子语重心长地道："孩子们，这是你们第一次独自离开太焱派，去秘境历险。离耳国秘境存在近百年，每隔十年，各大宗门都会派新选出来的才俊前去，名为历练，实则扬威。"

田芳芳心直口快："炫耀？"

他们这点儿人去，要说"扬威"，实在有困难。

"差不多就是这个意思。"玄凌子叹了口气，"咱们太焱派，宗门虽有百年历史，可自从人魔一战后，宗门损伤无数，大不如前。这些年，修仙界中新起的宗门吟风宗，还有从前就和咱们不对付的赤华门，曾和咱们宗门有过龃龉的湘灵派……全对咱们宗门虎视眈眈。"

簪星："听起来，咱们宗门似乎人缘不太好。"

玄凌子哽了一下："开宗掌门人羽山圣人飞升之前，的确是年少轻狂过……不过，咱们宗门现在好多了！为师的意思是，你们此去离耳国，秘境中的试炼其实为师并不怎么担心，担心的是你们面对其他宗门弟子的刁难。"

"若有不长眼的人刁难，直接迎上去就是。"牧层霄开口，"反正这世道，强者为尊。"

玄凌子欣慰地一笑:"你们能有这种自信与勇气,为师就放心了。好了,多余的话为师也不多说,今夜你们回去好好歇息。明日一早,姑逢山上的传送阵会将你们送至离耳国。记住,你们代表的是妙空殿的脸面,承担着整个太焱派的荣光。出门在外,你们一举一动都要谨守分寸,我们不惹事,也不怕事。真要有解决不了的麻烦,就去找你们七师叔和孟师姐,他们二人修为高,见多识广,也知道如何处理。"

三人应了,都要各自回院子时,玄凌子又叫住簪星:"簪星,你等一下。"

"怎么了,师父?"簪星问。

玄凌子看着她:"你既有灵兽,此去离耳国,理应将灵兽带在身边。灵兽与主人,本就是一同成长的,试炼能使你得到机缘,同样,灵兽也会有所收获。但是……"说到此处,他犹豫了一下,"弥弥到现在也没有半点儿特别之处,就与普通的猪……喀喀,普通的猫一般无二。你带它在身边,很可能会多一个累赘。为师将此事告知你,如何做决定,还需要你自己拿主意。"

簪星稍稍考虑了一下,回答道:"我知道了。师父,我还是带弥弥一道去吧。它既有银琅狮的血脉,不管有多微薄,我都要试一试。"更重要的是,如果她把弥弥放在太焱派,以红酥的喂法,她很怕弥弥会得肥胖症暴毙。为了弥弥的身心健康,她还是将弥弥带在身边为好。

"行。"玄凌子道,"你决定了就好。快回去收拾东西,早些歇息吧。"

簪星点头应了。

这一夜,簪星睡得不怎么安稳,许是心里有事,夜里想起来都有些暗暗激动,直到天色将白时才迷迷糊糊地睡着。她没睡多久,司晨鸡在外头一声鸣叫,天亮了。

她起身穿衣梳洗,吃了两口点心。红酥不在,簪星将乾坤袋收好,把棍子别在腰间,抱着弥弥去了妙空殿。

妙空殿里,孟盈站在殿中,雪白长裙的裙角被风吹得飞扬,鸦黑发髻衬得她整张脸简直像是在发光。冷冰冰的美貌少女,站在哪里都是风景。

看到簪星进来,孟盈把目光落在簪星身上。她的目光也是很淡的,带着点儿凉意。簪星对孟盈笑了笑,她便微微点了点头,别开了眼。

她果然和原著里一样,是一个高傲冷漠、颇有个性的女神。

紧接着，门冬和顾白婴走了进来。

小孩儿跟在少年身边，还是穿着粉色的纱袍，头发扎成两朵莲花发髻，越发像画上的仙童。这少年倒是如寻常一般，珍珠缎锦袍，袖口和发带都是朱色，妙有姿容，丰神秀逸，就是面上的神情，一如既往的狂妄不知收敛。

簪星瞧着三人。说实话，这三人站在一起，真是赏心悦目。美貌的少男少女，加上一个粉雕玉琢的小童，将姑逢山的春日衬得风清日朗、动人心神。

"怎么就你一个人？"门冬见殿中除了簪星，再无他人，问，"其他人呢？"

簪星耸了耸肩，正要说话，殿后传来红酥的声音："大小姐！"

几人回头一看，其他人可不就来了。

红酥一溜烟跑到簪星面前，将手中的盒子往簪星的手中一塞："大小姐，这是红酥一早去厨房亲自做的，都是你平日里爱吃的点心。回头你把点心放在乾坤袋里，路上要是饿了，就吃点儿。"说着说着，小姑娘便垂下头，声音里带了些哭腔，"也不知道秘境里危不危险……大小姐，你一定要保护好自己……千万别苦着累着……红酥本来想跟着一道去的，可他们不让红酥去，大小姐还从未一个人出过远门呢……"

那一头，柳云心也将一个布包递到牧层霄的手中，低声叮嘱："牧大哥，你们此去秘境，也不知那边是冷是暖。如今正逢初春，我怕春寒乍暖，你受了风寒。这些日子，我又新做了些衣裳和鞋，你那乾坤袋里能装不少，都带着吧……"这姑娘又害羞地垂下头，"我做的，定合你的尺寸。"

牧层霄拉着她的双手，心疼地道："宗门里都有的，你何必这般费神？"

柳云心轻轻摇了摇头，神情十分甜蜜温柔："不辛苦，只要牧大哥用得上，云心就很高兴了。牧大哥一定要保护好自己，云心就在这里等着你回来。"

"好。"牧层霄接过包袱，笑道，"我一定早些回来。"

那一头孟盈三人站着，多少显得有些多余。孟盈微微皱眉，似乎不大喜欢这种温情脉脉的时刻。门冬则看着眼前这一幕，嫌弃地开口："弄得跟生离死别一般，怪让人恶心的。"

顾白婴冷眼看着，出声打断了这头的临别依依："好了没有？不想去就别去了。"

"来了来了。"玄凌子和田芳芳走上前，又招呼簪星和牧层霄过来，将他们三人推到顾白婴跟前，如老父亲一般叮嘱道，"师弟，孩子们就交给你了。

这一路上，劳烦你多费点儿心，别让他们和其他宗门起争执……当然，你也一样。"

"知道。"少年颇不耐烦，"你再多说两句，天都黑了。"

传送阵在姑逢山上。出虹台前，五棵桂花树中间摆放着一圈传送石，此时正发出银白的光。

"走吧。"顾白婴率先走了进去。

一行人紧跟其后，簪星抱紧了弥弥，跟着走入其中。

青鹤在群峰尽头，戛然一声长鸣。

姑逢山的出虹台前，水声潺潺，一汪幽丽。

坐在殿中棋盘边的白发男子，停下手中的动作。

玄凌子走了进来，少阳真人问："走了？"

"走了。"玄凌子拍了拍胸口，有些失落地道，"掌门人，徒弟们第一次出远门，我还真有点儿担心呢。"

少阳真人没有说话，只是看着棋盘上错落的棋子，神情无悲无喜。

"陪我下盘棋吧。"过了半晌，他道。

第十五章

离耳国

离耳国位于都州舆图最南端，是西海上的一座海岛。海岛自成一国，因形状似一只人耳，故国名曰离耳。

西海极美，海水清亮如蔚蓝的翡翠，海滩绵长，终年炎热。姑逢山上春日还未到来，众人踏入离耳国的土地，却觉得空气都变得湿润起来。

簪星抬眼瞧向四方。

比起平阳镇，离耳国的风景显然更符合"旅游城市"一说。日光将整座海岛都照亮，国中只有一城，城即国。

因每隔十年，离耳国的秘境都会开放，各地来的修士大多手头宽裕。加之穷家富路，极大拉动了离耳国的消费需求，也让离耳国从一个偏僻的岛国，迅速地晋升为都州"十大最美海境"之一。

田芳芳第一次看到大海，惊奇不已，只道："我原先去了平阳镇，以为平阳镇已经很热闹了，没想到这小小的一个岛国，竟如此繁华。"

离耳国的海滩上生长着红树林。靠近海滩往前，则是离耳国都城。都城极其繁华，酒楼修得又高又大，坊间市集应有尽有。路上不时走过一些身穿长袍的修士——当地人不会这么穿，大多穿得很清凉。

都城街道平整，当然是为了方便马车行驶，特意修缮过。许多当地人笑嘻嘻地坐在店铺里看着往来的修士，显然生活幸福指数很高。

簪星且走且看，这里人人表情安逸，有一种度假的放松感。

"秘境要五日后才开放，"田芳芳提议道，"要不我们等下四处逛逛去，看这里有什么好东西，还能买点儿带回去给师父师叔？"

"得了吧，"门冬扁嘴，"咱们得先去城总兵处登记，见一见离耳国国主。别耽误了正事。"

田芳芳挠了挠头："我就是随便一说。"

所有参加此次秘境试炼的宗门修士，到了离耳国都得先去城总兵处登记，再去谒见离耳国国主。听说秘境入口位于离耳国的皇家陵墓，若无国主允准，旁人不得入内。这些年，修仙界的宗门与离耳国也达成协议，宗门得到秘境试炼的机会，离耳国则拼命赚宗门修士的钱，双方各取所需。

簪星一行人先去城总兵处登记，然后随引路人去了离耳国的王宫。

离耳国的王宫修得很是精巧，和太焱派宗门法殿的深沉瑰丽不同，看起来更像是一座园林。殿顶是圆润的弧形，墙面是玉脂白的瓦。离耳国崇尚白色，认为白色是圣洁高贵的颜色。殿中偶尔也用青碧色的琉璃柱，坠以珠帘，香气盈盈。

离耳国国主是一个瘦削的中年男子，生得秀丽白皙，穿着象牙白的袍服，头戴玉冠。他望着进来的一行人，面上露出一丝笑意。

"几位仙长，请坐。"他道。

这位国主讲话也是斯斯文文的，客气有礼，没有半分国主的架子。

"收到贵宗的消息，说安排有变，紫螺仙子换成了顾仙长，孤还有些不信，没想到是真的。"国主看向顾白婴，目光热切，"此生得见顾仙长真容，孤不胜荣幸。"

簪星听得牙酸，顾白婴却已对这种奉承习以为常，不紧不慢地喝茶，听着对方继续吹捧。

国主又问了一些太焱派的近况，似乎和太焱派交情很深。簪星听得昏昏欲睡，身边的田芳芳用手指捅了捅她的胳膊，同她交换了一个眼神。

簪星会意，和田芳芳一道站起身，与殿中那位倒茶的侍女说了两句。侍女点头，将他们二人送了出去。

一出大殿，簪星深吸了一口气。

众人和这位国主叙旧，不知要叙到何时，倒不如他们二人先出来透透风，反正对方眼里也只有顾白婴和孟盈。好在这修仙界中，纵然是国主，对待修士也是客客气气的，没那么多繁文缛节，否则只怕这片刻的透气时光，他们二人都寻觅不得。

簪星正想着，身后又传来脚步声。两个人回头一看，见牧层霄也从殿中走了出来。

"师弟，你怎么也出来了？"田芳芳问。

"听说这附近有市集，我打算去看一看。"牧层霄道。

簪星点了点头。不错，虽然她已忘记很多剧情细节，但男主角经常去市集转转，总会有所收获。

弥弥也从殿中溜了出来，跑到簪星身边，蹭了蹭她的裙子。簪星低头看着它："我不会抱你，要去自己走。"

"师妹，"田芳芳忍不住道，"你不要对一只猫这样苛刻。"

"它再不多动动，就变成一头猪了。"簪星道，"父母之爱子则为之计深远，你不懂。"

田芳芳便不再说话。

三人一猫径自出了王宫，往先前来的方向走去。那条街上坊市酒楼特别多，看起来尤为繁华，最适合瞎逛。

此刻烈日当空，街道上除了不怕晒的当地人，已经没几个修士了。门口有卖甜浆的小贩，长桌上摆着一些瓜果，木桶里放着大块的冰。若有客人前来，小贩便用一朵花做的杯子盛满甜浆，凿一点儿碎冰扔进去，再放两片果肉，看起来清凉又解渴，好看又好喝。

簪星心道：旅游城市就是会骗人掏钱，整得花里胡哨的。要不是她囊中羞涩，肯定会买一杯尝尝鲜。

田芳芳看得口水直流，终究舍不得掏自己的灵石，对簪星低声道："师妹，咱们晚点儿让师叔买一些吧。"

"想多了，"簪星想也没想地回答，"他肯定会说'买什么买，这等凡人吃的俗世食物，没有灵气，拿到手上，只会丢我太焱派的脸面'。"

"师妹，"田芳芳对簪星竖起一根拇指，"你学得真像。"

那小贩看了一眼他们的穿着，便猜出他们的身份，热络地招呼道："各位仙长是来秘境试炼的吧？咱们离耳国好吃好玩的都很多，要不要买一杯冰糖浆，进去玩个两把？"

簪星抬头，见这门口的牌匾上写着几个金灿灿的大字——锵锵赌坊，又听得里头传来人摇骰子的喝彩声，问："赌坊？"

"是啊，"小贩笑道，"宗门里的修士都爱去玩两把，赢了算是讨个吉利，去秘境的时候也开心。几位仙长一看就是有好运之人，进去玩两把，定能旗开得胜。"

簪星心想：那他可就猜错了，运气这种东西，从来都和她沾不上边。

田芳芳低声道："算了，师妹，我们又没有灵石。"

那头的牧层霄也道："没兴趣。"

妙空殿的三位弟子都对赌博兴致不高，正要转身离去，地上的弥弥突然"嗷呜"一声跳到簪星的肩上，压得她肩膀一沉。紧接着，"砰"的一声巨响，从赌坊里飞出一个人，猛地砸到小贩的摊前。桌上的甜浆登时翻了一地，那人半个身子狼狈地插在桶里，半晌爬不起来。

"怎么回事？"田芳芳一愣。

木桶里的人在小贩的斥骂中奋力爬起来，是个脸色苍白的年轻人，穿着淡青色的宽袖长袍，唇角带着瘀青。甫一爬出木桶，他也顾不得看自己身上的污痕，头也不回地往赌坊里跑。

"去看看？"田芳芳问。

簪星点了点头。

三人一道进了锵锵赌坊，还未往里走，就听见里头传来嘈杂的声音，间或夹杂着男人的喝骂。田芳芳拨开面前的人，挤开一条缝，让簪星和牧层霄过来看。

三人上前，就见这赌坊的正中心，放着一张铜质的长桌，桌上摆满灵石珠宝，还有一些丹药法器，应当是筹码。一只装骰子的碗倒扣在桌上，地上散落着几粒骰子。

被众人围在中间的是两个扭打在一起的人，准确地说，是单方面的殴打。站着的男子穿着修士的黑色长袍，凶神恶煞的模样，正对倒在地上的人拳打脚踢。地上的人躲避不及，被揍得吐血，眼看着进气少出气多了。

太焱派宗门内不得斗殴，三人何曾见过如此暴力的场面。田芳芳小声问身边人道："兄弟，这是怎么了？"

"嘿，过来赌没带够灵石，赖账了呗。"那人回答。

"那也不能把人往死里打啊。"田芳芳看不下去了，"怎么都没人劝？"

"不是大家不想劝，"看客低声道，"实在是得罪不起啊。"

这边正说着，刚刚那个从木桶里爬起来的年轻人便叫了一声"师兄"，拦在地上的人面前，哀求对方道："谈公子，别打了，饶了我师兄吧！"

"滚一边儿去！"那位谈公子一脚将年轻人踢飞，又捡起桌上的铜碗朝地上人的脑袋上砸。他这一砸下去，地上那人定会脑袋开花。

眼看铜碗即将砸到那人的头上，空中突然出现一把金色的斧头，几乎晃花人眼。斧头轻松一劈，那只铜碗便从中一剖为二，掉在地上。

先前的年轻人一愣，喧闹的人群渐渐沉寂下来。

谈公子将目光缓缓地转向田芳芳。

田芳芳挡在地上的人面前，和气地开口："兄弟，灵石不过身外之物，有什么事不能心平气和地好好说，非要动刀动枪的……"

"哪儿来的野狗？"不等他说完，谈公子就打断了他的话，语气十分嚣张，"本公子面前，有你说话的份儿吗？"

簪星眉心一跳，这人说话的语调，炮灰味道未免太浓厚。

"让开。"谈公子道。

田芳芳不为所动，还在好言相劝："公子，他欠了你多少灵石，可以写债条，何必非要赶尽杀绝呢？"

"你这么帮他，"谈公子目光阴鸷地盯着田芳芳，说道，"看来是想和他一起死了。"说罢，谈公子手中光芒一闪，一柄闪着光的长剑出现在他的手中。

"呀，这小子真是不知天高地厚，"身侧一位身着宝蓝长袍的公子摇了摇扇子，幸灾乐祸地道，"竟然得罪了赤华门的人，这下可有苦头吃了。"

"赤华门？"簪星一怔。

那公子笑道："是啊，赤华门的谈天信，可不是一个好脾气的人。"

簪星默然，来之前，玄凌子曾提起过，修仙界百家宗门里，太焱派人缘确实算不上好。其中的赤华门，大概算是太焱派的死对头。当年，赤华门先掌门人和羽山圣人同样接近化神修为，同时度劫，羽山圣人化神飞升，留下一段传说，赤华门掌门人却度劫失败，就此殒命。

同样是天才修士，境遇却截然不同，修仙界中议论纷纷，赤华门上下颇受打击。直到二十年前人魔两族大战，太焱派在这一战中元气大伤，赤华门乘机发展，用了短短二十年，赶上了太焱派的名气和资源。就连新招的天才俊杰，赤华门也比太焱派多得多。

玄凌子千叮咛万嘱咐，最好不要和赤华门的人起冲突。然而冤家路窄，簪星等人刚到离耳国，还没进秘境，就遇到了赤华门的谈天信。

田芳芳丝毫不惧对方手中的长剑，只握着斧头笑道："这位公子是想和我切磋？"

"切磋？"谈天信冷笑一声，"看来你还不知道你得罪了什么人。"谈天信说罢，剑尖直朝田芳芳而来。

田芳芳持斧迎上。

原先在宗门里，几位师叔说过，田芳芳虽然看着贪小便宜又粗枝大叶，实则心细如发、考虑周密。他又有无穷巨力，寻常人还真伤不了他。所以，田芳芳和谈公子刚打起来的时候，簪星并没有担忧，想着田芳芳自己大约也是存了试手之意。

然而，赤华门在修仙界里名声大振，自然也是有真材实料的。谈天信的剑招，和华岳的比起来，中间大约差了一千个段香娆的实力。他亦很自大，连剑招都不怎么使，单凭元力压制，就让田芳芳的乾阳斧难以近前。

簪星惊讶："他怎么如此厉害？"

"谈天信可是金丹后期的修为，这大老粗看起来才结丹，自然不是谈天信的对手。"身侧的蓝衣公子摇了摇扇子，"真惨，落在谈天信的手中，这人不脱层皮才怪。"

簪星心中担忧，握上腰间的盘花棍，正要前去帮忙，却见另一侧有人影一闪，只听得一声清脆的响声，谈天信那把刺向田芳芳的长剑在空中被一柄铁刀拦了下来。

牧层霄挡在田芳芳面前。

"牧师弟？"田芳芳也惊了一下，牧层霄平日里独来独往，少言寡语，难得有这般展现师兄弟情谊的举动，让田芳芳很是感动，"你是来帮忙的吗？"

"帮忙？"谈天信剑被人拦下，脸色极不好看，出言嘲讽道，"就凭一把破烂铁刀？笑死人了。"

"谈公子，"田芳芳还记得玄凌子的叮嘱，友好地开口，"原本我们就没有什么敌意，这位公子也不过是欠你一些灵石，不如讲和。"

"他不会讲和的。"说话的是牧层霄。

他看着谈天信，语气平静地说道："从一开始，他打的就是让他们出局的主意。"

"出局？"田芳芳茫然。

"你是来参加秘境试炼的弟子吧？"牧层霄看向地上。年轻人正抱着自己的师兄担忧不已，闻言点了点头："我和师兄是代表琉璃宗来参加秘境试炼的。"

琉璃宗，这个名字簪星有印象，琉璃宗是个小门派，从前叫"流离山庄"。人魔大战中，这个小门派也参了战，虽然全程划水，但终究坚持到了最后，所以也有了点儿名声，于是改名为琉璃宗。不过，其宗门势力仍旧很弱，属于平日里查无此宗的类型。眼下果不其然，门中弟子都被赤华门的人欺负成这样了。

"那就对了。"那头的牧层霄道，"这位谈公子应当也是来参加秘境试炼的，秘境就那么大，人却不少，少一个竞争者，自然多一分机缘。"他看向谈天信："是不是，谈公子？"

锵锵赌坊里，半晌无人说话。

离耳国的秘境要五日后才开放，但竞争从诸位修士踏上这片土地的时候就已经开始了。

或许这位琉璃宗的弟子是偶然欠下谈天信的灵石，又或者一开始就中了别人的圈套，但在这个弱肉强食的修仙世界里，很多时候，行事只需要一个理由。不管这理由听起来多么漏洞百出，只要是理由，就可以。

谈公子笑容一顿，看向牧层霄的目光里充满探究："你叫什么名字？"

"太焱派的牧层霄。"少年冷冷地道。

簪星："……"

原著里，打架的剧情大同小异，无非是反派挑衅，主角接下挑战，随即打起来，众人目瞪口呆，全场都炸了。但簪星记得很清楚，从未有过一次，牧层霄是这般一开始就自报家门的。

这不是原著里的情节。

身侧的蓝衣公子"啊"了一声，讶然道："竟然是那个破落户宗门，这下可有趣了。"

簪星眉头一皱，什么叫"破落户宗门"，听身边这人的语气，似乎他也是哪个宗门的弟子。

那头，谈天信先是一怔，随即目光变得奇异起来。

他道："太焱派？"

太焱派和赤华门是死对头，这在修仙界早已不是什么秘密。而赌坊中，亦有别的宗门修士，闻言，都看热闹不嫌事大似的，没一个舍得离开，就等着看此事如何收场。

"没想到是太焱派的来多管闲事。"谈天信先是大笑几声，随即猛地看向牧层霄，恶狠狠地道，"太焱派就你们两个人了吗？你们就是此次来参加试炼的天才？太焱派如今已经凋零到这个地步了？"

"凋不凋零，不是你一人说了算。"牧层霄冷冷地道。

"好啊，"谈天信后退一步，只道，"那就试试。"

"黄梵、何日。"赌坊里陡然出现两名穿黑灰道袍的男子，谈天信手持长剑，对他们道，"让这群野狗看看，什么叫真正的大宗门！"

两名男子手持长剑，同谈天信一起朝牧层霄、田芳芳扑去。

"三打二，好不要脸。"簪星捏了一个传音诀给顾白婴，拔出腰间铁棍冲了上去："师兄，我来帮你们！"

锵锵赌坊里，顿时鸡飞狗跳。

牧层霄对上的是谈天信；田芳芳对上的是何日；簪星对上的，则是一名叫黄梵的修士。这位叫黄梵的修士很年轻，看起来二十岁出头。此次前来参加秘境试炼的，都是各大宗门近十年新收的才俊，年纪自然不会太大。然而甫一交手，簪星就察觉到对手的可怕。

太焱派讲究素质教育，宗门内用什么法器的都有。譬如簪星用棍，牧层霄用刀，田芳芳用斧，各有各的特性。而赤华门上上下下用的都是剑。他们剑招狠戾，元力里带着一股嗜血的煞气，并不飘逸出尘，使剑的时候，不像是宗门里的修士，倒像是拿钱办事的杀手、没有感情的杀人工具。

剑尖砍上盘花棍的边缘，发出清脆的响声，黄梵讽刺道："太焱派真难看，竟然给弟子用这样低级的法器，叫人看不下去。"

"法器不在于高级，"簪星道，"在于使用的人。"说罢，她用棍尖一点，从棍身处，层层叠叠地开出一大片花海，空气中漾起一圈圈的新月色的波纹，似要将对方的长剑吸入。

黄梵见状不好，猛地拔出剑尖，被簪星的铁棍劈得后退两步，目露惊异之色。

"赤华门真难看，"簪星将他的话原封不动地奉还，"竟然收这么低级的弟子，叫人看不下去。"

黄梵脸色一沉，吼道："闭嘴，丑八怪！"说罢，他又持剑冲来。

棍子与剑尖相撞处，突然生出一股火花，而源源不断的花流熄灭了火花，朝着对方的长剑包裹过去。黄梵节节后退，簪星正心中一喜，忽然感到身后有股劲风。田芳芳喊道："师妹小心！"

何日竟然偷袭！簪星转身避开，然而，面前的黄梵已经一剑朝她的胸口刺来。

正经男主角就在面前，二打一却是冲着她这个龙套，原著未免太不要脸了！

弥弥尖叫一声。一个雪亮的枪尖从斜刺里冲出，轻而易举地挑开了那把杀气腾腾的长剑。枪尖带起劲风如海，长剑的主人躲避不及，直接被自己的剑柄戳到脸上。

场内的空气像是凝滞了。

簪星朝前望去。

"师侄们，"少年站在她面前，背对着她，声音里满是不耐烦，"一刻钟不到就给我惹事，你们可真行。"

眼见着中途出现不速之客，赤华门的人再次被激怒。

一边的田芳芳问："师叔，你怎么来了？"

"小辈们不懂事，做长辈的，可不得看着。"顾白婴道。

谈天信闻言，冷笑一声："算你识相，不过晚了，惹怒了我们赤华门的人，你就等死吧！"说罢，他提起长剑朝顾白婴的胸前刺来。

白衣少年手中的银枪只轻轻一挥，枪头突然生长，如一道银霞刺向剑尖，紧接着，"啪"的一声，人影重重地撞在赌桌上，将赌桌撞翻。

其余两个人——黄梵和何日见状，一齐持剑扑来，那长枪却突然掉转，从枪尖飞出无数飞雪，将二人围绕其中，如鸿羽炼就的囚笼，困住二人，使其近前不得。

少年人锦衣如雪，朱色的发带衬得他明亮又热烈。他不紧不慢地走到谈天信身边，然后……一脚踩在他的脸上。

周围人倒吸一口凉气。

一招，他只用一招就结束了战斗。

他目光沉冷，唇角的笑容却带着一丝挑衅，居高临下地看着地上的人，不紧不慢地开口："你好像弄错了我说的那个小辈是谁。"

"住手！"何日挣扎着想要破开枪风的禁锢，无奈却上前不得，只得很没有气势地威胁道，"你到底是何人？太焱派什么时候出了这般不守规矩的狂徒？你快点儿放开我师兄，我……"

"规矩？"顾白婴看向他，"谁定的规矩？你定的？"

少年语气张狂，姿态器张，令周围人看着都是一惊。谈天信是金丹后期的修为，在此次来参加试炼的弟子中，绝对能排上名号。然而，他在这人手中如手无寸铁的小儿，这人究竟是什么来头？

"你到底是谁？"谈天信艰难地问。

他可是赤华门新一代弟子中的天才，而太焱派近几十年都不曾在宗族里招到什么好苗子，去年更是只能从民间普通修士中招揽人才。此人刚刚与他交手，元力浑厚，几乎是全面压制了他，修为至少是元婴中期，但太焱派何时有这样的人？如果有，长老们不可能不告诉他！

"告诉你也没关系。"少年收回脚，气定神闲地开口，"太焱派的顾白婴。"

刹那间，原本还有私语议论声的赌坊，顿时静得落针可闻。

所有人的目光都落在那个手持银枪的俊俏少年身上。

修仙界宗门里，或许没多少人听过顾白婴这个名字，但所有人都听过青华仙子的名字。青华仙子生下的那个儿子，在修仙界中向来是一个神秘的存在。

作为少阳真人最年少的弟子，听说他天分很高，十四岁就已突破元婴，几乎是完美地继承了青华仙子的容貌和修为。不过，在修仙界里，很少有人见过他。曾有人借着拜访太焱派的机会，想偷偷瞧一眼他的相貌，却扑了个空。

顾白婴长年不在宗门，大多时候随着他的师兄在外游历。因为总是瞧不见人，所以修仙界中也生出诸多猜测，只道青华仙子的儿子顾白婴不过是资质平庸的凡人，所谓少年天才，也是太焱派打肿脸充胖子编造的谎言。

但如今，这少年说自己是顾白婴，那么从前那些流言，立刻不攻自破了。

"不可能……"谈天信神情不定，"顾白婴怎么可能来离耳国秘境？"

要知道，修仙界宗门里的秘境试炼，顾白婴从未参与。离耳国这一处秘境里的灵果、灵草早已被摘得七七八八，无甚油水可捞，又怎会劳顾白婴亲自走一趟？

顾白婴没理会他，只回头问簪星三人："没受伤吧？"

田芳芳道："没有，师叔，你来得真及时。"

簪星想：能不及时吗？她身上带的传音符统共没几张，这就用了一张了。

顾白婴遂又看向地上琉璃宗的两个弟子。那位欠了债的兄弟已经被打得昏迷不醒，他的师弟抱着他，忙不迭地冲簪星几人道谢："多谢各位同修，待荣余回到琉璃宗，必会将此事告知诸位长老，奉上谢礼。"

"算了，兄弟，"田芳芳道，"你师兄看起来伤得不轻，恐怕不能进秘境试炼了。这本就是亏本生意，再送点儿谢礼，岂不是要将宗门的家底掏空？"

琉璃宗是个小宗门，家底确实不丰。荣余面上显出些赧然之色，嗫嚅着，想说什么又不敢说。簪星看向他那位师兄，正想询问伤势，腰间的盘花棍却微微颤动起来。

好端端的，盘花棍怎么会动？

簪星正奇怪，就见荣余那位昏迷的师兄后颈处，皮下似有什么东西在蠕动。她下意识地喊顾白婴来看："师叔，你看……"

下一刻，顾白婴突然伸手，朝昏迷之人的后颈处猛地拍去。众人还未看清楚，只听赌坊里传来一声尖厉的叫声，像是尖锐之物划破锅底，刺得人头痛欲裂。

从荣余的师兄后颈处，飞出一道一寸长的金色光影。它动作极快，猛地朝人群中蹿去。只听"哧"的一声，一支银枪从天而降，将这光影钉在地上，使其逃脱不得。

这一切发生得太快，众人都反应不及，待回过神来，就见被枪尖钉在地上的光影剧烈地翻腾，边挣扎边发出难听的尖叫，直到一盏茶的工夫后，才慢慢停歇下来。

这是一只金色的虫子，不过手指那么长，密密麻麻的腹足看得人头皮发麻，外形像是蜈蚣，却又比蜈蚣柔软。脑袋下有一对丑陋的螯足，螯足上沾着一点儿血迹。

赌坊里有胆小的人惶然问道："这是什么呀？看着有些可怕。"

牧层霄皱眉道："赌虫？"

"就是赌虫。"顾白婴收回银枪，施了一个控制术，将虫子关在光牢里，肯定了他的答案。

"牧师弟，赌虫是什么？"田芳芳问。

"一种妖虫，常匿于赌坊赌馆中，乘人不备寄生于人体内。被寄生之人灵智渐失，好赌成性，直至因赌气绝，无药可救。"牧层霄回答，随即又有些奇怪："不过我看典籍上说，赌虫一旦寄生成功，除非宿主丧命，否则不会离开宿主身体。七师叔是怎么发现的？"

顾白婴看了一眼簪星，簪星莫名其妙，听得他道："盘花棍上有辟邪驱妖的清心咒，杨簪星靠近他，符咒克制妖虫，妖虫才会主动地逃离宿主。"

簪星明白过来，看向腰间的盘花棍，难怪刚刚这棍子晃得厉害，原来是在给她提醒？

"可是……我师兄身上怎么会有这种东西？"荣余抬起头，"就算是藏在赌坊中的妖虫，为何单单寄生在我师兄身上？"

"可能你师兄运气不好？"田芳芳试探地道。

"那他的运气未免也太不好了。"牧层霄摇头，"修仙界里，已经近几十年没有人见过赌虫的踪迹。况且这间赌坊里凡人众多，赌虫却偏偏选了一位修士……"他看向谈天信，"真巧。"

"你什么意思？"谈天信冷笑，"怀疑我？"

牧层霄："我没这么说。"

"我没做这种事！"谈天信咬牙，"你们这是血口喷人。"

"小子，"顾白婴转头看向荣余，"害你师兄的妖虫已经找到，你打算怎么办？"

顾白婴这句"怎么办"，意思就是要不要继续查。若继续查，查到赤华门头上，最后多半也是不了了之。果然，荣余闻言，目光挣扎几番，垂首道：

"既然如此……我就先带师兄回客栈，再做打算。"

"就这样？"牧层霄的眉头一皱，"你师兄伤成这样，肯定是不能进秘境试炼的。"

荣余苦笑一声："那也是没办法的事。"

簪星心中叹息一声，荣余大约也是不想和赤华门起争执，才会选择息事宁人。

谈天信见荣余如此，脸色好看了些，纵然脸上带着鞋印，仍得意地道："识相就好。"

顾白婴看了他一眼，谈天信下意识地捂住脸，憋了半晌，吐出一句："算我倒霉，那灵石我不要了，就放你们一马！"

门冬和孟盈从门外走了进来，他们二人来得晚一些。门冬一眼就看见被困在光牢中的赌虫，惊喜地道："赌虫！"他快步上前，从乾坤袋里掏出巴掌大的竹编小笼，逮蛐蛐一般将赌虫关了进去，提着竹笼道，"这可是好东西，能入药的，没想到离耳国竟也有赌虫。"

孟盈走到顾白婴跟前，问："师叔，没事吧？"

顾白婴道："没什么。"

锵锵赌坊里，突然出现这么一个仙姿玉色的大美人，众人登时眼睛都看直了，就连谈天信的目光也变得柔和起来。方才站在簪星身侧那位摇扇子的蓝衣公子，这时候也上前一步，走到孟盈面前，风度翩翩地开口："这位就是太焱派的孟师姐吧？久仰大名，在下聂星虹，是吟风宗的弟子。"

簪星心中"啊"了一声，看向聂星虹的目光已是不同，原来这就是那个暴发户宗门的弟子。

赤华门算是老牌宗门，历史悠久。这个吟风宗在修仙界宗门中，只能说是后起之秀。也是他们掌门人走了狗屎运，几十年前，吟风宗掌门人在自家宗门后山处挖出一座灵石矿，自此走上暴富之路。

家里有矿，就不缺灵石。吟风宗的掌门人颇有远见，知道一个宗门要想发展得长久，最重要的还是人才。于是，这些年来，吟风宗积极地实施"人才引进战略"，招收了一批好苗子。也不怪那些天才俊杰愿意往吟风宗跑，听说吟风宗每月发给弟子的灵石都有几百块，更别说住宿、用度等硬件设施。总之，吟风宗靠着家里的矿，硬生生地用灵石在修仙界中砸出一席之地。

有了钱又有了人才的吟风宗，自然就要踩着旧人的名头打出自己的招牌。其中，日渐式微的太焱派就是一个极好的目标。所以过去几十年，修仙界每每有什么仙门斗法大会，吟风宗总是将太焱派当作竞争对手或者踏脚石，屡次出言挑衅。太焱派的弟子都很看不惯吟风宗宗门的行事风格，见到对方的弟子都要呸一句"暴发户"。

簪星心想：难怪刚才这人一副幸灾乐祸的样子，原来是对头。

大美人孟盈不愧是太焱派的"派花"，平日里见的献殷勤的人多了去了，压根儿没将这么一号人物放在眼里，甚至看也没看聂星虹一眼，直接无视他的搭讪。孟盈越过他，对顾白婴道："师叔，我们该回去了。"

顾白婴将银枪隐去，招呼簪星几人："走吧。"

田芳芳耸了耸肩，拍了拍荣余的肩："兄弟，我们先走了，秘境试炼日再见。"

荣余又道了一声谢，簪星几人这才离开。

一出锵锵赌坊，顾白婴脸上的笑容就散去了。他扫了一眼簪星三人，语气不大痛快地问："谁先动的手？"

簪星和牧层霄后退一步，田芳芳留在最前面。迎着顾白婴冷峻的眼神，这壮汉小声道："是我……但是师叔，他们太欺负人了！怎么能为了一点儿灵石把人往死里打呢？而且他们辱骂师妹丑八怪。最重要的是，牧师弟也说，分明就是赤华门的人故意用赌虫让琉璃宗的人出事，好少一个人进秘境。这太卑鄙了，是不是，牧师弟？"

牧层霄道："我只是猜测。"

"师弟，你怎么……？"

不等田芳芳说完，顾白婴就不耐烦地打断他的话："既然是我们先动的手，那就好好打。你知不知道，如果不是我赶到，太焱派的脸面就要被人踩在地上了！"

田芳芳："啊？"

簪星忍不住笑起来。

"'啊'什么'啊'。"顾白婴又将矛头对准簪星："还有你，出了姑逢山就不是太焱派的地盘，不会人人都让着你。连偷袭都躲不过，杨簪星，你好歹是内门考核第一的弟子，在外面就这样丢人现眼？"

簪星："……"

牧层霄开口道："师叔，师父临走时嘱咐过我们，在外面不要轻易与别宗弟子发生争执。"

"没有必要的事当然不用争执，但是你们既然动了手，就要打赢。"他轻哼一声，"不然动手干什么？恐吓吗？"

簪星盯着他道："师叔，你的胜负欲好强啊。"

这少年简直像一头不服输的狼崽子，谁惹到他，他非咬回来不可。

"不然呢？"他一挑眉，"像你一样，站在原地等着被人偷袭？我现在很怀疑玄凌子的眼光。"

"师叔，天色不早了。"孟盈看了一眼远处，"我们还是先找地方住下来吧。"

"对对对，"门冬也赶紧伸了伸懒腰，"我也饿了，我们先去找客栈吧。"

第十六章
第一次团建

离耳国的国主曾热情地邀请他们宿在王宫，不过王宫里规矩太多，顾白婴和孟盈都不喜拘束，还是决定在城内找客栈住下。离耳国作为旅游城市，客栈不少，每十年一次的秘境开放期间，靠近海滩的客栈更是人满为患。

修士们都是宗门精心挑选的好苗子，身上自然不缺灵石，客栈都尽着好的住。离耳国里，最贵的客栈就是仙寻海客栈。

仙寻海客栈近海，沙子是粒粒分明的白色，看起来洁净又柔软。海边生长着红树林，远处海水碧蓝如琉璃。客栈都是木楼，夜里人坐在楼中，推开窗便看到海景。若有明月高照，可将沙滩照得如雪般银亮，树枝摇曳，远处潮水汹涌，湿润的海风吹上面颊，人如误入仙岛幽境。

确是如仙寻海。

田芳芳第一次住在海边，喜欢四处摸摸。这里的帐子是雪白的纱帐，窗外的海风吹来时，帐子飘摇若流动的云雾。簪星心中感叹：这种好地方，不度蜜月可惜了。

她和孟盈住一间，顾白婴和门冬住一间，牧层霄和田芳芳自然也住一间。

虽然太焱派算不上穷，但在这里住一夜就要花上百灵石，他们还是能省一点儿是一点儿。

簪星在屋子里坐了一会儿，腹中开始觉出饥饿，本想问孟盈要不要一起出去吃点儿东西，却见孟盈不知什么时候已经开始打坐养息。她不好惊扰孟盈，便自己下了楼，想瞧瞧客栈里有什么能吃的。

这客栈很大，四面都是小楼，小楼中间是一座院子，院子里种着一棵凤凰木，漂亮得很。簪星下了楼，想穿过院子去前厅，路过的时候见树上挂着一面铜镜，不知是不是店主特意将其挂在这里，供客人整理衣着用的。

簪星走到镜子前，看向镜子里的人。镜子中的姑娘身材高挑窈窕，五官俏丽动人，只是右脸上青黑的疤痕太过突兀，让原本漂亮的容貌显出了几分狰狞。

她叹了口气，素肤玉容丹都吃了好几个月了，疤痕一点儿不曾减淡。簪星怀疑李丹书说的两年能恢复如初只是一个安慰。簪星以手抚上面颊，这疤痕，实在太碍眼了。

"真难得。"一个熟悉的声音从她身后冒出来，"我还以为你不在乎呢。"

簪星回头，顾白婴双手抱胸，站在楼下，气定神闲地看着她。

"七师叔？"簪星看了看他身后，没见着别人，就道，"爱美之心人皆有之，我也不想天天被叫丑八怪。"

"怎么？被赌坊里那些浑蛋的话刺激到了？"

簪星在脸上堆起一个假笑："我毕竟是姑娘家，也没有师叔这么丰姿倾众、朗若朝霞。"

顾白婴对旁人的夸赞向来都照单全收，闻言没有半分谦逊之色，只道："当然。"

簪星一时无言，只好岔开话头："师叔，这棵树长得很像逍遥殿中的那棵花树。"

"所以呢？"

簪星道："我太喜欢了，你能不能教我幻术？"

自打上次在逍遥殿中看到那棵在冬天也能开花的树后，簪星就对幻术产生了浓厚的兴趣。可太焱派里没有幻术这一学科，就连藏书阁里有关幻术的典籍也寥寥无几。簪星看向顾白婴："我之前问过师父，师父说，太焱派中，你的幻术最好。师叔，你能不能教教我？"

顾白婴脾气坏归坏，但出门在外，到底担着一个师叔的名头，并没有一口回绝，只是教训她道："幻术只是障眼法，没有任何攻击力。你现在最重要的是提升自己的修为，不要好高骛远，眼高手低。"

"怎么会没有攻击力呢？"簪星问，"我们第一次见面的时候，你的法器里飞出的雪就是幻术，可也伤到我了。"

"那是功法，不算幻术。"顾白婴难得有耐心地解释，"修仙界中的修士，不屑于用没有攻击力的障眼法，因为障眼法只能哄骗没有修为的普通人。"说到此处，他看了一眼簪星，大概是鄙夷簪星作为太焱派的宗门弟子连幻术都分辨不清，顿了顿，才接着道，"幻术多为妖类害人所用。你在《须弥芥子图》中遇到的双头修罗，从某种方面来说，你看到的他的那两张人脸，也是幻术造成的。"

"意思是，幻术只对普通人有效吗？"簪星虚心地求教。

"绝大部分情况是。"

"那小部分情况……"

"传说妖界有活了上千年的大妖，能幻化出一座城池，城中花鸟虫兽、日月晴雨、人畜楼宇，与真的一般无二。"顾白婴道，"如果身处此种大妖的幻境，纵是修为高超的修士，也可能难以分辨。"

"这么厉害啊？"

顾白婴蹙眉："传言而已，当不得真。妖类天生善于蛊惑人心，凡人修习幻术没有任何意义。因此，你最好不要胡思乱想，还是给我脚踏实地地好好修炼。"

簪星觉得此刻的顾白婴，浑身上下都散发着教导主任的光芒。

她上前一步，抬头望着顾白婴笑道："照师叔这么说，咱们修仙之人，修习幻术既没有意义，又没有优势，那为何师叔还要学呢？总不可能是为了想在冬天里看会开花的树吧？"

少年一怔，清澈的眸子在一瞬间变得沉如夜色。他还没来得及说话，身后传来一个声音："你懂什么，虽然没什么用，但是姑娘家都喜欢！"

簪星回头一看，门冬从楼下跑过来，一转眼跑到顾白婴身前，望着簪星道："为了修炼而修炼，那多无聊啊！"

这小孩儿长着一张粉雕玉琢的小仙童脸，偏偏每次说话都老气横秋，叫人气也不是，笑也不是。

"但你的小师叔看起来可不像是会撩妹的人。"簪星捏了一把他的脸蛋儿。

门冬挣开她的手："撩妹是什么意思？"

"就是讨姑娘欢心的意思。"簪星笑道。

"我师叔还需要讨姑娘欢心？"门冬想也不想地回答，"向来都是别人讨他欢心。"

顾白婴微微扬眉，打断了小孩儿的话："你出来干什么？"

"田师兄和牧师兄来敲我的门，问我要不要一起出去找点儿吃的。"门冬指了指身后，"他们来了。"

田芳芳和牧层霄刚下楼，就见顾白婴和簪星二人站在院子里。田芳芳走到簪星身边，弥弥趴在他的肩上。他道："师妹，刚好你也在，我和师弟打算去海滩走走。听说离耳国的海蛎鲜得能让人把舌头也吞掉，我和牧师弟想去尝尝。师妹去不去？"

"去！"簪星笑道，"我也想尝尝你说的海蛎。"出来旅行，不吃遍当地小吃，等于白来。

"师叔也一起去吧？"田芳芳热络地招呼，"姑逢山那头没有海，咱们难得见到这些东西。"

"不去。"顾白婴果然如簪星所猜的那般，很是瞧不上这些"垃圾食品"，"凡人吃的食物没有半分灵气，于修炼并无好处，我劝你们也少吃。"

田芳芳丝毫没有将顾白婴的话放在心上，说道："好，我们保证只尝一点点。"

顾白婴转身要回楼上，见门冬偷偷往田芳芳那头溜，毫不客气地一把拎起门冬的后衣领，将他往回提，说道："你也不准去。"

门冬急中生智，大喊一声："师叔！"

顾白婴抬了抬眼皮："叫什么？"

门冬拽着他的袖子，低声道："师叔三思啊！琴虫种子还在杨簪星身上，她还对牧层霄邪念未消。这黑灯瞎火的，你可不能让他们二人出去，万一他们俩双修了怎么办？"

"你操的哪门子心？"顾白婴气笑了，"田芳芳还在，他们怎么双修？"

"田芳芳那个傻大个儿懂什么，说不准三言两语就被打发走了。琴虫种子还是放在咱们眼皮子底下安心。师叔，你都为了琴虫来离耳国了，可不能功亏一篑，细节决定成败呀！"他挣扎着扭头望了三人的背影一眼，急忙道，"师叔，你快看，他们都走在一起了，这么亲密，很危险的呀！"

顾白婴原本颇不耐烦听门冬胡扯，哪儿知门冬越说越撕心裂肺，他终是忍不住，停下脚步回头望去。

远处，簪星走在中间，牧层霄和田芳芳分别走在她两侧，单看起来，距离都差不多。

门冬还在嚷："看，他们的肩碰上了，手也快碰上了！天啊，他们今晚不会就在一起了吧？"

"你给我闭嘴。"顾白婴捂住他的嘴，眉头紧蹙地盯着前面的三人。片刻后，他大步朝前走去，一直走到簪星和牧层霄中间，将他们二人挤开。

簪星一愣。

"我改主意了。"顾白婴道，"我也去。"

最终，太焱派的所有人都去了。

毕竟只留孟盈一个人在客栈里，显得他们像是将孟盈孤立了似的。孟盈在太焱派中也如顾白婴一般，吃穿修炼都很讲究，素日里碰都不会碰这些凡人的食物。今夜她肯出来，算是很给面子了。

当然，她是看在顾白婴的面子上。

离耳国白日里骄阳似火、海天云蒸，修士们都不愿出门，躲在放了冰块的屋中纳凉。到了夜里，海风凉爽，月色明朗，海滩上便热闹起来。

红树林的每棵树上都挂了巴掌大的小灯笼，灯笼纸是绀蓝色的，远远望去，如一片深蓝的光瀑。月光漫过沙地，白沙如雪，远处的潮汐奔涌而来，和着海浪，将夜色与长海连成一片。

海滩边上有许多小贩，一些是如白日在赌坊门口卖冰糖浆的，一些是卖瓜果的，还有一些，则在靠近海边停泊的小船上架起了锅炉。有人就地垂钓，将钓上的鱼烤得香喷喷的。据说修士也可自行上船垂钓烹烤，一个时辰五十块灵石，同野外的自助烧烤差不多。

若不想自己动手，海滩边还有许多专门的小食摊，离耳国盛产海蛎和花蟹，无须复杂的烹煮，蒸一下就很美味了。海风将香气往人的鼻子里送，勾得人食指大动。弥弥走到一处卖烤海蛎的小摊前便不动了，蹭着摊主的腿撒娇。

那摊主低头一看，疑惑地看向周围："谁家的猪跑出来了？"

簪星："……"

她走过去将弥弥抱起来，问其他人："要不就在这儿吃吧？"

"好啊！"田芳芳看了看远处，"不知道味道如何？"

"放心吧，几位仙长，"摊主乐呵呵地道，"不是小的自夸，咱们离耳国的海蛎和花蟹，那可是一绝，不尝尝肯定后悔。前面有桌椅，各位稍等片刻。"

既然是顾白婴做东，众人便没有省钱的道理。田芳芳铆足了劲儿点菜，挑了海蛎和花蟹，还有一些鱼虾。小摊前不远处就有搭好的凉棚，等秘境试炼结束后，海滩上的所有凉棚都会被拆掉。这几日正是一年中小贩们生意最好的时候。簪星几人在桌前坐下，摊主还送了一小碟蜜瓜，看起来简直和海鲜大排档没什么两样。

这算是团建吧？簪星的第一次团建就是在海鲜大排档，没有啤酒怎么能行？

簪星提议："这附近有卖酒的吗？要不咱们买一点儿酒喝吧。"

"好啊！"田芳芳第一个赞同，"我就说好像缺了点儿什么，还是师妹你厉害。"

"不行。"顾白婴瞪了簪星一眼，"宗门规定，出门在外，不能喝酒，喝酒误事。"

"这也不行？"簪星道，"师门管得真宽。"

"那当然，咱们宗门可是正经宗门，门规本就森严。"门冬见状，补充道，"在外不仅不能喝酒，也不能赌博，跟琉璃宗、赤华门的人似的逛赌场可不行。"

簪星饶有兴致地问："还有呢？"

"还有……"门冬想了想，突然道，"双修也不行！"

此话一出，其余人都静了一下。簪星好笑："冬冬，小孩子骗人，鼻子会长长的。"

"我没有骗人！"门冬认真地看着她，"我说的都是真的。"

簪星不以为然，要是宗门里真不准双修，牧层霄那八个老婆从何而来？见簪星还是不信，门冬急了，扯了一把顾白婴的袖子："不信你问师叔。师叔，是不是？"

簪星看向顾白婴，顾白婴轻咳一声，说道："不错，宗门里规定，确实不准双修，"他盯着簪星，恶狠狠地警告，"所以杨簪星，你要把心思全部用在提升修为上，不要想不该想的事情！"

簪星感觉莫名其妙，她怎么就想不该想的事情了？还有太焱派这是怎么回事？双修属于弟子的私生活，宗门这是要贯彻"拒绝黄赌毒"吗？

倒是一边的孟盈，若有所思地看了顾白婴一眼。

不多时，烤好的海蛎便盛在银盘里端了上来，看起来肉质格外鲜嫩，鲜香扑鼻。门冬年纪小，嘴巴馋，想也不想就要拿筷子夹海蛎到自己的碗中，忽然想到什么，偷偷瞥一眼顾白婴，一本正经地道："生蛎肉治虚损，解酒后烦热，滑皮肤。牡蛎壳化痰软坚，清热除湿，止心脾气痛，俐下赤白浊，消疝积块。就要进秘境了，大家都多吃点儿海蛎，于修为上大有裨益。"

来上菜的摊主闻言，笑道："小仙长真是见多识广，说得的确不错，这海蛎配上冰糖浆也是一绝。仙长们可以去前方小船处买些冰糖浆，味道会更好。"

待摊主走后，田芳芳招呼众人赶紧趁热夹海蛎，并不提冰糖浆的事。毕竟冰糖浆也挺贵的，要出自己的灵石，没人愿意。

簪星尝了一口，这海蛎用了特制的酱调味，确实很鲜，带着一点儿海物特有的清甜。她吃了两口，突然想起一件事，从怀中摸出一物，递到顾白婴面前："对了，师叔，这个还你。"

那是一只小小的青色铃铛，看起来玲珑剔透，精巧得很。顾白婴一愣，下意识地摸了摸腰间，似乎现在才发现自己丢了东西。倒是一边的门冬见状，嘴里塞得鼓鼓囊囊的，含糊地说道："结心铃怎么在你的手上？"

"结心铃？"簪星不明所以，"今日在赌坊的时候，赤华门的何日偷袭，师叔救我的时候，铃铛从他身上掉下来了。我捡起来后本想还给师叔，一时忘了。"

她见顾白婴接过那只青色的铃铛，就问："这是铃铛吗？怎么都发不出响声？"

她捡起来后还晃了晃，不过这铃铛一点儿声音也没有。

"结心铃在寻常时候本就不会响。"回答她的是孟盈，"也从未有人听过结心铃响起的声音。"

田芳芳抬起头："为什么？"

正在这时，顾白婴突然站起身来。众人一愣，见这少年眉宇间似有不悦，牧层霄问："师叔怎么了？"

"不是要喝冰糖浆吗？"他起身，"我去买。"说罢，他离开桌子，往海滩小船那头走去。

"师叔是不是有点儿不高兴啊？"田芳芳问，"他怎么了？"

孟盈叹了口气，没有说话。

簪星看向她："师姐，你刚刚说，没有人听过结心铃发出响声是什么意思？什么又叫'寻常时候'？难道不寻常的时候它会响吗？"

"它当然会响。"门冬脸上蹭了油，一边由着田芳芳拿帕子给他擦脸，一边道，"只是我们都听不到罢了。"

孟盈垂眸："结心铃，本来是青华仙子的铃铛。"

太焱派的青华仙子，作为羽山圣人的亲传弟子、少阳真人的同门师妹、二十年前人魔大战中力斩魔王的大功臣，本就充满传奇色彩。更何况，她还是一位花容婀娜、秀色绝世的神女。

当年魔王还未祸害人间时，青华仙子就以美貌和修为著称，名声响遍整个修仙界。虽然人人都说如今的修仙界中，孟盈是千年难遇的大美人，可比起青华仙子，她还是不得其神韵的十分之一。

这样优秀的女子，想成为她道侣的人说是数以万计也不为过。当年，修仙界宗门的各位适龄才俊，都快把太焱派的门槛踏破了。奈何美人无心风月，一心向道，只愿早日飞升。

各大宗门里，也不乏过于自信的弟子，总认为美人对自己不理不睬，一定是欲拒还迎、故作清高。就有那么一位弟子，屡次被拒后，愤而送了一只青色铃铛给青华仙子，这铃铛就是结心铃。

结心铃是极品灵器，修士一旦与此铃铛结下契约，就是铃铛的主人。结心铃在寻常时候并不会响，只有当主人遇到自己心仪之人，心动之时方会发出响声。

"这是什么？"簪星听得目瞪口呆，"心动探测仪？"未免太智能了。

孟盈摇头："那位同修的本意是，青华仙子不可能没有喜欢上自己，想要让她当着众人的面正视自己的真心，结果……"

结果众人都知道了，没戏。

不过这之后，结心铃反倒成为检测仙子真心的工具。无数才俊对着仙子深情款款地说着动人的情话，指天指地地立下誓言，而青华仙子只是冷着一张俏脸，腰间的结心铃悄无声息。

"结心铃只会在主人心动之时响起。"牧层霄疑惑，"这么说，青华仙子在面对七师叔的生父时，铃铛应当响过？"

"可能吧。"孟盈低声道，"但除了青华仙子自己，没人知道七师叔的生父是谁。因此，到现在也没人听过结心铃的响声。"

"那结心铃怎么会在师叔身上？"簪星问。

"青华仙子消失前，留下了结心铃，并抹去了上头的契约，应当是为了把结心铃留给七师叔。掌门人后来便将结心铃给了七师叔，也让七师叔与结心铃重新结下契约。如果有朝一日，七师叔有了心仪之人，在他心动的那一刻，我们或许能听到结心铃的铃声。"孟盈回答。

门冬抹了把嘴："得了吧，我师叔这么好，要让他动心，得是个仙女才行。我看呀，说不定也和青华仙子那时一般，咱们这辈子都听不到结心铃响起来是个什么声儿了。"

"别胡说，"田芳芳塞了一根烤玉米在他的嘴里，"怎么能这么诅咒小师叔呢？仔细地想想，咱们这辈子能见到仙女的可能性还是有的。"

"七师叔修为确实很高，"牧层霄开口道，"今日一招就拿下谈天信，他尚年少……"牧层霄说到此处，语气有些不服输。

簪星很理解，毕竟顾白婴这么一个横空出世的新角色，都快把男主角的主角光环抢光了。可原著世界怎么没给他使点儿绊子抹杀他呢？就因为他没有枭元珠？那她现在把枭元珠抠出来还给牧层霄行不行？可这要怎么抠啊？

她正胡思乱想着，听到门冬又道："那是自然，我师叔是青华仙子的血脉，自然继承了青华仙子的天赋，不可能不优秀。"

"那可不一定，"簪星拨了一下面前的海蛎壳，"有时候人在光环下活着，是一件更辛苦的事。"

门冬："什么意思？"

"就如你觉得，七师叔是青华仙子的儿子，因此做到最好是理所应当，做不到最好就是没有努力，这岂不是活活给人套上了枷锁？一个人只能成功不能失败，听着未免有些可怜。"她咬了一口烤鱼，"人啊，努力修炼，费心闭关，做好了，便被旁人归于天赋使然；做不好，就会面对众人的指责，因为有无数双眼睛在盯着你。"

小孩儿皱眉："是因为我师叔优秀，别人才看着他的。而且被人关注，不是一件很值得骄傲的事吗？无人关注才可怜呢。"

"那好，"簪星笑道，"你见过小师叔失败的时候吗？见过他流泪的模样吗？见过他软弱的一面吗？"

"你说的这些都不可能发生！"门冬气鼓鼓地道，"我师叔才不会这样！"

"这就对了。"簪星笑了笑，"只要是人，就会有软弱、伤心的时候，你没有看见，是因为师叔将这一面藏了起来。正因为盯着他的人太多，他就算想躲也没处躲。等你们都习惯了这般，他就算想当着别人的面流露出软弱的瞬间，都做不到了。"她摸了摸门冬的脑袋，"师弟，你以后就会明白，光环的另一面，就是压力。"

门冬皱起鼻子，没有说话。

小摊前，少年停下脚步，手里提着装冰糖浆的木盒，站在凉棚后面，目光落在说话人身上。

风从远处的海面吹过来，带起海水特有的潮湿的咸味。凉棚里到处是夜里出来玩乐的修士，一片熙熙攘攘中，唯有女子的话清晰地落在他的耳边。

分明是她随口的戏言，却如一柄剑，准确地刺中他的心底隐秘的土壤。

只要是人，就会有软弱、伤心的时候。

他有过这种时候吗？或许有过，但那是太久远之前的事了，以至他自己都忘了，也做不到了。

少年的身影在夜幕下，一瞬间竟显得格外孤单。朱红的发带被月光淋过，如开到极致的花，韶丽得很。

而他的神情很孤独。

身侧有当地的卖鱼姑娘为这少年郎俊俏的容貌所惑，手里提着大青鱼边走边回头，又见远处凉棚中，有小孩儿朝这边招手："师叔，你回来了！"

他顿了顿，提紧手中的木盒，朝凉棚走去。

这一顿大家吃得很是尽兴，就连高岭之花盂盈也动了两下筷子。吃饱喝足之后，顾白婴付过灵石，众人打算沿着海滩回仙寻海客栈。

长滩连着远处，忽然众人听到一声巨响，抬眼看去，就见重重夜幕中，一朵烟火在空中绽开，如无数璀璨的星辰碎在天上，又飞速地坠进远处的海域中。明月悬挂在深蓝的夜空中，而亮起来的烟火如梦，照亮整个离耳国的夜晚。

海滩上的修士们都高兴起来。他们在宗门里日日苦修，日子过得清心寡欲，难得出门在外，处处都是热闹风景。

"这还有助兴节目？"簪星心想：离耳国的旅游节目，倒是很丰富多彩。纵然没有秘境，单是这里的自然风光和人文气氛，也值得她再来几趟。

"秘境开放的时候，离耳国每夜都会在西海岸放烟火的。"孟盈看着远处，"也算是欢迎前来秘境的修士。"

田芳芳指着远处："那儿怎么那么多人啊？"

簪星顺着他指的方向看去，就见长滩最前面，有许多修士围在一起，不知在看什么。待他们往那头走了两步才看清楚，那是一尊雕像。

这雕像很是高大，雕的是一位年轻男子，身穿袍服，头戴金冠，手持宝剑，看起来英姿勃发。雕像是用金子雕成的，也不知是纯金还是镀金，男子的眼睛则是漂亮的深色宝石。簪星看到雕像的第一眼就愣住了，这算什么？快乐王子吗？离耳国就这么把它放在外面，也不怕别人把雕像的眼睛抠掉，还真是财大气粗。

"这是什么？"田芳芳指着雕像的脚下，"妖物？"

这金身男子的宝剑下，还半跪着一个人。此人青面獠牙，形容可怖，肌肤上布满丑陋的鳞片，腰部以下是一条巨大的鱼尾，鱼尾上还钉着一支长箭。

"看起来像是鲛人。"牧层霄道。

"就是鲛人，"顾白婴走上前，望着那雕像，"几十年前，离耳国曾有鲛人作乱，国主带兵斩杀妖鲛，后祸乱平息，工匠铸此雕像纪念国主。"

"就是美人鱼嘛。"簪星恍然大悟，目光落在鲛人像的脸上，这脸实在比双头修罗的长相好不到哪里去，她忍不住道，"雕刻得也太丑了。"

"什么美人鱼，鲛人就是鲛人。"门冬蹙眉，"鲛人哪儿有美的？这不就是鲛人的样子吗？"

簪星问："你见过鲛人？"

门冬语塞："那倒没有。鲛人早在几十年前就绝迹了。按理说，离耳国这一只就是最后一只了。"

簪星望着那雕像上被老国主踩在地上的鲛人。大抵是因为和自小听过的那个故事差别太大，她终是忍不住道："感觉不像我知道的鲛人。"都是海的女儿，怎么修仙版的这么暗黑呢？

"你知道的鲛人是什么样的？"门冬好奇地问。

簪星顿了顿，说道："我知道的鲛人，是个姑娘……"

她将听过无数次的故事原原本本地讲了一遍，最后道："第二天清晨，太阳从海里升起来，鲛人化作泡沫，消失在了海上。"

这个西方故事在东方修仙界里未免过于惊世骇俗。门冬年纪小，听完后眼睛立刻红了，喃喃道："怎么会这样？"

簪星正想安慰这孩子几句，忽然听到身后有人说话："这个故事倒是很新鲜，不过，你嘴里那个善良的鲛人，只存在于故事中。真正的鲛人，可比她要凶残得多。"

众人回头一看，见身后站着一位陌生的老妇，不知在这里听他们说话多久了。这老妇一头花白的头发，一丝不苟地束成发髻，赫赤色的衣袍在腰间以一条黑色腰带束起，露出黑靴。离耳国天气炎热，当地人大多穿着清凉，这老妇人却穿得厚重。她虽已上了年纪，可单从眉眼来看，仍能看出几分年轻时候的风姿。

当地人总是懒洋洋的，脸上带着些闲适的笑意，这妇人却像一把绷紧的弓，漂亮、英气、浑身上下散发着一种力量感。纵然她上了年纪，却仍然一眼就抓住人的目光，叫人难以忽略。

"您是……？"簪星问。

"一个路人罢了。"红衣妇人没有回答簪星的话，而是走到雕像身边，看着那雕像淡淡地开口，"四十年前，离耳国有妖物作祟，残害年轻女子，吸食她们的鲜血。国主亲自带领守城军与妖物厮杀，发现妖物其实是西海中的鲛人。妖鲛凶残，几乎杀尽了守城军，国主亲手杀掉妖鲛，却也因此身受重伤，最后与妖鲛同归于尽。"

她说得怅然，似乎当年曾见过国主斩杀妖鲛。

红衣妇人看向簪星："姑娘，妖物凶残，你可以讲故事，但不要粉饰它们。

否则，当年国主和守城军们的鲜血可就白流了。"说到最后一句时，她的神情骤然变得严肃。

簪星一时间有些尴尬，只得将求助的目光投向同门。

田芳芳笑着打圆场："这位夫人，我们也就是随便说说，自然当不得真。离耳国的老国主身先士卒，与妖鲛搏斗，保护了一国百姓，了不起，太厉害了！我们都很佩服他！"

这番夸奖听着有些不走心，簪星想着要不要再补充几句，显得真诚一点儿，正在这时，身侧的弥弥突然"嗷呜"一声，身体弓起，浑身的毛都乍了起来。簪星一愣，正想说话，忽然听见远处有人尖叫，抬眼望去，海滩上，无数人影顷刻间乱成一团，正四散逃离，间或夹杂着惊恐的叫喊。

"救命啊！救命啊！死人了！"

"妖怪，有妖怪——"

"妖怪杀人了！"

田芳芳吓了一跳："怎么回事？出什么事了？"

"前方有妖气。"顾白婴眉间一蹙，望向人群逃离的方向，"我去看看。"

西海岸边的沙滩上，平民在城守军的指挥下迅速地分散退去。簪星一行人到出事的客栈的时候，外头早已被城守军围住。见簪星一行人准备进去，守卫问："什么人？"

孟盈将国主分发的通行牌给他看，守卫兵看过后，立刻收起剑，恭敬地道："原来是太焱派的几位仙长，请进。"

"这里出什么事了？"牧层霄问，"是有妖物作祟？"

"一句话也说不清楚，"那守卫显出几分为难的神色，"几位仙长还是先进去看看吧。"

离耳国挨近海滩的客栈不少，簪星住的仙寻海客栈那一头靠近城里，风景最好，买东西方便，价钱最高，不缺钱的修士们常常多住于那头。靠近红树林深处的另一头，价钱就要便宜得多，不过风景也不错。离耳国本地的富户官家们，偶尔也会在此小住。

这间出事的客栈，就是靠近红树林那头。

众人刚一踏入客栈里，弥弥就"嗖"的一下从田芳芳的肩上跳下来，直奔某个方向而去。众人跟上，就见在一间房前，白日里见过的那位琉璃宗的荣余正抱着弥弥，一脸讶然地看过来。

"荣余？"簪星问，"你怎么在这里？"

"我看这附近有药铺，出来给师兄找些药草，路上听见这里出事，就进来看看……"他话没说完，从身后又露出一个熟悉的身影，居然是赤华门的谈天信。

谈天信大概也没料到会在这里遇到簪星他们，跟着愣了一下。

簪星见荣余的脸上有些瘀青，心中了然，这人该不会是在这里恰好遇到了谈天信他们，又被找麻烦了吧？

顾白婴不耐烦与他们寒暄，只拨开众人，往房间里走，说道："好大的血腥气，怎么回事？"

簪星也赶紧跟了上去。

这是一间单人客房，并不大。众人甫一进房间里，立刻闻到一股非常大的血腥味，再看周围，客房的房间顶上、墙上、地上到处都是飞溅的血迹，挂着的雪白纱帐几乎被血染透。床上躺着一个"人"，说是"人"，可实在看不出有半分人的样子，倒像是枯槁的树干，只有一张皮干巴巴地贴着骨头，眼眶深深地凹陷下去。

簪星毫无心理准备地撞见这一幕，"啊"了一声。顾白婴回头："吵什么？"

簪星一把抓住他的胳膊，挡在自己的眼前，低声道："死人。"

活到这么大，她都没见过几次死人，而死得这般惨的，还是第一次见。情状之可怖，只怕今夜回到客栈她都会做噩梦。

"放手。"顾白婴恼怒地道。

簪星心中犹豫了几下，终于闭着眼睛松开胳膊，转了个身，背对着那榻上的女尸，才敢睁开眼。她刚一睁眼，就听见从门外传来一个女子的声音，带着不加掩饰的嘲讽："没想到太焱派新收的女弟子，竟是连死人都怕的胆小鬼。"

自门外走进一男一女，男的簪星白日在赌坊里见过，就是那个幸灾乐祸、爱说风凉话的蓝衣公子——暴发户宗门吟风宗的聂星虹。他身侧的少女倒是很陌生，个子小巧玲珑，一身紫裙，生得玉面芙蓉，眉宇间似有几分天真。

"你是谁？"田芳芳不满，"怎么能这么说我师妹？"

"湘灵派的蒲萄。"这少女望着杨簪星，挑衅道，"你师妹没用，还不让人说了？本来就是，哪儿有修士怕死人的？"

湘灵派？躲在顾白婴身后的簪星心中一动。湘灵派在修仙界中也是有名有姓的大宗门。此门派只收女弟子，虽然不知道过去曾和太焱派有何种过节，不过玄凌子曾说过，湘灵派和太焱派的关系，实在称不上一个"好"字。

自己这个行为，确实挺给太焱派丢脸的。簪星正想说几句话挽回一下颜面，就听身后的顾白婴冷笑一声，将她拽到自己身后。

"怎么？不服气？"蒲萄见状，讽刺道，"这样的孬种弟子你们还带出来，可真够丢人的。我若是她，早就自绝于人前了，哪儿还有脸来离耳国秘境试炼？"

顾白婴淡淡地看了她一眼："看来，你不怕死人？"

蒲萄："当然。"

下一刻，少年手指一动，蒲萄的身子已经不受控制地飞了起来，悬在榻上女尸的上空，与树皮女尸正面相对。女尸两个黑窟窿似的眼眶正对着她，蒲萄先是一愣，短暂地沉默后，客栈里响起她撕心裂肺的尖叫声。

罪魁祸首却双手抱胸，冷漠地瞧着在空中花容失色的少女，没有半分动容。站在门口的谈天信见状，忍不住咽了口唾沫。白日里他还觉得这顾白婴太过嚣张跋扈，不将他们赤华门放在眼里，简直胆大妄为，现在看来，顾白婴岂止不将赤华门放在眼里，只怕顾白婴的眼中，所有门派都一样。

"连相术？"屋中一位修士见状，惊道，"若不解开，两个人会一直连在一起。"

"那个……顾同修……有话好好说。"聂星虹试图将蒲萄给放下来，可他的修为不及顾白婴的高，解不开顾白婴的法术，只得好言相劝道，"到底是个姑娘，又是同修，你理应怜香惜玉，何必跟一个女孩子计较呢？"

"我管他什么姑娘，"顾白婴眼皮也不抬一下，"又不是太焱派的弟子，我为什么要怜香惜玉？"

门冬小声道："太焱派的女弟子，也没见你怜香惜玉啊。"

孟盈扯了一把门冬，门冬不说话了。

"喂！"蒲萄被术法定在女尸的上空，怎么都挣脱不开，只得喊道，"你快把我放下来！你这么做，我师父要是知道了，一定不会饶过你们！"

"小辈不懂规矩，多半是长辈惯的。"顾白婴丝毫没将她的话放在心上，"湘灵派的长辈不懂教导弟子，那就由我来教你做人。"他看向蒲萄，"反正你不怕死人，今晚就在这儿看个够吧。"

这屋子里里外外有众多修士，都没料到这少年竟如此嚣张，一言不合就拿修为压人。更可怕的是，蒲萄是湘灵派选中来秘境试炼的新弟子，修为绝不算弱，此刻竟在这少年手中毫无还手之力。

吟风宗那位"怜香惜玉"的聂星虹，想英雄救美也有心无力，只得站在一边。

形容可怖的女尸就在离自己不到三寸的地方，只要对方术法一松，自己随时能与女尸"亲密接触"。蒲萄在湘灵派亦是被宠着长大的，何时受过这种委屈？她终于忍不住带着哭腔道："你到底要怎么样才肯放我下去？"

"你顾师叔也不是不讲规矩之人。"顾白婴的唇角微弯，"给我师侄道歉。"

簪星："……"真像两个小学生吵架。

"我又没说错，为什么要道歉？"蒲萄不服气。

"那你就在这儿待着吧。"

"等等……好！"小姑娘到底没见过这么嚣张的人，又怕要与女尸一整夜这样相对，只得屈辱地看向簪星道："对不起，我不该说你是孬种，我……我错了！"

顾白婴哼笑一声，手指一动，连相术一解，蒲萄赶紧跳开，离那女尸远远的。

"嘁，"田芳芳看了她一眼，似是十分瞧不上的模样，"明明自己也怕死人，还说别人孬种，真是死要面子活受罪。我师妹就不这样，从不打肿脸充胖子，坦率。"

"好了。"簪星低声道，"别说了。"

"那个……"客栈门口的城军首领见风波平息，终于松了口气，说道，"几位仙长，还是先看看这具尸体吧。"

女尸躺在榻上，神情痛苦狰狞，四周并未有打斗的痕迹，那妖物应当一开始就将死者控制住了。簪星不敢直接去看，躲在顾白婴身后，只草草扫了一眼。这具女尸的血液分明是被吸食干净的，凡人绝对不可能做到如此。

在女尸身边，还站着一对年轻夫妇，女子一边抹泪一边道："我们来这里住店已经三日了。今日傍晚，妹妹说身子不适想休息，我便和夫君下楼用饭。我让店里的厨子做了些清淡吃食，本想拿给她，一推门……一推门……"

她捂住脸，哭泣起来。

聂星虹走到女尸榻边，摇了摇扇子，说道："几位同修，出事时，我和蒲萄正在附近的坊市，听见有人尖叫，赶过来的时候，曾感到一股妖气从客栈离开。我和蒲萄追了上去，但妖气到了红树林深处就消失了。"

"你们可看清是何种妖物？"孟盈问。

见是孟盈问话，聂星虹立刻热络地走到她身边，殷勤地答道："那倒没有。不过那妖气很强，寻常妖物断不可能有如此强烈的妖气。孟姑娘请放心，在下一定会尽快抓到那只妖物，不让它惊扰孟姑娘。"

簪星被这人油腻的搭讪硌硬了一下，抬头看向别处。

这间客栈的风格和仙寻海客栈的不同，仙寻海客栈毕竟是高端海边别墅，主打仙气缥缈，帐子的颜色皆是离耳国最时兴的"尊贵白"。海风从窗外吹过的时候，白纱帐鼓胀如云海，轻灵又曼妙。

而眼下这间客栈到底价格要低一点儿。都说一分钱一分货，这里虽然乍看也不错，仔细地去看，帐子布料却显得粗糙，床榻也不讲究，床柱上甚至钉了一面巴掌大的圆镜……等等，镜子？

怎么会有人把镜子钉在床柱上？

"簪星，"身侧有人说话，簪星回过神，见田芳芳盯着她，担忧地问，"你在想什么？怎么都不说话？"

"我在想……"簪星指向那面钉在床柱上的镜子，"这里怎么会有镜子？"

众人一愣，随即目光落向那面镜子。

孟盈上前一步，她对榻上的女尸毫无畏惧，只抬手将铜镜取了下来，拿到众人跟前。

这铜镜不大，若说是用来梳妆打扮的圆镜，实在小了，何况也不会有人将梳妆打扮的镜子挂在床柱上。

蒲萄道："这镜子背面好像有东西。"

孟盈将镜子翻转过来，见镜子背面的边缘果真雕刻着一圈符咒。

她皱眉道："驱妖咒？"

一直在门边没敢进来的谈天信也走了过来，看了看那镜子，忽然伸出五指，一股元力拂过铜镜所刻的符咒。过了片刻，他收回手，轻咳两声："这驱妖咒灵力充沛，应该是有人特意留下的。"

"特意留下？"簪星奇道，"难道一早就有人知道这里会有妖物作祟吗？"

众人看向客栈的掌柜，掌柜一愣，支支吾吾道："这……这怎么可能？这是之前一位仙长留下的，恰好被你们遇上了……"

"恐怕不只是碰巧，"顾白婴看向他，"你们城里近来应该风波不少，如这样的惨剧，也不是头一次发生吧？"

"师叔这话是什么意思？"牧层霄问。

簪星也不明白。

"之前在仙寻海客栈的院子里，我曾见凤凰木上钉着一面铜镜，当时没有在意，现在想想，恐怕那铜镜的背面也刻了驱妖咒。"顾白婴道，"铜镜后的驱妖咒专克妖邪。如果每间客栈都如此，那这样的事情，应当不是第一次发生了。"

他这么一说，簪星想了起来，仙寻海客栈院子里的凤凰木上，的确挂了一面镜子，出门前她还照了照。现在想想，客栈院子又不是什么玄关，店家怎会特意留一面镜子在树上？确实十分古怪。

"这妖物作祟不是第一次了？"蒲萄奇怪，"可我们来离耳国已经两日，怎么从未听人说起过？"

掌柜神情闪烁，躲避着众人的目光。

簪星心中也疑惑，若真不是第一次出事，那他就该说出实情，这般躲闪隐藏是为什么？总不可能是担心坏了修士们心中离耳国的治安印象，害这里的旅游业大受打击吧？

掌柜还在搪塞："没有，真就是第一次……各位仙长，这其实是偶然……"

"什么偶然？"那遇害女子的姐姐——正哭泣的女子突然抬起头来，红着眼睛愤愤地道，"明明就是那妖鲛复仇来了，为何要躲躲闪闪？"

第十七章
妖鲛复仇

　　"妖鲛？"门冬不久前才听了簪星讲的故事，正印象深刻，闻言就问："是四十年前在离耳国作祟的那只鲛人吗？"

　　"不是不是！"掌柜急了，"那只妖鲛早就被先国主杀死了，怎么可能回来？"

　　"怎么不可能？"女子急急地回道，"我娘说过，当年那妖鲛杀人，也是吸食年轻女子的鲜血，就如眼下我妹妹的遭遇一般！"她忽然转头看向簪星他们，说道："我不知道国主为何要下令封口，不让城中的人议论此事，可若有人早一日说出真相，这些仙长法力高强，说不定就能早一日抓到妖鲛，那我妹妹也不会死！"

　　"夫人！"她身侧的丈夫捂住她的嘴，"别说了！"

　　女子挣扎了几下没挣扎开，遂又痛哭起来。

　　"怎么回事？"蒲萄看向屋子里那个垂头不语的城守军首领，"大人不该解释一下吗？"

　　首领后退一步，似乎十分为难。

正在这时，外头又有凌乱的脚步声响起。一行侍卫闯了进来，为首的侍卫拱手道："众位仙长，属下奉国主之命，请诸位即刻进宫，共商降妖一事。"

方才掌柜还说是头一次出事，眼下又要"共商"，众人面面相觑，倒是谈天信不以为然地开口："这么快，看来是瞒不住了。"他转身要走，走了两步又意识到什么，故作镇定地看向顾白婴："你们可要一起去？"

"当然要去。"聂星虹抢先一步答道，"修仙者，降妖除魔为民除害是本分。"他又热情地邀请孟盈："孟姑娘也一起去吧，留你一个人在这里，在下实在不放心。"

孟盈根本不搭理他，只是询问地看向顾白婴。顾白婴瞥了谈天信一眼，说道："走吧。"

这就表示他要去了。

簪星跟在顾白婴身后，心中有些奇怪。原著里，确实有离耳国秘境这个情节，但那也是给牧层霄升级打架用的，并未有什么妖鲛一类的支线副本。剧情发生了改变？她低头看向掌心的红痕，红痕并没有变深的迹象。

至少，她还没有抢牧层霄的主角光环，也不至于被原著针对。

"簪星，快点儿啊。"田芳芳在前头催促她。

她收起心中的思虑，抬腿跟了上去。

到了夜里，离耳国的气温就变得很低。

白色的宫殿在白日里被日头照着，确实圣洁典雅，但到了夜里，处处都是白色，就会显得空旷冷清，有些瘆人。

宫殿的殿门外挂了一排镜子，不必想，全是刻了驱邪咒的。门边脚下则贴了不少黄色的符纸。夜风穿过大殿，将泛白的灯笼吹得微微摇晃。殿中明灯摇曳，看起来不像是大殿，反像是祭坛，让人毛骨悚然。

离耳国的国主坐在高座上，神情忧虑地望着走进来的一行人，请他们坐下，长叹了口气，说道："西海岸上发生的事，孤已经知道了。诸位仙长刚从客栈过来，想必……也早已清楚。"

"殿下，"牧层霄看着他开口，"妖物伤人，在离耳国不是第一次发生，对吗？"

国主有些赧然地低下头："确实不是第一次。事实上，这两个多月以来，已经是第九个姑娘遇害了。"

众人闻言，都皱起眉。

簪星问："既然如此，为何我们之前来的时候，国主不将此事说明呢？"

"就是就是！"蒲萄也道，"我和师姐们都是提前两日到的，也未曾听城里人提起过此事。若是殿下早些告诉我们，说不定今夜的惨剧就不会发生。"

"是孤考虑不周。"国主道，"之前隐瞒，也是因为孤怕百姓心中慌乱。毕竟那些人死去的样子，和四十年前被妖鲛杀死的人一模一样。臣子们商议，为免引起百姓恐慌，暂且将此事压下，待诸位从秘境归来，再协助降妖。不过，孤没料到今夜那妖物竟然会动手……之前那妖物是每隔十日才会杀一人，今日……距离上一次还不到十日。"

"你和妖讲什么道理？"顾白婴闻言，似是好笑，"既然这妖都大开杀戒了，自然想什么时候动手就什么时候动手。堂堂一国之君，愚不可及。"

他这般毫不客气地数落国主，其余人也不敢搭话，国主亦是满面羞惭。

聂星虹摇了摇扇子，岔开话头："殿下说，如今的死者与四十年前被妖鲛杀死的人一模一样，这样的话，是否意味着如今作乱的妖物，就是四十年前的那只妖鲛？不过那只妖鲛不是已经被老国主斩杀了吗？怎么还能为祸人间？"

"不瞒各位，四十年前孤尚未出生，父王与妖鲛搏斗一事，孤也只是听旁人说起以及从典籍中得知。仙长们要是想知道，孤可以令人去将那些典籍拿过来……"

"不必了，我来告诉他们。"一个声音在殿外响起。众人回头，就见一红衣妇人走了进来。

这妇人头发花白，束成发髻，虽近花甲，却显得精神矍铄，格外英气。簪星一愣，随即道："这不是……？"

这不就是先前他们在"国主斩妖鲛"的金身雕像前遇到的那位老妇人吗？当时，这位妇人还教训了簪星，叫她不可随意粉饰妖物，省得那些斩杀妖鲛的英雄白流血。没想到这会儿，他们居然能在王宫中见到这妇人。

高座上的国主站起身，说道："母后，您怎么来了？"

"母后？"田芳芳惊讶地道，"她是……？"

"这是孤的母后，"国主笑道，"看样子，你们似乎已经见过？"

"确实见过。"牧层霄也道，"只是没想到这位就是殿下的母亲。"

"我儿已登上国主之位，我便只是一介寻常妇人，不必以王室之礼待我。"妇人道，"我本是林氏国的离珠公主，当年因和亲远嫁至此。仙长们直接叫我名字也无妨。"

"离珠公主，"聂星虹惯会讨女子欢心，笑道，"您刚才说，要告诉我们妖鲛之事？"

"不错。"离珠平静地开口，"四十年前，我刚嫁入离耳国不久，城中就有妖鲛作乱。当夜国主斩杀妖鲛时，我也在场。我可以告诉你们全部。"

四十年前，人魔两族尚未大战，三界也算相安无事。离耳国虽有一处秘境，但当时的都州灵气充裕，秘境并不稀罕，所以离耳国这处秘境不算抢手。

离珠在国主的下首坐下，目光变得悠远起来："当年我身为林氏国公主，因和亲带着仆从来到离耳国，成为离耳国的国后。"

当年的离耳国，因为本地秘境没什么优势，旅游事业尚未发展起来，来此地游览的修士极少。离珠公主刚嫁到离耳国那段时间，也并未遇到什么岔子，和老国主很是过了一段相敬如宾、举案齐眉的恩爱日子。虽然那段日子距离现在已经过去了很久，但离珠公主谈起时，面上仍浮现起怀念的神情。

"不过，我嫁到离耳国后的第三月，城中开始不断有年轻女子遇害。"离珠公主的目光沉敛下来，"就如今夜你们看到的那般，死者全被吸干鲜血。国主增派了许多城守军日夜巡逻，可并未有任何收获，还是不断有女子遇害。那妖物极其嚣张，国主也曾请会降妖的修士来驱邪，但那些修士也找不出妖物的踪迹。"

"后来……"她顿了顿，"那妖物进了宫。"

"进了宫？"蒲萄奇道，"不是说连驱邪的修士都找不着妖物的踪迹吗？你们又怎么知道那妖进了宫？"

离珠公主沉默了一下，才回答："因为当时我总感觉有人在暗处窥视着自己。"

当时老国主还是个年轻人，如海岸边的金身雕像一般英俊，每日都忙于国事。离珠公主独自一人在偏殿的时候，时常感觉背后好像有人在注视着自己。起初她以为是错觉，直到有一日深夜，离珠公主从梦中惊醒，瞧见寝殿的窗不知什么时候被推开了一条缝，而那窗缝里，一只浑浊发黄的眼睛正目不转睛地盯着她。

离珠公主霎时间头皮发麻。

她唤来守卫，令人日夜守在寝殿门边，试图将那妖物抓住，却再寻不到妖物的踪迹。然而，那种被人在暗中窥伺的感觉仍旧没有变化，离珠公主简直要发疯。

"公主的意思是，那妖物盯上了您？"簪星忍不住问，"那在此期间，可还有别人遇害？"

离珠公主摇了摇头："没有，所以夫君和我都认为，那只妖物的下一个目标，就是我。"

那段日子，离耳国的王宫里时常发生怪事，夜里有人听到怪物哭泣的声音；茶壶会自动飘在半空中，半夜庭院里的树上会流下鲜血；有侍女走路的时候被人拍肩膀，回头却什么都没有……总之，王宫里跟闹鬼一般，一时间弄得人心惶惶。

"然后呢？"门冬紧张地咽了口唾沫，"你们是怎么将它抓住的？"

"夫君请来了有名的大师为我驱邪，宫殿里四处贴满降妖的符咒，王宫中也摆了灭妖阵。若那妖物前来，必然会落入阵法，魂飞魄散。"离珠道。

"灭妖阵可不是人人都能摆出来的。"一边抱着弥弥的荣余小声道，"我曾听师父说，只有专修驱妖阵的符阵师才能摆出。"

"不错，"蒲萄也点了点头，"况且四十年前，三界尚和平，未曾发生人魔两族大战，灭妖阵算是很残忍的驱邪手段。若非对罪大恶极的妖物，修士们一般不会轻易使用。"

谈天信哼了一声："那妖都杀了这么多人了，怎么不算罪大恶极？要我说，这灭妖阵早该用了。可惜我们赤华门不修符阵之术，否则摆几个灭妖阵，不出三日，那妖就会乖乖地落网，再无生路，怎么还能在人间为非作歹？"

"你们还是先听公主怎么说吧。"聂星虹摇了摇扇子，"然后呢？那些符阵可有效？"

离珠公主看向远处，似在回忆："有了那些符阵之后，王宫中的怪事的确停止了。不过夫君仍旧担心我的安危，让贴身侍卫寸步不离地守在我身边。有一夜，我回寝殿的时候，听见外头有人在喊，说抓到那只妖了。"

"您见到那只妖鲛了？"牧层霄问。

离珠公主没有说话。

她仍记得那个夜晚。

离耳国终年炎热，不分寒暑，似乎每个夜晚都是夏夜。那一夜，明月悬挂在夜幕中，树上的蝉叫个不停。她听到前殿里的兵士们紧张地高喝，心中担忧，拿起弓箭跑进前殿里，就看见被灭妖阵禁锢在中间的那只妖物。

那是一只银鲛。

他有一条瑰丽的银色鱼尾，上半身却是人类的模样，幽蓝的长发直覆于地上。他身上的鳞片斑斑驳驳，有些地方留有污黑的血迹。

似乎听见有人过来，这鲛人朝离珠公主看过来，离珠公主便看清了他的脸。他的脸上亦覆盖着银色的鳞片，看起来有些狰狞可怖，眼睛则是如西海一般的湛蓝色。

看到离珠公主，这被灭妖阵困在中间的妖鲛便剧烈地挣扎，朝她恶狠狠地扑来。灭妖阵是以千张符咒布置成阵，符咒化为金光，无数金光交错，如一张渔网将鲛人困在其中。那鲛人往上一跃，身体挨到符阵的地方便被灼出一阵青烟，疼得他发出一阵嘶哑沉闷的吼叫，重新跌倒在地上。

离珠公主莫名其妙地有些发怵。

"离珠，你不要过来！"国主手持宝剑冲她喊道，"这鲛人要害你，快离远些！"

离珠公主便往后退了一步。

后来……

后来她时常想，若是那一夜，她没有后退那一步，国主是不是就不会死？这些年，她是不是就不会过得这般辛苦？

但过去已无法改变，当日离珠公主的后退，像是激怒了那只妖鲛。谁也没看清楚那妖鲛是怎么逃出灭妖阵的，等她回过神来的时候，国主已经被妖鲛扑倒在地上。妖鲛的爪子从国主的胸膛穿过，鲜血将国主雪白的礼袍染成鲜红。

宫中侍卫见国主蒙难，一齐冲了上去，将本就负伤的妖鲛斩杀，可国主到底是救不回来了。

再后来……

"再后来，国主下葬后，朝中臣子请来大师将妖鲛的灵魂绞杀，妖鲛自此从世间消失。那之后不久，我发现自己有了身孕。"

异国的公主，刚嫁到此地，丈夫就不幸身死。她诞下皇子，要将幼子养大，在各种明争暗斗中将幼子平安地扶持上国主之位，实在不是一件容易的事情。所幸，她做到了。

她本以为那些噩梦般的过去就如西海岸边的石头，总有一日会被海水腐蚀成沙，再不留痕，没想到几十年过去了，噩梦竟还会重演。

"所以，你认为离耳国近来的惨剧，是同一妖鲛所为？"顾白婴问。

离珠公主从回忆中清醒过来，看向众人，说道："这正是我感觉奇怪的地方。当年妖鲛被斩杀后，臣子们特意请那位布置灭妖阵的大师前来，将妖鲛的灵魂绞杀了。大师曾说，妖鲛已经魂飞魄散，再也不可能存在于世。这四十年里，离耳国也确实平安无恙。若不是因为此次遇害的女子与四十年前一样，都是被吸干鲜血，我也不会如此猜测。"

众人陷入了沉默。虽然妖物的寿命确实长久，但离珠公主当年是看着妖鲛被斩杀的，并且那位降妖的修士既然有能力布下灭妖阵，绞杀一只妖鲛魂魄的能力定然是有的，没道理让妖鲛逃走。更何况，妖鲛真的已经逃走的话，也不必等四十年后才回来复仇。

"顾同修，你怎么看？"聂星虹客气地询问顾白婴的意见。

顾白婴还没说话，那头的谈天信就迫不及待地开口了："猜来猜去也没什么意思，不如先将那作祟的妖物抓到，就知道是不是同一只妖鲛了。"

"说得容易。"蒲萄道，"离耳国说大不大，说小也不小。那妖物狡猾，我与聂同修今日循着妖气都没找到它，更别说抓到了。"

谈天信得意地一笑："不过就是捉妖而已，对我们赤华门来说，小事一桩。"说罢，他还特意看了一眼顾白婴。

顾白婴没搭理他。

谈天信便又自夸道："我出门前，随手从宗门库房里抓了几样法器，其中有一样正是'千里妖蟆'。"

"千里妖蟆是什么？"蒲萄问。

"是一种宝物，一只专吃妖气的蛤蟆，若有妖物经过，哪怕再微弱的妖气，这只妖蟆也能循着妖气找过去。咱们明日一早，只需要将这只妖蟆放出，随着它一路找去，定能找到那妖物的老巢。"谈天信道，"待咱们找到了，管他是不是鲛人，再叫它魂飞魄散一次即可！”

他说得轻巧，言语间颇为自豪，仿佛特意来炫耀。

簪星："……"

什么千里妖蟆，听起来跟旅行青蛙似的。

不过离耳国的国主闻言，却是大喜过望，说道："果真？如此一来，那妖物岂不是无处可逃？"他站起身，对着众人深深行了一礼："孤先代离耳国百姓多谢诸位仙长。待仙长们将妖鲛擒拿，孤必送上厚礼相谢。"

赤华门的人又听了一会儿国主的感激奉承之词，末了，国主道："诸位既已决定共同降妖，今夜不妨就住在王宫里。况且……"他迟疑了一下，"若当年那只妖鲛真的死而复生，回来复仇，定不会放过王宫上下，所以……"

所以，他巴不得多来几个保镖。

聂星虹站起身："那是自然。既然大家已经决定一同降妖，自当住在一起。诸位同修也没有异议吧？"

"我没异议。"蒲萄道，"等下我用传音符，叫师姐们也一道进宫。"

"我也懒得走了。"谈天信道，"我就住在这里。"

众人看向顾白婴，都猜测以顾白婴这种傲慢的性格，不大可能合群。

没想到，顾白婴只点了一下头，就道："行，就住在这里。"

门冬一愣："师叔……"

"降妖除魔嘛，"顾白婴轻描淡写地道，"修仙之人，当然义不容辞。"
少年站起身，看向国主："我们也留下。"

离耳国的王宫还是很大的。

今夜客栈出事时，客栈里除了赤华门、吟风宗、湘灵派的修士，还有别的门派的修士。侍女们安排了各位修士所住的院子。

荣余将怀里的弥弥还给簪星，簪星看着他脸上的瘀青，问："荣师兄，你脸上的伤……"

"不要紧。"荣余笑了笑，"刚刚我同国主言明琉璃宗的情况，国主已经让我将师兄接进宫中。过几日我们进入秘境，王宫中会有人帮我照料师兄，我也更放心些。"

簪星点了点头，琉璃宗也是运气不好，本就只有两个进秘境的名额，如今荣余的师兄连床都下不了，更别说进秘境了。荣余瞧着修为也不算特别出色，这回真是亏大了。

弥弥"嗷呜"一声，跳到地上。恰逢湘灵派的几个女弟子走过，其中一位女弟子见状，停下脚步奇道："这是谁家养的猪，还挺白的。"

簪星："……"

蒲萄"扑哧"笑道："师姐，那是太焱派弟子养的灵兽。"

"灵兽？"女弟子一愣，看向簪星的目光有些尴尬，"对不起，我不知道……"

"没事。"簪星抱起弥弥，同荣余招呼了一声，回屋将门关上了。

屋里，顾白婴他们坐着，簪星望了一眼门外，小声问："师叔，湘灵派和咱们宗门究竟有何龃龉？"

她先前就想问了，赤华门和太焱派不对付是因为多年前两位飞升圣人遗留下来的问题，吟风宗和太焱派是如今新老宗门之间的竞争关系，那湘灵派和太焱派之间又发生过什么？今夜她刚见到蒲萄的时候，小姑娘满脸都是敌意。

"还能为什么，就是因爱生恨呗。"门冬道。

田芳芳问："谁因爱生恨了？"

"师弟，别胡说。"孟盈皱了皱眉，说道，"当年掌门人师祖曾与湘灵派的掌门人容霜姑姑定过亲……那时两派尚交好，后来不知何故，掌门人主动退亲。容霜姑姑大怒，在仙门大会上当着各大宗门的面，宣布与太焱派老死不相往来。那之后，湘灵派与我们宗门的关系就不太好了。"

"不是，掌门人居然定过亲？"田芳芳惊讶。

"重点不该是掌门人退过亲吗？"簪星道，"他见异思迁？"

"闭嘴。"顾白婴忍无可忍，"不知道的事不要乱说。"

孟盈摇了摇头："这些年未曾见掌门人师祖对别的女子另眼相待，应当不是。"

"那就是掌门人师祖心里另有所爱，只是别人不知道，否则无缘无故的，掌门人师祖不会突然退亲。"牧层霄道。

簪星与牧层霄的想法十分一致，心道：少阳真人的心上人难道真是他的师妹青华仙子？这样一来，少阳真人还真够惨的，心上人被抢了不说，还要帮情敌养儿子。他每次看到顾白婴的时候，难道心不会痛？思及此，簪星忍不住多看了顾白婴几眼。

顾白婴注意到簪星的目光，有些莫名其妙，顿了下才道："看什么，我还没说你。杨簪星，今日在客栈里，你可真给太焱派长脸。"

"就是！"门冬唯恐天下不乱，"你居然连死人都怕，你是修仙之人，怎么能怕尸体呢？"

簪星无奈："我又不像你们，成日打打杀杀的习惯了。我之前也没见过死人，这怎么了？"她看向顾白婴，灵机一动："要不，师叔教我幻术，下次再看到尸体，我便施个障眼法，把那尸体幻化成别的东西，就不怕了。"

"荒唐！"顾白婴冷冷地开口，看着她的目光十分锐利，"你用幻术模糊尸体，骗的是自己不是别人。下次再遇到此事，你如何从尸体上寻找线索？又如何抓住作恶的妖物？"

不管这少年平时看起来多么慵懒、不靠谱，但在这些正事上，他一向很严厉。簪星便不再说话了，不过仍在心中暗暗自语：要她看尸体是不可能的，这辈子都是不可能的。

"明日其他宗门的人要跟着谈天信一同去追寻妖物。"牧层霄开口，打破了屋中的沉寂，"他的手中有千里妖蝾，应当能循着妖气找到对方。师叔，我们也一道去吧。"

顾白婴道："不。"

屋中众人都不明所以地盯着他。

"离耳国国主似乎隐瞒了一些事情。如果只是妖鲛害人，就算是四十年前的妖鲛回来复仇，也没必要下封口令，禁止百姓议论此事。"顾白婴道，"此事有说不通的地方。"

"师叔的意思是……"

"四十年前的死者家眷多半已经找不到了，不过近两个月的遇害者亲眷应当不难找。田芳芳，你明日和门冬一起，去询问近两个月遇害的死者家眷，问清楚这些死者最近做了什么、死前是什么情况。其余人明日跟谈天信一起擒拿妖物。"

"那你呢？"簪星问。

"我留在王宫。王宫藏书阁里有记载四十年前妖鲛一案的卷宗，我要查清楚一些事情。"

簪星心中一动，连忙道："我也留在宫里，和师叔一起查好了。"

顾白婴怀疑地看着她："你想干什么？"

"我……我怕死人嘛。"簪星寻了个借口，"要是中途妖物又多害死几个人，我见了尸体失态，被别的宗门弟子瞧见，丢了咱们太焱派的脸面就不好了。而且我看书很快，又很会抓重点，说不定能帮上什么忙。"

顾白婴非常冷漠："不需要。"

门冬默默施了一个传音术到顾白婴的耳边："师叔，这可是天大的好事啊！万一杨簪星和牧师兄一起出门，遇到危险，牧师兄英雄救美，这种患难与共生出的真情可太危险了，指不定哪一日，杨簪星就感动得以身相许了……"

"不过看在你有心的分儿上，我同意了。"顾白婴改口道。

簪星："……"

男人未免也太善变了。

"明日你和我一道留在宫中看卷宗，牧层霄和孟盈跟随谈天信他们找妖物，田芳芳和门冬去打听近两个月的死者的情况。"顾白婴道，"若有变故，你们记得用传音符互相告知。"

众人点头称是。

明日的行程已经定下，天色也不早了，田芳芳伸了个懒腰，边打哈欠边道："那没什么事我们就先回屋睡了，也不知谈天信的蛤蟆明早什么时候醒。要跟司晨鸡一般，咱们就睡不了多久了。"

"不错。"孟盈也站起身，"师叔也早些休息。"

众人出了顾白婴的屋子。离耳国的王宫大，一个门派一间偏院，每人一间屋。簪星进了屋，将门掩上。

桌上油灯里的火苗摇曳，她在桌前坐下，总算松了口气。

今日他们刚到离耳国，就发生了这么多事，且这些事都是原著里不曾发生的，真是让人内心不安。

簪星低头看向掌中的红痕，这红痕红酥看不到，田芳芳看不到，玄凌子也看不到，所有人都看不到，除了她自己。这像是一个警告，警告她不可乱动主线剧情，也不能抢走牧层霄的主角光环。她只能在安全范围内，尽量避开原著给她挖的一些坑。

她的确怕看到尸体，但决定留在王宫里和顾白婴一起看卷宗不是因为这个。原著里，孟盈是牧层霄的妻子，这两个人的感情就是在一次又一次的历险中渐渐升华的。她要是明日跟着一道去了，万一无意间又破坏了什么，两个人的感情线拉不起来，原著又会把这笔烂账算在她的头上，那可怎么办？

她可不打算背这个锅。

簪星梳洗了一下，上了榻。管他呢，既然掌心的红痕没有提醒，那就顺着现在的剧情走吧，总归没什么麻烦。

油灯被吹灭，院中的蝉不知何时停止了鸣叫。王宫中万籁俱寂，唯有檐下的灯笼被风吹得微微晃动，门口张贴的黄色符纸发出"窸窸窣窣"的响声。

一道扁长的黑影从墙头掠来，如软绵绵的水，一点点漫过地面，又被拉起成人的影子，僵直地立在窗户前。

"吱呀——"

极轻的响声在夜里生出，窗户被推开一条小缝，黑影慢慢靠近……一只眼睛从窗缝中露出来，死死地盯着榻上的人。

床头的猫浑身毛发竖起，弓起身子，发出"嗷呜"一声嘶叫。

榻上的人翻了个身。

窗缝处空空如也，唯有夜风，从缝隙处一点点吹了过来。

第二日一早，簪星醒来的时候，太阳已经出来了。

离耳国地处南边，昼长夜短。簪星从榻上坐起身，就见地上映着一线日光，昨夜紧闭的窗户不知什么时候被风吹开了一条缝，从缝隙处，隐约漏进外头的响动声。

她揉了揉眼睛，简单地梳洗一下便推开门。弥弥卧在院子里的石凳上打瞌睡，院中的凤凰木下，有人正在舞枪。

少年茶白色的锦衣浸在金色的日光里，衣袍处红色的雁纹精致又鲜艳。比他的朱色发带更灿烂的是他的容颜。凤凰木开红色的花，他的手中银枪飞舞，流星赶月，枪风带起嫣红的落花在他身侧飞舞，如掠影惊鸿。

路过的王宫侍女似为美色所惊，经过时频频回头，含羞带怯。

簪星往前走了两步，顾白婴似乎察觉有人前来，猛地停步收枪。一朵凤凰花未来得及落地，撞进簪星的怀中，她一抬眼，正对上对方漂亮的眼眸。

簪星拿着那朵花，"啪啪啪"地给他鼓起掌来："七师叔人美枪准，我都看呆了。"

顾白婴眉头一皱："你胡说八道些什么？"他又上下打量了她一眼，教训道，"都什么时辰了，你才起来。杨簪星，之前在姑逢山上我听玄凌子说你勤奋，你是装的吧？"

"我这是积蓄些体力，好为进秘境做准备。"簪星笑道，"毕竟像师叔这样天赋出众还勤奋修炼的人，也不是人人都能效仿。"

对于旁人的恭维，顾白婴从来就不知道"谦逊"二字如何写，闻言只道："算你有自知之明。"

两个人正说着话，另一头有侍女前来，说道："顾仙长、杨仙子，国主令奴婢将当年妖鲛的卷宗送来了。二位用过早膳之后就可以翻阅。若还有需要的东西，叫奴婢就是。"说罢，侍女将手中的木盒递给簪星。

簪星掂了掂盒子，很有些分量，闻言谢过这侍女，与顾白婴一道往院中正堂走去。门冬和田芳芳一大早就出发了，牧层霄和孟盈也早就随着谈天信一行人去寻妖气。此院落中，暂且只有簪星和顾白婴二人。

侍女很快将早膳端了进来。离耳国的早膳很丰富，菜肴都用漂亮的银碟盛好，苹果软烩、红白豆腐、竹节小馒首、冰糖雪耳椰子盅、珊瑚雪卷、沙窝云吞翅、鲜鱼汤……瓜果更是不要钱地上，浇了雪白的冰酪，种类很齐全了。

簪星一看这早膳，就觉得离耳国果真富有，度蜜月的感觉更强烈了。她将雪耳椰子盅端到自己面前，拿勺子尝了一口，唇齿间十分清甜。

顾白婴就坐在簪星对面，并没有要动筷子的意思。簪星问："师叔，你不吃吗？"

"这些饭菜里没有灵气，凡人的食物吃多了对修炼并无好处。"顾白婴满脸都写着"嫌弃"二字，"你似乎对凡人的食物情有独钟。"

"因为好吃啊。"簪星夹了一筷子鱼肉尝了尝，十分满意，"评价一样食物好吃，就是对食物最好的赞美。"

顾白婴冷笑："只顾口腹之欲，我看你这辈子也就这样了。"

"那也不错。"簪星道，"我又不打算制霸修仙界。"

大约觉得簪星实在是一块不可雕的朽木，顾白婴也懒得跟她说了。簪星迅速地解决了一大桌早膳，侍女过来将空碗碟收走时，顾白婴看了一眼瘫倒在门边晒太阳的弥弥，说道："原来物随主人形是真的。"

簪星："……"

这位七师叔不知为何，总是横竖看她不顺眼，时时找碴儿，仿佛自己抢了他的宝贝一般。簪星岔开话头："吃饱了，师叔，我们还是先来看这些卷宗吧。"

木盒子里的卷宗上积了一层薄薄的灰，似乎许久没有被翻阅过，统共有七八卷的样子，簪星随手拿起一卷打开来看。

妖鲛案距离现在已经过去四十年，离耳国的老国主也已经死了四十年。当年的事，渐渐被众人遗忘了。若不是此次城中出事，国主怀疑是当年的妖鲛回来复仇，也不会有人特意去翻阅这些东西。

卷宗很厚，簪星拿起最上面的一册翻开，起先还耐着性子一点点琢磨，待到后来，渐渐觉得有些奇怪，遂将卷宗往桌上一搁，看向顾白婴："师叔，我怎么觉得有点儿不对劲？"

"哪里不对劲？"

"你看，"簪星指给他看，"这卷宗说是记载着妖鲛一案，可我怎么觉得关于妖鲛的习性、特点没写多少，全去夸老国主的英勇大义。你瞧瞧这儿写的'陛下手持宝剑，与妖鲛缠斗，妖鲛凶残，陛下大智大勇，挺身而出，为离耳一国百姓，同妖鲛浴血奋战……'"她停下来，斟酌着语句，"这不像是记载妖鲛的卷宗，而像是特意夸赞老国主的颂词。"

顾白婴轻哼一声："王室就这德行，都雕金身像了，几卷颂词算什么。"他皱眉看向自己手中的那一册卷宗，"不过……这些卷宗里确实少了点儿东西。"

"是吧？"簪星道，"这么厚的卷宗，总该写点儿有意义的东西，好歹也写写他们当年是如何发现这妖鲛，又是如何将他制伏的，可上面什么都没有。"简直就像将离珠公主嘴里的话又复述了一遍，而且复述得还不够，又往死里夸了一番老国主。虽然离耳国人敬重老国主的心情簪星也能理解，但他们写一本就够了，本本卷宗如此，只会让人觉得离耳国的史官是靠拍马屁混上官位的。

"四十年前的死者消息也记录得不够。"顾白婴又飞快地翻了翻几本卷宗，沉吟道，"鲛人善水，常生活在水中，没有理由上岸杀人，而且吸干人血并不符合他们的习性。"

"会不会其实不是鲛人作乱?"簪星问。对于美人鱼,她总是天然存了一分好感。

"当年的灭妖阵确实在王宫里捕捉到了鲛人。"顾白婴提醒,"这一点没有作假。"

"但那只是当年,"簪星道,"就算当年是妖鲛作乱,也不能说明如今作乱的是同一只妖鲛吧?离珠公主自己也说了,当年那只妖鲛已经魂飞魄散。虽然死者都是被吸干人血而死,但也有可能是妖物模仿作案嘛。"

"模仿?"顾白婴看向簪星。

"对啊,当年的事情闹得很大,离耳国的人都知道。说不定有人或者妖看到了,就用同样的方法杀人,顺带栽赃嫁祸到当年的鲛人身上,这也不是没可能。"

顾白婴闻言,没有立刻开口,像在仔细地思考簪星说的话。片刻后,他道:"那你觉得,谁会这么做?"

"那可就多了。"簪星想也不想地答道,"心理扭曲变态的、反社会的,或者鲛人的亲朋好友以及后人,还有可能是他的情人回来复仇。"

"情人?"顾白婴嗤道,"你话本看多了吧。"

"不是啊,"簪星拍着桌子,"虽然是妖,但是说不准他也有情人。你想想,知道自己的爱人被灭妖阵搞得魂飞魄散,那情人该有多伤心?说不定人家苦心修炼,就是为了杀回来,妖鲛报仇四十年不晚,王宫灭了我的情人,我便要整个王宫为他殉葬!"簪星摊手,"看看,多么令人感动。"

"闭嘴。"顾白婴听得直皱眉,"什么感动,恶心死了。"

"当然感动,我喜欢的人要是被人害死了,我肯定也隐姓埋名为他报仇。"簪星道,"师叔,你真是不解风情,难道你不会这么做吗?"

"并不会。"顾白婴冷笑,"我根本就不会让我的人身陷险境。"

簪星愣了一下,片刻后才道:"话虽如此,不过师叔,你的结心铃真的会响吗?你真的会有喜欢的人吗?"

"你说够了没有?"顾白婴忍无可忍,"再废话你就给我滚出去。"

簪星正色道:"我就随便说说,你不要生气。"

顾白婴不理她了。

簪星又翻了几本卷宗，确实没发现什么有用的东西，就问顾白婴："师叔，这些卷宗大同小异，看也看不出朵花来，现在怎么办？"

顾白婴将卷宗往木盒里一扔，从怀中掏出一张传音符。他将传音符夹在指间，指尖微动，一股微小的火苗顺着符纸下方燃烧起来。

"七师叔。"符纸里传来孟盈的声音。

"你们现在到什么地方了？"顾白婴问，"可有找到妖物？"

"没有。"孟盈答道，"这里的妖气时强时弱，谈天信的千里妖蟆走走停停，我们现在正往山上走，不知天黑前能不能找到妖物的巢穴。"

"知道了。"顾白婴道，"你多注意周围，照顾好牧层霄，若有危险，记得传音于我。"

孟盈道："是，师叔。"

传音符在空中燃成灰烬，身侧人递来一壶水。

牧层霄道："喝吧。"

孟盈没有接。

"水壶是今日出发前问宫里的侍女要的，水是山泉水，我没有碰过。"牧层霄将水壶塞到孟盈的手中，自己走到另一边坐了下来。

聂星虹拿着两杯冰糖浆走过来，将其中一杯递给孟盈，一边替孟盈摇着扇子，一边风度翩翩地开口："天热，孟姑娘一定口渴了吧？在下特意令人去买了冰糖浆，甘甜解渴，孟姑娘尝尝。"

孟盈冷漠地从他身侧走过，拔掉水壶的塞子，仰头喝了一口，看也没看他一眼。

聂星虹尴尬地收回手，轻咳两声，自我安慰道："看来孟姑娘是不爱喝甜的。"

不远处的谈天信坐在树下，看着地上那只通身翠绿的蛤蟆。这蛤蟆只有半个手掌大小，在地上一蹦一蹦的。离耳国的妖气似有若无，千里妖蟆追了大半日，也没发现什么影子。

众人正歇着，那只绿蛤蟆跳到一处阔叶上，静静地待了片刻。突然间，它像是发现了什么，嘴里发出尖锐的"嘎嘎"声，朝一个方向迅速地跃去，将众人惊得不轻。

孟盈也朝那头看去。

谈天信猛地站起身，喜道："妖蟆找到妖气了，那妖物就在前面，快跟上它！"

烈日悬在上空，长空如碧，一片云朵也无。

田芳芳抹了把额上的汗珠，说道："离耳国也太热了！"

太焱派位于姑逢山上，总是比山下多几分凉意，离耳国的日头却是恨不得将人晒干一般。

屋里，老汉将盛满井水的碗放在桌上，退到一边，小心翼翼地道："仙长想知道什么，尽管问。只是离我阿妹当年出事的时间已经过去几十年，有些事我也记不大清楚……"

"没事，"田芳芳道，"我们就是随便问问，您不用紧张。"

门冬看了看桌上那只黑乎乎的土碗，终是没动。倒是田芳芳不在意这些，端起碗来灌了几口水，说道："老伯，我们就是问问，当年您阿妹被妖鲛所害，当日的情形是怎样的？"

"妖鲛啊……"老汉闻言，像是回忆起当年的惨状，嘴唇不自觉地抖了抖，"那可是个可怕的妖怪……"

半个时辰后，门冬和田芳芳从屋子里走了出来。

门冬道："当年的死者家人，好多已经不在人世了，或者已经离开离耳国。今日，咱们统共只找到五户人家，现在走了三户，他们的说辞都差不多。"门冬扳着手指，"都是年轻女子，都被吸干了浑身鲜血，都是在落单时被害的，和如今那些人的死状一样。我看，就是四十年前那只妖鲛回来复仇了吧，这还有什么可说的。"

"话虽如此，"田芳芳摇头，"我总觉得像是有什么地方被忽略了。这些人都没见到妖鲛害人的画面，口径却很一致，真奇怪。"

"有什么奇怪的。"门冬道，"他们都是普通人，如何能看到妖鲛的真身？离耳国的王室中人也是因为灭妖阵才抓到那只鲛人的。不过，当时的符阵师大约也是学艺不精，才会被鲛人寻得生机逃脱，四十年后卷土重来。"

田芳芳看向远处："罢了，想这么多也没用。刚刚咱们打听来的消息你都记录在册了吧？咱们赶紧去下一家。"

门冬望了一眼天上的烈日，撇撇嘴，不情不愿地跟上了。

第十八章

四十年前的卷宗

白日过去得很快，转眼到了夜里。

簪星将侍女送过来的卷宗翻来覆去地看了几遍，确实没有任何收获。离耳国的妖鲛卷宗写得跟话本一般，或许话本都不敢写得那么夸张，就差没把老国主夸上天了。

孟盈和牧层霄还没有回来。傍晚时候，牧层霄又燃过一次传音符传话，谈天信的千里妖蟆在离耳国的一座山上发现了浓重的妖气，一行人跟着一道上山，妖气在一座山洞前消失，宗门弟子们便一起进了山洞里，循着千里妖蟆的线索去找妖物的老巢，今夜看来是回不来了。

田芳芳和门冬二人也还在外面。他们要去的一户人家在红树林深处，极其难寻。那位被害的姑娘只有一位母亲，母亲如今已经八十岁，连话都说不清楚。因此，二人问起问题来十分吃力，估摸着待他们打听完消息回来时都是深夜了。

顾白婴在隔壁屋子里。他不待见簪星，簪星也就不打算主动往这人跟前凑。她坐在桌前，望着油灯里跳动的灯火，一时有些恍惚。

今夜过去,离秘境开放就只剩四日。宗门里的人都忙着去抓妖鲛——在《九霄之巅》中,这是完全不存在的剧情。

她来到离耳国后,一直不曾主动去改变剧情,但剧情为何还是改变了?

簪星手心上的红痕倒是没有任何改变,不过,心口处的枭元珠也没有动静。这枭元珠又跟死了一般。簪星很怀疑,原著里明明全能的金手指,在她这里是否只有在生死攸关的时候才会短暂地发挥一下作用。

主角光环真不是人人都配得上的。

簪星想着想着,不知不觉睡着了。

夜深人静,窗外的夜风拍打着窗户,将窗户轻轻推开了一条缝。

风顺着窗缝溜进来,将桌上的灯火吹灭,屋中顿时陷入黑暗中。

一抹黑影顺着窗户的缝隙一点点爬上来,如会动的流水,慢慢攀过窗框,落到地上,随着微弱的月色,一点点朝伏在桌前的人靠近。

空气似乎冷了几分,院子里的虫鸣不知何时尽数消失,只余死一般的寂静。

扁长的黑影漫过地面,似薄薄的纸,又像长长的绳,落在桌角,顺着桌子腿一点点往上爬。阴影笼罩了整个桌子,像是要将桌子吞噬掉。

触角一般的影子在人的头顶处停了下来。一缕月光映在墙上,也映清楚了墙上的黑影。那是一只枯瘦尖锐的爪子形状,正诡谲地、悄无声息地朝伏在桌上的人抓去。

"嗷呜——"

白猫尖厉嘶哑的叫声在簪星的耳边炸响,打破夜空的寂静。簪星猛地抬眼,下意识地拔出腰间的盘花棍,只听到"砰"的一声,窗户被重重地推开,一抹模糊的黑影从窗前掠过,仿佛是幻觉。

"师叔!"簪星抓着棍子跑出去,刚出门,就见顾白婴从隔壁冲出,追着那股冷风而去。

簪星脚步一顿。

隔壁院子亦有人被惊醒,不多时,几个宫女走了过来,问簪星发生了什么事。

簪星摇头,敷衍了几句,将她们打发走,过了一会儿,见顾白婴提着银枪回来了。

"师叔!"簪星迎上前,问,"怎么样?追到了吗?"

顾白婴摇了摇头，神情有些冷峻。

两个人沉默了一下，顾白婴看了她一眼，说道："进来说话。"

簪星跟着顾白婴进了屋。

顾白婴在桌前坐下来，蹙眉问："刚才怎么回事？"

"我在桌前等田师兄他们回来，等着等着就睡着了。"她道，"然后……我感觉好像有人进了我的屋子里，我很想看清楚他是谁，但是醒不过来。"仿佛被梦魇住了一般，但她能清楚地觉察到那种被人窥伺的感觉，如被湿冷黏腻的蛇缠上，从头到脚都很阴冷。

"我很想睁开眼睛看一看，但是全身都动不了。后来弥弥叫了一声，我发现自己能动了。"簪星看向顾白婴，"师叔，你追丢了那个妖物，对方很强吗？"

太焱派宗门上下都将顾白婴夸出朵花了，簪星也从不怀疑顾白婴的修为，但顾白婴竟都没能抓到对方，莫非那是个狠角色？

顾白婴的目光微冷："我没有察觉到妖气。"

"不是妖？"簪星怔了一下，"那就是人了？可如果是人的话，师叔你怎么会追丢……？"

一个修仙之人连普通人都比不过，说出去也太丢脸了。

"杨簪星，你还有脸说我？"顾白婴火了，"你身为玄凌子的亲传弟子，竟然被妖物追得毫无还击之力。要不是银琅狮及时叫醒你，我太焱派就要出一个没进秘境就被妖物弄死的弟子了！"

簪星："……"

弥弥适时地叫了一声，亲热地拿大脑袋去蹭顾白婴的靴子，似乎对他的话十分赞同。簪星心道：这小白眼儿狼，自己真是白给它喂了那么多营养丹。

她想说些什么，一抬手，发现手上湿漉漉的，低头一看，就见桌上不知何时多了一摊水。也不只桌上，从窗户到桌前的地上都拖着一道长长的水渍，如某种水生动物爬过留下的印痕。

簪星不由得打了个寒战，低声道："不会真是鲛人吧？"

可若真是鲛人的话，谈天信他们追过去的妖物又是什么？难道这鲛人有分身术，抑或根本就有两只妖？

顾白婴紧紧地盯着桌上的水痕，顿了一会儿，伸手点向那水渍，片刻后收回手，摇头道："没有妖气。"

"这不可能吧？"簪星惊讶，"刚才那道黑影，怎么看都不是人啊。"

正在这时，外头传来声音："师妹、师叔！"

二人回头，门冬和田芳芳从外头走了进来。

他们二人身上还带着夜里的露水。田芳芳问："这么晚了，你们怎么还没睡？"

"等你们呀。"簪星站起身，"今日可有收获？"

门冬："没有。"

田芳芳："有。"

顾白婴没好气地道："到底有没有？"

田芳芳轻咳一声："有是有，不过好像没什么用。"

壶里的热茶早就冷透了，簪星倒了两杯茶给门冬和田芳芳。二人在外奔波了一天，渴得厉害，二话不说先喝了杯冷茶。田芳芳从怀里掏出一本册子递给顾白婴："我和师弟今日一共去了五户人家，打听到的消息都记在这册子上了。"

顾白婴翻开册子，簪星将凳子挪到他身边，一起看了起来。

门冬年纪虽小，却写得一手好字。不过，果然如田芳芳所说，这册子里记载的东西，看起来确实派不上什么用场。

"当年之事离现在已经很久了，"田芳芳道，"很多人都记不清细节了。我们问了好些人，根据他们的描述来看，死者的情况和昨夜的差不多，都是独自在家的姑娘被人吸干鲜血而死。"

簪星问："可是这册子上怎么都没记载鲛人的模样？"

"因为没有人看到过鲛人。"田芳芳道，"那些遇害的姑娘被发现时已经死了，没有人看到过鲛人长什么样子。"

"鲛人是妖，"门冬道，"害死人之后自然会离开，凡人又怎么可能抓到妖的真身？"

簪星摇头："我还是觉得不对，照这么说，见过鲛人长什么样的，就只有四十年前诛杀鲛人时的王室中人，但并没有人见过鲛人行凶的样子。而且……"她看向地上那道濡湿的痕迹，说真的，她真的很难想象鲛人拖着一条鱼尾在地上爬行的模样。

顾白婴只看着手中的卷册。

门冬问："师叔，你怎么不说话？"

"四十年前遇害的女子，全是十八岁。"顾白婴突然开口。

田芳芳愣了一下，点头道："是啊，这妖物真是会祸害人。姑娘家正是花儿一样的年纪，我们今日去的一户人家里，人姑娘都快出嫁了，就在出嫁前一日被妖鲛害死，新郎痛苦之下竟自绝跟随而去，可造孽了。"

"莫非，他是特意挑选十八岁的女子？"簪星问。

"是偶然吧。"门冬道，"前夜里遇害的那个女子，不是才十五岁吗？"

"或许是口味变了？"田芳芳一掌拍向桌子，愤然道，"这妖鲛可真挑嘴！"

"不对。"顾白婴打断他们二人的话，又翻了翻手中的册子，问田芳芳道："你们今日出门，没有打听那些女子的生辰？"

"没有。"田芳芳摇头，"我们又不是结亲换庚帖，打听人生辰八字做什么？"田芳芳见顾白婴的眼神越来越锐利，田芳芳的声音低了下去，"忘了，师叔。"

门冬见顾白婴的脸色不太好，就问："怎么了，师叔？这生辰八字有什么不对？"

"你们明日再跑一趟，拿到那些女子的生辰八字。"顾白婴冷声道，"不要漏掉任何一个。"

他的语气很严肃，田芳芳和门冬也不敢再说什么。此刻已是深夜，明日一早，两个人又得起早去打听消息，所以两个人说了几句话就先回屋休息了。

顾白婴也要起身离开。

簪星一把拽住他的袖子："师叔！"

"干什么？"他不耐烦地问。

"今夜那妖物偷偷跑到我的屋中，想对我下手，虽然中途逃走了，但难保不会卷土重来。"簪星道，"连你都追不上对方，说明对方很强，我一个人可能打不过。"

顾白婴："所以呢？"

"所以要不今夜你到我屋里来睡吧。"簪星答得爽快，"也好有个照应。"

"你说什么？"顾白婴难以置信地问。

"这屋里有两张榻，"簪星指给他看，"你可以睡那张宽敞的，我睡小的。又不是一张榻，隔得也很远，应该没什么吧？"

"杨簪星，"顾白婴见了鬼似的看着她，"你是女子，我是男子，怎么能同睡一屋？"

"你们修仙界这么严格的吗？"簪星道，"你就把这屋子当作野地，咱们一人睡一角不就行了？"

顾白婴深吸了口气："你死了这条心吧，我是不会跟你睡一个屋的。"

簪星看着他。少年紧紧地抿着唇，铁青着一张脸，仿佛她说的是什么十恶不赦的坏事一般。沉默了半响，簪星退一步道："算了，不行我去找田师兄，他的修为虽不及你的高，要真出了事，也好有个照应。"

这大晚上的，刚刚被人摸进了屋里，她还没有心大到马上当作什么事情都没发生的程度。离耳国宫里的侍卫又实在没用，人都跑出三里地了，才有侍卫来询问出了什么事。

"不行！"顾白婴闻言，猛地看向簪星，怒道，"杨簪星，我告诉过你，宗门里不许双修。"

"我没有双修啊，"簪星无言片刻，说道，"我们就是在一间屋里睡觉，不修。"

"那也不行。"

簪星终于被闹得没脾气了，索性看向顾白婴："那师叔你说怎么办吧？"

"你今夜别睡了，"顾白婴道，"在屋中修炼。"

簪星瞪大眼睛，简直不敢相信自己听到的："师叔，就算我一夜不睡，离秘境开放还有几日，我总不能夜夜不睡吧？再说了，现在我将精力用尽，待进了秘境，拿什么跟赤华门的人争，届时你不会又说我给宗门丢脸吧？"

顾白婴抬眼看向对方。

这人站在屋中，看向他的目光坦荡极了。宗门里也不是没有贪图安逸的弟子，但既然做了亲传弟子，还能要赖得如此理直气壮之人，杨簪星大概是第一个。

她亦没有身为女子的自觉，居然连"一起睡"都说得出来，这要是换一个人，那琴虫种子要易主可太容易了。

琴虫……

想到琴虫，顾白婴心中又是一阵气闷。

"师叔，你想好了没有？"簪星见少年的目光变幻，一时也猜不透他在想什么。

"你睡吧。"顾白婴道，"今夜我在你屋中修炼。"

簪星："你不睡？"

"我不是你，没那么热衷于睡觉。"顾白婴在屋中的长椅上坐下，果然开始盘腿养息。

"真不睡啊？"簪星好心地问。

顾白婴闭上眼，没搭理她。

簪星心中便很感叹：看看，多么正直的少年，这种性情的人在一本男频小说里，简直是怪物一般的存在，太不合理了！

不过，有顾白婴今夜守在这里，想必妖鲛也不敢卷土重来，她可以放心地休息。

簪星轻手轻脚地上了榻，将床头的油灯吹灭。窗外的星海落在窗上，洒了半幅斑驳的光影。屋中的长榻上，少年背影挺拔，在这个微凉的夜里，如一缕春风，带着和煦的暖意，让人梦中也安心。

她看着看着，不知不觉睡着了。

第二日，簪星是被弥弥踩醒的。

臃肿的白猫从她的胸前踩过，留下四个灰色的脚印，尾巴一甩一甩的，拂过人的鼻尖，比日光还教人心中发痒。

簪星摸了摸鼻子，掀开被子坐起身，揉了下眼睛。阳光从窗外洒进来，长椅上，少年的背影与昨日一般无二，简直像座雕像。

她起身下了床，穿好鞋走到顾白婴身边。

这人果真在这里坐了一夜，不过……这会儿是睡着了？

簪星慢慢蹲下身子，看向眼前的少年。

顾白婴平日里说话的时候，总是带着几分不耐烦。若是有人惹恼了他，那点儿不耐烦就变成了狂妄。当他闭着眼睛的时候，眉宇平展，就显出几分寻常时难得见到的温柔。

他长了一张顶俊俏的脸，五官无一不精致。太焱派宗门上下都说青华仙子是个千年难遇的大美人，这一点簪星从未怀疑过。别的不说，看看顾白婴的这副皮囊，她也知道青华仙子不可能丑到哪里去。

日光落在少年的鼻尖上，将他的皮肤也衬得剔透，唇线极漂亮，下颌线条简直像是画上去的。因他闭着眼，睫毛便垂下来，柔和如春日里的蝶翼，又如院子里的凤凰花，总让人想到鲜妍美好一类的词语。

簪星看着看着，犹如被蛊惑一般，忍不住伸出手，想要碰一碰这人的睫毛。她的手刚举到一半，顾白婴睫毛一动，慢慢睁开眼来。

她就在对方的眼睛里看到了自己的影子。

院落中的风将晨雾吹散，吹得清晨的日光在空中飞舞成细小的星线，屋子角落的铜炉里，王宫里特制的玉兰香将香气送遍每一个角落。白纱帐在少年身后飞舞，簪星觉得自己仿佛不是在离耳国的王宫里，而是在姑逢山的水云涧中。

画里画外，皆是春光。

她尚未回过神，就见顾白婴的眉头一皱，他一把拂开她的手，说道："你干什么？"

"我……"簪星不好说自己看他的美貌看呆了，就道，"看师叔好像睡着了，给你拿件衣服盖着。"

顾白婴看了一眼她空空的手："衣服呢？"

簪星："忘了。"

"杨簪星，"顾白婴站起身，怀疑地盯着她，"你是不是在心里打什么主意？"

"没有。"簪星也跟着站起身，揉了揉膝盖，诚挚地开口，"我能打什么主意？师叔，你要是不睡觉，就去梳洗一下，等下侍女们该送早膳过来了。不知道师兄和门冬师弟出发了没有？"她一边说，一边打开屋子的大门。门口恰好有人走过，一抬眼就看见顾白婴与簪星在屋中。

"荣余？"簪星问。

这可怜的修士呆在原地，过了好半天才艰难地开口："你们……昨夜睡在一起？"

"喂，你不要乱说话！"顾白婴闻言，立刻从后面站出来，恼怒地道，"我在她屋中修炼了一夜，什么都没做！"

簪星："……"

顾白婴平日里应当很少跟人解释，这澄清还不如不澄清呢，越描越黑，简直此地无银三百两。

她看向荣余："昨夜我屋里似乎有妖物来过，师叔担心我的安危，因此在我屋中修炼，好保护我。"

"做长辈的，照顾晚辈是应当的。"顾白婴顿了顿，上前一步警告荣余道，"小子，你胆敢到处胡说，我就剁了你。"

荣余："我不会说的。"

簪星见他的手中拿着红木做的篮子，就问："你这是去做什么？"

"这几日师兄住在宫里，国主令人送了许多药材过来。再过几日，我们就要进秘境了，师兄得留在宫中，我想去拜谢国主。"

荣余自从在锵锵赌坊和赤华门结下梁子后，日子便很不好过。琉璃宗是个小宗门，进秘境的名额只有两个，如今荣余的师兄伤重去不了，只剩荣余一个能去。谈天信虽然碍于顾白婴的面子，不敢明着动荣余，但估摸着之后也不会少使绊子。

簪星望着荣余那身打了补丁的旧衣裳，摇了摇头，这宗门都穷成这样了，得亏这次离耳国国主财大气粗，愿意拿宫中库房里的药材给他的师兄治病。否则，他们大约连买药的灵石都出不起。

"正好，我们也有些事情想问国主。"簪星道，"你等我们先梳洗一下，一起去吧。"

关于四十年前妖鲛一案的卷宗，详细的记载实在太少了。昨夜，簪星和田芳芳他们也商量过，今日一早用过早膳后，簪星便去问一问国主可有其他卷宗，眼下既然荣余要去，她便打算一起去。

簪星看向顾白婴，顾白婴没有反驳，荣余犹豫了一下，就道："好。"

二人梳洗过后，便与荣余一起去了离耳国的主殿。

国主知道他们要来，已经到了主殿，看见三人，国主便令人送上早膳，请他们边吃边说。

顾白婴果然不肯吃"凡人的食物"，荣余今日本就是来道谢的，饭没吃几口，先道了八回谢。这国主也很平易近人，告诉他不必客气。簪星听着他们的往来恭维，吃得更香了。

"杨簪星，注意你的仪态。"顾白婴施了一个传音术到簪星的耳边，还不忘教训她，"我看太焱派几百年的形象，迟早毁在你的手中。"

"大哥，"簪星默默传音回去，"人家请你吃饭，你不肯吃还甩脸子，这才叫没礼貌。"

顾白婴决定放弃跟簪星讲道理了。

国主看向簪星，担忧地道："听宫里侍卫说，昨夜似有妖物潜入仙子屋中。仙子可有受伤？"

簪星道："没有受伤，也不能确定是妖物吧。其实我们今日来，也是为了问问陛下有关卷宗一事。昨日侍女送来的卷宗，我和师叔都看过了，有关妖鲛的记载比较少。我们想问问陛下，可还有记载得更详细一些的卷宗，最好是有关妖鲛的记载多一些的。"

国主摇了摇头："当年妖鲛一案发生时，孤尚未出生。当时从头到尾目睹妖鲛祸乱的臣子，许多也已不在人世。王宫里能找到的卷宗，孤已全部令人给你们送了。其他的，确实没有了。"

簪星和顾白婴对视一眼，神情有些凝重。毕竟他们要一些歌颂老国主英姿的马屁册子，实在没什么意义。

国主说着说着，又咳嗽起来。

簪星见状，想了想，终是客套了几句："如今离耳国妖鲛还未找到，陛下心焦，但也要保重身体。"

"不碍事。"国主笑了笑，"孤是老毛病了，自打出生就是这样。听闻当年父王亦是，严重的时候，日日咯血。正因如此，宫里库房内从不缺药材，如荣仙长师兄所用的药材，实在算不得什么。"

簪星望着离耳国的国主，他看起来确实无甚霸气，甚至瘦弱秀丽了一些。她问："冒昧地问一句，陛下生得似老国主吗？"

似乎没想到簪星会这么问，国主愕然一刻，随即笑了，说道："不错。孤生得确实和父王更像一些。"

簪星先前也见过离珠公主，离珠公主看起来飒爽英气，哪怕上了年纪，依旧精神得很。这国主，确实和离珠公主没有半点儿相似的地方。

大家又聊了几句，国主让人将早膳撤下去，簪星几人离开了主殿。

荣余还要回去照顾他的师兄，先离开了。簪星与顾白婴往院子里走，边走边道："师叔，你有没有觉得有些奇怪？"

"怎么说？"

"昨日我们一共看了八卷妖鲛案的卷宗，全都大同小异，将老国主说得神勇无比，跟个力拔千斤的力士一般，而他最后与妖鲛同归于尽，也是因为妖鲛太过狡猾。"簪星面对顾白婴，一边倒着走路，一边跟他说，"但是今日我听国主的意思，老国主身体不太好，还经常咯血，是个虚弱的药罐子。"

顾白婴挑眉："然后呢？"

"这就很矛盾，"簪星继续道，"你还记不记得我们在海边看到的那座金身雕像？那雕像里的老国主，英俊又勇敢，可完全看不出一点儿病秧子的模样。"

"王室中人，美化自己也是寻常。"

"只夸张一点儿当然没问题，但是一个身体羸弱之人，要想赢过凶残的妖鲛，应该不是一件容易的事。老国主是怎么做到的？单凭灭妖阵？可那册子里也没写什么有关灭妖阵的东西。"簪星道，"所以我觉得，这里头指不定有问题。"

她正说话，脚下硌着个石块儿，脚一崴，险些摔倒。顾白婴一把抓住她的胳膊，将她扶稳，鄙夷地道："你能不能好好走路？"

簪星站稳，笑道："好的，那师叔，我们现在怎么办？"

"虽然你在胡说八道，但我也认为老国主有问题。"顾白婴哼了一声，"因此我决定亲自去找线索。"

簪星问："什么线索？"

"我打听到了，王宫里关于每一任国主的卷宗都藏在天禄阁里。妖鲛的卷宗是看不出什么了，但是老国主的卷宗里，一定能发现点儿东西。"

"天禄阁？"簪星摇头，"我也听说过，可那里都是机密，除了王室中人，外人肯定不让进去。就算我们是修士也不行，国主不会允许的。"

顾白婴嗤笑一声："谁说我要他允许了？"

"师叔的意思是……？"

"一个修仙之人，去凡人的王宫还要左思右想，我看也不会有什么前途，趁早别修了。"他径自往前走去，"管它天禄阁还是地禄阁，我想进就进。"

说罢，他留给簪星一个潇洒的背影。

簪星停了一瞬，当机立断，赶紧跟了上去。

每个王室，都藏有一些不想被外人看见的秘密。

毕竟纵然是国主，本质上也是人。只要是人，就会犯错。王室中人为了维护自己在百姓中的天威和形象，不会让外人瞧见自己"犯错"的一面。

而这些"过错"，在天禄阁中或许是可以找到的。

离耳国的天禄阁，看起来有些像太焱派的藏书阁，不过没有藏书阁大，要小得多。天禄阁楼下有身穿轻甲的侍卫把守。顾白婴施了个隐身术，将自己和簪星的身形隐去，二人得以直接进入楼阁内。

一进楼阁内，簪星便有些傻眼。

离耳国关于王室的卷宗，全是以相同厚薄的书册编纂的。换句话说，所有的书册一模一样，全部整整齐齐地摞在书架上，不像太焱派各卷有各卷的封皮，书脊上还有大字，翻阅者能一眼看到书名。

这里的书册想必平日里都由专人管理。陌生人到了天禄阁，面对这些看起来没有任何分别的卷册，想要找到自己需要的东西，无异于大海捞针。

簪星凑到顾白婴身侧，悄声道："师叔，这些人在楼下设立守卫根本就是多此一举，哪怕别人进来了，要找东西也不容易。"

寻常人若想将这里的册子细细看完，估摸着再怎么要三五日。

顾白婴的眉头紧锁，大概他也没想到离耳国的王室居然如此"强迫症"。若非对这里很熟悉，一般人根本不可能一眼找到目标书册。

他正沉思着，簪星腰间的乾坤袋突然蠢蠢欲动。她还未来得及说话，弥弥已经从里头跳了出来。

弥弥是灵兽，平日里寸步不离地跟在簪星身边。只是它实在太胖，簪星抱不动，有时候就顺手将它丢进乾坤袋中，权当那是宠物包了。

此刻，弥弥大概是在乾坤袋里憋得久了，纵身一跃，跳上书架。胖猫亦不安分，走了两步，一爪子将一册卷宗拍下书架。

那卷宗险些落到地上，被簪星一把捞住。她心中长舒了口气，万一闹出动静，等下被人发现就不好了。

她正要将那卷宗放回书架上，突然看到卷宗的右下角上写着两个字："圣宁"。

圣宁，是老国主的尊号。

簪星抬头看向书架上的弥弥。

弥弥顶着一张胖脸，优哉游哉地坐在架子上咬尾巴。

簪星收回思绪，将那本写着"圣宁"二字的卷宗拿到顾白婴跟前，示意顾白婴看。

顾白婴先是疑惑，待低头看清上头的小字时，怔了怔，随即从簪星的手里接过卷宗。

这卷宗果真记载着老国主的一生。也难为史官费心，老国主英年早逝，就活了二十多年，竟然也能被史官写成这么厚厚的一本，不知道水了多少字数。

二人背靠着书架在地上坐下来，看着手中的卷宗。

离耳国的老国主——圣宁国主的一生看起来平平无奇。簪星能感觉出来，写卷宗的人已经很努力地拍马屁了，不过关于老国主的记载，大多是一些浮于表面的赞词，例如博学多才、出类拔萃、高风亮节、宏才大略，至于究竟体现在何处，史官连一件实事都没有列举。

只是，离耳国在老国主在位的那些年，确实也没发生什么大事。簪星想：姑且认为老国主的满身才华没地方可发挥吧，不是他的错。

圣宁国主自打出生起，身体就羸弱不堪，隔三岔五地卧病在床。离耳国的神医都给他看过，说这是打胎里带的毛病，治不好，只能养着。

不过王宫里流水似的药材，并没有让圣宁国主的身体有所好转。他幼时尚能跑能跳，等到少年时，已经不能做剧烈运动，待过了二十岁，更是日日咯血，简直比古稀之年的老者还要羸弱。

簪星看到这里，凑近顾白婴低声道："海边那个金身雕像，真的不是讽刺吗？"那金身雕像看起来能一个打十个，适当地夸张固然好，但夸张成这样，只怕是老国主看了都能红着脸从地里跳出来。

少女温热的呼吸落在耳边，顾白婴的眉头一皱，他挪远了一些，说道："别说话，继续看。"

簪星就继续往下看。

话说回来，圣宁国主羸弱归羸弱，这样一个药罐子，竟然还想着娶妻。圣宁国主在二十二岁那年，迎娶了林氏国的离珠公主。簪星猜测，或许这是为了冲喜，只是这冲喜似乎没什么用，圣宁国主虽然没病死，却被妖鲛给杀死了。

圣宁国主在娶了离珠公主后，身体渐渐好转了一些。没多久，离耳国就出现妖鲛作乱一事。之后的记载跟先前卷宗写的一样，圣宁国主勇斗妖鲛，捐躯济难，再后来就没有了。

簪星："就这……？"

倒不是她对圣宁国主有成见，只是看完了这册卷宗，她实在觉得，圣宁国主一生做成的让人有点儿印象的事，大概就是娶妻和斗妖鲛。

她正想着，顾白婴又往后翻了几页。簪星见那几页上还有字，便又凑过去看。

这是一张附在卷宗后面的药单，上头清楚地记录了圣宁国主这些年用过的太医院的药材。幼时还好，只是一些补气健身的药材，到后来，就是人参、灵芝什么的，全是吊命的东西，每年所用的药材也在成倍增长，圣宁国主的病情似乎越来越重。不过……这张药单写到一半就没有了，看上头记载的时间，好像正是离珠公主嫁到离耳国的前半年。

簪星忍不住蹙眉，再看顾白婴，他的目光亦是落在没写完的药单上，久久没有移开。

突然断药，除非圣宁国主的病好了，但听国主的意思，圣宁国主的病并没有痊愈。他这是放弃治疗了？兴许他想着，反正病也治不好，干脆先娶妻生子，不至于让离耳国后继无人，至于自己，就听天由命？

簪星总觉得这药单有说不出的古怪。

她正要说话，突然听见外头有人说话的声音。簪星吓了一跳，一把拉起顾白婴躲进最里面的书架间隙中。

这里书架与书架之间的间隙很窄，只容一人通过。两个人挤在一起，便只能面对面。簪星的头差点儿撞到顾白婴的胸口。

顾白婴猝不及防地被簪星扯进小角落里，站稳后，怒不可遏地低头看向她，传声入耳道："你干什么！"

"有人进来了。"簪星抓着他的衣襟，"小心，被发现我们就死定了。"

顾白婴深吸了口气，盯着她咬牙切齿地开口："杨簪星，你是不是有病？施隐身术就能做到的事，你躲什么躲！"

簪星回过神来："也是啊。"

隐身术很难学，簪星学了一次连门儿都没摸到，索性放弃了。太焱派里也没几个人学会，而顾白婴会隐身术，簪星总是忘记这件事。

"不过，"簪星看向他，传音道，"师叔，隐身术不是一日只能用一次，一次只能维持半炷香时间吗？咱们刚刚看卷宗，已经超出半炷香时间了。"

顾白婴愣了一下，似乎才反应过来，恼羞成怒道："闭嘴。"

簪星便很识相地闭了嘴。

外头的人还在说话："你们都下去吧，我随意看看。"

"是。"接着是侍卫离开的声音。

簪星与顾白婴对视，这声音……似乎是离珠公主？

脚步声还在继续，来人已经进了天禄阁。

离珠公主似乎没有离开的意思。簪星有些紧张地问："师叔，要是被发现了怎么办？"

"被发现就被发现。"顾白婴顿了顿，不甚在意地道，"怕什么，难道她还能把我们怎么样？"

这人一如既往地嚣张，一看就知道没挨过社会的毒打。

不过现在，他们是在别人的地盘上，簪星还是不希望和离耳国的王室发生争执。思及此，她便将身子往里缩了缩，心中默默祈祷离珠公主不要再往里走，赶紧离开才是。

她正想着，上头突然传来"扑通"一声。簪星心中一惊，就见一条毛茸茸的大白尾巴晃晃悠悠地从脑袋上闪过。

坏了，她忘了弥弥还在书架上！

这胖猫心里对自己的体形一点儿数都没有，这么结结实实地一蹦，书架上的卷宗便"哗啦"一下全倒下来，且往簪星的脑袋上砸去。顾白婴吓了一跳，下意识地伸手将她的脑袋护住。这书架间隙又窄，簪星猝不及防地摔倒，重重地砸在顾白婴身上。

第十九章
延阳秘术

顾白婴闷哼一声，半晌没爬起来。

屋子里一片寂静。

簪星从顾白婴的胸前撑起身子，一抬头，就见离珠公主站在前面，目瞪口呆地看着他们二人。

簪星："……"

这糟糕的姿势。

楼下的侍卫听到里头的动静，有人喊道："殿下，出什么事了？"

"无事。"离珠公主回过神，对着外头淡淡地开口，"是我不小心撞掉了卷宗，不用进来。"

外头的侍卫这才没了动静。

簪星松了口气，听见身下的顾白婴冷冷地道："躺够了吗？"

她连忙从顾白婴身上爬起来。顾白婴站直身子，拍了拍身上的尘土，看她的目光简直像是要将她生吞活剥了。

"你们怎么会在此？"离珠公主低声问道。

"我说我们是不小心进来的，公主会信吗？"簪星问。

离珠公主没有开口，顾白婴沉着一张脸道："先出去再说。"

这之后，顾白婴施了个障眼法，骗过楼下两个侍卫，与离珠公主和簪星一道离开了天禄阁。离珠公主带着他们二人去了自己的偏殿。

这处偏殿很特别，没有随处可见的白纱帐，殿中的装饰颜色多是热烈的正红。角落里堆满兽角长毯，正对高座的地方悬着一幅皮雕画，墙壁上挂着一把极其漂亮的牛角弓，旁边安放着一条马鞭。同别处的秀丽精致不同，这偏殿处处都是粗犷之美。

"这里是我从前住的地方。我儿即位后，我便不再住在宫中。"离珠公主在殿中的高座上坐了下来，吩咐侍女准备茶点，说道，"如果不是此次妖鲛再次作乱，我也不会回来。"顿了顿，她又看向簪星和顾白婴，微微一笑，"只是，我确实没想到，顾仙长与杨仙子竟是道侣。"

"喂！"顾白婴脸色大变，一下子站起身，"不要以为你是公主就能乱说话，谁跟她是道侣了？"

簪星："……"

他这抗拒的姿态，实在让她有点儿伤自尊。

"不是吗？"离珠公主诧异地看向他，"我还以为你们是特意避开旁人去天禄阁谈情的。"

眼看着顾白婴又要发火，簪星笑着接过话头："公主真会说笑，顾师叔是我的师叔，也算我的半个师父。一日为师终身为父，我怎么可能对师叔不敬呢？"

这个便宜顾白婴算是捡大了，他看了一眼簪星，总算没说什么，重新坐了下来。

"刚刚多谢公主没在天禄阁揭穿我们，"簪星问，"可是为何……？"

"你们是修仙之人，"离珠公主摇了摇头，"在普通人的地方，哪怕是王宫，也能如入无人之境。再说，就算我揭穿你们，国主也不会令你们为难。修仙界宗门，寻常王室得罪不起，既然没什么结果，我何必多此一举。"

"公主倒是坦荡爽快。"顾白婴道。

离珠公主笑了笑："天禄阁里，收藏的都是离耳国历代国主的卷宗。两位既然不是为了谈情，就是为了卷宗而去，不妨告诉我两位想找的东西，说不定我还能帮上忙。"

他们二人见离珠公主这般打开天窗说亮话，倒也不再遮掩什么。顾白婴道："我们的确想向公主打听一个人。"

"何人？"

"公主的夫君圣宁国主。"

离珠公主一愣。

"您还记得他吗？"簪星道，"坊间都说当年公主与老国主伉俪情深。既然情深，您一定很了解他，能不能跟我们说说，老国主是个什么样的人？"

似乎很久没有人问过这个问题，红衣妇人坐在高座上，目光逐渐变得悠远。她看向窗外，又像是在透过窗外看别的什么人。过了许久，离珠公主才道："他是……一个性情很温和的人。"

林氏国是一个小国，和离耳国不同。离耳国是西海中的岛国，纵然几十年前，离耳国还没有因为秘境而变得像如今这般繁华，但毕竟靠海，物资丰富，往来商船也多。而林氏国只是一个位于东边大陆的小国，国中土地贫瘠，多山林。林氏国的百姓，一辈子都没见过海。

后来灾年大旱，林氏国饿殍遍野。正当国内岌岌可危时，离耳国派来使者，提出愿意迎娶林氏国公主，并献上聘礼万斤米粮，正好可解林氏国燃眉之急。

离珠公主内心纵然再不甘愿，为了解救林氏国的百姓，也还是不远千里，来到了离耳国和亲。

"来到离耳国之前，我也曾内心忐忑，不知对方究竟是个什么样的人，又为什么要与我林氏国和亲。"离珠公主道，"我猜测他可能是大腹便便的好色之徒，抑或根本就是个白发苍苍的老头子。不过见到他之后，我才知是自己想得太多。"

离耳国的圣宁国主，是一个英俊的年轻人。

他一点儿也不老，更不丑，性情亦是十分温和。离珠公主刚到离耳国的时候，老国主怕她不习惯，还特意关照王宫里的膳食全部按照离珠公主的口味来做。他体贴细心，风度翩翩，林氏国的人多粗犷豪爽，离珠公主不曾见过这般柔和如风的男子，也很快沦陷在了对方的温柔之中。

他们的确是过了一段甜蜜的日子，她也确实打心底里希望能和对方天长地久。

簪星问："可是……老国主似有偕生之疾。"

"确实不假。"离珠公主端起面前的茶喝了一口，才道，"我刚嫁到此处时，听宫里人说起过。不过，他们也说，自从我嫁给夫君后，夫君的身体好了很多。原本我以为他可以痊愈，只是后来妖鲛出现……"

她没有再说下去。

顾白婴问："他是个什么样的人？"

"他是个很温柔体贴的人，对我很好。我从未见过他对什么人发火。他看起来虽然不如那些勇士强壮，可妖鲛当夜要对我出手时，他也挡在我面前。他从前不曾拿过剑，可面对妖鲛，亦没有半分退缩。"离珠公主怅然道，"他是个好国主，也是个好夫君。"

这般称赞，让簪星有点儿牙酸，同时也有些疑惑："难道老国主就没什么缺点吗？"

离珠公主诧异地看向她："你怎么会这样问？"

"只要是人，就会有缺点。纵然是情人眼里出西施，那些无伤大雅的小缺点在对方眼里是可爱的，但总会有一些缺点。公主和老国主是夫妻，难道老国主就没有做得不好的地方，哪怕只是一点点？"

离珠公主摇了摇头："没有。"

簪星若有所思。

顾白婴道："听你的意思，圣宁国主是个手无缚鸡之力的男人，这样的男人，怎么能制伏妖鲛？"

他这话说得很不客气。

离珠公主却没有发怒，过了一会儿，才慢慢开口："事实上，我也不知道，或许是因为灭妖阵。"

"那布置灭妖阵的修士，现在又在什么地方？"

"修士当年除掉妖鲛后就离去了。这些年，我也不曾在宫里听过他的消息，他更没有留下只言片语。否则，如今城中祸乱，只寻他来再布一次灭妖阵便是。"离珠公主说完，看向簪星，"两位仙长问了我这么多问题，到底是何意？莫非，你们认为我夫君有什么问题？"

这妇人敏锐得要命，簪星连忙道："公主不必多想，我们并没有这个意思。只是当年有关妖鲛的卷宗写得极为潦草，因此我们才打听得多了一些。"她想要岔开话头，一抬头就看见对面墙上挂着的牛角弯弓，遂笑道，"这把弓真威风，是公主的吗？"

离珠公主顺着簪星的目光看过去，随即莞尔："这是我的弓。当年从林氏国来此地时，怕思念故国，便带在了身边。"

顾白婴微微扬眉："原来公主还会射箭。"

"林氏国多山林，人人擅骑射。我是林氏国的公主，从小就摸弓。"离珠公主说到此处，目光有些发亮，神情也变得生动起来，"背着弓箭在林间驰骋的感觉，可比坐在宫里舒服得多。"

她身侧的侍女闻言，笑道："咱们公主殿下的箭术，当年可是连海盗都逼退过的。"

"海盗？"簪星问，"公主遇见过海盗？"

离珠公主笑道："那都是过去的事了。当年我从林氏国来到离耳国，乘船途经西海，见有海盗劫船滥杀无辜，便带着陪嫁的侍从前去帮忙。那些海盗亦是欺软怕硬，后来便弃船逃走。"

"什么欺软怕硬。"那侍女闻言反驳，"分明是他们被公主殿下的箭术所惊，吓得慌不择路罢了。几位仙长可不知道，那时候，咱们公主殿下站在船头持弓射箭的模样，可是威风得很呢。"

离珠公主微微出神。

当年她还不到十八岁，本就因和亲一事，心底有诸多不安和忐忑，偏偏那一船海盗还撞到了她面前。林氏国的女子，向来勇猛果敢，绝不会有畏缩退却之心。于是，她取了随身携带的牛角弓，在夜里带着几个侍从潜入水中，摸黑上船，杀了那些海盗一个措手不及。

那些海盗劫掠了许多路过的船只，将妇人留下玩乐，男子则全部杀掉。离珠公主还记得，自己将那些妇人救出来后，她们感恩戴德，其中竟还有一个孱弱的少年。那少年很胆小，惊慌不已。离珠公主还没来得及问他话，他便纵身跃进海中。等离珠公主再令侍卫找时，却遍寻不着他，也不知他是死是活。

"听起来很厉害。"顾白婴拿起面前的茶喝了一口，不咸不淡地开口，"不过你们离耳国的卷宗里没有半点儿提到你的英姿，该不会是将公主的英勇，全安在了圣宁国主的头上了吧？"

这人说话，专往人气管里戳。

簪星连忙笑道："那可能是因为咱们没看到写公主的卷宗。"

离珠公主沉默半晌，才笑道："并非如此，只是我嫁到此处来，几乎就不曾摸弓了。离耳国与林氏国不同，女子需要娴雅温和、柔心弱骨，不可舞刀弄枪、离经叛道。"

"舞刀弄枪就叫离经叛道？"顾白婴嗤笑一声，"连弓箭都不让你拿，你却说你的夫君对你很好，没有一丝缺点。离珠公主，你可真大方。"

簪星真恨不得踹顾白婴一脚。

离珠公主闻言，却怔住了。她没有反驳顾白婴的话，只是看向窗外，半晌没有回答。

气氛变得尴尬起来。

簪星眼见也问不出什么来了，便放下手中的茶盏，起身道："我们今日来，其实也就随便问问，多谢公主告知我们这么多。时候不早，我们也该回去了。若有别的问题，我们再来寻公主解惑。"说罢，簪星拼命对顾白婴使眼色，见他不理她，只得抓住他的胳膊，将他生拉硬拽地出了离珠公主的偏殿。

待回到自己住的院子，顾白婴一把甩开簪星拽着他胳膊的手，说道："杨簪星，你刚才挤眉弄眼的干什么？"

"师叔，你干吗老在离珠公主面前讽刺老国主呢？"簪星望着他，"人都死了，死者为大，你也不必说这么多吧。"

"虚假之人，当然要说。"顾白婴晒道，"离耳国的卷宗全是弄虚作假，烧了得了。"

簪星正想再劝几句，忽然听见院子外传来田芳芳的声音："师叔、簪星师妹！"

"他们回来了？"簪星回头，就见田芳芳和门冬气喘吁吁地从院外跑进来。

几人进了屋，田芳芳捞起桌上的茶杯灌了两口茶。簪星问："怎么跑得这么急？"

"师叔，"门冬看向顾白婴，激动地开口，"有收获，这一趟有收获了！"

顾白婴问："查到了什么？"

"那些四十年前受害的女子，确实全是十八岁。今日那五户人家，我们去向他们要了生辰八字，发现那些女子全是阴月阴日阴时出生的！"

田芳芳将手中的茶杯往桌上重重一搁："这些不是偶然。师叔，那些女子，全是纯阴之体！"

"纯阴之体？"簪星道，"这妖专门选择纯阴之体的女子下手，为什么？能增加妖力？"

"这倒不曾听说过。"田芳芳坐了下来。

门冬的小脸绷得很紧，他看向顾白婴的目光尚带惊色，有些不安："师叔，我倒是知道有一种秘法，需要纯阴之体女子的鲜血……"

顾白婴道："延阳秘术。"

"什么是延阳秘术？"簪星问。

"是传说中的一种秘术，"顾白婴脸色微沉，"传闻寻四十九位纯阴之体的少女，以少女的鲜血炼祭，能使人获得长生，延续寿元。"

田芳芳瞪大眼睛："我怎么没听过？"

"这只是传言而已，谁也不知道是不是真的。"门冬皱眉，"而且这种方法过于残忍邪恶，修仙界怎么会有人用？除非是一些妖道为了害人，才会如此。"

弥弥跳到凳子上，懒懒地打了个哈欠。

簪星看向顾白婴："你的意思是，四十年前的那些女子之所以遇害，也许是因为有人想用延阳秘术来延续寿命，获得永生？"

"不排除有这个可能。"

"可是不对呀，"簪星还是不明白，"妖族的寿命不是很长吗？怎么还会多此一举？"

"妖族的寿命的确很长，"门冬摇头，"少则几百年，若无外物打扰，潜心修炼，活个几千年也不在话下，的确没有必要用这邪恶的秘术。"

"那这秘术也没别的好处，总不能说这么巧合，对方无聊抓几个人来吸血，恰好全是阴月阴日阴时出生的纯阴之体吧？"田芳芳说，"这不说笑呢吗？"

簪星没有说话，看向顾白婴，正对上顾白婴看过来的目光。

二人目光交会，倒是没有多说什么，因两个人不约而同地想到今日在天禄阁里看到的有关圣宁国主的卷宗。

圣宁国主幼时起便身体不好，少时起日日咯血，偏偏离珠公主嫁过来后，他的身体渐渐好转。他的药单看起来也很不正常，前面大把大把地用药材，到了成婚前半年，药单便不再更新。之前簪星以为他是为了冲喜，太医可能会让他停药，免得对子嗣不好。如今看来，或许是因为，圣宁国主在那个时候已经找到延续寿元的办法了。

成婚前半年，正是当年妖鲛开始在离耳国杀人的时候。

还有离珠公主……

想到离珠公主，簪星心中一跳，对顾白婴道："师叔，离珠公主嫁到这里，恐怕并不是偶然。"

离耳国的老国主，千里迢迢地要娶东边大陆一个素未谋面的公主为妻，这在离耳国的平民嘴里是天定的姻缘，此刻看来，却有些可怕。

顾白婴的眸色微沉，过了半晌，他道："去寻离珠公主的生辰八字。"

倘若离珠公主也是阴月阴日阴时出生的纯阴之体，那当年之事，恐怕真的另有隐情。

夕阳从长空尽头坠下，跌入海平面以下。只余一点儿微红的霞光铺满半幅海水，如艳红的晶石放置在碧蓝的妆匣里，发出细碎的亮光。

离珠公主站在窗前，正用帕子擦拭着手中的牛角弓。风从殿外的院子吹过来，吹得玉兰香气四处都是，吹得她擦拭的动作不由自主地停下，吹得她看着手中的弯弓微微出神。

离耳国的风也是温柔的。这里气候潮湿，不像山地那么干燥，人们说话总是和和气气，轻声慢语，酿造甜蜜又清爽的糖浆。这里当然没什么不好，只是很多时候，离珠公主还是会怀念故国，想念故国人民粗声粗气的嗓音，想念山林里凛冽的长风和王宫里醇厚香辣的烈酒。

她想念自由。

她嫁到这里四十年了。四十年的时间固然很长，在最艰难的日子，每一日她都觉得绵长难挨，但有一日回头去看，才发现时光倏然而过。不知不觉间，她竟已经走了这么远，时间也过了这么久了。

或许是老了，这几日，她老是频频想起过去的事，想到当年刚嫁到离耳国时，自己万般不甘的模样。

当年林氏国的离珠公主，并不似如今这般寡言沉敛。她喜欢穿大红的骑装，背着弓箭在山林里围猎，兄长们的猎物也不及她的多。她以为她就像山林里的风，永远都自由飞扬、随心所欲，直到和亲的圣旨一下，她放下手中的弓箭，换上精致的衣裙，前往离耳国。她不再是离珠公主，而是别人的国后。

圣宁国主当然是温柔的、体贴的、英俊的，但离珠公主还是不习惯。

她不习惯夜里的潮汐，不习惯王宫里处处的洁白，不喜欢那些过于芬芳的玉兰花香，也不喜欢放下弓箭的自己。

她有些郁郁寡欢。

离珠公主甚至还想过逃走。

她记得有一天夜里，或许是因为月色太过撩人，竟令她萌生出一种逃离王宫的冲动。于是，她偷偷溜出宫殿，快出宫门时，却又退缩了。她正打算回去，却在殿外遇到一个小侍卫。

小侍卫年少，垂着眼睛，一直不敢抬头，似乎很惧怕她。离珠公主问他话，他也不答，原来是个哑巴。

她便突然有了与人倾诉的冲动，拉着小侍卫一屁股坐在地上，将这些日子以来的不甘和苦闷和盘托出。

小侍卫很安静，一直听她说话。末了，天色渐渐亮起，离珠公主拍了拍灰尘站起身，却被对方拉住。

他小心地将一样东西放在离珠公主的手上。

那是一只蓝色的海螺。

离珠公主看向他，他也看过来，羞涩的、忐忑的、小心翼翼的。离珠公主便将那海螺拿走，对他笑道："谢谢你。"

她后来没再见过那个侍卫，王宫里的人来来去去，没有谁会一直在。当然，她也没有再想过逃离王宫。之后不久，圣宁国主和妖鲛搏斗而死，她身为国后，须得诞下小国主并抚养幼子长大。她有责任在身，林氏国的山风，便也只能成为一个梦。

那只蓝色的海螺被她收进匣子里，后来离宫的时候，侍女将海螺装在木箱里，不慎遗失，如今也找不到在何处。原本这都是许多年前的旧事，却不知为何，今日见过簪星二人后，她又想了起来。

身后传来脚步声，侍女上前，走到离珠公主身侧，低声道："殿下，方才顾仙长令人传话，想求殿下的生辰八字……"

离珠公主收回思绪，转身愕然开口："我的生辰八字？"

侍女点了点头。

思索片刻，离珠公主道："罢了，既然他们索要，那便给吧。"

"殿下，"侍女不赞同地劝阻，"您是王室中人，怎能随随便便将生辰八字告诉旁人？"

"他们是宗门里的人，要我一个凡人的生辰八字能有什么用，无非是于妖鲛一案上有用。"离珠公主朝殿中的长桌前走去，"况且我儿如今已是国主，我早就离开了王宫，不算王室中人。若他们能早一日结束此事，将妖物制伏，离耳国的百姓也能早一日心安。"

她在桌前停步，令侍女将纸铺开，自己提了笔往白纸上落字，说道："我来写吧。"

离珠公主那头的动作很快。

差不多两炷香的工夫，离珠公主身边的侍女来了。她将一只红色锦囊交到簪星的手中，再三叮嘱其中的生辰八字不可为外人看到后才离开。

待这侍女离开后，簪星拿着红色锦囊回到屋中，递给顾白婴。

顾白婴将锦囊打开，拿出写着离珠公主生辰八字的字条，只看了一眼，神情就冷了下来。

田芳芳和门冬着急地问："怎么样，师叔？离珠公主是阴月阴日阴时出生的吗？"

顾白婴沉默了一下，将字条递给他们："的确是纯阴之体。"

簪星心中叹息：果然如此。

在顾白婴向离珠公主要生辰八字的时候，她就已经猜到这个结果。离耳国王室将圣宁国主的卷宗捂得严严实实，妖鲛案的经过又记载得不明不白，还有那没写完的药单，突然迎娶离珠公主的决定……一桩桩一件件，怎么看都不是偶然。

不过，真相如此，未免令人心中发寒。

刚刚侍女去要生辰八字的时候，簪星已经将自己和顾白婴在天禄阁里的发现告诉门冬二人。田芳芳看向顾白婴，压低了声音开口："师叔，那事情现在已经很清楚了。圣宁国主是个病秧子，当年为了续命长生，暗中修炼延阳秘术，害死那些纯阴之体的少女，用来炼祭，就连离珠公主也是他准备好的祭品。什么杀人妖鲛，根本就是替老国主背了一口黑锅。这些离耳国的人还把别人的雕像刻得这般丑陋凶狠，肆意侮辱，呸，这也太缺德了！"

"可是不对呀，"门冬疑惑地说道，"如果卷宗上记载的不是假的，当年在王宫里，灭妖阵的确抓住了一只鲛人。既然圣宁国主才是真正的凶手，那鲛人又是从哪儿来的？难道离珠公主在说谎？"

簪星并不觉得离珠公主在说谎，恐怕她自己也没想到圣宁国主迎娶她这个林氏国的公主，是为了获得永生。只是……多年前，宫中的确出现过一只鲛人，可那只鲛人为什么会出现在宫里？还有昨夜出现在自己房中的那只妖物……

思及此，簪星看向顾白婴，只问："师叔，如果当年之事真的与鲛人无关，就算离珠公主在说谎，当年并没出现妖鲛，可如今的血案还在继续发生。四十年前的少女们是因延阳秘术而死，而今那些少女惨死又是为何？总不能是第二个修炼延阳秘术的人吧？可这一次，师兄他们查到的女子并非阴月阴日阴时出生的纯阴之体。"

"我的傻师妹，这你都看不明白？"田芳芳拉着她道，"你看，这回这些少女并非纯阴之体，可见凶手杀人不是为了修炼邪术，但这些少女的死状和当年那些少女的一模一样，分明就是当年那只妖鲛的后人回来复仇了。想想人家好端端的，啥也没干，就被骂成绝世魔头，还被雕成雕像，人人看到它都要吐一口唾沫。我要是这只鲛人的后代也气不过，这不欺负妖嘛！"

簪星摇头："不对，妖物若只是为了复仇，何必在昨夜潜入我的屋中？我可和这鲛人无冤无仇，四十年前我还没生出来呢。他夜里来找我，总不可能是因为看我长得像个好人，找我托梦申冤吧。"

"什么？"田芳芳一惊，"昨夜有妖物潜入你的房中？师妹，你没事吧？"

"没事。"簪星宽慰他道，"后来师叔一直在我的房中看着，没让那妖物再寻得机会。"

"什么！"这回跳起来的是门冬，他一脸难以置信，仿佛簪星烧了他的房子般，大声质问道，"昨夜师叔住在你的房中，你对他做了什么？"

簪星莫名其妙："我能对他做什么？"

"你们孤男寡女干柴烈火，能做的可多了……"

门冬的话还没说完，就被顾白婴黑着脸一把捂住嘴。

顾白婴道："你给我闭嘴！"

门冬挣扎了两下，田芳芳道："我看，此事还有说不通的地方。要不我们还是再去找一趟公主，问清楚当年妖鲛案的细枝末节。至少我们得先弄清楚，当年是否真的有那么一只'鲛人'存在。"

这时，外头突然传来一阵吵嚷的声音。几人循着窗外看去，就见暮色四合里，王宫的院子里传来修士们欢笑说话的声音。门冬的目光一凝，他忽然兴奋地朝外面挥了挥手："孟师姐！牧师兄！"

孟盈和牧层霄回来了。

田芳芳将门打开，孟盈和牧层霄走了进来。待二人走近了，簪星他们才看清，牧层霄右肩处的纱袍红了一大块，似乎是受了伤。

"师弟，你怎么受伤了？"田芳芳赶紧拉牧层霄在一边坐下，又问门冬道："冬冬，你快给牧师弟看看，用点儿什么药？"

"没事，"牧层霄在椅子上坐下，"只是皮外伤罢了。"

"别叫我冬冬。"门冬对这个称呼不太满意，"他这是被什么东西咬伤了，用草药膏敷上就没事了。"说罢，门冬从腰间摸出一只小瓶，拔掉塞子，递给牧层霄："省着点儿用啊，我也没多少了。"

田芳芳帮牧层霄剥开肩头的纱袍，就见他的右肩处果然有一道巴掌长的齿痕。齿痕很深，血流了不少。

"你们出去，遇到何事？"顾白婴问孟盈。

孟盈沉吟了一下，才道："我们跟着谈天信的千里妖蟆进了山，妖气消失在一处山洞前，所有修士一道进了山洞里。后来在山洞里，我们发现了赑屃精。"

"赑屃？"簪星惊讶，"那不是神兽吗？"

传说龙生九子，第六子便是赑屃，形似龟，喜爱负重，是吉祥长寿的象征。

"不是神兽，只是雕刻成神兽赑屃的石雕成精而已。"牧层霄任由田芳芳给自己上药，大抵伤口太疼，他忍不住皱眉"哑"了一声，顿了顿才道，"这赑屃精身上全是妖气，并无半点儿神兽灵气。"

"石雕成精？"顾白婴皱眉，"这很少见。"

"我们在山洞里还发现了不少供奉的香火，"孟盈开口，"大概是路人见到赑屃雕像，时常供奉，又因那山洞地处妖气浓郁之地，竟叫石雕生出了妖灵，虽非赑屃之灵，却已得赑屃之神。当时，修士一行人进去，不少都受了伤。"

原来，这两日谈天信他们一路跟着千里妖蟆追踪妖气的来源，好不容易找到了山洞前。当时妖气便消失了，同去的修士分成两拨：一拨人认为山洞里必有古怪，最好不要轻举妄动；另一拨人却认为，既然有这么多修士同在，纵然是大妖也不必畏惧。当然，谈天信必然是信心十足的那一拨，所以这一行人，最后还是跟着谈天信进了山洞里。

山洞很长很深，他们在洞穴里看到许多被丢弃的石像。这些石像残破不已，最中间的石像比旁边的要大很多，看起来像是一只驮着石碑的巨龟，有人认出来这是赑屃。不过除此之外，他们并没有看到别的妖物的影子。

众人正疑惑着，变故突然发生。一位修士正检查四周的情况，站得离那只赑屃石雕近了些，冷不防发出一声惨叫。别的修士回头一看，就见那倒霉的兄弟腰部以上已经被赑屃精吞掉，只露出下半截身子，惨不忍睹。

孟盈说到此处时，忍不住微微皱眉，停了一下才继续道："之后修士们就和赑屃精混战在一处。"

此次来离耳国秘境的这些修士，虽是各大宗门新挑出来的青年才俊，可宗门的实力本就参差不齐，挑出来的尖子生也是水平有高有低。况且大多数修士很年轻，平常在宗门里对战的都是同门，鲜少有这般直面血淋淋场面的时刻，实战经验到底不足，所以洞中的场面一度非常混乱。

可以说，有些人根本就不是被赑屃精伤到，而是被那些胡乱发招的修士误伤的。

牧层霄肩上的伤口，也是为了救一位湘灵派的女弟子，不慎被赑屃精咬到的。

簪星听到此处，忍不住在心里给牧层霄鼓了鼓掌，不愧是娶了八个老婆的人，孟盈就在他身边，也没耽误他英雄救美，真是个人才。只是湘灵派里有牧层霄的红颜知己吗？簪星记不大清了。

"之后呢？孟师姐，你们抓到那只赑屃精了吗？"门冬问。

"赑屃精毕竟只有一妖，不敌修士，只是……"孟盈蹙眉，"此妖本就是借助赑屃雕像成形，元神藏在石像中。赤华门的谈天信一剑将石雕劈碎。"她抬起头看向顾白婴，"那赑屃精便死在他的剑下。"

"连个全尸都没留下？"田芳芳费解，"也好歹让人家说句话吧。你们是去抓鲛人的，顺带怎么还灭了个赑屃精？人家一块石头，好不容易修炼成精，藏在山洞里也没招惹谁，何必赶尽杀绝呢？"

田芳芳和门冬不同，门冬或许是因为出自宗门，对于妖族和魔族天然存了一分敌意，认为降妖除魔是理所应当的事。但田芳芳是从民间来的修士，三教九流的人见得多了，对很多事都喜欢和稀泥，只要不是大过，都睁一只眼闭一只眼，算了算了。

"不，"牧层霄开口，"杀掉颙顼精后，他们在山洞里发现了很多具女子的尸体，皆被吸干了鲜血。吟风宗的人问过山洞附近的村民，说是近半年，的确有女子在附近走失后，再无音信。"

簪星问："那他们的意思是，这个颙顼精，就是这段日子在离耳国作乱的妖物？"

孟盈点了点头。

簪星还是觉得不对，如果颙顼精是凶手的话，那昨夜潜入她房中的妖物又是什么？若不是这颙顼精有分身术，那就是离耳国有两只妖。

"你认为，颙顼精是杀害城中少女的凶手？"顾白婴看向孟盈。

孟盈摇头："我不知道，但也不是没有可能。"

"我倒觉得不是。"说话的是牧层霄，他身上的伤口已经被田芳芳处理过，将门冬给他的药瓶收好，才低声开口，"我和颙顼精交过手，那只妖看起来似乎并不聪明，只知道啖食人类血肉。而害死城中那些少女的妖物，手段看似粗糙，其实心思缜密，否则不可能这么久都没被发现端倪。而且，今日颙顼精伤人，并没有只挑少女，也并不只吸食血液，这都和之前妖物害人的手段不同。"

"谈天信那个王八蛋，"田芳芳嚷道，"根本就是为了交差，随便找了一只妖来抓，这也太不负责了吧！"

"不错，"簪星想了想，"其实谈天信爱怎么交差就怎么交差，这事咱们也管不着。重要的是，再过两日，所有修士就要进入秘境。倘若离耳国的百姓都以为妖物被抓到，放松警惕，回头再有人遇害怎么办？"

顾白婴的眉头蹙得很紧。

他正想着，却见外头有侍女前来，说道："诸位仙长，陛下请你们去殿中一叙。"

第二十章

显妖阵

离耳国的国主很高兴。

谈天信他们抓到了赑屃精，回到王宫的第一时间就迫不及待地向国主邀功。大殿中，赤华门的几个修士将一点儿赑屃石雕的碎片从匣子里拿出来，听说也带回了几具在山洞中发现的死尸。只是尸体情状惨烈，他们怕吓着国主，便先让侍卫们看了。

"诸位仙长修为精深奥妙，此次离耳国有难，愿挺身而出抓住害人妖物，孤代离耳国百姓谢谢你们。今日已晚，仙长们先好好休息，明日夜里，孤在宫中设下长宴，感谢诸位仙长相助，也算进秘境之前，提前恭贺仙长们觅得机缘，一切顺利。"国主笑道。

"这就开始庆功了？"田芳芳忍不住开口，"刚抓住一个赑屃精，事情了没了都还说不定，着什么急啊。"

"芳芳兄这话是何意？"吟风宗的聂星虹摇了摇扇子，问道。

田芳芳最讨厌旁人叫他芳芳，闻言便没好脸色地道："你们有什么证据证明这妖怪就是在城中作乱杀人的妖？离耳国这么大，想必藏匿的妖族也不止一个。你们随随便便抓个妖回来，说是凶手。现在妖也死了，死无对证，自然是你们想怎么说就怎么说。"

"胡说！"湘灵派的蒲萄柳眉倒竖，怒道，"我们一行人都是跟着千里妖蟆，循着妖气找到颙屃精的。况且那山洞里也有别的被吸干血的死尸，若非如此，我们又怎么会笃定颙屃精就是作恶的凶手。"她又冷嘲道，"你们这些胆小鬼，不敢跟我们一起去捉妖，反倒留在王宫里躲清闲。如今妖抓到了，你们却来找碴儿，真是难伺候！"

田芳芳看着她："你这个小姑娘，长得漂漂亮亮的，怎么说话这么不中听呢？我们是躲清闲去了吗？我们是查妖鲛案的细节去了！大热天的，你以为在外跑来跑去不累啊？"

"那你们可曾查到什么？"蒲萄咄咄逼人。

"我……"田芳芳有心想说延阳秘术的事，可这到底是王室丑事，眼下这正经国主还在眼前，殿中又有各大宗门的人，便不好一口气说出来。

"词穷了吧？"蒲萄不屑地道，"躲清闲就躲清闲，何必找这么多借口，反而让人瞧不起。"

"我师兄怀疑颙屃精不是真凶，并非随意揣测。"簪星看不过去了，开口道，"我们检查过之前那些尸体，女尸身上只有很微弱的妖气，而方才你们带回来的颙屃石雕碎片上妖气很浓郁，实在蹊跷。"

"大惊小怪。"赤华门上次和簪星交过手的那个黄梵睨了她一眼，"妖族狡诈，多半是用了什么法术隐藏了自己的妖气罢了。当时我们在山洞里，人多势众，那妖见了我们这些修为高深的弟子，吓破了胆，妖气外泄，很难猜吗？"

殿中忽然有人笑了一声。

众人回头看去，顾白婴抬起眼皮子，扫了黄梵一眼，似笑非笑地道："看见你们，吓破了胆？"他坐直了身子，语气颇为不屑地说道，"赤华门的人，倒是自信得让人羡慕。"

顾白婴嘲讽人，向来是不留情面的，可惜旁人又打不过他，眼见着谈天信的脸色逐渐青了起来。

见气氛有些尴尬，国主笑道："诸位仙长一心为离耳国的百姓考虑，孤也十分感动。只是妖鲛一案本就复杂，仙长们意见不一，也不急于一时。如今能除去颡屃精是好事。明晚长宴过后，各位仙长便要进秘境了。仙长们进秘境需要数十日，若是这些日子，离耳国并无他事发生，就说明真凶已被除去，百姓再无后顾之忧；若是仍有人遇害，待仙长们出了秘境，孤与仙长们再做打算。"

这国主大概是两边都不想得罪，只是簪星却听得不是滋味。要知道，他们进秘境的数十日里，极有可能再次有无辜的少女遇害，而国主并不将这些少女的性命放在心上。这固然有上位者当冷酷的原因，或许也是因为离耳国国主认为，宫中贴满了符咒，那害人的妖物无论如何都伤害不到自己，才会如此不在意吧。

只是谁又知道，那妖物已经能潜入王宫如入无人之境，还半点儿妖气都不曾留下，甚至让顾白婴都追不上呢？

不过眼下，各大宗门的"才俊"都认为此事已了，自觉惩恶扬善，做了一回救世主，当然不会自己拆自己的台。国主又吩咐下人们送了好些谢礼，分发到各大宗门弟子的院中。

簪星几人回到自己的院子，待进了屋里，门冬将门关上，问道："师叔，现在该怎么办？"

明明知道谈天信他们十有八九抓错了，偏偏其他宗门的人都只愿多一事不如少一事，将此事迅速地了结。毕竟出了秘境以后，大家各回各宗门，之后数年甚至数十年、数百年，都不会再来离耳国，谁还想掺和这些破事。

"我觉得，咱们还是应该先将四十年前的事情说出来。"田芳芳摸着下巴开口，"毕竟当年圣宁国主杀人是为了长生，如今这妖的杀人手段和当年妖鲛案的一模一样，多半和从前的事脱不了干系。咱们得从这一层下手。"

孟盈和牧层霄已经知道了圣宁国主一事，孟盈淡声道："此事关系王室丑闻，就算你将真相和盘托出，离耳国的王室也不会承认的。"

"不错。"牧层霄也赞同，"他们甚至可能会为了掩盖此事，认定颡屃精才是真凶。"

簪星迟疑了一下："但是，就任他们这么错下去吗？这对当年那只妖鲛来说也太冤了。"

"做错了事，就要付出代价，"顾白婴嗤道，"不管是国主还是妖族，都一样。我只是有件事不太明白。"

簪星："什么事？"

"我查看过这几个月以来遇害的女尸，有些已经入葬，但坟冢处仍有残留的妖气，可见一开始的时候，那妖物身上的妖气很足，到了后来，妖气渐渐不再明显，直到我们抵达离耳国的当日，那名遇害女子身上的妖气已经很微弱。昨夜潜入你屋中的'它'，身上没有半点儿妖气。"

"你的意思是，凶手一定是妖，但妖气在渐渐衰退？"孟盈问。

"不是衰退，是隐藏起来了。"顾白婴道，"世上没有任何妖族能完全隐藏住自己的妖气，除非用了某种方法。"

"但什么法子能让它们做到如此？"门冬不解，"太焱派的藏书阁里可从来没有记载过这一条，我也不曾听师叔师尊们提过。"

顾白婴垂眸："我不知道。"

这一夜，因牧层霄受了伤需要休息，没说多久话，簪星几人就各回各屋先睡下了。

因孟盈已经回了王宫，簪星便不必死皮赖脸地拉顾白婴共处一室，而是和孟盈住一间屋子。不知是不是孟盈修为高，对方忌惮，这一夜十分太平，并未有任何妖物前来骚扰。

簪星一觉睡到天明。第二日，因颤尸精已被抓到，王宫里的气氛便比之前好了许多，就连走动的婢女、侍卫，面上也挂着真切的笑容。

因明夜皇陵处的秘境入口将会开启，先前同谈天信他们一起抓颤尸精的修士们又多多少少受了些伤，各宗门弟子便在院中休养修炼，好为接下来的秘境试炼做准备。

簪星也是一样。

自打来到离耳国以后，因为妖鲛一事，簪星忙得顾不上修炼青娥拈花棍。这棍法她仍旧卡在第二式，怎么也过不去。她胸口处的枭元珠如今更是跟死了一般，有妖物潜入屋中没给她提醒，于修炼一事上更是没有半分推动。簪星尝试运气，呼唤了几次，见它也没反应，索性放弃了。

或许主角的金手指一旦分配到龙套身上，其金手指也会变得渐渐不灵，不过这样一来，她对剧情所造成的变化也会变小，应该不会再受到原著世界的警告了吧？簪星看向掌心的红痕，叹了口气。

剧情真是越来越让人难以捉摸了。

这一日，簪星便在认真修炼中度过了。到了夜里，国主特意为修士们备下的庆功宴来了。

庆功宴设在王宫园林的西南方——云海园里。

云海园和普通的皇家园林不同。因离耳国本就是海上岛国，王宫位于岛国正中心，从云海园的瞭望台上往远处看，可见海平面如一线。清晨有云似海，夜里海潮如云，若适逢天气晴朗，月光满照宫阙，潮汐奔腾，自有晨昏春秋不过须臾之感。

离耳国王室富裕，这里的食材虽比不上宗门仙山里的灵气充裕，不过于凡人来说，都是极珍贵的。这晚，王室又请了有名的大厨烹调，也不算怠慢这些宗门弟子。

王宫里四处挂满蓝色琉璃灯，这些灯在夜里如蓝色的萤火。国主说了些话，便起身离席，不打扰修士们享乐。如今这些宗门，隐隐以赤华门和吟风宗为首，虽忌惮顾白婴修为高深，却也不会主动来亲近。当然，簪星他们并不想同这些人有什么牵扯，索性离他们远远的，自行去了瞭望台。

瞭望台极高，站在台上往远处看，可见月色照海，银白波涛自天边朝海岸奔涌而来，长风拂到面颊上，既潮又冷。

田芳芳将食篮放下。他不想和赤华门的人说话，又舍不得长宴上的好吃的，干脆让侍女拿了只大篮子，装了些酒菜带上来，权当开小会。

"师妹，来帮我摆一下。"田芳芳在地上铺上毯子，好好的瞭望台，在他这里活像是踏青的野地。

簪星走到他身边，将篮子里的酒菜一盘盘摆出来。

田芳芳道："别说，他们这里的厨子还真不错，你闻闻这些菜，怪香的。"

"你还吃得下？"门冬一脸不敢苟同，"才看了那些女尸，你没受半点儿影响吗？"

"说实话，我挺同情她们，但这种事也不影响吃饭啊。"田芳芳又给酒盅倒上酒，"再说了，我们不吃饱，怎么查真凶？"

"还查什么真凶，"门冬撇了撇嘴，"你没见那些人巴不得咱们别多管闲事？我看待我们进了秘境后再出来，这里的事情多半都和我们无关了。"

簪星顺着他的目光往云海园中望去。长宴上，宗门弟子或互相恭维，或攀些关系好为以后的走动做铺垫，总归一副欢天喜地的模样。

牧层霄看了看四周，问："七师叔怎么不在？"

"师叔才看不上这些凡人的饭菜，怎么可能来？"门冬理直气壮地回答。

"那……孟师姐怎么也不在？"犹豫了一下，牧层霄又问。

簪星回答："师姐在屋里修炼，就不出来走动了。况且那个吟风宗的聂星虹老是缠着她，她不出来也对。"

孟盈真是天资出色又很努力，簪星几乎没见着她有什么娱乐活动。听说孟盈此次出关，进离耳国秘境也是为了试剑，否则，他们这一行新人，根本不可能和孟盈有同行的机会。

簪星才尝了点儿田芳芳带过来的酒菜，弥弥忽然"嗷呜"一声，从她身侧跳开。簪星只听见身后有人开口："杨师姐。"

簪星回头一看，荣余被弥弥扑了一脸，正不知所措地想把弥弥从身上抱下去。

这猫现在的体重，还真不是荣余这样柔弱的小师弟负担得起的。簪星把弥弥从荣余身上拎走，说道："不好意思，荣师兄，这猫就是太喜欢你了。"

"没关系，"荣余笑了笑，"它很可爱。"荣余虽这么说，面上的表情却完全不是如此。

簪星看了看云海园的方向，了然道："怎么？你也被他们孤立了？"

"琉璃宗本就是小宗门，同赤华门平日不会有走动的机会。"荣余倒是很坦然，"也无所谓孤立不孤立。"

"荣师弟，你师兄怎么样了？"田芳芳抬起头问，"明天他还能进秘境吗？"

先前荣余的师兄被谈天信打成重伤。就这么几日时间，离耳国王室的药材毕竟比不上宗门里的，能不能在进秘境之前让他恢复，还很难说。

闻言，荣余神情有些黯然，说道："师兄到现在还不能下床，恐怕明日进不了秘境。"

瞥见簪星和田芳芳同情的眼神，荣余又宽慰道："不过也没关系，不只是师兄，其实昨日和赤华门的修士一同去抓翩屃精的那些修士，也有不少受了重伤，不能进秘境了。"他想了想，"这一次进秘境的人数，可能比之前师门里料想的少得多。"

此话一出，田芳芳和门冬面面相觑。他们和赤华门的人话不投机，昨日看那些人喜气洋洋的模样，还以为大获全胜，如今看来，受伤的不在少数啊。

牧层霄侧头问："受伤的人很多吗？"

"轻伤的多，伤重不能进秘境的大概十来人，"荣余道，"我们琉璃宗一共来了两个人，师兄出事，我尚能进，已经是不错了。"

牧层霄冷冷地道："谈天信倒是打得一手好算盘。"

"这话什么意思？"门冬塞了一块玫瑰酥酪糖进嘴巴里，含糊地问，"谈天信是故意让那些修士受伤的？"

簪星在心中摇了摇头，以赤华门的霸道性子，也不是做不出来。在赑屃精大开杀戒的时候，谈天信故意不出手，待赑屃精将竞争对手都伤得差不多了，他再慢腾腾地出马，一来打起来不费力，二来也消耗了未来的对手的实力，一举两得。

这个道理，那些修士未必不明白，只是事已至此，都不愿意将话挑明，得罪赤华门。

"没关系，"田芳芳拉着荣余一道坐了下来，"你一个人进秘境，难免会有赤华门的浑蛋为难你。待进了秘境，你就和我们一道。放心，我们保证不抢你的好东西。"

荣余笑道："那就多谢田师兄了。"

"谢什么谢，"田芳芳搂着他的肩，递给他一杯酒，"我也是看你们这么穷，想到了当年我没进太焱派的日子，也是如你这般。好兄弟，以后咱们就是兄弟了。祝我们都能发财。"

弥弥还要往荣余身上跳，被簪星一把揪了回来。她夹了块鱼饼，唇齿间却不是滋味。

看样子，赑屃精的事情就要这么过去了。

可事情，真的会这么容易过去吗？

这天晚上的庆功宴，簪星始终有些心事重重。

等她回到屋里，连向来不在意外物的孟盈都看出她情绪低落，问她发生了何事，簪星随口敷衍过去。

这一夜也很太平，没有突然潜入屋中的妖物，簪星一觉睡到天明。待天大亮后，宫里的侍女们送来了今晚修士进秘境需要准备的物件。

离耳国的秘境十年开放一次，秘境开启时，离耳国王室重臣都要在场。

秘境的开口位于王室陵墓，礼制非常烦琐，光是注意事宜就长达厚厚一卷，比圣宁国主的卷宗还多。

顾白婴看也没看，田芳芳大字不识一个，孟盈一个天之骄女，更不会将这些凡人的礼法放在心上。门冬和牧层霄也只是草草看了几页就不看了。唯有簪星，本着多了解离耳国风俗民情的心思，认真地读着这份注意事宜。

但这玩意儿也太长了，簪星还没看完，进秘境的时间就到了。

离耳国秘境内的时间与秘境外的时间是完全相反的。因此，众人深夜亥时进秘境，到秘境里时，大约是白日的午时。

皇陵位于王宫往北的地方，从云海园的瞭望台看去，可看到皇陵的一角。因离耳国四面环海，特取云海尽头登仙梯之意。

所有宗门修士随着引路的侍女到了皇陵。皇陵依山而建，众人抬头，就看见陵园之外，地面有一道长长的玉石台阶，台阶尽头修有一座白玉宫殿，格外华丽精巧。

许是因为离耳国气候湿润，这里的宫殿多用玉料与石料建造，看起来确实奇美，却有些冰冷森然。

台阶的侧方，矗立着一块极高的玉石碑，这便是功德碑，上头篆刻着历代帝王的丰功伟绩。眼下这块是圣宁国主的功德碑。簪星抬眼一看，果然少不了对当年"妖鲛案"的赞颂。先前看她只觉夸张，如今再看，却觉得有些恶心。

她正想着，外头传来沉闷的钟响，离耳国国主到了。

这位看起来柔弱清秀的帝王，今日穿了雪白的冕服，头戴冕冠，冕服上绣着十二章纹，冕旒为十二旒，这么一来，他看起来便多了几分帝王之气。

簪星也看到了离珠公主。她穿着大红礼服，衣裙上织着翟纹。离耳国以白色为尊，不知她是特立独行，还是女子祭服本就如此，总之，她站在白玉殿前，如一团燃烧的火，灿然又浓烈。

时辰快到了。

白玉宫殿前方的高台上，二十八根柱子上分别刻着二十八星宿。国主走到高台上，从身侧宦官手中的匣子里，小心地取出一枚圆形法印，将之放置在高台上的凹槽里。刹那间，二十八根长柱上的星辰一点点亮起，不过须臾，皇陵上头的夜空便被照亮。

"诸位仙长，秘境入口已打开。"国主笑道，"请进吧。"

宗门弟子们早已等待多时，闻言，便依次走上台阶，往高台上被二十八根星宿柱照亮的入口走去。率先走上台阶的是赤华门的人，紧接着是吟风宗的人，再接着是湘灵派的人……簪星他们也走了上去。

宗门里也踩低捧高，那些不怎么出名的宗门则在最后。

荣余就是那个留在后头的人。

田芳芳热络地朝他挥手："荣师弟，快点儿，等下你跟我们站在一起！"

荣余笑了笑，走上台阶。

一步、两步、三步……眼看着最后一步，荣余就要走上星宿台，他突然停住了脚步。

"怎么了？"田芳芳问，"你怎么不走了？是不是崴了脚？"

身侧别的修士已经走上高台，唯有他一人落在后面，渐渐地，众人都留意到他。所有人登上高台后，传送台才能进行传送。

有人催促："这小子磨磨蹭蹭的在干吗？快走啊！"

荣余没有动弹。

过了片刻，荣余抬起头，目光在人群中逡巡，最后，他看向顾白婴。

少年抱胸看着他，笑道："愣着干什么，走啊。"

"你做了什么？"他缓缓问。

顾白婴饶有兴致地盯着他："没什么，做了个显妖阵而已。"

千山茶客

著

下册

青岛出版集团 | 青岛出版社

第二十一章
银 栗

显妖阵，只有符阵师才能做，而要成为一名符阵师，需要出色的精神力天赋。都州大陆能做出显妖阵的符阵师寥寥无几。这跟修为无关，跟天赋有关。

"顾同修，"聂星虹惊讶地道，"你什么时候会做显妖阵的？"

"我师叔自然和你们这些修为低劣又没天分的修士不同。这显妖阵，人家昨日忙了一夜才做好。"门冬一脸与有荣焉的表情。

"可是师叔，你在这儿做显妖阵做什么？"田芳芳看向顾白婴，"难道咱们这些人里有妖？"

顾白婴笑了一下，淡淡地道："妖族可以用秘法隐藏妖气，但无法隐藏妖丹，只要妖族进入显妖阵，就会立刻现出原形。如果不现出原形，他就无法通过此阵。"他盯着荣余的眼睛，微微勾唇，"你怎么不上来，荣余？"

荣余动也不动。

一步台阶，咫尺的距离，如今却像是隔着一道天堑，他无论如何都跨不过去。

这位惯来谦卑懦弱、小心行事的修士没说话，盯着顾白婴，片刻后，他的神情变得陌生起来。

荣余扯了一下嘴角，露出一个古怪的笑容。他问顾白婴："你什么时候开始怀疑的？"

"很早，从我第一次见到你开始。"

这个回答令荣余有些意外。

"你确实有些奇怪。"簪星站在顾白婴身侧，摸了摸怀里的弥弥，道，"第一次见你的时候，弥弥就往你身上扑，似乎很喜欢你。"

"你们怀疑我，是因为银琅狮在给你们提醒？"

"那倒不是。"簪星笑道，"事实上，到现在为止，弥弥没有半点儿银琅狮的影子，更像是一只普通的猪……猫。而我的猫，并不常常亲近人。"

姑逢山上的诸位师伯师叔平日撸猫，都得用灵果诱惑，田芳芳免费当猫保姆当了许久，弥弥还是和他不亲。而这陌生的修士，自打第一次见面开始，弥弥就可劲儿往他身上扑。

"我相信它并不是在给我提醒，而是单纯喜欢你身上的味道罢了。"

荣余眯了眯眼："味道？"

"若你是鲛人，来自大海，或许也能算半条鱼。猫喜欢鱼，这很正常。"

荣余的脸色刹那间变得难看起来，大概簪星的这个说法，实在侮辱了他作为鲛人的尊严。

"别生气呀，"簪星见他瞬间沉下来的脸色，补救道，"我想你也不喜欢弥弥，因此每次它往你身上扑的时候，你的脸色都很勉强。这无关喜不喜欢，只是天敌之间的本能。"

"就凭这个？"荣余冷笑，"没想到修仙界的宗门人士，捉妖如此随意。"

"也不止于此。"簪星道，"还有你总是穿宽大的长袍，将浑身上下都遮得严严实实，袖口更是半分不露。这或许是因为，你身上还藏有未褪尽的妖形吧。还有，你也不落汗，离耳国这样热，你却每日清清爽爽，因为你本就不是人。"

荣余道："这简直是无稽之谈。"

似乎终于听不下去簪星的东拉西扯，顾白婴看了她一眼，接过话头："我第一次见你在赌坊，赌虫寄生在了你师兄的身上。赌虫妖力羸弱，不能直接伤人，只能寄生在人身上，迷惑宿主心智。因此，赌虫挑选的对象，一定是修为低微、意志不坚定之人。听说此次琉璃宗派来你和你师兄二人，你师兄的修为比你高得多，赌虫放弃你而选择你师兄当宿主，这说不过去。"

"也许是谈天信在其中动了手脚呢？"荣余冷冷地道，"他既要除去未来对手，自然会选择威胁更大的那个。"

一边的谈天信闻言大怒，喝道："我说过了，我没有做这种事！"

"确实有这个可能，因此当日我也没多想。"顾白婴语气平静，"但是杨簪星的盘花棍在发出提醒。

"盘花棍能够驱邪清心，但一只赌虫，还不至于让棍子发出这么大的动静。起初我也以为它是在提醒我们有赌虫，后来才明白，它真正在提醒我们注意的，是你。"

"这都是你的猜测而已。"荣余讥讽道，"我听着只觉可笑。"

"不错，这都不算证据。"顾白婴目光落在他的脸上，忽然粲然一笑，"因此昨夜庆功宴，我特意去你师兄的房间看了一眼。

"你那位师兄，可并不是因为被人殴打成重伤无法下床，他是被人控制才闭目不醒。我猜，你之所以没杀他，是因为一旦他死了，命牌一碎，宗门里的长老立刻就会发现端倪，赶赴此地，让你的谎言被戳穿。甚至这具身体，"顾白婴上下打量了他一番，"你也没有彻底杀死他，而是留了他一线命魂，只有占据他的身体，你才能完全收敛妖气，让人无法寻觅你的踪迹。"

月亮升起，挂在白玉宫殿的上方，如一幅绮美画卷，冷而幽丽。

荣余慢慢地笑起来。

他道："看来你们宗门里也不全是蠢货。"

"等等，这是什么意思？"有星宿台上的修士问，"他是妖吗？荣余竟然是妖？！"

"荣余不是妖，"蒲萄望着台阶上的人，喃喃道，"他是被妖占据了身体，我们之中，竟然混入了一个妖族。"

聂星虹收起手中的折扇，紧紧盯着荣余："城中那些少女被害死，是不是你干的？"

长袍修士优雅欠身："当然。"

"怎么会？"国主踉跄两步，"害人的妖，不是魉魉精吗？"

"魉魉精？"荣余像是听到什么好笑的笑话，放声大笑起来，"怎么可能是巅厥精？对了，差点儿忘了，人族都一个德行，找不到凶手，就随意找一个替罪羔羊来顶罪，四十年前如此，四十年后亦如此！"

"四十年前……"离珠公主上前一步，斥道，"你到底是谁？"

"我是谁？"荣余缓缓反问，忽然跃起，飞至空中。夜风卷起他的衣袍，也将他头上的发簪拂开。于是，一瞬间，那头幽蓝长发自夜空中散开，如离耳国夜晚的海浪。他的衣袍也顺着风变得宽大，像是仙寻海窗外的云雾。这人乘着天风，模样渐渐变成一个陌生的绝色少年。

少年有一双湛蓝如海的眼睛，五官漂亮得像是画出来的，于魅惑中，又多了一点儿难言的脆弱。

而他的眼睛下方至两颊，生有一层细细的银色鳞片。鲛人生来貌美，银鳞虽诡谲，但竟为他添了几分妖冶之气。

他没有漂亮的银色鱼尾，可这模样，谁都不会怀疑他的身份。

荣余俯视着星宿台上的众人，大笑道："我是谁，你们不是早就知道了吗？"

"妖鲛……"离耳国的侍卫们惊声喊道，"是妖鲛！护驾，快护驾！"

侍卫们掩护着国主往白玉殿后撤退，星宿台上的众位修士顾不得其他，纷纷召出法器。鲛人却浑不在意，只转头看向那座白玉台阶旁的功德碑，面上浮起讥诮的神情。

"功德碑……他们可真好意思立啊……"

"你要干什么？"离珠公主不顾安危，上前斥道，"不可对先皇不敬！"

鲛人侧头看向她，忽然又笑了，道："顾仙长、杨仙子，你们在天禄阁里查了那么久，怎么不将延阳秘术的真相说给王室听呢？离耳国的王室为掩盖丑事，不惜拿鲛人做替罪羔羊。看来你们修仙界的名门正派同他们也是一丘之貉，对妖族动辄打杀，说得正气凛然，怎么一遇到王室，就什么都不肯说了呢？"

"妖物，少来妖言惑众！"有修士就道，"什么延阳秘术，不过是诡辩之词！"

"不……我听过，"聂星虹紧紧握着手中的折扇，"听说若是以阴月阴日阴时出生的少女的鲜血炼祭，可延长寿命，获得永生。难道……"他抬头看向顾白婴。

"他说的是什么意思？"离珠公主也问。

田芳芳轻咳一声："我们查过四十年前遇害的那些少女，全是阴月阴日阴时出生的纯阴之体。与其说她们是被妖鲛所害，不如说是成了延阳秘术的祭品。"

"可妖族向来长寿，"蒲萄皱眉，"没道理这么做。"

"妖族是长寿，"鲛人笑得嘲讽，"可是离耳国的上一个国主圣宁国主，是个短命的病秧子！"

在场众人都不是傻子，这话是什么意思，顷刻间都能明白。

"胡说！"离耳国国主一改往日的温和模样，面颊涨得通红，"你这妖鲛为了蛊惑人心，竟将罪名往我父皇身上推！"

荣余冷笑："是不是真的，你何不去问那位顾仙长？"

国主看向顾白婴，顾白婴没有说话。

"不……不……"离珠公主身子晃了晃，扶住一边的栏杆才站稳。

当年的圣宁国主为了延续寿命，残害离耳国中无辜的少女，临到头了，还嫁祸于鲛人。真相与众人所知竟如此不同，这么多年，海边的那座金身雕像，就像是个笑话。

"公主殿下，"鲛人又俯视着她，仿佛嫌她此刻不够痛苦似的，继续说道，"你知道为何顾白婴要问你的生辰八字？你为何不想想自己的生辰八字，你也是阴月阴日阴时出生的。"他笑得恶毒，"你，也是你夫君千挑万选出来的祭品呀！"

离珠公主面色惨白。

恍惚间，过去的许多画面浮现在她的眼前。莫名其妙的提亲，匆匆忙忙的出嫁，过分体贴的皇夫……那些无一不精细体贴的照顾，眼下看来，倒像是圈养宠物般的容忍。因为知道她迟早会死，所以他放任，所以他有求必应。

簪星曾说："只要是人，就会有缺点。纵然是情人眼里出西施，那些无伤大雅的小缺点在对方眼里是可爱，但总会有一些缺点。公主和老国主是夫妻，难道老国主就没有做得不好的地方，哪怕只是一点点？"

纵然是恩爱的夫妻，只要在意，就会有摩擦。圣宁国主对她那样好，他们之间却没有任何矛盾冲突，这本来就是不合理的。

因为在他的眼里，她从来都不是妻子，而是一个"祭品"。

原来如此。

看见离珠公主陡然间失魂落魄的脸，荣余笑得更开心了。他忽然伸手，一股妖力直直冲向白玉台阶边的功德碑。

"砰"的一声。

无数细碎的石渣在空中飞舞，那些曾细细篆刻的"丰功伟绩"，此刻如灰尘一般，眨眼成空。

鲛人眼里陡然生出一股戾气，歪头道："这样，就好看多了。"

众人回过神来，离珠公主看向荣余，纵然惊骇痛苦，然而片刻之间，已经重新沉着起来。妇人冷冷地问道："你现在是要为当年的事复仇吗？"

"复仇？"妖鲛一愣，眼眸下方的银鳞越发璀璨，轻飘飘地开口，"何止是复仇呢，我要把这里的人全都杀光，要毁了离耳岛，让都州的舆图中，再也找不到半丝此地的痕迹！"

"小小妖物，也敢大言不惭。"谈天信将手中长剑对准妖鲛，飞身迎上去，"今日就是你的死期！"

赤华门的剑术向来高超，然而荣余只微微一笑，衣袍在风中抖了抖，众人甚至都没看清楚他是如何出手的，就听得一声闷响，谈天信整个人飞了出去。他撞上高台上的星宿柱，后退了好些步才站稳，再抬起头看向荣余时，目光里满是骇然。

谈天信在在场的修士里修为绝对不差，然而这一招非但没占到便宜，还被妖鲛打了出去。

"宗门修士，也敢来现眼？"荣余狂妄地笑道，"别说是你，就算是灭妖阵来了，我也照杀不误！"说罢，他便飞身朝星宿台上而去。

那最后一级台阶于他而言没有半分阻拦，他轻松闯了过去。

"这不是显妖阵？"荣余怔住。

"自然不是。"少年耸了耸肩，"再简单的法阵，从开始布置到完成至少也要月余。这只是一个普通的固步诀而已，"他笑得欠揍，"我不过诈一诈你，你却和盘托出，看来你这鲛人也不怎么聪明。"

"你骗我？"荣余脸色陡然一沉，面上的银鳞竟隐隐发黑，指甲亦见风就长，不过须臾，两手已成黑色的爪子。他狂啸一声，周身妖气暴涨，猛地朝顾白婴扑去。

顾白婴喝道："绣骨——"

银色长枪陡然出现在他的掌心，少年手握长枪，与妖鲛缠斗到一处。

鲛人身上的妖气极烈，顾白婴手中的枪亦是带起周遭劲风，普通人早已扛不住这等场面，为飞石所伤。离耳国的侍卫们护着国主往白玉殿中撤去，只道："陛下小心！"

正同顾白婴缠斗的荣余见状，一掌朝国主劈去："别想逃！"

"拦住他！"其余修士一拥而上，各自举起兵器，朝妖鲛冲杀而去。

一时间，皇陵中处处都是刀剑相撞的声音。

此去秘境的修士，全是各大宗门精心挑选的弟子，修为绝不算低微。可这鲛人竟难缠至极，这么多人，竟没能讨得半分好处。而纵然是分神后期的顾白婴，他的绣骨枪刺中荣余，也只能令这鲛人受些皮外伤。

孟盈与牧层霄对视一眼，一人持月魄剑，一人握灭神刀，同时飞身而起，自前后两个方向朝荣余砍去。刀刃、剑锋落在荣余宽大的衣袍上，那看似普通的衣袍竟如铁铸成的一般，没留下半分刀剑痕迹。鲛人冷笑一声，猛地运转妖力，孟盈和牧层霄同时飞了出去。

田芳芳将金斧头从腰间拔出来，火狼牙流出一条火蛇，缠绕上斧头前刃。田芳芳对簪星喊道："师妹，咱们一起上！"

簪星会意，手中的盘花棍前端顿时绽开花海。她飞身跃起，与田芳芳一道扑向荣余背后。然而，棍尖还没碰到荣余的衣袍，鲛人的衣袍下便弥漫出大片黑雾，黑雾迅速吞噬了簪星的镜花水月，也吞噬了田芳芳的斩蛟火。

荣余猛地出掌，簪星和田芳芳便被磅礴的妖气击中，飞了出去，重重地跌落在地。簪星脊背生疼，想要说话，张嘴就吐出一口血。

"师妹，"田芳芳艰难地爬起身，拉她起来，"这鲛人太强了，咱们不是他的对手。"

他再看远处，湘灵派、吟风宗、赤华门以及其他宗门的修士，亦是横七竖八倒了一地。这鲛人性情十分凶残，修为低些的修士，直接被他以爪子穿过胸口，将血元吸干，修为高些的，也被打得没有半分还手之力。

"只靠七师叔一个人，根本是不行的。"簪星喃喃道，随即看向一边正捂着胸口站起来的牧层霄。

这原著里的男主角，此刻不应该正是主角光环暴涨，上场表演的时刻吗？怎么眼下看着，他一点儿要反杀的迹象都没有？

"快看！"田芳芳忽而目光一凝，"七师叔打中他了！"

簪星仰头看去，只见夜色下，顾白婴手中的银枪突兀地沾上一点儿艳红，而他对面，荣余眼下的那块银鳞被划破，留下一线血迹。

鲛人伸手，慢慢拭去眼下的血。荣余看向顾白婴，那双湛蓝的眸子瑰丽似长海，只是眼下这海中，已然掀起巨大的风暴。

"我为复仇而来，本与你无关，顾仙长何必多管闲事？"荣余的声音在空中响起，泛着森然冷意，"不如你我各退一步，你只当没瞧见我。"

顾白婴挑眉："哦，只为复仇？"

"不然呢？"

妖气如黑雾，顾白婴的朱色发带在沉沉夜色中仍然灿然若霞光。他唇角带笑，目光是洞悉一切的明亮，声音亦是平静："既为复仇，为何要隐藏妖气，千方百计进入星宿台？"

荣余脸色微变。

"我不知道你如今为何要在离耳国内残杀无辜少女，但你一开始的目的，就只是进秘境吧。"顾白婴目光锐利，"你挑选琉璃宗的荣余下手，是因为琉璃宗在此次进秘境的宗门中不起眼。你怕琉璃宗的人发现弟子命牌已碎，横生变故，因此留了荣余和其师兄一命，希望进秘境前万无一失。

"今夜如果不是固步诀让你露出破绽，你应该已经顺利进入秘境了。"顾白婴的银枪指向鲛人，细小的雪花飞舞在枪尖，在夜里雪月交光。

"只是我不明白，离耳国的秘境并不稀罕，你千方百计想要进秘境……秘境里究竟有什么？"

空气中寂静无声。

半晌，荣余笑起来。鲛人貌美，他一笑，眉眼间横生的戾气消散了不少，在昏暗的夜里竟有勾魂摄魄的妖媚感。他道："不愧是青华仙子的儿子，只是秘境里有什么，我也不知道！"话到尾音，他声音陡然转厉，整个人化作一团黑雾朝顾白婴扑去。

银枪瞬间被黑雾席卷，门冬惊道："师叔小心！"

"快去帮忙！"眼见着这鲛人越发疯狂，孟盈和牧层霄再度持刀剑朝荣余冲去，田芳芳也扛起斧头加入战斗。簪星的血将天玑法衣胸前的忍冬纹浸成红色，她方才被荣余那一掌伤得不轻，再抬眼，就见荣余身侧的黑雾源源不断，仿佛没有尽头，而且越来越广、越来越浓了。

他怎么会有这么强烈的妖气？当年他若是如此，又怎会被灭妖阵所杀？这样下去，就算是顾白婴恐怕也杀不了他，离耳国迟早会被毁掉。

就在这时，她心口的枭元珠突然动了一下。

簪星微愣。

这颗枭元珠自打她进了离耳国后就跟死了一般，簪星渐渐都快忘记枭元珠的存在了。此刻，这颗珠子却微微发起热来。

眼前似乎被蒙上一层雾，簪星揉了揉眼睛，忽然发现有什么地方不一样了。

她看见黑雾中的荣余，甚至能看到荣余的本体，他有一条银白的鱼尾，而他的胸前，有一块鳞片和其他银色的鳞片不同，是漆黑的，就如他周身的黑雾一般。

"这是……他的弱点？"

一阵狂喜涌上她的心头。簪星拍了拍胸口，这颗枭元珠还不错，她不该说枭元珠坏话，关键时候它还是靠得住的，了不起！

"师叔，我来帮你！"簪星手持盘花棍，对准黑雾的尽头冲去。

从棍尖处绽开的花瀑化作一道霞光，朝着鲛人的心头而去！

荣余正与顾白婴的长枪胶着在一起，眼见簪星冲来，冷笑道："自寻死路罢了！"他回身一掌拍去，妖气排山倒海，却在遇到簪星的长棍之时荡起层层涟漪，一时竟不得寸金。

"师妹的镜花水月又精进了。"田芳芳喜道。

簪星抵挡住妖气的侵袭，扬起手中的盘花棍，对准他胸前的漆黑鳞片狠狠劈下。

棍尖像是碰到什么坚硬之物，"当"的一声，被反弹回来。簪星被妖气震开，荣余却脸色微变。

瞧见他的脸色，簪星就知道自己赌对了。她朝顾白婴喊道："师叔，鲛人心房偏左一寸，是他的弱点，攻击他的弱点！"

一瞬间，鲛人的脸色沉了下来。他面上的银鳞暗了不少，身侧的黑雾也越发浓烈，簪星尚来不及举起盘花棍再度攻击，一道妖气兜头而来，将她掼倒在地。下一刻，荣余的脸出现在她面前。

他一把扼住簪星的喉咙，提小鸡一般将她提起来。簪星惊骇地发现，她的元力在这鲛人的手中竟微弱如烛火，连发力都发不出来。

顾白婴目光一凝，喝道："放开她！"他手中银枪直刺向荣余。

荣余回身迎上，而他周身缠绕的黑雾却如绳索，刹那间将簪星捆了个严严实实，抛向空中。

"师妹，我来救你！"田芳芳举着斧头砍来，然而乾阳斧的斧刃劈在黑雾上，一点儿用都没有。孟盈飞身试图将簪星拉住，可那黑雾像是洞悉了她的意图，将簪星裹在其中，迅速往前冲去。

湘灵派和吟风宗的弟子，个个都奈何不了这黑雾，眼睁睁地看着黑雾裹挟着簪星掠到一口井边。

井？这皇陵里怎么会有井？

荣余正与顾白婴斗得难舍难分，顾白婴分身乏术，只得厉声警告对方："放了她，我可以饶你不死！"

"仙长真是天真，能看出我弱点的人，焉能让她活在这世上？"荣余低声一笑。

黑雾倏尔散开，被裹挟在其中的女子失去依靠，坠入井中。

"师妹——"田芳芳的喊声响彻整个皇陵。

牧层霄飞身而起，掠至井中，不消片刻，又双手空空地出来。

"杨师妹呢？"孟盈问。

"井里……什么都没有。"牧层霄呆呆地回答。

夜空中的荣余突然爆发出一阵大笑，顾白婴的银枪如暴风骤雨，少年声音急促："你做了什么？"

"那井里是当年老妖道封印鲛人留下的灭妖阵，我将妖气种入杨簪星体内，灭妖阵以为她是妖，自然会绞杀她。"荣余的眼底是铺天盖地的恶意，"灭妖阵是什么东西，你们不会不知道吧？

"那女人，恐怕现在已经魂飞魄散，连一丝元神都寻不到了！"

这是一处漆黑湿润的地方。

簪星摸了摸身上，湿漉漉的，混合着某种难闻的气味，像是水草腐烂的味道，泛着泥泞一般的腥气。

她被荣余丢进了井里，可这似乎并不是井底，四面空旷，远处有微弱的光亮。

这地方待着让人不舒服。

身上的乾坤袋在打斗中丢失了，簪星浑身上下也只有一根盘花棍。她扶着墙站起身，往光亮处悄悄挪过去，不管怎样，都得先离开此地才是。

大概走了几十步后，她眼前逐渐亮了起来。

这是一条长长的甬道，甬道的石壁上挂着火把，火把还在燃烧，光是从这些火把上发出来的。但这些火把也很奇怪，甬道里明明有风，这些火苗却动也不动，仿佛是假的。四周是死一般的安静，那股混着水草腐烂味道的腥气逐渐浓烈，让她一瞬间有些头晕。簪星一时间支撑不住，半跪在地。

正在这时，她身后传来一个声音："你……没事吧？"

簪星猛地回头。

一张漂亮的脸出现在她面前，少年有一双湛蓝的眼睛，眉眼精致如画，不知是什么时候出现的，正蹲在自己面前。

"荣余！"簪星一惊，一棍朝他挥去，"你怎么在这儿？"

那少年微微侧身，避开簪星的棍尖。他有些迷惑地眨了眨眼："荣余？你在叫我吗？你是谁？"

挥出那一棍后，簪星便惊觉自己的元力流失得厉害。她往后退了两步，说道："你是鱼的记忆吗？我们刚刚才在外面打过……等等，你不是荣余？"

这少年的五官和荣余一模一样，普通人也实在难以生出这样动人的美貌，然而细细看去，却又有不同。荣余的眼下至两颊都有银色的鳞片，这少年的皮肤却很白皙，什么都没有。他望着簪星的目光有些茫然，似乎还很紧张，倒没有半点儿戾气，和荣余看起来格外不同。

而且，簪星的目光往下，这少年的胸口处，也没有那块漆黑的鳞片。他也没有鱼尾，仿佛就是个凡人而已。

但他怎么会和荣余长得一模一样，这副纯良的样子，难道荣余是双重"鱼格"？

"你是谁？"簪星试探地问。

少年抿了抿唇，小心翼翼地回答："我叫银栗，是被封印在这里的……鲛人的一丝元神。"

"元神？"簪星一愣，伸出手，去抓这少年的胳膊，然而手触及对方身体的刹那，如遇到空气一般，从他身上穿过了。

果然是元神。

"你是元神，那外面那个和你长得一模一样的人是谁？难道是被夺舍了？"簪星问。

"夺舍？"银栗惊讶地看着簪星，"不可能的，我已在多年前魂飞魄散，肉身也早就不在了，夺舍从何说起？"

"多年前魂飞魄散……"簪星恍然，"你是四十年前的那个鲛人！"

四十年前，离耳国的圣宁国主为了延续寿命获得永生，四处残害无辜少女，完了还捣鼓出一个鲛人来背锅。簪星一直不太清楚当年传言中的鲛人究竟是真实存在的，还是只是王室为了掩盖丑陋真相而杜撰出来的。直到荣余出现，簪星以为他是回来复仇的鲛人，但眼下看来，自己面前这个叫银栗的少年，才是当年真正的背锅者。

"你……知道我？"银栗有些不安。

"我当然知道你。"簪星道，"要不是你，我也不会落到这里来。不过……"她往前探身，仔细打量着银栗，"你和我想象中的有点儿不一样。"

离耳国传言中的妖鲛，丑陋凶残，性情凶暴，跟嗜杀的怪物一般。而她眼前的银栗，看起来就是一个普通的美丽少年，他穿着离耳国王宫侍卫穿的侍卫服，漂亮得让人一看就心生保护欲。他似乎也很柔弱，性情腼腆而羞涩，簪星一靠近他说话，他的脸就渐渐红了，如白玉上浮起一层胭脂色，艳丽得很。

见银栗越来越不自在，簪星收回目光，沉思道："可你是元神，外头还有一个和你长得一模一样的人，他也是鲛人，不过他的脸上有鳞片，而且应当是真正的妖族，不是元神。"

银栗闻言一怔，眉头紧紧蹙起，过了一会儿，低声道："你说的，应该是我的孪生弟弟，银罂。"

"弟弟？"簪星想了想，"莫非，他是为了帮你报仇？"

银栗脸色变了变，似乎想说什么，最终却什么都没说。

簪星站起身："不管了，我得先出去，不知道外面怎么样了。你弟弟厉害得很，我师叔和他打都很勉强，我得去帮忙。"然而她甫一站起身，便觉得头晕眼花，差点儿一头栽倒在地。

银栗忙扶住她，说道："这里连通灭妖阵的阵心，虽然不会直接将你的魂魄绞碎，但你是活人，身上还有妖气，在这里待的时间越长，灵力流失得会越严重，到最后，还是会死在这里。"他看了看远处，"我知道另一个出口，我带你出去。"

星宿台边，白玉殿前，一片狼藉。

修士们横七竖八地倒了一地，地上到处都是血迹。一些鲜血溅到玉石做的台阶上，顺着台阶慢慢往下流淌，像是要将台阶全部染红，连天上的一轮银月，此刻也仿佛变成血月。

然而，在沉沉夜色中，枪锋如银色流霞，将夜空粗暴地撕开一道口子。万点雪花如银海，缠绕在一团黑雾之中，雪一层层落到地面，将原野落成白色。突然，夜空中传来一声巨响，众人抬头看去，就见身穿长袍的美貌鲛人落在屋顶，按住带血的手臂。

他冷森森地笑道："顾仙长倒是比我以为的厉害多了。"

在鲛人对面的少年，身上亦是负了不少伤，鲜血将他的珍珠色锦衣染出层层红色，犹如在衣袍上绣出的红花，鲜艳夺目。顾白婴眉眼冷漠，二话不说，持枪再次冲上。

"连话都不想对我说，"荣余嘲讽道，"看来你的道侣死了，你很伤心啊。"

此话一出，顾白婴持枪的动作有片刻的凝滞，那张冷如寒霜的脸陡然有了怒意。他斥道："什么道侣，你胡说八道什么？"

荣余一个侧身，一掌拍向对方的银枪，还不忘奚落对手："哼，两个人在天禄阁里搂搂抱抱，夜里还共处一室。说什么师叔师侄，谁知道干的是什么见不得人的勾当。修仙界的人口口声声说自己是名门正派，没想到私下里竟也如此淫乱，令人恶心！"

他这话也没有避着旁人，故意说得很大声。一时间，所有人异样的目光都朝顾白婴投来。

田芳芳怔了怔："夜里共处一室我是知道，天禄阁搂搂抱抱又是怎么回事？"

"共处一室？"他身侧的孟盈诧然开口，"师叔什么时候和杨师妹夜里共处一室？"

藏在柱子后的门冬抱着头，低声道："完了完了完了……"

宗门里的修士们正打得热闹，冷不丁得知这么一桩风月秘闻，看向太焱派众人的目光便带了些促狭之色。牧层霄皱眉道："都什么时候了，这些人还想些乱七八糟的。"

再看屋顶上，顾白婴气得脸色铁青，手中的动作更加凶厉，边打边骂："混账！妖物！满口胡言，真是狗嘴里吐不出象牙，我今日一定要杀了你，把你剁成碎片，丢到西海里喂鱼！"

"那也要看你有没有那个本事。"荣余冷笑。

两人正缠斗的时候，忽然听得破空之声，一支箭穿过黑雾，刺中荣余的心口。

星宿台上，离珠公主再次搭弓射箭，道："心口左一寸。"

"公主！"侍女试图将她拉走，"这里太危险了！"

"不必管我。"离珠公主的面上没有半分动容。

这个已经不再年轻的妇人，捡起侍卫撤离时留下的弓箭。她的大红礼袍衣摆太长，便干脆自己用刀斩断，再将长袖挽起，竟如在山林中身穿骑装的猎户，她手中的那把弓，紧绷而又有力量。

这一箭她用了十足的力气，准确地射向荣余心房左一寸。

然而，箭矢没能穿过黑雾。

鲛人手握那支对准自己的箭矢，微微一用力，长箭就从中间断为两截。他又毫不在意地将心口那支箭拔下，嘲讽地看向离珠公主："无能的凡人，又怎么伤得了我？

"哦，差点儿忘了，四十年前，你也是这样，用一支箭将那只鲛人的尾巴钉在地上。不过，我可不是当年那只鲛人。"他猛地用力，那团黑雾迅速爬到离珠公主身侧，离珠公主感到仿佛有一只手扼住了她的喉咙，沉闷的窒息感传来。

她挣扎道："你不是四十年前的那只鲛人，那你是谁，你不是来复仇的吗？"

"复仇？"荣余像是听到了什么笑话，真切地笑起来，边笑边道，"为何要复仇？当年那只愚蠢的鲛人因为爱上一个女人，不惜献出妖丹也要变成凡人，可惜，最后却死在他所爱之人手中。这种愚不可及之人，只会沦为全妖族的笑柄，凭什么值得别人为他复仇？"

离珠公主感到自己的脑子"嗡"的一声，似乎很多声音离她渐渐远去了。

她看向荣余，艰难地开口："你这话……是什么意思？"

"不明白吗？"荣余欣赏着她的模样，不紧不慢地道，"当年明明是你的夫君杀了那些女人，可最后血债全都落在了妖鲛身上。公主殿下，你难道一点儿都不奇怪，当年的王宫里，为何会出现那只鲛人？"

"为什么？"

"当然是因为你啊。"荣余和气地看着她，"我那愚蠢的哥哥，一心想要帮你摆脱成为祭品的命运。即便没有妖丹，他也要硬闯灭妖阵，好救你出险境。谁知道会是这么个结果呢？"

离珠公主的手指微微颤抖。

"他还没到你的寝宫，就被灭妖阵困住了，而你，殿下，你用你手中的箭，亲手杀了他。"

甬道里，银栗扶着簪星走着。

这甬道比簪星想象中的长，一时间竟走不到尽头。簪星听银栗说，这里是皇陵的一条墓道，不知怎么被簪星从灭妖阵连通了。

银栗也没有说谎，簪星体内的元力在慢慢流失。短短一截路，她走起来却格外费力。她道："银栗，你弟弟真是个人才，居然把妖气种在我体内。我今日差点儿就死在灭妖阵里了。"

"对不起。"银栗赔礼道，想了想，又有些奇怪，"不过但凡沾了妖气之人，哪怕是凡人，一旦落入灭妖阵中，都会魂飞魄散，绝无生还可能。杨姑娘，你怎么能通过灭妖阵，还连通了这里的另一条甬道呢？"

簪星心想：或许是因为枭元珠。这枭元珠虽然时灵时不灵，但每次倒是老老实实地将她的命给保住。

只是这话，她不能对银栗说。

"我好歹也是大宗门里的弟子，"簪星随口道，"宗门里多多少少有些保命秘法，你们妖族不懂。"

银栗懵懂地点头："原来如此。"

簪星看着他。这孩子乖巧得很，看起来就像个年少的小侍卫，当年圣宁国主那一帮人，究竟是如何忍心对他下狠手的，还把人家雕刻得那么丑。

见簪星一直盯着自己，银栗的脸又红了，他小声问："杨姑娘为何一直看我？"

簪星一边往前走，一边道："我只是很奇怪。银栗，当年残害那些少女的是圣宁国主。圣宁国主为了延续寿命获得永生才修此邪术，但最后之所以能将一切罪过推到你身上，是因为你确实出现在了王宫里。"

"银栗，你怎么会出现在离耳国的王宫中？"她问，"还是说，你是被他们在外头捉住的，只是为了让你顶罪，才将你拉到这里？"

甬道里，半晌没有人回答。

簪星转过头，少年的侧脸在火把的映照下，镀上一层融融的暖意。他的五官漂亮得没有一丝瑕疵，如西海深处一个瑰丽的美梦，而他那双湛蓝的眼眸里，第一次涌上了忧伤的情绪。

"我是主动进宫的。"

他抿了抿唇，目光有些怅然。

"我想救一个人。"

第二十二章
缘　生

"南海之外，有鲛人，水居，如鱼，不废织绩，其眼，泣，则能出珠。"

银栗是一只鲛人。

他和别的鲛人不太一样，胆子很小，说话声音也不大，常常被别的鲛人欺负，一被欺负，眼泪就掉个不停。

孪生弟弟银罂总是骂他："别哭了别哭了，你这么能哭，被那些人族抓到，一定让你每日哭个不停。"

银栗便吓得躲到礁石后，悄悄抹眼泪。

世人虽然惧怕妖魔，但鲛人性情温和，很少伤人。常有人在海上以捕猎鲛人为生，抓到了，要么高价卖给富人做玩物，要么留在家中令鲛人日日流泪换钱。西海深处的鲛人已经越来越少。银罂和银栗打算换一个地方，离开西海。

但没等他们离开，有一日，银栗就被抓住了。

抓住他的是一窝海盗，海盗们将他绑在船头的桅杆上，拿刀去割他的鱼尾上的鳞片，银栗吓得瑟瑟发抖，泪流不止。

他们见他能哭出珍珠，就越发高兴，有人开口："等靠了岸，把这鲛人卖给那些有钱人，咱们能大赚一笔！"

"仔细一看，他长得还挺漂亮的。"另一人蹲在他身前，有些遗憾，"就是脸上有鳞片。"他作势要用刀去割银栗的脸，"要不拔了吧？"

银栗脸色惨白。

海盗头子骂道："拔什么拔？交货时少一片鱼鳞，你知道能少多少钱吗？没见识！"他招呼手下，"把他给我关起来，别让这鲛人死了！"

银栗被关在二层的船舱里。

这船是货船，海盗劫了人家的货船，将船上的男人和小孩儿全杀掉，将女人留下来糟蹋。每到夜里，银栗都能听到头上传来女人哭泣挣扎的声音。偶尔也会有重物坠入海中的"扑通"声，他常年在水中生活，听得清楚，那是尸体落入水中的回响。

猎鲛者用的是特制的捆妖绳，他挣不开，只能留在船上，心中亦是恐惧。那些被富人买走的鲛人，命运各不相同。好一些的尚能留住性命，终其一生被困在院落狭小的水缸中做一个玩物；坏一些的……银栗曾见过海边有人拍卖鲛人皮下的油膏。以鲛人膏脂做灯油，其火万年不灭。

银栗想，他大概也快死了。

然而，竟有人救了他。

有一夜，银栗靠在船舱的角落，昏昏欲睡间，听得头上传来刀剑相撞的厮杀声。他愣了一下，睁开眼，有人从外面进来，一道进来的还有西海的风，将这船舱中沉闷的、令人窒息的浊气一扫而光。他看到一个穿着红衣的女子，她手持弓箭，一眼瞧见了银栗。

为了避免上岸后鲛人被人窥见引来麻烦，海盗们给银栗罩了一件宽大的布袍，将他那条银色鱼尾给掩住了。他面上被鳞片覆盖的地方也涂了黑泥，这令他看起来像是一个脏兮兮的普通少年。

红衣女子显然也没发现银栗的异样，还以为他是被海盗绑在此处的平民。她走到银栗身边，在银栗身边半蹲下来，一边替他解开身上的捆妖绳，一边问："你是这船上的人吗？"

银栗紧张极了，不敢说话，也怕被这女子发现自己鲛人的身份，待身上的绳索一除开，便迅速跳了出去。

"哎？"红衣女子吓了一跳，"你……"

银栗纵身跳进了大海。

人族都是一样的，看见鲛人，便想将他们抓起来卖掉，他可不能再落到人族手中。

银栗见那女子匆匆跑到船头，令人去寻自己的踪迹，她自己则扶着船上的栏杆低头往下看。银栗这才看清楚，她穿的，好像是一身被裁短的嫁衣，袖子挽了起来，有点儿古怪，不过并不难看，很特别。

侍卫们没有找到银栗的踪迹，又回到船上。银栗远远地跟着船，看见红衣女子将货船上的那些女人放了出来，听见那些人叫红衣女子离珠公主。

银栗想：原来这就是她的名字。

离珠公主是林氏国的公主，也是离耳国未来的国后，此去离耳国，就是为了和亲。只是没想到半路遇到海盗劫掠船只，这位擅骑射的公主便亲自带着侍卫，杀了海盗们一个措手不及。

小鲛人趴在礁石后面，远远地看着那条船，心中惊叹：她可真勇敢啊。那些海盗凶神恶煞、残暴可怖，她却冷静无畏，一点儿也不把那些人放在眼里。她那把牛角弓也很威风，和她格外相称。

"你要一直跟着她到什么时候？"银罃从他身后游过来，双手抓住他的尾巴，试图将兄长拖走，可银栗就跟长在礁石上似的，半点儿也不动弹。

银罃气馁："你该不会爱上她了吧？"

爱？银栗愣了一下。

他如今快到一百岁了，以人类的寿命来算，算是十六七岁的少年。他也曾听族人说起那些荡气回肠的爱情故事，但不知道什么叫爱。

他抱着礁石，抬起头看向远处。

离珠公主靠着船头的栏杆，正擦拭手中的长弓。

船行在海上，月光照明万里，红衣女子低头看向手中的长弓，擦拭得很是仔细。她生得秀丽又英气，一头乌黑长发束成简单的发髻，红袍随风微微拂动，连海风都被她衬得明快起来。

可是，她的神情看起来有些落寞。

银栗的心里，跟着浮起一阵酸酸涩涩的感觉。他不知道那是什么，于是低声道："我想陪着她。"

"怎么陪？"

小鲛人想了想，快乐地翻了个身，尾巴在海面上拍了朵漂亮的浪花。他憧憬地开口："人界不是常说救命之恩当以身相许吗？她救了我，我就要报恩。"

银罂给他泼冷水："还报恩呢，你可得想清楚，我们是妖，她是人。别说相恋，你要是出现在她面前，立刻就会被当成妖怪抓起来。"

银栗知道银罂说得没错。

可是，他还是想陪着离珠公主。

所以，他找到了蛇巫族的巫女，请求巫女同他做一个交易。

墙上的火把静静地燃烧着，簪星却觉得有一些冷，顿了顿，她问："你说的那个交易，不会是让巫女把你的鱼尾变成双腿吧？"

银栗没有回答。

蛇巫族是游离于三界之外的族群，传说蛇巫族的巫女能沟通人界与天界，能满足人的任何愿望，只要许愿者拿得出合适的报酬。

银栗找到了巫女。

他听说蛇巫族的巫女喜怒无常，也并非人人的心愿都会满足，是以在见巫女之前，他拿流泪草熏了一夜的眼睛，攒了满满一匣子珍珠眼泪，算作给巫女的见面礼，请求她能满足自己的心愿。

匣子里的明珠又大又圆，纯白剔透，巫女面覆黑纱，只看了一眼，淡淡地道："你有求于我。"

小鲛人紧张地道："我想变成人。"

"为了一个女人？"

蛇巫族能通过去知未来，不必银栗说，也能窥见来龙去脉。银栗抬起头看向她："我想陪着公主殿下。你能不能和我做交易？"

回答他的，是冰冷的两个字："不行。"

"为什么？"

"因为，"巫女平静垂眸，"她是将死之人。"

"什么？"银栗急得一下子抬起头，"她怎么会是将死之人？她明明好好的。"他说着说着，突然明白过来，"你是不是看到了她的未来？离珠公主到底发生了何事？"

巫女没有说话，这是天机，自然不能为他所知。

"若她有危险，我就更要陪在她身边了……"银栗喃喃道，看向巫女，"我知道同你做交易是有条件的，我愿意拿出我最珍贵的东西同你交换，只求你将我变成人，让我陪伴在她身边。"

或许是他目光中的恳切打动了对方，又或许为他那一句"最珍贵的东西"所惑，巫女终于第一次正视了他。巫女的目光带着一种淡漠的怜悯，她道："人妖殊途，相恋有违天道，强行逆天改命，你不会有好下场。"

"我的命本就是她救的，大不了还给她。"

"她不会与你相恋，也不会记得你。你二人缘生缘灭，终只一瞬。即便如此，你还要做人，不会后悔吗？"

鲛人湛蓝的眼眸清澈如海，轻声道："不后悔。"

巫女定定地看着他，过了很久，叹息一声："那么，用你的妖丹来换吧，银栗。"

妖丹，是妖的内丹。

妖族一旦失去妖丹，多年的修行便毁于一旦，变得和凡人一样，无论是寿命还是身体。他将会变得和人类一样软弱，一样没有自保的能力，或许还能残留一些小法术，但也没什么用处了。

妖丹从银栗体内慢慢浮出来，那颗雪白的丹丸看起来没有一丝污秽，就如他此刻的心。

巫女取走他的妖丹，道："从现在起，你是个凡人了。但你身上妖骨仍在，若遇到修道之人，他们仍会一眼看穿你的真身。你须自行除去鳞片，也永远不能在离珠公主面前说话，以免泄露天机。"

巫女挥手，他的体内被种入一粒晶莹的碎片。

"这是锁灵晶，你我有未尽之缘，这锁灵晶，就算是回报你送来的珍珠吧。"

巫女消失了，银栗感到自己浑身陷入剧痛之中，当他醒来的时候，他的那条鱼尾已经变成了一双人腿。

银栗高兴极了。

银嚚得知此事后，怒气冲冲地与他大吵一架，道："你居然为了一个女人，献出自己的妖丹，还变成了凡人？你会后悔的，你一定会后悔的！"他尾巴一甩，游入西海中，再也没了踪迹。

银栗在西海边等了许久都没再看到他，决定先上岸去找找离珠公主。他知道离珠公主已经嫁进王宫，想待在离珠公主身边，只能想办法变成侍卫。

鲛人貌美，当他拔去自己身上的鳞片后，这美貌让所有人都惊诧。世人对美人总是宽容的，因此他顺利进了王宫，做了宫里外殿的小侍卫。

从鲛人变成人，银栗是头一遭，这感觉很新奇。

鱼尾不见了，学人族用两条腿走路，对小鲛人来说，却不太容易。走路的时候亦要忍耐脚尖的疼痛，他时常摔跟头，宫里的侍卫们见了总是笑话他："兄弟，你的脚下有刀子啊，怎么走得这么慢！"

他赧然地笑一笑，站起来拍拍身上的灰尘，继续往前走。

不过也有开心的事，他能光明正大地走在人群中，人族的食物不像海里的食物那么冰冷，总是热腾腾的，有各种味道。他也很喜欢风，喜欢云海园的月亮。

他最开心的、最喜欢的，大概是偶尔在外殿值守时，能够看见离珠公主。

离珠公主时常和圣宁国主一起逛花园，银栗远远地守在一边，余光瞥见圣宁国主给离珠公主发间插上一朵花。离珠公主对圣宁国主绽开笑容，比鬓边的花还要娇艳。小鲛人看着看着，心里就难受起来。

他也不知道自己在难受什么，还有些生气。不过夜里，他看见离珠公主一个人在外殿望着月亮发呆时，那点儿气愤就烟消云散，迅速变成了担忧。

银栗猜测，离珠公主应该不喜欢白日里的花，能背着弓箭杀海盗的女子，花朵对她来说太寻常了，她应该喜欢更特别一点儿的，譬如说……蓝色的海螺？他上次曾在海里找到一枚海螺，藏在了礁石后的箱子里。他打算下次回去把它带出来，离珠公主看见它，一定会高兴的。

但让离珠公主高兴，似乎很难。

在西海的船上时，银栗曾见过离珠公主穿着红色的嫁衣，坐在船头与侍从们一道喝酒谈笑。她眉眼爽朗飞扬，笑容真切，西海没有那么鲜亮动人的红色，让人一眼就难忘。而如今，她在宫中，穿着雪白的袍服，妆容浅淡，虽然也常常对圣宁国主绽开笑容，但银栗知道，离珠公主常常在夜里一个人坐在殿外的窗台上，看着远处发呆。

她不高兴。

这急坏了小鲛人。他暗中关注着离珠公主，还趁休沐的时候回了西海一趟，将那枚宝贝海螺拿了出来，想着过几日偷偷放在离珠公主经过的路上。

但那天夜里，他竟然遇到了离珠公主。

她喝了点儿酒，神志有些不清，背着她的牛角弓，试图攀上外殿的墙，攀到一半又惊醒了，便回头往寝殿走。银栗怕离珠公主跌倒，忍不住站了出来。

离珠公主回头望着他，眼里竟然有泪。

银栗呆住了。

人人都说，鲛人的眼泪是天下间最珍稀的眼泪，可银栗觉得，纵然是他的千万眼泪，也不及离珠公主的一滴泪可贵。

他张了张嘴，可惜说不出话来。

蛇巫族的巫女曾说："你永远不能在离珠公主面前说话，以免泄露天机。"

离珠公主望着他："原来，你是个哑巴。"

她拉着他的袖子，在角落里坐下来，说了很多话。说了林氏国的山风，还有猎户们的醇酒，说了春日里在林间驰骋的骏马，说能射中苍鹰的牛角弓。

他施了一个小法术，让旁人看不到这里，享受着老天第一次慷慨的馈赠。

最后，离珠公主叹了口气，说："我不喜欢这儿。我想回家。"

银栗在刹那间，鬼使神差地竟有一股冲动想要脱口而出：如果她想，他可以想尽一切办法达成她的心愿。

但是，离珠公主很快站起身，笑了笑："算了，我也是在做梦，该回去了。"

她的手从银栗的袖子上离开。银栗的心里涌上一阵强烈的不舍。他拿出那只蓝色的海螺，放到离珠公主的掌心。

"这是海螺？颜色真漂亮。"她夸赞道，又看向面前的小侍卫，"谢谢你了。"

银栗耳根微红。

那是银栗此生度过的最幸福的一个夜晚。

不过，那个夜晚以后，离珠公主似乎就将他给忘了，有时在外殿路过他身边时，她的目光并未有半刻停留。银栗有些失落，可巫女曾经说过，"她不会与你相恋，也不会记得你"，或许，能窃得片刻亲密，已经是上天待他不薄。

小鲛人想，罢了，他本就是追随离珠公主而来，若她不记得自己，他便在这王宫里，守着公主一辈子也好。

他是这么想的，但这个卑微的愿望竟也没有实现。

离耳国的圣宁国主是个病秧子，为了延续寿命，将纯阴之体的少女当作祭品炼祭，以修延阳秘术获得永生。他在无意间得知这个阴谋，那个面容温和的皇帝对着自己的心腹商量大计，语气是旁人难以窥见的恶毒残忍："离珠公主乃王室之女，体有龙气。待下月十五，她成为最后一个祭品炼祭之时，秘术方能大成。孤，便能长生久视，寿元无量。"

银栗恍然大悟。

巫女曾说，离珠公主是将死之人。他原先不明白，如今却全都想通了。离耳国的圣宁国主，千里迢迢求娶林氏国的公主，根本就不是什么天赐良缘，而是用心险恶。

鲛人感到出离的愤怒，想要将这个阴谋公之于众，可他不能开口说话。他想要将离珠公主带走，但失去妖丹的他，除了会一些简单的法术，连王宫里的侍卫都打不过。

他着急地想去寻银嚣帮忙，可银嚣自打生了他的气后，再也没出现过。实在没办法，他只能在宫中用一些障眼法，弄出"闹鬼"的动静，好让圣宁国主以为是那些枉死的少女回来复仇，让对方心虚害怕之下有所收敛。圣宁国主见此情景，竟然许以重金，请了一位道士回来。

道士有几分真本领，在王宫内外贴满驱妖符咒。银栗只要一靠近，那些符咒就会灼伤他的皮肤。巫女的警告在银栗的心中响起："你身上妖骨仍在，若遇到修道之人，他们仍会一眼看穿你的真身。"

银栗想要远离王宫，可又放不下离珠公主。眼见着炼祭之日越来越近，有一日，道士在宫中布下了灭妖阵。

灭妖阵，别说是真正的妖族，但凡沾了妖气，哪怕是半妖，只要落入此阵，必定魂飞魄散，不入轮回。

他若要救下离珠公主，只能硬闯王宫，一旦落入此阵，则万劫不复。

人妖殊途，相恋有违天道，强行逆天改命，从不会有好下场。他第一次听到这话时，尚不明白其中深意。他那时还是一只天真的小鲛人，不曾领略人心的恶毒与命运的残酷，不知道自己应承下来的究竟是什么，欢喜地以为付出的代价足以让他得到幸福。而如今，他一一明悟。

西海辽阔，鲛人在此看了一百年的日落日出、明月星辰，从未想过离开。不过是在那艘货船上，狼狈地与她相遇，他便觉得那一抹鲜亮的红色是最难忘的风景。他想要日日看到这风景，便甘愿为她从大海游上了陆地。

那么，灭妖阵又算什么？

他本就是来报恩的。

这只胆小的、爱哭的、鲛人一族里最柔弱的少年，为了恩人，勇敢地闯进了让妖族谈之色变的灭妖阵中。符阵的光如千百道利刃，顷刻间贯穿他的身体，他在剧痛之中被灼伤妖骨，痛得在地上翻滚，显出了他的真身。

人族的腿，又变回银白的鱼尾。只是这鱼尾，早已被灭妖阵和宫殿外的符咒刺得鲜血淋漓。

他原本是西海里最美丽的鲛人，他的尾巴轻盈又灵动，银白的鳞片像是细碎的宝石。他一直很珍视这条尾巴，总是在有月亮的时候浮上水面用心照晒、小心呵护，而如今，这条尾巴伤痕累累，再无过去灵动的模样。

身侧的侍卫大喊着，举着刀剑朝他刺来。道士冷漠地立在一旁，开始念起咒诀。他浑身上下都要被撕裂一般，魂魄都要被扯碎。

可到离珠公主寝宫的路，怎么这么长？

银栗知道自己已经无法摆脱灭妖阵了，但或许，他能杀掉圣宁国主。只要圣宁国主死了，延阳秘术就再也没有继续的意义。

他是这样想的，然后他听到侍从的呼喊声，看见了从寝宫中奔来的离珠公主。

她惊诧地看着眼前的一切，银栗的眼里陡然有了光：她竟然出现了！或许这是上天对他的垂怜。圣宁国主叫离珠公主不要靠近，银栗感到自己的神识也在逐渐涣散。

他知道来不及了，他即将死去，在这灭妖阵里被摧毁三魂七魄。

但至少，她还能活着。

他用尽最后一丝力气，将体内的妖骨爆开，流转出最大的妖力，银色鳞片爬满他的脸。他知道自己此刻的模样很狰狞，很伤心自己这么可怕的一面将被离珠公主看到，然而……

他没有别的选择。

他尖利的爪子穿透了圣宁国主的胸口，奇怪，这么冰冷可怕的人，流出来的血也是温热的。周围侍卫的惊慌尖叫和嘈杂声渐渐离他远去，小鲛人想最后看恩人一眼，于是艰难地转过头……

一支银箭射中鲛人的鱼尾，将他牢牢地钉在灭妖阵的阵心。

她如当年初见时那般，拿着弓箭，目光明亮如火，然而她射向自己的箭矢没有半丝犹疑，看向自己的目光仿佛仇人。

银栗的心里有些委屈，他是来报恩的。

可离珠公主甚至不知道他的名字。

他魂飞魄散。

后来……

圣宁国主死了，离珠公主因为有孕，被王室好好地呵护了起来，诞下了小皇子，也是未来的国主。离耳国里再没有少女遇害的事情发生。人们为了纪念勇斗妖鲛而牺牲的老国主，在皇陵里建起一座功德碑，又在西海岸边锻铸了一座"勇士灭鲛"的金身雕像，路过的小孩子见到丑陋的鲛人像，都要上前吐一口唾沫。

至于妖鲛……

妖鲛的魂魄已经被灭妖阵绞碎，道士将他仅剩的残躯炼成膏脂，倒入皇陵地宫里的长明灯内，夜夜照亮帝王安静的墓冢，万年不灭。

这便是故事的结尾。

甬道里只有人的脚步声，四周寂然无声。

簪星的眼睛有些发涨。

她看向石壁上燃烧的火把，火苗纹丝不动，明亮又温暖。

银栗的脚步停了下来，他道："前面就是出口，杨姑娘，你出去吧。"

"那你呢？"簪星回头看他。

"我只是一丝元神，"少年苦笑一声，"当年蛇巫族的巫女赠我一粒锁灵晶，在灭妖阵将我的魂魄绞碎时，锁灵晶保了我一丝元神不灭，藏匿在陵墓中。但外面是人间，我一出去，立刻会烟消云散。"

"但你留在这里，迟早也会消散的。"簪星道。

银栗愣了愣，没有说话。他已经死在四十年前，纵然锁灵晶能保留他一丝元神，可死于灭妖阵的生灵无法入轮回，这元神，终有一日会消散于天地之间，这是注定的结局。他其实并不想留在这里，这里阴森潮湿，时日难耐，他渴望离开，哪怕只能获得片刻自由也好。

"杨姑娘，我出不去。"银栗摇头，"前面有符阵，我通不过那道门。"

簪星想了想："我曾在宗门里的藏书阁中看到过，元神无法经过符阵，但你若附在我体内……"

"不行！"银栗吓了一跳，"这样会对你的修为有损。纵然是元神，可我毕竟是妖，你是人，若我附于你身，会摧残你的身体，还会令你修为倒退。"

簪星的目光落在眼前的少年身上，她从未见过这样傻的妖，纵然因人受到伤害，被人害死，在死后遭遇种种不公，他对人族，却无半点儿怨恨。

"难道你不想再见一见离珠公主吗？"簪星问，"恐怕当年的真相，她现在已经知道了。至少让她记住你，至少让她知道你的名字。"

"可是……"

"还有你的孪生弟弟，我不认为外面那些修士制伏得了他，就算你不在意离耳国的百姓，难道不怕银罂将离珠公主也给杀了？"

闻言，银栗的神情有些动摇。

簪星笑了一下："蛇巫族的巫女既能通晓过去未来，说不定正是窥见你我有这一面之缘，才在多年前将锁灵晶给你，保住你的一丝元神，你我也才会在此相逢。你为何要将机缘拒之门外呢？"

甬道里安静了片刻。

过了一会儿，银栗望着簪星，有些不解地开口："杨姑娘，你为何要这样帮我？"

"我不是帮你。"簪星叹道，"我只是觉得，不这么做的话，将来我一定会后悔。"

她看向银栗："你也会后悔。"

第二十三章

缘　灭

宫殿外的夜，冷风飒飒。

鲛人面上的鳞片越发暗沉，呈现出一种诡谲的幽黑。修士们与他缠斗，鲛人的妖力却强得骇人。顾白婴倒是能与他一战，不过也没讨得什么好处，两人都受了伤。

"他怎么会越来越强？"牧层霄的眉头紧锁，"妖力简直像是无穷无尽。"

"或许有什么古怪。这样下去不行，我们都不是他的对手。"孟盈持剑再冲上去。

"不好！"田芳芳一扭头，见扼着离珠公主的黑雾正慢慢收紧。离珠公主面露痛苦之色，眼看就要被勒死。他举起斧头朝黑雾砍去，然而乾阳斧的斧刃才一碰到黑雾，就被黑雾弹了回去。

银罂朝着离珠公主笑得疯狂："既然你这么痛苦，干脆就一道下去陪他吧！"

黑雾陡然收紧，离珠公主的气息越来越微弱。修士们想要靠近那黑雾，但还没靠近，便被其中的妖力腐蚀得近前不得。

"住手！"

千钧一发之时，众人忽然听得空中传来一个清脆的喊声，就见长空之中，突兀地出现一道青芒。青芒在夜里璀璨至极，直直地冲向围绕在离珠公主身上的黑雾之中，如一道闪电，将团团黑雾直接劈开。

黑雾迅速散去，离珠公主跌落，被田芳芳接住。众人抬眼看去，就见绿衣黑发的女子手持盘花棍，落在银嚣面前。

"杨簪星？"顾白婴目光一动，叫她的语气中第一次带了一丝惊喜。

"你没死？"银嚣意外，"怎么可能？"

"侥幸罢了。"簪星看着他，"银嚣，快住手，我见到了银栗，你不能继续这样下去。"

银嚣一愣，随即冷笑起来："宗门修士，果然巧舌如簧，什么鬼话都说得出口。银栗早就在四十年前魂飞魄散了，你如何见到他？想让我停下来，做梦！"他一掌朝簪星击去。

"是真的，"簪星躲避着他的攻击，"他的元神此刻就附在我体内！"

"满口胡言！"这话像是激怒了银嚣。他猛地挥开绣袍，从绣袍里弥漫出大团大团的妖气。

"不好！快躲开！"蒲萄的脸色一变。暴起的妖气四处伤人，顾白婴持枪迎上。枪尖撞上黑雾，黑雾被砍碎几番，可是不消片刻，那些黑雾又重新长出来，绕上他的绣骨枪。

顾白婴吐出一口血。

簪星见状，心中一惊。这鲛人强得过分，银栗曾说，鲛人妖力并不出众，遇到普通人尚能挣扎，遇到修士，绝不可能有一战之力。但眼下这鲛人的妖力，只怕在场所有修士加起来都不是他的对手。

眼见着黑雾越来越大，簪星运转元力，提棍往顾白婴身旁掠去，想要助他一臂之力。然而她甫一动作，便察觉出不对劲。

她的修为，在来离耳国之前突破了筑基后期，离金丹只差一步之遥。到离耳国之后，身边有这些乱七八糟的事，簪星也没什么时间修炼。方才在灭妖阵里走了一遭，她浑身元力流失得厉害，按理说，此刻功法应发挥不出原先的三分之一。

但是……

此时从灵池四处流过的元力十分温润，如潺潺溪流，将她被黑雾灼伤的地方柔和包裹。她能感到自己体内的元力在迅速上升，似潮水般起伏。她能清楚地看到皇陵里的每一寸地方，丹田之处有一股暖意在逐渐扩大，簪星能感受到，在自己体内，有一颗珠子正在逐渐凝成。这珠子圆若鹅卵，散发着青翠的光芒，像是春日细柳在湖中的倒影，自有勃勃生机。

她的脑海里，是从未有过的清明。

恍惚间她看到，沉沉夜色里，似乎有身穿白衣的女子站在巨树下，树上挂满各色纸灯，纸灯将长野映得璀璨。远处的天幕尽头，烟火自夜空中绽开，漫天华彩，美不胜收。男子的声音响起，带着些调侃的笑意："华灯若乎火树，炽百枝之煌煌。"

"无聊。"

紧接着，人影渐渐散去，唯有天幕尽头的烟花与枝头璀璨的灯火，那些流动的光影痕迹渐渐变得模糊，模糊成一道青棍的残影。

"进二步，踢一脚；退一步，打枯树盘根……背弓退出，迎转坐洞，偷步滚身，四平……"

女子的音调一如既往地平稳，甚至稍显冷漠，然而在这一刻，簪星觉得里面含着从未有过的亲切之感。

孟盈一剑挥开面前妖气凝结的黑雾，转过身，看向前方，目光难掩惊诧："师妹？"

牧层霄随着她的目光看去。

围绕在簪星身侧的黑雾在逐渐散去，天玑法衣湖绿的色彩在暗幕里显得格外明亮。女子手握盘花棍，挥棍的动作并不迅捷，然而每一棍挥出去，被打散的黑雾便没能再凝结起来。

夜空被这长棍一点点地点亮了，如在海边绽放的烟火，将浪潮照得银白。

银罴也注意到这点。

他的妖气不再如方才一般无止境地增长，而簪星打散最后一丝黑雾，朝他直冲而去。

"不过是未至金丹的修士，也敢班门弄斧。"银罴冷笑一声，双爪锋利，如能将人的灵魂撕碎。

他朝簪星迎上去："今日就是你的死期！"

长棍与尖爪碰撞在一起。

黑雾一般的妖气张牙舞爪地扑向散发着青芒的棍端。

簪星感到无数沼泽一样黏稠的黑雾将将自己包裹起来，那些东西顺着盘花棍往她身上爬，似乎要依附到她的骨头上，又像是要将她拽进无间地狱，永远葬送在黑暗中。

她双手握住长棍，狠狠劈下："青娥拈花棍第二重——火树银花！"

空中发出一道刺眼的白光。

星河被打散，化作光雨降临到地上。

离耳国王城的长夜，一瞬间竟如白昼般光明。

那些灿烂的、燃尽的星纷纷坠落，在漆黑冷沉的人间绣上一幅华锦，让人想起皇都的新年。春宵苦短，欢愉尽夜，怀揣着憧憬的少女，甜蜜地将头轻轻倚在良人的肩头。

离耳国城里的百姓抬头，啧啧惊叹。天真稚子欢快拍手，声声叫好。

东风吹过楼台，白玉栏杆显得越发冰凉。华彩和喧闹逐渐退尽，唯剩一地冷了的烟火，如在欢宴过后零落的花。

同样的绛火银花，或许曾存在于故人的旧梦里，然而梦终归会醒，就如花总会谢。虚妄的温暖会冷去，绚烂从来只有一瞬。

一瞬起，一瞬灭。

烟火从来如此。

簪星低头看向眼前的人。

银罂半跪在地上，周围围绕的黑雾彻底散去，他被方才那一棍打中了胸口，吐出一大口血。火树银花的"碎片"将他的鳞片灼伤，他看起来有些凄惨。

"我师妹竟然这般厉害……"田芳芳目瞪口呆，喃喃道，"竟然一招就打败了连我师叔都束手无策的鲛人……"

顾白婴看了他一眼，田芳芳便低头检查自己的乾阳斧，假装方才什么话都没说。

"你倒是很厉害，是我看走了眼。"银罂拭去唇边的血迹，淡淡地道。

"我知道你想为银栗复仇，"簪星望着他，"可就算你要复仇，也要弄清楚自己该复仇的人是谁。无辜的少女并非当年害死银栗之人，你又何必……"

银罂低低笑起来："复仇？你未免太高看我。"他的目光里涌动着疯狂，

"银栗死了与我何干，他要找死，谁也拦不住。"

簪星道："是吗？既然你不在意他，为何不肯离开西海？你不是说，当年就打算离开此地？"

银罂一怔，抬头看向簪星："你怎么……"

"我说过，我见到了银栗，"顿了顿，簪星道，"他也很想你。"

四周安静无声。

过了片刻，鲛人平静的声音响了起来："晚了。"

簪星问："什么晚了？"

"鲛人应该生活在海里，而不是陆地上。"银栗的脸上浮起一个古怪的笑容。

簪星意识到什么，还没来得及开口，就听见远处的蒲萄喊道："不好，海水倒灌入城了！"

离耳国的远处，风声咆哮，狂风掀起巨浪，温柔平静如蓝宝石的西海，此刻如凶暴的野兽狂奔而来。大地开始震荡，无数海鸟自海面上飞起。

"你干了什么？"簪星转头看向银罂。

鲛人笑起来，一字一顿地道："我要把这里变成西海，我要都州以南再也没有一块陆地！"

簪星简直和这疯子无法交流。

海水汹涌地朝着岸边卷来，迫不及待地要吞噬掉离耳国的一切。皇陵里开始吵闹，海边渔民的尖叫声远远地顺着风飘到修士们的耳中。

修士们可以想法子保全自己，可离耳国的所有百姓，难道就要在今夜葬身海底？

顾白婴以枪抵住银罂的喉咙，怒道："快点儿住手，不然我杀了你！"

"你杀吧。"银罂微微一笑。

他已存了死志。

就在这时，天地间传来一声叹息。

这叹息声也是温柔的，像是舍不得责怪的无可奈何。紧接着，空中漾起一层银色的涟漪，涟漪扩大，又渐渐变成一道星河，朝着远处的西海拂去。

狂暴的浪头在遇到这一道银色星河时，竟然平静下来。

"这是……？"孟盈怔了怔。

无数汹涌的海水就在这温柔的轻抚下平静下来，大地重新归于沉寂，海鸟们不再四处乱飞。簪星的身体里渐渐浮起一抹银色的影子，他往前走了两步，从簪星的体内走了出来。

这是一个纤细美貌的少年，生得格外妍丽，皮肤白皙得像是透明的玉。他穿着离耳国王宫的侍卫袍服，头发很长，垂至腰间，看起来如十六七岁的普通少年。

但他有一双漂亮的、如西海一般颜色的眼睛。

他和银罂长得一模一样，或许是因为没有那些鳞片，他看起来温柔得多，还有几分少年的稚气。

"银栗？"银罂惊呆了，"你还活着？"

银栗走到他面前，半跪下身，摸了摸他的头，眸中似有歉意。

"他只是一丝元神。"簪星道，"我从灭妖阵出来的时候，让他的元神附在我体内，带他一起出来了。或许，你有话跟他说。"

银栗看着他，过了很久，迟疑地开口："银罂，你过得好吗？"

银罂低声笑起来，鲛人的眼下似有白光闪过，声音平静而冷漠："当年我就告诉过你，你会后悔的。如今你后不后悔我不知道，可我后悔了，"他抬起头，"早知如此，当年我就该杀了你，也好过让你落到如今的下场。"

这么多年，银罂过得好吗？他当然过得不好。纵然他告诉过自己一万次，银栗这个蠢货是咎由自取，怨不得别人，可当他看到渔民们对着海边的鲛人雕像吐唾沫的时候，当他看到皇陵白玉台阶旁写得满满当当的功德碑的时候，当他看到离珠公主在王宫里，怀念她早逝的夫君目露忧伤的时候……

谁还记得银栗呢？

只有他罢了。

西海的海水一年四季都是暖的，他们从小到大生长在这里，看渔民在清晨撒下捕鱼的巨网，看海鸟飞过红树林，在蔚蓝长空画下轻盈的痕迹。这里日出日落明明都是一样，可他们看得乐此不疲。百年时光一瞬而过，只有西海永远不变。银罂想，鲛人的快乐也会永远不变。

直到有一日，一只鲛人上了岸。

于是，命运变得陌生起来。

其他鲛人已经陆陆续续离开西海，往更南边的海域游去。唯有他不肯，他在熟悉的地方，愤懑地、不甘心地游着，想象着有朝一日能再看到银栗，他一定要把这个笨蛋骂得狗血淋头。

这样日复一日，年复一年，原先的嬉戏欢闹早已远去，他独自在日光下拖着影子孤独地游着。

他成了西海里唯一一只鲛人。

银栗的声音有些颤抖，他望着银罂，手指不安地蜷起，低声道："对不起，银罂。"

银罂没有说话，所有的不甘和愤懑在这一刻烟消云散。他有些迷茫起来：这些年，他执着地留在这里，到底是为了什么？

人们常说，鲛人是长情的妖族，或者说，是守旧、不肯变通的妖族。他骂银栗天真、不识人心险恶，可他自己，何尝不是沉溺于过去的百年，不愿意醒来？他讨厌命运的安排，可连如何改变命运都不知道。

"你不用说对不起。"银罂别开眼，"我说过很多次，我这么做，不是为了替你复仇。"

"我相信他的确不是为你复仇。"顾白婴朝银栗走去，"或者说，不全是为你复仇。"

银栗："我不明白。"

"他是为了进秘境，至于进秘境前在离耳国四处残杀无辜少女，大概是顺手为之。"顾白婴看向银罂，"不过，鲛人的妖力不会强大至此，你的弟弟，厉害得过分反常。"

银罂冷笑："无能的凡人，总是将一切归咎于旁人的厉害，什么时候能正视一下自己？你们这些修士本来就不怎么样。"

簪星觉得，银罂真是个嘴巴上不肯吃亏的主儿。

顾白婴也是个狠角色，闻言不甚在意地道："说得好，因此我打算把你带回去，剖开你的妖丹一查究竟，说不定有什么值得修士借鉴的地方。日后门中弟子修行，也不用费力了。"

银罂的眼里顿生怒意。

"银罂，到底是怎么回事？"银栗有些担忧地开口，"我在你身体里发现了不属于你的气息。"

四周的修士都注视着银罂。他们尚忌惮这鲛人惊人的妖力，不敢上前，只得注视着他的一举一动。

"说吧，反正我们最后都会知道。"簪星道，"你心口处的黑色鳞片，应当就是问题所在。"

银罶的神情动了动。

过了很久，他才开口道："什么秘境，我根本不在乎，也不知道里面是什么，来这里，本就是受人所托。

"我进秘境帮他找东西，作为他给我妖力的代价，就这样而已。"

"找什么东西？"顾白婴问。

"我怎么知道？"银罶冷笑，"我又不关心这个。"

当年银栗被灭妖阵绞杀，灰飞烟灭后，银罶日日都在西海岸边徘徊。这么些年，西海的鲛人除了他都走光了，只有银罶还固执地守在这里。

他也不知道自己想干什么，他的妖力不足以复仇，大抵是觉得如果连他也离开，这世间，应该就没有人会再记得鲛人银栗是谁了。那个蠢货付出了一切，只得到恶名昭著的下场，任谁都会不平。

直到有一天，银罶遇到了一个男人。

那是个神秘的男人，浑身上下笼罩在团团的黑雾中。银罶看不到对方的脸，对方连声音也是含混、不真切的。男人对他道："鲛人的妖力，不足以复仇。"

"我没想复仇。"银罶反驳。

"我可以给你强大的妖力，足够令你毁灭整个离耳国。作为代价，离耳国秘境开启之时，你要进去替我找一样东西。"

银罶最终和这个男人做了交易。

他果然拥有了强大无比的妖力，甚至可以渐渐将自己的妖力敛藏起来。他在离耳国里杀害无辜的少女，制造和当年一模一样的惨剧。

看着王室讳莫如深的模样，银罶只感到快意。

他也没忘了男人的条件。

离耳国的秘境十年开启一次，想要开启秘境，必须由王室骨血登上星宿台，亲自打开出口。如若王室受到胁迫而强行开启秘境，秘境入口会自行崩毁。因此，他藏在了琉璃宗的荣余身上，打算到时候混入其中。

不过，他没料到顾白婴他们会来，更没料到太焱派众人竟然误打误撞地找到了当年的真相。

他原本不是为了复仇而来，至少不全是如此。而如今，真相被发现的一刻，银曌觉得，进不进秘境也无所谓，反正他已经达到了自己的目的。

"对方要你在秘境里找什么？"顾白婴问。

"我不会告诉你。"

"看来你不想要妖丹了。"

"是一幅画，一幅女子的画像！他说我看到就知道了。"银曌道。不是每个人都能忍受妖丹被剖开的痛苦。

"我还是不明白，"簪星认真地看向他，"无论你是为了复仇，还是为了进秘境，我都从未对你有过任何敌意，但你为何要在深夜里潜入我的房间？"

银曌一怔，目光落在簪星身上，一瞬间变得有些奇怪："那是因为你"

他才说到此处，胸口处的那块漆黑鳞片突然闪烁了一下。

顾白婴脸色一变，一把将簪星拉到身后，道："危险！"

从银曌的胸口处，突然生出大块大块的黑雾。与其说是黑雾，不如说是黑雾凝成的光束，这些黑色光束顷刻间穿透银曌的胸膛。鲛人的神情变得痛苦起来，他仿佛忍受了极大的折磨。那些光束又渐渐弥漫增长，如一层雾状的沼泽，将银曌包裹在其中。

"银曌！"银栗惶然大喊。

可他只是一丝元神，甚至都不能触碰兄弟的身体，只能眼睁睁地看着银曌被黑雾吞噬，地上只留下一件破碎的长袍。

"他这是……死了？"田芳芳呆呆地开口。

"那块鳞片有问题。"顾白婴的脸色难看得出奇，"或许对方是借由给他妖力，将他的软肋拿在手中，一旦出事，就拿走鲛人的性命。"

这是稳赚不赔的买卖。

"银栗……"簪星看向小鲛人，他在皇陵的甬道里孤独游荡了几十年，本以为可以摸到自由，哪怕只是短暂的瞬间，可刚刚与至亲见面，就经历了分离。

她想要成全银栗，可这漫长的故事，一开始就注定了悲剧的结局。

修士们远远地看着银栗，天地间，这小鲛人的身影是如此可怜。

直到女子的声音响起："银栗……"

银栗身子一动，慢慢地转过身。

红衣妇人怔怔地望着他，身旁是落在地上的弓箭。她的目光穿透了多年的岁月，如第一次在海上相遇时，迷惑的、不解的，有着让他永远无法忘记的温暖。

离珠公主慢慢走近，走到银栗身前。

距离当初，已经过去四十年。

四十年，对鲛人来说，不过是弹指一瞬，却足以让一个人类少女变成年迈的妇人。

她仍旧如当年一般喜爱穿红衣，就如在货船上杀海盗一般，将长袍裁短，宽大的袖子挽到手肘，英姿飒爽。她的发髻仍然绾得很高，青丝却已经成了白发。她的眼神仍旧明亮，眼角却已经爬上皱纹。

人生已经过去很久了。

"银栗……是你的名字吗？"离珠公主轻声问。

他愣了一下，腼腆地点了点头。

她的眼里流下泪来："对不起。"

鲛人却笑了："没关系。"

那些真相，那些掩藏在皇陵深处、随着灭妖阵一起灰飞烟灭的真相，如地下甬道里那些明亮的长明灯，无人在意地、孤独地燃烧着，或许有一日重见天日，或许永不会为人知晓。

皇陵白玉宫殿，一瞬间似乎变得邈远。风从四面八方吹来，大地空空荡荡。鲛人的银色鱼尾渐渐显出，在空旷的夜空里展现一抹浓烈的光彩。

少年看着眼前头发花白的妇人，忽然微微倾身，羞涩地、坚定地吻向她的额角。

时空似乎静止了。

他想起很久很久以前，西海上的月亮照着巨大的行船，他看见红衣墨发的女子站在船头，仔细地擦拭着手中的牛角弓。他在礁石后跃跃欲试，一路随着她奔赴陌生的国度。

在那个夜晚，公主第一次正视沉默的小侍卫，对他说："谢谢你。"他把那只擦了无数次的蓝色海螺送给她，希望能换她展颜。

走路其实很疼，但他心里欢喜。

人妖从来殊途，在一起没什么好结局。可他从未奢望和对方在一起，这个卑微的少年，喜欢一个人，可是不能说出来，只能……藏在心里。

鲛人道："我想变成人。"

蛇巫族的巫女看着他："你要用你的妖丹来交换。"

他道："好。"

"要一枚一枚拔掉全身的鳞片。"

他道："好。"

"妖类做人不易，你虽拥有双腿，却日日都如走在钢索、刀尖之上。"

他道："好。"

巫女的眼睛里，是洞悉一切的悲悯，像是早就看透了结局。她说："天命早已注定，容不得更改。你与她二人，缘起缘灭，终只一瞬，何必强求？"

一瞬吗？

银栗感到自己的身体变得很轻盈，像是西海尽头夏日里吹过的风。他看向眼前的妇人。

她的眼里清楚地映着自己，她也叫出了自己的名字。

这便足够了。

簪星曾调侃地说："鱼的记忆很短暂，只有一瞬。"

可是她不知道，有时候，那一瞬间，就是永恒。

天幕之中，夜空变成墨蓝色的海，从鲛人的鱼尾处开始，少年渐渐虚化成一粒粒璀璨的白星。那些闪烁的星辰飘浮在广阔的原野之上、黑暗之中，慢慢四散开去。

从他的尾巴到身躯，再到双臂，直到整个人彻底化为光点消失。唯有那些美丽的星辰，灿烂地、盛大地燃烧过，然后归于宁静。

夜空重新黯然。

世上再也没有鲛人银栗了。

第二十四章

故事结局

残局就这样毫不遮掩地摆在众人面前。

什么鲛人、黑雾全部消失，只有冷寂的夜和远处西海翻涌的潮声。

离珠公主的身体软软地倒了下去，侍女惊叫一声，跑过去将她搀扶起来。王宫的侍卫们从白玉殿中走出，离耳国的国主被他们护在身后。

国主迟疑地道："仙长……"

顾白婴看了他一眼："结束了。"

一切都结束了。

秘境开启之日，本是一个令人激动、向往的夜晚，谁能想到收场竟会如此惨淡。或许是因为银罂当着诸位修士的面，说出了四十年前王室不堪的隐秘，国主也无颜面对旁人，只匆匆嘱咐，令人搀扶受伤的修士回去，便由侍卫们护送回宫。

离珠公主也被送离了皇陵。

那些受伤的、不能走路的修士被同门弟子或是王宫的下人们搀扶着离开，剩下的还能走的修士三三两两地离开此地。今夜星宿台被毁，又出了如此多变故，秘境只能另换开启日了。

田芳芳把斧头收好。他身上也挂了不少彩，一瘸一拐地走到簪星和顾白婴二人身边，问："师妹，咱们现在去哪儿？"

簪星看向顾白婴，顾白婴道："回去。"

"回哪儿？宫里？"

顾白婴瞪了他一眼："仙寻海客栈！"

田芳芳"哦"了一声。另一头，孟盈和牧层霄也走过来，身后跟着拖着弥弥的门冬。众人和鲛人打斗的时候，这一人一猫一直藏在星宿台的柱子后，倒是没有被伤到分毫。

孟盈看向簪星："杨师妹，你刚刚让鲛人的元神附在体内，可有不适？"

簪星摇头："没什么，都挺好的。"话一出口，她猛然感到掌心传来一阵剧痛，这剧痛瞬间席卷过她的大脑，簪星眼前一黑，接着什么都不知道了。

风从窗缝间溜来，偷吻榻上人的脸。

簪星醒来的时候，已经是第二日下午了。

她坐起身，脑袋尚有些昏沉，弥弥"嗷呜"一声跳上桌子，惊倒了坐在桌前打盹儿的人。

"你醒了？"门冬站起身，走到床榻前。小孩儿顶着两个莲花髻，像煞有介事地摸了摸她的脉搏，道，"没事了，等晚些时候再喝两服药，你就能恢复如前。"

簪星问："我怎么了？"

"还好意思问。"门冬教训她，"就你那点儿修为，也敢让妖族的元神上身，万幸有我在，否则你这回肯定惨了。记住，我以后就是你的救命恩人。"

簪星捏了一把他的脸："好的，救命恩人，谢谢你。"

门冬的脸被她捏成了一摊泥，他伸手拍掉簪星的爪子，气鼓鼓地道："不要碰我的脸！"

簪星下床穿好鞋，看了看四周，问："其他人呢？"

"师叔和田师兄去了王宫，国主让修士们重新商议开启秘境的日子。孟师姐和牧师兄在隔壁修炼呢，昨夜他们都受了伤，想赶紧恢复一下元力。"

簪星"嗯"了一声，摊开手，垂眸看向掌心。

女子的手白皙修长，指腹处有经常握棍生出的薄茧。而掌心处，那个红色花朵状的痕迹，明显比之前加深了一些。

簪星心下一沉。

她这是又改变了剧情，导致原著线对她发出警告？可踏入离耳国后，她从未主动做过什么。难道是因为银栗？因为银栗的元神附体，令她在与银罂交手的时候，短暂领悟到了"火树银花"，从而打败银罂，抢走了本该属于牧层霄的风头？

可那个时候牧层霄也没有要发力的意思啊。

瞅见簪星心事重重的模样，门冬奇怪地问："你怎么了？脸色如此难看。"

簪星收回思绪，笑了笑："没什么。"

她走到窗边，将木窗全部打开。仙寻海客栈的大窗正对西海，长空万里如碧，蔚蓝大海似乎没有尽头。日光明晃晃的，红树林温柔动人。

一切和一百年前没什么不同。

但簪星知道，那只会在晴日里歌唱的鲛人，会在月夜爬上礁石晒月亮的少年，再也不会出现了。

他随着四十年前夜里的那艘货船，永远消失在西海的尽头。

田芳芳的声音出现在楼下："师妹，你刚刚下床，不能吹风，小心着凉！"

簪星侧头一看，就见另一头的院子里，田芳芳和顾白婴正往楼上走来。顾白婴还是一副什么都瞧不上的死样子，田芳芳却跟捡了钱一般，笑得几乎称得上甜蜜。

待他们二人回到屋里，簪星问："师兄怎么高兴成这样，是有什么好事发生？"

田芳芳朝簪星勾了勾手，示意簪星靠近，从怀中掏出一个东西，"啪唧"一下拍在簪星的手中，道："见面分一半，别说师兄不大方！"

簪星低头一看，手里是一枚金色的箭头。

"这是什么？"她愣了一下，"怎么看着有点儿眼熟？"

"你再好好看看。"田芳芳一脸神秘。

簪星定睛一看，忽然明白过来，这不是西海边上那个"国主杀鲛"的金身雕像……插在鱼尾巴上的箭头吗？当时簪星还感慨过，离耳国真有钱，摆这么个金雕像在外面，也不怕有人连夜扛着雕像跑了。

眼下这箭头明显是被人掰下来的，簪星看向田芳芳："师兄，这箭头该不会是你拗下来偷走的吧？"

"胡说，怎么叫偷？这叫捡。"田芳芳义正词严地道，"再说了，那雕像又不是我弄碎的。"

簪星问："那谁弄碎的，不要命了？"

田芳芳朝顾白婴努了努嘴。

簪星惊讶，顾白婴可不像是占小便宜的人。

顾白婴哼了一声："早就看这雕像不顺眼，正好劈了。"

簪星不解。

"喀，我们从王宫回来，路过西海那座雕像。"田芳芳解释，"恰好看到有俩孩子往那鲛人脑袋上吐口水。我说了他们几句，那俩死孩子不听，还振振有词地说什么鲛人可恶，后来……"

顾白婴一个不耐烦，直接拿绣骨枪把那雕像砸了。

小孩子见顾白婴闯了大祸，生怕被连累，赶紧跑了。田芳芳看那些金子可惜，全捡进了自己的乾坤袋中。

"不捡白不捡。"田芳芳说得理直气壮，"那材料都是好东西，尤其是圣宁国主那俩眼珠子，拿到画金楼卖，起码值好几百块灵石。"

"话虽如此，"簪星轻咳一声，"国主不会怪罪下来吗？"

"应当不会。"门外响起牧层霄的声音，"王室丑闻如今已被宗门修士知晓，虽然离耳国的平民不明真相，但王室之后想必无颜再拿圣宁国主杀妖鲛的'功绩'说事了。"

簪星抬头，牧层霄和孟盈从外面走了进来。

他们二人什么时候出入都成双成对了？正想着，簪星听见孟盈开口问："杨师妹，你可有什么不舒服的地方？"

"没有。"

"你太冲动了。"牧层霄责备道，"妖族元神根本不是凡人之躯能承受的。少则使修为受损，严重一些的甚至会丧命。你昨夜命大，只是昏死过去。"

"你的修为倒退了吗？"门冬关心地问。

簪星运转了一下体内的元力，非但没感到难受，反觉元力充沛、浑身轻盈，自己也有些意外，就道："这倒没有，昨夜之事似乎没对我产生什么影响。"

"最好是。"一边的顾白婴没好气地道，"真有影响，我也不会救你。"

这人今天就跟吃了火药一般，横挑鼻子竖挑眼的。田芳芳凑到簪星身边，低声道："师叔因为银栗的事情心里不舒服，师妹，你多担待些。"

簪星恍然。

她岔开话头："师叔，秘境什么时候重新开启？"

"今夜。"

"今夜？"门冬问，"怎么这么快？"

"是赤华门的提议。"田芳芳道，"谈天信那孙子，想趁着别的宗门弟子受伤时先进秘境寻机缘，免得被人分羹，真狡诈。"

簪星："师叔同意了？"

"为什么不？"顾白婴嗤道，"反正太焱派的人没受影响。"

簪星默然，他们几人昨夜虽然挂了彩，不过都是轻伤，倒是不影响进秘境。

事情就这么定了。

因簪星还需要休息，孟盈一行人就先出去了。待他们出去后，顾白婴进了自己的房间，门冬跟着溜了进去。

一进门，门冬就拉着顾白婴在椅子上坐下，握住他的手腕。

顾白婴甩开他的手："干什么？"

"你骗得过别人，骗不了我。"门冬看着他，"师叔，昨夜和鲛人交手，你的灵气受阻得更厉害了。"

顾白婴没说话。

"师叔！"门冬急了，"此次出行，原本就是想着离耳国秘境里没什么需要你出手的地方，掌门才让你跟着一道的，谁知一来就遇到这么厉害的妖。你的元力运转得越剧烈，灵脉中的创面就会越大。现在还不至于出什么事，但下一次出手，你就很危险了。你——"

"知道了，"顾白婴打断他的话，"我不出手就是了。"

门冬叹了口气："要不，你还是想办法和杨簪星双修吧。"他愁容满面地开口，"反正当日银罂已经将你们的丑事公之于众了，现在各大宗门的人都知道咱们太焱派门风不正，脸面都丢光了，不如破罐子破摔……"

顾白婴一脚将他踹出门："滚！"

门冬屁滚尿流地跑远了。

少年坐在椅子上，朱色发带一如既往地鲜艳。他垂眸看向掌心。

灵气运转的地方，已经开始渗出丝丝缕缕的疼痛。

这之后，再没什么特别的事发生。

离耳国国主不再如最初那般对修士们亲切热络，态度有些疏离起来。簪星也能理解，任谁陡然被旁人知道了自家的丑事，都不可能自然地面对对方。

傍晚的时候，吟风宗的聂星虹来了。

这人将一个小匣子交到簪星的手中，笑道："这是我门中长老特制的回元丹，昨夜多亏杨同修出手，将那鲛人打败，救我门弟子于水火之中。听说昨夜杨同修昏死过去，在下心中也十分担忧。等一下就要进秘境了，在下特意将回元丹送来，希望杨同修能早日恢复元力。"

簪星客气了一下："哪里哪里，举手之劳，不必多礼。"

"并非人人都如杨同修这般有魄力，愿意让妖族元神上身的。"聂星虹很真诚，"这等大义，让在下汗颜。"

他如此坚持，簪星也懒得推辞，便接了过来，道："那我就恭敬不如从命了。"

聂星虹见簪星收了丹药，还不肯走，一展扇子，风骚地道："原先知道太焱派的孟盈仙子沉鱼落雁，如今看杨同修，其实也是姿色天然，般般入画……日后我能叫你杨师妹吗？你可以唤我师兄。"

簪星："……"

簪星还没来得及说话，旁边的门"啪"的一下打开，顾白婴的脸色沉得能拧出水来。他一把夺过簪星手中的匣子，把簪星往门里一推，尖锐地嘲讽道："大晚上的，什么兄啊妹啊的，恶不恶心？"

聂星虹微笑着开口："顾同修，在下——"

顾白婴把匣子摔在他的脸上："滚开，登徒子！"

"啪"的一声，门又被关上了。

聂星虹萧索的背影在门外滞留了一刻，灰溜溜地消失了。

屋里，簪星回头，看着在桌前倒茶喝的顾白婴。他像是被气得不轻，又像是被聂星虹恶心到了，一连喝了两杯茶。

簪星若有所思。

顾白婴一抬眼，就对上簪星的目光。他皱了皱眉："你那是什么表情，杨簪星，我告诉你……"

簪星走到他跟前，一把将他按在墙上。

顾白婴惊呆了。

少年的脊背抵在墙上，身前是不断靠近的女子。她的个子在宗门女弟子中其实已经很高挑，但顾白婴个子更高，因此她仰着头，也只达他胸前。

簪星仰头看着顾白婴，顾白婴愣了一下，终于回过神，问："你干什么？"

"顾白婴，"簪星往前凑近了一点儿，"你没什么感觉吗？"

顾白婴莫名其妙："什么感觉？"

这人平日里总是天不怕地不怕的模样，成日里下巴都要仰到天上，似乎没什么事能让他放在心上。然而，当他垂眸看过来时，睫毛温柔垂下，便带了几分平日里难得的温柔。

他的眼眸很清澈，眸色偏浅，便少了几分深沉，总是带着少年的晶莹澄澈。此刻他疑惑地看过来，让人无端地想起昨夜那片璀璨的星空。

它如此耀眼，又实在易碎。

簪星的目光落在他高挺的鼻梁上，落在他嫣红丰润的唇上，落在他形状漂亮、轮廓分明的下巴上……她抬头，微微踮起脚，唇如欲飞的蝶，要落在春日最娇艳的那朵花上。

少年一惊，猛地一掌将面前人推开，厉声道："杨簪星，你干什么？"

簪星被他推得后退两步，站定后才疑惑地道："没响啊。"

"什么没响？"他问。

"结心铃啊。"簪星望着他，"你隔三岔五地叮嘱我不许双修，旁人对我示好你又大发雷霆，恕我无能，实在想不到别的理由。"

顾白婴神色微变："什么理由？"

"你是因为心悦我，才会醋意横生，这都是占有欲作祟。"簪星疑惑，"师叔，你刚刚看着我的时候，没有心动吗？"

屋子里足足寂静了半炷香的时间。

半晌，顾白婴按了按额心，咬牙切齿地道："谁告诉你我心悦你了？"

"不是吗？"簪星摸了摸下巴，"但你的行为实在很可疑啊。"

这种套路，她小时候看书就看过了。

"当然不是！"顾白婴怒道，"别自作多情，谁心动了？不让你和乱七八糟的人双修是因为——"

簪星认真地等着他的回答。

"总之，不是你想的那样！"顾白婴憋着气道，"杨簪星，脑子里别成日想些龌龊的东西，给我好好修炼才是正道，知道了吗？"

他凶巴巴地出去了，边走边道："喜欢你，想得美！"

簪星："……"

结心铃一声也没响，看来他是真不喜欢她。簪星想了想，还有些遗憾，不过仍旧没想明白，顾白婴何以对她和旁人双修一事有如此大的意见。

虽然，她暂时也没有双修的打算。

到了夜里亥时，诸位修士重聚皇陵，因昨夜与鲛人缠斗负伤，今夜进秘境的人比之昨夜少了将近一半。国主打开星宿台上的秘境入口。

没有了昨夜烦琐的礼节，也没有热闹的颂词，没有身穿红衣的公主，也没有银尾的鲛人。王室的人躲避着修士们的目光，就如躲避着那一段不堪的、企图掩埋的过去。

簪星抱着弥弥，站上星宿台，秘境启动的时候，她回头望了一眼离耳国的夜空。

星空华丽，银河灿烂。

一如往昔。

王宫中，年幼的皇孙打了个哈欠，放下手中的笔，写完今日的字帖。

侍女走到打盹儿的妇人身边，轻声将她唤醒："公主……"

离珠公主醒了过来。

这是平常的一日，和过去几百个日夜没什么不同，可她觉得像是忘记了什么重要的东西。

侍女为她披上外衫，离珠公主道："我刚刚做了一个梦。"

梦里，是她刚嫁到离耳国的那一年，那时候她还年轻，总是在夜里惊醒，在修缮精美的园林里怀念故国林间粗犷的山风。她好像遇到了一个人，一个面目模糊的人，那个人许诺可以带她回家，游回故乡。

她笑起来："怎么能'游'回去呢？"她又不是西海里的一条鱼。

那人似乎有些羞涩，也跟着笑起来，笑着笑着，便化作漫天的星辰。

小皇孙捧着一只蓝色海螺跑了过来，道："皇祖母，这个能不能送给我？"

她看了一眼那只海螺，颜色蓝得极漂亮，像是少年爱慕的眼睛，离珠公主笑着点了点头。

小皇孙欢呼一声，被乳母牵着回寝宫休息去了。

妇人垂下眼睛。她已经不记得自己是什么时候拥有的这只海螺，就像记不清少年的眼眸为何会是蓝色。

她只是没来由地、突然感到一阵深不见底的孤独。她不知道这孤独感从何而来，就像是世间最后一个陪着她的人离开了，却没有与她道别。

西海辽阔，月光铺满水面，远处的风裹挟着海浪起伏，吹得桌上的纸卷微微翻动，吹得未干的墨痕莹莹动人。

那是一首《鲛人歌》。

"鲛人潜织水底居，侧身上下随游鱼。轻绡文彩不可识，夜夜澄波连月色。有时寄宿来城市，海岛青冥无极已。泣珠报恩君莫辞，今年相见明年期。始知万族无不有，百尺深泉架户牖。鸟没空山谁复望，一望云涛堪白首。"

第二十五章

秘　境

　　离耳国的秘境，和簪星想象的不太一样。

　　这里虽说是充满危险与未知的试炼之地，看起来却更像是风景区。或许离耳国本身就是旅游胜地，因此连附属的秘境，都充满迷人的风情。

　　因秘境外与秘境里时间是相反的，一踏入此地，众人顿感清晨的凉意。

　　簪星抬眼看向四处，这里高山峡谷，重峦叠嶂，处处都是溪流深潭。原野远处一片苍绿，莽莽林海于天地中勾勒出一抹浓烈的翠色。更远处竟有冰川皑皑，一眼看过去，山光水色，白白朱朱。

　　"这就是秘境？"田芳芳第一次进秘境，大为惊奇，"这里头景致倒是不错，都赶得上咱们姑逢山了。难怪那些修士争破头也想去秘境，先不说寻不寻得到机缘，就看一眼这地儿也不亏。"

　　"秘境也不都如此。"牧层霄闻言道，"我曾听说有人进去的秘境，似地狱魔窟，处处烈火，极尽艰难，不如此处宁静。"

　　孟盈难得地为他们解释道："秘境与秘境，本就各不相同。不过，修士进秘境，并非为了游览，觅得机缘以助修炼才是正道。"

孟大美人三句离不开"修炼"二字，簪星已经习以为常，问："我们现在就要分散四处去寻找机缘吗？"

她琢磨着这回万万不可抢走牧层霄的机缘，因此最好离牧层霄远远的。这一行人里，牧层霄和孟盈是她务必要远离的。顾白婴……一言不合就砸这砸那的，也是个危险分子。要她说，还是和田芳芳或门冬在一起不容易出错。

"离耳国的秘境，紫螺师姐十年前来过一次，"门冬指着远处的林海，"紫螺师姐说过，灵草灵果都长在无冬山中。咱们得往前面走，过揽镜湖，爬上那座山才行。"

簪星一听到爬山就头大。那片林海瞧着不远，可真要走，只怕没那么容易到。她问："能御剑吗？孟师姐带我一次可好？"

众人都盯着她。

簪星问："怎么了？我被鲛人元神附体，伤还没好，御剑……捎我一程也不为过吧。"

"秘境里与秘境外不同，空间本就错乱，因此不能御剑，须得自己步行上山。"孟盈道。

簪星："……"

"你现在出去还来得及。"顾白婴十分瞧不上她这模样。

簪星还没来得及说话，孟盈看着她，微微摇头道："杨师妹，我刚出关的时候，听师叔他们说你修炼十分勤奋，常在出虹台一待就是半日，因此才能在宗门考核中拔得头筹。怎么被六师叔收作亲传弟子后，你反倒愈懒起来？我们修行之人，本需勤苦，否则宗门弟子人人都想着省事享乐，太焱派未来如何能在修仙界中占有一席之地？"

簪星："我……"

"待此次秘境试炼结束，我会向六师叔说明，叫他日后再多给你增些修炼功课。你既找得到《青娥拈花棍》，就是被青华仙子选中的有缘人，太焱派未来，一定会有你的名字，万万不可荒废。"

孟盈说完这一番话后，就转身继续往前走。簪星看向顾白婴，顾白婴满脸都是幸灾乐祸。她再看向田芳芳，田芳芳拍了拍簪星的肩："你看，多好的师姐啊，一心为你着想。师妹，你要好好努力。"

簪星压力陡增。

她刚到太焱派的时候，的确是风光了一段日子，不过那时候手上还没有出现这个花朵状的痕迹，原著也没有针对她出现这么多"恶意"。如今她既要避着原著的陷阱，又要跟着剧情却又不完全随着剧情走入那个炮灰的结局，实在是很难。

　　她也只能且走且看了。

　　簪星他们这头说话的工夫，其余宗门的弟子也往林海方向走去。离耳国的秘境也不是什么稀罕秘境，每隔十年都有人进去。就如紫螺会提前将需要注意的事宜交代给门冬，其余宗门中去过此处的人，也早早画好舆图交到本次进秘境的弟子手中。

　　大家都知机缘在无冬山上，一时间，目的地倒是相同了。

　　无冬山山如其名，一年四季，唯独少了冬季。林海日日都是繁花似锦，鲜艳蓬勃。但簪星觉得这名字也很随意，毕竟秘境十年开启一次，每次都在这个季节。既此时是春季，别的修士也没见过冬季的无冬山，万一就在秘境封存的那些年里下了雪，旁人也瞧不见。而且，林海后头不是还有一座冰川雪峰吗？这"无冬"二字，大约也只是个噱头，跟旅游景区的套路差不多。

　　但路还是很长的。

　　这里翠色漫野，便将路的崎岖给掩盖了。然而，真走起来的时候，簪星便觉得这秘境果真是十年才开一次，只因很多地方连路也没有。路最窄的时候，人须贴着崖壁小心挪动，有时走着走着，前面便是一条巨大的深沟裂缝，须得换一条路。

　　大约走了两个时辰，众人直走得日头从斜前方到了头顶，一些修士的面上已渗出汗水，顾不得维持体面。簪星正觉得两腿发酸，突然间，眼前变得开阔起来。

　　长空是动人的湛蓝色，广阔的群峰怀抱中，静静卧着一颗碧色的翡翠。

　　这是一片青湖，湖面极平，莹莹如镜。镜子倒映着远处的山川，倒映着蔚蓝天空和浓云，清澈又明亮。

　　没有一丝风，也没有鸟群和虫鸣，这里像是被封存于世外的一个梦境，无声地、寂静地等着误入此处的旅人探寻。

　　簪星一瞬间想起某个地方的传说，传说仙女的梳妆镜落在人间，幻化成湖泊，或许不完全是假的。

"这就是揽镜湖了。"门冬抬头，看了看远处，"他们都在湖边休息，我们也停下来休息一下吧。"

修士们虽然不像凡人一般羸弱，但这秘境中，路实在太难走。众人这么马不停蹄地爬山，多少也想休息一会儿，补充些体力，但是，每个宗门的人都不愿意落于人后，被别人抢占先机，于是在此地停下便成了心照不宣的默契。

这也算是众人上无冬山前最后一次和平相处。

簪星走近这湖边，才发觉这里湖水清澈，如空气般透明，能看到水下的鹅卵石和白色沙粒。在揽镜湖边，有一具巨兽的骸骨，骸骨被湖水冲刷得雪白，一半埋在泥沙中，一半露在石滩上，背后是蓝天林海，骸骨隆起的长角将这一切衬得奇诡又瑰丽。

"这是什么？"簪星伸手摸了摸，骸骨入手冰凉，仿佛玉的质感。

"应该是雪犀。"孟盈回答。

簪星看到前面别的宗门弟子已经挽起衣袖，靠近湖边，不知道在干什么。她正迟疑着，田芳芳举着斧头兴冲冲地跑过来，道："此地灵气充裕，师妹，你看他们都在捞鱼了。咱们也捞几尾烤来吃。这鱼可比外头的好多了，吃点儿对咱们修行有好处！"

只要是对修行有好处的事，孟盈向来不反对。不过簪星看了看四周："咱们好像也没作料吧？"

"我有我有！"门冬从乾坤袋里变戏法般掏出一排瓶瓶罐罐，道，"从前我和五师叔、七师叔一道在外游历，有时候遇到灵气充沛的地方生长的食材，免不了自己动手。我随身都带着呢！"他又掏出一口铜锅往地上一放，"我这儿还有煎药的罐子，刚好可以用来煮鱼汤！"

簪星："你是来野炊的吗？"

两人正说着，那头的田芳芳已经笑道："好家伙，这鱼可真肥！"

这秘境毕竟十年才有人来一次，湖里的鱼长得肥美又不怕人。修士们一拥而上，个个满载而归。田芳芳捞了一地的鱼，让门冬去捡些树枝来，自己就地一坐，招呼牧层霄一块儿料理鱼。

簪星很难说清看着这二人坐在一起料理鱼是个什么心情。田芳芳还好，他那把乾阳斧本就把他衬得像个皇家帮厨，这样看看无非是回归本业，不过牧层霄也一本正经地坐在草地上，用灭神刀刮鱼鳞，簪星一瞬间能够理解原著的心情了。

好好一个男主角被带成这副模样，她要是原著，也想杀人。

小孩子大概对野炊踏青一事天然喜爱，簪星还是第一次看到门冬如此雀跃的模样。他跟弥弥坐在田芳芳身侧，清洗着从旁摘来的野草。

簪星帮着田芳芳将小一点儿的鱼穿在树枝上，一边随口问门冬："这是什么草？能吃吗？"

"是　草。"门冬道，"传说是天帝女儿死后化成的。'其叶胥成，其华黄，其实如菟丘，服之媚于人。'女子吃这个，能变漂亮。"

簪星有点儿惊讶："这么好？那你多摘点儿放进去。"

"你别老使唤我，"门冬不乐意了，小脸一板，"要吃自己去摘。"

"不能这么说，"簪星道，"那不是还有什么都不做的人吗？"

她说的是顾白婴和孟盈。

这两人没有参与野炊活动，孟盈就算了，毕竟让这么漂亮一个仙女去杀鱼，听起来也不是人干的事。但顾白婴这人也坐在树下，双手枕在脑后闭目养神，看着就让人不爽，仿佛他是来享受度假的少爷，他们都是来伺候少爷的打工人。

"我师叔的手艺，当然不是随便什么人都能吃到的。"门冬倒是很袒护顾白婴，"哪儿能给你们干活儿？"

"你师叔什么手艺啊？"簪星调侃，"拿枪打砸抢的手艺吗？"

"你少看不起人了。"门冬气恼，"我师叔的厨艺，三界要是做什么大厨英雄会，他一定能榜上有名。只是，他只给掌门师祖做，有次我偷偷尝了一点儿……"小孩儿舔了舔嘴唇，"我以后也想做掌门。"

"你想做掌门，居然是因为想吃你师叔做的饭。"簪星道，"你也是人才。"

两人正说话的时候，田芳芳已经将鱼煮上了。

牧层霄和田芳芳都是普通农家出身，干活儿倒是很麻利。鱼汤里也不知道被田芳芳丢了些什么进去，在药罐里"咕嘟咕嘟"地煮着，想必李丹书看到这一幕会心梗。剩下小一些的鱼则被穿在树枝上，被抹上一把不知道是什么东西的作料。田芳芳一人发了几串鱼，在地上生起火，开始烤鱼。簪星再看旁边宗门里的人，亦是如此。

这真是来踏青了。

他们烤鱼的时候，旁边还有别宗的人前来，送了几串烤鹌子。大概是人家队伍中有厨艺高手，顺带打了几只鸟啊兔子的一并料理了。

反正此地的鸟兽虫鱼都是沐浴在灵气中生长的，都是上佳食材，不吃白不吃。弥弥绕着鱼汤罐子打转，牧层霄递了一串别人送来的烤兔肉给簪星，簪星摆手："不吃野味。"

"都是人家的心意。"田芳芳说到此处，突然想起什么，从乾坤袋里掏了掏，掏出几个大西瓜来。

这回连孟盈都惊讶了一瞬间。

顾白婴皱眉："什么东西？"

"之前在离耳国王宫里，我瞧着宫里送来的西瓜特别甜，想着拿几个回去留点儿种子，看在宗门里能不能养活。"田芳芳道，"这会儿就着吃鱼刚好。"

他拿斧头劈了几个瓜，还挺大方，又送了几个到邻近宗门，算是投桃报李。

簪星看着自己手中的西瓜，再看看火堆前的烤鱼和鱼汤，总觉得有几分恍惚。

这里的鱼长得很肥，抹了作料被火一烤，便"刺啦"冒出焦香气。门冬烤着烤着，突然开口道："幸好鲛人不在这里，否则看到，大概会生气吧，这算不算吃他的同类？"

这问题太深奥了，已经涉及物种，簪星回答不出，其他人则根本不想回答。不过经门冬这么一提醒，她倒是想起一件事情，便运转元力，体内渐渐浮起一层淡色的光，这光凝成一片鱼鳞的模样。

"这是……？"孟盈一顿。

"那夜银栗的元神消失前留在我体内的。我也不知道这是什么，师姐见过吗？"簪星问。

她将银栗的元神带出地下皇陵，并非为了什么，只是不希望那只美丽的鲛人一生都不能被所爱之人记住名字。修仙之人将修为看得很重，有的人为了突破，甚至会不择手段，而簪星冒着修为受损的风险，让银栗的元神附在自己身上。

这对她来说只是顺手为之，对银栗来说，大概是唯一的机会。

在他化作光点消失时，簪星曾听到自己的耳边响起一声"谢谢"，后来她在自己体内发现了这片鱼鳞。

她不知道这是什么。

"鲛人鳞坚固，可抵御攻击。"顾白婴看着她面前的鳞片，"银栗的肉身已经死去多年，这是以元神凝成的鲛人鳞，不能阻挡攻击，不过其中蕴含水系法术。"他道，"留着吧，这是他送你的谢礼。"

簪星将鳞片收好，一时有些默然。.

簪星想到银栗，总觉得难以开心起来。

过了一会儿，牧层霄道："听说离珠公主醒来后，不记得之前发生的事了。"

那一夜星宿台上，鲛人亲吻了妇人，之后元神化为光点消失。而醒来的离珠公主，记忆中没有了银栗这个人，连同之前与他相关的一切。

"应该是银栗做的。"孟盈神情黯然。

门冬抓起烤鱼啃了一口，大约觉得没熟，又放在火上继续烤，奇怪道："他为什么要消去离珠公主的记忆？他付出这么大代价，最后什么都没留下，值得吗？"

"大概是因为，真相不是人人都能承受的。"簪星想起那个拥有纯净眼眸的少年，低声道，"他不希望所爱之人痛苦，即便自己成为被忘记的那个。"

众人沉默了一会儿，田芳芳道："这也太伟大了，我可做不到。"

"真是个笨蛋。"顾白婴嗤笑一声。

簪星看向他："师叔，你不这么认为吗？"

"当然。"顾白婴想也不想地开口，"如果我喜欢一个人，就一定要她记住我，我死了她也要记住我。"

簪星："你都死了还要她记住你，那得多大仇啊。"

"杨簪星！"顾白婴怒道。

"我说笑的。"

牧层霄将烤鱼翻了个面，低声道："但有件事还是很奇怪。当时银罴说，是有人给了他妖力，同时要他进秘境去寻一幅画。到最后他却被灭口，我们也不知道背后之人是谁。能让银罴的妖力陡增至此，此人绝不简单。"

妖力大增的银罴，尚且让修士们苦恼，只怕背后之人，修为更是不低，其手段亦是狠辣。

"可秘境里怎么会有画？"田芳芳问门冬，"紫螺师姐跟你说起过吗？"

门冬摇了摇头："紫螺师姐只说，无冬山上有很多难得的灵草、灵果，若能寻得灵兽，就算是气运不错……没说过什么画。"

"对方打算落空，肯定会再做图谋。"顾白婴提醒，"在秘境里都放机灵点儿，别着了人的道。"

簪星转动着手中的树枝，心中却想着另一件事。当日她问银罂为何会潜入自己的房间，银罂话没说完就消失了，可他看向自己的奇异目光，让簪星一直难以释怀。

到底是因为什么呢？

另一头，其他几大宗门的人也正在烤肉。

吟风宗宗里有矿，财大气粗，弟子们佩戴的乾坤袋都比别的宗门能装。既能装，便不在乎装多少，弟子们一股脑儿地将觉得能用上的东西都带上了，譬如各种作料和食材，譬如锅碗瓢盆——比门冬的药罐子精致得多。

他们宗门里的人也很大方，别宗的人来借筷子、碗、作料什么的，他们便大方地给了。一来二去，他们便成了颇受欢迎的那个宗门。

此刻，聂星虹坐在一方青石上，深蓝的长袍一尘不染，发髻也梳得极飘逸，浑身上下都透着一股精致和讲究，似乎他不是在秘境，而是在人间某处富丽堂皇的酒楼。

他的师弟们正烤着手中的兔子肉，湘灵派的师姐将方才田芳芳送来的几个西瓜切好，分到各位修士手中。

赤华门的何日看不惯吟风宗出风头，故意讽刺聂星虹道："聂同修，听说你昨日拿一匣子回元丹去太焱派献殷勤，结果被太焱派的人赶了出来？"

"回元丹？"其他修士闻言，看向聂星虹的目光登时不同。回元丹可不便宜，一枚要好几十灵石，吟风宗的人居然拿整整一匣子献殷勤，果真有钱。

聂星虹闻言也不恼，摇了摇扇子，依旧一副翩翩公子的模样，笑道："我本是一片好心，不过顾同修大概认为我对杨仙子有所图谋……他们二人既是道侣，顾同修在这些事上敏感一些也无妨。"

他不说道侣还好，一说，众人立刻想起那一日在皇陵中，银罂捅出来的那桩风月秘事。

修士们捧着手里的瓜，往他身边凑近了些，促狭地道："聂同修，顾白婴和杨簪星真是道侣啊？我们还以为那鲛人瞎说的呢。"

"真得不能再真了。"聂星虹微微一笑，正色开口，"以在下纵横情场多年的眼光看，他们二人如今正是蜜里调油、如胶似漆的时候。"

湘灵派的蒲萄看了一眼远处的顾白婴,不服气地道:"不可能吧?那杨簪星的脸上还有那么大一块黑疤呢,若说孟盈和他是道侣,还有几分可能……杨簪星……"她没有说下去,瞧着对簪星十分看不上眼。

聂星虹瞧见她的复杂神情,了然一笑:"话不能这么说,杨仙子虽容颜有瑕,性情却善良大义,毕竟,不是人人都愿意让鲛人元神附身的。况且,我观他们二人间,分明是顾同修对杨仙子在意多一点儿。"

"是吗?"有别的修士就道,"他放着孟仙子那样的大美人看也不看,却对平平无奇的师侄另眼相待。这顾同修,看来倒是个不爱美色的君子。"

"什么君子?"另一人大笑道,"分明是眼光有问题!"

蒲萄不再说话,握着竹扦子的指尖微微收紧,沉默地烤着面前的獐子肉。

待吃饱了瓜和烤鱼,众人就要继续上路了。

牧层霄走时,将揽镜湖旁边的美容蓍草全给薅光了,估摸着是要拿回去给柳云心做伴手礼。簪星也搞不清楚牧层霄如今的情感状况,一面瞧他与孟盈间气氛微妙,一面瞧他又惦记着青梅竹马的柳云心,看样子,大抵是娶八位夫人之心不死。

从揽镜湖继续往前,就是无冬山的山脚了。

站在无冬山的山脚往上望,此山如一整块绿色的玉,莹莹立在长空之下。林海极盛,一眼望不到尽头。山中又多溪潭,走几步就能瞧见水瀑飞溅。流水也很清澈,其中有青色的鹅卵石躺在溪底,发出柔和的光。

田芳芳一看就直了眼,伸手捞了两块鹅卵石在掌心,问:"这是什么?玉吗?"

"是石玉。"孟盈看了他掌心的石头一眼,"是石头,不过生得和玉一般。"

"这要是拿到画金楼里,足以以假乱真啊。"田芳芳挽起手肘衣袖,敞开乾坤袋就要往里装。孟盈摇头:"没用的,石玉在无冬山的水里才发光,一旦出了秘境,就和普通的石头无异。"

田芳芳闻言,捞石头的动作顿住了,悻悻地收回手,道:"那还真是可惜。"

无冬山峰峦秀绝,看似绵延温柔,实则雄奇险峻。攀登之时,簪星偶尔回望,能见云雾缭绕,如高千尺。不时有拖着翠色长羽的鸥鸟飞过。

众人绕过一处深潭,往上行了数十里,郁郁葱葱之中,地上陡然出现一个脚印。这脚印大如车斗,掩映在深丛之中,应当是兽类留下的痕迹。

"好像是老虎的脚印。"赤华门的谈天信道。

"这老虎应当不小。"蒲萄瞧着脚印的大小，嘱咐湘灵派的女弟子们，"大家都注意些。"

"蒲萄仙子不必担心，咱们修士，难道还会怕人间的畜生？"吟风宗一名弟子笑着开口，"真有危险，我便将这畜生一刀杀了，剥下虎皮来做双靴子刚好。"

吟风宗的人向来浮夸，旁人已经见怪不怪。倒是门冬闻言，躲到顾白婴身后。他年纪小，对野兽叼人这种事，骨子里天然存在一份畏惧。

簪星见状，安慰他道："不用怕，就算有老虎也没关系，我们这儿还有狮子。"她捏着弥弥的后颈，将它拎到空中，"狮子可是百兽之王。"

众人望着一脸茫然、肚子鼓得仿佛怀孕的白猫，陷入沉默。

弥弥挣扎了两下，从簪星的手上跳下来，懒洋洋地打了个哈欠。

顾白婴道："走吧，别愣着。赤华门的人都走到前面去了。"

一行人大概走了两个时辰，或许是三个时辰，日光不如正午时候强烈。林中枝叶茂密，一点儿金色透过树枝的缝隙落到土地上，给山林镀上碎金。众人越往上走，树林越茂密，阳光照射不进来，也便越阴森。

远处有一条蜿蜒的小溪潺潺流动。

众人往前走了几步，突然听得有女子唱歌的声音。

歌声轻盈悦耳，如珠落玉盘，在这深山之中，异常空灵。光是听歌声，众人就觉得那是一位绮年玉貌、窈窕动人的美人。

修士们先是一怔，随即紧张起来，道："什么人？"

"没见识。"谈天信面露不屑，"真是一群乡巴佬。"

聂星虹则摇了摇扇子，笑道："如果在下没猜错的话，这应当是仙歌藤。"

仙歌藤？

簪星一怔，随着修士们的脚步往前走去，果然见面前一处石壁上，密密麻麻爬满了青翠的藤蔓。这些藤蔓不知道是依托什么而生长，直把整整一面山壁都覆满。在这些藤蔓上，零星地开着一些淡粉色的花，花瓣只有上下两片，形状看起来如人的嘴唇。此刻，花朵一张一翕，似有人在说话。

歌声就是从这些花朵中发出来的。

"居然真的是仙歌藤。"簪星喃喃道。

"师妹，仙歌藤是什么？"田芳芳问。

簪星："我曾在宗门藏书阁里看过《万物：聆听花草的声音》，里面记载了一百种会发出声音的花草，其中一种就是仙歌藤。据说这花会模仿女子唱歌的声音，音色曼妙动人，引人前去。"

"是吗？"田芳芳伸手就要去摸，"这倒是挺珍奇的。"

簪星："别动！"

田芳芳手一颤，疑惑地回头："怎么了？"

"仙歌藤食肉为生，不可靠近。"

话音刚落，旁边有位别宗弟子猛地伸手，正停在路边树枝上休憩的一只鸟被他攫在掌心。他将那鸟往仙歌藤那边一扔——

刹那间，无数根藤蔓猛地自山壁间伸出来，将那只鸟缠绕其中，很快，众人便看不到鸟的踪影。而那淡粉色、如人嘴唇一般的花朵，则发出"嘎吱嘎吱"的贪婪咀嚼的声音，夹杂着吞咽唾沫的轻响。

众人顿感一阵恶寒。

过了片刻，藤蔓渐渐松开，山壁前只有一点点鸟的碎骨和羽毛。仙歌藤像是意犹未尽似的，发出"啧啧啧"回味般的咂嘴声，再然后，重新唱起歌来。

女子的歌声依旧美妙动人，在场修士却再也没觉得新奇有趣了。

这要是把鸟换成人，只怕刚才早已被仙歌藤啖干净了血肉。或许在过去，这面山壁埋葬了无数修士的骸骨。这歌声越是悦耳，越是令人脊背发凉。

进秘境的修士们虽然都是宗门里年轻一代的佼佼者，可到底年轻，见识不算广博，第一次见这藤蔓，难免心生不适。

有修士就道："什么仙歌藤，我看是妖歌藤才对。妖里妖气的，不如一剑砍了！"说罢他就要拔剑。

"哎，"聂星虹摆手，制止了他的动作，"仙歌藤是藤蔓，刀剑砍掉了也会再生，你想用剑除是除不尽的。要想彻底除去此物，除非用火烧。可这藤蔓已经爬满山壁，要真烧起来，这座山也没了。"

那修士只得愤愤地将剑收起，道："算这妖藤走运！"

"我看，咱们已经到了无冬山。"聂星虹展了展扇子，"山上自有机缘，我们也不必继续同行，就在此处分道扬镳吧。"他惯会说话，就连眼高于顶的谈天信也要给他几分面子。

聂星虹带着吟风宗的几个弟子往丛林深处走去，道："在下就先祝各位得偿所愿、心想事成了。"

其余修士也纷纷四散开去。机缘这东西，有时候就是那么一刻，就与自己擦肩而过。而这东西偏又虚无缥缈，并不因为人的身份、地位甚至是修为，就对人另眼相看。有时候平平无奇的小子，也是因为气运惊人，偶得那一份机缘，才能从此一步登天。

眼见着修士们四散离开，簪星几人也往丛林深处走去。离耳国的秘境宗门过去也有人进来过，虽不能说格外安全，但此地的大多数野兽、灵草，弟子们也能应付。簪星心里盘算着远离牧层霄与孟盈二人，又不想与顾白婴走得太近。田芳芳心里惦记着多挖点儿值钱的灵草去画金楼卖钱，早已跑到前面。一来二去，簪星便只能走在门冬身边。

门冬问："你老跟着我干什么？"

"这山上丛林茂密，我怕其中有什么危险，跟着保护你。"

门冬不可思议地看着她："这儿能有什么危险？我不需要保护。"他难得好心地提醒簪星，"你还是四处多走走，指不定能找到什么机缘，助你修仙。"

当然，这话簪星肯定是不会听的。她怕一个不小心，把牧层霄的机缘给找到了，原著一个暴怒，给她捅出什么没法应付的娄子，那才是得不偿失。

见簪星仍然跟在自己身后，门冬也懒得理会。他有天生的仙灵窍，知道这山上哪些奇花奇草适合入药，此次少阳真人点他进秘境，就是为了让他采药草。因此，他召出乾坤袋，开始寻觅。

这山上的确开着很多花。

妍丽花朵点缀在树林中、草丛边、溪湖旁，加之远处蒸腾的霞气，确似仙境不假。不远处的山崖边，斜斜生长着一棵巨树，这树的树根已与崖壁融为一体，远远看去，这山的上半部分仿佛就是树冠一般。

这树占地面积极广，枝条也极其繁密，上面结满了白色果实。待走近了就能看见，这果实如人的手掌大，并不是圆的，而是一头尖尖的、像是野兽牙齿。一眼看过去，如一棵树上长满了森森白齿，有些可怖。

门冬也看到了那些果实。

他面色一喜，道："龙齿果，是龙齿果！"

簪星虽然在太焱派的藏书阁里看过许多闲书，但来到修仙界的时间太短，见识到底不算多，闻言虚心求教："龙齿果是什么？"

"是一种难得的灵果，人吃了能治愈心痛，若用此果炼成丹药，则对温养灵脉极有好处。"门冬显得很高兴，"龙齿果十年发芽，十年开花，十年结果。果熟只一夜，若不采摘，一夜过后，树枝上的果肉即刻凋零。咱们运气不错，今日更赶上龙齿果结果，我要多摘一些，放进乾坤袋中的冰壶里存着。"

"师叔……"门冬正要找人帮忙，一回头见顾白婴、孟盈他们都走到前面去了，不得已只能将求助的目光投向簪星："簪星师姐，你也帮我多摘一些，太阳快落山了。等明日日出，这些龙齿果全都会化成花泥的。"

难得门冬有求于自己，簪星点头："行。"

她不打算找什么机缘，陪着门冬在此摘摘果子，应当是很安全的。两人便小心翼翼地攀上崖壁，一点点地爬到树枝上。这龙齿树的树枝很粗，人坐在上头也是很安全的。簪星靠得近了，发现那些果子比看起来的更大。她伸手拽了一个果子下来，原以为是像牙齿一样的质感，没想到果子软软的，摸起来还有些温热，像是有生命的东西。

弥弥好奇地拿爪子去刨龙齿果，刨了两下发现很安全，便拽住树枝晃晃悠悠地荡起来。

门冬骑在一根树枝上，正奋力将一个龙齿果拽下来放进冰壶中。簪星见状奇道："冬冬，龙齿果很珍贵吗？你看起来很宝贝这东西。"

门冬擦了擦额上的汗："当然珍贵，能温养人血脉的丹药材料本就不多，咱们今日也是运气好才恰巧碰上了。还有，别叫我冬冬。"

"可是，师长们平日里似乎更青睐能提升修为的丹药。"簪星不解，"咱们宗门有谁灵脉受损了吗？"

门冬摘果子的动作一顿，他涨红着脸道："当然没有！不过，这种东西有备无患，将来总会用上的。"

簪星点了点头："好吧。"

这么小的孩子就已经知道医者父母心了，真是惭愧。

这头的龙齿果几乎被摘光，两人便往崖壁那头爬去。门冬个子小，爬得快，在前头，簪星在后头。爬着爬着，前面的门冬突然不动了，簪星瞧着他如此，还以为他遇到了什么危险，心中一紧，忙低声问："师弟？"

"嘘！"门冬回过头，朝她做了一个噤声的手势，悄声道，"你看。"

簪星顺着他的目光看去，面前陡然出现了一片金光。

这光实在太耀眼。在黑沉沉的林间行走，陡然见到这么强烈的金光，簪星差点儿被光刺了眼睛。她拿手背挡了挡，待适应了前方的金光后，才认真地朝前看去。

这是一朵金色的、巨大的花。

第二十六章
金花虎

这花大概有一人来高，不知是不是从山壁上长出来的，被茂密的树冠遮掩了花茎，只露出发光的花朵。花瓣层层叠叠，繁丽多姿，发出淡淡的金色。一股幽幽花香顺着风飘过来，带着草木的芬芳。

龙齿果阴森森的，这花却是截然不同的艳美，明亮的色彩惹眼至极。

簪星低声问门冬："师弟，这是什么花？"

门冬的小脸皱了起来，他仔细思索了一番后摇摇头："我也不知道。"

连门冬都不知道，看来这花是很珍奇了，簪星扯了扯他的袖子，道："咱们走吧。"

"走？"门冬惊讶，"为什么要走，虽然我不知道这花是什么，可它模样罕有，定是世间少有的奇花，当然要摘下来了！"

"这正是问题所在。"簪星看了看那朵金光闪闪的花，"越是颜色斑斓艳丽的东西，越是不能掉以轻心。这山上多野兽灵物，这么大一朵金花长着，焉有不靠近之理？可这花还是这么好端端地长着，说明了什么？"

"什么？"

"要么是陷阱，要么就是这花危险得很。"簪星道，"这种东西我见得多了，别因小失大。"

"这是什么道理？"门冬难以置信地盯着她，"凡人尚且知道富贵险中求的道理，何况是咱们修仙之人？这花出现在你面前，就是你的机缘。老天都把东西送到你面前了，你却疑神疑鬼，将机缘拒之门外。你这样，怎么可能气运加身？你不敢去，我去！"他一转身，掏出一张疾风符贴在脚下，一阵风般的，立刻靠近了那朵金花。

簪星还没来得及拉住这孩子，疾风符已经生效。她没有疾风符，又不放心门冬一个人去摘花，只能一边在心里暗暗骂着，一边顺着树枝慢慢往金色花那头爬。

簪星正爬到一半，前面门冬的动作突然停了下来。簪星定睛一看，就见通往金色花的另一根树枝上，正有一个熟悉的人朝花朵靠近——赤华门的谈天信。

先前聂星虹说了那番话后，各大宗门的人就分道扬镳了。别说是不同宗门，就是同一个宗门的弟子进了秘境，除了身手不佳的，大多会独自行事，免得宗门里为争东西引起内讧。簪星以为谈天信早就已经走远，没料到他也发现了这朵金色花，估摸着是想先下手为强。

簪星本不想理会，可突然又想起谈天信在离耳国的锵锵赌坊里，将琉璃宗的修士打得奄奄一息。虽然当时的荣余是银罂假扮的，可谈天信暗藏的私心不是假的。后来在山洞里发生的颠屃精一事，包括与鲛人缠斗后第二日就要秘境照常开启，桩桩件件，都昭示这是一个自私自利的心机小人。

门冬跟他抢机缘，只怕谈天信会下狠手。

果然，那头的谈天信已经看到门冬。他先是一怔，下意识地提起手中长剑，不过须臾，又很快停下动作，脚步变慢了些。

簪星一愣，随即明白过来，这人只怕也担心金色花有蹊跷，见门冬在此，干脆故意走得慢些，好教门冬给他探路。

门冬毕竟是个孩子，虽有仙灵窍，在辨识灵草灵果上无人能及，可论起算计人心，远远及不上谈天信这样的狐狸。本来看见有人来抢金花，门冬就有点儿着急，生怕被别人半道截和，此刻看谈天信的动作慢了些，更是迫不及待，干脆将冰壶直接往乾坤袋中一扔，两手攀着树枝朝那花奋力爬去。

簪星这会儿叫也叫不得，只得赶紧用传音符通知顾白婴，自己则跟着门冬往那头爬去。

门冬已经爬到距离金色花几步之遥的地方。他仰起头看着这花，花很大，不能像摘龙齿果一样直接拽下来。他从乾坤袋里掏出一把镰刀，这刀是平日他用来割灵草的。他举着镰刀，就要往金色花的花茎砍去。

就在这时，一道剑光突然袭来，将门冬手中的镰刀撞飞出去，下一刻，谈天信出现在门冬面前。

簪星心中叹息：他果然截和了。

"滚开，臭小子。"谈天信居高临下地看着门冬。他修为不错，双脚站在树枝上也很稳。

"你……你不要脸！"门冬气得脸都青了，"这花是我先看到的！"

"你先看到的又怎么样？"男人冷笑一声，气焰十分嚣张，"谁先抢到就是谁的。再废话，我就一脚把你踢下去。"

"谈同修，"簪星怕门冬被欺负，一边努力往那头爬，一边大声道，"你要摘花便摘花，你要是伤我师弟，我也不介意一嗓子将所有修士都叫来。秘境里还有其他宗门的人，你要是觉得知道此花的人太少，想多与人分享，我可以助你一臂之力。"

谈天信当然不愿意知道此花的人太多，闻言收回拍向门冬的手，哼了一声，直接往那金色花前走去。

簪星朝门冬招手，示意他赶紧回来。

门冬撇了撇嘴，似乎还有些不甘心，却又无可奈何，只得顺着树枝又往回爬去，边爬边回头看一看那金色花。

谈天信已经走到金色花旁，似乎对这花很满意，毫不犹豫地举起手中剑，朝花茎狠狠砍下。

簪星心中松了口气。对于这花被谈天信摘走，她倒是不怎么遗憾。不知道为何，这朵鲜艳的花总让她觉得有些不对劲。或许是小时候自然杂志看多了，她对于颜色斑斓艳丽的生物，总是天然存在一份警惕。

譬如多年以前她就看过一种蛇，尾巴是虫子的模样，足以以假乱真，蛇将尾巴放在外面晃动，吸引鸟类来啄食，鸟类靠近，便成了蛇的猎物。

这花艳丽得如此不正常，别说花瓣发着光，连花茎都是灿烂的淡金色，又没有叶子，掩映在龙齿树茂密的树冠中，焉知不是什么新的陷阱？

不过，连花茎都是金色的花，也真是少见。

花茎……

簪星猛然意识到什么，一下子抬起头："门冬，快跑！"

远处，锋利的剑尖撞向花茎，那看似柔软的花茎却如石铁一般，将剑尖弹了回来。

紧接着，山林上空传来一声惊天动地的咆哮。

弥弥的毛瞬间炸了起来。

从龙齿树中蹿出一道影影绰绰的虚影，这虚影如一道红色流火，那朵金色的花悬在它背后，是它晃动的尾巴。

这是一头火红色的斑斓巨虎。

谈天信喃喃道："金花虎……这里怎么会有金花虎？"

金花虎？

簪星心中一动。当初她为了弄清楚弥弥银琅狮的身份，将藏书阁中记载珍奇灵兽的典籍都翻了一遍，模模糊糊记得看过金花虎的篇章。金花虎属火，常生活在极沸之地，顾名思义，此虎有一条漂亮的金色尾巴，尾梢是一朵发着淡金色光芒的艳丽花朵。金花虎平日里藏匿于暗处，只将尾巴露出来，吸引修士或灵兽前去采食，待对方一靠近，便将对方扑杀。

从某种方面来说，它和那条虫尾蛇没什么两样。

簪星还想着弥弥好歹有银琅狮的血脉，能不能一嗓子将这金花虎吼回去。没料到，这胖猫被金花虎吓呆了，一下子钻进簪星的乾坤袋，怎么都不肯出来。

金花虎冲向谈天信咆哮着。

谈天信手中剑未收，见此情景顾不得其他，一剑迎了上去。可这灵兽又岂是普通妖兽能比的？金花虎一爪子便将谈天信的剑拍歪了去，谈天信忙往后撤，眼见着金花虎越靠越近，眼珠子一转，直接将正拼命往回爬的门冬丢向金花虎。

"门冬——"簪星脸色大变。

门冬虽有仙灵窍，但论修为，实在是一般得不能再一般了。毕竟他只是个八九岁的小孩子，也不可能厉害到哪里去。素日里，他跟着赵麻衣和顾白婴，也没有需要出手的地方，谁知今日偏遇到谈天信这个不要脸的。

眼见着金花虎的虎嘴就要朝门冬张开，簪星心下一急，手中长棍挥出，棍比人先到，恶狠狠地劈向金花虎的屁股。

金花虎登时发出一声地动山摇的怒吼。

簪星连滚带爬地冲过去一把搂住门冬，门冬几近崩溃："老虎屁股摸不得，你怎么还打上了！"

"我那不是为了救你吗？"簪星道，"快跑吧！"

她话还没说完，金花虎的目光便紧紧锁在簪星身上。它磨了磨爪子，猛地朝簪星扑来。

"啊啊啊啊啊！"门冬吓得脸色苍白，"它盯上你了！它肯定恨上你了！"

"不用你说我也知道。"簪星一掌将他推向龙齿树树冠深处，"我引开它，你去把顾白婴他们叫来！"

门冬陡然被一推，落在十几米外的茂密树枝中。他也不敢耽搁，当即从乾坤袋中掏出一大把扩音符，吼道："救命啊！师叔师姐，杨簪星要被老虎吃啦，救命啊——"

他倒是财大气粗，扩音符用起来跟不要灵石似的。顷刻间，小孩儿惊慌失措的求救声就响遍整座无冬山。

就是这喊话的内容，簪星很难不怀疑门冬是故意的。

弥弥早已躲进乾坤袋，抵死也不肯出来。那一头，金花虎仍对簪星穷追不舍。离得近了，簪星才看清楚，这虎比寻常老虎要大一倍有余，浑身皮毛发亮，似是散着热气，一股滚烫热浪直朝她袭来。这虎亦很凶狠，虎爪一蹬，石壁上便留下几个石洞，触目惊心。

想来之前簪星他们在山路上看到的老虎脚印，就是这金花虎留下的。

被一只畜生追得满山遍野地跑，对于宗门修士来说，大抵有些丢人。簪星不是不想转身回击，可金花虎追得实在太紧，只怕她稍一停顿，就会被这大老虎从背后扑上来咬掉脑袋。

她正在心中唾骂着那临阵脱逃、祸水东引的谈天信，身后忽然袭来一阵带着腥气的劲风。簪星忙往右一偏，"刺啦"一声，半条袖子被扯掉。金花虎硕大的脑袋已经近在眼前，凶兽嘴巴一张，簪星能感觉到虎嘴中传来的腥风，似乎混杂着鲜血的味道。

虎牙对着女子狠狠刺下——

"哐"的一声。

远处的门冬尖叫道："杨簪星！"

簪星额上渗出大滴大滴的汗珠，背上的衣服已经被汗水湿透。

她半个身子几乎陷于虎口，手中的盘花棍正艰难地撑在虎口中，使得金花虎无法一口咬下。然而，盘花棍又不是什么高等灵器，这样下去，终会被咬成两截，连同她自己。

难道就要在这里，葬送在老虎的肚子中？簪星一瞬间有些绝望。

一人一虎正僵持着，簪星忽然听得空中传来一声尖啸。下一刻，一支银枪穿破山风，如闪电般冲向金花虎的脑袋。

正是绣骨枪。

簪星大喜："师叔！"

金花虎的脑袋被绣骨枪打得一偏，却没有松口，只回望另一头，发出低低的咆哮声。顾白婴自龙齿树边飞掠而来，身后跟着的还有孟盈一行人，以及湘灵派、吟风宗的弟子。想来门冬那一把扩音符下去，所有参与秘境试炼的修士都知道了。这些修士全都赶来，也不知道是因为友爱互助来帮忙，还是想要分一杯羹。

毕竟金花虎的内丹，对修炼极有帮助。

田芳芳挥舞着斧头，大步奔来："师妹莫怕，我们来救你！"

簪星心下稍安：这金花虎虽然厉害，但毕竟是未开灵智的兽类，又没有成妖，这么多人在，应当不会有事。

她是这般想的，没料到金花虎在秘境中活得久了，竟也变得有些狡猾，一见这么多修士冲来，倒不恋战。它金色花尾一甩，震得龙齿树树枝纷纷断裂。这巨虎随即咆哮一声，也不肯丢下嘴里的簪星，直接一纵身，跃入崖壁上的一处洞穴。

"虎穴？"孟盈吃了一惊。

金花虎住在虎穴中，不过这虎穴被崖壁上的茂密野草和龙齿树的树冠给覆盖了，竟无人瞧见。

顾白婴脸色一沉："追！"

簪星被叼着冲进了虎穴，内心叫苦不迭。盘花棍支撑着老虎的嘴巴，她无法将盘花棍拔出，否则就会被金花虎一口咬碎。她也没办法松手，只因一松手，盘花棍没有元力支撑，立刻就会断为两截，而她只怕还没滚出老虎的嘴巴，就先被金花虎嚼碎成渣。

横竖都是死，不过是死成两截还是死得粉碎的区别。

这一刻，簪星无比后悔当初偏要选棍做灵器，若是选个狼牙棒，只怕现在就不是这么个情状了。

虎穴极深极长，里头很黑，簪星什么都看不到，只听得身后顾白婴他们追随而来的声音，田芳芳道："师妹，你还在吗？"

簪星："我在。"

金花虎毕竟只是凶兽，终究经不住修士们这么追逐，跑到后头大抵也恼怒了，突然一甩尾巴，虎口用力闭合。簪星感到盘花棍渐渐开始弯曲，不由得急声道："你们倒是快点儿，我撑不住了！"

她话音刚落，银枪猛地蹿过来，在黑暗洞穴中闪出一道银光，枪尖正对着金花虎的眼睛。紧接着，整个洞穴传来一声巨吼，簪星感到盘花棍上头一松，虎嘴松开了。

簪星冷不防被甩了出去，这洞穴里极黑，到处都是石头，她一时间被摔得晕头转向，不知道今夕何夕。黑暗中有一只手将她拉了起来，顾白婴的声音在她的耳边响起："快起来！"

"师叔？"

她刚想说话，突然听见牧层霄喊道："不好，它要吐火了！"

仿佛是为了应和他的话，一道火舌猛地蹿了出来，将黑暗洞穴照亮。

簪星这才看见，这洞穴两边，密密麻麻都是人类和野兽的骸骨，有些已经很陈旧了。想来她刚刚在地上不是被石头绊倒，而是被这些骨头绊倒的。这些大概都是金花虎的猎物，而他们身后……

她回望一眼身后，登时感到一阵头皮发麻。

方才太黑了，她被这大老虎叼着一通乱跑，不知自己身在何处。而如今她看得清楚，她和顾白婴所站的地方，半步之遥的身后，是一道黑色深渊。

这黑色很浓，一点儿亮光都看不到，仿佛往下几千几万里都是如此。深渊黑沉沉、阴森森的，如通向地底的另一处天空，又像是潜伏在暗中的巨兽，等待着将人吞噬。

金花虎长啸一声，虎口蓦地吐出一条长长的火龙。这烈火与寻常的火不一样，极热极亮，靠近火苗的肌肤一瞬间像是要被炙烤成烟似的。火龙一落地，迅速在整个洞穴里游走，于是整个洞穴都被熊熊大火炙烤着，那条金色的、散发着淡淡光芒的花尾一扫，簪星猝不及防，被激起的劲风往后一推——

她听到田芳芳的吼声："师妹！"

还有门冬惊慌失措的叫喊："师叔！"

脚下是万丈深渊，风在耳边呼啸，和着红色的火浪，簪星感到身体在沉沉下坠，却又像是要飞起来。整个世界都倒转了过来，她不知道究竟是在向上还是向下，不知道自己是停下了还是在奔跑。

过了很久很久。

她感到自己的胸口处有毛茸茸的东西在拱动，浑身上下的骨头都泛着一股酸胀的疼痛。簪星摸了摸自己的胸口，从胸口处摸出一张照明符来。

照明符在指尖燃烧，簪星听到身下传来一声呻吟。低头一看，她正趴在顾白婴身上。这人大概被她当成人肉垫板，此刻正拧着眉头，脸色难看得出奇。

簪星吓了一跳，忙从顾白婴身上起来，问："师叔，你没事吧？"

顾白婴被她扶着坐起身，揉了揉胳膊，没好气地道："还没死。"

他没事就好，簪星松了口气。被金花虎给一尾巴扫到深渊下的时候，她的确没想到顾白婴会跟着一道跳下来。倘若是她一个人在此，面对这样的一切，未免有些绝望。

她将照明符贴在墙上，弥弥叫了一声，叫声有些焦躁。簪星看了一眼四周，顿时愣住了。

这是一间石室，四四方方，平平整整，大概有一间小柴房那么大，什么都没有。

这里没有门，也没有窗，更没有亮光，若是再窄一点儿，简直像是副棺材。

可是，她和顾白婴分明是从洞穴里坠落的，无论如何都不该掉到这个地方。这地方既没有出口，他们是怎么进来的？

"你怎么样？"顾白婴问她。

簪星道："没事。"话音刚落，她就见顾白婴从乾坤袋里掏出一样东西，扔到她面前，"穿好。"

簪星低头一看，天玑法衣先前就被金花虎咬掉了半只袖子，后来又被火浪灼烧，已经破烂得不成样子，看着多少有点儿失礼。

她没有推辞，将顾白婴的衣裳披到身上。他的衣裳对簪星来说到底大了一些，簪星便扯下发带当腰带，将衣裳束紧了一点儿。

"师叔，我们怎么会在这里？"簪星打量了一下四周，"金花虎不是想把我们烧死吗？"

金花虎喜火，虎口里吐出的火亦有灵识，能跟随对手而去。他们坠落之时，这杀千刀的老虎还吐了火，簪星以为自己死定了。

"是鲛人鳞保护了你。"顾白婴看了她一眼，"鲛人属水，水克火。"

簪星恍然大悟，没想到银栗送她的银鳞竟然会在此派上用场。她看了看头顶，头顶是平整的石壁。

簪星喃喃："不知道师兄他们怎么样了……"

"你还有心思操心别人？"顾白婴哂道，"先想想怎么从这里出去吧。"

这间石室看起来一丝缝隙也没有，好似浑然一体，就像是将一块石头中心掏空，而他们就是被困在石头里的人。

簪星站起身，走到墙壁旁，四处敲了敲："不管怎么样，这地方一定有出口，否则我们也不可能进来。此处应当藏着出去的机关，我们找找，肯定能找到。"

顾白婴却不如簪星乐观，坐在原地，声音冷淡："我已经用灵识扫过，此处没有机关。"

"也许是你的灵识出错了。"簪星不以为然。倒不是她盲目乐观，不过一般这种坠入崖间、找到密室的经历，都预示着奇遇和机缘。她低头看向掌心，掌心的红痕没有变化。

《九霄之巅》里，牧层霄的确是在秘境中寻到了新的机缘，可那个秘境里并没有金花虎一物。这书里本不该存在的凶兽，将她带进了这里。

眼下，她和顾白婴总得先出去才行。

簪星将整座石室都走了一遍，几乎将墙上、地上每一寸地方都摸遍，甚至用照明符贴着头顶试图发现石壁有什么值得探究的细节。

但是没有。

这间石室什么都没有，除了两个活人和一只猫外，什么都没有。

她回头看向顾白婴。

顾白婴仍坐着，神情冷静得近乎残酷，道："我说了，没有机关。"

簪星想了想，将弥弥从角落里提了出来，顾白婴看着她的动作，问："你干吗？"

"它不是有银琅狮的血脉吗？"簪星道，"我想着，它能不能给点儿提醒。"

顾白婴："你看它像是能给你提醒的样子？"

"可它是银琅狮……"

"只有一点儿微薄的血脉罢了。"他话说得很刻薄，"几千几百年过去，被稀释的血脉就算传承到现在，也和普通家猫没有任何不同。它只是一只猫而已。"

簪星强调："弥弥不是猫，就算只有一点儿血脉，也是银琅狮。"

顾白婴挑眉看着她："你就是这样自欺欺人的？"

"你这话是什么意思？"

少年的眼睛在昏暗的石室中明亮得锐利。他盯着簪星，像是要将眼前人看穿。他道："家猫有了银琅狮的血脉，也不能改变它是一只猫的事实。就像你有秘宝在身，面对强大的凶兽，仍然没有自保的能力。"

簪星的瞳孔一缩。

他靠在身后的石壁上，不甚在意地笑了一声："你在姑逢山上平安无事地度过一夜，在宗门考核中大放异彩，甚至在平阳镇选拔中修为一日千里，是因为你有秘宝在身吧？"他轻而易举地说穿簪星最大的秘密，"所以你能找到《青娥拈花棍》，银罍也会在深夜潜入你的房中，因为你的身上有吸引他的东西。不是吗，杨簪星？"

簪星说不出话来。

似也察觉到石室中气氛的微妙，弥弥轻轻跳到一旁，缩回角落，将身子蜷起来装死。

过了很久，簪星听到自己的声音："你想说什么？"

"我不想说什么。"顾白婴淡淡地道，"我只想告诉你，杨簪星，修仙之人，有秘宝在身不是什么稀奇事，但如果你以为这样就能次次逢凶化吉，就大错特错。依赖外物，做不到真正的强大，就算你有一百件秘宝在身也是一样。更何况，"他看了簪星一眼，"你真的认为，你承担得起这样的机缘？"

最后一句话犹如压死骆驼的最后一根稻草，簪星心头骤冷。

她承担得起这样的机缘吗？无数个夜晚，她曾这样不安地问过自己，属于主角的光环，是否是身为普通人的自己能够承担的。不过，这些日子以来，一桩桩一件件的事情与手心的红痕都在提醒着她，她只是一个普通人罢了。

因此，即便她有枭元珠，它也时灵时不灵；即便她有了拥有上古神兽血脉的灵兽，它平日里除了吃和睡也没有半点儿用处；即便她学了青娥拈花棍，却拔不起兵器库里的任何一把灵器。哪怕她刻意远离牧层霄和孟盈，也会被从未出现的凶兽，莫名其妙地推进这黑天墨地的洞中深渊。

簪星没来由地感到一阵气馁，失神地坐了下来，沉默半晌，低声道："你说得没错。"

顾白婴有些意外。

她的声音像是没有了生气，沉沉的，与平日截然不同，像是掺杂了某种复杂情绪："我太自以为是了，不过是靠着法宝才能走到这里。不过，这机缘大概也不是我能承受的，我只是个普通人，并非天命选中之人，不该妄图逆天改命。"她闷闷地道，"如今连累你一起被困在这里等死……"

簪星没有说完，将脸埋进膝盖间。

石室中似乎响起一声轻微的啜泣。

弥弥的耳朵竖了起来，顾白婴的眉心一跳。

他抬起眼皮，偷偷瞄了簪星一眼，试探地问："喂，你不是哭了吧？"

女子穿着他的衣裳，因为发带被取走，头发随意披散在脑后，顺着衣裳滑落在肩头，再不见平日里的神采奕奕，显得有几分萧索可怜。

顾白婴莫名其妙地生出一种负罪感。

他走到簪星跟前，半蹲下身，扯了扯簪星的袖子，试图让簪星抬起脸："杨簪星？"

簪星没理会他。

"不是我把你弄哭的吧？我又没教训你……"少年结巴了一下，神情有些尴尬，"别哭了。"

弥弥睁大眼睛，好奇地瞅着石室中的两个人。

见簪星仍将脸埋在膝头，顾白婴有些慌神，道："好吧，刚刚是我不对，我不是要嘲笑你。我的意思是，你不应该凡事总想着靠外物保命，要多加修炼。你在离耳国的时候，每日睡到日上三竿，又老是吃凡人的食物，怎么可能进步啊？"

他说着说着，意识到自己又理直气壮起来，随即压低声音，看向面前人，低声哄着："我也没说要在这里等死。我一定会把你带出去的。"

脸埋在膝盖间的人闻言，身子似乎动了一动，不过仍然没抬头。

他绞尽脑汁想着可能使对方开心的话："等回姑逢山，我教你幻术，行了吧？"

女子的声音从膝盖间传来，瓮声瓮气的："真的？"

"真的！"

簪星一下子抬起头："那说定了，师叔，等回到宗门，你一定要教我幻术！"

面前人目光清亮，神采奕奕，和他想象中满面泪痕的样子截然不同。

顾白婴怔住："你没哭？"

"还不到哭的时候。"簪星笑道，"如果师叔回去食言，忘记了今日对我的承诺，到时我会哭的。"

顾白婴猛地站起身，憋出两个字："阴险！"

"不阴险的话，我也不知道师叔这么关心我。"簪星笑眯眯地道，眼一瞥见他的胳膊处有血迹扩散，大概是方才与金花虎打斗时受了伤。

"你受伤了？"簪星伸手去拉他的胳膊，"给我看看。"

"别碰我！"顾白婴恼怒地甩开她的手，挣扎间，一滴血滴在地上。

石室里爆发出一道刺眼的青光。

"这是……？"簪星愣住了。

四面墙壁上，陡然间浮起一层青色的光芒，这些光浮在墙上。簪星定睛看去，才发现自头顶的石壁至身侧四面的石壁，全都浮起字迹来。

这些字迹很深，看起来是用剑尖划刻的，其中光华流转，十分绚丽。

簪星看向顾白婴受伤的手臂："师叔，你的血……"

石室的变化，是从顾白婴的血滴落在地上起发生的。他的血打开了这里的机关？

顾白婴亦很意外，仔细盯着石壁上的字迹。

簪星也随之看去，这字迹并非文字，而是一个个符号，像是三岁小童随手拿树枝刻画的一般。这些符号乍一看有些潦草，横横竖竖的道道，实在瞧不出有何特别。

弥弥有些好奇，绕过去蹲在墙前，拿爪子挠了两下。它这么一挠，爪子落在石室的墙壁上，墙壁上立刻显出一道发光的爪痕，吓了它一跳。

簪星一头雾水，一时半会儿没个头绪，只好问身侧的顾白婴："师叔可有什么收获？"

顾白婴注视着石室里的字迹，神情有些凝重。他抬手，指尖在那些光字上虚虚抚过。过了片刻，他又收回手，有些迟疑地开口："这似乎是功法心诀。"

"功法？"簪星看向那些墙上的痕迹，"这哪里像功法？"

"不完全算功法，"他道，"像是招式演示，不过只有半篇。"

他这么一说，簪星倒是有些明白了。每本功法会根据主人的特征自动变换形式，她的《青娥拈花棍》是以文字记载，而这墙上的道道，就如田芳芳那本《斩蛟诀》一般，将招式直白地画了上去。当然，这主人的画技看起来也不怎么样。莫非这是石室主人留在此地的秘籍？

"该不会我们得学会这上头的招式才能离开吧？"簪星有些困惑，"但只有半篇，我们怎么学？"

牧层霄是主角，即便拿到的是《五行破神功》残卷，也能在各种机缘巧合下将它补全。而现在的簪星和顾白婴，只是路人甲罢了。更何况，这间石室就这么大，纵然他们想找机缘，也不是在这里能找到的。

顾白婴召出绣骨枪，枪尖对准石壁空白的地方一扫，霎时间，石壁上留下一道发光的枪痕。

"果然。"他道，"看来只有将招式补全才能离开这里。"

簪星微微睁大眼睛，觉得这条件未免太令人迷惑了。她打量着几面石壁，有些头疼："石室主人是否过于高估落在这里的人？我们连这招式是什么都不清楚，如何补全？再说了，就算知道也未必能做好，我会一个青娥拈花棍，这石室上的又不是——"她的声音戛然而止。

顾白婴转过头："怎么了？"

"师叔，"簪星看向他，目光里满是难以置信，"这是青娥拈花棍的招式。"

石室墙壁上会发光的刻痕，刻画着功法的招式，乍一看杂乱无章，可簪星多看几次，便将其和灵识中的那本功法对上了。

簪星抽出腰间的盘花棍。

她挥动长棍，边舞边道："你看，高四平，进步扎三枪，进步披身，唝地，安棒定膝，拖枪换阴手……定膝，推二棍……"

随着她每一次挥舞盘花棍，石壁上的光痕便比之前亮一分，随着盘花棍挥舞越来越快，整个石室的光华越来越亮，将照明符映得暗淡无光，整个石室灿如白昼。

顾白婴目光微动。

"换手打朝天一炷香，进步五花滚身打铺地锦。搅一棍，扎一枪，退回五花滚身迎转骑马，金刚献铲。"

伴随着她的最后一句话，整个石室最中间爆发出一股无比刺眼的光芒。这光芒瞬间将二人吞噬，如在虚空之中平白出现一个入口，直接将二人粗暴地掀扯进去。簪星只来得及抓住弥弥的尾巴，就感到自己被一阵狂风包裹。

"轰隆——"。

有什么东西的入口被打开了。

无冬山的深处，爆发出一阵巨响。

响声惊得丛林里的飞鸟簌簌乱飞，惊得无数山兽从穴洞里倾巢而出，惊得那株总是以女子歌声唬人的仙歌藤停止了歌唱。

正被金花虎烈火追逐的修士们陡然闻此声响，回头望着虎穴的方向，道："什么动静？"

"是不是顾白婴他们……"湘灵派的蒲萄微怔。

"师妹，先别管了，这些灵火沾到身上就没法扑灭，咱们必须快点儿逃出无冬山才行！"

金花虎的修为不至于让修士们束手无策，然而此虎嘴里吐出的灵火让修士们吃了不少苦头。那些灵火有灵智，一直对他们穷追不舍。眼下除了太焱派的几个人，其余宗门的人都已经往无冬山外逃去。

"呸！"潭水中，一颗湿淋淋的脑袋冒了出来，田芳芳吐掉嘴里的水草，松了口气，"这处水潭里的水果然克火，娘的，总算把这火苗给灭了！"

孟盈几人也浮出水面。

金花虎吐出的灵火，普通河水是无法浇灭的。靠近龙齿树的地方有一处水潭，灵气充裕，还是门冬用了仙灵窍看出此水不凡，叫几人跳了下去，将那一路追逐过来的灵火给熄灭了。

孟盈看了看远处，眸色一沉："其他宗门的人都走了。"

"那些孙子！"田芳芳骂道，"一把火就被吓得屁滚尿流，生怕我们连累他们。"

"我们不能走，"门冬的脑袋上顶着一丛水草，此刻他也顾不上整理，急得都快哭了，"师叔和杨簪星还都在虎穴里，一定要把他们救回来！"

"放心，我们不会抛下他们的。"牧层霄看向虎穴的方向，"只是……"

只是，虎穴里的那道黑色深渊，在杨簪星和顾白婴落进去后就闭合了，再也不见踪迹，仿佛从来不曾存在过。

他们到底去了何处？

第二十七章

比翼花

　　簪星做了一个梦。

　　梦里云蒸霞蔚，有白衣翩跹的女子和锦袍飘逸的男子，背对着她站在花树下说话。她想听清楚他们在说什么，女子似乎察觉有人靠近，就要转过身来——

　　"杨簪星。"簪星耳边传来熟悉的喊声，于是那片云霞和花树、男子和女子都消失了。

　　顾白婴半跪在她身旁，微皱着眉，盯着她。

　　簪星揉了揉眼睛，坐起身来："师叔。"

　　他见簪星醒来，似才松了口气，问她："能站起来吗？"

　　簪星拍了拍身上的土，站起身，弥弥在草地上打了个滚儿，沾了一身草屑。

　　"这是……？"簪星看向远处，有一瞬间的愣怔。

　　没有了昏暗逼仄的石室，天地变得辽阔起来。这是一片广阔的原野，覆满茸茸青草，远处有淡色群山起伏绵延，一条清澈的河流蜿蜒着，自群山深处流淌而来。日光柔和温暖，懒倦地覆在草原上。

如果说离耳国的秘境是仙气与瑰丽，这里则是宁静与温馨，如某个与世隔绝的山村，住在这里的人被时光抛弃，于是永远不知岁月流逝。

"是秘境。"顾白婴走到簪星身边。

"我知道是秘境，"簪星道，"我们从离耳国进入的，不就是秘境吗？"

"不是从前的秘境，"顾白婴环顾四周，"至少十年前紫螺进入的，不是这个秘境。"

"我明白了，"簪星看向他，"你是说，这是秘境中的秘境？"

修仙之路漫漫，光怪陆离，介子纳须弥，露珠中亦有一世界。秘境之中有未被人发现的空间境地，不算独一无二。

"这么说，我们是找到了别人没找到的大机缘？"簪星问，"这里有什么，功法、秘籍、灵器，还是一个隐居于此的高人？"

顾白婴白了她一眼："我说过了，有些机缘，不是人人承担得起的。"他一伸手，银枪现于掌心。

顾白婴握紧绣骨枪，又对簪星道："拿好你的棍子，这里头有什么，谁也说不准。"

簪星："好。"

秘境中，平静水面底下藏匿的危险，刚刚簪星已经见识过了。有过金花虎的前车之鉴，她不敢掉以轻心，握着盘花棍，随着顾白婴一起往前走去。

一路上，他们未曾发现什么危险，没有凶兽，没有奇怪的植物，也没有人。

这里仿佛是世外桃源，宁静、美丽。

也不知走了多久，直到靠近那座山、河流的尽头，顾白婴的脚步突然停住，簪星问："怎么了？"

顾白婴伸手，往前探了一探："有结界。"

簪星闻言，想了想，横握盘花棍，猛地往前一挥，盘花棍在前方的空中如遇到一层看不见摸不着的光罩，弹了回来。

果然是结界。

她抬起头，望向面前这座青灰色的山："看来这里就是尽头了。"

这座山和无冬山看起来不太一样，无冬山上覆盖着茂密的林海，这座山却显得很荒芜。一眼望过去，这山没什么树木鸟兽，光秃秃的，只有青灰色的大块山石，不过倒是极高极陡，一眼望不到头。

"这结界是谁设下的？"簪星狐疑地看了看四周，"这里似乎也没别人。"

顾白婴摇头，尝试着用绣骨枪在前方扫了一圈，发现这座石山就是结界的边缘，人在其中，过不去，旁人也进不来。

他收回枪，看向另一头："往那边试试。"

簪星没有异议。

两人沿着山脚走了半炷香的时间，弥弥已经累得直往簪星身上扑，试图重新回到乾坤袋中。簪星正与弥弥争夺着乾坤袋，走在前面的顾白婴突然停下了脚步。

簪星顺着他的目光一看。

山脚下无边的原野中，静静地生长着一棵巨树，树干很粗，树冠浓盛，但又和无冬山上的那棵龙齿树不同。龙齿树的树枝杂乱，肆意生长，野蛮又粗犷。这树虽然繁密，看起来却格外温柔，远远看去，如有一团暖翠色云雾，沉甸甸地压在梢头。

无论如何，这原野上，总算是出现了一点儿不同的事物。

簪星心中也高兴，与顾白婴又走近了些，一直走到那巨树跟前。

这树不知道是什么树，没有开花，树干呈现一种斑驳的深褐色。日光从枝叶的缝隙间透出来，若碎金闪烁。簪星伸手抚上树皮，是粗糙略带湿润的质感。

弥弥突然"嗷呜"一声，往前方奔去。簪星转过头，就见离这巨树几十米的地方，有一圈栅栏。

栅栏？这里有人住？簪星与顾白婴对视一眼，跟了上去。

原野中，的确出现了一圈栅栏，不仅如此，被围在栅栏里的，还有一间茅草屋。

这茅草屋不大，泥土夯墙，顶上覆盖了一层草泥。院子里的草都被拔光了，大抵常常被人清扫，看起来很干净。簪星站在栅栏外，先喊了一声："有人吗？"

无人应答。

她正要再喊，顾白婴已经直接走了进去。

簪星："……"

弥弥快乐地跟在顾白婴后头。

他推开茅草屋的门，却发现里头一个人都没有。

这茅草屋从外头看起来不大，里面竟很宽敞，分为两间内室，一间外堂。较大的那间内室里只摆了一张木榻，看起来四四方方，上头也没个枕头褥子，跟个长板凳差不多，很是粗糙。

簪星出了内室，再看外堂，外堂的木头桌上放着一只壶、两个杯盏，还有两个碗。不过这杯盏、小碗都是用石头做的，仔细一看，上头歪歪扭扭的还有一些小坑，形状实在算不得规整。

她见顾白婴去了另一间内室久久不出来，以为顾白婴有了新发现，便跟着走进去。她一进去，顿觉这间内室格外不同。

方才那间屋虽然大而宽敞，但除了一张木榻外，什么都没有。这间屋子比那间屋子小一半，却要丰富得多。靠墙的地方依旧有一张木榻，不过木榻比之前那个窄了许多，上头还有一个木头枕头。榻上也铺了草编的褥子，至少坐下去不那么硌人屁股了。

靠窗的地方有一套桌椅，也是用木头削的，桌上放着一只石头做的"花瓶"，里头插着一株狗尾巴草。顾白婴正站在桌前，翻着手中的东西。

簪星凑上去，问："这是什么？"

桌上有数十张白纸，纸上写得满满当当。簪星仔细一看，都是些诗文。字迹倒是极漂亮，既潇洒又风流，一看就令人眼前一亮。簪星拿起一张读道："美人出南国，灼灼芙蓉姿。皓齿终不发，芳心空自持……"

她又拿起另一张："紫藤挂云木，花蔓宜阳春。密叶隐歌鸟，香风留美人。"

簪星再拿起一张："肌肤绰约真仙子，来伴冰霜。洗净铅黄。素面初无一点儿妆……"

簪星："……"

顾白婴将她手里的诗夺过去，不耐烦地道："别看了，都是写'美人'的。"

"这美人得多美啊？"簪星看着顾白婴手里厚厚的一沓纸，不觉感慨，"这得有一百首了吧？"

顾白婴嫌弃地放下手中的诗："真恶心。"

簪星虽然也觉得有一点儿酸，但仔细一想，这人未必是痴汉。她扒开窗户，看向窗外那棵巨树，对顾白婴道："我刚刚看过这屋子了，这里有两间屋，两张榻，外头的桌上有两个碗、两个杯子，应当是两个人住在这里吧？或许是一对隐居在此的神仙眷侣，丈夫写诗夸奖妻子的美貌，这也算夫妻情趣嘛。"

"情趣？"顾白婴哂道，"都出不去了，还有心思在这儿吟诗作对，是很有情趣。"

簪星便不说话了。老实说，她也觉得此刻最重要的事是先出去。不过，往山的方向走有结界，往回走的路他们也看过，都是一望无际的原野，实在看不出出口在何处。

弥弥不知道从哪里鬼鬼祟祟地蹿了出来，嘴里鼓鼓囊囊地含着什么东西。簪星捏着它的鼻子，弥弥的脑袋往后缩了缩，一下子将含在嘴里的东西吐了出来。

这是两块泥巴样的东西，上面糊满弥弥的口水。

簪星用帕子把上头的口水擦干净，再看向手中物，发现这是两尊泥巴偶人。

姑且算作偶人吧，因这偶人捏得实在太丑，乍一看去像两只猴子。不过，其中一个偶人的脑袋上雕着一朵小花，看上去穿着"裙子"，应该是位"女子"；另一个偶人穿着普通的衣裤，想来就是"男子"了。

簪星也不知道弥弥是从哪里刨出来的这俩东西。她端详着手中的偶人，示意顾白婴看："看来我猜得没错，住在这里的应当是一男一女，而且还是一对有情人。"

顾白婴瞥了一眼她手中的泥偶："你确定这是人？"

"当然。"簪星望了望远处，"不过我们在这里也没见着别人，是不是要出去找找他们？"

"不必。"顾白婴沉吟片刻，"这屋里没有灰尘，看起来很干净，不像长时间无人居住。"他拿指尖拂过桌子，干干净净，没有一粒尘土，遂道："就在这儿等他们吧。"

这正合簪星的意，走了这般久，她也真是累了。

二人就在屋里坐了下来。

这屋子看起来颇有烟火气息，桌上也摆了碗筷杯盏，不过簪星并未在屋里找到柴火米面之类的食物。茅草屋的后院倒是有一口青石水缸，水缸里盛满清水，上头漂着一个葫芦做的水瓢。簪星拿瓢舀了一瓢水尝了尝，水甘甜清凉，带着一点儿草木芬芳。

她再看顾白婴，他已经坐在屋中那个方正的木榻前，开始修炼。

簪星见他手臂处的伤痕，血迹已经干了，有心提醒他包扎，又怕打扰了这位少爷用功，只得放弃。弥弥似乎极喜爱这处世外桃源，在院子正中心四仰八叉地躺成一个"大"字。簪星在门槛上坐了下来，望着手中的两个泥偶，心情有些惆怅。

这屋子的主人也不知究竟是什么来头，她在虎穴深渊里的石室，以青娥拈花棍打开了石室中的秘境，来到此地，不知是偶然，还是有人刻意为之。若只是偶然，她这算不算改变剧情？若是有人刻意为之……为何偏偏是青娥拈花棍？难道这地方和青华仙子有什么关系？

茅草屋的主人也不知在这里住了多久，一般这种居住于秘境之中的，都是世外高人。世外高人都出不去，她和顾白婴一直出不去可怎么办？

还有田芳芳他们，不知道现在怎么样了……

太阳一点点向西坠去，将金光洒遍蜿蜒的河流，直到最后一丝霞光彻底没入黑暗，宁静的世外桃源迎来了夜晚。

茅草屋的主人还没有回来。

院子里开始凉起来。弥弥站起身，抖了抖身子，跳到簪星身边，又慢慢地往屋里蹚去。

簪星揉了揉发酸的腰，跟着站起身，回到屋里。

石桌上还有一盏油灯，灯油大概是用什么草枝碾碎榨取的，上头漂浮着一点儿可怜的灯芯。簪星用火折子点燃油灯，整个茅草屋的窗户里，顿时透出一点儿橘色的、暖融融的灯光。

内室里，修炼的顾白婴睁开眼睛。

簪星把盛满水的杯子放到他面前，在凳子上坐了下来："师叔，他们还没有回来。"

他挑眉："急了？"

"没有。"

"那你怎么无精打采的？"

簪星摸了摸自己瘪下去的肚子，把试图去乾坤袋里偷丹药吃的弥弥提起来放到一边，道："饿了。"

顾白婴便露出嫌弃的神情："你怎么又饿了？"

"什么叫'又'？"簪星跟他摆事实讲道理，"从离耳国进秘境到现在，我吃的最后一顿还是田师兄给的烤鱼，距离现在也不知过了多久，至少一日了吧。我整整一日没吃饭，难道不该饿吗？"

顾白婴嗤道："你是修仙之人。"

"我做凡人做了十七年，到姑逢山正式修仙还不到一年，师叔，你不要对我太严苛。"

顾白婴看向簪星。

簪星身上还穿着他的雪白衣袍，湖绿色的发带如一条柳枝缠在腰间，长发披散在脑后。她无精打采地趴在窗前的桌上，摆弄着手中的泥偶，叹了口气："早知道如此，我当时就让师兄多烤一些鱼，装进乾坤袋了。"

少年顿了一刻，从腰间袋子里抽出一只红木盒，扔到簪星面前的桌上。

簪星愣了一下，去看顾白婴："这是什么？"

"食物。"

簪星意外多过感动，将木盒打开，果然看见几块精致的糕饼。这糕饼居然还有颜色，粉粉嫩嫩的，做成了花朵形状。

她惊讶地看向顾白婴："师叔，你还随身带着点心，真讲究。"难怪在离耳国王宫里，他这不吃那不吃的。

"我又不是你。"顾白婴没好气地道，"这是掌门塞给我的。"

簪星望着大红色的、刻着"吹笙引凤"图案的木盒，沉默了一下，这个喜庆的风格，的确是少阳真人的爱好。

顾白婴见她没有动作，问："怎么不吃？"

"师叔，"簪星看向他，"我听说掌门祖擅长驻颜，对吃食极为讲究，金华殿的点心饭食都不放油和糖的，吃起来如砂纸一般。"

顾白婴大约没料到簪星在这个时候居然还有心情想这些，他又一贯不是有耐心的人，闻言哼了一声："爱吃不吃。"

"我只是说说，又没说不吃。"簪星拈起一块糕饼递到嘴边，"没放糖和油罢了，只要没放毒就行。"

她咬了一口。

这花朵状的糕饼，出人意料地美味，口感并不似砂纸，也不寡淡无味，带着一点儿淡淡的甜，入口即化，如将花瓣咬碎在唇齿间，带着一股清冽的甘香。

弥弥蹭过来，企图偷吃一口，被簪星按住脑袋。

"师叔，原来金华殿的食物这般特别。"簪星咽下喉间的甜意，夸赞道，"这比离耳国王宫里的膳食好多了。掌门师祖真疼你，难怪门冬就为了口吃的，也想当掌门。"

"你闭嘴吧，"顾白婴听不下去了，"吃你的糕。"

簪星便不多说了，津津有味地啃手中的糕，给弥弥也掰了一块。饥饿之时的珍馐美馔总是特别叫人难忘，一人一猫吃得迅速，待盒子里只剩一块花糕时，簪星拍掉弥弥捞糕饼的爪子，把木盒端起来问顾白婴："师叔，你也吃一块？"

"不吃。"

"哦。"簪星将最后一块糕饼送进嘴里，"谢谢师叔。"

顾白婴凝视着坐在桌前的人。

宗门里的女弟子，从来都是尽力展现出飘逸出尘、不食人间烟火的形象，绝不会让人瞧见如此胃口大开的模样。纵然是俗世中的普通女子，也多会为了穿下窈窕的窄裙，保持婀娜身姿而刻意少食。

但杨簪星从来不会。

她活得粗糙、滑稽，总是莫名其妙地满足，也会毫无负担地在旁人面前露出无精打采的模样，理直气壮地说饿了。

那种自由和真实，在某个瞬间，竟让他羡慕。

簪星边吃边道："师叔，你对我真好。"

顾白婴哼了一声，忽然想起什么，提醒道："杨簪星，你不要误会，我对你——"

"我知道，"不等他说完，簪星就打断他的话，"师叔照顾我，是长辈对晚辈的拳拳关爱之心嘛。放心，你的铃铛都没响，我不会误会的。"

顾白婴便不再说话，簪星自以为很识趣。她原先还以为，这原著特意给顾白婴加了这么多戏，是因为要给自己发展命定的感情线，否则何必又是两个人单独陷入险境，又是受伤什么的，如今看来，的确是她想多了。但是……以顾白婴这种臭脾气，结心铃真的会响吗？

她正想着，听到顾白婴的声音在身后响起："杨簪星。"

"怎么？"

"那一日在皇陵，你为何要让银栗的元神上身？"

簪星回过头，望着他："师叔，怎么突然问这个？"

灯火下，少年的眼眸如深深的湖。他的眸色偏浅，眸子平日里总是清亮，而今在昏黄灯火下，也显得深沉起来。

簪星见他问得认真，想了想，才回答道："因为银栗太可怜了，没有人能帮他。我如果能帮到他，也算是做了好事。"

"妖族元神上身，于你修为有损。"

簪星吃完最后一点儿糕，将木盒关上，手指敲着木盒上繁复的花样，道："我少了这一点儿修为，会被别人打死吗？我多这一点儿修为，就能成为修仙界宗门的第一吗？既然多这一点儿少这一点儿也没什么区别，那何必将它看得这般重要？再说，我现在的修为也没受影响。"

他不以为然："你这是侥幸。"

"我这是事实。"簪星看向他，"你心里不也很同情银栗吗？否则也不会拿枪砸了海边的金身像。倘若那一日，是你在甬道里遇到银栗的元神，你也会这么做的。"

屋中沉寂了一会儿。

"我不会。"

他雪白的锦衣上沾满灰尘和血迹，衣袍领上的雁纹精致整齐，朱色的发带在夜色下，如绽开的嫣红的花，将少年衬得容貌美丽、神情明秀。他不嚣张的时候，看起来总有几分难以接近的冷漠。

簪星问："为什么？"

顾白婴的声音很平静："蛇巫一开始就窥见了结局——缘生缘灭，终只一瞬。纵然他用妖丹换了凡人之躯，最终也不过是应了最初的结局。"少年不知道想到什么，神色晦暗如潮水，"就算你让银栗的元神附身，让他见到了离珠公主，他仍会灰飞烟灭，而离珠公主什么都不记得。什么都没有改变。"

衣袍上的雁翩然欲飞，他的声音没有了平日里的张扬，低低的，像是含着某种涩意。

簪星瞧着顾白婴。

他如初见时那般，挺拔又俊俏，就如他那把银色的绣骨枪，漂亮又威风。

簪星一度认为，顾白婴就算哪天把天捅了个窟窿，也会是一副无所谓的神情。

但有些时候，簪星又觉得，这少年似乎藏着无数秘密，就如她曾对门冬说起的那样，将脆弱一面尽数藏敛。

就如此刻，他也会有对"天命"感到茫然的瞬间，以至会对着她这个不算亲近的师侄发出疑问。

"什么都没有改变？"她开口，"未必吧。"

顾白婴怔住。

女子将椅子对着他，语气轻快："银栗的确灰飞烟灭了，但在灰飞烟灭前见到了离珠公主。离珠公主是失去了记忆，可在失去记忆前，也叫出了银栗的名字。就算这是个悲剧，至少我们的'挣扎'，让悲剧里出现了一点儿慰藉。师叔，"她温和地望着顾白婴，"纵然再微小，一点点改变也是改变。凡人修仙，不就是为了与天争道，不让自己被命运摆布吗？"

他没有说话，过了很久，才问："你为何修仙？"

簪星："啊？"

他淡定地等着簪星的回答。

"为了自由。"

"自由？"

簪星笑了笑："师叔，告诉你一个秘密，我也在试图挣脱我注定的'命运'。"

顾白婴笑了一声，难得这笑里没了嘲弄："你所谓的'命运'，是指嫁给岳城少城主？"

"这只是一个方面罢了，"簪星道，"还有很多，就算不嫁给王邵，按照'既定的命运'，我也会嫁给李邵、钱邵。我不想将命运交到别人的手中，都州修仙风气盛行，只有修仙，才能让我有摆脱天命的机会。"她站起身，走到顾白婴身前，把那只空了的木盒还给他，"这很难，有无数看得见看不见的阻挠，有时候我还会弄巧成拙。

"其实我也不知道结局会怎样，或许到最后，一切回归原点，"她弯腰，直视着少年的眼睛，"但是我不后悔。"

她鲜少有这般郑重其事的时候，更多时候是显出一种随遇而安的泰然，不知道是无知还是自信。

只是……

在这辽阔的原野上，孤零零的茅草屋中，昏暗柔和的灯火下，她的随意与坚定，那句"不后悔"，竟让人的心情轻松起来。

过了很久，顾白婴"哦"了一声，将空了的红木盒放到一边。

簪星望着他："就这样？"

"你想怎么样？"他拿起方才簪星倒给他的水喝了一口。

"我以为你内心有什么难以对人提起的心结，才这么耐心地说出一番道理，好教你得到安慰。纵然你的铃不肯响，至少我们的距离也该拉近一些吧？"簪星道，"接下来你不该与我分享你内心最大的秘密，比如你悲惨的过去、无法克服的弱点之类的吗？"

顾白婴正喝着水，闻言被呛住。他咳了好几声，才恼怒地看向簪星："你胡说八道什么？我怎么可能有弱点？"

"是吗？"簪星望着他，"但是你刚刚的表情，就像遇到很棘手的问题，快要认命了。"

顾白婴猛地将水杯往桌上一搁，水杯发出"哐"的一声。他望着簪星，也不知道是恼羞成怒还是被戳中心事，一字一顿地向簪星发出警告："杨簪星，我没有弱点，也没有悲惨的过去，更不可能遇到棘手的问题。你要是再敢胡说八道，我就让玄凌子把你逐出师门。"

"理由呢？"

"对长辈不敬，不懂尊师重道。"他犹嫌不解气似的，补充道，"贪吃嗜睡！"

簪星："你这是欲加之罪。"

他冷笑："你最好小心点儿。"

簪星见他又有精神吵吵了，估摸着是想通了。顾白婴方才那模样，分明是钻了什么牛角尖。可惜的是，这少年虽然看起来冲动暴躁，但对于内心的小秘密，倒是守护得滴水不漏，让人难以窥见端倪。不过，少年心性向来不定，偶尔对生活茫然，也不必过于深究。

反正事情都会被解决的。

似乎也察觉到自己方才与簪星的争执有些欲盖弥彰，顾白婴轻咳一声："别打扰我，我要继续修炼了。"说罢，他也不管簪星是什么表情，自己闭上了眼睛。

簪星耸了耸肩。

她倒是想修炼，可这野地里一丝灵气也无，她的枭元珠跟死了一般，眼下她的心中又挂念着外头，哪里能跟顾白婴一般心无旁骛。茅草屋的主人还没回来，这么晚了，莫不是在外留宿？可这原野上除了那座石山，连座土丘都没有，他们这是到哪里外宿了？

簪星百无聊赖地看向窗外，这一看就愣住了。

"师叔，"她叫顾白婴，"你快来看！"

顾白婴不耐烦地睁开眼："又怎么了？"

"那棵树……"簪星指着窗外，"那棵树动了！"

顾白婴顺着她指的方向一看。

距离茅草屋十几米的那棵树，在漆黑的夜色下，只能看到一团模糊的影子，然而，那团影子却在逐渐膨胀，像是在生长似的。

顾白婴提起绣骨枪，往门外追去："我去看看！"

簪星忙招呼弥弥一道跟上。

夜里的原野有些冷，巨树在一望无垠的原野中是唯一的凸起，格外明显。簪星掏出几张照明符挂到树上，瞬间便被眼前的画面惊了一惊。

这棵树正在开花。

那些交错的树枝不断地拉长、生长，每一条树枝上，都有柔软的骨朵从其中冒起。这些花不是那种一夜之间层层叠叠地绽放，而像是破茧而出的蝶……不对，应该说是破壳而出的鸟。

先是毛茸茸的、小巧的头，接着是整个儿蹿出来的躯体、长尾，再展开羽翼。那些绯红的羽翅上像是洒了些晶莹的月光，招摇地立在梢头。原野上吹来冷风，将巨树的枝条吹得"簌簌"作响，成千上万只火红鸾鸟在夜里如欲飞的红云，热闹，喧哗，艳丽。

"这花树……"簪星看向身侧的顾白婴。

"比翼花……"顾白婴也怔住了。

此树未开花时，他尚未认出，如今才发现，这花树和逍遥殿中那棵会在冬天开花的树一模一样。

"比翼花……"

"比翼鸟，不比不飞，飞止饮啄，不相分离……死而复生，必在一处。"簪星只听说过比翼鸟，都州有钱的修士，常去集市高价买来这种鸟送给结亲的道侣，以图个好兆头。

比翼花，顾名思义也知道这花大抵象征着爱情。簪星问顾白婴："师叔，你殿中的比翼花是以幻术维持，这棵树……"她抬起头，望向树冠中的丛丛火焰，"也是障眼法吗？"

"不是幻术。"顾白婴的目光微动，"这棵树是真的。"

"这荒郊野地的，什么树都没有，怎么会有比翼花呢？难不成是茅草屋的主人种的？"簪星摸了摸下巴，"可是为何我总觉得这地方有些眼熟？"

顾白婴沉默。在这深夜里，茫茫原野中，他们二人就这样仰着头，站在树下。远处的石山模糊成一道虚影，天地静穆，黑暗中，唯有这棵树明亮动人，像一个华丽梦境般。

簪星不知不觉看得怔住了，只觉得满树的比翼花像是要飞起来似的，摇摇晃晃地往人的脸上扑。下一刻，弥弥突然大叫一声，往树上蹿去。簪星猛然惊醒：不是比翼花要飞，是树上真的有个东西在动！

"师叔，"簪星道，"那上面是什么？"

顾白婴猛地挥枪，绣骨枪如一道银光，刹那间冲向繁密的树冠，顷刻间扫落一地落红和树叶。弥弥的爪子扑了个空，照明符却清楚地映出了在树枝中探出的那颗脑袋。

一只……鸡？

那鸡一低头，也瞅见簪星二人，不知道是不是在荒郊野地里平日一只鸡待习惯了，乍一看见两个生人，也吓了一跳，掉头就往树冠深处飞。顾白婴眼睛一眯，一用力，绣骨枪掉转枪头，以枪身抽了一下那只鸡的屁股。

鸡便疯狂大叫着，落到顾白婴的手上。

弥弥从树上跳下来，看着顾白婴手中的鸡跃跃欲试。簪星也凑过去，见那鸡眨巴着黑豆大的眼睛，昂着头，一副宁死不屈的骄傲模样。

太焱派宗门里也有鸡，那只叫西日将军的司晨鸡，每日一到点就叫得地动山摇，从不晚点。簪星还记得它漂亮的大红色羽毛，金色的羽冠。而这只鸡看起来就很寒碜了，鸡冠只剩下一半，羽毛七零八落，沾了不少泥点，尾巴已经秃掉，凄惨得像是刚刚被人凌虐过。因它浑身上下的毛都掉得差不多了，冷风一吹，鸡身便瑟瑟浮起一层疙瘩。

顾白婴一只手握着它的两只翅膀，仿佛集市上称重的屠夫似的。这杀气腾腾的姿势令原本不可一世的鸡渐渐乖巧起来。它甚至还轻轻啄了一下顾白婴的手，以示友好。

簪星心中感叹，秘境里就是不一样，连一只鸡都能屈能伸。

顾白婴提着鸡，疑惑地开口："这里怎么会有只鸡？"

"总不可能这茅草屋的主人原来是只鸡吧？"簪星望着它秃掉的尾巴，"或者是有人施了什么法术，把茅草屋的主人变成鸡了？"

顾白婴："……"

他难以置信地问："你的脑子里装的都是什么奇怪的东西？"

也是，这毕竟是修仙世界，而不是魔法世界。簪星正要回答，突然瞥见鸡胸前那点儿可怜的羽毛下，似乎藏了个什么东西。她伸手将其捞了起来，发现是一块木牌。木牌只有小手指宽，窄窄长长，用一根草绳拴在鸡脖子上。

木牌上头端正地写了三个字："白切鸡。"

簪星："……"

这字迹漂亮风流，和茅草屋里桌上那些诗的字迹一模一样，分明就是一个人所写。

簪星想了想："如果我没猜错的话，这鸡应当是茅草屋主人养的爱宠，不过……世上怎么会有人给爱宠取名'白切鸡'？"

这是宠物名吗？这是菜名吧！

簪星嘴里刚刚说出"白切鸡"三字，顾白婴手中的鸡像是被戳中什么痛点似的，疯狂挣扎起来。它一翅膀扇在顾白婴的脸上，扇了顾白婴一脸泥点子。顾白婴猝不及防地松了手，就听见"白切鸡"发出一阵高亢的叫声，扑腾着朝茅草屋里飞去。

弥弥眼睛一亮，赶紧追了上去。

簪星回头看向顾白婴。

这人伸手抹去脸上的泥点，似是忍无可忍，咬牙道："我一定要宰了这只鸡！"

二人追进茅草屋，顿觉满屋子都是翻飞扑腾的影子。弥弥似是十分喜欢这只秃尾巴鸡，原先在姑逢山，看也不看酉日将军一眼，如今却跟在这鸡的屁股后追得不亦乐乎。

"白切鸡"也贱兮兮的，仗着自己会飞，一会儿飞到横梁上，一会儿跳到木榻上。弥弥毕竟身体肥胖，不如"白切鸡"身姿轻盈，被"白切鸡"耍得团团转。不一会儿，弥弥就累得行动迟缓起来。

簪星："……"

弥弥做银琅狮做成这样，真是让人没眼看。

她看够了这一出鸡飞"狗"跳，正要出手，就见"白切鸡"又扑棱着翅膀飞到内室的梁上，还优哉游哉地啄了一下木头，似是挑衅。

弥弥先是懒得搭理它，又或者实在累了，一动也不动。这鸡又啄了几下木头，弥弥尾巴翘了起来，猛地扑了上去。

簪星叹息一声，已经预料到结局。

谁知道"哗啦"一声，屋子里爆发出一声巨响，呛了簪星一嘴烟尘，整个茅草屋抖了一下。

顾白婴也愣住了。

弥弥抱着鸡滚到一边。茅草屋里，泥土夯成的红墙突兀地坠下一块，像是一张空心的木板被人撕开，露出了里头的东西。

飞起的泥土烟尘如云雾，隐约有绝色女子站在树下，雪白裙裾被风吹得飞舞，青丝如情丝，勾人心动。她素手纤纤，弄蕊拈花，一双眼眸含情无限，一笑生光，就这么注视着画外之人。

这是一幅挂在墙上的美人图。

第二十八章

青华仙子

画中人极美。

茅草屋灯火昏暗，这美人图在灯火的映照下，竟有明珠生光之感。这女子蛾眉杏眼，朱唇微笑，青丝垂肩，丽质天成，若太阳升朝霞，似芙蓉出绿波。她站在比翼花树下，手持一朵落花，顾盼生姿，直教人看得屏住呼吸。

光是一幅画已是如此勾魂夺魄，若是真人出现，只怕三界美人都要黯然失色。

簪星心中一动：这女子和她每次修炼青娥拈花棍时，灵识中出现的白衣女子格外相似，难道……

画卷的右下角还题着一行诗："灼灼青华林，灵风振琼柯。"字迹与"白切鸡"鸡牌上的一般无二，看来也是茅草屋的主人所书。

簪星看向顾白婴，小心翼翼地开口："师叔，这画上的，该不会是……青华仙子吧？"

顾白婴没有说话，只是望着美人图出神。

簪星抬起头，画中美人正垂眸看着指尖的比翼花。看着看着，簪星总觉得有些不对劲……

等等，比翼花呢？

她猛地惊醒，方才美人手中尚有一朵嫣红落花，如今美人的手中空空荡荡的，少了一朵比翼花。

"师叔……"簪星正要把这个发现告诉顾白婴，一低头，就见自己的掌心正端端正正地躺着一朵花。

画中的花，不知何时已经跑了出来，落在簪星的手中。

她诧然抬头，顿感一股巨大的吸力自画中朝她涌来。簪星只来得及叫一声师叔，就被那股陌生的力量拽进画中。

"扑通"——

四周是混沌的黑暗，簪星揉了揉眼睛，什么都瞧不见。她有心拿一张照明符，看看这是什么地方，可一摸腰间，乾坤袋不知什么时候不见了。她顿时心下一沉。

紧接着，她的身后有脚步声响起。随着这脚步声的靠近，四周一点点亮了起来，犹如在浓黑的墨中蘸上一点儿透白，白色越来越多，如夜幕到清晨。只是那光也是朦朦胧胧的，像是蒙着一层大雾，又像是宇宙混沌初开。

脚步声在她背后停下来，簪星转过头。

簪星从未见过这样美的人。

女子白裙似雪，长发如瀑，是只能出现在梦中的容颜。她和那幅美人图上的女子长得一模一样，却又比图中美人更为貌美夺人。只是，那画中美人尚能对着画外人拈花浅笑，她眼前这皎如明月的神女，却是淡淡地瞧着她，冷若冰霜。

良久，簪星看着这美人道："劳驾问一下，这是什么地方？"

她是被拽进画中的，可又和当初在姑逢山考核那次的"须弥芥子图"不同。画中有美人在花树下，远方山水动人，这里只有一片虚无。

"识海。"女子的声音如当初在簪星灵识中出现的声音一般轻灵，仍旧冷冰冰的，"你的神识被拉进了画中。"

这下簪星明白了，她的肉体还在画外，神识却已到了画里。她望着面前的美人，沉默了一下，才问："您是青华仙子吗？"

女子轻轻颔首。

簪星的眼睛一亮。青华仙子当年在生下顾白婴后不久就消失了，去向成谜。太焱派众人都说青华仙子大抵已经陨落，没想到，如今自己还能在这一处秘境中与她相见。簪星道："您还活着！师叔他们一直在找您，顾白婴就在画外，同我一起来的，你们……"

青华仙子看着她，目光沉静如水，或许应该说是"空洞"，并未因"顾白婴"三个字而有任何动容。她只是冷漠地、像是完成任务一般开口道："你既能到达此地，说明你是找到《青娥拈花棍》的有缘人。"

簪星蹙眉，这话听着，似乎有些耳熟……

"你若通过考验，我便将此功法的全卷传承于你。"

簪星悚然而惊："传承？"

"是的。每一处秘境中，自有未知的机缘。既是你寻到此地，天命注定该你有此机缘。功法、秘籍、丹药、灵宝，你想要吗？"

这话实在是很有诱惑力，簪星后退一步："谢谢，我不想。"

仙子的脸上第一次出现了"意外"的神情，她问："为何？"

为何？簪星低头看了一下掌心，自然是因为，她本不该是这段剧情的主人。《九霄之巅》里，牧层霄在此秘境中确实找到了一处机缘，虽然与青华仙子无关，但这种"通过考验赢得传承"的套路，分明就是主人公所有。她来到这里，已经是小说里未曾出现的剧情，要是再一通胡搅，拿了不属于自己的机缘，原著很有可能针对她，多造些无法解决的陷阱。

她实在不想节外生枝。

"仙子，我只是路过此地，不小心看到这幅画，被拽入其中。修仙之路清苦，我不求机缘气运，只希望自己脚踏实地地走上仙途。"她尽量让自己看起来诚恳一些，"您还是放我出去吧。"

沉默许久，青华仙子道："既然如此，我也不强求。"

簪星松了口气，望了望四周白茫茫的一片，又问眼前人："请问仙子，我该如何从画中出去呢？"

"打败我。"

簪星："……"

青华仙子淡淡地开口："如果你不能打败我通过我的试炼，就只能一直留在画中，无法离开。"

"您不要说笑了，"簪星蹙眉，"人的神识离开身体太久，人会死的。"

"不错。"青华仙子声音平静，"为此，你必须在最短时间内打败我，通过考验。"

簪星终于忍无可忍了，道："这不是强买强卖吗？"

貌美仙子用冷冰冰的神情告诉她，这的确是一桩强买强卖的生意。

簪星委顿在地。

她试图向青华仙子证明这是一件不可能的事："仙子，您是差一步就飞升的大拿，我是前几天才刚结丹的小修士。纵然我是个天才，也不可能打过你啊。"

"你既找到这里，天命自有注定。"回答她的，是对方冷冰冰的一句话。

"我看天命是想弄死我。"簪星嘀咕了一句，又试图打感情牌："仙子，顾白婴就在外面，你母子二人多年未见，他一直都很想你。说起来，顾白婴才是应该接受你传承的人，我只是个外人，况且天分也不甚出色，你的功法给了我，实在是糟蹋了……"

黑暗里传来青华仙子的声音："比翼花选中的人，才是有缘人。"

簪星："……"

她感到有些头疼。这女子大概只是青华仙子当年封在画中的一缕神识，不具有青华仙子的意识，只知道执行"通过考验接受传承"的命令。就算簪星说再多，她也不会听。顾白婴脾气坏，亲娘虽不似他那般桀骜嚣张，可看这神识，也真是个骄傲得不听旁人说话的倔脾气。

如今就算簪星不想接受传承，可要从这里出去，也只能将青华仙子打败。只是，这真的不是天命给她挖的又一个坑吗？而且这坑，她就算想跳，也未必跳得进去。打败青华仙子，这话说出去都会让人笑掉大牙，那可是青华仙子，羽山圣人的亲传徒弟，差一步就飞升成仙的人！

青华仙子说完后，就不再理会簪星，沉默地站在虚空之地中，貌美又冰冷，像一尊雕像。

簪星尝试运转胸中的枭元珠，它却没有半分反应。她的肉体在画外，乾坤袋自然也在画外，场外辅助道具一个都用不上，只有一根盘花棍挂在腰间——大概是考验中替她虚拟而成的灵器。

这一回，她只能靠实力了。

不过……簪星看着腰间的盘花棍，这实力差距，真是天上地下，大得吓人。

她慢慢站起身，抽出腰间的青棍，面对青华仙子。

青华仙子淡淡地道："看来你想清楚了。"

"如果只有打败你，我才能从画里出去，那迟早得这么办。我只是不想浪费时间。"簪星望着她，"来吧！"

盘花棍直朝青华仙子而去！

一片混沌中，盘花棍似乎变成一道青色闪电。与之相对的，青华仙子手中的长棍矫若游龙。两道青芒碰撞在一起，簪星只感到一股长风扑面而来，这风温柔却绵长，似乎裹挟着长阔的原野、天地间的星辰、所有浩大与微渺之物，气势汹汹地朝她冲来，几乎将她整个人打散。

簪星甚至没来得及出第二棍，就被打飞出去。

女子握住长棍，望着飞出去的人，轻轻皱眉，道："不堪一击。"

簪星败得这么惨，简直是意料之中的事。簪星抹了一把唇间的血迹："第一棍只是试试您的实力罢了。"

"再来。"她站起身道。

茅草屋中，顾白婴将簪星抱到榻上。

弥弥蹲在簪星身侧，此刻也不追"白切鸡"了，有些焦躁地叫了两声。倒是那只秃尾巴的鸡伸长脖子，神气地站在桌上踱来踱去，将写着诗文的纸踩得"哗啦"作响。

方才他正看着这美人图，簪星就晕了过去，怎么叫也不醒。顾白婴伸手在她额前一探，倏尔收回手，神情微动："是神识。"

他侧头看向挂在墙上的美人图，美人依旧拈花浅笑，在昏暗的屋子里犹如神女下凡。他走到美人图前，指尖抚过纸卷，纸卷干燥微黄，似是过了很久的岁月，而画中人栩栩如生。簪星的神识不可能无缘无故消失，除非……是进入了画里。

他进不去这幅画，因为这画被施了一道禁制，下禁制的人修为比他高，若想破开禁制，要么是符合进画条件的人——很显然他不是，要么以元力强行冲破。

门冬的话又回响在耳边。

"师叔，你现在不能再强行运功，之前与鲛人交手，已经让你灵脉中的元力不稳，要是再随意运功，灵脉中的漏洞只怕会控制不住……"

事实上，这一点他在追逐金花虎的时候已经感受到了，因此，他没有运转元力，直接将那只金花虎碾碎。

他来离耳国，看着杨簪星，不让她和牧层霄双修是假，抱着或许能在秘境中寻得琴虫代替品的心思是真。而如今，琴虫的代替品没寻到，他反而让灵脉中的漏洞越发无法修补，得不偿失。

他不能再强行运功。

但是……

少年回过头，榻上的女子面容平静，盘花棍摆在身侧。那只空了的红木盒被放在一边，盒子上头，身着长衫的少年正端坐吹笙，凤鸟飞舞。

原野中，唯有这一处低矮的茅草屋，在黑暗中如一簇微小的火光，寂静地燃烧着。

混沌中传来如瀑的花流。

花丛像是源源不断似的，将这片虚无的白层层染红，镀上了一层艳色。从身侧漾开的水纹尚带柔软的月光，月光映着花海，而在这片绯色流光中，一道青芒将繁丽的景象撕开。那些花海倏尔散去，女子声音清朗，似乎还有破开一切的决心。

"火树银花——"

混沌中的光暗了下来，天地变成一片浓重的黑，而在无边无际的黑暗里，无数星光——或许是烟火在远处燃尽。那些璀璨迷人的光落到人的眼睛里，几乎要将眼睛灼伤。而那根棍子，就像一簇即将灿烂燃烧的烟火，裹挟着流转的火星，自女子身后而来。

女子叹息了一声。

另一根青棍掉转向前，只在前方一点，气势汹汹的棍风便被迅速打散，无数星辰散作灰烬。水波越来越大，几乎要将天地吞噬，温软绵长的波纹在顷刻间似要撕开一切。簪星脸色一变，拼命运转全身的元力抵挡，但还是被这"镜花水月"给击中胸部。

她摔飞出去，吐出一口鲜血。

青华仙子站在原地，衣袍甚至都不曾揉皱一点儿，看着她的眼神有些失望。

簪星捂住胸口，只觉得浑身上下散了架一般疼。

她的青娥拈花棍已经练到第二重，可"火树银花"在青华仙子的"镜花水月"下连一炷香的时间都坚持不了。她知道这棍法厉害，但一直不知道究竟有多厉害，如今在棍法创造者的手中终于领教一二。原来，拈花棍真的不是一套花里胡哨、华而不实的棍法。

这棍法落在她的手中，被糟蹋了，这不是一句玩笑话。

"再来？"青华仙子问。

簪星摆了摆手："等等，容我歇息一下。"她屡战屡败，屡败屡战，仿佛一个人形沙包，被青华仙子不知道揍了多少回。顾白婴知道他亲娘这么凶猛吗？纵然只是神识，下手也毫不手软。

但这样下去可不行，她已竭尽全力，和青华仙子的修为还是有天渊之别。就算再来一百遍，结局都不可能改变。人的神识不可以离开肉体太久，这画里时间流逝的速度也不知道画外是不是一样，如果簪星再不快点儿打败青华仙子，就真的只能永困此处，再也出不去了。

为今之计，只有主角光环能救她一命，但可惜，她并非主角，连枭元珠都已经不顶用了。

"仙子，这不公平。"簪星一边喘气，一边和对方打商量，"我是金丹初期，你却已经度劫了。你让一个婴儿与大人比试拳脚，分明仗势欺人。你还不如一刀杀了我，给我个痛快。"

"比翼花选中了你，证明你有通过考验的能力。"

簪星眨了眨眼睛："那我到底具备哪些足以通过考验的能力呢？"

青华仙子漠然地道："天机不可泄露。"

簪星只觉得头疼，若是主角，自然无论什么险境试炼，总归能够通过。可她不是牧层霄，她通不过就是通不过，死了就是真的死了，怎么能存侥幸之心？

再说，她浑身上下什么都没有。枭元珠没动静，乾坤袋也在画外，那些小众的符纸丹药全用不上，连猫都不在身边，唯有一根幻化出来的盘花棍，连中级灵器都算不上。这种情况下，她想逆风翻盘，犹如痴人说梦。

"我的功法你也看到了。"簪星道，"同样的棍法，在不同修为的人手中，效果差别实在很大。我无法打败你，更无法用青娥拈花棍打败你。"

"将心法发挥到何种地步，与修为无关，重要的是人对功法的领悟。"混沌中，青华仙子裙裾微微飞扬，"你如今只能将心法发挥出十之一二的威力，是因为你根本不曾真正领悟它。"

簪星叹了口气，青华仙子说得容易，可这心法就那么一本，横看竖看都是那些字，还能领悟出什么花来？一本棍法，她照着上头的招式学会了就行，难不成还要做阅读理解？

她摇头，站起身，一转头看见地上遗落了一朵红花。

这是美人图上青华仙子手中拈着的那朵花，也是这朵比翼花将她从画外的茅草屋拽到画中的考验里。这花之前在她的手中，后来她与青华仙子打斗，花便掉落了。

她弯腰欲捡起那朵花，身后的青华仙子见状，忽然神情微变，声音里第一次带了急迫："别碰！"

簪星摸到了这朵花。

她指尖触摸到柔软的花瓣，如在虚空之中，拾起一个梦境。

这梦境倏尔放大，簪星听到青华仙子急促的声音，脑海里突然闪现出一些画面。画面杂乱无章，似是被割碎的图，在她面前飞速穿梭。

混沌的白渐渐散去。

天光渐亮，她听到一个男子的声音，明朗又活泼，如四月的春阳，还带着一点儿调侃："求珠驾沧海，采玉上荆衡。我叫顾采玉，敢问仙子芳名？"

簪星看到了一个男子。

他的面容似是被罩上一层纱，模模糊糊，怎么都看不真切。她只看得到长春色的袍子和同色的发带。这人个子很高，倚在一棵树下，纵然看不清面容，光是听他的声音，似也能看到他面上的笑意。

簪星还看到了青华仙子。貌美女子冷漠地从叫顾采玉的男子身边经过，连一个眼神都吝啬施舍。

顾采玉便摸了摸鼻子，有些悻悻地道："这宗门里的女弟子，虽然长得漂亮，性子可真不怎么样。"

远处是荒芜的石山，原野一望无际，唯有一棵枝繁叶茂的巨树立在旷野之中，招摇着。男子拔腿朝前面的女子追了上去，道："喂，这位仙子，你我都被困在这里，应当互助互爱，想个办法出去才行！"

困在这里？簪星一愣，这难道是……此地过去发生的事情？

画面倏尔一转，她看到那座荒芜的石山前，男子坐在石头上，一边拨弄着手里的狗尾巴草，一边对远处的人说话："仙子仙子，你有没有想到出去的办法？"

青华仙子坐在远处的青石上，正闭眼修炼。

"仙子仙子，你这么修炼，什么时候才能打破此地的禁制？"

"仙子仙子……"

"啪"的一声，一个果子堵在他的嘴巴里。青华仙子收回手，冷冷地道："闭嘴。"

顾采玉便闭了嘴。

日头渐渐西移，流动的河水表面泛着粼粼波光。从原野上兴冲冲地跑来一个男子的身影，他的手里提着一只鸡。那只鸡丑得骇人，不知是跟谁打架了还是怎么的，毛都被薅得没剩几根，尾巴也秃了，正在顾采玉的手中拼命挣扎。

他提着鸡翅膀，手伸到正闭眼修炼的青华仙子面前，给她看自己的战利品："仙子，我抓到一只鸡，咱们有肉吃了！"他又歪头看了看那只鸡，山鸡黑豆般的眼睛盯着他，他摸了摸下巴，琢磨了一会儿，"不过这鸡瘦了点儿，还是养胖些再吃吧，养养再杀。"

青华仙子理都不理他。

这之后，这男子便忙碌起来。

簪星看着他撅着屁股在原野上到处捉虫，又四处拔野菜，自制鸡饲料，按时喂鸡。他抱着鸡坐着，一边看青华仙子练剑一边问："要不给它取个名字吧？取什么好呢，烤鸡、烧鸡、叫花鸡、蒸鸡、炖鸡、白切鸡？"

青华仙子一剑扫过去，剑风将他面前的石头劈得粉碎。天地间安静了一瞬，过了一会儿，男子怯怯的声音响起："那就叫'白切鸡'吧。我素日里最爱吃的就是白切鸡了。"

鸡的名字，就这么定了下来。

青华仙子每日都会去那座石山前试探，她的剑劈不开结界，有时自己还会受伤。

顾采玉却准备杀鸡了。

他挽起袖子，拿着巴掌长的刀在鸡脖子上比画了几下，终于还是抖着手放下，问青华仙子："要不……还是别吃了吧？"

青华仙子冷眼旁观。

"我不是不敢杀鸡，真的。"男子的声音很诚恳，"我就是觉得，吃素也没什么不好。"

"你从一开始不就没打算杀它吗？"青华仙子终于说出第一句话，从顾采玉身边走过，淡淡地道，"没有人会给食物取名字。"

她提着剑往前去了，年轻男子手中还提着鸡，望着她的背影出神。

"白切鸡"叫了起来。

男子回过神，看着手里的鸡，骂道："别吵了，小白。"

他又低下头，不知道在想什么，但簪星觉得，他大概是笑了。

接着，又是一片零碎的画面。

簪星看到顾采玉开始四处捡拾干草和红泥，身后跟着那只秃尾巴的"白切鸡"。他长春色的袍子上沾满泥土，兴致勃勃地喊："仙子，我们在这里盖间茅草屋吧！"

青华仙子剑尖一抖，回头望着他，发现这人已经热火朝天地干起活儿来。他盖得很认真，那只秃尾巴鸡就站在院子里，优哉游哉地啄食地上的草籽。

茅草屋很快盖了起来。

泥巴夯的墙，干草盖的顶，屋子里每一根横梁都是他用刀认真削平过的。他又去靠近石山的地方寻了一方青石，费心打磨成一口水缸，劈了葫芦做水瓢。当他开始动手做石头杯盏碗筷的时候，青华仙子终于忍无可忍，走到他跟前，冷声问道："你到底在干什么？"

"啊？"顾采玉正坐在门槛上磨刀，这刀才劈过木头，有些钝了。他一边磨刀一边道："我盖了间房子，这荒郊野地的，日后咱们也有个住的地方。"

"要住你自己住。"青华仙子神情漠然。

"别呀，"顾采玉忙道，"你看我盖了两间，一间给你，一间给我。我打算在屋里做张桌子，平日里写写字什么的……"

青华仙子皱眉："你是不打算出去了，一辈子住在这里？"

"一辈子住在这里？"顾采玉的声音听起来很快活，"那也没什么不好呀，你看这里山清水秀、风月无涯的，再有佳人相伴……"

一股劲风从他的头顶呼啸而过，三根青丝轻飘飘地落下来。

青华仙子冷冷地看着他，手中长剑光华慑人。

顾采玉吞了口唾沫："我也只敢远观，不敢造次。"

青华仙子冷哼一声，转身走了。

那之后，青华仙子依旧每日修炼、劈结界，然后无功而返。

顾采玉的茅草屋却越盖越完整。

木榻架了起来，桌子也削好了。屋中有窗，有炉子，还有灶台。青石缸里盛满了水，"白切鸡"常飞到葫芦水瓢上找水喝。

他把小的那间屋留给自己，大的那间屋给了青华仙子，虽然青华仙子一次也没住进去过。

这里的时间流逝得缓而柔，仿佛再过千百年后仍是如此。

有一日下起了瓢泼大雨，原野中的那棵巨树枝叶被吹落一地。青华仙子坐在树下，被淋成了落汤鸡。

顾采玉在茅草屋里探出头，远远地招呼她道："仙子，进来坐呀！"他仿佛热心的邻居大婶。

青华仙子望着那间茅草屋，茅草屋的窗透出暖色的光，似能遮蔽一切寒气与风雨。

她看了片刻，终于站起身，走向原野中那抹唯一的光亮。

顾采玉热情接待了这位珍贵的客人。

他关上门，将风雨都关在门外，又提起炉子上烧得热腾腾的水给青华仙子倒了一杯。他把杯子放到青华仙子面前，殷切地道："仙子，您看，我这房子盖得不错吧？"

青华仙子沉默地喝着水，一言不发。

他又显摆似的剪了一下油灯里的灯芯："就是这灯油草太少了，点的火也不太亮。木榻也有些硬，要是有棉花就好了，现在睡着我都觉得太硬……巧妇难为无米之炊呀。"

"白切鸡""咕咕"叫了两声，踱到桌上，被顾采玉一把薅了下去："小白，别闹。"

青华仙子瞥见靠墙的桌上摆着一些纸笔，不由得微怔。顾采玉注意到她的目光，立刻站起身："那是鄙人的墨宝，仙子想不想看？"

不等青华仙子说出"不想"二字，这人已经飞快地跑进屋里，端着他的"墨宝"出来了。

平心而论，字迹倒是很漂亮，风流又潇洒，只是写的都是"美人""神女""仙子"之类的靡靡之言。

青华仙子冷眼瞧着他。

顾采玉将写着诗文的纸对着昏暗的油灯左看右看，满意得不得了："哎呀，字儿真好看，真潇洒。"

"你哪儿来的笔墨？"青华仙子问。

顾白玉拍了拍自己的腰间："乾坤袋里的呀。"

青华仙子蹙眉："你的乾坤袋中不放些有用的符纸灵器，放这种无聊的东西？"

顾采玉闻言，将手中的"墨宝"放下，看向白衣女子："仙子，你这话可就不对了。笔墨纸砚，怎么能叫无聊的东西呢？"

"就是因为你只会携带这些无聊的东西，才会到现在都出不去。"

顾采玉啧啧两声："请问仙子，你的乾坤袋里倒是装了不少高级灵器，我们不也还是被困在这里，束手无策吗？"

青华仙子一时被堵得哑口无言。

"你们宗门中人，总是这般没劲。"他在椅子上坐下，给自己倒了杯热水，捧起来啜饮一口，仿佛喝的是什么美酒佳酿，舒服地叹了一声，才继续道，"修仙修仙，有如你们这种拿命修仙、修得无甚趣味的，也有如我们这般自由自在、随心所欲的。我修仙就是为了高兴，此刻虽出不去，但在这里有房有鸡还有热水喝，我就高兴。你带了那么多灵器，下雨的时候，它们能让你暖和起来吗？"

青华仙子"啪"的一下把杯子搁在桌上，起身要走。

顾采玉一把拉住她："哎哎哎，我随口说说嘛，你怎么还生上气了？不过我有件事情倒是真的很好奇，"他问，"仙子，你修仙的目的是什么呢？就是为了飞升成仙，长生不老？"

"当然不是。"青华仙子一口否定，顿了顿，才道，"苍生皆苦，若能修得圆满，护三界安平，才是修仙之人的归宿。"

"不错，"顾采玉鼓了鼓掌，"志向远大，了不起。"

青华仙子没理会他这明褒暗贬的掌声，只看向他问："你又为何修仙？"

"我？"顾采玉伸手把"白切鸡"抱进怀里，一边抚摩着"白切鸡"光秃秃的尾巴，一边道，"我说了，就是为了高兴。有酒有诗我就高兴，至于飞升什么的，不过是顺带。仙界嘛，人人口口相传，说得多稀罕似的，指不定还没我这破茅草屋舒坦，你说是吧？"

青华仙子别过头，嘲道："多虑。"

簪星也觉得青华仙子多虑，顾采玉看起来根本就是个修为低微的散修，整日除了养鸡就是盖房子，心倒是很大。如果他这样也能飞升成仙的话，仙界只怕早就人满为患了。

这一夜，青华仙子没有离开。

她如在野地里投宿的客人一般，住进了茅草屋里最大的那间房。房中只有一张木榻，四角磨得很粗糙，没有被褥，也没有枕头。她躺在床上，另一头传来"乒乒乓乓"的声音，是顾采玉在做新的木工活儿，嘈嘈切切的，间或还有"白切鸡"的"咕咕"声。外头暴雨如注，雨水顺着茅草屋的屋檐滴落下来，浸湿了院子里的泥土。

这屋子明明看起来这般不牢固，仿佛风再大一点儿就能把屋顶吹散，可屋中不冷，很暖和。

青华仙子闭上眼，这些日子以来，第一次安然地睡着了。

这之后，画面变得更加零散起来。

簪星看到青华仙子在茅草屋里住了下来，每日白天都会去石山前尝试破开结界。顾采玉还是一如既往地不务正业，热衷于将茅草屋装饰得更加美丽花哨以及做饭。

原野里只有可以吃的野草和野果，难为他随身带着作料，居然也能做出一桌色香味俱全的饭菜。临到正午，他便在院子里喊一嗓子："仙子，饭好了！"

青华仙子便收回剑，回屋吃饭。

她仍旧冷冷的，顾采玉热脸贴冷屁股，依旧不恼。他做了一个石头花瓶，采了些狗尾巴草插在里面，权当装饰，闲暇时便写诗。

诗文被他写了一篇又一篇，院里青石缸的水没了又满上，"白切鸡"还是没能长出尾羽，原野上的那棵巨树却开花了。

花朵如欲飞的比翼鸟，又似团团火苗在枝头热烈燃烧。顾采玉拉着青华仙子来看，惊叹道："比翼花，居然是比翼花！"

"比翼花？"青华仙子疑惑。

"比翼鸟，不比不飞，飞止饮啄，不相分离……死而复生，必在一处。"他侃侃而谈，"比翼花和比翼鸟差不多吧。我听说此树百年才开一次花，只有有缘人能看到它开花的样子，而看到它开花的人……"他倏尔不肯说话。

青华仙子问："会怎么样？"

顾采玉忸怩了一下，不好意思地低下头："就会一生一世，永不分离。"

"我把你的头削掉，将骨头炼成灵器，就能让你一生一世和我永不分离。"青华仙子盯着他。

顾采玉轻咳一声："传说嘛，不要当真。"

青华仙子瞪了他一眼，弯腰拾起地上一朵被风吹落的比翼花。那只火色"比翼鸟"栖息在她的指尖。或许是被这艳丽浓烈的色彩触动，她看着这朵花，微微地笑了一下。

顾采玉看得呆住了。

这之后，日子依旧如常地过。

顾采玉却不再做新的木工活儿，也不再写那些酸气腾腾的诗，他迷上了画画。

他画的是青华仙子，且不敢明目张胆地画，而是偷偷摸摸地画。他只敢趁青华仙子出去练剑或是破结界的时候赶紧画上两笔，有时候添上一支翡翠色的玉钗，有时候增上一片云雾似的裙摆，有时描她指尖那朵艳丽的红花，有时画她那双明亮动人却稍显冷漠的双眸。

他画得很细致。结界的裂口越来越大，或许再过不了多久，他们就能出去了。

簪星看到，沉沉的夜色里亮起璀璨的光。

顾采玉的声音在比翼花树下响起："仙子仙子，你快出来看！"

身穿白衣的女子走出茅草屋。原野上的那棵巨树上挂满各色纸灯，纸灯将长野映得明亮。远处的天幕尽头，烟火自夜空绽开，漫天华彩，美不胜收。男子的声音响起，带着些调侃的笑意："华灯若乎火树，炽百枝之煌煌。"

"无聊。"

"怎么能叫无聊呢，"顾采玉的声音仍然明朗，"我每日在这墙头的柱子上用刀刻上一笔，算算时间，已过了半年，今日就是除夕。咱们在这秘境中，也不能忘了风俗嘛。你看，烟火好不好看？"

青华仙子看向远处。

那些烟火吵吵闹闹地冲上夜空，在原野上洒下一片五彩的星辰。

她淡淡地道："不过是幻术而已，有何好看的？"

"仙子也知道幻术？"顾采玉惊讶。

"幻术是妖族用来蛊惑人心的招数，是没有任何攻击力的障眼法，寻常修士根本不屑修习，你如何修得？"

"它是没有任何攻击力，可是姑娘家喜欢呀。"顾采玉笑嘻嘻地道。

青华仙子转头盯着他。

他摸了摸鼻子，跟着看向夜空，正色道："幻术简单，可凡人偏偏最爱中招，只能说明它的确能戳中人内心最脆弱的部分。譬如烟火是假的，但我想看烟火这一刻的心情是真的。幻术是假的，在那一刻渴望的心情是真的。人的一生，会有很多难受到不愿意面对现实的时刻。如仙子这样活得清醒的人，说不准有朝一日，也会需要这种虚妄的幻术来获得慰藉。"

"胡说八道，"青华仙子冷声道，"我怎么会需要那种东西？"

"那可不一定，"顾采玉摸了摸怀里的鸡头，"人生长得很，这才哪儿到哪儿呢。"

青华仙子不说话，只抬头看向远处的光。比翼花开得繁盛，像是要永远这样热烈地招摇下去。

紧接着，画面变得混乱起来，伴随着各种各样嘈杂的声音。

簪星听到刀戈相撞的声音，看到很多人在战场上厮杀，青华仙子好像受了伤。簪星看到白发的少阳真人坐在青华仙子榻前，温声道："你就当镜花水月一场，将往事忘了吧。"

"镜花水月一场……"簪星看到青华仙子垂下眸，声音平静，"不。"

青华仙子道："我永远都不会忘记。"

簪星看到青华仙子从灵器库中挑出一根青色长棍，在逍遥殿中种下一株比翼花，她用幻术让比翼花全部开放，如原野上那些火色的比翼鸟一样。她在花树下舞棍，花雨与棍风交缠在一处，最后荡出一层月色的涟漪。

终成镜花水月。

那些画面在簪星的脑海中走马灯似的飞速流过。她看到青华仙子在逍遥殿里，用泥巴捏了两个粗糙的偶人，将偶人摆在比翼花树下，青棍上的光华一日比一日明亮。

她看见青华仙子将《青娥拈花棍》放在武学馆的书架上。

原来如此。

簪星恍然大悟。

她曾以为《青娥拈花棍》是身为天之骄女的青华仙子自创的功法，仅此而已，如今却在这朵比翼花里，知道了诸多前缘。顾采玉，既姓"顾"，多半就是顾白婴的父亲，青华仙子那个神秘的心上人。

镜花水月，是说与顾采玉度过的那些日子，如镜花水月般易碎难寻；火树银花，不过是为了怀念当年原野上那一场璀璨的幻术烟火。或许还有更多，这本功法每一招每一式都与顾采玉息息相关，是青华仙子为了怀念心上人而创造的"慰藉"。

既是慰藉，便处处都是柔情，处处都是真心，处处都是遗憾。

她的确从来不曾真正领悟过这套棍法，只因为这套棍法，一开始就不是给她看的。

如今，青华仙子的一丝神识留在美人图中，神女已去，往事难寻。那么顾采玉呢？那位在原野中搭起一间茅草屋，虽然看不清脸，簪星却似乎总能窥见他面上明朗笑意的男子呢？

所有画面倏尔收拢，混沌的白渐渐占据视野。

所有嘈杂的声音慢慢远去，斑斓的色彩褪尽，那朵红色的比翼花就在簪星手心，却已经不是刚刚鲜艳欲滴的模样了，它变得干瘪，颜色转为深沉，欲飞的羽翼无力地垂下。

不知什么时候，花已凋零。

"你看见了。"女子的声音冰冷而漠然。

簪星抬起头，青华仙子看着她，目光复杂，与方才的空洞截然不同。

第二十九章

母　子

簪星将手中的花递给青华仙子。

青华仙子接了过去，低头看着指尖的花。这画面与当年秘境之中的场景重合，只是当年嫣然的花朵，如今已黯然凋零；当年雪肤花貌的绝色神女，如今只留一丝残存的神识。

到底物是人非。

簪星看着她，开口道："原来《青娥拈花棍》的出现，有如此前缘。"

修仙之人，若能自创一本功法，便是宗门里万中挑一的天才。青华仙子自小灵根出众，簪星也以为，青华仙子之所以编纂《青娥拈花棍》，是为了让自己的修为更上一层楼。而如今，她在这朵花里看到此地往昔发生之事，才知这本功法，一开始就是青华仙子为了怀念心上人而创的。

青华仙子的目光一动，那朵比翼花在她的手中消失，她抬起头，淡淡地开口："看来，你似乎领悟了不少。"

"不敢说领悟，"簪星将青棍横于面前，"只是有些感慨罢了。"她道，"仙子，我们再来试一次吧。"

泛青的盘花棍直朝白衣女子挥去，两根长棍碰撞在一起，激起无数烟尘，连周围的混沌都被劈开了一道裂痕。

棍法还是那套棍法，簪星挥棍的心情却与方才截然不同。

这心情不是拼命想要变强，也不是迫不及待向众人证明自己。长棍挥舞的每一处，都是过去的痕迹：在荒芜的原野中互相扶持的痕迹；在石山底下缓慢地盖起一间茅草屋的痕迹；在暴雨的夜晚走进那抹暖色的痕迹；在比翼花树下，看虚幻的烟火从远处亮起的痕迹。

踢一脚，二郎担山，偷一步，扰一棍，打一棍，拨草寻蛇出，劈山，行者肩挑……

花是棍法，树是棍法，青石缸里那泓甘甜的水是棍法；灯是棍法，雨是棍法，站在院子里神气踱步的秃尾巴野鸡也是棍法。

当年的青华仙子，一个人在太焱派的出虹台上修炼棍法的时候，究竟怀着何种心情？当她在逍遥殿中种下那棵并不开花的比翼花树时，是否有过片刻的惘然？

没有人知道。

青娥拈花，那一刻的美好，只有茅草屋里的画师才了解。这么些年，画师早已不见踪迹，唯有藏在墙后的那幅美人图，依稀残存着神女当年的少许风姿。

长棍如青芒，又似幻影，步步紧逼。棍风逼得白衣女子的裙裾如翻飞的云雾，她的青丝散在风里，衬得脸庞如月姣丽。

簪星避开头顶的棍风，偷步上前，低声道："如果《青娥拈花棍》是为了回忆故人而创，当年仙子创立招式时，心里在想什么呢？"

一道棍影从身后蹿来，簪星侧身躲开，一摊手，将盘花棍握在手中。她道："如果我是你，想起当年种种，若有留恋，便必定希望一切重来，怀着失而复得的心情。"

她双手握棍，朝着正前方轻轻一挥。

这轻轻一挥，似有雷霆万钧之势。

"镜花水月——"

花流源源不断地从棍端涌来，在长空中化成一面镜子。柔软的镜子荡起层层涟漪，如一泓清澈的湖水，渐渐显出无数的影像来。

那只秃尾巴的鸡，秘境中蓝得过分的天空，从石山中蜿蜒流出的溪水，那间茅草屋里总是在黄昏时分亮起暖色的灯，下雨天雨水"淅淅沥沥"，有人藏在内室里，提笔写下一行又一行绮丽的诗。

"顾采玉！"女子的声音带着三分怒气。

桌前人一个手抖，手忙脚乱地将未完成的画藏起来，回过头，那张脸模模糊糊看不真切，只看得到漂亮的袍子整洁又精致，发带微微飞扬……

棍端的花流如剪不断的回忆，迅速将青棍层层包裹，在虚空之中爆发出巨大的光柱。

"啪！"——

青棍断为两截，掉到地上发出清脆的响声。

花海与镜中幻象尽数消失，一切重归平静。

簪星收回灵器，看向身前的女子："你输了。"

青华仙子抬眼看向簪星。

从一开始的空洞，到后来的复杂，如今仙子的目光里，多了几分如释重负的欣慰。她的声音也变得柔和起来，她道："原来那个有缘人，是你。"

簪星不解。

青华仙子弯腰，从地上拾起断为两截的青棍，道："多年前，师兄与我夜观星象，扶乩卜出二十年后人间有一浩劫将至，唯有有缘人方可破劫。我卜出此地为你我相见之地，便留下一缕灵识藏进画中，只待有缘人前来，接受传承，以度天劫。"

等等，这话听着怎么这么耳熟？簪星一个激灵，正要婉言谢绝，青华仙子已经一掌拍向她的前额。

那一掌来得凶猛，簪星猝不及防，被拍了个正着，顿时感到一阵洪流般的灵潮涌入自己的脑海。她听到青华仙子的声音在耳边响起："你打败了我，参透了《青娥拈花棍》，便是注定的有缘人。我现在要将毕生心法传承给你。"

不！簪星在心里呐喊。虽然《九霄之巅》里并没有青华仙子秘境这么一段，但纵观所有修仙小说，若有有缘人能够拯救世界，那么这个有缘人必定是主角。

她并不是主角，却无端抢走了属于主角的机缘和传承，只怕出去秘境，就会立刻遇到不少莫名其妙的"麻烦"。

她本想在打败青华仙子后，好好跟青华仙子说，谁知这位仙子是个行动派，连说话的机会都不给她，就这样强行开始传承。

恍惚间，无数东西涌进簪星的脑海之中，那些金色的字密密麻麻，自远而近地印入她的脑海。她感到自己仿佛成了一条小溪，接收着从大海源源不断涌来的浪涛；又好像变成一座巨大的炉鼎，无数灵草花果都被投进自己广无边际的腹中。

那些金色的字里，偶尔夹杂着一些回忆般琐碎的画面，又飞快地化成烟雾。识海慢慢充盈起来，簪星不知道青华仙子的功法与修为究竟有多深，但这一刻，她为自己的识海中接纳的一切感到骇然。

不知过了多久，金色的浪潮渐渐散去，充盈的感觉逐渐淡去。

最后一丝金光从识海中抽离，簪星睁开眼睛。

青华仙子站在原地，神情仍然平静，目光中却有几分倦意。

"武学馆中的《青娥拈花棍》并不完整，如今，你识海中的棍法才是真正的《青娥拈花棍》。"青华仙子淡淡地开口，"日后，望你能好好修习此棍法，天劫降临之时，护人间平安。"

簪星望着眼前的女子，沉默了一会儿，才道："仙子，您还不知道我的名字吧？"

从她进入画中到现在，青华仙子一次也没有问过她姓甚名谁，这或许是因为传承一事本不在意身份。可簪星觉得，这是因为这位天之骄女本身就是高傲的性子。

"仙子什么都不问就开始传承。"她道，"难道不怕找错了人？"

"不会。"青华仙子摇头，"你能进入秘境来到此地，自是天命注定。就如这画中境，唯有你得进，旁人都不行。"

青华仙子话音刚落，簪星便听见黑暗中传来一声响动，有人冲了进来，一闪身出现在簪星面前。顾白婴转头看着簪星，拧眉道："杨簪星，你没死吧？"

簪星看向青华仙子："您不是说，除了我，谁都进不得画中吗？"

青华仙子漂亮的眼眸里闪过一丝惊讶，道："怎么可能？这画上有我的灵识，除非是被比翼花选中之人，否则谁也不能——"

"一个破禁制罢了，轻轻一冲就能冲开。"顾白婴不耐烦地打断她的话，银枪横指过去，"弄这么多花样，你是谁啊你？"

青华仙子的目光落在顾白婴身上，她怔住了。

簪星悄悄后退了一步。

画中境的白色混混沌沌，身穿白衣的两个人相对而立。女子青丝如瀑，裙裾飞扬，貌美如明珠闪烁，她身前的俊美少年却如一柄锋利的枪，挺拔、高傲、意气风发。若说有什么相似，便是他们的眼眸都如一汪清澈泉水，莹莹明朗，若星辰一般，会发光。

他们实在是像极了。

顾白婴沉默下来。

手中的绣骨枪不知不觉已经放下，他盯着面前人，目光里似有几分难以置信，又有些怀疑。

青华仙子道："白婴……"

顾白婴突然回头，盯着正欲装死的簪星："杨簪星，你搞什么，这里怎么会有幻象？"他又冲青华仙子冷冷地道，"妖族把戏而已，别以为我会相信你！"

虽然如此，他却没有如方才一般用枪指着对方，簪星能窥见这少年眼底的一点儿无措。

大抵与青华仙子在这里相见，是他也没有料到的。

簪星斟酌着语句："我想这不是幻象。师叔，这是青华仙子的灵识，我刚刚还接受了她的传承……"

母子相认这种场合，实在不是她这个外人应该看到的。然而，此刻这画她一时也出不去，只得硬着头皮站在此地。

顾白婴回头看向青华仙子。青华仙子盯着他，忽然笑了笑。簪星只在画中境里、比翼花树下见过青华仙子的笑容，眼下这女子莞尔，顿时春风无限，胜似星华。

她伸手，顾白婴腰间的那只青色铃铛便飞了出去，落在她的掌心。

结心铃会和主人结下契约，旁人无法控制，此刻她既能拿到结心铃，便说明确实她是真正的青华仙子。

青华仙子拿着那只青色铃铛，目光里露出几分怀念。片刻后，她弹指，那只铃铛又飞回顾白婴的腰间。她看着顾白婴，微笑道："你长大了，白婴。"

顾白婴看着她。

少年虽竭力保持镇定，握着银枪的指尖却有些颤抖。过了很久很久，他才开口，声音干涩："灵识……你已经，不在了吗？"

青华仙子消失多年，整个修仙界宗门，没有人知道她的下落。无数人猜测青华仙子早已陨落，顾白婴也这么认为，可在心里，到底还是留了一丝希望。而如今在这秘境中无人发现的画里，他发现了母亲遗留的一丝灵识……说明真正的青华仙子，只怕已经不在了。

青华仙子叹息一声。

顾白婴的手慢慢握紧。他低下头，过了一会儿，才抬眼看向对方："我有几个问题想问你。"

少年目光平静："当年你为何不告而别？灵识又为什么会出现在离耳国的秘境中？茅草屋里的画像是谁画的……是我的父亲吗？"

簪星心中叹息：不管顾白婴在宗门里如何飞扬随性，可他在心中，大概从来都没有一刻停止过对自己身世的怀疑。紫螺说得没错，这少年对至亲在意至今。

他问得平静，青华仙子的目光却忧伤起来。她深深地、深深地看着顾白婴，像是陷入了某个久远的回忆，顿了很久才开口："你长得很像他，白婴。顾采玉是你的父亲。

"当年我因寻一味灵草，在离耳国秘境中不小心误入此地。此地有高人设下的禁制和功法灵器，唯有打败高人遗留在此的灵识，才能拿到功法，打破禁制离开。"她的声音柔而和缓，像是在说一个漫长的故事。

"我在这里遇到了你的父亲，顾采玉。"

青华仙子看着顾白婴，像是透过顾白婴，看到记忆中人的影子，唇角的微笑渐渐盛开。她道："那时，我只知道他是一位散修，没有宗门，也没有师兄弟，修为普通，一进来，险些被落石击中丢了性命。"

青华仙子生长在太焱派，那时候太焱派正如日中天，自小被赞誉声围绕着长大的天之骄女，自然看不上这么一位空有其表、修为低微的散修。

刚到此地时，她对顾采玉能帮上忙根本不抱任何希望。顾采玉再怎么讨好她，结果都是热脸贴冷屁股。

青华仙子对顾采玉不屑一顾，顾采玉却丝毫不将她的冷淡放在心上。青华仙子也从未见过顾采玉修炼，他总是更热衷于一些鸡毛蒜皮的小事，甚至在原野中盖了座茅草屋，仿佛打定主意要在这里一直住下去。

他总是说："仙子，咱们能不能出去就靠您了，您一定要好好修炼。"

青华仙子懒得搭理他。她每日都去与高人的灵识比试，时常受伤。顾采玉默默地去附近采能用的草药，末了扔在她面前就跑，看得青华仙子又好气又好笑。

秘境中的日子枯燥又乏味，多亏了顾采玉，她才能在这无聊的日子里，偶尔觅得生活的乐趣。她看顾采玉在秘境里养鸡，给鸡取名叫"白切鸡"，有时候去附近打水。他每日都会做饭，明明是一样的野菜野果，偏被他做出了不一样的滋味。

青华仙子想：宗门里绝不会有这般闲散的人。而会费心捉虫子喂鸡的人，这辈子都是不可能飞升成仙的。

时日一天天流逝，后来又下了雨，她住进了那间茅草屋；比翼花树开花了，她和顾采玉一起在花树下说话，一同看过一场幻术化成的烟火……

时间的力量是很强大的，它能让两个风马牛不相及的人住在同一屋檐下，也会让瞧不起对方的女修，在心里默默接纳对方为朋友。

朋友，当时的青华仙子是这么看顾采玉的。

顾白婴问："所以，最后你冲开了此地的禁制，带他一道离开了？"

既然顾采玉修为低微，那么打败那位高人遗留下来的灵识的，只会是青华仙子。

青华仙子闻言，像是想到了什么有趣的事情，笑了笑，道："一开始，我也是那么认为的。"

秘境中的顾采玉从不肯花费一点儿心思修炼，打破禁制的重任，便落在青华仙子一人身上。她每日都要修炼剑法——那时候她用的是剑。顾采玉总是带着"白切鸡"，坐在一边懒洋洋地指点江山："呀，仙子，你刚刚那一剑挥得不好，太用力了些，温柔点儿，别吓着鸡。

"我觉得你的步法好像有点儿乱？仙子，你这性子有点儿急，咱们时间多得很，不着急的。"

他这么胡说八道一通，青华仙子全当他是在说废话，不过他偶尔也能歪打正着，发现她功法中的不足和漏洞。她就这么修着修着，有一日就将石山附近的禁制给打开了。

即便到了那个时候，青华仙子都不曾怀疑其中有什么不对。她将高人的功法和灵器收好，本想赠给顾采玉一些，这人却潇洒地挥了挥手："不用，给我也没用。你还是自己留着，好东西不能被糟蹋。"

他不要，青华仙子也不能强给。本是萍水相逢的两个人，因在秘境中同行一段时间，有了点滴之谊，就此分道扬镳，日后也没什么机会再见。人与人的缘分，惯来如此，不必遗憾，也不必强留。

"我一直以为，顾采玉是个修为低微的散修。后来我才知道，他当时的修为，已经到了大乘后期，只待度劫，便能飞升成仙。"青华仙子敛眸，"他是修仙界百年难遇的天才。"

顾采玉修为之高，当时的青华仙子是不知道的。

"出了秘境后，我就同他分别，回了姑逢山。"

宗门里的弟子，时常下山历练，不是什么大事。青华仙子为了试剑，常年不在宗门里，少阳真人也不会说什么。她在秘境中得到传承，回到太焱派后，便闭关修炼了一阵。刚出关不久，她就接到顾采玉的求救纸鹤，说自己被魔族囚禁，没法逃跑。

那时候，人魔两族还未发生大战，两族相安无事。青华仙子考虑良久，终是去了一趟魔界，将顾采玉救了出来。也就是在那时，青华仙子发现顾采玉的修为已至大乘。

"你明明修为高超，为何要骗我？"当时的青华仙子发现被骗，怒不可遏。

顾采玉赔笑道："我对高人留下的传承又不感兴趣，你那么喜欢，就都给你了。再说，"他摸了摸鼻子，"你也没问我修为如何呀。"

青华仙子转身就走，顾采玉从后面追上来："仙子，你大人有大量，就不要和我一般计较了嘛。"

彼时青华仙子心高气傲，以为顾采玉是故意看自己笑话，不欲与这人再往来，谁知她走到哪里，顾采玉就跟到哪里。他似乎都不会有生气的时候，仿佛世上再大的事情，在他面前都不值一提。每每遇到危险，他从不临阵脱逃，费心费神地出力，时日久了，磨得青华仙子都没了脾气。

"后来……"青华仙子轻声道，"结心铃响了。"

冷漠高傲的宗门女修和活泼明朗的无名散修在试剑的时候一路同行，曾遭遇过危机四伏的险境，也一起看过奇丽旷美的风景。她尚未细想从来独来独往的自己允许顾采玉跟在身边究竟有什么不对，结心铃就先告诉了她答案。

心动藏也藏不住。

她爱上了顾采玉。

混沌中的青华仙子沉默下来。

簪星看着她,女子神情怅惘,那双冷漠的双眸如在春日化开的冰泉,潺潺流动着的都是情意。

那应该是一段甜蜜又苦恼的日子,以至这位看起来不食人间烟火的仙子,这一刻充满动人的风情。

"那之后不久,魔王鬼雕棠在人间肆虐,为祸苍生。"青华仙子说到此处,声音渐渐冷了起来。

有情人在一起,日子总是过得分外快。适逢顾采玉修炼至瓶颈期,需闭关。顾采玉闭关的时候,青华仙子回到姑逢山,打算将自己心上人的名字告诉亲友,谁知人间劫难已悄然而至。

鬼雕棠带着魔族四处残害百姓,魔煞凶暴残忍,修仙界宗门联手对抗魔族,青华仙子与少阳真人率姑逢山弟子出战。

但魔王之力,竟比他们想象中的还要厉害。修仙界宗门不敌,每个人都存了舍生取义之念。修仙之人若为保护苍生而战死,也算遂了道心。

青华仙子也做了最坏的打算。

待顾采玉出关,天下已然换了场景。青华仙子将事情的来龙去脉告知,然后对他道:"我们成亲吧。"

顾采玉诧然。

"我一生只你一位情人,日后也不会再有。此生我日日修炼,一心飞升,从未想过其他,不过你是我的意外。如今大战迫在眉睫,我还有一桩心愿未了,若能与你结为夫妻,纵然是死,我也无憾。"

从不会对人说一句软话的仙子,如今看着心上人,目光坚定地道。这话要是传出去,修仙界一众青年才俊的心只怕都要被碾碎了。

那顾采玉呢?

向来总是没个正行的男人,温柔地吻了她的眼睛。他道:"好。"

"我们……"混沌中传来女子的声音,像是隔着遥远的时光,"就这样成了亲。"

什么都没有。

没有嫁衣,没有喜堂,也没有来观礼的亲朋好友;没有聘礼,没有盖头,也没有双双对对的同心花烛。

有的只是一双有情人。

他们在大战前夕做了夫妻，没有人知道。第二日天一亮，人魔两族再次交手。

修仙界宗门联手对付鬼雕棠，当时的青华仙子在一众修士中修为最高。她将魔王逼至金门之墟，在那里，一剑刺中魔王之心。

四周沉寂下来，青华仙子久久没有说话。

簪星看了看顾白婴，少年背对着她，不知面上是何神情。她想了想，轻声问："魔王死了吗？"

过了很久，青华仙子才再次开口："没有。"她的声音轻飘飘的，"他留了一线命魂，钻进了顾采玉体内。"

簪星悚然而惊。

三魂当中，天地二魂常在外，唯有命魂独住身。人没了命魂会死，但同样，若留有命魂在，人就会有一线生机，大可卷土重来。

"鬼雕棠将自己的命魂与顾采玉的命魂合为一体，"青华仙子道，"从此，他们二人同生共死。"

既是魔界之王，便也不是虚有其名，魔王狡猾又果断，于穷途末路中，硬生生给自己找到了一线生机。

顾采玉是青华仙子的心上人，她若要彻底除去鬼雕棠，顾采玉就必须与鬼雕棠一起灰飞烟灭；而她若要放弃……终有一日，魔王还是会重现人间。此次她将魔王追赶至金门之墟，是整个修仙界一起努力的结果，多少弟子因此命丧黄泉，怎能在此关头功亏一篑？

金门之墟的中心，只有他们二人，修仙界的众人无法接近，她就算放了顾采玉，也不会有人知道。

青华仙子一生自诩无愧于天地，不曾做过一件违背良心之事。修仙之人，惩恶扬善、除魔卫道，从来都是天经地义。她不曾怀疑自己道心不坚，但是那一刻，当她的剑指着顾采玉时，她的手在颤抖。

她犹豫了，甚至向后退了一步。

魔王善度人心，情与义，难两全。她若选择苍生，必然要失去所爱之人；若为私心隐瞒，便会永远活在愧疚自责之中，何其煎熬？

"你放了他？"少年轻声问。

青华仙子闭了闭眼："我亲手杀了他。"

看着所爱之人消逝在自己的眼前究竟是什么样的心情，青华仙子已经不想再回忆。她只记得手中长剑刺中面前人心房的那一瞬，鲜血刹那间染红他长春色的长袍。

顾采玉是百年难遇的天才，说是修为与她不相上下，实则更胜一筹。与她交手，他作势要躲，却在最后一刻收回法器，任由长剑穿透他的胸膛。

"为什么？"总是冷冷淡淡、喜怒不形于色的女子第一次露出茫然的神色，喃喃道，"为什么要这么做？"

"嘁，"顾采玉冲她笑了笑，"死魔王自作聪明，以为将命魂与我合为一体，修仙界就拿他没办法。呸，我偏不让他如愿！这下他傻眼了吧？"

"你怎么能……这般待我？"青华仙子泣不成声。

他怎么能待她如此残忍？让她亲手杀了自己的至爱，徒留她一人在世上孤零零地活着。

"青华，"顾采玉伸手拭去女子眼角的泪，温和地看着她，"你说过，苍生皆苦，修得圆满，护三界平安，才是修仙之人的归宿。那是你的心愿。

"而我修仙只是为了高兴，有酒有诗我就高兴，你高兴……我就高兴。"

他在青华仙子面前灰飞烟灭，连同魔王鬼雕棠的命魂，就此消失在三界之中。

"那之后，金门之墟被重新封印，我回到姑逢山，不久，发现自己有了身孕。"青华仙子注视着顾白婴，"或许，是上天对我的垂怜。"

太焱派众人并不知孩子父亲是谁，毕竟她与顾采玉成亲之时，也未邀请任何人。而今顾采玉死在她的剑下，青华仙子更不知如何与人提起他。倒是少阳真人隐隐猜出几分真相，勒令宗门上下不准议论此事。

但不谈论，不代表事情就这样过去。

那些与顾采玉试剑同行的日子，在离耳国秘境里相互扶持的日子，她深深沉溺其中，不愿醒来。青华仙子在逍遥殿中种下一棵比翼花树，可这树从不开花。她便以幻术幻化出满树朱色，试图在其中觅得一丝过去的痕迹。

顾采玉曾对她说："人的一生，会有很多难受到不愿意面对现实的时刻。如仙子这样活得清醒的人，说不准有朝一日，也会需要这种虚妄的幻术来获得慰藉。"

她那时不肯相信，认为对方在胡说八道，没想到真的一语成谶。原来人生真的很长，原来她也和寻常人没什么两样。

　　少阳真人叹道："一味沉溺过去，并非好事。你就当镜花水月一场，将往事忘了吧。"

　　"忘？"她喃喃，"我永远都不会忘记。"

　　她将与顾采玉的回忆，尽数刻画在《青娥拈花棍》中，又将此功法放于武学馆里。或许未来有一日，这功法会为有缘人找到；或许，它会永远藏在学馆里的某个角落，沾满尘埃，永不为人知晓。

　　"当初在金门之墟与魔王交手，我虽刺中魔王之心，却也灵池受损。回到宗门后，师兄尽力医治我，我的身体仍旧一日不如一日。掌门师兄替我隐瞒真相，但生下白婴之后，我的身体越发不好，有时会长久地陷入昏迷。"

　　修仙之人对自己的身体多少心里有数，青华仙子知道，自己时日无多了。不过，她并不悲伤，甚至有几分庆幸，自己能快些去陪顾采玉了。她唯一放不下的，是尚年幼的婴孩。

　　"掌门师兄与我观天象，卜出二十年后，人界有大劫将至，唯有有缘人方可救世，挽救世人于水火之中。卦象显示我与此人尚有一面之缘，会在此地相见。于是，我离开姑逢山，重新回到这里。"

　　这里是她与顾采玉最初相识之地，充满二人的回忆，若她在此地陨落，也算是不负这一场浅缘。

　　秘境无人来过，一直保留着当初的模样。她看到了"白切鸡"，也看到了那间内室里，木桌上厚厚一沓诗文下藏着的美人图。

　　往事历历在目，似乎一回头就是从前。她就在这一切开始的地方孤独地陨落了。她死后肉身消毁，化作一道禁制，而残留的一丝神识附在了美人图中，静静等待着有缘人的到来。

　　这就是真相。

　　青华仙子看向顾白婴："我离开时，曾无数次想过，日后的你会是何种模样，没能亲眼见到你长大，是我此生之憾。但我没想到，如今竟能在此地与你相遇。"女子的眼中，似有泪光闪烁，"白婴，这些年，你过得好不好？掌门师兄对你怎么样？太焱派中，可有人欺负你？"只有在这个时候，她终于退去所有的冷淡孤傲，如一个普通母亲般，面对骤然重逢的至亲，有些无措地讨好着。

少年后退一步，青华仙子伸向对方脸庞的手落了个空。

或许她有无数苦衷，或许就算当初她不离开，也活不了多久，但错过了就是错过了。情与义，难两全，当初是，如今亦是。他们分别得太久，顾白婴又不是一个善于表达感情之人，于是只能这般生疏地沉默着。

物是人非，历来如此。

青华仙子讷讷地看着他，嚅动着嘴唇，似是有话想说，模样竟有几分卑微。而少年固执地站着，长睫掩住他的神情，唯有那只背在身后的紧攥的手，暴露了他此刻的心情。

气氛僵持而沉默。

簪星终是忍不住，打破了这令人窒息的尴尬。她轻声道："我们在进秘境前，曾听鲛人银罂提起，有人借助他力量，要他去秘境中寻一幅画。当时我尚未想到其他，如今看来，会不会就是这幅仙子的画像？"

青华仙子怔住："你说，有人在寻画像？"

簪星点了点头："可惜当时我们还没来得及问出他背后之人是谁，银罂就被灭了口。如果他们要寻的真是这幅画像，或许他们真正想要找到的，是这幅画中仙子的传承？"

"有谁会知道此地藏有传承？"顾白婴皱眉，"莫非是魔族？"

"但魔王不是已经灰飞烟灭了？"簪星思忖，"而且自二十年前人魔两族大战过后，魔王一死，魔煞们元气大伤，剩下的魔修群龙无首，这些年都不成气候。三界里如今还能看到妖族的痕迹，可魔族确实极少出现，都夹着尾巴做魔了，要传承……难不成还想卷土重来？"

倒不是她夸大，毕竟太焱派藏书阁里，《纪念人魔两族大战二十年》就是这么写的。若魔族想东山再起，以现在的实力来说，实在有些不自量力。

青华仙子闻言，神情凝重起来，过了一会儿，道："当初采玉与鬼雕棠同归于尽后，魔族确实元气大伤。不过，你们也知道，枭元珠不翼而飞了。"

簪星："枭元珠？"

青华仙子有些意外："你没有听过枭元珠的名字吗？"

簪星按住狂跳的心，佯作疑惑地问："枭元珠是什么？"

"是魔王的灵器。"顾白婴道，"传说鬼雕棠就是借助这个，才有了毁灭三界的力量。"

簪星："……"

这个设定，原著里并没有写过啊。枭元珠从头到尾，在《九霄之巅》里，就是牧层霄的指定"外挂"，没有这么多来龙去脉的。簪星的心中有些不安，她正欲开口，听得青华仙子又道："这是一颗邪恶的珠子。

"传说枭元珠是生自上古的一块魔石，充满暴戾与杀戮之气，后来被邪仙铸造成珠，遗落人间。魔王鬼雕棠侥幸得到此珠，修为大涨，同时性情大变，才有了后来屠戮人间的恶行。"青华仙子冷声道，"当初魔王死后，修仙界曾四处寻觅枭元珠的下落，枭元珠却不翼而飞。至今……"

"至今也没有下落。"顾白婴道。

"或许，"青华仙子沉吟了一下，"枭元珠是被魔族藏起来了。"

不是，不是啊，簪星的身子有些僵硬，那颗上古遗留下来的邪恶魔石化成的珠子，如今就在她的心口好端端地待着。

"那……会不会是有人捡到了？"簪星试探地问。

"不可能。"青华仙子摇头，"枭元珠为魔王所持许久，早已沾满血腥，况且本就生自上古魔石，寻常人一靠近此珠，就会被吞噬，就算是修士，也绝无可能全身而退。唯有魔族中人方能驾驭此珠。一旦持有枭元珠，持有者必生心魔，为祸人间。"

簪星心想：也不只魔族中人，有"主角光环"的人也能驾驭。而此珠误打误撞进入她的体内，实在是一个不怎么美丽的误会。

"想来修仙界到如今也没放弃寻找枭元珠的下落，若遇到持有此珠之魔，宗门弟子必定全力诛灭，不留后患。"

青华仙子的话让簪星说出真相的打算立刻烟消云散。

"你的意思是，"顾白婴寒声开口，"魔族中人藏起了枭元珠，这些年又试图进入秘境找到传承，再次为祸人间？"

"也许不是为了找到传承，而是为了毁掉传承。"青华仙子突然道。

青华仙子像是明白了什么："当年我与师兄卜卦，算出二十年后人间有大劫，在此等候有缘人。若那些魔修的目的是进入此地将画毁掉，我见不到那个救世之人，也无法将心法传承于她，待浩劫一至，魔族再次为祸人间，便无人可挡，人间将成炼狱。"

四周沉默下来。

"所幸你们找到了这里，我也将功法传承于你了。"青华仙子看向簪星，微微笑了一下，"簪星，日后人界的安危就要靠你守护。也只有你，才能破除魔族的阴谋。"

簪星："仙子，我还是觉得您找错了人。"

什么有缘人，什么魔族的阴谋，青华仙子这番推理看似很有道理，实则和真相完全沾不上边。且不说那些魔族找画是为了做什么，枭元珠根本就不是被魔族藏起来了，而是在她身上。可如今，也不知她是为魔族背了锅，还是魔族为她背了锅。

真是好大一个乌龙。

青华仙子摇头："你能进入此画，比翼花会选中你，说明你就是有缘人。当年我离开太焱派来到此地，神识在此等候多年，就是为了传承。如今心愿已了，我也该离开了。"

顾白婴的目光狠狠一震："你……"

"白婴。"青华仙子看向顾白婴，神色眷恋又温柔，"当年我最放不下的是你，可天命注定如此。我没能看着你长大，也不是一个好母亲，所幸……掌门师兄将你照顾得很好，我真的很高兴。"

她道："我在多年前就已经离开了，留这道神识在画中，不过是为了最后的使命。如今传承已尽，禁制已破，这幅画很快会消失，此处秘境也会崩塌。你们快些离开此地。"

少年盯着她，目光有些慌乱。他握紧手中的绣骨枪，另一只手试图拉住对方的衣袖："不……"

四周却开始剧烈震动起来。

混沌的云雾慢慢浓郁，女子的身影渐渐变得透明，像是一幅画卷中的水墨，一点点洇开，化成湛蓝柔软的天空，又变成房檐下滴落的雨水，变成书桌上那沓厚厚的诗文，被风一吹，便飞得到处都是，最后依稀化成一道明媚的倩影，站在嫣红的花树下，拈花浅笑。

簪星感到自己被一阵巨大的力量弹了出去，等她晕头转向地从地上爬起来，发现自己正站在茅草屋内，顾白婴也摔了出来。那幅墙上的美人图正缓缓消失，少年冲过去，发疯一般伸手试图挽留："不，娘，不要！"

但这终究是徒劳。

美人图消失了，墙上空空荡荡的，脚下的大地像是要裂开似的，草泥从房顶不断滚落。天地陷入这一场震动。簪星看向窗外，远处的石山像是下一刻就要崩塌，发出"轰隆隆"的巨响。

这里是被岁月遗忘的地方，但终究会消散。

弥弥惊得四处乱窜，那只"白切鸡"站在书桌上扑棱着翅膀。

簪星拉住顾白婴的衣袖："师叔，这里快要塌了，我们必须马上离开！"

少年猝然回头，露出红了的眼眶。

簪星猛地闭嘴。

她正犹豫着要如何劝说这伤心的少年赶快离开，顾白婴却突然伸手抓住她的手臂往门外掠去："走！"

弥弥跟着一下子蹿到院子里，簪星刚跑到院子里，突然想到什么，回头对顾白婴道："等一下！"说罢，她转身冲了回去。

"杨簪星！"顾白婴的瞳孔一缩，想去拉她的手扑了个空，他眼睁睁地看着簪星的身影消失在茅草屋中。

他赶紧追上去，才到门口，一根木梁猛地砸了下来。顾白婴伸手一挡，横梁砸到他的胳膊上，屋子里传来一声巨响，茅草屋的顶塌了。

弥弥急得在门口长声叫唤，顾白婴心下一沉，拿着绣骨枪横扫过去，劈出一条路。顾白婴正欲往里冲，簪星的影子出现在门前。她的头发蓬乱，头顶蒙了一层草屑，整个人灰头土脸的。她看见顾白婴，便露出一个笑。

"还有脸笑！"顾白婴气得不轻，一把将她拽出屋，往石山的方向掠去，"没见过你这样的拖后腿的！"

那片光秃秃、荒芜的灰色石山，他们每每走到此处，便被看不见的结界阻拦了脚步，如今在大地震荡中，结界渐渐漾开一片水纹般的光浪。涟漪逐渐扩散开去，在中心呈现一个旋涡似的入口，簪星道："结界开了。"

她跟着顾白婴一同向前，一靠近那处旋涡，便感到一股吸力拉扯着自己往里飞去。弥弥早已钻进乾坤袋中，电光石火间，簪星抓住"白切鸡"的脚，想将"白切鸡"也带出此地。

那只秃尾巴的鸡却一口啄在她的手背上。簪星猝不及防地松手，便见那只嚣张又神气的野鸡展开翅膀，晃晃悠悠地飞向那座正在崩塌的茅草屋。

湛蓝的长空下，它如一只蹩脚的风筝，飞向暖色的归宿，渐渐地消失不见。

第三十章
恨分离

簪星再次睁开眼睛的时候，发现自己身处山穴内，顾白婴就在身旁。

画中秘境已经消失。那座荒芜的石山、孤独又温暖的茅草屋、繁密又美丽的比翼花树，还有那只秃尾巴的山鸡，都随着禁制的消散，再不会出现在世人面前。

外面黑漆漆的，似乎在下雨。簪星从地上爬起来，问："这是虎穴？"

真要如此，她别又被金花虎一口灵火给燎死了。

"不是，"顾白婴看向外头，"我们应该还在无冬山上。"

簪星松了口气："还好，这秘境结界没有把入口安置在什么危险的地方。"

顾白婴回过头，一张俊俏的脸气得铁青。他盯着簪星斥道："杨簪星，你是不是疯了？刚才突然冲回去干什么？你想死没人拦着，但别辱了太焱派的名声！"

簪星任他骂了两句，末了，从怀中掏出两个泥巴做的人偶，犹豫了一下，才慢慢伸手递过去，低声道："哎，这个给你。"

顾白婴怔住了。

两个做得有些粗糙的泥偶就躺在女子的手心，那手心也是脏兮兮、灰扑扑的，上面被划了一道口子。血被灰凝固住了，呈现出一种沉冷的颜色。

他忽然沉默下来。

簪星轻咳两声："本来我想把那沓诗带走，但是它们靠窗太近，全被埋在土里，最后我只找到这个……"她尽量让自己的语气温和一些，"这是青华仙子做的，你留着，当个念想吧。"

他没有说话，也没有看簪星，就这样安静地站在洞穴中。

风雨声在漆黑的夜里分外明显。冷意渐渐从外面漫了过来，洞穴中充满山夜特有的寒气。

过了很久，簪星才听到他的声音："你受伤了。"

她把两只泥偶塞到顾白婴的手中，将手背在身后，笑道："小伤，再过一炷香的时间就痊愈了。"

少年往前走了两步，声音从昏暗中传来："过来，我给你包扎。"

"真不用了……"

"过来。"

簪星老老实实地过去了。

还未来得及享受重逢的喜悦，就要接受至亲的分离，这少年如今也不过十九岁而已。簪星想象不到他此刻的心情，但想来，那并不是一件让人轻松的事。

照明符就贴在洞穴中，他在靠山壁的地方坐了下来，从乾坤袋中掏出一只药瓶，将簪星的手抓住，先用清洁术清理伤口，再敷上一层薄薄的药粉。那药瓶也是花里胡哨的，一看就是少阳真人的手笔。不过药粉很有用，刚敷上去，簪星便觉得手臂上有清凉熨帖之感传来。

少年人没有了平日的嚣张，包扎的动作柔和又细心，神情平静，仿佛什么事都没发生过。他五官俊秀明丽，侧脸精致如一幅画。

只是这画，如今却带了三分落寞，像是山里的夜雨，又冷又孤独。

簪星绞尽脑汁地挑起话头，以免他在这孤独中逐渐沉溺。她道："我已经用了传音符给田师兄他们传音，不过到现在还没有收到回音。等一下我们要出去找他们吗？"

"不用。"顾白婴在她手上一圈一圈地缠上雪白的布条，"无冬山多灵兽，夜里危险，我们留在此地，明日天亮再出去。"

"但我们在这里，如果金花虎再来……"

"我已经在山穴口设下禁制。"

又是一阵沉默。

他的手指修长洁白，形状颇为好看，指腹间有常年练枪留下的薄茧，偶尔摩挲过她的皮肤时，带出些痒意。顾白婴将布条打了个漂亮的结，松开簪星的手。簪星握紧拳头，又摊开手掌，看向对方："谢谢师叔。"

他垂眸，起身走到另一边坐下来："休息吧。"

他一副不肯再多说话的模样。

雨下得很大。

风也逐渐变得强烈，呼啸着想尽一切办法从外面钻进来。一些细密的雨丝被风斜斜送入，落到簪星身上，令她沾了一身凉意。

她见山洞里还有些干了的枯枝草叶，便起身走过去，将这些枝叶收拢到一起，用火点燃。

雨夜里就有了火。

树枝在火里发出"噼里啪啦"的声音，外头雨声"沙沙"，风把火苗吹得倾斜乱动，一股暖意慢慢涌了过来。

"师叔，"簪星对他道，"你坐过来点儿。"

顾白婴盯着山洞外的雨："有照明符。"

"照明符只是有光而已，这个不一样。"簪星扒拉着树枝，"太冷了，有火身体会暖和一点儿。"

顾白婴没有动弹。

她想了想，没话找话道："师叔，我有点儿饿了，掌门师祖留给你的糕点还有剩的吗？"

他没有回答。弥弥小心地围着火堆绕了一圈，找了个安全的地方卧下来，烤着它那条毛茸茸的尾巴。

山洞里只有这唯一的暖意，人影落在石壁上，微微摇曳，洞穴外是湿冷的雨天。

她听到顾白婴的声音响起，平静的，辨不出喜怒。

他道："小时候，掌门告诉我，逍遥殿院中的比翼花树是我娘亲手移种的。

"她用了很多灵药浇灌，比翼花树长得很快，不到半年，就已经枝繁叶茂。

"但比翼花树一直没有开花。

"听说我娘以幻术幻得满树花开，逍遥殿中因此热闹。我长大后，一直以为，如果比翼花树开花，她就会回来。"

少年淡淡道："为此我学了幻术。"

簪星心头微动。在离耳国的客栈院子里，顾白婴曾将幻术贬得一文不值，那时簪星曾问他："照师叔这么说，咱们修仙之人，修习幻术既没有意义，又没有优势，那为何师叔还要学呢，总不能就是为了想在冬天里看会开花的树吧？"

原来，他还真是为了一棵会在冬天里开花的树。

"掌门人告诉我，我娘生在宗门，往昔最爱吃掌门人做的梨花糕，因此我也学着做了。我想等她回来，亲手做给她吃。

"我等了很多年，她没有回来。"

他的声音散在风里，像是要凝固在夜色中。少年靠着石壁，望着远处沉沉的山色，山洞中的火光将他的瞳眸映得像星辰，寂静又美丽。那条艳色的发带不如往昔飞扬，柔和地落在肩上，如暗色的花。

他道："我曾想过很多次，我的生父是什么模样，也曾猜测，我娘见到我时会是什么神情。"

然后呢？

命运对他似乎有些残酷。没有什么惊天动地的恩怨情仇，却偏偏处处都是阴错阳差。

"青华仙子是个了不起的人。"簪星轻声道，"顾师祖同样心怀大义，若没有他们，就没有修仙界的如今，也没有今日的百姓平安。你该庆幸，他们不是坏人。"

"我知道。"

他垂下眼帘，似乎多年的伪装在这一刻，在这冷寂的雨夜里，被人找到了一丝缝隙，然后轰然裂开，不堪一击。

簪星望过去，见少年的眼睫间，似有碎星般的晶莹光亮。珍珠色的云缎锦袍上，朱色大雁展翅欲飞，光华璀璨。而他看起来，是如此孤独，仿佛这天地间，独独留了他一人枯坐。

"师叔，"她低声问，"你哭了吗？"

顾白婴没有回答。

弥弥懒懒地翻了个身，暖橘色的火持续燃烧，不辞辛苦地驱逐着雨夜的寒气。

簪星往他身前挪了一点儿，轻声道："师叔，这天下间，有运气很好的人，也有运气不那么好的人。青华仙子和顾师祖，运气是差了一点儿，但你能与她重逢，总归是一件让人高兴的事。"她捡了一根树枝，树枝上头还残留着一点儿火，微薄的光将雨夜照亮一小块，她继续道，"你看，同样的雨夜，青华仙子和顾师祖也曾一起度过。你我说过的话，说不定他们也曾谈起。

"人和人相处，除了相遇就是分离。分离时多，相遇时少，活着总是如此。"簪星望着远处，山洞将世界分成两块，山洞里暖意融融，山洞外冷如冬夜。

"如果你没有跟着我们一起到离耳国秘境，如果门冬没有去摘那朵金色的花，如果谈天信不冲出来搅局，如果我没有被金花虎抓到，如果我们没有一起掉进石室，如果我没有学会《青娥拈花棍》，如果你没有为救我而受伤流血……我们就不会进入密室，不会看到那幅画，不会有你和青华仙子的重逢。"簪星道，"你看，这么多'如果'，少一个都不行，可我们还是见到了你娘，可见冥冥中，注定你们会再次相见。这样看来，你的运气也不算差到底。"

她笑眯眯的，将手中的树枝向顾白婴身旁靠近，一点儿微小的暖意传递过来。

簪星道："逍遥殿的比翼花，是我见过的最好看的花，学会这个幻术，并不是件吃亏的事情。"

"幻术是假的。"顾白婴终于开口。

"但你在那一刻渴望它开花的心情是真的，"簪星道，"不是吗？"

他没有说话。

"梨花糕也很好吃。顾白婴，相信我，如果青华仙子尝到了，一定会很喜欢。"她碰了碰身侧人的胳膊。

山洞里一片寂静。

过了很久，少年蹙起眉头，像是从方才那股低落的情绪中逐渐抽离出来。他转头，目光又如昔日一般明亮了。他问："谁让你叫我的名字的？"

簪星怔住。

"杨簪星,我是你师叔,是你的长辈,你是晚辈,以后不准这么叫我,"他看了一眼簪星手中燃着的树枝,往旁边一撤,警告道:"也别挨我这么近。"

嚯,他这是又活过来了?

簪星瞅着他,见他冷着眉眼,从乾坤袋中拿出传音符,大抵是在为明日一早寻人做准备,这才稍稍放下心来。

从前朋友们常说,她似乎很招小猫小狗的喜爱,楼下的流浪猫总爱围在她的脚边打转。而方才顾白婴垂眸枯坐的模样,就像一只淋了雨又不愿意进屋的小狗,实在招人怜惜。

于是,她只能耐心搜罗些话语来安慰这少年,也不知那些话有没有让他稍微释怀一点儿。不过,能在宗门里活成那副肆意样子的人,纵然是伪装,也不会多么脆弱。他会很快走出来,这一点簪星毫不怀疑。

她回到火堆前,将手中的树枝丢进燃烧的火里,随口道:"知道了,放心吧师叔,你哭了的事情,我不会告诉别人的。我一定替你保守秘密,如果你能给我更多梨花糕的话。"

顾白婴脸色微变:"你威胁我?"他又反应过来,"谁哭了?杨簪星,你不要信口雌黄!"

簪星耸了耸肩:"啧啧啧,枉费我这么真心实意地安慰你,原来宗门的长辈也不爱说真话。罢了,不说就不说吧,反正也没有人看到。"

"杨簪星!"

山洞里吵吵闹闹的,弥弥抬起眼皮子瞧了吵闹的二人一眼,伸了个懒腰,又睡去。火堆静静地燃烧着,在冰冷雨夜的风里,像是下一刻就会燃尽,又像是永远不会熄灭一般明亮。

雨渐渐小了。

从瓢泼的大雨到"淅淅沥沥"的小雨,山夜仍然冷,却不再吹风。

火堆里的枯枝燃烧着,发出"噼噼啪啪"的声音。分明只有那么一小堆火,暖意却将山洞填得满满当当。

身侧人脑袋一点一点的,如小鸡啄米,终于没撑住,头一偏,靠在了少年的肩上。

顾白婴微微侧目。

女子蹭了蹭他的肩，似乎觉得他这片衣料柔软，很好靠。她脸颊上的黑痕在昏暗的火光下变得模糊。她在闭上眼的时候，整个人也不像白日里那般讨厌，看起来安静又柔和。

明明她才是抢走了琴虫种子的罪魁祸首，明明修为也算不得多高，偏偏是那个能挽救世人于水火的"有缘人"。这话听着明明很可笑，但是……

他的目光落在掌心那两只粗糙的泥偶身上。

但是至少今夜，她的存在，让这一刻看起来没有那么孤独。

胖猫在火堆边，迷迷糊糊地打起了呼噜。顾白婴伸手欲将对方的脑袋拨开，手即将触到她的头发的时候，瞥见她掌心的布条。

他的动作僵住了，半晌，他收回手，任由女子靠在肩上熟睡。

夜色中，少年看向远处冷寂的山脉。

或许她说得没错，火苗比符纸暖和。人生分离总是多于相遇，而他，也不过比别人运气差了一点儿。

活着总是如此。

簪星一觉睡到天明。

当她醒来的时候，日光已经穿过洞口的树丛，晃得人眼睛发酸。她揉了揉眼，坐起身，见顾白婴从外面走进来，锦衣整洁如新。

簪星问："师叔，什么时候了？"

"你说呢？"经过昨夜簪星的悉心开导，这人似乎已经全然好了，又是一副嫌弃人的模样，"宗门里要是都是你这样贪睡的弟子，我看太焱派迟早成为修仙界之耻。"

簪星打了个哈欠，一边起身一边用清洁术给自己整理，道："我这几日又没闲着，在画中境里还被你娘揍得满地找牙，你当然没什么关系，我的腰现在都还疼……"

青华仙子长得可真美，下手也真狠。

顾白婴正要说话，忽然听得外头传来激动的喊声："师妹！七师叔！"

那是田芳芳的声音。

簪星惊喜地看过去，就见山洞附近，田芳芳扛着他的黄金斧头正往这边奔来，身后是孟盈他们。

"你们果然在这里！"

两伙人终于在山洞前相遇了。

门冬冲过来，先将顾白婴上下打量一番，问："师叔你没事吧？"

顾白婴满不在乎地道："能有什么事。"

门冬这才放下心来，终于舍得将目光放在簪星身上："你……"他犹豫了一下，像是想问，又有些矜持，吞吞吐吐了一会儿，吐出三个字，"还好吗？"

"还行吧。"簪星知道这小孩儿别扭得很，看向田芳芳几人："师兄，你们怎么样？"她注意到牧层霄左臂上似乎挂了彩，"牧师兄怎么受伤了？"

"别说了，"田芳芳满面晦气，"你们掉下去后，那畜生就追着我们不放。赤华门那帮孙子跑得比谁都快。我们藏在虎穴旁边的一处石潭里，本想回去找你们，其他宗门的人不肯，我们只能自己回来，路上又遇到那只金花虎。"

几人身上都沾满灰尘，看起来有些疲惫，就连孟盈的裙角都蹭上了一些泥泞，想来这一路并不轻松。

"不过师妹，你一定想不到，咱们牧老弟不愧是宗门考核里同你并列第一的天才，居然就拿他那把破破烂烂的刀把金花虎斩了！"

金花虎其实修为算不得多高，难就难在其火具有灵智，而虎骨极硬，难以斩碎。是以寻常修士遇到金花虎，大多躲，而不会杀。

"连孟师姐都斩不动的金花虎骨，"田芳芳说起来，仍旧有些难以置信，"就被这小子一刀解决了！你说厉不厉害？"

簪星心想，那可不是破破烂烂的刀，那是灭神刀，连神仙看了都要忌惮。看来牧层霄虽然阴错阳差被她抢走了枭元珠，传承也丢了，但身上的"主角光环"还是没改变。灭神刀在如今尚未完全发挥作用，想来随着时间的流逝，待牧层霄对刀法掌握得更精妙时，此刀的威力会更加无穷。

"虎骨和虎皮我都收起来了，回去后咱们再分。那点儿虎阳火你们就别跟我争了，我是火系法术，用在火狼牙里刚好。"田芳芳满脸都是喜悦，仿佛丰收的农人。

"都给你。"簪星无奈，"没人跟你抢。"

一边的孟盈问："杨师妹，牧师弟斩杀金花虎后，我们曾再入虎穴，那道深渊已经消失，也找不到你们的踪迹。昨夜到底发生了何事？"

簪星看了看顾白婴，顾白婴眉头微蹙，没有说话。

这事迟早也是瞒不住的，簪星就道："其实，我们找到了一幅画。"

"画？"牧层霄神情微动，"可是之前银罂说的那幅画？"

簪星点了点头："那幅画上……留有青华仙子的一丝灵识。"

众人怔住。

簪星便挑着重点将秘境中发生的事与众人说了一遍。顾白婴自始至终都没插话，走到一旁坐下，似是一切与他无关。

待簪星说完，众人愣了好一会儿。过了片刻，田芳芳偷偷地看了一眼那头的顾白婴，才低声道："这么说，师妹，你现在是有青华仙子的传承了？"

"因为那是仙子的灵识，所以我的修为和元力都和从前一样，只是脑子里多了很多心法。"簪星叹了口气，"但这也不是一朝一夕能练成的，总得回到宗门慢慢修炼。"

这就如有人强塞了一堆工具书给她，看着是很厉害，不过也得她念完才行。

"那你也赚大了呀！"田芳芳很激动，"想想那些心法，每一本都是千金难求。青华仙子哪儿是给了你心法，是给了你一堆遗产啊！哎，不对，"他回过神，"她为何不把心法留给自己的儿子，偏偏留给你？就因为你是有缘人吗？"

说起"有缘人"，其余几人看向簪星的目光都有些古怪。

毕竟顾白婴看起来比她像那个救世主多了。

"别这么看我。"簪星心中憋屈，"我也不想的。"

没有"主角光环"的路人甲强行出头去做这个"有缘人"，结果就是连主角的灵宝枭元珠都变成了邪物。也不知道原著后续还会不会给她继续挖坑，但"拯救苍生"四个字，听起来难度就很高。

孟盈道："既然青华仙子选中了你，还亲自将心法传于你，说明你身上必然有注定的机缘。师妹切勿妄自菲薄，待回到姑逢山，我会跟掌门说明此事，就算倾尽整个宗门之力，也要保你顺遂练成拈花棍心法。"

簪星听得心惊肉跳。

"此事最好日后再议。"牧层霄打断孟盈的话，"银罂背后之人令他进秘境找寻此画，青华仙子如今既怀疑是魔族的阴谋，我们还是速速回去宗门，将此事告知各位长老师叔。"

"是啊。"门冬垮着一张小脸，担忧地开口，"按照青华仙子卜卦的结果，不就是明年吗？翻了这个年头，要是魔族真的卷土重来……如今青华仙子不在，各大宗门这些年看着还凑合，实则连个像样的人都找不出来……连谈天信那样的混账都能代表宗门进秘境，真要对上魔族，人族还不如等死呢。"

"师弟，"孟盈不赞同地摇头，"怎能还未打就先存败志？"

门冬嘀咕道："我说的都是实话嘛。"

"说完了吗？"顾白婴瞥了他们一眼，似乎等得不耐烦了，"说完了就赶紧下山。"

他们来秘境本就是为了寻找机缘，如今几人既拿到了青华仙子的传承，又斩获了一头金花虎，牧层霄的灭神刀还解开了第一道禁制，对太焱派来说，已经是意料之外的惊喜了。

而且算算时间，他们留在秘境中的日子也差不多了，回去正合适。

"还是按来的方向走吧。"牧层霄道，"先下山，过揽镜湖，在靠近灌木丛的地方进传送阵。"

众人没有异议。

下山路比上山路好走得多，不过众人的脚程并不快。先前和金花虎搏斗，田芳芳一行人多多少少挂了些彩，不如来时精神。簪星在画中境里被青华仙子暴打了好几顿，走起路来还有点儿一瘸一拐。不过，顾白婴走得也不快，明明没怎么受伤。簪星猜测这少年或许还在为青华仙子一事消沉，想着待回到姑逢山，再寻个时机好好开导他。

拿人手短，她既受了青华仙子的传承，也就是青华仙子的半个徒弟，理应对老师的儿子多加关怀。不过这样想来，她和顾白婴的关系还真够乱的。

众人一路走到无冬山山脚。揽镜湖还如来时那般，在群山之间，仿佛藏着的一块美玉，晶莹又寂静。

一只飞鸟"啁啾"着，在蓝色长空中留下一道如烟般浅淡的痕迹，羽翅舒展，让簪星想起原野上那棵巨树枝头欲飞的火色。

她低下头继续往前走，听到前方田芳芳抱怨的声音："你说那些宗门的人是不是挺恶心的？先前在离耳国星宿台的时候，要不是咱们……簪星师妹和七师叔，他们全得死。好歹咱们对他们也有救命之恩，结果呢？不就遇到一头金花虎，他们却跑得比兔子还快！我看赤华门堕落成这样，迟早要完。"

门冬在一边附和："那个吟风宗的人也不是什么好东西！嘴上说得客客气气，实则也是个见风使舵的。我看他们巴不得咱们宗门出什么岔子，他们吟风宗好取而代之！"

"就是就是，他们那个聂师兄我也看不惯，"田芳芳难得见有人与他持同样意见，赶紧道，"成日只知道显摆，有钱了不起啊？那个湘灵派倒是不错，先前还为咱们说了几句话，要不是吟风宗的人插嘴，我看她们是想留下来帮忙的。"

"难道湘灵派的掌门人容霜姑姑还对咱们掌门人余情未了？"门冬疑惑地开口，随即又老气横秋地叹了口气，"师祖这样处处留情，实非君子之道。"

簪星："……"

她正听着门冬和田芳芳胡说八道，见前方的顾白婴突然停了下来。

孟盈和牧层霄也没有继续往前。

簪星问："怎么了？"她遂走上前去。

前方的灌木丛就是离耳国的秘境入口，他们就是从此处进来的。此刻，灌木丛边的一片空地上，灌木摧折了不少，地上散落着一些兵器和血迹，看起来像是刚刚经过一场恶战。

"这是……？"簪星弯腰拾起脚下的一把残剑，这剑她还记得，是赤华门那个叫黄梵的弟子的，他们赤华门的人都用剑，剑鞘上总是嵌着各色宝石。如今这剑已经断为两截。

簪星回头问田芳芳："师兄，你不是说金花虎已经被牧师兄斩杀了吗？"

"是啊。"田芳芳亦是一头雾水，"而且这帮人跑得快，金花虎都来追我们了，不应当如此。"

"不是金花虎。"孟盈低声道。

几人看向她。

"这里没有灵火的灼痕，而且地上的痕迹都是兵器造成的。"她皱了皱眉，"谁会将他们逼到如此地步？"

"会不会是他们内斗？"牧层霄想得很深，"我听说在秘境中，有时候为了争夺秘宝，宗门与宗门之间会明争暗斗。"

"就算是内斗，赤华门也不可能吃亏。"顾白婴打断他们的话。

纵然他们有再多疑惑，此地除了一地残局，什么都没留下，自然也不会有人回答他们的问题。

"该不会遇到别的什么凶兽了吧？"门冬问。

"什么人？"正当这时，顾白婴突然抬头，绣骨枪箭一般朝灌木丛中飞去。众人只听得一声巨响，灌木丛中便冒出一股黑烟。

孟盈瞪大眼睛："魔煞！"

几人顿时抽出兵器朝灌木丛深处追去，但见密林中，一个巴掌大的木头小人躺在原地。

顾白婴伸手将木头小人捡起来，撕下小人背后贴着的一张符纸，木头小人瞬间化为一缕青烟。他盯着符纸，神情陡然变了："傀儡符，有人在监视我们。"

"师叔，你刚刚运枪的时候，我感觉到了魔气。"孟盈看向顾白婴，目光凝重，"恐怕……"

"是魔煞。"顾白婴握紧掌心，那张傀儡符在手中燃尽，"看来银栗的死，让他们很不安。"

"这样说来，青华仙子的推测是正确的。"牧层霄也道，"对方一心想断掉秘境中的传承，如今计划落空，只怕会再生事端。"

"那还等什么？"田芳芳扛起斧头，"赶紧回姑逢山将此事告知掌门人他们，说不准还能趁热拿下藏着枭元珠的魔头，粉碎他们的阴谋！"他义正词严，"咱们就拿那魔头的脑袋去邀功，保管能换个大赏！"

簪星："……"

她正欲开口，就见顾白婴转身往传送阵走去，边走边道："事不宜迟，先出秘境再说。"

众人点头跟上。

传送阵也如来时一般，就在皇陵的星宿台上。眼下也不知道其他宗门的人是先出去了，还是遭了那些魔煞的毒手，但魔煞出现在离耳国秘境中，实在不是一件能掉以轻心之事，想到青华仙子的预言，众人多少都有些担忧。

别人是担忧，簪星也是担忧，只是担忧的事情不一样罢了。唯有田芳芳乐滋滋的，大约此行他捡了不少灵草、灵果，还有金花虎的意外之喜，满面都是春风得意。他甚至还有心情调侃："离耳国的皇帝人品不怎么样，倒是很有钱。你们看这传送阵的灵石，都是上好的蓝玉髓，咱们要是偷偷拿一个走……"

· 439 ·

"喂，你可别打歪主意！"门冬急了，"传送阵的灵石不对，传送的地方可就千差万别，再说了，你见过有谁偷传送阵灵石的？"

"我随口玩笑罢了，你怎么还当了真？"田芳芳大笑，"我当然知道传送灵石不能偷。万一给咱送到什么魔煞老巢，那可真不好笑。我就是觉得这灵石成色不错。"他朝上头的蓝玉髓一个个摸过去，"瞧瞧这颜色，这触感，冰凉入骨，晶莹剔透……"

他摸到最后一颗，突然"咦"了一声。

簪星问："怎么了？"

"我怎么觉得这颗摸起来沙沙的，像石头。"他嘀咕了一句。

适逢这时，传送阵启动了。

蓝色光晕陡然扩大，众人掉入旋涡之中。传送阵不如灵舟稳当，人在其中时，空间被折叠挤压，感觉实在算不得很好。

簪星觉得有些眩晕。

先前她通过传送阵时，虽然晕阵，但传送时间没有持续太久，这一次却比来的时候持续时间更长，长得她的胃中翻江倒海。一边的门冬已经受不了地喊出声："怎么回事，我们怎么还没出去啊？"

"不对，"顾白婴的脸色微变，"这不是去离耳国的传送路径！"

牧层霄愣了一愣："什么？"

"传送阵被人改过了。"孟盈猛地看向田芳芳，"师弟，你刚刚说传送灵石不一样？"

"是……是啊。"田芳芳被传送阵晃得东倒西歪，勉强站稳身体，"我的手感不会错的，最后一颗灵石，分明要粗糙许多。"

顾白婴和孟盈对视一眼，彼此心中都有不好的预感。

簪星也明白过来："传送阵被改过了？谁能改传送阵，离耳国的那些普通人不可能，宗门修士的修为也做不到，难道是魔煞？"

"天哪，"门冬面露崩溃之色，"咱们该不会真的要被送到魔煞老巢去吧？"

若他们一出传送阵就面对一群魔煞，对那些魔煞来说，这和自提外卖有什么区别？

牧层霄是主角死不了，但每个副本死个把无关痛痒的配角可是很常见的！

"怎么才能让传送阵停下来？"牧层霄还能保持冷静的思维，问道。

"传送阵一旦启动，只有到达目的地才会停下来。"孟盈回答了他的问题，只是这回答更让人绝望了。

众人正揪心着，突然感到眩晕感渐渐舒缓了起来，脚下的颠簸也逐渐停息。周围的蓝色光晕一点点消散，直至彻底暗淡。

传送阵停了下来。

新的目的地到了。

第三十一章

巫凡城

传送阵停了下来。

众人还没来得及迈出第一步，被颠得晕头转向的弥弥已经率先跳了出去。簪星叫了一声"弥弥"，赶紧跟上，可她一出传送阵，便愣了一下。

广阔的天地中，绵延起伏的沙丘被头顶的日光晒成金色，荒漠里的风裹挟着沙子吹来，粗糙的沙粒在人的脸上摩擦，刮出些细微的痛感。

簪星身后的人跟了出来，田芳芳"呸呸呸"了几声，道："怎么吃了一嘴沙子？"

"这里是……？"门冬望着四周怔住。

没有魔煞老巢，也没有居心叵测的怪物，荒漠一望无际，四周杳无人烟，唯有一轮金色烈阳炙烤着大地，以及从远处吹来的干燥长风。

这里的天倒是很蓝，蓝得像是浓郁的艳丽宝石。长阔蓝天下是金黄的沙丘，大抵是颜色对比过于鲜明，竟生出一种纯净的明亮感，热情又孤独。

"这不是魔煞老巢吧？"田芳芳挠了挠头，"这是什么地方？"

孟盈道："传送阵没用了，我用灵鹤先将此事告知师父……"她的动作突然一顿。

牧层霄问："怎么了？"

"我的乾坤袋打不开了。"孟盈看向他。

顾白婴闻言，低头探向腰间的乾坤袋，随即神情一僵。众人见他如此，纷纷去解乾坤袋，然而，他们的乾坤袋的开口处，都像是被什么东西粘住了，怎么都打不开。

"此地古怪。"顾白婴收回手，神情有些凝重，"我的功力也被克制了不少。"

他不说还好，一说，大家试探地运转了一下周身的元力，果然发现减弱了很多。

"我就说了，那些魔煞没安好心，"门冬气道，"这地方又不让咱们用乾坤袋里的灵符和宗门通信，功力还降了这么多，定然酝酿着一个大阴谋。难道是想趁咱们虚弱时，将咱们一网打尽？"

"魔煞凶残，真要对付我们，应当不会如此费力。"牧层霄沉吟了一下，"既如此，要么此事另有深意，要么就是那些魔煞没有我们想象中的强，还需借得外力来对付我们。"

簪星听着他们讨论，只说："不管是谁把咱们带到这里，当务之急是想办法离开此地。"她看向远处，"我没看到人的脚印，这里都没有人居住吗？"

"这里看着也不像是有人住。"田芳芳摸了摸下巴，"要不咱们还是继续往前走吧，眼下乾坤袋也打不开，总不能一直待在这里。"他又"呸呸呸"地吐出几口沙子，"风沙太大了，刮得脸疼。"

既没有别的出路，众人便只能硬着头皮往前走。只是这里辨不清方向，四面八方都是荒漠，人在其中，显得格外渺小。簪星几人朝着太阳的方向往前走，一路上别说是人影了，连一株草、一棵树的影子都没瞧见。

荒漠仿佛从未被人踏足过，一直寂静地待在都州舆图最不起眼的地方，千百年来始终如此。

起先田芳芳还有心思插科打诨几句，簪星也听着门冬一路上都在抱怨，而后渐渐地，大家都沉默下来。

时间过去太久了。他们明明走了已经快两个时辰，或许是三个时辰，金色的日光却没有一丝减弱。荒漠仍然漫无边际，人却已经开始感到疲惫和口渴。

修士们对于饥饿和倦意的感知，向来比普通人要迟钝一些。然而，此地让他们的元力减弱，从某种方面来说，也是让他们的身体更趋近于"普通人"。

门冬年纪小，感觉最明显。两条粉色发带如今已经蔫蔫地搭在莲花髻上，额前的刘海儿也被打湿成一绺一绺的。他抹了把额上的汗，抱怨道："走了这么久，怎么还是除了沙子什么都没有啊？"

"你们渴不渴？"田芳芳舔了舔干燥的嘴唇，试图再次打开乾坤袋，"我这乾坤袋里还剩了个没吃完的西瓜，可惜打不开。"

他不说还好，一说，簪星便觉得更渴了，嗓子都在冒烟。

"还是离耳国好，"田芳芳边走边嘀咕，"饿了就去海里捞尾鱼，渴了就去树上摘几个果子。要是能在眼下喝上一杯冰糖浆，纵然让我不修仙，我也愿意。"他又絮絮叨叨的，"你说世上怎么会有沙漠这种地方，白白浪费了这么大一块地，什么都不长，看着闹心。"

弥弥在前面不肯走了，趴在沙丘下怎么也不肯动弹。簪星叫了几声它也没反应，大概是累得走不动了。

这胖猫如今跟着她来离耳国试炼，一路上跑跑跳跳的，是比先前瘦了一圈儿。簪星没办法，只得弯腰将它抱起来扛在肩上，此刻倒是很后悔当初去离耳国之前，信誓旦旦地对玄凌子说，一定要将这猫的银琅狮血脉激发出来的蠢话。

猫是舒坦了，人却更累了。簪星的盘花棍已经被她当成了拐棍，一步一个脚印，走得艰辛。

田芳芳还在畅想："我要是有这么大一块地，就想法子让它长出东西，在上面种菜、种果树。人家修士走到这里走累了，随手摘个西瓜吃，不好吗？"

簪星心想：田芳芳这植树造林的思想，真是先进又环保。

不过，这样下去不是办法，恐怕他们再走一天一夜，情况也不会有任何改变。大人倒还能撑一撑，门冬一个小孩子，显然是吃不消的。

她正想着，就见前方的牧层霄突然停了下来，遥遥指向远处一个方向："你们看。"

茫茫无际的荒漠中，黄沙与蓝色长空尽头相连的地方，大块大块的云朵如白色棉花，沉甸甸地压在沙丘上空。与人离得极其遥远的地方，影影绰绰地浮出一座城的影子，其中似乎有人在走动，热闹而喧器。

门冬的眼睛一亮："有人烟！"

簪星一愣，下意识地道："不会是海市蜃楼吧？"

顾白婴："蜃景？"

"对啊。"簪星答道，"不是经常有那种说法，在沙漠中迷路的旅人发现前方有河流，用尽最后力气跑到河边，才发现什么都没有。"

光学幻景，在这种地理环境下，不是没有可能。

"咱们走了这么久，半个人影都没看到，也没瞧见骆驼什么的，怎么会突然有一座城？"簪星看向顾白婴，"有点儿奇怪啊。"

田芳芳握紧腰间的乾阳斧："不会是魔煞老巢吧？"

"没听说过魔煞老巢在沙漠里，"门冬疑惑，"这也太偏僻了。"

孟盈看向远处那座模模糊糊的城池，淡声道："不管是魔煞老巢还是海市蜃景，我们总不能一直待在原地，不如继续向前。若是蜃景，便越过它往前走，若是魔煞老巢，则见机行事，好过在此漫无目的地行走。"

"不错。"牧层霄立刻赞同，"要真是魔煞老巢，也不必害怕。太焱派弟子岂是贪生怕死之辈，我正好拿那些魔煞的血来祭我的灭神刀。"他说得自信，颇有主角的风采，簪星正想在心里为他鼓鼓掌，牧层霄又朝她看来，"况且师妹如今已有青华仙子的传承，那些魔煞也不是她的对手。说不定我们还能找到指使银罂的背后之人，毁掉邪物枭元珠。"

簪星："你可真是抬举我了。"

"师妹切勿妄自菲薄。"孟盈也跟着道，"你是当年仙子卜出的'有缘人'，终能挽救天下苍生性命，那些魔煞最忌惮的必然是你，这是天命注定。"

簪星在心里大大地叹了口气，天命注定她出场三千字就死了，她现在做的事是在逆天改命，天命对她可没那么友好。

顾白婴不耐烦地道："你们说完了没有，说完了赶紧走。"

"师叔，还要继续往前吗？"田芳芳问。

顾白婴盯着远处的城池，哼了一声："当然，越是古怪，越要探个究竟。再说了，"他横了田芳芳一眼，"你看现在还有别的出路吗？"

确实是没有。他们体内的元力流失得越来越多，再这样下去，他们会变得和普通人一模一样。这样的话，他们会饥饿，会疲倦，会口渴，还没走出这片荒漠，就会先因断水死在这里。

堂堂修士，其中还包括宗门里的天之骄子，在荒漠里迷路困死，说出去也真够丢脸的。

众人一拍即合，决定朝城池的方向继续走。

那地方看起来离得不远，也就几里地，实则他们又走了个把时辰。沿途仍然杳无人烟，脚下的金色沙子柔软而干燥，像是一片金色的无边沼泽，似乎在某个时刻，就会拉着人往下坠入无底深渊。

众人离城池越来越近了。

那些走动的人影也越来越清晰，簪星甚至能看到宽敞繁华的街道，还有被牧人牵着的牛羊。远处传来嘈杂的声音，像是集市般热闹。

蜃景会有声音吗？簪星记不得了。而门冬已经雀跃起来。

"不是蜃景，是真的！"小孩儿一蹦三尺高，粉色发带看起来比刚才要飞扬了一些，"我看到人了，这真的是一座城！"

"也许是魔煞老巢呢。"簪星给他泼冷水，"小心魔煞把你抓走。"

"要抓也先抓你。"门冬鼓着腮帮子，气鼓鼓地盯着她，"擒贼先擒王，你是有传承的人，他们当然先抓你这只肥羊。"

簪星："……"

孟盈道："到了。"

簪星抬头看向眼前。

这是一座古老的城。

说它古老，是因为城墙上的墙砖都已经很斑驳了，一些生了厚厚的青苔，一些被风雨侵蚀得残缺，仿佛这座城已经存在了几百几千年。

城门是灰色的石头门，厚重而宽大，门上雕刻着画像，画中女子一袭织金长纱裙，玉足赤裸，柔软长发如海藻般茂盛，随意垂在肩头。女子妆容浓郁，美目盈盈，左手握着一条青色的蛇，右手握着一条赤色的蛇。蛇类冰冷诡谲，美人却热情又艳丽，两蛇互相缠绕间，自有旖旎风情，看得人心旌摇曳。

"真好看。"田芳芳由衷地赞叹道。

簪星反问："有吗？"她倒是想起幼时草台班子上"美人与蛇"之类的艳情节目来。

"我也觉得好看。"门冬撇嘴，"你就是看人家漂亮，忌妒人家。"

簪星："……"男人的审美，总是有些令人琢磨不透。

"你们看这城门上的字。"好在还有个不为美色动摇的男人牧层霄，指着前方道，"与寻常不同。"

石头城门再往上，雕刻着各种各样的蛇类，最中央的黑色刻字像是悬浮在空中一般，整个凸显出来。字形与寻常也不同，既扁且长，加之字的颜色是沉沉的黑色，越发显得诡谲神秘。

"巫凡……"孟盈低声将上头的字念出来，"巫凡城。"

"巫凡城？"簪星愣了一下。

"你知道巫凡城？"牧层霄看向她。

"之前在藏书阁里看到一本《惊！你不知道的修仙界一百个奇幻故事》里有提过。"簪星道，"这座城的守护者……是蛇巫族。"

"蛇巫族？"田芳芳震惊，"那不就是银栗……"

"不错，和银栗做交易的就是蛇巫族，蛇巫族族人能沟通天界与人界，是游离于三界之外的族群。传说蛇巫族守护的城池叫巫凡城，但从未有人见过巫凡城是什么样子，都州舆图中也不曾记载。"簪星望向城门的方向，"原来这就是巫凡城。"

"师叔，"孟盈看向一言不发的顾白婴，"要进去吗？"

顾白婴将绣骨枪握紧，道："当然要进。"

他又提醒："你们跟在我身后，不要掉以轻心。"

荒芜沙漠中陡然间出现这么一座传说中的城池，他们是得小心为上。毕竟那本奇幻故事里，也没具体提过巫凡城的百姓性情如何，有什么规矩禁忌，万一众人进去，不小心惹恼了他们，生出什么事端就不好了。

走得近了，众人才发现这座传说中的城池和普通城郭没什么两样。从城门往城里的方向望去，是一条长路，路两边是各色酒店商贩，乍看起来和平阳镇差不了多少。唯一不同的是，或许是风沙大的原因，这里的人都穿着较长的黑袍，黑袍上多绣有繁复鲜艳的图案，头戴各色布头巾，胸前挂着彩色珠串，看上去有种淳朴的浪漫。

城门口站着两个佩刀守卫，亦是穿着黑袍，头戴彩色布巾，皮肤有些黧黑。看见簪星一行人，守卫立刻抽刀拦住他们，喝道："什么人？竟敢擅闯巫凡城！"

顾白婴扬眉："过路人。"

他这回答也没走心，简直像是挑衅。一边的牧层霄上前道："我们是都州太焱派门中弟子，因传送阵出错，不小心误入此地。请二位放行，容我们进城歇一晚，明日一早我们便离开。"

他这态度比方才的顾白婴要好多了，只是两个守卫闻言，面色并未和缓，而是对视一眼，语气仍然警惕："什么都州太焱派，没听过！巫凡城不收留外人，你们快点儿走吧。"

"怎么可能没听过呢？"门冬急了，"太焱派，都州唯一飞升的那位羽山圣人就是我们的开宗掌门，羽山圣人总听过吧？"

"不曾听过此名字，"另一个守卫冷声道，"休要胡搅蛮缠，快点儿离开此地，否则别怪我们不客气。"

"哦？"顾白婴把绣骨枪往地上一蹾，目光挑衅地看向二人，"你打算怎么个不客气法？"

气氛顿时剑拔弩张。

田芳芳凑到顾白婴身边，低声道："师叔，识时务者为俊杰。咱们现在元力都流失了不少，这里又有什么劳什子蛇妖族，还是不要与他们硬碰硬。"

"是蛇巫族。"簪星纠正他。

"管他是蛇妖还是女妖，反正现在情况有变，咱们不能跟之前似的鼓脑争头。"

众人正拉扯间，忽然听得背后传来带着几分迟疑的声音："田大哥？"

几人回头一看，就见城门不远处站着一个背着背篓的小女孩儿。这小女孩儿十三四岁，穿着黑色小衫和花筒裙，衣裙上绣满桃粉色的小花，颈上还挂着一只银项圈。她年纪小，没有像大人一般戴着头布，而是梳了一条乌油油的辫子，那辫子直直垂到胸口。她肤色虽然有些偏黑，却是杏眼修鼻，俏丽可爱，颊边有两个浅浅的酒窝，实实在在是一个美人坯子。

田芳芳愣了一会儿，才试探地问："小豆子？"

叫小豆子的女孩儿闻言，顿时弯了弯眼睛，朝这边跑过来，一口气跑到田芳芳面前，满脸都是意外的喜悦："田大哥，真的是你！"

"师弟，"孟盈蹙眉，"这是……？"

田芳芳笑道："这是我同乡，从前常给我送馒头，叫豆娘。不过……"他有些疑惑地看向小姑娘："小豆子，你怎么在这儿？"

"我如今住在这城里。"豆娘笑道，"田大哥，你们是想进城吗？"

"我——"

"是啊。"不等田芳芳说完,顾白婴就打断他的话,然后弯腰盯着小姑娘,嘴角一勾,"可惜守卫不让进,怎么办呢?"

豆娘闻言,却是笑了起来。她走到田芳芳身边,低声道:"没事,田大哥,我来帮你们。"

"小豆子,"田芳芳有些犹豫,"这守卫这么凶,你怎么帮?"

豆娘眨了眨眼:"我有办法。不过,田大哥,你身上有值钱的东西吗?"

如今大家的乾坤袋到了此地都打不开,灵石也拿不出来,田芳芳闻言有些尴尬。孟盈见状,拔下发间的白玉簪递过去:"这个行吗?"

"孟师姐,"牧层霄微征,"这是月琴师叔送你的生辰礼,不比寻常灵石……"

"都是身外之物。"孟盈看向豆娘,再次问:"这个行不行?"

"够了够了!"豆娘小心翼翼地将玉簪接过来,走到守卫面前,指着簪星他们笑道:"两位大哥,他们是我的亲戚,是特意来寻我的,还请大哥们行个方便,让他们进城去。"说罢,她暗中将那支玉簪塞到对方的手中。

左边的守卫不动声色地捏了捏手心的玉簪,面上还是一副不近人情的模样:"亲戚?有证据吗?"

"当然。"豆娘讨好道,"而且他们只是在这里歇一晚,明日一早就走。我家就住在城西头,真有什么问题,我来担着就是。"

那守卫闻言,又打量了田芳芳几人一番,眯了眯眼,收回腰间的刀,挥手道:"快走吧!"

这就是放行了。

簪星几人成功越过城门。田芳芳诧异地看向豆娘:"行啊小豆子,你如今长进了不少,连打点关系都学会了。"

豆娘闻言,脸颊微红,一双眼睛越发亮亮的,有些忍不住骄傲地道:"那是自然,离田大哥上次见到我,也过了好几年了嘛。"

"确实。"田芳芳伸手在她的脑袋上比画了一下,"小不点儿都长成大姑娘了,还是这般机灵。"

簪星走在顾白婴身边,趁人不注意,悄声问他:"师叔,这巫凡城可有什么问题?"

顾白婴的目光在四周扫了一番,他边走边道:"暂且没察觉不对。"

这里的确寻常得过分。

弥弥走在最前面开路。这是荒漠中唯一的城池，街边商贩和小店很多，不曾见到什么大的酒楼，道路是红泥地，并不宽。城中到处都蒙着一些细碎的沙砾，和离耳国的繁华不同，说是城，这里却更像是一座乡下小村庄。

若说有什么特别的，便是这些酒楼和商贩的四处都绘着一些蛇样图腾，不知是不是蛇巫族的特点。

簪星听到牧层霄问田芳芳："师兄，豆娘……是你的同乡？"

"对！"豆娘有些兴奋，"当初田大哥和我都给钱家老爷做工呢！"

"做工？"簪星问田芳芳，"你做过工？"

田芳芳不好意思地挠了挠头："嗐，都是什么陈芝麻烂谷子的事了。从前家里穷，我自然得给旁人做工。"

田芳芳本家也是个修仙世家，可惜他是旁支，既是旁支，便得不到什么好资源。田家父母也是寻常种地的农人，田芳芳幼时家中人口众多，连饭都吃不起，为了田芳芳不被饿死，田父就把田芳芳送到了富户家里做长工。

"你们是不知道，当时那钱老爷可风光了，仗着有钱四处欺负人，下人在钱家过得连狗都不如。"田芳芳如今说起这个仍旧一肚子气，"饭不给人吃饱，动不动就不让睡觉，又抠又歹毒，被卖到他家的长工，在我之前都被折磨死了六个，我是第七个。"他哼哼了两声，"不过老子命大，没死，还活到了现在！"

看来，这钱老爷的确不是什么好人。

"那豆娘……"

"豆娘是钱家的丫鬟，豆娘小时候被拐子拐走，转了几次手，最后被卖进钱家。钱老爷本来打算等豆娘长大了给他儿子做小妾的，他那儿子，天生痴傻，逢人只会流口水，你们说说，有没有天理？那钱老爷还要不要脸？"

簪星看向豆娘。豆娘如今也就十来岁的模样，按时间算，当时在钱家当丫鬟的豆娘还是孩子，那钱老爷也真下得去手，确实不要脸。

豆娘笑道："在钱家的时候，田大哥常常照顾我，偷偷帮我干了许多活儿。"

其实也不只是干活儿。钱少爷是个傻子，骨子里却带着几分暴戾，平日里经常突然拿东西砸下人，下手没个轻重。豆娘之前的丫鬟就是生生被他拿石头砸坏了脑袋。他拿石头打豆娘时，田芳芳撞见了，就挡在豆娘身前。

当然，这被钱老爷看见了，自然又是一番教训。

"就你这小不点儿，我不帮着干点儿活儿，你早就累死在钱家了。"田芳芳满不在乎地道，"不过小豆子你也够义气，要不是你经常偷馒头给我，我也早就饿死了。"

豆娘伺候的是钱少爷，钱少爷院子里有一条大黄狗，大黄狗每日能吃十个馒头。豆娘常悄悄地揣两个馒头在夜里去找田芳芳。两个人藏在钱家的柴房里，偷偷地说心里话。

那时候，田芳芳总是一边狼吞虎咽地吃着馒头，一边咬牙切齿地发誓："老子总有一天要发大财，一天三顿都吃肉，睡最软的床，住最大的宅子，过好日子！小豆子，你呢？"

豆娘就叹了口气，望着窗外道："我只想早点儿找到家人。"

可他们二人，一个是家里穷得不得不卖儿子的长工，一个是被拐子拐到千里之外来做预备小妾的丫鬟，前路灰暗得看不到一点儿亮光。未来，就像是窗外的月亮，可望而不可即。

"不过老子天生运气好，"田芳芳大笑道，"我在钱家做长工的第六年，钱家出事了。姓钱的仗着自己有钱，在外面糟蹋良家妇，谁知踢到了铁板，那妇人的丈夫是个修为甚高的修士。那修士一剑斩了钱有德的脑袋，还把他的儿子扔进了河里。"

钱家父子死后，钱家的下人一哄而散，家财都被下人瓜分了，田芳芳也分到了一点儿。他把分到的金银全部留给了父母，决定离开此地。

那位修士的出现给了他无限幻想。在这个世上，有钱并不能怎么样，只有自己强大，才不会被旁人欺凌。钱有德平日里那么嚣张，在修士面前，还不是如案板上的鱼？田芳芳那时才十四岁，未来还很长，不愿意屈居此地，做个一眼望得到未来的农人。他想去更广阔的世界看看。

而那个时候，分到了一些金银的豆娘也打算离开。

当时的豆娘才八岁，还是个小姑娘。田芳芳劝她留下，和自己的父母住在一起，被豆娘拒绝了。

小姑娘眼神坚定，语气执拗："田大哥，我和你不同，你想去外头闯荡，我只想和家人团聚。"

"但你离家已经多年，也不记得自己的家乡在何处了。"田芳芳道。

豆娘被拐走的时候年纪还小，过了很多年，许多记忆模糊了。她去寻找家人，如大海捞针，怎么想都不太可能。

"我记得我的家乡在靠北的地方，"豆娘笑道，"每到秋日，有金黄色的树，我会往北走。我知道田大哥是打算往南行。我们就在此地分别吧。"

田芳芳还有些担心："可是……"

"田大哥，我伺候少爷伺候了好些年，不是小娃娃了，我能照顾好自己。"豆娘瘦小的身体站得笔直，笑眼弯弯，"待你成了大宗门的修士，咱们再在一起吃馒头。"

两人就此分别。

后来，时间过去了很久。

他不仅去了南边的城镇，还去了西边的雨林，见过危险的凶兽，也和宗门里的修士打过交道。走过的路越长，过去的记忆就越模糊，仿佛他天生就是这样四处走的旅者，自在又逍遥，唯有爱钱这一点，时时刻刻昭示着他穷怕了的过去。

他也曾在荒野的月夜下想起过去在柴房里啃馒头的心酸日子，偶尔想起那个有酒窝的小姑娘，只觉过去缥缈，如大梦一场，而未来正渐渐清晰起来。

"田大哥，"小姑娘的声音打断了他的回忆，只见豆娘问，"当初分别的时候，你说你想去修仙，去大宗门做弟子。如今你是做到了吗？"

簪星几人都看向田芳芳。

田芳芳反而有些不好意思了，含糊地摆了摆手："哎，也是运气。跟你分开后，我四处游历，后来侥幸撞得机缘，勉强算半个修士，再后来误打误撞，慢慢修炼。听说太焱派招新弟子，我就想去试试，结果真瞎猫碰上死耗子，成了！"

"太焱派？"豆娘问，"是很大的宗门吗？"

这巫凡城里的人都没听过太焱派的名字，看起来不晓外事。田芳芳道："那当然！那是咱们都州修仙界里的头位。你看，这都是我的同门，"他又将手搭在顾白婴的肩上，"这是我小师叔！"

"师叔？"豆娘惊讶，"这位仙长看起来很年轻呀。"

顾白婴眉头一皱，甩开他的手，神情不耐烦："干吗？"

田芳芳赔笑着收回手，正色道："年龄不是问题，我们小师叔年少有为，年少有为。"

豆娘若有所悟地点点头："田大哥现在好厉害啊。"

"还行吧。"田芳芳盯着她道，"小豆子，你呢？当年你和我分别，说是要往北走，怎么在这里？"

豆娘闻言，笑道："我如今和阿爹就住在这里。"

"你和你爹……"田芳芳笑了笑，忽然反应过来，"你爹？"

"是啊，"豆娘眼角一弯，颊边两个圆圆的酒窝越发可爱，"田大哥，我找到我阿爹了！"

田芳芳愣住。

当年豆娘说要回去找家人，田芳芳并不认为她真的能找到。豆娘被拐走的时候太小，甚至不记得家乡的名字，一路又是坐车又是坐船，路也记不住。而且多年过去，万一她的父母已经搬走了呢，或者父母也在寻她的路上呢？

只是当时豆娘实在执拗，仿佛不去找，这辈子都不会甘心。田芳芳劝阻不得，只能由她。

如今豆娘却说，她已经找到了家人？

豆娘没注意到田芳芳的表情，拉着他的袖子往前走："走，我带你去我家，见见我爹！"

田芳芳被拽着往前去了，后头的簪星几人神情古怪。

"师叔，你怎么看？"簪星问。

"不对劲。"顾白婴盯着前方人的背影。

"我也认为不对劲。"孟盈微微蹙眉，"突然在此地出现师弟的同乡，有些过于巧合。"

"还有那个小女孩儿说的，"牧层霄也开口，"被拐走多年，她还能找到家人，这根本不可能。"

"你们是怎么回事？"打断他们的是门冬的声音，簪星低头一看，小屁孩儿青着一张脸，气愤地道，"什么巧合、什么不对劲，人家找到家人，你们不该说恭喜吗？怎么还开始怀疑对方了？我看你们就是草木皆兵，过于紧张了！"

他平日里虽然有时候说话阴阳怪气，让人拿不住点，不过鲜少有这般跳脚的时候。簪星意味深长地看看他："呀，小姑娘长得漂亮，师弟被迷住了。"

门冬一惊，气得脸红脖子粗："你说谁被迷住了，不要胡说！"

"那你干吗这么激动？"簪星看了顾白婴一眼，"为了她，都反驳你最爱的七师叔了。"

"我才没有被她迷住！我说的都是实话！"门冬怒道，"你以为我是你吗？这般容易就迷恋上一个男人！"

簪星莫名其妙："我迷恋谁了？"

"当然是牧师兄了！可惜牧师兄心有所属，早就和云心姐姐情投意合，不会跟你双修的！"

孟盈神情微顿。

牧层霄："师弟，不要胡说。"

众人正吵着，顾白婴一枪蹾在地上，面如寒霜："吵什么吵，都给我闭嘴。"

众人倏尔安静。

"有精力在这儿吵架，不如先想好接下来怎么办。"顾白婴没好气地道，"我体内的元力消失了。"

他这么一说，众人运转周身元力，才发现灵池中空空荡荡，一丝元力也无，顿时心下一沉。

没有了元力，他们现在就和普通人毫无差别，若遇上魔煞，绝无生还的可能。

牧层霄道："师叔，还要继续往前吗？"

"当然。"顾白婴盯着豆娘的背影，"不管此地有什么古怪，魔煞既没有直接出现，可见是有禁制的。既来之则安之，先随她看看。"

豆娘家住得很远，巫凡城看起来虽不大，道路又窄，人却很多。众人沿着最中心的路走了不知道多久，道路两边的酒肆和商贩渐渐少了起来。他们又走了约一炷香的工夫，只见红泥地的尽头，出现一座土房子。

这土房子看起来如一只倒扣的圆筒，四面都以红泥浇铸，中间有一扇木头做的门，很有些特别。房子前圈出了一块干干净净的空地，养了几只脏兮兮的鹅。一看到有人来，大鹅就凶恶地"嘎嘎"大叫起来。

豆娘将围过来的大鹅赶走，打开门道："进来吧。"

簪星一行人走了进去。

房间里看起来密不透风，只有一扇方形的窗，日光从窗外照进来，也照亮了屋子里的陈设。

桌椅都已经很破旧了，靠墙的地方搭了一张土炕，炕上也放了一张小桌子，胡乱堆着被褥。地上倒是干干净净的，像是常常打扫。

内室与外堂间则用了一道褐色的布帘隔开。这屋子看起来很有几分简陋和清贫。

豆娘挽起袖子，撩开布帘往里走，不多时又抱着一个罐子出来。她蹲下身，从旁边拖出火炉，熟练地生火，又从外面木桶里舀了一瓢清水倒进罐子里，开始烧水。

簪星看着那清澈的水，问："豆娘，你们这里有河吗？"

"有啊。"豆娘将罐子放好后，拿起蒲扇在底下扇火，"沙漠里只有这么一条河，听说是神仙赐给圣女的礼物，后来圣女便带族人在这里定居了，于是才有了巫凡城。"

"圣女？"顾白婴眉头微动，"是蛇巫族的圣女吗？"

"仙长也知道蛇巫族吗？"豆娘站起身，走到一边的小木凳上坐下来，一边盯着罐子里的水一边道，"圣女是个了不得的人，咱们巫凡城的人都很尊敬她。你们若是见了她，也会喜欢她的。"

簪星不言。说实话，她倒是挺想见见这位圣女。据银栗说，当年的巫女一见到他，便已看到结局。那位圣女既能晓过去通未来，也不知能否帮她回到原本的世界。

罐子里的水渐渐沸腾起来，一开始是浅浅地荡出涟漪，后来逐渐冒出细小的水泡，再后来，"咕嘟咕嘟"的声音不绝于耳，蒸腾的热气在火炉上散开，给火炉蒙上湿润的水雾。

豆娘又从柜子里找出几只粗陶碗，碗不够用，她便找了个盘子，勉强将罐子里的水倒了进去。

"家里碗不太够。"小姑娘赧然低下头，小声开口，"晚些时候，我让阿爹再去买两只。"

田芳芳满不在乎地起身，端起几只碗递给簪星他们，自己拿了那个大盘子，边喵边道，"嗐，瞎讲究什么，小豆子你忘了，咱们以前在钱家的时候，晚上渴了，都是摘片叶子去缸里舀水喝。有盘子就不错了。"

豆娘闻言，似是想起过去，也跟着笑起来。她看了看门外，日头渐渐西沉，便道："估摸着阿爹也快回来了。"

她刚说完，外头就响起一个男人的声音："豆娘。"

"阿爹回来了！"她一下子从凳子上跳下去，雀跃地奔向门外。

第三十二章
吉蛇会

从门外走进一个中年男人。

这男人个子高大，穿着一身褐色衣袍，着黑布靴，脖子上也挂了一串红色彩珠，头上包着的布巾洗得发白。他肤色如当地人一般，是粗糙的黧黑色，胡子上还沾了点儿外头的沙粒，看起来憨厚老实得很。

豆娘帮他把背后的篓子卸下来，男人瞧见满屋子的人，愣了一下："豆娘，这……？"

"阿爹，这都是我的朋友！"豆娘笑眯眯地道，又走到田芳芳身边，"他就是当初在钱家常常帮我的那个田大哥！"

"原来是田小哥。"男人有些局促，将手在身上用力擦了擦，"豆娘常跟我说起你，先前多谢你照顾豆娘了。"

田芳芳笑道："不用客气，徐老爹。我拿豆娘当亲妹子，不帮她帮谁？"

豆娘的父亲叫徐福。徐福看向屋中其他人，目光落在顾白婴和孟盈身上："这……"

这二人模样、气度都格外出挑，想让人不注意都难。豆娘就道："他们都是田大哥的同门。田大哥现在可厉害了，成了大宗门里的弟子！"

"原来是各位仙长。"徐福闻言，更局促了，有些不安地道，"敢问各位仙长到此地，是特意为了豆娘？"

"那倒不是。"田芳芳看出他的紧张，"徐老爹别担心，我们只是在沙漠里迷了路，路过此地，恰好在城门口撞上了豆娘。"

"阿爹，"豆娘回到徐福身边，扯了一下他的衣角，仰头道，"乌旦林沙漠夜里会起风暴的，就让他们在我们家歇一晚嘛。"

"我们只在此地借宿一晚，明日就走。"牧层霄看着徐福。

"各位仙长误会了，"徐福赶紧道，"我不是那个意思。只是我们家家贫，我怕怠慢了各位。"

他满脸都是局促之色，倒不像是装的。

"没什么，阿爹，"豆娘并不在意，一派天真地开口，"从前我和田大哥在钱家的时候，连床都没的睡。咱们家虽然小了点儿，挤一挤还是够住的。仙长们要是不嫌弃——"

"那就恭敬不如从命了。"坐在屋中的白衣少年打断她的话，微微一笑，"多谢款待。"

豆娘闻言，顿时欢呼了一声，道："那说好了，今夜你们都住在这里，我们家好久没这么热闹了。"

她又去拖地上那只装满草的背篓："我先去把这些洗干净。"

趁父女二人撩开帘子去厨房时，簪星侧过身，低声问坐在一边的顾白婴："师叔，徐老爹可有什么问题？"

顾白婴嘴角的笑容早已散去，他道："他没有妖气，不是妖族；没有魔气，也不是魔修。"

"说不定是他隐藏得好。"

"未必。"牧层霄看了过来，"他的手上有茧子，有常年割草留下的痕迹。从相貌、肤质，还有穿着来看，他的确是住在沙漠里的人。"

"我也看不出任何破绽。"孟盈摇了摇头。

田芳芳道："是不是咱们想太多了？能在这里遇到小豆子，确实是偶然？就是咱们运气好？"

"本来就是。"一直冷眼旁观的门冬抱着弥弥道，"别疑神疑鬼的，魔煞哪里会住这种破破烂烂的地方？想想也不可能。"

"但我总觉得还是有什么不对。"簪星道，也不知道为什么，明明枭元珠没有发出任何提示，可她就是有一种直觉。

这种沙漠里突然出现的城池、多年未见的同乡、淳朴的父女……怎么看都有一种"平静之下的诡异感"。

她低头看了看掌心，那一处红痕没有变化。自从她在离耳国秘境中遇到青华仙子后，这"剧情"已经歪得离谱，如今更是出现了原著完全没写到的情节。

簪星可不相信"天道"有那么好心。

"你怎么老针对她呀？"门冬气鼓鼓地道，"人家又没得罪你，你干吗抓着她不放？"

簪星无语："我什么时候抓着她不放了？"

两人正说着，豆娘又抱着一个簸箕出来了。徐福在后院劈柴，小姑娘把她爹刚刚背回来的一篮子草摊在地上，开始分拣。

门冬问她："你在做什么？"

"这些野草有的可以吃，有的晒干了可以用来烧火，我分一下类。"豆娘挽起袖子，动作很是熟练。

门冬一下子从凳子上跳下来："我来帮你！"

簪星："……"

她道："这就护上了？我往常可真没看出来，门冬是这么一个重色轻友的人。"

"你知道什么？"顾白婴看了她一眼，"别乱说。"

簪星说道："那他可从未对我这般殷勤。"

"师妹，"田芳芳语重心长地劝道，"你年纪大了点儿，而且门冬还是个孩子。"

簪星："……"

孟盈终于看不下去了，道："师弟待徐豆娘热情，并非出于爱慕。"

"那是为何？"

孟盈望着蹲在地上帮豆娘分拣野草的门冬，叹了口气："大概是同病相怜吧。"

太焱派月光道人的亲传弟子门冬，虽然年纪小，门中弟子却绝不敢小看他，因为这孩子天生拥有仙灵窍，能发掘天地间的天材地宝。有仙灵窍的人，十万个人里也未必能出一个，宗门若得一有仙灵窍的弟子，必然好好培养。

但若这孩子出生在普通百姓家，且父母又是寻常百姓，那就不算是件幸事了。

门冬三岁时，被父亲带着上山砍柴，抓着一株草不放，父亲以为他是想玩，遂摘下来给他。后来，有识货人发现这是一株世间罕有的灵草，出了一大笔钱买走了。

那时候，门冬的父母还以为是单纯的走运。

后来，门冬再大一点儿，学会了表达自己的意思。每次上山时，他总能找出各种潭水边、崖壁上、石头缝中的灵草、灵果。

门冬家中便这样富裕起来，门冬的"神童"之名也渐渐流传在外。

在村庄里做小生意的普通夫妇并没有意识到，"匹夫无罪，怀璧其罪"，一个有仙灵窍的幼子，对外人来说是多么大的诱惑，于他们这样的平凡人家来说，又是多么大的灾难。

有修士出大价钱，想要带走门冬，门冬的父母不肯卖儿子，断然拒绝。后来，对方出的价钱越来越高，"买儿子"的人也越来越多。

这样一个孩子，实在是太扎眼了。于是在一个冬夜，这对夫妇家中起了一场大火，两夫妻都死在那场大火里，而他们的小儿子不翼而飞，村民们没能在余烬中发现这孩子的骸骨。

"后来，七师叔和五师叔在外游历时，偶然发现有修士修炼邪术。诛杀邪修时，他们发现了被虐待的师弟，就将师弟带在了身边。"孟盈看向正帮豆娘拣拾药草的门冬，轻声道。

顾白婴遇到门冬时，距离门冬被那些修士抓去当作发掘灵草的工具已经过去半载之久。那些邪修既然能为了得到有仙灵窍的人而杀害无辜之人，自然也不会对门冬多好。可怜门冬一个孩子，几乎是夜以继日地为他们找寻药草，瘦得令人心惊。

簪星不知道门冬还有这么一段过去，闻言后若有所思："难怪他这么亲近七师叔。"

对门冬来说，顾白婴不仅是将他带回太焱派、救他出火坑之人，只怕在他的心中，还是替他父母报仇的恩人。

"师弟刚被带回太焱派时，离开小师叔就哭个不停，掌门师祖便让他住进逍遥殿，平日都和小师叔在一处。"孟盈叹息一声，"我想，师弟之所以对徐豆娘这般亲近，也是想起了自己的身世。师妹，你莫要拿此事打趣他。"

簪星轻咳一声："我知道了。"

她顺着孟盈的目光看向门冬。这孩子成日里穿得粉粉嫩嫩、干干净净，有些臭毛病，没想到也是苦命之人。

那一头，门冬正蹲在地上和豆娘分拣野草。

说起来，豆娘的年纪比门冬大不了多少，门冬看起来像是生活在太焱派的锦衣玉食的小少爷，豆娘却已经早早地学会干活儿。

"小仙长，"豆娘还有些不好意思，"你还是去一边坐着歇息吧，这些活儿我一个人都能干完。"

门冬红着一张脸："没事，我乐意。"

他的手又白又嫩，手指头跟葱段一般水灵，豆娘的手却十分粗糙。豆娘笑道："你们大宗门里的人是不是都会法术呀？能变出东西吗？"

"当然！"门冬想也没想地回答，"我们宗门里的师姐师兄们什么都会，还会飞！"

"会飞啊？"豆娘用一双亮晶晶的眼睛看着他，"那田大哥也会吗？能带我一起飞吗？"

门冬刚要说能，突然想到如今他们的元力在此地都被封印起来，别说功法，连个乾坤袋都打不开，只怕是不能给豆娘大饱眼福的。

见门冬支支吾吾说不出话的模样，豆娘善解人意地道："没事，田大哥以前说过，大宗门里规矩多，你们的师父肯定不许你们在外随意施展法术的。没关系！"

她越是这么说，门冬就越是气闷。本来他说的是真话，现在却像在说大话，他只好低着头整理药草。这一低头，他就看见眼前的一堆杂草中有一棵红色的草。

他将这棵草挑了出来。

这红色的草扁扁长长的，不如别的草坚韧，软绵绵的，门冬喃喃道："无牙草。"

"无牙草是什么？"豆娘看过来。

"一种含有灵气的草，"门冬将那棵草递给她，"修士吃了可以增加修为，寻常人吃了能延年益寿，于身体多有好处。"他道，"没想到这里竟然有无牙草，你将此草捣碎，和水一起煎半个时辰，服下即可。"

"真的吗？"豆娘如获至宝，抓着无牙草，冲门冬激动地道，"阿爹今年身体一直不好，服下这个，是不是就能好起来了？"

门冬点了点头。

"小仙长，谢谢你！"豆娘热切地望着他，"你能不能再帮我看看，这里头还有没有无牙草？若是没有，我明日还去河滩边割草，要是能再寻到一棵就好了。"

门冬轻咳一声："可以。"

"你真是太好了！"豆娘激动得有点儿说不清楚话，"你帮了我家这么大的忙，我们家太穷了，都不知道怎么回报才好。"

一边瞧着这头的田芳芳哂了哂嘴："不知道的，还以为下一句就该接以身相许了。"

顾白婴翻了个白眼。

簪星提醒："咱们宗门不是不许谈情吗？"

"谁说的？"田芳芳问。

簪星朝门冬努了努嘴："先前在离耳国的时候都说好几遍了，宗门里不许双修，是吧师叔？"

顾白婴被叫到，愣了一下，才不耐烦地道："自然。"

几人正闲说着，徐福从后院走了进来，手里抱着一摞叠得整齐的衣帽。见门冬正蹲在地上帮豆娘分拣草，徐福吓了一跳，忙道："豆娘，你怎么能让仙长……"

"没关系。"门冬站起身，大人般轻描淡写地道，"总归我也无事。"

徐福还有些不安，豆娘看见他手中捧着的衣裳，奇道："爹，这是……？"

"你这丫头，连吉蛇会都忘了，今日是四月初七。"徐福将手中的衣物往豆娘的手中一塞，"你也别拣草了，梳洗过后，待天黑了，同我一起出门去。"

豆娘一怔，一拍脑袋："天哪，我见到田大哥太高兴了，连吉蛇会都忘了！"

簪星闻言，就问徐福："吉蛇会是什么？"

徐福笑道："吉蛇会是巫凡城里的一个节日盛会，每年四月初七夜里，圣女都会带蛇巫族的大人前去乌旦林沙漠祭祀神蛇。巫凡城百姓也会一同前往。"

"说是祭祀，其实就是唱歌跳舞啦。"豆娘抱着衣裳，拍了拍手上的泥土，"咱们这里的红鼓舞可好看了。而且吉蛇会上有很多好吃的，烤羊肉、糯米酒什么的，还会有人比赛。田大哥，你们来得刚好，各位仙长要是不嫌弃，今夜和我们一道去吉蛇会呀，保管你们不会失望！"小姑娘热情地发出邀请。

众人看向顾白婴。

少年修长的手指在椅背上轻点了两下，他看向豆娘，神情意味不明："你说，吉蛇会上，圣女也在？"

豆娘点点头："当然，圣女要主持祭祀呢。咱们平日里也见不到大人，只能在每年的吉蛇会上见她一面。"

簪星心想：这个蛇巫族倒是挺神秘的，只是不知道他们的元力到了此地便被封印，和蛇巫族有没有关系。

顾白婴站起身，走到徐福身边，目光落在这男人身上。

他虽年少，却比徐福个子高一些，虽嘴角噙笑，目光却很淡漠，气势逼人得很，直将徐福迫得不安地搓手，躲避着顾白婴的眼神。

顾白婴拍了拍徐福的肩，淡淡地道："听起来很有意思，既然如此，我们几位也想去见识一番。"

豆娘尚未察觉到其中的暗流，闻言高兴极了："太好了！那我赶紧去做灯，今夜一定热闹得很！"她拉扯着徐福往外走去，道："阿爹，咱们家中灯恐怕不够，得给各位仙长多做几盏。"

他们二人进里屋去了，孟盈看向顾白婴，迟疑了一下："师叔……"

顾白婴垂眸，声音平静："刚才我试探过了，他身上没有元力，确实是普通人。"

顾白婴可不是什么亲切温柔的人，刚才拍徐福的肩膀，也不是为了安慰这看起来局促不安的中年人。

"那个吉蛇会，听着有些不对劲。"牧层霄也道。

确实不对劲，早不来晚不来，偏偏他们进了城，就撞上一年一度的吉蛇会，怎么听都有些守株待兔的味道。

"听豆娘刚刚说，是要祭祀神蛇。"簪星沉吟了一下，"该不会我们到了沙漠，就会有巨蟒直接将我们吞下吧？"

"又来了，疑心病犯了是吗？"门冬冷眼瞧着他们，"人家好心邀请你们一同参加节日盛会，你们偏在背后疑神疑鬼。你们不想去就别去，何必糟蹋别人一片好意。"

簪星："你现在是被爱情冲昏了头脑。"

"你才是被忌妒蒙蔽了理智！"

"吵什么吵。"顾白婴没好气地打断他们二人，"这城里就算有古怪，也多半是因圣女而起，既然今晚就是吉蛇会，刚好，我要看一看这圣女是何底细。"

簪星扯了一下他的袖子："但我们现在已经没有元力了。"

"杨簪星，"顾白婴挑眉，"你就这点儿出息了是吗？"

"难道你们还有保存的实力？"簪星惊讶，看向其余人，田芳芳冲她摇了摇头。

孟盈站起身："既然已经决定了，那大家今夜一定要小心行事。此地不在都州舆图之内，真有古怪的话，其中恐怕有诈。"

这倒是事实。从前众人在姑逢山也好，离耳国也罢，总归是熟悉的地方，而这巫凡城，几十上百年间，从未有人见过。前路是吉是凶，没有半分预兆，更不妙的是，他们的元力流失，乾坤袋也打不开。

敌在暗，我在明，从来都不是什么好事。

而且，吉蛇会……听起来就不太吉祥。

天色渐渐暗了下来。

土房子里点起油灯，盛装打扮后的豆娘和徐福从里屋走了出来。

既是节日，便不能穿平日里的衣裳。豆娘换了一件黑色花筒裙，筒裙上绣着五彩斑斓的花草，长度只到膝盖，黑布靴暖和又轻盈。她脖子上戴着一串彩珠，两条绑了绒花的辫子垂至胸口。小姑娘大概是用了一点儿口脂，看起来娇俏动人。

徐福也洗干净了脸，换了一件黑布袍。这袍子他应当很少穿，上头的刺绣颜色还很鲜亮。田芳芳打量了一下他们二人的衣着，问："这是吉蛇会要穿的衣服？"

豆娘笑着点头："蛇巫族以黑色为尊，吉蛇会祭祀的时候，大家都要穿黑袍。"她又摆弄着自己脖子上戴着的一串花花绿绿的彩珠，"这些珠子都是我亲自穿的，有钱的人家呢，胸前会戴宝石。"

徐福将身后的几盏灯拿过来，递到田芳芳几人的手中："吉蛇会的时候，每人的手中都要有神蛇灯。各位仙长先拿好。"

簪星接过神蛇灯，提到眼前仔细打量起来。

这灯不算大，就一个蹴鞠大小，是用白布糊制的灯笼。布匹上不知是绣着还是画着图腾，正是他们刚到巫凡城时在城门口看到的女子手持双蛇的图腾。此刻灯笼里头的灯火亮起，映得外头罩布上的蛇影微微晃动，仿佛下一刻就要从灯笼里扑出来。

"时候不早了。"徐福看了看天色，"诸位仙长，我们现在去吉蛇会吧。"

众人一同出了屋子。

沙漠里白日炎热逼人，到了夜里，没了日光照晒，便寒冷起来。从远处吹来干燥的凉风，不算宽敞的泥土小道两边，家家户户门口都挂上了暖色的灯笼。夜空变得极矮，沉寂的天和明亮的灯将世间一分为二，广袤无垠的荒漠中，就因这点儿光而有了人群聚居的生气。

豆娘笑着解释："城里平日夜里都很热闹，路边有人卖吃的喝的，还有杂耍的灯会。只是今日吉蛇会，大家都去乌旦林沙漠了，这里便冷清了一些。咱们出来得晚，等一下到了吉蛇会，你们就知道有多热闹了！"

她说话的时候有些小小的自豪，仿佛这吉蛇会是多了不得的节日一般。

簪星几人的心中，却不如豆娘此刻的脚步轻快。如今，他们连那蛇巫族的圣女都没见到，谁知道这吉蛇会是吉是凶。

众人走过长长的泥土路，路边几乎已经看不到房屋的影子，越往前走，"路"也变得越来越宽敞，几乎与远处的荒漠连成一片，不过人倒是渐渐多了起来。簪星已经看到好几个盛装打扮的男女说说笑笑地往前走去，仿佛真去参加一场难得的节日盛会。

他们又走了约一炷香的时间，脚下的路已经彻底没有了。若不是徐福和豆娘在，簪星几人几乎以为自己将要迷失在沙漠中。然而，在黑沉沉的沙漠中，又渐渐亮起一些闪烁的星光，那些星光是橙色的，在冷寂的夜里，将荒漠变得喧嚣起来。

豆娘跑在最前面，使劲儿朝远处挥了挥手，转头看向他们，开怀道："到了，吉蛇会到了！"

簪星望向远处，那些星光变得清晰起来。

原来那不是星光，而是燃烧的火把。大一点儿的"星子"，是簇拥在一起的篝火；小一点儿的星子，是插在沙土地中做成花朵模样的火枝。

无数盛装打扮的百姓簇拥在那些火把中间，正在热烈地歌舞。有人在打鼓，鼓面被涂上鲜艳的朱色，两侧细细雕刻着鸟兽虫鱼的图案。鼓点激昂，有身穿黑色长裙的年轻姑娘正随着鼓点翩翩起舞。华丽的裙摆极大，上头绣着的百蝶穿花栩栩如生，随着姑娘每一次的旋转，上头的彩蝶便要晃一晃人的眼睛。她挥动着双臂，那头漂亮的长发仿佛要将人的魂魄勾走。

簪星喃喃道："还真是舞会啊……"

这和她想的有些不一样。

远处一个黑衣少年看到豆娘，笑嘻嘻地道："豆娘，你们来晚了，烤牛肉都被吃光了！"

豆娘冲他撇撇嘴，扭头对簪星他们道："仙长们饿了吧？来尝尝我们吉蛇会上的盛宴！"

她拉着田芳芳一路往前跑去，簪星他们跟在身后，才走到一半，便闻到从风里飘来的食物香气。

荒漠篝火处摆着许多张木头长桌，豆娘带他们去的那一桌，桌上的食物还未被人动过，竟是些瓜果糖酪，还有颜色浓郁的醇香美酒，旁侧的木架上则烤着一只小牛犊子。牛肉被烤得"吱吱"冒油，香气瞬间钻入众人的鼻子。门冬的肚子发出一阵响亮的"咕噜"声，众人看过去，这孩子立刻红了脸。

说起来，簪星一行人从离耳国的秘境出来到现在，除了喝了一点儿徐家的水外，粒米未进。修仙之人对于饥饿的忍耐程度一向很高，在宗门时，弟子们动不动还要辟谷。然而如今，自打进了这沙漠，大家元力流失得厉害，乾坤袋打不开，与普通人没什么两样，自然而然地，对于饥饿的感知，也就明显了很多。

"这种烤牛肉，我和阿爹平日里也很难吃到。"豆娘拿起旁边精致的小刀，挑着最肥美的地方割了一块牛肉盛在盘里，递到田芳芳面前，"各位仙长不嫌弃的话，可以尝尝。"

牛肉就在碟子里，微微冒着热气，田芳芳咽了一下口水，看向顾白婴。

顾白婴瞥了一眼桌上的佳肴，漫不经心地道："宗门弟子，不能吃凡人的食物。"

"啊？"豆娘讶然一瞬，露出些遗憾的神情，"那真是很可惜了。"

簪星也觉得很可惜，这小牛肉看起来很嫩，闻起来很香，味道应该很不错，尤其是在此刻饥肠辘辘的时候，越发显得美味。然而这地方古怪，她也不敢随便吃此地的食物，只得暂且将心底的渴望按捺下来。

远处还有盛装的少男少女在比赛。

地上用木头桩子铺着各种格子，木头桩子的头削得尖尖的，比赛谁最先通过尖格。输了的人要喝一大碗酒，赢了的人则有各种彩头。彩头或是一块漂亮的绸缎手帕，或是一小坛昂贵的酒，或是一颗闪闪发光的夜明珠。

田芳芳看中了那颗珠子，提着乾阳斧跃跃欲试，同顾白婴几人打了个招呼，便冲那处人堆而去。

簪星还有些担心，问顾白婴："师叔，师兄一个人去没什么问题吧？"

顾白婴盯着田芳芳的背影，道："随他。"

两人正说着话，那头又传来年轻人高亢的歌声。调子倒是很轻快，簪星起先没听清楚他们唱的是什么，后来才渐渐听明白。

那个皮肤黝黑的少年正卖力地高唱着："大月亮，小月亮，哥哥起来做木匠，嫂嫂起来打鞋底，婆婆起来舂糯米，糯米舂得香又香，打锣打鼓嫁姑娘——"

他十七八岁，生得也算俊朗，篝火将他年轻的面容映得格外明亮，歌声也飞扬。他边唱边将手中的一朵艳色的绢花抛向坐着的孟盈。孟盈下意识地接住那朵绢花，朝他望去，那少年不好意思地挠了挠头，围在少年旁边的其余人却开始起哄，推搡着那少年往孟盈这头走。

簪星问："这是在干什么？"

豆娘连忙解释："吉蛇会上，适龄的男女会对歌、交换信物用以定情……仙子姐姐长得太漂亮了，这位小哥是在跟她表情呢。"

簪星望了望一脸冷淡的孟盈，又望了望坐在孟盈身侧的牧层霄，好家伙，这就当着面儿挖墙脚了？

那群人簇拥着少年走到孟盈身边，大抵是因为孟盈生得又美又冷傲，起先还推推搡搡的人群到了孟盈跟前，调笑声渐渐小了下去，最后那些人一声也不敢吭，只默默地把那少年往孟盈面前推。

牧层霄不动声色地皱了皱眉。

孟盈却平静地看向眼前人："做什么？"

她眉眼绝美，篝火热烈，却不能将她的神情映暖一分。少年吓了一跳，顿了顿，才鼓起勇气开口："姑娘，能不能请你同我跳一支舞？"

这大概是他最文雅的一次邀请了。

孟盈目光不曾变化一分，声音平静无波："不能。"

牧层霄微微松了口气。

那少年有些失落，勉强笑了笑，耷拉着脑袋转身离开了。

簪星看热闹不嫌事大，还以为牧层霄要有所行动，毕竟这两人的感情线到现在也没看出什么苗头，如今剧情线已经崩得离谱，也不知他们二人的感情会不会有所变化。

不过，虽然孟盈无情地拒绝了少年人的求爱，但这少年似乎开了一个好头。不多时，无数绢花便源源不断地朝孟盈这头抛来。巫凡城的青年男子们，争先恐后地前来邀请仙女共舞，试图让自己成为那个幸运儿。孟盈拒绝了一茬又一茬的人，巫凡城位于偏僻之地，城中居民似乎不知道"矜持"二字如何书写。青年男子们的热情堪比正午烈日，有种不惜一切代价也要融化冰山的决心。

簪星看得津津有味，觉得再这样下去，牧层霄和这些男子打起来也不意外。想来若不是他们此刻元力流失，孟盈应该已经直接出手，一剑将那篝火中心的舞帕给劈碎了。

"孟师姐真是受欢迎。"簪星拿树枝拨弄了一下面前的篝火，托腮望向正拍打着身上绢花的孟盈，转头对身侧人道，"我们——"

她的话语顿住了。

顾白婴前面站着一个年轻的圆脸姑娘，杏眼明亮，红唇饱满如花瓣，长发斜斜梳成辫子，在这沙漠中如同一只洁白可爱的羔羊。她紧张地揪着裙子，不敢看顾白婴，红着脸道："这位小哥——"

不等她说完，顾白婴就不耐烦地打断她的话："不行。"

姑娘愕然抬头，顾白婴抬眼看她，少年人的脸色虽然不如孟盈冰冷，却也好不到哪里去。

"对……对不起！"那姑娘有些懊恼地抿了抿唇，掉头跑远了。

簪星看向顾白婴，顾白婴注意到她的目光，问："看什么看，忌妒啊？"

簪星："……"

她道："师叔，你能不能好好说话？"

"我为什么要好好说话？"

"不好好说话的人，总是不讨人喜欢。"簪星道。

她话音刚落，从一旁又走来一个身披流苏长衫的年轻姑娘，红着脸将一朵绢花塞到顾白婴的手里，又害羞地离开了。

顾白婴歪头看向簪星，挑衅般地弹了弹指间的绢花。

簪星："……"

好吧，讨不讨人喜欢这件事，可能和性格没什么关系。纵然这是一本男频爽文的世界，爱美之心人皆有之的道理还是能一概适用。

那头年轻的女孩子们叫豆娘的名字，豆娘道："仙长们先在这里等一下，我先去打个招呼。"她朝小伙伴们走去，那些女孩子笑嘻嘻地说话，不时朝顾白婴这头看来。

簪星也跟着看向顾白婴。别的不说，他不说话的时候，这张脸确实很招眼。

她正想着，远处的田芳芳已经加入比赛。木头格子边围了满满一圈人，热闹得很。簪星站起身，道："我去看看师兄。"她抬脚朝田芳芳那头走去。

簪星走后，门冬在篝火前坐了下来，见四下无人，突然伸手攥住顾白婴的手腕。

顾白婴微微皱眉。

门冬的神情却有些变化，他诧然一刻，目光随即变得焦急，往顾白婴身边挨近了一点儿，低声道："师叔，你又强行运气了？"

顾白婴甩开他的手，满不在乎地回答："别胡说。"

"你瞒得过别人，可瞒不过我！"门冬更着急了，压低了声音，"之前鲛人的事后我就跟你说过，以你灵脉现在的情况，你不能再强行运气，否则元力受阻，灵脉会爆开，你会有危险。"他想到了什么，难以置信地盯着顾白婴，"难道之前你和杨簪星掉进画中境的时候……"

顾白婴目光微动。

那时候两人在秘境的茅草屋里，簪星的神识被拽进美人图中，他不知画中是何情况，又顾忌时间隔得太长，簪星的神识将会被永远留在画中，只能凝集元力，以自身修为强行冲破画上禁制。虽然目前他看上去没什么大碍，但他的灵脉本就有损，在进入传送阵时他就已经清楚地感觉到了自己的虚弱。

不过……

顾白婴瞥了面前人一眼，猛地一敲小童的脑袋。门冬"嗷"了一声，捂着脑袋道："师叔，你干吗又打我？"

"我自己的身体自己清楚，眼下没什么大碍，"少年顿了顿，又警告他道，"不要让别人知道。"

"我自然不会告诉别人，"门冬放下手，叹了口气，一脸苦大仇深的模样，"只是你现在的情况，瞒得了一时也瞒不了一世。咱们这一趟可真是赔了夫人又折兵。本来咱们是来看着琴虫种子的，如今倒好，种子还在杨簪星身上，师叔你自己反而越来越危险了。"

"不过，"这小鬼仍旧不死心，"你真的不打算和杨簪星双修？"

顾白婴平静地看着他："不想活的话，我现在就可以成全你。"

门冬闭上了嘴，看向远处的簪星。

女子站在人群外，正望着围着篝火跳舞的人群。那些少男少女身上的华衣艳丽，将冷清的沙漠映得亮亮堂堂。激烈的鼓点仿佛永远不会停下，那些热烈的情绪像是感染了她，簪星的脸上也露出一些微笑来。然而，她又被排挤在狂欢的人群之外，只是安静地、出神地望着人群。

"真可怜。"门冬叹息了一声。

顾白婴顺着他的目光看去，有些莫名其妙："可怜什么？"

"你看看孟师姐。"门冬示意他看。顾白婴侧首，见孟盈身前身后，全是散落的绢花。

"同样都是宗门女弟子，为何孟师姐就如此受人爱慕，杨簪星却备受冷落？"

顾白婴挑眉："为何？"

"当然是因为脸呀。"门冬仔细为他解惑，"孟师姐貌美如花，在这些凡人眼中犹如天仙下凡，杨簪星的脸上却有一块黑疤。师叔，"这孩子凑近身侧少年，老成地感慨道，"你我都是男人，男人是什么东西大家都清楚，肤浅、虚伪、贪慕美色。杨簪星此刻一定很失落，这难道不可怜吗？"

顾白婴一指头给他弹过去："毛都没长齐的小鬼，说什么男人？"

门冬愤怒地捂着脑袋："反正她就是很失落！"

"脸上有疤怎么了？"顾白婴睨着远处的簪星，随口道，"李丹书不是给了她玉容丹？而且就一块黑疤而已，很丑吗？"

门冬震惊："不丑吗？"

顾白婴耸了耸肩："好像没什么区别。"

"师叔，"门冬顿了足足一刻才道，"你的眼光真奇特。"

那一头，正看着人群发呆的簪星突然被人从身后拍了一下，回头，看见一个清秀的年轻人站在自己眼前。

他道："姑娘，能不能请你帮我一个忙？"

簪星打量了一下对方，这人也穿着盛装，袍裙上绣着大块大块红绿色的刺绣，笑容倒是很真挚。她犹豫了一瞬，问："什么事？"

青年轻咳一声，掏出怀里的绢花放到簪星的手上。

簪星受宠若惊。

什么，这种事她也有份儿的吗？

她正在思忖要怎么拒绝对方的邀约才好，就听见面前的年轻人继续说道："姑娘，你能不能帮我把这朵绢花交给对面那位姑娘？"

他笑着朝孟盈看过去。

簪星："……"

好吧，这种事，果然没她的份儿。

她收起掌心，那朵绢花便被她握在手里。

簪星对他点了点头："当然可以。"

这年轻人就高兴起来，一连道了好几声谢才往另一边走去。簪星端详着手中的绢花，这绢花用的绸缎很精致，摸起来滑滑的，还有一点儿浅淡的香气。她握着绢花走到孟盈面前。

簪星并不知道，自己的一举一动正被人注视着。

门冬看完簪星和清秀男子说话的全过程，正对顾白婴说"没想到这荒郊野地的，竟然还有这样不为美色所动、眼光奇特的男子。不过师叔，杨簪星要是答应了对方的求爱，晚上双修被人拿走了琴虫怎么办"时，下一刻，就见簪星拿着绢花走到孟盈身前，将绢花递给了孟盈。

门冬沉默了下来。

半晌，他喃喃道："这是侮辱吧？这一定是侮辱！"

顾白婴亦是难以置信地盯着远处："那个混账是把杨簪星当成送信人了吗？"

"确实难以置信，"门冬看热闹不嫌事大，在一边煽风点火，"看不上就看不上，何必这样折辱人呢？你看杨簪星的表情……"

不远处，正和孟盈说话的簪星笑容满面，并未显出半分忧郁。

"她一定在强颜欢笑。"门冬叹息一声，"真是太可怜了，我们太焱派学院考核的第一，何以被人嫌弃到这种地步？她喜欢的牧师兄如今日日黏着孟师姐，别人还将她当作送信人，杨簪星夜里一定会偷偷掉眼泪，说不准心灰意冷之下还会投河——"

顾白婴闻言，俊脸立刻罩上一层寒霜，怒道："他算个什么东西，也敢这样折辱我太焱派门中弟子？"

门冬义愤填膺："过分，太过分了！咱们应该把他打一顿才好！"

簪星正与孟盈说话，陡然间察觉到有目光落在自己身上，回头一看，就见门冬和顾白婴神情古怪地看着自己。尤其是顾白婴，目光格外复杂，似乎是怜悯，又像是恨铁不成钢。

她有些奇怪，回到篝火旁。弥弥躺在沙坑里打滚，簪星问顾白婴："师叔，你有话对我说？"

顾白婴的目光落在她的手上。先前在离耳国秘境中，簪星为了替他拿青华仙子留下的泥偶，掌心受过伤，他帮她包扎过。如今包扎的布条已经有些脏了。

他又抬眼看向簪星，女子目光清亮，带着点儿疑惑，面上的黑疤在火苗的映照下不甚真切。

顾白婴收回目光，"噌"的一下站起身，越过簪星往前走去，道："我过去一下。"

簪星望着他的背影消失在人群中，问门冬："师弟，师叔这是怎么了？"

门冬没有回答她的话，而是深深叹息了一声："男人啊，真是肤浅。"

簪星一头雾水："什么？"

另一头，狂欢跳舞的人群外，顾白婴静静地站着。

少年人容貌、风姿是一等一的出挑，人人盛装，衣袍华丽，却不及他眉眼明艳，珍珠色衣袍在这华彩中，非但不显得寡淡，反而多了份干净爽朗。他抱着银枪，神情挑剔地打量着狂舞的人群。

俊俏少年走到哪里都是惹人注目的，不多时，身前身后便被扔了许多绢花，而他不为所动，清澈瞳眸映着远处篝火，眸中分明是暖色，却有些拒人于千里之外的傲气。

顾白婴又看了一会儿，目光总算锁在了一人身上。这是个年轻男子，肤色是漂亮的麦色，浓眉大眼，五官俊逸，在巫凡城中似乎很受欢迎。他袍子的腰带上别满绢花，都是姑娘们送的。他笑容也很灿烂，歌声更是动人。

顾白婴冷眼瞧了半晌，直到这年轻人去一边的木桌前取酒休息时，才走过去。

"喂。"他道。

年轻人回过头，看到他愣了一下，随即反应过来："你是……豆娘的客人？"

巫凡城并不大，城中的年轻人互相认识也是常事。何况他们这一行人看起来就和别人不同，想来豆娘之前已经解释过了。

顾白婴挑眉，绣骨枪枪头掉转一个方向，指向在篝火边坐着的女子："你去邀请她跳舞。"

年轻人莫名其妙："我为何要邀请她跳舞？"

少年冷哼一声，伸手去解腰间的乾坤袋："你请她跳舞，我给你……"他的动作突然僵住。

年轻人好奇地看着他。

顾白婴的脸色变得难看起来，他这才想起来：进了巫凡城后，所有人的乾坤袋就已经打不开了。

年轻人等了半天，也没等到对面人的下一步动作，便放下手中的酒碗，笑道："没什么事的话，我就先去跳舞了。"

他转身要走，被身后人一把抓住手臂："站住！"

他不得已只得转过身，望向少年，有些无奈地道："豆娘的客人，您究竟要做什么？"

顾白婴的心中亦是懊恼：他在人群外看了好半天，好容易才挑选出这么一个尚算是英俊的青年，怎能半途而废？

"我说了，"他抬了抬下巴，"去邀请那个人跳舞。"

"我为何要邀请她跳舞？"青年人一头雾水，"你要是喜欢她的话，自己去邀请不就得了？"

顾白婴闻言怒道："谁说我喜欢她？"

青年看着他："你这人真奇怪。"青年又摆摆手，"反正我不去。"

少年的银枪"唰"的一下挡在青年面前，拦住对方去路。顾白婴跟无理取闹的小鬼一般："今日你不去也得去！"

"哪儿有你这样的！"那青年本就年轻气盛，先前好言好语不成，此刻也被引出了火气，将袖子一挽，做出要打架的姿态，"你这人蛮不讲理，今日我就非不去了！"

他们这头的动静惊动了其他人，篝火边的人纷纷朝他们望去。正与徐福说话的豆娘见状，忙不迭地跑过来，挡在顾白婴身前，问这青年："晓峰哥这是做什么？"

叫晓峰的青年指着顾白婴控诉："豆娘，你来得正好。你这位客人不知道突然发什么疯，非要我去邀请……"他指尖一转，正要指向篝火边的女子，陡然间发现那女子不知什么时候已经走了过来，他愣了一下，指向簪星，语气坚定地道，"邀请她跳舞！"

猛然间被点名的簪星一头雾水，看向顾白婴："师叔？"

顾白婴冷着一张脸，盯着晓峰，几乎要将他生吞活剥了。

豆娘试图拉走晓峰，晓峰一边被豆娘拉扯着往外走，一边还嫌不够似的继续抱怨："真是奇怪，他要是喜欢这位姑娘，自己去请不就好了？何必绕这么大圈子，咱们巫凡城的男人就不这样，有什么说什么。你不是说他们是修仙大宗门里的弟子吗？怎么这般无聊？开始我还以为他要给个银珠子收买我呢，结果掏了半天什么都没掏出来，是假的吧？豆娘你是不是被骗了？……"

那喋喋不休的抱怨声好不容易才远去。簪星回头看向顾白婴，少年眉心一跳，没好气地道："看什么看？"

门冬抱着弥弥晃了过来，叹道："确实有些丢脸。"

"你也给我闭嘴！"顾白婴吃了一回瘪，正气闷。

簪星正要说几句话打个圆场，忽然听得前面有人喊起来："圣女到了，圣女大人到了！"

第三十三章
圣　女

　　篝火边的舞蹈不知什么时候停了下来，激烈的比赛也没有再继续。那些盛装的男女老少，不约而同地捧起身侧画着蛇巫族图腾的神蛇灯，朝最前方奔去。

　　豆娘从人群中挤了过来，手里提着一盏神蛇灯，提醒簪星几人道："仙长们，圣女大人来了。等下圣女祭祀的时候，咱们要举起神蛇灯跪下，朝圣女许愿，神蛇会挑中有福之人满足他的心愿。"

　　田芳芳和孟盈他们也从两边赶来。簪星闻言，心中暗道：依银栗当时在皇陵甬道中所言，蛇巫族的巫女与人做交易，从不平白无故地赠予，而是等价交换。此刻听豆娘话里的意思，这蛇巫族的圣女，倒跟个许愿机似的。

　　她正想着，自远处传来一阵清脆的驼铃声。

　　这铃声非常空灵缥缈，像是从天地尽头传来，随着大漠里吹来的风渐渐明晰。簇拥的人群渐渐让开，人群深处，出现了两匹骆驼。

　　这是两匹通体雪白的骆驼，浑身上下一根杂色的毛也没有，在夜里简直像是要发光。两匹白骆驼背上覆着鲜艳的绿色绸缎，绸缎上绣着金红色的花样，极其繁复。骆驼身后拉着一辆华丽的马车，这马车四面没有遮蔽，车身是用金子打造的，上头雕刻着蛇样图纹，车栏边则镶嵌着血红色的宝石。

离耳国的王室也很富裕，可这辆大漠中的马车，其华丽程度又与离耳国的不同，带着一种野性张扬的美。不同于离耳国王室中精心修缮的精巧，此车的装饰乍一看像是暴发户似的胡乱堆砌，仔细一瞧，又有种诡异艳丽之美。

巫凡城的百姓疯狂地朝马车奔去，嘴里说着各种祷告和祝福，满怀敬慕地瞧着马车上的女子。

豆娘低声道："这就是圣女大人。"

簪星看向马车。

马车的正中坐着一名华服女子。她穿着金色纱袍，袍子上以黑、金两色绣着一条巨蟒，巨蟒栩栩如生，蛇鳞不知是用何种料子织造，在夜色下发出荧荧微光，仿佛巨蟒就在她的衣裙上游走。她有一头褐色微鬈的长发，没有任何装饰，就那么随意地披散在脑后。她的脸上覆着一层薄薄的黑色面纱，只露出一双眼睛，眼形细细长长，自有妩媚动人之意。簪星虽然瞧不见她的脸，也能想象到面纱下的容颜是何等摄人心魄。

这和簪星心中的蛇巫族巫女形象差不了多少，如果不弄这种花里胡哨的花车巡游就更好了。

骆驼在离最大的篝火还有十几步的地方停下了脚步。

圣女坐直身子，百姓自发让出道路，将神蛇灯高举过头顶，跪了下来。

徐福也找到豆娘，拉着豆娘一道跪了下来。

簪星一行人自是不会跪的。蛇巫族圣女下了马车，赤着脚，背对着他们慢慢走到篝火前。簪星这才看清楚，圣女的手中还有一根手杖。这手杖大概一人来高，杖身是银子铸造，歪歪扭扭的形状肖似一条蛇，杖首则是两颗蛇头，一颗是青色蛇头，一颗是赤色蛇头，正一点儿一点儿地吐着蛇芯子，竖瞳诡谲。

四周渐渐安静下来。

巫凡城的男女老少，不约而同地陷入沉寂，只有大漠深处传来了猛烈的风声。风将火焰吹得微微摇曳。那条青蛇张了张嘴，突然之间，除了圣女面前的篝火，其他火堆全部熄灭了。

天地瞬间陷入黑暗之中。

簪星的手紧紧按着腰间的盘花棍，弥弥不安地在她的脚边蹭了蹭。她能感觉到田芳芳刻意压低的呼吸声，以及身侧人藏匿在暗处的紧张。

就在这漆黑中，那些被巫凡城百姓高举过头顶的神蛇灯却格外明亮，如在夜空中浮起无数的明星，将这干燥而广阔的沙漠，衬得仿佛古老禁地之中的灯城。

那些蛇图腾顺着布灯里的火苗游走，圣女举起手杖，朝头顶上方挥去。

"轰"的一声。

原本旺盛的篝火，像是得了某种神秘的力量，火焰瞬间增长了几十倍，猛地朝天空中蹿去。而在这熊熊烈火之中，隐隐显出一条巨蟒的虚影。这影子极大，似能吞象，将人衬得渺小如蚁，先是缓缓盘踞于夜空中，而后长啸一声，乘风冲入九霄，腾电策光，神鬼皆惊。

百姓齐齐趴伏在地，虔诚叩首。

圣女也缓缓跪倒在地，将蛇杖置于身前，以额头轻触大地，嘴里念念有词。

不知过了多久，冲天的篝火渐渐平息下来，盘旋在沙漠上空的蛇影也消失不见。圣女重新站起身，蛇杖上的赤蛇吐了吐蛇芯子，那些被熄灭的篝火又重新燃了起来。

簪星看向手中的神蛇灯，这蛇灯像是被耗尽了某种力量，不知什么时候已经熄灭了。

白骆驼轻轻叫了起来。圣女收回手杖，重新走到马车跟前，上了马车，从头到尾没有说一句话。无人拉绳，也无人指挥，两匹骆驼像是早就知道自己要去往何处，自己掉头，又往来时的方向去了。

簪星几人并未下跪祈福，也没有出声叫住圣女，蛇巫族圣女也像是没有看到他们一般。华丽的马车与他们错身而过的瞬间，马车上的女子不知是巧合还是故意，微微侧头，看向一边的顾白婴。

顾白婴淡淡地盯着她。

她看了顾白婴好一会儿，直到距离太远，才回头收回目光，随着那辆华丽的马车消失在沙漠尽头。

不知为何，簪星的心中突然浮起一阵不妙的预感。

倒是一边的豆娘和徐福二人，揉了揉膝盖站起身，看向簪星他们。豆娘笑道："仙长们被吓到了吧？刚才火里的就是神蛇，圣女祭祀，神蛇现身，就会保佑巫凡城来年风调雨顺，百姓安居乐业。"

孟盈开口："蛇巫族的圣女，为何覆着面纱？"

"一直都是这样的，"徐福解释，"蛇巫族的圣女不会让别人看到自己的容颜。"

这话其实也没什么问题，传言蛇巫族的巫女是沟通天界与人界的人。游离于三界之外的族群，神秘一点儿也是自然。

只是……那女人最后看顾白婴的一眼，怎么想都令人觉得颇有深意。

牧层霄侧过头，低声问顾白婴："师叔，刚刚的蛇影……？"

"没有魔气，不是魔煞；也没有妖气，不是妖族。"顾白婴回答。

门冬皱起小脸："说了都是你们疑心病犯了，也许我们真的遇到了蛇巫族。不如之后咱们想法子见圣女一面，说不定她还能帮我们早日回到姑逢山。"

"但我也没有感觉到任何灵力。"顾白婴打断了他的话。

没有任何灵力，就意味着刚才那蛇影的出现和修为没有任何关系。那它是怎么出现的，变魔术吗？

豆娘不知他们这伙人心中的百转千回，只笑着问："仙长们刚刚祭祀的时候，可有对着神蛇许愿？"

"许愿？"

"被神蛇眷顾之人，今夜就会心想事成。"她笑眯眯地答。

众人没有开口，目光都有些怀疑。

见簪星几人不相信，豆娘不服气地道："仙长们别不相信，我就是这样找到我阿爹的！"

顾白婴的目光微动："你爹？"

田芳芳回过神，收起平日里大大咧咧的神态，有些严肃地问："小豆子，我还一直没来得及问你，你是怎么找到你爹的？"

豆娘侧头，看了一眼徐福，徐福已经走到木桌边，和相熟的人交谈起来。这汉子看起来憨厚又老实，切牛肉的时候小心翼翼的，生怕浪费一丁点儿，看不出有什么不对劲的地方。

豆娘收回目光，这才开口："当年我和田大哥你们分别后，一直往北走。当时，我分到的一些银子在路上被人抢走了，人还差点儿被卖掉。后来我逃了出来，走了很久，到了巫凡城。"豆娘顿了顿，继续道，"我当时一个人也不认识，有位好心的大娘将我接到家里，给了我饭吃。那一日刚好有巫凡城的吉蛇会，大娘见我暂且无处可去，就给了我一盏神蛇灯，叫我一起去吉蛇会看圣女祭祀。

"大娘告诉我，吉蛇会上，圣女祭祀时，人人都可以许愿，神蛇会挑选有福之人实现他的心愿。起先我也不相信，可我实在太想念阿爹了，就许愿能早日找到我阿爹。"

簪星看着她："然后呢？"

豆娘喃喃道："当夜我在吉蛇会上许愿后，就和大娘一起回了家。第二日醒来，我本想继续出城往北走，结果却在城门口遇到了我阿爹。"她的神情陡然激动起来，"我阿爹居然出现在了我面前！原来自打当年我被拐走后，阿娘因思念我而过世了，阿爹便变卖了家产，一直四处寻我。谁知道我们竟会在巫凡城重逢！"

"可是，从你被拐走，到遇见你爹，已经过了很多年了吧？"牧层霄冷静地开口，"这么多年不见，你爹是如何认出你的？还有，"他看了一眼远处的徐福，"你爹难道一点儿变化也没有？他没有变老、变憔悴吗？"

豆娘愣了一下，目光变得迷茫起来："变老……不知道，没有……阿爹就是阿爹，一直都是这个样子。"

这话一出，簪星心中"咯噔"一下，再看徐福的目光就有些变了。

凡人经过这么多年，外貌必然有所变化，豆娘却说徐福一直都是这个样子，莫非徐福是妖？可顾白婴不是说他身上没有妖气吗？

"不止我一人，"豆娘很快将这点儿迷茫抛在脑后，看着田芳芳认真地道，"巫凡城的所有人，都被圣女眷顾过，实现过自己的心愿。田大哥，咱们以前在柴房里啃馒头时，你曾经说过，要赚大钱，过好日子，顿顿吃肉，睡最软的床，如果你今日对着神蛇许愿，说不准神蛇会帮你完成愿望。"

小姑娘的眼里满是坚信不疑之色，田芳芳笑着拍了拍她的头："那倒不必了，我如今已经过上了想象中的日子，人嘛，多少得知足。"

"可是——"豆娘还想劝。

"小丫头，别白费心思了。"顾白婴打断她的话，"宗门弟子修仙，从来就是与天争道。求神的怜悯恩赐，早已背离修炼初衷。"他看了一眼迷茫的豆娘，"罢了，说了你也不明白。"

门冬看看豆娘，又看看顾白婴，第一次主动站出来打圆场，对豆娘道："喀喀，不用在意，我师叔并非故意不领你的情，而是我们师门规定不能如此。

你们这个吉蛇会挺好的，又热闹又盛大，如果我们不是宗门弟子，肯定就和你们一样对神蛇许愿了……"

顾白婴冷眼瞧着门冬在此大放厥词。

远处篝火渐渐熄灭了，夜空里的星子一颗也找不到了。吉蛇会上的人开始慢慢往城里的方向走。这盛会快要结束了。

徐福过来叫豆娘："豆娘，我们也该回去了。"

豆娘将那些熄灭的神蛇灯抱在怀里，冲徐福点了点头。

回去的路上，太焱派众人身侧的那些巫凡城百姓还在三三两两地谈论今日的趣事。有青年得意地掏出今日收到的绢花向众人炫耀，那些美丽的姑娘则是互相赞美着对方衣裙上精致的刺绣。

这里看上去，和普通城镇一模一样。

可就是这份"正常"，和那些处处的"不正常"搅和在一起，形成一种诡异的割裂感，更让人心中不安。

众人回到豆娘家，门前的大鹅被吵醒，扑棱着翅膀开始乱叫。徐福冲它们吃喝了几声，大鹅才渐渐安静下来。这些鹅是看家护院的一把好手，又凶又恶，小偷见了也要退避三舍。

等进到屋里，豆娘将油灯点上，先在炉子上烧上热水，又从厨房里拿出几块烤得焦黑的饼。她将烤饼放在盘子里，搁在桌上，有些不好意思地道："今夜在吉蛇会上，仙长们也没有吃东西，我和阿爹平日里为了干活儿方便都吃烤饼，可能不大好吃……仙长们要是夜里饿了，可以吃一点儿垫垫肚子。"

簪星他们不敢乱吃这里的食物，不过田芳芳闻言还是笑道："太好了，还是小豆子你贴心。"

豆娘揪着衣服下摆："田大哥，我们家屋子小，平日里我住里屋，阿爹住外屋，统共也只有两张床。今夜我和阿爹住外面，可能要委屈你们挤一挤睡在里屋了……"

"没关系，"田芳芳道，"我们修仙之人，睡不睡觉都一样，在哪里睡也一样，没那么多讲究。有块遮雨的地方就成了，我们睡地上。"

"这怎么能行？"徐福正巧抱着被子从里屋出来，闻言摇头，"你们是豆娘的客人，哪儿有让客人睡地上的道理？里屋我方才已经收拾过了，只不过床小……还望仙长们不要嫌弃。"

他话都说到这个地步，众人再推辞好像显得有些刻意。顾白婴开口："不嫌弃，那就麻烦两位了。"

此事就此决定下来。

田芳芳还有些不好意思，趁徐福二人去外面的时候偷偷问顾白婴："师叔，咱们怎么能抢小豆子的床呢？"

"你还真想睡啊？"顾白婴看傻子一般看着他，"今夜都别睡了，而且，"他望向屋外，"我也想弄清楚，这里究竟是怎么回事。"

徐福和豆娘把被褥送进来后就出去了，屋子里只留下簪星几人。

这里屋也很小，还不及离耳国秘境中那间茅草屋大，挨着墙的地方有一个土炕，垫着的被褥有些单薄。里屋没有窗户，也没有点炉子，屋里凉得很。红泥墙上挂些粗线织成的流苏，一看就是豆娘的手笔，鲜艳的流苏给这简陋的屋子添了几分生气。里屋还有一个半旧的木头柜子，看样子是豆娘的"梳妆台"。

徐福这个爹，看起来对豆娘不错，虽然家里穷，考虑得倒是很周到。

田芳芳在那头喊："师叔，咱们怎么睡啊？"

这床很小，莫说是六个人睡，要是稍胖一点儿的，两个人都挤得够呛。

顾白婴还没说话，牧层霄先开口了："孟师姐、杨师妹和门冬睡床吧。今夜我和师叔、师兄就不睡了，在屋里守着，以免发生意外。"

簪星瞅了瞅那窄窄的床，这平日里本就是豆娘一个人睡的地方，如今也只能勉强挤下他们三人。她道："眼下我们元力尽失，与普通人无异，整夜不睡觉地值守恐怕不行，要不轮流值守吧。一人一个时辰，门冬就不必了。"

"我同意。"孟盈也道。

从离耳国秘境出来后，他们一行人也没时间休息，若是往常自然无碍，但如今既都是"普通人"，便不能不考虑精力问题。

"行吧。"顾白婴不耐烦地道，抱着绣骨枪在挨着床的地上坐了下来。

这里也没有可以垫的布料，好在地上被豆娘打扫得很干净。簪星看了看榻上，豆娘家里果然很穷，一共就腾出两床被子，一床红底绿色碎花，一床绿底红色碎花，里头大概塞着棉花，也算暖和。

这沙漠里白日热得要命，到了夜里，冷气直往人的脚底钻。簪星把那床绿底红花的被子递给顾白婴："师叔，你们晚上守夜的时候盖上这个，免得着凉。"

鲜艳的被子透出一股朴实感。顾白婴看了一眼,就嫌弃地将它推开:"谁要盖这个?"话音刚落,他便打了个喷嚏。

众人齐刷刷地看着他。

顾白婴恼羞成怒:"看什么看?"

"师叔,你还是把这被子盖上吧。"门冬一骨碌从床上爬起来,把绿被子整个儿裹在顾白婴身上,"这个节骨眼儿上生病,咱们可就真别想走了。"

顾白婴还要挣扎,那头的田芳芳已经撩起自己的袍子。这动作惊得牧层霄立刻挡在孟盈面前,阻挡了孟盈的视线。

"这是……?"门冬有些茫然。

"这是师妹教我的,"田芳芳一拍大腿,仙气飘飘的纱袍下,棉裤看起来格外厚实,"冷的时候可以在纱袍里加条裤子,反正外头也瞧不见。此行进离耳国秘境之前,夜里冷,我就从乾坤袋里拿了一条裤子穿在里面,这时候用正好。"他冲簪星抱了抱拳:"还是我师妹蕙质兰心!"

簪星:"蕙质兰心不是这么用的。"

"总之,"田芳芳又把袍角放了下来,"我有棉裤,牧师弟身上也穿着柳姑娘给做的小袄,我们都不冷。倒是师叔你,这衣裳漂亮归漂亮,就是不怎么挡风,夜里冷,你就把这被子裹上,省得咱们仨还没跟魔煞打起来,先病倒一个。"

他大大咧咧的,丝毫不在意顾白婴瞬间黑下来的脸,还觉得自己说得颇有道理。簪星看着裹着那床碎花被子的顾白婴,一个没忍住,"扑哧"一声笑出来。

"你笑什么?"少年怒视着她。

"没什么。"簪星乐不可支地道,"只是想到刚进宗门的时候我就说过,太焱派只顾着仙气却不保暖的风气实在要不得。"她两手一摊,"你看,现在不就应验了?"

顾白婴闻言更生气了,正要甩掉那床被子,门冬已经凑近他的耳边,飞快地道:"师叔,灵脉,有损,注意!"

他掀被子的动作硬生生停了下来。

孟盈到底是太焱派的门面,这个时候还想着保全小师叔可怜的自尊心,道:

"那便这样吧。门冬睡里头，我和师妹睡外头，每隔一个时辰轮流换人值守。"

簪星问："睡过头了怎么办？"这里又没有司晨鸡，眼睛一闭一睁，谁知道是什么时候？

"你当谁都跟你一样？"顾白婴没好气地道，"我先来。"

他既这般说了，旁人自然没有异议，事情就这么定了下来。

门冬睡在靠墙的最里面，孟盈睡在中间，簪星睡在床的最外侧。地上，田芳芳和牧层霄已经躺下，顾白婴背靠床榻坐着，绣骨枪就放在身边。

桌上的油灯灯芯剪得很短，火苗微弱得像是下一刻就要熄灭。

隔壁传来徐福轻微的鼾声，还有外头院子里偶尔的鹅叫。被褥里渐渐暖和起来。

簪星翻了个身，灯火在墙上投下一片柔和的光影。少年背影挺拔，如在离耳国的那个夜里，她被深夜闯入的怪物惊吓，顾白婴不得已留下来时那般。

他的背影让她安心。

她悄悄撑起身体，低声问："师叔，你睡着了吗？"

四周静悄悄的，其余人也不知是睡着了还是没睡着，无一人说话。顾白婴没有理会她，只盯着油灯里的火苗出神。

簪星又往他身边挪了一点儿，从这个角度看过去，他朱色的发带在灯火下艳丽多情，让簪星无端想起吉蛇会上，这人差点儿被姑娘们抛来的绢花淹没。

"师叔，"她小声道，"我还是觉得豆娘他爹不对劲。"

"傻子都知道他不对劲。"顾白婴总算是开口了，大概是怕吵到睡觉的同伴，刻意压低了一些声音。

簪星怔了一下，冲他的后脑勺笑了笑："你现在也开始变得有人情味了嘛。"

刚到姑逢山时，她只觉这少年自负傲慢、盛气凌人。如今他们从离耳国秘境里走了这么一遭，同甘共苦了一回，他虽仍然别扭，但偶尔也能展示一番冷酷外表下笨拙的关心。

其实也不只是他如此，她自己何尝不是这样。刚进入这陌生的世界时，她只觉得处处都不真实，时时想着回去，那些师兄师弟、师姐师妹，于她而言不过是不够熟悉的虚拟人物。然而在不知不觉中，她与他们朝夕相处，一路同行，早已将自己当作其中一员。

譬如这个夜里，这样诡异的城池，因这屋子里其余的人在，她竟没有多少害怕的感觉。

"你如果不想睡的话，现在就可以开始值守。"顾白婴拥着那床碎花被子，冷言道。

簪星闻言，立刻躺倒，钻进那床红底绿花的被子之中闭上了眼睛："我现在就睡。"

屋子里重新安静下来。

不多时，田芳芳的鼾声渐渐响起，弥弥卧在床脚，将身子蜷缩成球，睡得香甜。

屋中灯火摇曳，唯有少年的背影投在墙上，留下暖色暗影。

这一觉，簪星睡得很沉。

没有司晨鸡的提醒，也没有旁人来催促，半夜，簪星是被冷醒的。

她盖着的被子原本是暖和的棉花被，如今却像是一块寒铁，沉沉地压在身上，让她全身上下都笼在寒气里面。她在黑暗中睁开眼睛，先是愣了一会儿，随即才反应过来：桌上的油灯怎么灭了？

屋子里一片黑暗。簪星待了一会儿，突然察觉出不对劲来。

这屋子里安静得有些过分了。

她睡着之前，隔壁的徐福还在打呼噜，田芳芳的鼾声也渐渐响起，院子里还有大鹅扑棱翅膀。但现在，什么都没有，周围是死一般的安静，仿佛这化不开的浓厚黑暗中，再也没有任何活物。

顾白婴呢？周围的其他人呢？他们不是在值夜吗？

簪星心里一瞬间闪过无数个猜想，这破剧情发展到现在，居然已经有了一点儿惊悚片的影子。她偷偷伸手摸向床头放盘花棍的地方。

下一刻，有压低的声音响起："别动！"

簪星惊喜："师叔？你还在！"

"这里不对劲，师妹，你小心一点儿。"孟盈在她身侧提醒。

簪星愣了一下："你们都在？"

"当然都在。"顾白婴嗤道，"连你的猫都冷醒了，你居然还能毫无察觉地继续酣睡。杨簪星，要不是亲眼所见，真难相信世上会有你这样迟钝的人。"

簪星正要辩解几句，就听见房顶有什么东西发出"哐当"一声。

紧接着，她身前有劲风吹过。

顾白婴追了出去。

孟盈是第二个追出去的，田芳芳掏出胸口的火狼牙项链，屋子里就有了一点儿光亮。

如今大家元力都丢失了，功法也使不出来。簪星的照明符都在乾坤袋里，也只能将这个勉强当作油灯了。

在火狼牙的照明下，其余几人也冲出屋子。出去外堂的时候簪星注意到，外面那间堂屋里，没有豆娘和徐福。

待她出了门，顾白婴和孟盈回来了，牧层霄问："怎么样？"

"没发现其他人。"孟盈摇了摇头，"你们看。"她朝院子里望去。

院子里原先还养着一群白鹅，那些鹅长得高，叫声又凶悍，而今地上还有笼子、给鹅喂水的土碗、散落的菜叶，那些鹅却杳无踪迹。

"怎么回事？"簪星问顾白婴，"师叔值夜的时候，可发现什么不对劲？"

顾白婴沉默一下，才道："没有，我睡着了。"

簪星有些惊讶。

"不是师叔的问题，"牧层霄跟着开口，"起初我也没睡，到中途时，突然感到很困，再醒来的时候，屋子里的灯已经灭了，变化应该就是在那时发生的。"

田芳芳从后面出来："屋子里外都找过了，没看到小豆子和徐老爹，这……"

这就显得更不正常了。

"喂，"门冬扯了扯顾白婴的衣角，"你们不觉得这里太安静了吗？"

簪星抬眼看向远处。

泥土路还是原来的泥土路，道路两边的房子门口都挂着灯笼。灯笼的光照亮院子里的一小块土地，夜空浓如墨色。这原本是很静谧的一幅画面，然而当周遭的一切都变成死一般的寂静时，这温馨与宁静，就显出几分诡异和恐怖。

没有犬吠声，没有睡梦中的人打呼噜的声音，没有虫鸣声，没有栅栏里马匹踱步的响动，甚至连风声也停住了。这里像是一潭死水，仿佛他们是无意间闯入了一处早已荒废千年的鬼域。

然而偏偏在不久前，他们才参加了一场盛大又隆重的节日庆典。

那些房屋看起来整齐又寻常，簪星道："我有一种不好的预感。"顿了顿，她才继续开口，"这些屋子里，不会都没人吧？"

牧层霄和孟盈对视一眼："我们去看看。"

他们二人搜寻了附近几间房，很快又回来，脸色有些严肃。孟盈看向簪星："师妹说得没错，屋子里都空了。"

没有月亮，夜空像是一张巨大的网，将沙漠中的城池牢牢裹住。那些热闹的歌舞和人群像是短暂的幻影，幻影散去后，只剩冷寂空城。

簪星不由得全身发麻，低声道："这里……不会有鬼吧？"

《九霄之巅》毕竟只是一本爽文，其中虽有奇花异草，动辄出现珍奇灵兽，但到底不是一本惊悚小说。如今这剧情发展已经没人控制得住，纵然她看过全文，也难以窥见未来的走向。

顾白婴正要说话，弥弥突然尖叫一声，浑身的毛都乍了起来，猛地朝前一蹿。

"弥弥！"簪星大惊。

这胖猫却难得有这般矫捷的姿态，夜色里那身雪白的皮毛像是会发光，迅速朝一个方向奔去。

"跟上它！"顾白婴提枪追了上去。

弥弥跑得很快。

这猫平日里走多了都要在地上躺倒耍赖，今夜却分外精神，一路从土路上不停歇地跑过。簪星看到那些房屋，有的大门紧闭，有的店铺门是敞开的，隔着窗户能看到屋里的桌上还摆着吃了一半的烤饼和肉汤，人却不见了。仿佛在匆匆忙忙间，这座城里的活物都被一只看不见的手抹去，留下来的，只是某一个夜晚的"当时"。

这更让人毛骨悚然。

一行人撵着一只猫在空城里穿梭，在诡异中倒是生出一点儿滑稽之感。簪星也不知自己跑了多久，就见弥弥停了下来。

路边卖酒的铺子门还未关，黄底红字的酒旗挂在屋檐下，那些空了的酒坛在店门口整整齐齐地摆在一起，酒碗是漂亮的青色，被随意地摆在桌上。

一切热闹又荒谬。

而弥弥停步的地方，则是一座残破的城门。

这是巫凡城的城门。

簪星还记得自己刚到巫凡城时，看见这城门虽然古旧，但尚算完整，城墙上还刻画有蛇巫族的图腾。而眼下的城门，已经破败腐朽不堪，半边城门看不出原来的影子，被埋在沙子里，那些图腾更是被风侵蚀得瞧不出原来的样子，只有模糊的一团影子。

"这怎么和我们之前看到的不一样？"田芳芳指着城门，"这是一个地方吗？"

"是我们来的地方。"孟盈淡声道，"或许，这才是巫凡城真正的样子。"

牧层霄往前走了两步："那是什么？"

从城门往前的地方，出现了一座金碧辉煌的大殿。这大殿看起来就像是凭空出现在荒漠中的一样，殿顶是漂亮的金色拱形，四面是雕满花纹的圆柱，看起来像是一座祭坛，又像是宗庙一类的建筑。

"咱们来的时候没有这个吧？"门冬疑惑，"这是一夜之间凭空长出来的吗？"

夜幕下，沙漠中的殿宇华丽幽美，其中似有光影摇曳，仿佛无声的邀请。

"师叔，要不要进去？"孟盈问。

"进。"顾白婴握紧绣骨枪，径自往大殿的方向走去。

众人随即跟上。

这殿宇很宽也很高，乍看上去金灿灿的，最中间有一道圆形的殿门，门把手铸成盘绕成团的蛇状。顾白婴将手覆在门把手之上，忽然想到什么，回头道："你们离远点儿。等下门开了，跟在我身后。"

"师叔，现在可不是逞强的时候！"门冬急急开口，"你现在……"他倏尔住嘴，过了一会儿才道，"你有些着凉，元力不比寻常。"

顾白婴冷声道："少废话，叫你在后面就在后面。"

簪星目光在他们二人身上转了一转，心中若有所思。

紧接着，顾白婴握紧把手，用力将门一推。

众人不约而同地握紧了手中的灵器，以免这门里突然蹿出什么妖魔鬼怪。

门在发出一声沉闷的巨响后，被缓缓推开了。

一开始只是一条小缝，紧接着，缝隙越来越大，从门后传出一股陈旧的灰尘味道，仿佛这华丽殿宇的大门经年未有人推动。从殿里透出些许昏暗亮光，弥弥"嗷呜"一声，身子一跃，从门缝间溜了进去。

半晌没有什么别的动静。

簪星的心中稍稍松了口气，顾白婴已经握着绣骨枪，走进殿宇中，她赶忙也跟了上去。

这地方有些像太焱派宗门的前殿，却又比太焱派的前殿要华丽、气派得多。整个殿宇非常空荡，似乎有好几层。墙上、地上有一些装饰绮丽的灯盏，里头冒出些幽幽亮光，将这殿宇衬得更加森冷。

殿中间的地方，石块堆成圆形，乍一看有点儿像传送阵，但大概不是传送阵，地上还散落着一些药草和发光的晶块、不知道上头写的是何物的符纸。顾白婴弯腰捡起一张符纸捻了捻，目光定住："是祭坛。"

"这里就是蛇巫族的祭坛吗？"簪星看向四面，"这壁画上画的又是什么？"

殿宇的四面墙上，全都画着彩色壁画，颜色非常鲜艳大胆，正和他们来时在城门墙上看到的图腾一般无二。壁画仔细地描绘着美艳非凡的女子手持青赤二蛇，在沙漠中望向远方的模样。

"这儿还有跳舞的。"门冬指着墙上，"这画的是吉蛇会吧？"

果然，这壁画上的内容还有在沙漠中熊熊燃烧的篝火旁边，两匹通体雪白的骆驼拉着华丽车辇，蒙着面纱的女子回眸，人群热烈地将手中的神蛇灯举过头顶，虔诚匍匐。

除此之外，还有女子坐在高座上，底下百姓跪在地上向她祈福的画面，或是在火光中巨蛇的虚影。整幅壁画，确实都在描绘关于蛇巫族的传说。

不过，簪星总觉得有些奇怪：蛇巫族真的这般高调吗？这里的蛇巫族似乎和银栗嘴里的那个蛇巫族，行事风格有些不同。

"这壁画好像是用金粉涂的。"田芳芳咂了咂嘴，上手摸了一把，"我还以为除了离耳国王室外没人这么大手笔了，看来不是别人太富，是咱们宗门太穷啊。"

簪星默然片刻："你对蛇巫族的壁画不敬，小心神蛇等一下就从壁画里出来把你带走。"

"带去哪儿？"田芳芳喜滋滋地问，"是去这种遍地金银的地方吗？阿弥陀佛，那我真是求之不得。"

弥弥跳到了壁画跟前，好奇地拿爪子去挠壁画一角。簪星抬眼看去，平心而论，描绘这壁画的画师技艺实在很高超。且不说那些市井街道栩栩如生，就连每一个微小人物的衣裳褶皱都画得格外细致。看得久了，人甚至会生出一种错觉，仿佛这不是壁画，而是将活生生的人缩成掌心大小，直接放进了这堵墙中。

她刚想到这一点，突然看见壁画上的圣女面纱外的眼睛轻轻转动了一下。

簪星一愣，还以为是自己看错了，正要回头问身侧的田芳芳，就看见田芳芳一只手伸向壁画中的圣女，神情是诡异的痴迷。

"师兄！"簪星抓住他后衣领，试图将他唤醒。方才还和簪星调侃说笑的田芳芳却跟没听见她的声音一般，目光直直地盯着壁画往前走去，似乎要一直走进画里。

簪星心道不妙，正要挥动盘花棍，下一刻，一道银光从面前刺来，却不是刺向田芳芳，只听"哗啦"一声，绣骨枪将面前的壁画从中间一分为二，圣女的头和身体被枪锋分裂成两段，一道裂痕突兀地出现在画墙之上。

像是从梦中惊醒，田芳芳目光逐渐清明起来，待看清楚面前的画墙时吓了一跳。他指着墙嚷嚷道："谁？谁把这墙上的画给刮花了！"

"是我。"顾白婴冷着一张脸收起绣骨枪，神情余怒未消，"说了要小心，你居然被这种低微的幻术迷惑，回宗门后，罚抄功法一千遍。"

"什么幻术？"田芳芳迷茫地看向簪星，"师叔这话是什么意思，我刚刚被迷惑了吗？"

簪星叹了口气："师兄，你刚刚看这画看得着迷了，我怎么叫你你都没听见。到底怎么了？"

"不知道啊。"田芳芳闻言，连忙离那壁画远了些，"这玩意儿这么邪门？"

孟盈和牧层霄走过来，孟盈望着被毁了一半的壁画："师叔，这不是普通幻术。"

顾白婴方才是被田芳芳的大意给气着了，故而说出"低微幻术"几个字，但显然这幻术并非普通人能施展。修仙之人大多不愿修习幻术，是因为幻术这东西，太容易被人揭穿。每个人心中的东西不同，看到的幻景便会不一样。

如果很多人在一起面对同一个幻境，施展幻术的人很容易就会露出马脚。

而至少眼下，他们所有人看到的东西都是一致的。

"这会不会是魔煞弄出来的？"门冬躲在孟盈身后，"师叔，我们不会有危险吧？"

"你不是说豆娘一定不是坏人，都是我们多心吗？"簪星故意逗他，"怎么，现在知道怕了？"

"谁怕了？"门冬涨红着脸，"我是怕你现在又没什么元力，等下魔煞出来，被魔煞抓走，师叔还要劳神救你！"

这孩子就是嘴硬得不可爱，簪星懒得跟他计较。牧层霄走到壁画跟前，蹲下身抚过壁画最底下的一角，喃喃道："这里好像有东西。"

众人都怔了一下。

牧层霄说话的工夫，已经伸手将壁画的一角给揭开，渐渐地，被揭开的部分越来越大，露出底下焦黑的石壁来。

"这是……？"孟盈握紧手中长剑。

原先的殿宇四壁，看起来非常平整，墙面大抵是以织造物包裹，在织造物上以混着金银的颜料描绘。而方才顾白婴那一枪将整面墙一分为二，墙面上包裹的织造物此刻卷起一个角，恰被牧层霄发现了端倪。

那层金灿灿的、无比祥和热闹的壁画被撕开后，露出底下截然不同的焦黑墙壁来。这是没有任何装饰的石壁，仿佛被一场大火烧过，透出些许黑漆漆的色彩。

"这上面似乎有画。"簪星注意到底下的石壁处，也有一点儿白色的画出的花纹。

牧层霄动作很快，不过须臾，便将上面覆盖的那层织造物除去，于是底下的石壁彻底暴露在众人眼前。

像是被除去了华丽的外衣，这殿宇没有了鲜艳壁画，瞬间变得阴诡可怖起来。墙上涂着一些潦草的图案，显然不如外层的彩绘精致，好似涂抹之人是在非常紧急的情况下匆忙涂抹，只能依稀窥得大致形状。

最靠里的一幅图画，画着一个女子，她有一头长发，手中还握有两条长蛇。

孟盈开口："这画的应该是蛇巫族的圣女。"

这位"圣女"站在一处高坡上，展臂将两条长蛇挥舞出去，不远处，有一只青面獠牙的妖兽匍匐在地，似为圣女所伤。远处的城墙内，许多百姓正双手合十祈祷着。

"这……"簪星斟酌着语句，"似乎是圣女在保护巫凡城百姓的画面。"

再往前一点儿的第二幅画，妖兽被打败了，躲在城里的百姓将妖兽尸体抬起来扛回去。一些人簇拥着圣女，看样子对她很是感激。

"这妖兽看起来不怎么样，"田芳芳摸着下巴，"不过圣女倒是很见义勇为。"

再之后的第三幅画，画面开始变了。这位圣女似乎在此地定居下来。她坐在高座上，一个平民模样的女子跪在她面前，好像是在苦苦哀求着什么。女子怀中抱着一个婴孩，婴孩双目紧闭，圣女面前则放着一堆金子。

"这个我好像明白，"门冬指着画道，"应该是这女人的孩子生病了，她请求圣女帮忙治病。"门冬说着说着又疑惑起来，"蛇巫族的圣女难道还懂医术？生病不是该找大夫吗？"

簪星心中一动，看向第四幅画，果然，第四幅画上，女人抱着睁开双眼的婴孩离开了，金子则留在了圣女的脚下。

"恐怕不是治病。"证实了心中猜想，簪星才开口，"是交易。"

孟盈蹙眉："交易？"

"之前在离耳国，银栗曾告诉我，他与蛇巫族的巫女做了一个交易。巫女将鲛人变作凡人，代价是他的妖丹。

"蛇巫族的巫女只做等价交易。"簪星望向壁画中的女子，"她不是在治病，只是和这个妇人做了交易。她让这妇人的孩子痊愈，而妇人付出金子。

"用金子换孩子病情的痊愈。这就是交易。"

第三十四章

蜃 女

有了簪星这番话，接下来的壁画就很好理解了。

这之后的几幅画，像是为了印证簪星的说法似的：蛇巫圣女在此地居住下来后，拿着各种东西来同她做交易的人越来越多。有人献上家中母牛生下的第一只牛犊，来交换第二年庄稼长势喜人；也有年轻女儿家送给蛇巫圣女自己珍贵的手镯，祈求来年嫁得一位如意郎君。

蛇巫圣女似乎来者不拒，交换的东西从贫民家的鸡蛋，到富贵人家的金银，什么都有。凡事等价交易，双方皆大欢喜。

田芳芳摸着下巴："这蛇巫族的圣女看起来有几分本事。"

簪星道："未必是好事。"

"什么意思？"门冬问。

顾白婴盯着壁画，淡淡地道："人心贪婪，如此行事，恐怕引祸。"

牧层霄指着面前的画道："你们看后面。"

各种各样的交易持续了几幅画后，画面又有了变化：一个富商模样的人站在蛇巫圣女面前，身前的箱子里是各色珍贵珠宝，他指着远处另一个人，十分气愤的模样，脚下还丢着一把刀。

"这是……"孟盈迟疑地开口，"要蛇巫圣女替他收割人命？"

簪星心情沉重。

果然，等价交换到最后，总会给一些恶人可乘之机，难免被有心人利用。交易者一开始只是想要家人的病好起来，想要庄稼长得更好，想要嫁一个如意郎君，到后来，或许变成要一个人的命，要他全家倒霉，要比自己更好的人尽数消失……

人性有善有恶，贪婪之心从来经不起考验。

"蛇巫圣女好像拒绝了。"田芳芳道。

簪星继续朝壁画看去，果然，这幅图中，蛇巫圣女似乎没有答应此人的请求，这人抱着金银不甘心地回去了。

蛇巫圣女并不是什么交易都会答应，一些同意了，另一些拒绝了。似乎同她讨要的心愿，只能发生在交易者本人身上，譬如"我要如何"；而若以别人的改变作为心愿，譬如"我希望他如何"，她都不予理会。

"这蛇巫圣女心中倒是挺清楚。"田芳芳赞叹。

簪星摇头："已经晚了。"

接下来的壁画，就画得更潦草，仿佛作者是在十分匆忙的情况下随手画完的。蛇巫圣女似乎变得很虚弱，坐在高座上，有人捧着金银来找她。当蛇巫圣女转身的时候，那个人从背后扑上来，用刀捅进了她的后心。

簪星瞪大眼睛。

蛇巫圣女倒了下去，很多人拥了进来，拿走了蛇巫圣女的蛇杖，画面到这里，已经乱得几乎看不清楚，再然后就没有了。

看完了所有的壁画，众人沉默下来。

这故事并不难猜，蛇巫族的圣女保护着巫凡城的平民。平民供奉瓜果，蛇巫圣女则保护平民的安危，帮他们驱逐作恶的妖兽。蛇巫圣女有一根蛇杖，似乎蕴含灵力，可以帮助人们心想事成。蛇巫圣女与平民就利用这根蛇杖做交易，可人心贪婪，平民已经不满足于小小的心愿，要的越来越多，到最后，欲望得不到满足的人，一同杀了蛇巫圣女，抢走了她的蛇杖。

"难道这就是此地之前发生的事？"孟盈沉吟了一会儿，"可照壁画上记载的，蛇巫圣女早就在当年死于巫凡城平民手中，我们之前看到的圣女又是怎么回事？"

"有两种可能。"顾白婴垂眸，"一种可能是，巫凡城不止一位圣女；还有一种可能，当年的蛇巫圣女，已经成为魔煞。"

"说得对啊！"田芳芳一拍巴掌，"死在被自己保护的平民手中，我要是这蛇巫圣女，我也不甘心。说不定她就这样留下了诅咒，把整座巫凡城都变成魔气凝结的妖物，咱们白日里看到的巫凡城和夜里看到的巫凡城才会不一样。"

"魔气凝结的妖物？"牧层霄疑惑。

田芳芳看向簪星："先前师妹在须弥芥子图中遇到的那个魔豕不就是这样？"

簪星不由得打了个冷战："你说得怎么这样吓人？"

田芳芳还要说话，陡然听得角落里的弥弥发出一声尖啸。簪星吓了一跳，朝弥弥看去。弥弥一下子跃上她的肩膀，如今乾坤袋打不开，这胖猫也不可能回乾坤袋里偷懒了。

牧层霄的面色凝重："地上怎么多了这么多沙子？"

殿宇的地面原本是用打磨得平滑的石头铺就的，上头还雕刻了花纹，如今不知何时，已经覆盖上一层细密的黄沙。

"刚才咱们进来的时候都没有。"门冬拽着顾白婴的衣角，"这沙子该不会自己往上涌吧？"

顾白婴怔了一怔，脸色突然一变，道："不好，不是沙子往上涌，是这座祭坛在往下沉！"

他这话刚一说完，整座殿宇就猛地往左边倾斜了一下，仿佛这殿宇变成了一块四四方方的石头，被人抛进沼泽地中，正以一种不可抵挡的姿态缓慢下沉。

孟盈跑到殿宇大门前，用力推了推，回头道："师叔，门被锁住了，打不开！"

他们进殿宇后，并未感觉到任何陌生人的气息，也没有察觉到有任何人前来，大殿的门却在悄无声息中被关上了。

"这祭坛有问题。"顾白婴道，"地陷得越来越快了，往上面跑！"

整座大殿似乎都要倾覆过来，殿宇中有一座往上的楼梯，若他们不想不明不白地死在这里，楼梯是唯一的生路。簪星跟在顾白婴身后，才跑了两步，突然感到脚下一阵剧烈摇晃，"轰"的一声，殿宇中间那根高大的石柱一下子砸了下来，将整个白玉楼梯砸作两段。

孟盈、田芳芳、牧层霄和门冬在楼梯上半段，见此情景，手疾眼快地跃进楼上的甬道。簪星跑得慢，顾白婴殿后，他们二人便被生生隔在楼梯下半段，往上爬是不可能的了。

"师叔！"门冬叫了一声。

"继续往上，别管我。"顾白婴冷静地道，一把抓住簪星的胳膊："走这边！"

脚下的沙子涌得越来越快，没过人的脚背继续往上，且地面整个倾斜过来，人跑起来摇摇晃晃的。若是寻常时候，这自然不在话下，如今他们元力尽失，连体力都在飞快地消耗，跑起来便有些艰难。

顾白婴反应极快，台阶是上不去了，便走另一条小道。这殿宇看起来四四方方的，却有许多狭窄的长廊和甬道。顾白婴尽量往地势高的地方跑，簪星跟在后面，往后一望，就见幽幽火把映照下，从甬道深处不断涌进来金色的沙子，像对他们穷追不舍的蛇。

想到此处，簪星脚下一顿。她低头一看，只见那些黄沙不知不觉已经没到小腿。她想要拔出腿，脚却像被黏稠的液体粘住了一般，似乎有什么东西正把她往这黄沙中心拉去。

"师叔，"她下意识地冲前方道，"我好像出不去了！"

顾白婴猛地回头，下一刻，簪星感觉自己的手臂被人用力一拽，整个身体一轻，顾白婴直接将她打横抱了起来，朝前方跑去。

脚下的路依旧颠簸，摇摇晃晃的。他衣襟冰冷，怀抱却温暖。明明是生死关头，十万火急的时候，少年冷着一张脸脚步不停，眉眼间未见半分慌乱，竟让人生出无限安心感，仿佛只要有他在，一切问题都会被解决。

簪星："我……"

"闭嘴。"他看也不看怀中人一眼，朝着暗色的甬道冲去。

簪星身后传来沉闷的风声，似乎还夹杂着某种古怪的轻响。也不知被顾白婴抱着跑了多久，簪星感到地面的倾斜渐渐停下来，回头望去，身后没有涌上来的黄沙。

顾白婴也意识到这一点，停下了脚步。

簪星道："师叔……"

顾白婴突然松手，她便猝不及防地一屁股坐在地上。

弥弥叫了一声，舔了舔爪子上的沙粒。这猫颇会耍聪明，簪星被沙子困住小腿的时候，它就顺势爬到顾白婴的肩上，将顾白婴当作人形灵舟。也难为顾白婴带着两个拖后腿的，还没被那古怪的沙潮追上。

思及此，簪星也就没有计较他这无礼的举动。

待从地上爬起来后，簪星看向四周。他们方才这么一通胡跑，也不知道现在究竟是在哪个地方。他们现在所处的位置是一条甬道的尽头，正对着的是一间小殿，或者说一间密室。墙上雕刻着图腾，地上则随意摆放着金银珠宝，仿佛藏宝图上的某一处秘境。

"前面没路了。"簪星喃喃，"师叔，我们怎么找到师兄他们？"

这尽头只有这么一间密室，再无别的出路。他们若要与田芳芳等人会合，须得往来的方向走。可整座殿宇都是往一方倾斜的，他们此刻站在高处，若往回走，假如遇到卷土重来的沙潮，只怕还没找到田芳芳他们，自己就先被活埋了。

"这地方有问题。"顾白婴皱眉道。刚说完这话，他突然按住左边肩膀，吸了口冷气。

簪星诧异地道："师叔，你的伤！"

她还记得，顾白婴的伤口是在离耳国秘境中他和金花虎僵持时留下来的。不过在茅草屋的时候，顾白婴已经自己处理过伤口，看着也好了很多，怎么到了这会儿，偏偏旧伤复发了？

簪星意识到了什么，低头看向自己的掌心。果然，明明她掌心的擦伤已经快好了，眼下，那处快痊愈的伤口却不知在什么时候重新变得狰狞起来，火辣辣的痛感提醒她，这伤口又复发了。

这地方确实有些不对劲。

"难道真是蛇巫族留下的诅咒，整座巫凡城都变成了魔煞的产物？"簪星不解，"那豆娘又是怎么回事？"

"我总觉得，不是魔煞。"顾白婴扶着绣骨枪，背靠墙坐了下来。

他看起来有些疲惫。

簪星跟着蹲了下来："师叔，你怎么样？伤口要不要紧？"

顾白婴拂开她伸过来的手，不耐烦地开口："少管闲事，这点儿小伤我还不放在眼里，多操心操心你自己吧！"

簪星望着被他拂开的手，叹了口气："你这人怎么这样别扭？"

"什么别扭？"

"明明关心人，却要做出一副坏脾气的模样。"簪星道，"方才我差点儿被沙子卷走，你不是没有抛下我自己逃走吗？"

顾白婴哼了一声："你是玄凌子的亲传弟子，是我太焱派的人，好歹叫我一声师叔，我总不能看着晚辈死在自己眼前。"他强调道，"杨簪星，我劝你不要多想，更不要自作多情。"

"那吉蛇会上逼人跟我跳舞的事呢？"簪星平静地看着他，"也是长辈看不下去才出手吗？"

顾白婴一愣，一时没有说话。

簪星低下头："师叔，你是不是觉得我很可怜，便私下里逼着人来邀请我跳舞？"

"胡说八道，谁觉得你可怜了？"少年立刻反驳。

簪星笑了笑，没有搭话。

她不说话，气氛就沉默下来。

顾白婴看了她一眼，轻咳一声："你脸上的疤……听说那个未婚夫就是因为这个才退婚的？"

"是。"簪星承认得坦荡，"不仅如此，当时他还在大庭广众之下嘲讽我来着。"

顾白婴俊眉拧紧："什么东西！我告诉你，脸上有疤不算什么。你就该好好修炼，以后谁要是再对你的脸指指点点，你就直接把他打趴下。"

他说这话的时候，似乎带着点儿恨铁不成钢的恼火。簪星觉得有趣，故意把脸往他跟前凑了凑，佯作忧伤地道："真的很丑吗？"

女子突然凑近，幽暗火光下，她脸颊上的那块黑疤被照得模糊，像是一朵黑色奇丽的花；而她的眼眸像是含着水，深深浅浅，带着一股明亮的生机。

他顿了顿，一把将簪星推开，警告道："别离我这么近！"

簪星心中失笑，越发觉得这位小师叔真是只纸老虎。她怕顾白婴窥见自己的笑意恼羞成怒，只得低着头，岂料这举动落在对方眼中，反倒像是为他方才的动作所伤。

少年不自在地偏过头，放缓了语气，若无其事地开口："就那点儿疤，不仔细看谁看得出来。"顿了顿，他又补充道，"我没觉得丑。"

簪星一愣，抬眼朝他看去。

他就靠墙坐着，语气虽然不甚在意，目光却认真得很。明明在幽暗的密室里，明明受了伤满身狼狈，但就在他说话的这一刻，少年如他身旁放着的绣骨枪般，光华璀璨。

簪星感到自己的心头小小地跃动了一下，而那绝不是枭元珠带起的反应。

她在心里自问：是吊桥效应吧？是吊桥效应吧！虽然顾白婴的长相、性情确实都是她喜欢的类型，但是在这种危机四伏的时刻，这种下一刻就会有魔煞暴起伤人的时刻，根本不适合她想这种风花雪月啊？

她真是昏头了。

见簪星垂目不语，顾白婴蹙眉，问："你怎么了？"

"没怎么。"簪星回过神，岔开话头，"我只是在想，接下来要怎么和师兄他们会合。"她揉了揉发酸的膝盖，站起身来，往密室外的甬道望去，道，"这回头路也不太平——"

簪星的声音戛然而止。

他们来的时候，是顺着甬道逃到这里，来路就是一条甬道，也没有岔路，簪星记得很清楚。然而眼下，她面前那条漆黑的、只有火把照明的甬道不见了，这是一处陌生的地方，像是某个宅子里的堂厅，最靠前的地方挂着字画，还有两把红木椅子。

"师叔，你看……"簪星回头，随即再次愣住。

她身后空空荡荡的，顾白婴不见了，不过一霎的时间，他就这样凭空消失了。

变化还不止于此。

那间随意堆放着金银的密室变成了一间闺房。这房间里挂着鹅黄色的纱帐，被褥上头的刺绣颇为精致，梳妆镜前的木桌上随意放着一些胭脂水粉，椅子上有绣了一半的香囊。

这是什么意思，任意门吗？

顾白婴消失了，一起消失的还有弥弥。这个处处充斥着诡异的地方，一瞬间只剩下簪星一人。心口处的枭元珠没有半分动静，她不敢轻举妄动，只握紧手中的盘花棍，四处打量着。

莫非是幻术？她心中思量着，犹豫了一下，小心翼翼地用盘花棍去拨弄了一下椅子上的香囊。

棍端碰到香囊，软软的，香囊的感觉是真实的，并不像是幻觉。

这到底是怎么一回事？

簪星往前走了两步，就在这时，在死一般的寂静中，忽然传来人的脚步声。这脚步声分外清晰，有人在唤："簪星。"

她心中一惊，立刻回头，随即怔在原地："怎么是你？"

风吹过，殿外的比翼花树发出"簌簌"的轻响，如数千只火色飞鸟即将展翅，将冷清院落装点上一两分明艳的色彩。

顾白婴的目光落在远处的小桥之上。

这里是逍遥殿。

外面在下雪，小雪将地面覆盖上一层银霜，小桥之上，有人正在舞棍。青色的棍，雪白的裙，身姿如雁般矫捷又轻灵，她有一头如黑缎般柔软又茂密的青丝，舞棍时，乌发散在风里，一颗雪粒落在她的头上，就成了一朵会融化的绢花。

红的花，白的雪，美人的棍尖漾出层层花瀑，将姑逢山的逍遥殿衬得如九天仙境。少年望着眼前似曾相识的一幕，微微蹙了蹙眉。

靴子踩过雪地，发出细碎响声，这响声惊动了舞棍的人。女子倏尔收棍，抬眸看来。人比花娇，如仙娥洛神。

此人竟是青华仙子。

顾白婴微怔，尚未说话，青华仙子也看到了他，朝他走来。

她在顾白婴面前停下脚步，少年个子已经长得比她还要高了。青华仙子微微仰着头，看着他，微笑道："白婴。"

顾白婴不言。

风卷起地上的雪，外面似乎变得更冷了。青华仙子伸手抓住他的袖子，拉着他往逍遥殿中走，道："外面变冷了，进去暖暖身子吧。"

逍遥殿还是他临走时的模样，殿里空空荡荡，冷冷清清。靠长几的地方，放了一个小小的铜质火炉，亮着一点儿红色的光。

顾白婴有些出神。

他的殿里，从来都不放暖炉。修仙之人并不畏冷，若是冷，正好可以修炼道心。似是看出他的疑惑，青华仙子温声道："我见殿中实在很冷，便让丹书打了这只铜炉。"她拿起桌上的茶壶，放到小炉上加热，"现在是不是暖和一点儿了？"

殿中的确是比从前暖和了。

平日里他不曾觉得的冷意，有了这铜炉，反倒变得真切起来。那点儿微小的红色火光像是在顷刻间灌满整个大殿，犹如动物的幼崽渴望母亲温暖的怀抱，让人不自觉地想要靠过去。

铜炉上的茶壶里，很快冒出热气。青华仙子提起茶壶，将热茶倒进茶盏，递给顾白婴。

他伸手接过茶盏，暖意从手心一层层涌上来。青华仙子想了想，拈起桌上碟子里的点心。

点心被做成小小的花朵形状，她咬了一口，冲顾白婴轻笑道："你做的梨花糕，比掌门师兄做的甜多了。"

一句话，少年原本防备抗拒的态度突然像是被扯出一道缝隙，神情一瞬间变得迷茫起来。

"这几日，我同掌门师兄说起你灵脉的事。"她吃完手中的点心，又喝了一口茶，才淡淡开口，"当年我和魔王交手，被他的魔气侵蚀，连你也受到了影响。你出生时尚不明显，如今灵脉中的漏洞越来越厉害，掌门师兄曾在黑沼泽中种下一粒琴虫种子，琴虫种子可以修补你灵脉中的漏洞，如今正是成熟的时候。"

顾白婴垂眸："琴虫种子已经不在了。"

青华仙子笑了笑，伸出握拳的右手，然后摊开掌心，一瞬间，一股明亮的绿意顿时照亮整个逍遥殿。一颗绿色种子躺在她的掌心，其中源源不断地流淌出勃勃生机。他光是在一旁看着，就能感觉到自己灵脉中的力量在一点点充盈起来。

"这是……？"

"我知道你的琴虫种子被杨簪星误打误撞地拿走了。不过，别忘了在离耳国秘境时，我曾将毕生心法功力传承于她，也就在那时，我将琴虫从她体内分离了出来。"青华仙子看着掌心的种子，"回到姑逢山后，我和师兄以元力温养琴虫，如今正好是它成熟的时候。白婴，你将它服下，日后便不必再受灵气受阻之苦。"

离耳国秘境一事是秘密，除了簪星一行人外，无人知晓。他抬眸看向面前的青华仙子，她就坐在自己面前，容颜和他在秘境中看到的一模一样，冷淡平静，还有一点儿不太熟练的关怀。

这大殿像是和从前一样，又像是和从前有什么不一样。

顾白婴觉得自己似乎忘记了什么重要的事情，但一时间想不起来，只觉得逍遥殿迎来了这么多年来最暖和的一个冬日，让人不忍离开。

青华仙子轻声催促他："愣着做什么，快拿走呀。"

他便伸手将琴虫种子接了过来。

琴虫种子已经快要发芽了，从种子前端蹿出一点儿绿色的虫芽，那股绿意也带着草木的芬芳，散发出一股香甜味道。

顾白婴捏着种子，就要服下。

青华仙子温和地看着他。

铜炉里柔暖的火似乎凝固了一下，他猛地捏碎了手中的琴虫种子。

青华仙子一惊，诧然道："你做什么……"

一道银芒从她面前掠过，绣骨枪没有一点儿犹豫，容色绝美的女子像是被打散的、泥塑的人偶，那张脸还保持着惊诧的神情，身体却渐渐开始消散。

少年站起身，一改方才昏昏欲睡的茫然，眼神明亮，平静地看着眼前。

四周的景物迅速开始褪色。

什么逍遥殿、比翼花树、被积雪覆盖的小桥，都像是市井间倡人用油彩画在脸上的脸谱，一盆麻油泼过去，油彩尽数褪色，露出脸谱下真正的脸来。

石壁上幽暗的火把摇曳，黑色甬道长长的，看不到尽头，这里仍然是刚才那间密室，弥弥在脚下，像是被吓晕了过去，簪星已经不知所终。

黑暗里传来鼓掌的声音，有女子的声音响起，似真似假地赞叹道："好久没见到这么出色的猎物了，竟然能破开我的幻境。"

顾白婴冷眼看着从黑暗中走出来的女子。

这是一个撩人心弦的美艳女人，她有一头褐色的微鬈长发，随意披在脑后，眼睛细细长长，眉目间自有勾人魅力。

那张面纱已经被取了下来，露出小巧的鼻和饱满如花瓣的红唇。这女子身披金色薄纱裙，纱裙贴着身体，勾勒出窈窕动人的线条，玉足赤裸，雪白的脚踝处文着一条青蛇，自有娇柔魅人之态。

她身上也带着一种奇异的芬芳，如某种珍贵花朵，愈美愈危险。

他们曾有过一面之缘，她是在巫凡城的"吉蛇会"上，那位手持蛇杖、乘坐华丽马车而来的蛇巫族圣女。

顾白婴盯着她，冷冷开口："你不是蛇巫。"

她伸手，将垂在眼前的长发别到耳后，嫣然一笑："我当然不是。"

"那你是什么？"少年挑眉，"蛇妖？"

此话一出，女人脸上的笑容僵了一瞬，似是被他的话激怒，立刻回道："满口胡言，蛇妖那种低贱的东西，怎配得上我的身份？"她瞧着顾白婴，下巴微抬，"我的名字，叫作蜃女。"

顾白婴目光微动。

蜃女，古籍上所言的大妖，常出现在汪洋与荒漠之中，擅长幻术。顾白婴曾对簪星说过，厉害的大妖能以幻术幻出整座城池，城中人畜与现实中的一般无二，说的正是蜃女。蜃女常出现在荒漠中，给濒死之人幻出海市蜃景，或是一片绿洲，或是热闹坊市，旅人得见希望，就会拼尽所有试图到达。但蜃景就是蜃景，即便旅人耗尽最后一丝力气，绿洲也是看得见摸不着的。那些旅人自此便死在虚幻的希望中，再无痕迹。

"巫凡城是你编织的幻术？"顾白婴问。

蜃女一笑："那你可真小看我了，事实上，从你们踏进乌旦林沙漠的第一步开始，就已经中了我的幻术。不过，"她上下打量了一番顾白婴，目光有些奇异，"我倒是没想到，你们竟是修仙之人。吉蛇会上，你们也没有对着神蛇灯许愿，害我不得不亲自跑一趟。"她撒娇似的抱怨了一声。

顾白婴神色不变，只问："你既不是巫凡城的主人，何以留在此地？"他想到了什么，蓦地抬眸，"是你杀了蛇巫圣女？"

"呀，这话可不能乱说。"蜃女摆了摆手，无辜地眨了眨眼，"想来你们也看清了殿中壁画，蛇巫圣女是死在她保护的平民手中，和我有什么关系？"

顾白婴漠然地盯着她。

这女子笑了起来，娇声道："好吧，我做了一点儿手脚，不过，只是一点儿而已。谁叫她要先来招惹我。

"当年蛇巫还没到巫凡城，我自住在此地。我是妖族，要想增长修为，自然得以幻术迷惑路人，取他们的性命。就如你们人族要宰杀鸡鸭牛羊烹饪果腹一般，我也是为了活下去，这又有什么不对？"她说到此处，神情变得愤愤，"偏偏那个臭女人要斤斤计较。"

原来，自打蛇巫在此地定居后，她接受巫凡城百姓的供奉，也帮他们驱逐这附近的妖物野兽，其中，自然也包括蜃女。

蜃女虽是大妖，却只能通过幻术来迷惑人心，而蛇巫是游离于三界之外的族群，一眼就能破开蜃女的幻境。她灵力又在蜃女之上，轻而易举就将蜃女逐出乌旦林沙漠。

"我不过是想活下去，又没碍着她什么。你说，她何故做到此种地步？她一副清高的样子，好似什么都能掌握在手心。"她把玩着自己的一束长发，将那束微鬈的头发绕在指尖，"她砸了我的饭碗，我岂能就这么算了。"

蜃女想到什么，开心地笑起来："不过老天爷也是眷顾我，后来我听说她在巫凡城中，得了一个圣女的名头，常常与人做交易，真是笑死人了。"

顾白婴盯着她："笑什么？"

"难道不好笑吗？"蜃女吃惊地看着他，"她与谁做交易不好，是妖是魔都行，偏偏要与人做交易。人族是最狡诈无耻的，人心又贪婪。我想蛇巫大概过去极少生活在有人的地方，还不清楚人族的本性。我当时就知道，这交易到后头，一定会出事的。"

顾白婴面如寒霜："你挑唆了他们？"

"都不用我挑唆，"蜃女不屑地开口，"我不过是编织了一个幻境，幻境里，他们的心愿都能得到满足。而要满足他们的心愿，他们就得拿到那根蛇杖。"

她注意到顾白婴微冷的目光，"咯咯"笑了两声："你不必这样看着我，若他们本身没有恶念，无论如何，蛇巫都不会丢掉性命。要怪，就怪他们太容易被迷惑；要怪，就怪那女人定下一个什么'公平交易'的规矩。

"人的欲望得到满足的时候，当然可以做到'公平'。可人的欲望得不到满足的时候，'公平'二字就成了一个笑话。"

"就算如此，巫凡城的人也不可能杀死蛇巫。"顾白婴提醒。

蛇巫既是能驱走妖物凶兽之人，修为就不可能浅薄。这样的人死在毫无修为的平民手中，怎么都不应该。

"寻常时候自然是不可能，不过每次与人'交易'后，蛇巫都会变得很虚弱。被我选中的那几个人，轮流与她'交易'，不过数次，她就虚弱不堪，这时候再有人出手，"她双手一摊。"杀掉一个蛇巫，也不是件很难的事。"

她就这么随意地说了出来，尽管这故事让人感到荒谬。

"其实我也很奇怪，听说蛇巫族是能沟通天界与下界的族群，只要能拿到她的蛇杖，就能窥见世间的一切秘密。她与这么多人做交易，难道就没有窥见过自己的结局，难道就不知道，完成的最后一个交易，交易物品是自己的命？"

蜃女说到此处，神情亦有些好奇，仿佛这是一个困扰她许久的谜题。

密室里一时没有人说话，过了一会儿，顾白婴的目光落在她手中的蛇杖上："你偷了她的灵器？"

"怎么能说'偷'呢？"蜃女嗔怪地睨了他一眼，"凡人是无法驾驭灵器的，那些人抢走了灵器也没用，还不如交给我。不过我也没亏待他们，我给他们每人编织了一个幻境，在那个幻境里，他们想要的都会有。"

"巫凡城的人都死了？"顾白婴问。

"与其说是死了，不如说他们在我的幻境中永远地活了下来。"蜃女轻描淡写地一笑，"只要他们想，就能拥有在现实中永远摸不到的一切。"

"我明白了。"顾白婴抬眸，"这里都是你的幻境，那个破败的城门，才是巫凡城真正的样子。"

"真相永远都是不美丽的，"蜃女微微一笑，"因此才会有那么多人宁愿躲在虚幻的梦境里，就如那个小姑娘。"

"豆娘？"

"那个小女孩儿很可怜的，"蜃女叹了口气，露出一副遗憾的神情，"她并非被人拐走的，当年，不过是身为赌徒的父亲还不起赌债，便将女儿卖给了拐子，她才从此流落他乡。"她顿了顿，"徐豆娘应该不想让旁人知道这一切，索性在脑海里想象出一个慈爱的父亲，编造了一个苦情的故事，同人说得久了，连她自己都相信了。

"不过，好在她来到了巫凡城，我发现了她的秘密，知道这可怜的孩子的唯一心愿就是与父亲团聚，于是帮了她一把。"蜃女笑起来，"你看，现在她有了疼爱自己的父亲，父女其乐融融，岂不是很圆满？"

顾白婴冷冷地开口："那不过是你的谎言。"

一个人只能在幻境中得到亲情和圆满，听起来反倒让人觉得可悲。

"谎言的目的在于慰藉，就如你刚刚一样，虽然你看穿了我的幻术，可在那时，难道没有片刻的沉迷吗？"

少年闻言，脸色陡然一变，银色长枪若游龙，刹那间朝前扑去。

枪尖却扑了个空。

女子柔媚的声音在他的耳畔响起："我说了，这是我的幻境，在我的幻境里，要风得风的人是我，不是你。"

她轻佻地挑起一缕顾白婴的长发，美丽的面容似是想将人的魂魄勾走："你又何必垂死挣扎？"

"其余人到哪里去了？"顾白婴的长枪朝她指去。

她被迫后退了几步，有些不甘心地看了看自己的掌心，哼道："还能去哪里，当然都是去了我的幻境。"

顾白婴握着长枪的手指顿时用力。

"人心都是有弱点的，或恐惧或欲望，或贪婪或野心。只要抓住这一点，为他们编织幻境，他们就会永远沉迷其中。"

蜃女脚踝上的青蛇图腾发出粼粼微光，像是勾人的诱惑，声音亦是柔软："那个带把破刀的小子，一心只想变强，保护他的妹妹。那个带剑的女人，脑子里只有如何担负起一个门派。壮汉贪财，小鬼胆小。而那个刚刚结丹的丑女，"她轻蔑地一笑，"精神力柔弱得连我最初的幻境都看不出，不堪一击。"

"你说，"她挑衅地看向顾白婴，"就这么几个人，又能改变什么呢？"

话音刚落，黑暗的甬道里，火苗似乎摇晃了一下，密室门口传来女子平静的声音："你说谁不堪一击？"

第三十五章

结心铃响

簪星从黑暗中走了出来，一直走到蜃女的面前停下。

蜃女盯着她，难以置信地开口："你是怎么出来的？"

"就那样出来了啊，这很难吗？"

蜃女的目光就带了几分狐疑："我的幻境是靠人的欲望维持的，幻境能窥见人心底最想要的东西。你不过是一个刚刚结丹的修士，不可能看穿我的幻境。你到底是怎么出来的？"

簪星笑了笑："可能是你给的不够多？"

"什么意思？"

"你真的确定，幻境里的是我最想要的东西？"簪星不以为然地开口，"我不这么认为。你的幻境也不过如此，连我心里在想什么都看不清。"

这话瞬间惹恼了蜃女，她的目光一黯，蛇杖猛地朝前刺去。顾白婴叫了一声"危险"，绣骨枪迎了上去。只听密室里传来一声巨响，顾白婴后背撞上石壁，跌倒在地，差点儿压到弥弥的尾巴。

"师叔！"簪星跑到他身边，将他扶起。

"真是不自量力。"蜃女收回蛇杖，玉手抚过蛇杖顶端，两条蛇在她的轻抚下"咝咝"吐着蛇芯子，她看向顾白婴，"难道你以为，在这里还可以用你的元力？"

簪星蹙眉："这里既是你的幻境，一切都是假的，为何我们的元力都被限制？"

蜃女轻笑一声，神情显出几分得意来："告诉你们也没关系。从你们进乌旦林沙漠开始，就中了我的幻术。一开始，你们的元力只是被削弱，随着你们越来越靠近巫凡城，进入幻境越来越深，元力的限制会越来越强。到现在，你们进入巫凡城中，已经彻底沉入我的幻境，自然要按我的'道'行事。在我的幻境里，凌驾于人族之上的，只有我一人。"

"所以，"她看着簪星二人，语气仿佛戏耍老鼠的猫一般玩味，"你们现在只是两个没有修为的凡人而已。"

"你未免过于自信。"顾白婴一只手撑着绣骨枪半跪在地，盯着她冷冷地开口。

"说起来，你倒真是令我意外。"蜃女饶有兴致地看着他，"这么年轻，已经是分神的修为。能在那么短的时间里看穿我的幻术，魂力又是世间少有的坚定，要不是你灵脉受损，我还真没有把握对付得了你呢。"

簪星怔住："灵脉受损？"

"看来你还不知道。"蜃女有些意外，"小丫头，我来告诉你，你这位师叔天生灵脉有损，元力本就受阻，不过之前似乎又胡乱运功，导致体内元力流窜。就算他不来巫凡城，处境也十分危险。我猜，他活不了多久了。"

"师叔，"簪星看向他，"这是真的吗？"

顾白婴盯着蜃女怒道："妖女，你少胡说八道！"

他没有回答簪星的话，簪星却明白过来。一瞬间，之前门冬为何每每对顾白婴格外保护，在这一刻似乎有了答案。她一直奇怪，顾白婴修为高于大部分修士，门冬何以总像对一尊易碎瓷瓶般小心翼翼地照顾着他。

原来如此。

"我可没说谎，在你的幻境中，你不也是对此耿耿于怀？"蜃女微微一笑，"想活下去是每个人的本能，你也不必掩饰。而且，你也并非全无希望呀。"

"你又在打什么主意？"顾白婴握紧了绣骨枪。

"蛇巫当年与巫凡城的平民做交易，全凭这根蛇杖。蛇杖能满足人的心愿。"她狡黠一笑，"看在你长得这么俊俏的分儿上，我可以同你做个交易，交易完成后，你灵脉中的漏洞会被修复，你也能活下去。"

顾白婴冷笑："代价呢？"

蜃女面色苦恼地思考了一会儿，才不甘不愿地开口："哎呀，你这么可爱，我也不想为难你。这样吧，你只要杀了面前这个女人，这桩交易就算完成。"

簪星："……"

蜃女这话说得仿佛是"看你长得这么漂亮给你打个七折"似的。

不等顾白婴开口，簪星就抢先说道："你们这种交易加了别人进来，难道不用征得别人同意？再说了，蛇巫当年的规矩，谋财害命的事可不干。"她又对顾白婴道："师叔，别听这女妖蛊惑人心，她是骗你的。就算你杀了我，她也不会帮你修补灵脉。"

顾白婴深吸了一口气："我知道。你闭嘴。"

"用一个女人换活下去的机会，这交易很划算。机会不是日日都有的。"蜃女轻笑道，"仙长，真的不再考虑考虑吗？"

顾白婴平静地看着她："你就是这样蛊惑那些迷路的人，让他们自相残杀的吗？"他银枪一拨，从角落里，滴溜溜地滚出一截白骨来。

簪星被吓了一跳，这才看清楚，原先的密室角落里胡乱堆着些金银珠宝，眼下那些金银珠宝已经消失不见，取而代之的分明是累累白骨。

蜃女面上的笑容滞了一刻，红唇微微扬起："看来，你发现了。"

蜃女夺走了蛇巫的蛇杖，将整个巫凡城变成她的幻境，只要进入巫凡城，人就会被幻境吞噬，永远留在蜃景之中。但这么多年，不可能没有修为不凡的修士误入此地，蜃女的幻术，也并非无人能揭穿。

而在那个时候，修士即便揭穿了幻境，也会发现自己元力尽失。蜃女便会看似好心地为他们指出一条"生路"，这交易，十有八九是同伴的性命。他们自相残杀，互相为敌，先前携手共进的友人，如今为了一线生机，反手就将刀捅入同伴的心脏。

这趣味当真恶劣。

"不必做出一副恶心的样子。"蜃女弯腰，捡起地上的一截白骨，如爱抚情人一般轻柔抚过，"你们猜，过去那些年，在此地愿意与我做交易的修士有多少？"她细长的眸子藏着淡淡的讽意，"不管是大宗门的弟子，还是百年难出的修仙天才，到了命悬一线的时候，一样丑态百出。前一刻还你侬我侬的有情男女，嘴上说着患难与共、连枝共冢，下一刻就拔刀相向、反目成仇。少年人，我见的，可比你们见的多得多。"

簪星皱眉："你就这样玩弄人心？"

"怎么能叫玩弄人心呢？"蜃女弯了弯眸，"是人心本就经不起考验。"

她看了一眼顾白婴，突然一笑，下一刻，金色纱裙已经出现在顾白婴身侧。蜃女纤长冰凉的手指轻佻地滑过少年的下巴，语气暧昧："我从第一眼看到你开始，心里就在想，好俊俏的少年，我可舍不得让你死了。看在你长得这么漂亮的分儿上，我可以不杀你，你就留在这里，一直陪着我吧。"

顾白婴长枪一指，绣骨枪猛地朝她身上劈下。蜃女一旋身闪开，金色纱裙在黑暗中如一朵绽开的花。

女人嗔道："你真是一点儿都不怜香惜玉。"

顾白婴黑着一张脸："不要用你肮脏的身体碰我！"

"为什么呢？"蜃女的指尖滑过自己的红唇，她看了簪星一眼，语气不甚在意，"这个女人对你来说，也不是很重要吧。"

"怎么不重要了？"簪星被她眼中的轻蔑刺痛，站起身冷笑道，"我们也是一对患难与共、连枝共冢的有情人。我们情比金坚，当然不能做出卖道侣的事了！"

蜃女闻言，像是听到了什么好笑的笑话，大笑起来，边笑边道："且不说你们一个是师叔，一个是师侄，就算你们不是这种关系，他生得这么英俊可爱，何故要找你这样的丑女？还情人，你可真是大言不惭。"

簪星："……"

她就不明白了，杨大小姐脸上不就多了一块黑疤，五官也是明艳娇俏的，何以走到哪里都被强调"丑女"这个属性，这就是《九霄之巅》的背景设定吗？真是太没有道理了。

"难道你以为自己长得很美？"簪星索性平静下来，"再怎么说，我们都是人族，而你，是用见不得人的手段，偷走别人灵器的老妖怪。"

她不说"老"字还好，一说"老"，蜃女的脸色顿时阴沉下来。蜃女握紧手中的蛇杖，直冲簪星而来："贱人，我今日必要你求生不得！"

"杨簪星！"顾白婴的脸色一变。

簪星手持盘花棍，迎了上去。

这是一座宽敞的宅子。

宅子的大门漆着漂亮的红漆，门把手是铜做的。大门的正上方，挂着一块金色的匾，上头写着"田府"两个字。

田芳芳觉得这地方有些眼熟。

犹豫了一下，他推开宅子大门，跨过门槛，向里走去。

这宅院占地很大，长廊曲折，有宽敞的院子和池塘。池塘附近的草木被精心修剪过，十分雅致。后院屋子的旁边，有一棵高大的杏树，杏子结满枝头，沉甸甸的。

田芳芳的脚步在这棵树下顿了顿，他才接着往里走去。

堂厅里挂着各种漂亮的字画，桌上摆着瓜果点心，还有一只烧鸡。有小厮和丫鬟从旁经过，恭恭敬敬地叫他一声"少爷"。

田芳芳一愣，指了指自己："我是少爷？"

"是呀，少爷，您怎么了？"小丫鬟问。

田芳芳想了想，觉得好像有什么地方不对劲，但又不知道哪里不对劲。过了一会儿，他摇了摇头："没什么。"

丫鬟又去忙活了，田芳芳继续往里走。

这宅子很大，进了堂厅往里走，是一座院子。他随意挑了一个方向走，进了小院，走进屋里。

屋子也很宽敞，摆着桌椅，还有一张床榻。床榻上的褥子看起来很软，还挂着软烟罗帐。桌上点着香，也放了菜肴。菜肴很丰盛，有炸鱼、烤鸡、烧鸭，各种各样的酒菜，香气顺着风往人的鼻子里钻。他有些醺醺然。

田芳芳在床榻边坐了下来。

这床榻果如他想的一般柔软，还带着点儿暖暖的香气，人坐上去，如坐在棉花上。他不自觉地叹一声，忽然觉得全身都很累，便仰头倒了下去。

香炉里，青烟静静地升起。

他睡着了。

风吹起地上的落叶。

长阔青空中，有大雁南飞。夕日红霞，秋景瑰艳。

少年站在树下，猛地收回手中的长刀。刀锋带起的劲风将地上的落叶吹得四处飘飞，有姑娘的声音响起："牧大哥，歇会儿吧。"

牧层霄回头，柳云心走了过来，掏出手帕，轻轻替他拭去额上的汗水。

"没事，云心，我不累。"他宽慰道。

柳云心心疼地望着他："你如今都结丹了，不必日日这样辛苦，总该让自己歇一歇。"

"我结丹了？"牧层霄愣了一下。

"是呀。"柳云心回答，"牧大哥忘了吗？一个月前你成功结丹，已经超过了少城主，整个岳城都以你为荣。老城主说了，就算倾尽整个岳城的灵石，也要助你修炼变强。"她笑得开心，"日后，再也不会有人来欺负我们了。"

牧层霄站在原地，一时没有说话。

"怎么了，牧大哥？"柳云心问。

牧层霄回过神，摇了摇头："没什么。"

"那咱们先回去休息，我做了你爱吃的清炖肥鸭。"她拉着牧层霄往前走，牧层霄的目光落在她身上。他觉得今日的柳云心与往日的不太一样，可细细看去，那又分明是柳云心没错。

许是自己修炼的时间太久了。他收起刀，随着柳云心往前走去。

后院中，女子擦拭着手中的长剑。

女修的佩剑，要么小巧灵动、光华剔透，要么剑锋锐利、英姿飒爽。孟盈的这把剑却不同，虽名月魄，却一点儿都不皎洁清冷，剑身是深沉的黑色，极钝极重，同她纤细轻盈的身姿实在是不大相称。

有人从后面走了出来，是月琴。

孟盈停下擦拭的动作，站起身，冲月琴道："师父。"

月琴微笑着看着她。这位师父在整个太焱派中是最严厉的一个，孟盈鲜少见她像今日这般高兴。孟盈问："师父，可是有什么好事发生？"

"再过三日，你就该登任太焱派掌门人，为师当然高兴。"

"我？"孟盈吃了一惊，"登任掌门之位？"

"怎么，莫非你是修炼糊涂了？"月琴奇怪地看着她，"当年《青娥拈花棍》被你在武学馆找到后，你接受了青华仙子的传承，那时候师尊就有意将掌门之位传给你了。若不是师尊有意考验你，也不会等到今日才传位于你。不过，"她欣慰地看着孟盈，"这几次历练，你都完成得很好。素日里处理太焱派内外的事宜，也有了掌门人的样子。我们也总算是放心了。"

孟盈蹙了蹙眉。

《青娥拈花棍》是被她找到了吗？她怎么记得是被别人找到的……是被谁来着？她仔细在脑子里搜寻了一圈，竟找不出那个名字。

"晚些时候，我让人将衣服给你送来。此次你登任，各大宗门都要派人前来观礼，万不可出差错。"月琴嘱咐。

孟盈："是。"

她有些恍惚。她自小就被当作太焱派未来的掌门人来培养，自己也一直朝着这个终点努力，然而如今，当一切成为现实，目标近在咫尺之时，孟盈却不合时宜地生出一种不真实之感，如做梦一般。

她垂眸望向月魄，月魄静静地躺在石桌上，剑身幽黑，沉默地注视着她。

山谷里传来野鸟的清鸣声。

鸟叫也是带着几分雀跃的，灰色的山雀不怕人，飞到枝头，歪头瞅着树下砍柴的人。

小孩子呆呆地望着山雀。

大眼瞪小眼了片刻，有声音从孩子身后响起："冬冬，你看什么呢？"

山雀受了惊，扑棱着翅膀飞走了。门冬回过头，一个中年汉子背着背篓走到他面前。这汉子很有力气，单手将他抱起来。

门冬望着汉子，过了半晌，叫道："爹？"

汉子应了一声，想到什么，又看向门冬："你怎么看起来有点儿不对劲，不会是着凉了吧？"

"我就说了，上山别带他一起，让隔壁陈婶帮忙照顾一下怎么了？"一个头上缠着花布巾的年轻妇人走了过来，轻声责备道，"山上这么冷，冬冬还小，怎么能让孩子吹风？"

"我想着老麻烦陈婶也不好，再说，咱们要是能在山上给他逮个雀儿什么的，他也高兴。"汉子怔怔地答道，又低头看向怀中的小孩儿，"冬冬没怪爹吧？"

门冬眨了眨眼睛，不知为何，胸腔里突然涌出阵阵涩意。他也不知道那酸楚从何而来，只是那种感情太过强烈，以至立刻红了眼眶。

这下可把年轻妇人吓着了，妇人忙伸手将他抱过来，哄着他道："冬冬怎么了，怎么突然哭了？可有什么不舒服的，告诉娘。"

这怀抱是如此温暖，令他心中那股难以抑制的酸楚倏尔化作渴望，于是他伸手搂住妇人的胳膊，将脸埋在妇人的颈窝中。

妇人和汉子面面相觑。

"要不先回去吧。"汉子道，"今日砍的柴也差不多了，我瞧着冬冬不大舒服。"

妇人点了点头，拍了拍怀中小孩儿的背，哄道："没事，娘带你回家了。"

密室里，银色的枪芒和青碧的棍风交织在一处，迸溅出灿烂的色彩。

女子飞身上前，手中青棍一搅，层层花瀑从其中绽放开来，激得蜃女倒退两步。

蜃女看向簪星，目光里满是狐疑："你是什么人，竟不受我的幻境控制？"

此处祭坛，已经是幻境的中心，哪怕是修为高深的修士到了此地，修为都会受损。簪星不过是金丹修为，若按以往金丹修士的表现来看，此刻她应当元力尽失，连普通人都不如，而不是像此刻这样，随着时间的推移，元力仿佛在慢慢恢复。

"多出去走动走动，你就知道什么叫山外有山。"簪星道，"你整日缩在这里，就别妄想只手遮天了！"她说罢，棍端一挑，朝前刺去。

那棍端却刺中了另一样坚硬的东西。

从蛇杖前，青赤二蛇的首间，猛地蹿出两道巨蟒的影子，亦是一青一红，约有水桶粗细，几乎立刻将密室挤得满满当当。蛇首自天花板俯视着簪星，冰冷的蛇瞳是森然的血色。簪星还未来得及收回盘花棍，那条青蛇就猛地朝她蹿来。

"危险！"簪星身后有劲风闪过，顾白婴拉着她后退，绣骨枪撞上青蛇巨大的蛇躯，如落在坚硬的铠甲上，发出"当"的一声。

蜃女"扑哧"一声笑起来。

簪星心中一紧，下一刻，只听得一声闷哼，顾白婴从身侧飞出去。那条赤蟒从顾白婴背后游走，芯子仿佛尖刺，顾白婴雪白的袍子上，有一朵血花慢慢洇开。

他跌坐在地，一时没能爬起来，簪星冲过去将他扶起。

"小仙长，你不会真以为自己现在还对付得了我吧？"蜃女掩嘴笑道，"且不说因为灵脉漏洞，你身上的元力已经紊乱得不成样子，就算没有灵脉的原因，你喝了巫凡城的水，也不可能走出巫凡城。"

簪星："水？"

"大宗门出来的弟子，不随意吃不明不白的食物，谨慎倒是挺谨慎的。"蜃女的语气带着几分嘲讽，"不过没用，只要你们用了巫凡城的东西，喝了巫凡城的一口水，就会变成幻境的一员，自然也要接受我的'道'。"

簪星恍然。

在徐豆娘家中时，豆娘曾烧水给他们喝。那时候，他们出了传送阵，一直长途跋涉，干渴饥饿至极，也就喝了此地的水。看来，那些关于"饥渴、寒冷、疲惫"的感知，未必不是蜃女的幻术，一切只是为了将他们引入巫凡城。而饥渴、寒冷、疲惫的迷路人，乍然见到繁华的城池，就会降低戒心，也愿意在此地"吃喝、休息、过夜"，这样一来，他们就算是用过此地的东西，也接受了此地的"规则"，彻底失去了元力。

"小仙长，你的修为确实很高，不过，"蜃女看向顾白婴，眼波流转，"灵脉受损、中了幻术、元力尽失，你现在只是一个凡人，不是我的对手。"她微微一笑，语气又暧昧起来，"不如留在此地，与我做一对神仙眷侣，如何？"

"少做梦了。"簪星冷笑，"我师叔冰清玉洁的人，岂能与你这样污秽可耻的妖物混为一谈？"她挡在顾白婴面前："和她朝夕相对，还不如死了，是吧，师叔？"

顾白婴："……"

屡次被簪星打断，蜃女看向簪星的目光已经十分阴鸷。她冰冷地打量着簪星："你倒是出人意料，竟能在我的幻境里发挥元力。不过，"她眯了眯眼，"你似乎也没完全恢复，乾坤袋还打不开。本就是三脚猫功夫，才恢复五成，也不足为惧。"她说到最后，尾音陡然转厉，"我要砍掉你的头，把它挂在巫凡城门口的旗杆上！"

蛇杖的前端，两条巨蟒猛地蹿了出来，凶狠地扑向密室中站着的女子。

顾白婴想起来帮忙，但刚刚被那蛇首咬过，全身上下似已麻痹，僵直不堪，竟动弹不得。心念闪动间，他朝簪星喝道："小心，蛇有毒！"

巨蟒尖利的獠牙近在眼前，腥臭气息扑面而来，簪星错身踩着蛇头险险避过，眼见着另一条赤蟒朝顾白婴身边爬去，看样子是想将他卷走。

"卑鄙！"簪星手握盘花棍，猛地朝巨蟒劈去，那蛇被棍风激得偏了个方向，差点儿砸到一边的弥弥。弥弥尖叫一声，僵着尾巴跳开了。

簪星赶到顾白婴身边："师叔，你没事吧？"

蜃女见状，怒道："放开我的猎物！"

簪星猛地回头，不甘示弱："他才不是你的，他是我的，人也是，心也是！"

顾白婴咬牙："你们两个，给我闭嘴。"

蜃女死死盯着簪星，猛地收拢蛇杖，两条巨蟒尽数消失。她手持蛇杖，朝簪星直扑而去："贱人，今日我定要你永生永世求死不能！"

那根华丽诡谲的蛇杖，裹挟着巨大的灵力直扫而来。顾白婴毫不怀疑，被这一杖落在身上，簪星定会灰飞烟灭。

蛇杖带来的风似也有形状，从前端陡然生出巨蟒的虚影，如吉蛇会那晚篝火中冲出的庞然大物，尖啸着朝簪星扑去，要将她撕成碎片！

眼见着那道巨影已经张开血盆大口，就要将簪星整个人吞下，这时，一道深蓝色的柔光却从簪星的手中散发出来。

那点儿柔和的、蔚蓝的光轻柔地托住扑面而来的劲风，于是那腾腾的煞气就在顷刻间消失无踪。蓝光渐渐漾开，整间密室顿时充盈着细碎的光影，就如微风拂过海面，泛起粼粼的波光。

水雾将整间密室充满，簪星听到那头的蜃女气急败坏的怒骂声。她回过头，看向顾白婴。

顾白婴难以置信地盯着她："你……"

簪星走到他身边蹲下，摊开掌心，一枚银色鳞片渐渐浮了起来，浮至半空，将蔚蓝的光遍洒周围。

顾白婴："鲛人鳞？"

"师叔，你可还记得蜃女的传说？"

顾白婴没说话。

"蜃女，常与鲛人一道出没于汪洋之中。"半空中的鳞片，不断散发出柔和的清凉之意，如夏日的西海，"鲛人也是会幻术的。虽比不过蜃女的蜃景，却也能抵挡一阵。"

顾白婴微微蹙眉："你是因为这个，才没有受到幻术的影响？"

"我猜是这样。"簪星道，"刚才我和蜃女对峙时，已经感觉到鲛人鳞的异动，但我不知道以我目前的修为能不能催动鲛人鳞，故而刻意激怒蜃女来拖延时间。"她望向身后。

蔚蓝的光影环绕在密室里，将他们二人安全地包裹，这里就像一个结界。

"你怎么样？"簪星将他扶起来靠在墙上，"刚才你说蛇有毒——"

"我动不了了。"顾白婴打断她的话。

被妖蛇咬中的人会浑身麻痹，别说战斗了，能保持清醒已是不易。簪星注意到他的额上渗出汗水，胸前的伤口处血迹蔓延开来，看着叫人惊心。

她伸手去解乾坤袋，乾坤袋仍然打不开，试了几次，只得放弃。簪星竭力让自己看起来镇定一点儿，宽慰同伴道："没事，蟒蛇一般是无毒的。若它真有毒，被咬那么大一口，你肯定活不到现在。我们再等等，等你缓过劲，我们再想办法出去，和师兄他们会合。"

"鲛人鳞抵挡不了多久。"他的声音很平静。

"那也没关系，我可以保护你。"簪星拨弄着他的衣袍。

少年对她的话嗤之以鼻："我什么时候需要别人保护？"

簪星手中的动作顿了一下，她看着他开口："需要人帮助不是丢脸的事，师叔。"

顾白婴愣了一下，回过神来，又注意到簪星的动作，顿时怒道："杨簪星，你在干什么？"

簪星的手伸到他的衣袍内，顾白婴的衣裳和太焱派弟子的袍服不大一样。他似乎不大喜欢穿宗门薄薄的纱袍，更偏爱劲装锦袍。他的外裳是雪白的，里衣也是雪白的，缎子精致柔软，看起来干干净净。

女子手一扬，只听"刺啦"一声，里衣被她撕下一条。顾白婴的面颊涨得通红，他还没说话，簪星就道："乾坤袋打不开，就用这个先处理伤口吧。"说罢，她也不管他愿不愿意，双手放在他的肩上，一下子将他的衣袍扯开来。

"杨簪星！"

"我听得见，不用喊那么大声。"簪星继续拉着他的衣服，雪白的衣袍被拉至腰间，露出少年匀称的身体，"只是处理伤口，你也不必叫得跟贞洁烈男一般。"话音刚落，她的目光就凝住了。

顾白婴肤色白，衣袍下的皮肤也白皙，但又不是女子肌肤的细嫩，应当是因为常年用功修炼，所以看起来结实又蕴藏力量。如今衣袍被褪下，她方才看见他的胸前有两个血肉模糊的窟窿，伤口极深，像是被蛇牙洞穿。

簪星一时没能继续下去。

她知道顾白婴情况不会很好，否则也不至于被蜃女逼到如此地步，但没想到他的伤口竟这般严重。

"你……"她想说什么，却又不知道该说什么，最后只好问，"疼吗？"

顾白婴的目光动了动，他别过头去，满不在乎地道："废话，蛇牙有毒，我没什么感觉。"

簪星点一点头，将手中撕下来的白帛缠在他胸前的伤口上，干净利落地一拉——

顾白婴"嗞"的一声，倒吸一口冷气，怒道："杨簪星，你谋杀啊！"

簪星乜斜着眼看着他："你不是不疼吗？"

这人立刻噤了声，过了一会儿，怀疑地盯着对方："你是不是在蓄意报复？"

簪星没理会他，低头替他一圈一圈地缠绕绷带。她动作很轻，伸手绕过对方的后背时，仿佛拥抱。

两人挨得近，于是呼吸也近了。少年微蹙着眉，似乎不习惯与人这样亲密接触，然而此刻他动弹不得，也只能"任人宰割"。簪星替他打好最后一个结，抬起头来，对上的就是顾白婴审视的目光。

他的眼眸生得很漂亮，即使是在这样狼狈的境地，依旧清澈如湖水。见簪星不语，顾白婴问："喂，你干吗那副晦气的表情？"

"你灵脉的问题，很严重？"簪星轻声问。

顾白婴愣了一下："干吗突然问这个？"

"我听蜃女的意思，你身体不适，之前就有征兆了，为什么不说？"不等顾白婴回答，她又接着道，"有什么解决的办法？都州这么大，难道没有什么可以修复灵脉的奇花异草、灵果丹药？"

她不说这话还好，一说这话，顾白婴便显出几分烦躁，语气不善："你当灵果丹药是路边的大白菜啊，随便找找就有。"他打量了一下簪星，"再说了，这和你有什么关系？"

簪星不明白他为何突然变得如此刻薄，只认真地道："你有危险的话，我当然会担心。"

他没料到簪星的回答竟如此坦荡，先是愣了一下，过了一会儿，有些不自在地偏过头去："少来猫哭耗子假慈悲，我平日里对你也算不得多好，你现在嘴上说担心，骗谁啊。"

话虽如此，他的语气却又比方才柔和了一些。

簪星有些头疼，这少年别扭得要命。她道："现在是说这个的时候吗？"

她伸出手，要将顾白婴的衣袍给拉上去，手才一动，就被人按住了。

她讶然抬头。

顾白婴按着她的手，这简单的动作仿佛已经耗尽他的力气。他问："杨簪星，你的元力还剩多少？"

"不多，虽然我不受蜃女幻境的影响，但我也喝了巫凡城的水，元力被这里的规则压制了。"

密室里一片寂静，弥弥不安地甩了甩尾巴。

他松开按住簪星的手，伸手取下自己朱色的发带，慢慢将它放到簪星的掌心。

簪星不解："这是……？"

"它叫朱颜，是掌门师尊送我的礼物，上面刻有遁逃咒。只要以我魂力催动，无论什么样的险境，它都可助我逃离，算是一个保命灵器。"顾白婴垂眸看向簪星的掌心，"还好，它不在乾坤袋里。"

"你不会是想……？"

"你是得了我娘传承之人，也是将来能挽救三界苍生之人。虽然到现在我也看不出来，你究竟有什么不同寻常之处，不过，你不能死在这里。"顿了顿，他才继续开口，"在离耳国秘境中，你也曾替我拿回我娘的遗物，我把朱颜给你，就算两清。"

簪星皱眉："你要我逃走？"

"鲛人鳞支持不了多久，"顾白婴自顾自地开口，"我没有元力，也无法离开此地。朱颜上有我的气息，你逃离后，掌门他们会很快找到你，带人救出门冬他们。"

簪星一把将发带塞回他的手里："我不会走的。"

"别任性。"顾白婴斥道。

簪星回望着他："用魂力催动？刚才蜃女的话已经很明白了。你的灵脉严重受损，一旦运功，元力会更加紊乱。"她看向那条朱色发带，在昏暗的密室里，发带艳丽如美梦，"这是上品灵器，以你现在的情况，想要催动它，之后就是死路一条。我走了，你怎么办？"

顾白婴不甚在意地一笑："那死妖怪要我当她的情人，我便暂时虚与委蛇，待你找到人后，再救我也不迟。"

簪星闻言，低头笑了。

"你笑什么？"

密室里柔和的蓝色光影将这里的寒冷似乎也驱走了一些。簪星道："师叔，好歹我在姑逢山上待了一段日子，我们也同行了不短的时间，你不擅长说谎，也不擅长安慰人，更不是会虚与委蛇的性子。以你的性情，你宁死也不会在她面前说一句软话，只怕我前脚刚走，你后脚就和蜃女同归于尽了。"

顾白婴没有说话。

弥弥望了望簪星，又望了望靠墙坐着的少年，犹豫了一下，还是蹭到了簪星的脚边。

也不知过了多久，顾白婴才哼了一声："你倒是了解我。"

簪星心中叹了口气。顾白婴这人，格外要强，从不轻易将脆弱示于人前。他在离耳国时，因为不满王室的虚伪，就一枪将海边的雕像劈碎，那么在这里，他要做的也是一样。

"你不用可怜我。"少年静静地坐在密室的角落，雪白袍子上绽开的血花竟将暗室给照亮了一些。他将发带握在掌心，黑亮长发垂在腰间，看起来柔软如黑缎，脸色比寻常时候苍白，唇色也不如过去嫣红，唯有那双漂亮的眼睛，一如既往地明亮。

"我生来灵脉有损，"他声音平静，"本就活不过二十岁，天命如此。"

纵然少阳真人寻遍都州，为他找来琴虫种子，在他十九岁这一年，种子也阴错阳差地被人拿走。

天命是很玄乎的东西，修道者一生都在与天命抗衡，可真正能逆天改命的，寥寥无几。

"就算不救你，我也活不了多久。你不是说过，人的一生，除了相遇就是别离，分离时多，相遇时少，活着总是如此。"他的唇角一翘，"你难道舍不得离开我？"

簪星沉默地注视着他。

"拿着吧。"他垂眸看向手中的发带，"待出去，你尽快找掌门他们——"他的声音顿住了。

簪星接过他手中的朱颜，发带冰凉而柔软，红色鲜艳明朗，像是比翼花的色彩。她抬手，抓住顾白婴的头发，将发带重新绕了上去。

顾白婴怔住："你做什么？"

"我说的分离，是缘分已尽，于是从容面对的那种分离，不是被人追得跟丧家犬一样，还不得不牺牲一个让另一个逃命的分离。"他的头发被重新扎了起来，她扎得不好，发束不如顾白婴先前扎的那么高，令这少年的神情看起来柔软温和了许多。

而她自己也是温柔的。

簪星道："我是不会走的。"

顾白婴蹙起眉："烂好心。"

"我可没那么高尚。"簪星绕好最后一圈，松开手，柔软的发丝从手中滑过，像水一样冰凉，"因为是你，我才留下的。"

她和顾白婴，两个在原著里看似完全没有交集的人，却一路同行至今。顾白婴曾在她坠入黑暗深渊中时，毫不犹豫地抓住她的手；她也曾为了顾白婴，返回即将崩塌的屋宇，只为拿到他生母留下的遗物。他们在离耳国的王宫，在天禄阁里忙忙碌碌地查一个真相，在秘境里、茅草屋里一起见过比翼花树开花，他们在无冬山的山洞里看过夜雨，也在巫凡城的大漠中听人唱歌。

他见过她狼狈的模样，她也见过他脆弱的时刻。

正如当初的顾白婴没有丢下她一样，簪星也不会独自离开。

《九霄之巅》的剧情，已经崩坏得不知会如何发展。或许牧层霄身为主角，到现在也有"气运"加身，会活到最后，但配角未必不会中途离开。

簪星看向顾白婴，喃喃："你是配角，我是炮灰，你我的命运，一开始就被写好。可是我偏不认命。"

"你说什么？"

"我说，"簪星认真地盯着他，一字一顿地开口，"顾白婴，我想改变我的命运，也想改变你的。"

她话音刚落，身后传来一声巨响。

那枚银色的鲛人鳞，像是再也支持不住，在空中化为齑粉，彻底消失。一股狂暴的风朝他们直冲而来。簪星抓住盘花棍，奋力抵挡，只听一声脆响，她整个人飞了出去，重重地撞在石壁上。那根坚硬的盘花棍断为两截，落在地上，可笑又可怜。

扬起的灰尘中，蜃女的脸有种诡谲的美艳。她红唇一勾，不屑地开口："早说了，强弩之末，不过是自讨苦吃。"

她朝顾白婴伸出手去，下一刻，一道青芒冲到她眼前，逼得蜃女后退一步。

形容狼狈的女子重新站了起来，手中还拿着两截断了的盘花棍，挡在身后人的面前，平静地道："那也要试试才知道。"

顾白婴微怔。

女子的身影并不高大，甚至称得上柔弱，站立的姿态却很挺拔。她的乌色长发被一路以来的折腾弄得不够柔顺，蓬乱又生机勃勃，湖绿色的发带偏如新发的柳枝，柔韧而不屈。

一个轻微的响声从他身侧发了出来。

这声音很微弱，清灵又悦耳，如积攒了一个冬日的雪被暖日照融，滴落在姑逢山出虹台的泥土中；又像是万籁俱寂中，一颗石子被投入千百年未曾有人到过的寒潭，激起动人的水花，然后水波一层层温柔地荡漾开去。

那声音低低切切，惊天动地。

少年下意识地低下头。

那只从不发出声响，似乎会一直沉默到天荒地老的青色铃铛，就这样，突兀地响了。

第三十六章

蜃 景

屋里的炉子上，正烧着热水。

汉子从外面走进来，从怀中掏出一个油纸包打开，红糖糕是才蒸出来的，热气腾腾，香甜的味道顿时充盈在整个屋子里。他拿出一个红糖糕，用油纸包住，递到小童手中："冬冬，你爱吃的红糖糕。"

门冬看着手中的红糖糕。

这是他爱吃的东西，他好像很久没吃过了。

"怎么不吃啊？"门冬身侧正在做活计的妇人笑着看他，"趁热吃，凉了就不好吃了。"

门冬便又沉溺在这种温柔的关怀中，大大地咬了一口红糖糕，随即脸色变了变。

和这糕点香甜柔软的外表截然不同，入口时，他仿佛在吃一团用泥水捏成的东西，泛着沙土的腥气，其中还夹杂着一些粗糙的石子和干瘪的枯草。这东西简直难以下咽。

"呸"的一下，他将嘴里的东西吐了出来。

妇人见状吓了一跳，忙走过来问："怎么啦，是不是哪儿不舒服？"她伸手去摸门冬的额头，靠得近了，门冬闻到她的衣袖间也散发出一股难以忍受的土腥气。

门冬忍不住往后缩了缩，不小心碰倒身侧一个东西。他低头一看，一只布老虎躺在他手边，胡子被揪掉了几根。

"想要这个？"妇人见状，把那布老虎塞到他怀中，"拿着玩吧。"

门冬死死盯着这只布老虎。

这只布老虎做得很漂亮，应当是手巧的妇人一针一线缝的，眼睛是两个圆圆的黑扣子，胡子是白色的渔线，还有一条毛茸茸的尾巴，摸起来柔软又暖和，精致极了。但不知为何，他想起了另一只布老虎，缝得歪歪扭扭，活像是凶兽，眼睛形状古怪，尾巴僵硬得像根木棒。

他什么时候有过这样一只丑老虎？

那只丑老虎又是谁送给他的？

他的记忆里，似乎有个少年不耐烦的声音在耳边响起："哭哭哭，就知道哭，这玩意儿给你，以后别哭了，知道吗？！"

他抽抽噎噎地接过来，看见那只布老虎那么丑，哭得更伤心了。

"给我闭嘴，你还有脸哭？我堂堂顾白婴，大晚上不睡觉，就为了给你缝这么个玩意儿，臭小鬼，别不识好歹。"少年没好气地警告。

顾白婴……那是谁？

他的眼前似乎浮现出一张脸，眉眼英俊，似不耐烦。他喃喃道："七师叔……"

"什么？"妇人没听清他在说什么，笑着问道。

门冬低头看着手中的布偶。

他的确有一只这样漂亮的布老虎，是他的母亲一针一线亲手缝的，他很喜欢，睡觉也要抱着。可是在那个夜晚，大火蔓延，将整个屋子包裹住，一切付之一炬，那只布老虎也在其中。

后来兜兜转转，他被人带走，又被人救出。他去了姑逢山，和救他的少年睡在一起。他没有了爹娘，也没有了布老虎，夜里常常从噩梦中惊醒，哭个不停。

那位年少的七师叔从榻上坐起身，看着在黑暗里抽泣的门冬，没好气地问：

"小鬼，要怎么样你才能好好睡觉？"

他含着眼泪，怯懦地开口："师叔，我……我想要一只布老虎，有尾巴……眼睛黑黑的布老虎。"

少年一掀被子，走了。

后来，顾白婴消失了好几日。门冬再次见到这位小师叔时，这人手中拿着一只布老虎，往他的手里一塞："拿着吧。"

门冬从未见过这么丑的布老虎。

它丑到如果不说是老虎，实在没有人能看出这到底是什么。这布老虎缝得歪歪扭扭，眼睛用了上好的乌金石，乌金石是方形的，夜里还会发光。如果他把这东西放在枕头边，夜里醒来瞧见，只怕会以为这是来索命的妖兽。

门冬就哭得更伤心了："怎么这么丑……"

"还嫌丑？"少年怒道，"这可是我亲手缝的！"

门冬把那只布老虎搂在怀中，在这陌生的宗门里，第一次安心地、痛痛快快地放声大哭起来。

此刻，门冬手中精致的布老虎似乎有些冰凉。

那些隐隐约约的画面，终于将他的一切回忆勾起。像是从一场陌生的梦中惊醒，门冬抬眼看向四周，惊讶地察觉空气中那股甜腻、温暖的味道不知什么时候已经变得腥苦、潮湿，像是水草摞在一起腐烂后发出的味道。他再看向身侧的妇人和汉子，熟悉的面孔不知什么时候已经模糊了。

这里不是他的家。他的家，很多年前便在那场大火中消失了。他的爹娘和精致的布老虎，不可能出现在这里。

一股强烈的恐惧感攫住了他，门冬一把推开面前的妇人，跳下床朝门口跑去，大喊道："救命啊——"

那扇看起来坚固的木头门，像是虚幻的一般，被他一下穿了出去。门外是阴冷漆黑的甬道，挂在墙上的火把在地上投出一道浅淡的光影，冷风如刀，刮在他的脸上。温暖被残酷地驱逐出去，他彻底从幻境中醒来。

这里是……巫凡城的甬道。

是的，他们在巫凡城的祭坛里，被沙潮追赶。顾白婴和杨簪星被倒下来的石柱阻拦，而他跟着孟盈他们冲上了阶梯，再然后……他一转身，发现自己和已经去世的爹娘正在山中砍柴。

门冬猛地回头望去，木头门已经不翼而飞，前后都是甬道，没有什么温暖的屋子。

"幻境？"他恍然大悟。

可是孟盈呢，孟盈他们在哪里？门冬抬脚刚要走，脚撞到一个东西，差点儿被绊倒。他低头一看，一条腿从黑暗里伸出来，斜斜地挡在自己面前。

这里很黑暗，若不是方才那一下，门冬也没法注意到这里有人。他吓了一跳，顺着这条腿看去，就见有人半个身子歪在密室里，两条腿大大咧咧地横在路边，正是田芳芳。

"田师兄！"在这里陡然发现一个同伴，门冬激动极了。他跑到田芳芳身边，发现田芳芳一动也不动，心下一沉，想着田师兄该不会是死了吧？门冬再仔细一看，发现田芳芳胸口起伏，尚有呼吸，应当还没死。

此地古怪，自己既沉入幻境，田芳芳多半也是着了幻境的道。门冬推了推田芳芳，在他的耳边大喊："田师兄！"

田芳芳一动不动。

他推了半晌，鼓起勇气，一巴掌扇在田芳芳的脸上，吼道："田师兄！"

田芳芳睡得香甜。

门冬揪着他的头发往外拔，宛如拔一只陷在地里的大萝卜："田——师——兄——"

"田师兄"没有半分回应，还在做着美梦。

门冬一屁股坐在地上，顿时感到一阵无助。他修为本就一般，何况现在元力尽失，乾坤袋也打不开，田芳芳又怎么叫都叫不醒。田芳芳不醒，他一个人怎么去找别人？

门冬坐在地上，垂头丧气地抹了一把眼角。方才那么一通折腾，田芳芳被他从密室里拽到密室外，那条绊到他的腿被扯得鞋子都掉了，露出破了一个洞的袜子。

宗门里，衣物都有份例，袜子是用白帛缝制而成，田芳芳的袜子却是红色的，他铁定是把发下来的袜子给卖了，用廉价货代替。如今那袜子破了个洞，露出这人的一个脚指头在外面。门冬看着看着，心中突然一动。

要不，自己换个法子试试？

桌上的菜都是田芳芳爱吃且以前吃不着的。

八宝野鸭、佛手金卷、炒墨鱼丝、金丝酥、奶汁鱼片、五彩牛柳……田芳芳吃得狼吞虎咽，吃急了，就拿旁边的花雕坛子灌上一口。

钱家倒了，原先的下人各自散去，他没要银子也没要古玩，而是要了一块村东头的地。他本想拿这地种点儿红薯什么的，没想到开垦的第一天，一锄头挖下去，竟挖出一箱金疙瘩。

他就用这箱金疙瘩置了田也置了地，建了漂亮的大宅子，将爹娘都接了进来。

有了银子后，田芳芳便感觉周遭的一切都好起来，不对，还有一样不好，就是他的记性变差了。譬如他是如何发家、如何拥有这宅子的，还是侍女告诉他的。侍女这么一提醒，他才模模糊糊地想起来，好像是有这么回事。

不过，人上了年纪，记性不好也是常事。原先在钱府做长工时，他只希望有朝一日能吃饱，顿顿有肉，睡顶软的床，没料到如今愿望全变成真的了。好运来得太过突然，就像一场梦。

他夹了一筷子鱼肉放进嘴里，鱼肉清甜细腻，田芳芳舒服地咂了咂嘴，忽而觉得脚边有什么东西弄得他痒痒的，低头一看，险些魂飞魄散。

一只灰色的老鼠正在他脚边，两只爪子似要顺着他的裤腿往上爬。他的鞋子不知什么时候不见了，他正赤脚踩在地上，能明显感觉到老鼠爬过脚背时酥酥麻麻的触感。

"娘啊，这里怎么会有老鼠？！"田芳芳骇然大叫起来。

他小时候家贫，屋里连床都没有，只用泥土堆一张矮榻。因为家中吃的不够，连老鼠都饿疯了，有时候到半夜，就会爬到床上咬人。田芳芳八岁的时候，隔壁刚出生的小婴儿就在夜里被老鼠啃掉了鼻子。在他的心里，没有比老鼠更可怕的东西了。

如今，他这精致豪奢的府邸中，竟然也会有老鼠？

"来人——来人——"他喊道。

脚下的老鼠越来越多，不知道从何而来，他只瞧见从四面八方涌来的灰色潮水。那些毛茸茸的东西蹭过他的脚背，他爬上凳子，老鼠也跟着爬上来，他爬上桌，老鼠仍穷追不舍。酥麻的感觉漫过他的身体，一股难耐的奇痒迫使他大喊出声："滚开！"然后他伸手去摸腰间的斧头。

他的手摸了个空。

斧头呢？他的乾阳斧呢？

可是，乾阳斧又是什么？

田芳芳感到脑海里突然变得混乱起来，记忆似乎出了差错。那些灰色的喧嚣浪潮在面前突然停滞，宅院渐渐模糊，一个清亮的声音在耳畔响起，伴随着脚心的痒意："田师兄！田——师——兄——"

田芳芳猛地睁开眼睛。

面前的小童正把他的脚搂在怀里，小脸憋得通红。田芳芳怔了片刻，突然反应过来，一把将自己的脚抽回来，看着门冬，表情格外复杂："师弟，没想到你竟然有这种爱好？"

门冬冷不防被他蹬了一脚，半晌才从地上爬起来，气得脸色铁青："谁有这种爱好？要不是看你一直沉在幻境里，怎么都醒不过来，谁要去脱你的袜子？"他捏着鼻子，"臭死了！"

那时候田芳芳没有要醒的迹象，门冬也就死马当活马医，干脆将田芳芳的袜子脱下，挠他的脚心。没想到这方法竟如此好使，田芳芳果真醒了过来。

"幻境？"田芳芳愣了一下，一边穿袜子一边道，"刚刚那是幻境？"

"你看见什么了？"门冬凑近他问。

田芳芳没说话，那幻境里，的确有他想得到的一切。如果不是门冬将他从其中唤醒，他要沉迷多久，还真说不定。

"不过师弟，"他穿好两只袜子，又开始穿鞋，"你是如何醒来的？"

门冬犹豫了一下："我有仙灵窍，或许是这个原因。"

因为他有仙灵窍，所以他的嗅觉和味觉也和别人不一样。幻境里的红糖糕，纵然竭力模仿出了他记忆中的香气，可当他一口咬下去时，他还是尝出了沙土的腥气。当他察觉到异样的时候，幻境就会露出破绽，比如那只布老虎，他也就顺着那个破绽，找到了真相。

田芳芳穿好鞋，在地上踏了踏步，忽而又"呸呸呸"地吐了几口唾沫，狐疑道："怎么一嘴沙子？"

"你是不是吃里面的东西了？"门冬问。

"是啊！"

"幻境里的食物，多半是用沙土幻化而成的。"门冬的一张脸绷得紧紧的，

"算了，我们先去找孟师姐他们吧。"

这甬道很长，田芳芳和门冬没走两步，就看到了牧层霄。

他靠墙半坐着，低着头，怀里抱着灭神刀，乍一看还以为他还醒着。田芳芳走上去拍了拍他的肩："师弟——"

牧层霄双目紧闭，没有反应。

"看来他也沉入幻境了。"门冬皱眉看了一会儿，蹲下来扛起牧层霄的一条腿，招呼一边的田芳芳，"快点儿，你也来帮忙。"

田芳芳跟着蹲下，对门冬道："我来吧，你在一边待着就行。"

秋日的长空似乎也是金色的。

落叶铺了满地，远处的雁群在云上留下灰色的影子，遥遥地消失了。

牧层霄低头看向自己手中的剑。

这剑是岳城城主送他的，祝贺他结丹。如今他是整个岳城中第一个十八岁以前结丹的天才，人人敬他、怕他，他和柳云心不必再看别人的脸色过日子，就连岳城少城主王邵，看见他也要恭恭敬敬。

柳云心坐在树林里的青石上，绣着手中的一把扇子。牧层霄的目光掠过她的脸，又重新回到手中的长剑上。

这把剑很漂亮，剑鞘上镶着一块血色宝石，最重要的是，这是一把中级灵器。这样华丽又威风的兵器，是过去他想也不敢想的。他本该为拥有这把剑自豪，可不知为何，每每看到这把剑时，心里都会生出一种异样的感觉，就好像……就好像这不是他的剑一样。

他摇了摇头，将心中那点儿异样的感觉抛开，拔剑开始修炼。然而甫一动作，他便听到四周传来一声惊天动地的巨响。

柳云心慌张地看向他，朝他不顾一切地奔来。他喝了一声"云心"，就要冲过去救她。然而就在他与柳云心之间，地面突兀地裂开一道口子，紧接着，从那道口子里漫出水来，一个黑色的庞然大物冲出来，缠上了他的双腿。

他心头大震："是'域'！"

"云心，快跑！不要被它的沙子射中！"牧层霄冲柳云心喊道。

话一出口，他突然愣了一下：这话怎么这般熟悉，眼前的画面似乎也在哪里见过。

那只黑色的、面目模糊的妖兽却像是不肯放过他，牢牢地缠着他的腿，将他往地底的裂缝中拽去。

他奋力挣扎，抬头却见柳云心不知什么时候不见了。那把绣了一半的扇子落在地上，刺绣拙劣又粗糙。

柳云心不可能丢下他独自逃走，也不可能绣出这样丑绝人寰的扇面。

四周景象犹如一张墨迹未干的画，被水一泡，那些精致的图案开始变得混乱不堪，分辨不清最初的模样。雁群消失了，光也消失了，金色长空变得错乱。他看到暗色的火在面前摇曳，有人的声音在耳边响起，急促的，一声又一声。

"师弟！牧师弟！"

"牧——师——兄——"

声音越来越大，像是越过无数虚假的事务，清楚地响在耳边。一股凉意从脚下生起，似乎有人在摆弄他的身体，这动静令他清醒。

牧层霄猛地睁开眼睛。

腥气钻进鼻子，带着一股潮湿霉味。

牧层霄握紧怀中的灭神刀，看向拿着一截断枝正冲他乐的田芳芳。

"嘿，师弟的办法还真有效，挠痒痒果然能把你挠醒。"田芳芳拍了拍手，问牧层霄，"牧师弟，你没事吧？"

牧层霄只愣了一瞬，立刻就明白过来，问面前的两人："幻境？"

"可不是吗？"田芳芳站起身，拍了拍膝盖上的泥土，看向甬道远处，"咱们仨全着了道，多亏小师弟清醒过来，挠痒痒把我给挠醒了，不然我还不知道要在这儿折腾多久。"

方才他们二人找到沉入幻境的牧层霄，拿地上的枯枝挠他的脚板心，挠了好半天，总算是将人挠醒了。

"这里的幻境真厉害，连七师叔和孟师姐都看不出来，恐怕对手力量很强。"门冬撇嘴，"乾坤袋打不开，还有元力流失，多半是幻境主人搞的鬼。此事……没那么简单。"

门冬年纪虽小，但常年随着赵麻衣和顾白婴在外，走的地方不少，见的世面也多。寻常妖物，纵是要创造幻境，也很难造出这样大的阵仗，一座城就罢了，太焱派两位天之骄子都没察觉出不对劲，可见对手比往日难缠。

"兵来将挡水来土掩，咱们这么多人，怕他一个妖怪不成？"田芳芳很是乐观，"再说了，他要是真那么厉害，何必鬼鬼祟祟造个幻境出来害人？既然他不敢光明正大地和咱们一较高低，十有八九是个故弄玄虚的家伙。是不是，牧师弟？"

牧层霄微一思忖，点头道："田师兄说得不错。况且当务之急，是先找到师叔师姐他们。"

此话一出，门冬和田芳芳的神情古怪了一瞬。

牧层霄问："怎么了？"

"那个……"田芳芳迟疑了一下，"师弟啊，其实……"他让开半边身子，示意牧层霄看自己身后。那里，靠洞穴的石壁边，一袭白裙如幽谷云烟——孟盈伏倒在地。

孟盈和牧层霄离得并不远，田芳芳挠牧层霄之前就发现她了。

牧层霄微愣："孟师姐？"他上前两步，见果然是孟盈，转头问田芳芳和门冬，"怎么不叫醒她？"

田芳芳和门冬对视一眼，默契地往后退了一小步。田芳芳把刚刚挠过牧层霄的树枝往他那边一扔，轻咳两声道："师弟，我这大老粗一个，下手没轻没重的，万一伤着孟师姐就完了，还是你来吧。"

牧层霄看向门冬。

门冬连连摆手："我也不行。我不会。"开什么玩笑，孟盈是月琴的亲传弟子，月琴那个老古板要是知道他脱了孟盈的鞋，还挠她的脚板心，一定会清理门户的。

再说了，就算月琴不晓得，对着孟师姐那张冷若冰霜的脸，谁下得了手？孟师姐平日里喜怒不形于色，万一心中不悦，将他砍了也说不定。他不过是月光道人的一个小徒弟，虽有仙灵窍，修为却普普通通，孟盈可是未来的太焱派掌门人，师父到时候就算想保他，也无能为力。

门冬想着想着，越发恻然，更坚定了不去接这个烫手山芋的决心，只对牧层霄诚恳地开口："师兄，我们刚才试过其他办法，叫不醒。至于挠师姐这件事，你的修为高，还是你来。"

牧层霄微微皱眉，弯腰捡起落在自己脚边的小树枝，走到孟盈身边半跪下来。

他心中本坦坦荡荡，待一只手握起孟盈的脚，要替她除去鞋袜时，却突然踟蹰了一下。

说起来，柳云心小时候常与他光脚在地里踩泥巴。他们二人虽不是亲兄妹，却胜似亲兄妹，因此，他也从未在意过这方面。孟盈与他却还没有熟稔到这个地步，且宗门里的女子，心高气傲，万一嫌他这个举动唐突了怎么办？

万一等会儿孟盈醒了，一怒之下将他砍了怎么办？

牧层霄的心中突然有些惴惴。

他现在这个修为，还打不过孟盈。

只是此刻他骑虎难下，看样子，田芳芳和门冬一时半会儿也不会去挠孟盈，总不能就这么耽误下去。思及此，牧层霄心一横，闭上眼，一把扯下孟盈的鞋袜，抓起小树枝乱挠一阵。

不知过了多久，"啪"的一声。

寂静的穴窟中，巴掌声突兀地响起。

沉重的黑色长剑横在他的脖颈上，女子面色愠怒，声如寒冰："登徒子——"

"啪！"——

人影被粗暴地扔出去，后背撞到坚硬的穴壁，滑下来时，血迹在身后蜿蜒，如一条朱色的长虫。

"杨簪星！"顾白婴目光凛然，努力撑起身子，奈何灵脉滞胀已经让他难以挪动一寸，何况他还元力尽失。

"放开她。"少年竭力冷静地开口，"我留下来陪你，对你来说是笔不错的交易。"

蜃女走到簪星身侧，伸出一只手握住簪星的脖颈，将她提货物一般提起，一边欣赏着手中猎物挣扎的模样，一边不紧不慢地开口："小仙长，那可不行，她得死，你……我也要。"

"别癞蛤蟆想吃天鹅肉了……喀喀……"簪星笑起来，"我师叔……怎么会和你这种老妖怪在一起，少做梦。"

"很好，死到临头还嘴硬。"蜃女不怒反笑，"要是我把你扔到你最恐惧的幻境里，不知道你的骨头是不是和嘴一样硬。"

顾白婴怒道："你想干什么？"

"我不喜欢直接杀人，"蜃女声音温柔，"那样太粗暴，也太无趣。我喜欢让他们在我的幻境里沉沦，在那里，我就是天道。至于你，"她看向簪星，"臭女人，让我看看你内心最怕的是什么，我要让你永生永世沉沦在恐惧中。"

"天道？"簪星不以为然，"你可能对自己有什么误解，在我看来，你不过就是个玩弄人心的老妖怪罢了。"

"贱人——"蜃女美艳的脸似乎因簪星这句话变得扭曲起来。她猛地张开五指，纤细雪白的手指忽而化作五条狰狞的毒蛇，朝着簪星面前扑去。

下一刻，蜃女的动作一顿。

断为两截的盘花棍，一截被握在簪星的手中，另一截没入蜃女的腰部。这截盘花棍只有前端没入蜃女的血肉，令蜃女流下不少鲜血。

蜃女微微侧头，脸上显出一点儿迷惑的神情，而后，那神情迅速消退，取而代之的是狰狞和愤怒："你竟敢——"

"你的话真的很多。"簪星话一出口，就被蜃女掼倒在地。她丝毫不在意自己身上的伤口，只一扬手，盘花棍便被她从蜃女腰间拔了出来。

"你可能不知道真正的幻境是什么，我说过，"蜃女冷冷地道，"你会后悔——"

盘花棍在簪星眼前突然绽开，从棍子前端飞出一条红色小蛇。这小蛇细如人指，全身上下被血色覆盖，偏又如镜子般亮得骇人，像一条细细的丝线，飞快地蹿入簪星的前额。

"杨簪星！"顾白婴惊怒交加。

"晚了。"蜃女望着瘫软在地的簪星，微微一笑，"这是'镜影'，能窥见人心底最恐惧的东西，并借此编织出幻境。"她用脚尖踢了踢地上动也不动的簪星，"小仙长，你知道吗？有时候，活在恐惧中，其实比死更可怕。"

四周变成沙漠。

日头就在头顶，不知疲倦地炙烤着大地。沙漠里除了金黄看不到别的颜色，簪星看得久了，觉得连天空也成了沙粒的黄色。

"窸窸窣窣"的声音从她耳边传来。

簪星猝然睁眼，就见从四面八方源源不断地涌出红色的小蛇。这些小蛇通体血红，鳞片光滑得很，宛如破碎的镜子，可以清晰地映出人脸。

她细细一看，这并非幻觉。如镜子般明亮的鳞片中，竟都困着一张张扭曲的人脸。人脸还在挣扎，目光中尽是恐惧，仿佛被困其中的人正遭受着巨大的痛苦。

簪星心中凛然。下一刻，那些血蛇似乎察觉到有人，猛地昂起头，齐刷刷地盯着她。被那些冰冷的竖瞳盯着，簪星心里发毛，一股不适感立刻涌上心头。

她本能地察觉到不妙，正欲掉头，一转身，发现身后不知什么时候也挤满了那些红色小蛇。它们将她包围起来，慢慢靠近。

若是被它们抓住，若是被它们抓住……簪星的心中浮起一个念头，她就会像那些鳞片中的人脸一般，永远被困在这里！

她想跑，可这个念头刚刚出现，脚就像被钉在原地，无论簪星怎么努力，都无法挪动一步。腰间的盘花棍不知什么时候已经不见了，身体无法动弹，簪星只能眼睁睁地看着那些血蛇朝她逼过来。

不知是不是她的错觉，随着双方距离的缩短，血蛇原本冰冷的竖瞳里竟然开始有了一丝宛如人类的情绪，簪星甚至能看到其中的贪婪与兴奋。蛇吐出芯子发出"咝咝"的响声，扰得人心乱如麻。

第一条血蛇已经爬到她的脚边，抬起半个身子，似乎要顺着她的腿往上爬。

簪星闭了闭眼。

紧接着，耳边响起一声尖啸，簪星低头一看，那条血蛇被弹了出去，远远地落在地上，摔为两截。

簪星愣住。

蠕动的群蛇停止了前进，沙漠中安静得落针可闻。

石室中，蜃女"咦"了一声。

伏倒在地的女子身上，猛地发出一簇光芒。"嗖"的一声，那条细如丝线的血蛇猛地钻出，像是触到了什么看不到的东西，被反弹回来，掉在地上抽搐几下，不动弹了。

蜃女大惊："你……"

簪星睁开了眼。

顾白婴愣住了。

簪星的心中亦很惊疑，在方才的幻境中，那些血蛇朝她靠近时，枭元珠突然剧烈震动起来，从枭元珠上发出的光将她笼在其中，而那些血蛇一碰到光罩，就化成飞烟消失了。

这珠子……在保护她。

蜃女提起她的衣领，怀疑的目光在簪星的面上徘徊，语气阴沉可怖："一个失去元力的、不过金丹期的女人，竟能抵挡我的'镜影'。你到底有什么古怪……"她像是想到了什么，神情陡然兴奋，"莫非你身上有什么灵宝？"

"若有灵宝，一开始你就发现了。"顾白婴怒视着蜃女，挣扎着想站起来，"别白费力气了，放开她。"

"嘘，"蜃女手中的蛇杖朝顾白婴一指，顾白婴蓦地吐出一口鲜血，她不疾不徐地开口，"别着急，小仙长，你的经脉快要爆裂了，很快就轮到你了。"她又看向簪星，"虽然这贱人身上看似没有灵宝，可她体内一定有什么古怪，否则我的幻术不可能对她没用。我要剖开她的五脏六腑看看清楚，其中到底有什么蹊跷……"

话毕，她语气倏尔狠厉，指尖不知何时已然变成刀锋，就要朝簪星的脖颈划下——

"师妹！"

"小师叔！"

一把金色的斧头猛地飞来，蜃女躲避不及，只得松手。乾阳斧掉在地上，没有了往日令人目眩的光芒，看起来就是一把普通的金斧头。

田芳芳朝簪星跑过去，将簪星从地上扶起，问道："你没事吧，师妹？"

簪星摇了摇头。

门冬跑到顾白婴身边，孟盈和牧层霄拔剑对着蜃女，牧层霄怒道："妖女，还不束手就擒！"

蜃女眨了眨眼："真叫人意外，看来这次的猎物比往日的更让人有兴趣。"她笑盈盈地讽刺面前的二人，"怎么，你们也是一对情比金坚的有情人吗？"

孟盈一言不发，直接拔剑朝她冲去："不必多说。"

月魄剑锋利，往日连最微小的发丝也能精准无比地削断，可今日连蜃女的身也近不了。牧层霄想要加入战局，可是灭神刀甫一出鞘，就变成金色流沙，从他的手中缓缓流过，什么都不剩了。

周围俱是如此。所有人手中的灵器都化作沙粒，脚下的石砖成了荒漠，一切归于虚无，像是蜃景被戳穿后的荒芜。

"这是怎么回事？"门冬躲避不及，半个身子陷在流沙中，惊慌失措地喊道。

蜃女嫣然一笑，语气温柔："我早说过了，这里是我的幻境，纵然你们能打破一次，可我立刻就能编织新的幻境，你们永远也走不出去。"

"别开玩笑了，"顾白婴冷冷地盯着她，"没有打不破的幻境，只要破坏其中的规则。"

"规则？"簪星看向他，"什么规则？"

"大妖编织幻境，引诱人进入，一旦接受了幻境中的'物品'，人就会被规则约束。譬如眼前这个幻境，编织幻境的人从一开始就制定规则为元力全部消失，一旦我们进入其中，元力就不能恢复。"顿了顿，他接着道，"但只要找出幻境的源头，破坏真正的幻境，所有规则就会自动消失，元力也不再受约束。"

"不愧是大宗门的弟子，这么快就找到办法啦。"蜃女笑眯眯地道，"说得一分不错。"

"源头？"簪星疑惑，"源头的话，是指豆娘吗？"

徐豆娘。一开始，他们就是因为遇见豆娘，才会进入巫凡城，也正是因为豆娘和田芳芳的重逢，才会喝下徐家的水，接受了此地的"规则"。

"豆娘……"田芳芳微愣。

蜃女狡黠一笑："差点儿忘了，还有一个人呢。"

刹那间，风沙顿起，沙粒逐渐朝一个方向聚集，渐渐凝出两个人的身影，一个是徐福，一个正是徐豆娘。

他们二人乍然出现在此地，待看清周遭情景，吓了一跳。豆娘"哎呀"一声，徐福赶忙将豆娘护在怀里，这个老实巴交的汉子有些惶恐地看向众人，迷惑地开口："各位仙长，这……？"

"看见了吗？"蜃女纤长的指尖滑过唇瓣，看也不看这父女二人，只道，"你们猜得没错，这里是徐豆娘的幻境。只要打破徐豆娘的幻境，你们就可以恢复元力了。"

"打破幻境？"田芳芳不解，"什么意思，怎么打破？"

女妖容颜如花，娇声道："杀了她的父亲，幻境自然就破了。"

豆娘大惊，浑身发起抖来，不安地看向田芳芳："田大哥，她说的是什么意思，为什么要杀死我爹，幻境又是什么？"

"徐豆娘的一切执念，都是因她父亲而生。只要杀了徐福，幻境之眼一破，所有的规则全部作废。"蜃女笑盈盈地道。

沉默片刻，簪星问："杀了他的话，豆娘会怎么样？"

"幻境中的一切，对于幻境的主人来说，都与真实的世间一般无二，主人在幻境越久，就越是沉溺其中。你杀了她的父亲，打碎了她的幻境，她自然痛不欲生，永远沉浸在痛苦中。迷失在巫凡城幻境中的人，有些是被我引诱进来的，可有些，是主动沉溺其中的。徐豆娘就是后者。"蜃女笑道，"但其实，这个小姑娘早已死去了，你若打碎她的幻境，至少能恢复一些元力，有与我一较高低的资格。"

蜃女饶有兴致地看向顾白婴："一个永远痛苦的灵魂，换你们的生机，对你们来说，是稳赚不赔的交易。小仙长，你要怎么选呢？"

簪星心头大震。被众人盯着的徐豆娘，此刻不安地躲在徐福怀中发抖。徐福一只手护住豆娘的头，一边安慰她道："豆娘不怕，不怕啊。"

簪星的目光冷了下去。

这是徐豆娘的幻境，这个被生父卖掉还赌债的小姑娘，在巫凡城沉溺于一个美好的幻境，被虚幻的亲情牵绊住脚步，永远迷失在这里。徐福是她幻想出来的父亲，慈爱、温和、永远不会抛下她离开。若他们杀了徐福，摧毁她的幻境，就是摧毁她的希望。

梦总归会醒，但不应该是在这里，也不应该是以这种方式。

她正想说话，就听见顾白婴嗤笑一声："欺负手无缚鸡之力的人，就是你的交易方式？"

"赝品，你听好了。"他冷冷地道，"我们宗门弟子，从不靠欺凌弱小苟活。"

第三十七章

最后一个问题

风吹过，空气中只有豆娘低微的啜泣声。

蜃女的指甲轻轻划过蛇杖上镶嵌的宝石，发出刺耳的刮搔声。

"倒也有几分骨气。"沉默一瞬，她讥讽地一笑，"既然如此，那你们就死在这里好了。"话毕，她手中的蛇杖猛地变幻，其中有巨蛇蜿蜒，粗暴地扑向在场众人。

所有人的灵器都已化作沙子，元力尽数消失。巨蛇的头在空中张开大口，簪星往后一退，背后不知何时已经变成沙丘。她还未反应过来，又觉身上一沉，巨蛇缠上她的身体，像蠕动的泥潭，将她牢牢卷住，一股无法呼吸的窒息感从胸口涌来。

失去元力的众人和普通人没什么两样，而修为最高的顾白婴，由于灵脉受损，全无还手之力，只怕就算没有遇上蜃女，他的身子也撑不了多久。

"师叔！"门冬惊慌的声音响起，"这女妖……这女妖在吸收我们的元力！"

簪星猝然抬眼。

他们落入此地，元力在规则的制约下消失了，却不是真正消失，只是发挥不出来而已。而这女妖的蛇杖，似乎有某种吸收旁人元力的能力，眼见着缠在自己身上的巨蛇身躯愈来愈庞大，簪星觉得自己下一刻就要窒息。

"牧师兄……"簪星艰难地转头，看向一边的牧层霄，"快想想办法！"

被巨蛇缠在其中的牧层霄身体亦是不能动弹，闻言有些不解："什么办法？"

"你的刀呢？喀喀喀——"

"不是……跟你的一样……化沙了吗……"说完这句话，他身上的巨蛇骤然缩紧，牧层霄脸一白，一下子没了声音。

他该不会是死了？簪星吓了一跳。

《九霄之巅》中是没有巫凡城这段情节的。可牧层霄是主角，而只要是主角，她就没听说过会在中途死掉，这也是为何簪星到现在都如此淡定。

现在牧层霄被勒得脸色青紫，眼看下一刻就要断气了，怎么瞧也不像能绝处逢生的样子，这可怎么办？

或许是枭元珠的原因，又或许是因为她的修为在这一行人中本就是最低微的，蜃女的蛇杖对簪星的影响反而最小。她还有精力思考，而周围的师姐师兄们，已经被蛇杖缠得像是没有知觉，奄奄一息了。

这样下去可不行，难道他们就要死在这里了吗？

就在这时，她突然瞥见一边的顾白婴，准确地说，是顾白婴头上的发带。

鲜红的朱颜在少年的脑后，如点缀在雪地中的一枝红梅。这条发带曾被顾白婴取下来递给簪星，让她先行离开，不过簪星拒绝了，她失去了这个逃生机会。

但事实上，修士们遇到比自己修为更高的对手，不止逃走一个办法。

在离耳国秘境里，青华仙子将传承给了她，只是那些功法心诀晦涩难懂，又多如牛毛，簪星还没来得及翻阅整理。但她依稀记得自己看过那么一行文字：若弟子遇到危险，无法逃走，对方修为又高于自己多矣，可以燃烧元力，短暂提高修为，与之一战。

燃烧元力，从某种方面来说，就如燃烧自己的寿元。失去的元力虽不会回来，但这样做好处在于，自己能在最短的时间里提升修为，具备与对手一战的能力。

如今她在此地，被幻境中的规则制约，元力尽数消失，但，她还有枭元珠。

那颗无所不能的枭元珠，在她的心头微微跳动，簪星甚至能察觉到它的渴望与战栗。

她是可以燃烧枭元珠中的元力的。

只是……

掌心开始隐隐作痛，不必想，她也知道那枚花朵状的红印在给她提醒了。

若她挺身而出，剧情自会发生变化。她抢夺了牧层霄的气运和风头，必然要被"天道"惩罚，就如枭元珠从至宝变成了魔物，就如她自己阴错阳差地进入太焱派，一步步陷得更深。

蜃女放肆的大笑声回荡在空旷的荒漠里，而簪星周围的伙伴已经没了声响。

簪星的目光黯了下来。

打破"天道"的安排的确会给她带来新的惩罚，但若不打破，眼下她就会失去性命。

既然如此，她还不如破罐子破摔，现在就放手一搏。

思及此，簪星闭上眼。胸口处温热的珠子里，骤然发出白光。那道白光与往日不同，不再热烫，反而如溪水静流，缓慢地流过人的心头。

蜃女觉察到不对，再看簪星，目光已有不同，喃喃道："你果然有古怪。"她伸手朝簪星抓来。

簪星眉头一皱，下一刻，自己的手突然被握住。她愕然垂眼，就见那扎辫子的小姑娘——豆娘正握着她的手，仰着脸看她。

掌心处传来汗津津的濡湿感，簪星眼前一花，一切尽数消失。她看到了自己的脚，布鞋的底子已经磨破，脚背被晒得黝黑，嘴巴里传出沙砾粗糙的感觉。

四周是荒芜的沙漠，一根草也没有。簪星看到自己的手，小小的，辫子从胸口垂下来——她变成了徐豆娘。

簪星——或者说徐豆娘在沙漠里慢慢走着，似乎已经走了很久很久，久到已经记不清日子，久到包袱中已经没有食物和清水，可她还在走着，因为她想回家。

她不知道自己是什么时候来到这片沙漠的，也不知道走出这片沙漠还要多久。她感到饥肠辘辘、口干舌燥，一到夜里，她就躲在沙丘后面睡觉，等日头一出，又背着包袱出发，像一只迷失在荒漠中的动物。

就这样，她走着走着，不知过了多久，又一个黄昏来临。她又饿又渴，和衣躺在沙丘后，看着暗下来的长空中出现无数闪耀的星辰。一望无际、孤独又荒芜的大漠，却拥有世间最热闹的夜空。她闭上眼，隐隐约约听到自己的耳边传来一个女子温柔的声音，女子问："你最想要的是什么呢？"

她最想要的是什么？

徐豆娘想，她想要回到很多年前，被卖到富户家当丫头前的时光，那时候阿爹还没有迷恋上赌钱，阿娘也还在。如这样的夏日，她在院子里踢完毽子，一头汗地跨进小屋，阿爹一只手给她擦汗，一只手从桌上端起井水镇过的酸梅汤给她喝。酸梅汤又酸又甜，她一气儿饮下去，舌头都甜津津的。阿爹把她从地上抱起来，举得很高。

她听到耳边那个声音变得更温柔了，仿佛在说："睡吧，睡吧，醒来就好了。"

徐豆娘放心地睡过去。

第一缕日光冲破云层，落在女孩子的脸上，毛茸茸、暖乎乎的。她睁开眼，看见徐福坐在她身边，温和地看着她。她难以置信地瞪大眼，父亲拍了拍她的头，笑道："我们豆娘都长这么大啦。"

徐豆娘愣愣地看着眼前人，流下眼泪。

父亲牵着她的手，走向那座沙漠中的城池。那座城池温暖富饶，人人友善，是荒漠中的绿洲。他们定居下来，在这里盖了房子，有了家。

一切美好得像一个幻梦。

现世安稳，岁月静好，同她幻想中的一般无二。

只是，只是……

她真的不知道那是梦吗？

她离家这样久，徐福已经老了，怎还会是年轻时候的模样？他总是给她做毽子，可她早已不是踢毽子的小姑娘。

那些不对劲，那些生活中的不合时宜，像是鞋底的沙砾，用尖锐时时刻刻提醒着人什么是真实与虚幻，所有的蛛丝马迹，她通通忽略。

幻境，是大妖编织的美梦，有些人是沉醉不知归路，有些人，是清醒地沉沦。

沙丘不远处的一条小溪已经干涸了，痕迹留在地上，提醒着旅人很久之前，这里曾有一汪清泉。

背靠沙丘的女孩子躺着，再也没有醒来。

簪星猛地睁开眼。

盘花棍不知什么时候已经回到她的手里，沙砾全部消失，触手是坚硬的石壁。

幻境破了。

蜃女面色大变，尖声道："这不可能——"

簪星面色复杂地看向自己身边的小姑娘，叹道："原来，你早就知道了。"

是的，徐豆娘早就知道了。

她知道那是假的，知道一切只是幻梦；她知道破败的沙漠里不可能有绿洲，远在千里之外的父亲不可能突然出现在身边；她知道徐福是假的，巫凡城是假的，父女间的一切温情都是假的。

她还没见到父亲就迷失在沙漠里。她到死也找不到回家的路。

真相是多么残酷，而梦是多么美好。

纵然发现所有都是假的，徐豆娘也心甘情愿地活在蜃女编织的假象中，直到遇见田芳芳。

"我不想伤害田大哥。"徐豆娘苦笑地看着簪星，身体渐渐化为虚无，"既然一切都是因我而起，那就从我这里结束吧。"

"混账！"蜃女勃然大怒，"你竟然骗我——"她一杖朝徐豆娘劈过去，却被人拦住。

簪星手持断为两截的盘花棍挡在蜃女面前。

"现在换我了。"她道。

盘花棍之前就被劈开，断为两截，一截化为齑粉，另一截尚在簪星手中。那本是一根铁铸的棍子，棍身上雕刻着驱邪的符咒，而如今又有不同。它看起来像一截干瘪的枯枝，失去了所有水分，被面前的蛇杖衬得暗淡无光。

可就是这样干枯如树枝的棍子，冒出了一个绿芽。

绿芽微小，柔弱，颤巍巍地立在枝头，就这么一点儿，让一切陡然焕发出新的生机。

生机，就是希望。

蜃女的蛇杖气势汹汹地朝自己扑来，簪星握紧手中的盘花棍，仿佛看到沙漠中女孩子孤独地前行。一切即将干涸，沙漠中的旅人见到的美好蜃景，其实是绝境中的希望。蜃女吞吐蜃景，使人迷失。贪婪之人心生欲念，迷失在自己无穷无尽的欲望中，可更多无辜的平凡人，是死于自己的希望。

蜃女要湮灭一切希望，而簪星偏要让这里焕发生机。

青娥拈花棍第三重——枯树生花。

刹那间，那株柔弱得可怜的绿芽，迅速抽枝吐叶，变得茁壮，变得茂盛，不断地绽放出流花，将荒芜大地迅速铺满。那根枯败的棍子像是有了生命，簪星能感到源源不断的生命力在手中跳动。她看到巨大的地图中，荒漠倏尔变大至眼前，看到无数在荒漠中踽踽独行的灵魂，他们怀揣着美好愿景，迷失在风沙中，在原地徘徊。那些徘徊的轨迹迅速缩小，又在她的脑海里迅速放大，直到与棍风融为一体。

一声尖啸传来，巨蛇撞上她的棍子，猛地被反弹回去。蜃女躲避不及，"砰"的一声撞上石壁。下一刻，孟盈的长剑从簪星身后飞来，牧层霄握紧灭神刀，从上至下狠狠砍向蜃女的头顶。

万籁俱寂。

先是死一般的沉寂，而后开始有"窸窸窣窣"的声音传来，像是水一点点流过。蜃女美艳的脸庞还保持着惊惧的神情，精致华丽的衣衫却开始渐渐化作黑色的泥沙，接着是身体，最后是眼睛，直到完全消失。

她什么都没留下。

"灰飞烟灭了。"簪星喃喃。

牧层霄的灭神刀，本就连鬼神都能斩灭，蜃女实力并不雄厚，不过仗着幻境有恃无恐。幻境一破，若论修为，她并不能轻松打败众人。

"师叔！"门冬带着哭腔的喊声从一旁传来。簪星回头，就见顾白婴的白衣几乎被鲜血染红。

他有气无力地摆了摆手，声音仍然不耐烦："小点儿声，大惊小怪做什么。"

"你的灵脉，你的灵脉……"门冬急得都快哭了，"怎么伤得如此严重！"

孟盈诧然回头，顾白婴灵脉有损一事，宗门里并无人告诉她。眼下看顾白婴的脸色，她想，恐怕情况比想象中的还要糟糕。

正在这时，弥弥突然从地上跳起来，簪星顺着它的目光看过去，蜃女消失了，那根华丽的蛇杖却没有一同消失。从蛇杖前端，那颗镶嵌的宝石中逐渐散出一片白雾，田芳芳后退两步，疑惑地问道："这是……？"

"应当是被禁锢在此地的灵魂。"那一头，顾白婴开口。

"灵魂？"

"蜃女一死，她编织的所有幻境全部打碎，这些灵魂自由了，"顾白婴擦去唇角的血迹，"就此解脱。"

"是吗？"田芳芳挠了挠头，"那咱们也算做了一件功德无量的好事？"

这算是好事吗？簪星心中惘然。对于有些灵魂来说，清醒着接受残酷的真相，或是沉醉于虚假的美好，究竟哪一个更幸福，没人能给出答案。

"咦？"她听见门冬的声音，"这是……？"

从白雾中，渐渐显出一个人的身影。她和那些化为光点的灵魂不同，有完整的身形。起初因为被光雾笼罩，众人看得不太分明，随着雾气渐散，她的身姿渐渐清晰起来。

这是个瘦弱的女人，穿着漆黑的斗篷。斗篷很长，垂至脚边，上面绣着暗银色的咒文。她面上戴着薄薄的黑纱，只露出一双眼睛。和蜃女那双风情无限、顾盼生辉的眼睛不同，这双眼睛平淡普通，看起来没有任何特别之处。旁人像是能透过这双眼猜到，面纱下的脸庞亦是平平无奇。

可当人被她凝视的时候，此人仿佛从里到外被对方看穿，心里生出敬畏。

"姑娘，你是谁啊？"田芳芳问。

黑衣女子没有回答，直直地看向簪星，像是早已见过她。女子声音平淡地开口："终于见面了。"

簪星福至心灵，脱口而出："你是蛇巫，巫凡城的蛇巫！"

女子点了点头。

簪星恍然。

这才是蛇杖真正的主人，曾经守护巫凡城百姓却又死于自己所守护百姓之手的巫女。原来，巫女被蜃女设计抢走蛇杖后，蜃女将她的灵魂禁锢在这灵器中，利用她的灵力作乱。

"您见过我？"簪星迟疑地问。

她和巫女明明是第一次相见，何以巫女的神情与语气，像是早已等待她多时？

"你身上有鲛人鳞。"巫女淡淡地开口，"多年前，有一鲛人与我交易，我曾窥见你我有今日一面之缘。"

"您就是与银栗做交易的那位巫女？"簪星惊讶。多年前，银栗与巫女见面的时候，簪星还没有来到这个世界，甚至连她自己都没料到自己有朝一日会来到此地，可对方说早已窥见今日之缘。这巫女究竟有什么通天的本领，居然连她这个"天道"以外的意外都能未卜先知？

刚想到这里，她就听见巫女道："可有一事我不明白，你是因何而生的变数？"

变数？

簪星心重重跳，还没来得及开口，一根冰凉的手指已经点上她的前额。她抬眼，正与巫女那双平淡的双眼对视。一瞬间，她好像从对方的眼睛中看见了自己的过去、现在和未来。好像她的一切、她的命运，变成了书册中扁平的字句，被人逐字逐句地审阅。

那根手指离开了她的额头。

巫女收回手，神情古怪地看向她，吐出两个字："奇怪。"

巫女说："我什么都看不见。"

"看不见？"田芳芳懵懂地开口，"要看见什么？"

巫女静静地望着簪星，许久后，慢慢开口："你的过去，我看不清楚；未来，亦是一片模糊。你不是你，故而就连蜃女的幻境，也看不穿你心底的渴望。"

簪星没有说话。

事实上，蜃女为她编织的幻境里是有东西的。当时她与顾白婴被困石室，听到有人唤自己的名字，回头一看，竟然是王邵。

王邵穿着喜服，而她自己的衣裙变成了嫁衣。同心花烛，喜字红绸，那是为他们成亲备好的新房。

她与王邵正在成亲。

"杨大小姐"是渴望成为少城主夫人的，从某个方面来说，蜃女编织的这个幻境并没有错。可惜的是，她是杨簪星，并非"杨大小姐"，因此看见王邵的第一个反应，不是沉迷，而是警惕。也正是这个缘故，幻境试图迷惑她，从一开始就失败了。

蜃女能窥见的过去，是属于"杨大小姐"的过去，而巫女说，看不到她的过去。游离于三界以外的这个族群，并不能小觑。

"那是否说明，我师妹的精神力强悍，旁人无法找出她的弱点加以攻击，这对她来说，是一件好事？"孟盈问。

巫女垂眸："天地万物都有命途，鱼居水底，鸟翔长空。四时轮转，福祸自有天定。而你，没有命书。"她看向簪星，"没有命书的人，会被天道抹杀。不该存在于这世上的人，迟早会被抹去痕迹。对你来说，这并非幸事。"

簪星说不出话来。

被天道追杀，在这之前她已经领教过了。而此话从通晓天地的先知者嘴里说出来，又是另一种感觉。

她有些害怕。

正在这时，角落里传来一声嗤笑。簪星回头一看，少年撑着银枪，嘲讽地开口："照你这么说，人按命书写的活着，是不是到了年纪就该去死啊？"

"可是师叔，天道无情——"门冬怯怯地开口。

"闭嘴！天道算个屁！"顾白婴不耐烦地打断他未说完的话，"她要是真这么有能耐，就不会被人夺了灵器还成了阶下囚。修仙修仙，修到认命，你的脑子被狗吃了？

"巫女，你听着，"他盯着巫女，冷冷开口，"她既没有命书，就说明连天道都做不了她的主。她要活着，天也管不了她。明白吗？"

簪星诧异地看向顾白婴，不懂他为何如此激动。

良久，巫女淡淡颔首："好。"

她对着簪星，目光有些奇异："既然你出现在这里，机缘也会因你而生出变数，你能改变天命也说不定。"巫女伸出手，掌心出现一道黑色光芒，一枚漆黑的戒指躺在她的掌心。

戒指像条盘着的小蛇。

"这上面有我的一丝灵力，有读心之力，不过，只能用一次。"

簪星伸手接过来。

"走一条未有人走过的路很艰难，天命诡谲，与之相争既需大勇，也需气运。若你没有在离耳国因一念之仁救下鲛人元灵，也就不会有你我今日相逢之缘。"

不知是不是簪星的错觉，巫女说这句话时，神情似乎柔和了许多。

"劳驾问一句，仙子，那我们现在该怎么办？"田芳芳犹豫了一下，"豆娘又去了什么地方？"

徐豆娘自打幻境破了后就消失了，而这里的一切，正逐渐化成沙粒流走。

"你的朋友已不在人世。蜃女将无数人的灵魂困在幻境中，维持着整座城池。巫凡城早已消失，现在的巫凡城，是用无数灵魂的梦境编织而成的幻境。灵魂沉溺得越深，幻境的能量就越大。所幸，你们通过了最后一个考验。"

牧层霄："最后一个考验？"

"若你们听信蜃女之言，杀了徐豆娘的父亲，徐豆娘的幻境之眼被抹灭，你们也会永远留在幻境中。到那时，纵然是我，也无法破解。"

田芳芳恍然："她骗我们？"

"人心难测，穷途末路之时更考验人性。曾有修士为脱身，杀死幻境中手无寸铁的平民，以致自己永远迷失此地。幻境在此地，亦在人心中。"巫女道，"蜃女正是利用这一点，才铸成了幻境之城，以图长久。"

"那豆娘……"

"她早已从幻梦中醒来，如今，自然也去了她的归处。所有幻境被打碎，此地即将消解。我也该离开了。"

簪星好奇地问："您去哪儿？"她的目光落在巫女手中的蛇杖上，"日后还会与人做交易吗？"

"蛇巫族世世代代守护人族，又为人族所杀，这是蛇巫族的宿命。"巫女淡淡地道，"我是蛇巫族最后一位巫女，日后，仍会重复我的宿命。"

人心易变，纵然是能窥见命数的巫女，也看不穿复杂的人心。

"等到一切消失，这里就会恢复真正的样子，你们也能离开了。"她看向簪星，"你于我有恩，我欠你恩债，你可以问我一个问题。"

"问题？"

"蛇巫族沟通天界与人界，知晓世上万事万物的答案。你可以问我一个问题，我会告诉你答案。"

"任何问题都可以吗？"

"可以。"

田芳芳道："师妹，机会难得，你可要好好想——"

簪星想也没想地开口："听蜃女说，我师叔天生灵脉有损，活不了多久，可有什么办法修补他的灵脉？"

田芳芳："清楚。"

顾白婴愕然地看向她，而后气急败坏地道："杨簪星，你问我的问题干什么？我的事和你没关系，你赶紧换——"

"我就想知道，我师叔的灵脉要怎么才能修补完好。"簪星这一遍说得流畅多了。

"都州以东有一处藏宝地，"巫女回答，"当地生长着一棵圣树，用那树结的果实炼丹服下，他的灵脉即可修复。"

"藏宝地……"

簪星眼前出现一道白光，白光之上飘浮着一张舆图。她朝舆图伸出手，舆图自动落进乾坤袋中。

"我已将藏宝图赠你。"巫女望了望远处，"这里快要消失了。"

她刚说完这句话，众人就察觉脚下的大地一震，无数雪白光点涌了出来。那些光点由小而大，慢慢变得透明，从其中可以瞧见无数人的影子，原来都是被困在此地的灵魂。山中花木，四时荣枯，如茫茫大梦一场，不过须臾，昙花一现，幻境慢慢碎裂，消失殆尽。

什么都没有留下。

存在于传说中的城池，最后连一块城砖也化成黄沙飘走。刻在石壁上神秘的巫女画像，随着各种瑰丽的美梦碎成烟尘。那些繁华的街道、热闹的酒馆、红泥浇筑的小屋倏尔不见，还有那个可爱的、希望早日回家的小姑娘。

幻境消失了。

夕阳从荒漠尽头斜射过来，照在绵延的沙丘上，戈壁空旷，黄昏似人影，孤独而漫长。

"看来是出来了。"牧层霄看了看四周道。

田芳芳一言不发地在沙丘上坐了下来，神情有些沮丧。当年在困境中与他互相扶持的小姑娘，最终也没找到回家的路。他乡遇故知，却已物是人非。

弥弥舔了舔爪子，目光在前方凝住了。一个熟悉的声音传来："师叔，找到了！"

这是紫螺的声音。

"幻境消失了，看来师叔他们找到了我之前留下的传音符。"孟盈看向前方，那里，玄凌子和紫螺正朝这边赶来，"我们可以离开了。"

离开吗？

簪星回头，望向身后金色的大漠。曾经的巫凡城已经被风沙掩埋，而今以后，除了他们，再无人知道这里曾埋葬过无数人灿烂的美梦。或许未来的某一天，这里会重新出现这样一座华丽的城池，那些在寂静荒野里扎根的梦境种子，正等待有朝一日旅人经过，将它们唤醒，重新凝结为海市蜃楼。

"杨簪星。"她听见顾白婴叫她的名字，正欲回答，忽而感觉掌心一痛。她低头一看，掌心里花朵般的红色印记正疯狂生长，从其中蔓延的疼痛一瞬间攫住她所有的感官，痛得她忍不住俯下身去。

"杨簪星！"

她最后听到的，是顾白婴焦急的喊声。

第三十八章
藏宝图

宛如睡了很沉的一觉，簪星醒来时，天已亮了。

身下是柔软的桃粉色褥子，屋子里是熟悉的玉兰香，这是太焱派里她的寝屋。她揉了揉眼睛，坐起身来。这动作惊醒了正打盹儿的身畔人。红酥一个激灵睁开眼，瞧见簪星的模样，惊喜地开口："大小姐，您醒了！"

不等簪星说话，红酥就掉下两行眼泪，握着簪星的手，泪眼婆娑地道："大小姐昏了七天七夜，吓死奴婢了！呜呜，大小姐可有什么地方不舒服？"

"七天七夜？"簪星诧然。

红酥猛地点头。

簪星有些奇怪，当日她和顾白婴他们打破蜃女幻境后，乌旦林沙漠恢复原本的模样，玄凌子和紫螺来接人。那时候，她的掌心传来剧痛，然后她就晕了过去。她感觉不过睡了短短一觉，竟已过去七日？

她低头看向掌心，心中"咯噔"一下。掌心的花朵状红痕，形状已经很完整了，颜色鲜艳欲滴。每当她违反既定的"天命"，改变剧情发展时，这朵花印便会更完整一些。她在巫凡城不得已燃烧枭元珠中的元力，在本不该出风头的时刻出手，果然又被"天道"给记了一笔。

这不是什么好事。

红酥瞧见她的动作，好奇地道："大小姐盯着手看什么，是不是手疼？"

簪星缩回手，换了个话题："其他人呢？"

"大小姐，你们回来后，真人就将他们召进法殿，说了很久的话。这几日他们好像都挺忙的。昨夜里，几位仙长来看过你，瞧你还未醒就又走了。"

簪星问："七师叔怎么样了？"

顾白婴伤势最重，如蜃女所说，他先前灵脉有损，在巫凡城时，又强行催动元力与蜃女交手，恐有性命之忧。巫女虽然赠了她藏宝图，但如今圣树还未寻到，没有果实，顾白婴的灵脉漏洞仍在，不知他现在情况如何。

"顾小仙长？"红酥想了想，"前几日没瞧见他，昨夜里他和田公子一起来过，看模样好似与寻常没什么两样。"

他与寻常没什么两样，应当就是暂无大碍了，闻言，簪星放心了几分。

她起身下床，红酥问："大小姐这是要做什么？"

"七日没下床了，"簪星道，"我出去走走。"

才刚出院子，簪星就看见玄凌子匆匆从外赶来，差点儿被趴在门口的弥弥绊了一跤。簪星扶了他一把，玄凌子顺势握住她的手，感叹道："簪星啊，为师听说你醒了，马上就赶来看你。怎么样，你身子可有什么不舒服？"

"多谢师父，我没什么不舒服的地方。"

"此次你们去离耳国试炼，是我大意了，没料到传送阵会被人动手脚，将你们送到巫凡城。本以为有七师弟在就万无一失，哪儿知道七师弟灵脉出了问题。听孟盈说，这回多亏了你。不过，你也太冒险了，居然燃烧元力。你们回来后，师尊给你瞧过，说你元力看着没有大损，"他忧心忡忡地瞅着簪星，"也不知日后会不会留下什么后遗症。"

簪星心中一顿，那一日，众人为蜃女的幻境所困，表面上看，唯有她一人尚有元力可以燃烧，但事实上，她燃烧的是枭元珠中蕴含的力量。少阳真人修为甚高，不知有没有看出什么端倪。

"早知道七师弟有伤，我就不让他去了，还不如叫紫螺一起去——"玄凌子还在喋喋不休。

簪星打断他的话："师父，七师叔现在如何？"

玄凌子回过神："他刚回来师尊就为他疗伤了，如今能跑能跳能骂人，比你还精神。他就在逍遥殿里。怎么，你要去看看他吗？"

簪星想了想："好。"

逍遥殿后，寝屋中。

院落中的比翼花开得比往日粲然，火红之鸟展翅欲飞，将冷清法殿点缀得华艳。

少年坐在窗前，心不在焉地看着窗外的花树，手中的青色铃铛小巧精致。

一朵红色的花从树上落下，悠悠晃晃地飘到地上，如绯红的雪，将他的思绪打乱。

顾白婴低头看向手中的铃铛，眉头渐渐蹙了起来。

铃铛还是往日的铃铛，晶莹、古旧，握在手中冷冰冰的。

但在巫凡城的那一夜，就在那间石室里，结心铃响了。

铃声细微又轻柔，如少年人羞涩的情话，偏在他的耳中有惊天动地之感。

结心铃响，怦然心动。

他心动了？因为谁？杨簪星？

他的脑海中陡然浮现起女子的身影。石室里幽幽暗暗，穷途末路中，她以一个保护者的姿态，挡在自己身前。

顾白婴的心"怦怦"地跳起来。

外头传来熟悉的喊声："七师叔！"

少年一个激灵回神，如扔烫手山芋般将铃铛扔出去，正巧被外头的人接了个正着。簪星的脸出现在窗前，她手里握着结心铃，奇道："师叔，你居然乱扔东西？"

顾白婴定了定神，一把将簪星手中的结心铃夺过来，掩饰般地往桌屉里一送，"砰"的一下关上抽屉，动作如行云流水，一气呵成。

簪星："师叔，你怎么——"

"它坏了。"顾白婴打断她的话。

"可是我刚刚好像听到铃响……"

"不可能。"

簪星："……"

她说道："我开个玩笑而已，师叔这么紧张干什么？"

少年恼羞成怒，按着她的肩膀将她往外推，道："谁让你进我的法殿的？"

簪星被他推着往外走，玩笑道："师叔，你这一大早，火气是不是大了点儿？怎么说我也是你的救命恩人，你怎么一点儿都不尊重我。"

"你给我闭嘴！"

两人吵吵嚷嚷着，外头又有人进来，田芳芳的大嗓门响彻整个院子："师妹你醒了！"

二人一齐停下动作。田芳芳走到簪星身边，欣慰地拍了拍簪星的肩："师妹，我刚回殿，师父就说你醒了，太好了！我就说师妹吉人自有天相，不会有事的。"

顾白婴不耐烦地道："你们说完了吗？没什么事我先走了。"

田芳芳一把拉住他："师叔，先别走，刚好你在，掌门让你去金华殿。"

"干什么？"

"你不知道吗？"田芳芳奇道，"湘灵派来人了。"

离耳国妖鲛案过后，秘境开启，各宗门弟子一同进入秘境。簪星一行人惊动了金花虎，被困在无冬山内，簪星阴错阳差见到了青华仙子留在画中的一丝神识。待顾白婴他们救回簪星，从秘境中出来时，曾在传送阵附近瞧见其余宗门弟子散落的兵器和血迹。当时众人猜测这些弟子可能遭遇了魔煞的伏击，本想赶快回到太焱派，将此事告知少阳真人，却被遭人动了手脚的传送阵送到巫凡城，以致耽误了些时日。

"听师父说，咱们在巫凡城的那几日，湘灵派的弟子曾给掌门传音，告知掌门我们被困在无冬山了。"田芳芳道，"湘灵派的同修们倒比赤华门那些混账要讲义气些。"

簪星好奇："那她们此次来太焱派是做什么？"

"师妹有所不知，就咱们被困在无冬山那一夜，他们的确在秘境里遭遇了魔煞伏击，赤华门死了好几个弟子，吟风宗和湘灵派也死伤惨重。此次湘灵派掌门人带弟子亲自登门，估计说的就是这件事。"

"魔煞？"簪星脚步一顿。

田芳芳道："可不是吗？"他凑近簪星，声音压低了些，"当日在离耳国时，那鲛人曾说，背后之人在寻画像，画像里有青华仙子的传承。而且二十年前人魔大战后，枭元珠不翼而飞，保不准就是捡了枭元珠的魔族想卷土重来。

咱们早做打算也好。"

枭元珠……簪星握紧了掌心。

说话的工夫，三人已来到金华殿门口。

往日的金华殿，除了月光道人常来喝茶，都是冷冷清清的，今日却热闹得很，簪星老远就听到里面有说话的声音。

"那些魔族实在可恶，现在就敢如此嚣张，日后还得了？当年师父们就该将他们斩草除根，谁知道还会不会出现第二个鬼雕棠？"

"住口，蒲萄。"

这是个女子的声音。

簪星随着顾白婴一同进去，顾白婴道："师尊。"

众人朝他们看来。

金华殿中站着一行人，有几个人簪星瞧着眼熟得很，是当初在离耳国里遇到的湘灵派的几个弟子。站在蒲萄身侧的，则是一名黄衣女子。这女子芳容丽质，眼角眉梢自有一股傲气，手中一柄长剑，衣袂飘飘，是位风姿绰约的美人。

"这是湘灵派的掌门人，容霜姑姑。"田芳芳小声道。

李丹书正与少阳真人说话，见簪星也到了，眉开眼笑地道："簪星师侄，看你这精神奕奕的模样，想必是没事了。"

那位容霜姑姑闻言，转过头来，挑剔的目光在簪星身上转了一圈，才开口："就是她受了青华的传承？"顿了顿，她又道，"不过金丹期的修为，没什么特别的，青华的眼光什么时候也变得如此不济？"

"我娘的选择，无须他人置喙。"顾白婴哼了一声，"太焱派的事，什么时候轮到别的宗门来插手了？"

蒲萄气不过："顾白婴，你怎么能这么和掌门人说话？"

顾白婴语气不屑："你也知道，她是你们的掌门人，与我何干？"

容霜看向少阳真人："少阳，这就是你教徒弟的规矩？"

少阳真人神情平静，仿佛没有听到殿上的争执，只道："容霜，不必与小辈计较。关于魔煞，我会派人与你们一道进入离耳国，追查背后之人。"

容霜冷声道："如此最好。"

赵麻衣适时地从角落里跳出来。他常年在外，说话带着几分市井的圆滑，笑道："几位同修，容霜掌门，我先带你们下去休息，待掌门师尊商量好去离耳国的人选，咱们就立即启程。如今魔族虎视眈眈，咱们几大宗门更要同心协力，粉碎魔族阴谋才是。"

容霜看了他一眼，算是默认了他的示好，带着几位弟子和赵麻衣一起离开了法殿。

李丹书拍了拍胸口："总算是送走了。"他喃喃自语，"明明也是个美人，为何我就这么害怕她呢？"

崔玉符从外面走进来，闻言嘲笑他道："看你没出息的样子。"

"你能耐，"李丹书斜眼看他，"有本事别躲到外面去呀。"

"都别吵了。"月琴打断了他们二人的争执，"还是听掌门师尊怎么说。"

顾白婴抬眼看向少阳真人："师尊，刚才您说重进离耳国秘境，是怎么回事？"

月琴叹了一声："几大宗门弟子在离耳国秘境中同时遭到魔族伏击，死伤惨重。我们怀疑魔族是想卷土重来，鲛人说是在离耳国遇到背后之人，赤华门的长老决心派人重探离耳国，看看能不能找到什么线索。"

顾白婴皱眉："我也去。"

"师弟，你可别凑这热闹了。"李丹书连连摇头，"你身上的灵脉都未修补，如今不过是靠着我的丹药暂且将暴涨的元力压制住了，危险得很呢。"

簪星看了顾白婴一眼："你没把藏宝图的事告诉师叔们啊？"

少阳真人的神情微微一动。

"什么藏宝图？"崔玉符一头雾水。

簪星一扬手，从乾坤袋中飘出一张舆图。她解释道："在巫凡城的时候，巫女送了我一张藏宝图，说藏宝地中有一棵圣树，果实炼成的丹药可以让七师叔的灵脉恢复如初。"她还以为顾白婴早就告诉他们了，没想到顾白婴居然没说。

舆图浮在半空，被顾白婴一把夺走。他将图塞回簪星的乾坤袋中，斥道："收好，拿出来做什么！"

李丹书不乐意了："师弟，你那是什么反应，难道我们还会觊觎师侄的藏宝图吗？"下一刻，他舔着脸凑上前："簪星师侄，好姑娘，你的藏宝图，能不能借师叔看一小会儿？"

顾白婴一巴掌把他的手拍掉："师兄，能不能要点儿脸？"

"七师弟，我管簪星师侄要，你这发的哪门子火？"李丹书吹吹手，不满地道，"管这么宽，你们俩什么关系？"

簪星："……"

少阳真人看向簪星："簪星。"

"弟子在。"

"你打算如何？"

"我？"簪星道，"这藏宝图留着于我也无用，就送给七师叔了。"

"杨簪星，"顾白婴难以置信地看着她，"这可是藏宝图！"

簪星点头："我知道啊，本来就是为你求的嘛。"

他语塞，半晌挤出来一句："你这个笨蛋。"

"白婴的灵脉，的确需要修补，巫女赠你藏宝图，也是你的机缘。如此，你就与白婴一道前往藏宝地寻找圣树吧。"少阳真人垂眸。

顾白婴微愣："师尊……"

"就这样吧。"少阳真人起身，"过几日你们就出发。"

他离开了法殿，留其余几人在殿中。崔玉符和李丹书拥上来，七嘴八舌地围在簪星身边吵闹。

"簪星师侄，你这藏宝图借我看看，就一会儿，半个时辰，一盏茶的工夫怎么样？我给你十颗上品丹药作为报酬。"

"拉倒吧你。师侄，别听这个奸商的，他想誊抄一份。你四师叔不弄那些虚的，你去藏宝地的时候，顺便看看有没有什么符咒秘籍，带回来，崔师叔跟你换。"

"那符咒有什么用，还是丹药好，不如你多找找炼丹的材料。六师弟的徒弟就是我的徒弟，你可别跟我客气，师侄……师侄？"

簪星早已被顾白婴拽着出去了。

待离开了金华殿，顾白婴才松开手，没好气地斥道："杨簪星，你是不是疯了？"

簪星不明所以："怎么了？"

"那可是藏宝图，你居然就在大殿上当着别人的面拿出来，是不是缺心眼？"他一副恨铁不成钢的模样，点着簪星的额头，凶巴巴地教训，"你知不知道，有时候为了争一点儿灵宝，修道之人甚至会惹来杀身之祸？！"

"可师叔们不都是自己人吗？"簪星打断他的话，"我又不是傻子，当然知道财不露白的道理。可你的灵脉需要修补一事，如今整个太焱派都传遍了。你素日里嚣张跋扈，仇人众多，我将藏宝图拿出来，至少也可以平息一些流言吧。"

"你……"

"再说了，那藏宝图本就是我为你求的，难道要我自己藏着不肯拿出来？"

簪星现在明白了，难怪顾白婴一直都没将藏宝图的事告诉少阳真人他们，想来是怕引来旁人觊觎，连玄凌子他们都提防上了。

"藏宝地中不只有圣树，或许有别的灵宝功法。"过了半晌，他才艰难开口，"将这东西如此不放在眼里的人，你是我见过的头一个。"

簪星冲他一笑："这算夸奖吗？"

似是被她的笑容晃了眼，顾白婴匆匆别过头去，避开她的目光，低声问："杨簪星，在巫凡城的时候，巫女允你一个问题，你为什么要将那个问题用在我身上？你知不知道，那个机会有多珍贵，只要你开口，任何问题都会有答案……"

"如果你的灵脉找不到解决的办法，你不是会死吗？"

少年愣怔。

簪星上前一步，看着他的眼睛："我说过，我想改变我的命运，也想改变你的。"

顾白婴是落荒而逃的。

他匆匆离开的样子让簪星怀疑自己说错了什么话，然而眼下，她首先要操心的绝不是顾白婴的心情，胸口那颗枭元珠总让她惴惴不安。

少阳真人让她与顾白婴一同前去藏宝地寻找圣树。如顾白婴所说，藏宝地中不只生长着圣树，或许还有高人残留的机缘。既是机缘，若说天命所归，自然全该被牧层霄收入囊中。那些机缘要是让自己夺去……簪星看向掌心，那里，红色花朵妖娆，散发着诡谲的艳丽。

她已经改变诸多既定的线路，于是"天道"为了惩罚她，连枭元珠这样的宝物都成了不祥的魔物。于是，怀揣至宝的天才少年，刹那间变成心怀不轨的魔族余孽，可想而知，二者的下场也会截然不同。

这样下去可不行，簪星慢慢攥紧掌心。人魔两族势不两立，与其被他人发现，自己硬生生背上一口黑锅，还不如早些主动坦白。只是要如何委婉地说明，她还需要提前打好腹稿，最好是找人商量一下。

簪星立刻想到了顾白婴。

从同行的这些日子来看，这少年嘴硬心软，口是心非，虽自负轻狂，倒也善良颇有责任感，算是个爱憎分明的性情中人。更重要的是，顾白婴在太焱派中地位高，而他们二人交情也不错，就算是看在藏宝图和青华仙子的分儿上，顾白婴应该也不会对她赶尽杀绝，说不准能找出将枭元珠逼出体外的办法，皆大欢喜。

看来，她得找个时间与顾白婴摊牌，簪星暗暗地想。

这天夜里，妙空殿簪星的院子里，挤满了来看望她的同修。

孟盈在离耳国秘境试炼中修为有所增长，这些日子一直在闭关修炼。在巫凡城中，牧层霄的灭神刀给了蜃女致命一击，那把已经残破的神刀居然有了一丝灵气，崔玉符忙着给神刀刺刻新的符咒。至于门冬，他受了不少惊吓，好在在离耳国秘境里，依靠仙灵窍，他也寻得了不少灵草放在乾坤袋里。李丹书喜不自胜，日日去月光道人身边讨要灵草炼丹。

如今几人听闻簪星醒了，都来簪星的院子里探望。

顾白婴也被田芳芳拽着来了，满脸不情愿地在离簪星最远的一把椅子上坐下，仿佛簪星身上有刺。

"我带了些灵丹和灵药，利于淬体增加元力。"孟盈将一个匣子放在桌上，"你与蜃女交手时，燃烧元力，虽然掌门师祖看过，说元力受损不大，不过你的身子本就羸弱，应当注意温养。"

这大概是簪星认识孟盈以来，听她说过的最长的一句话了。

有了同生共死的交情后，众人的关系亲近不少。而说起巫凡城一行，大家都是心有余悸。

"妖女狡猾，连蛇巫族的巫女都中了她的计，还好师妹心思纯净，一点儿未被幻术污染，才得以燃烧元力，救了我们大家。"田芳芳感叹道。

门冬翻了个白眼："这和心思纯不纯净没关系吧？巫女明明说，是因为看不穿杨簪星的过去未来，蜃女编不出幻境才这样的。"

他这么一提醒，其余人才记起，之前在巫凡城里，巫女说过的关于簪星的那些话来。

"奇怪，"孟盈看着簪星，"不是精神力的原因，那会是什么原因？而且，巫女说师妹是不该存在于这世上之人，这是何意？"

众人的神情都凝重起来。

巫女的话犹在耳边，不该存在于这世上之人，注定会被天道抹杀，天命无常，世间多少修士与天相争，最后却不得不接受残酷的命运。

天命，对修士来说，有时候意味着一生。

"喀喀，我猜是这样。"簪星清咳两声，一本正经地胡说八道，"当初我与少城主一同前往平阳镇参加选拔大赛，途中不小心掉进了水涧，遇到了妖兽'域'。本来以我当时的修为，应该是死路一条，谁知道我求生意志太强烈，杀了妖兽，回到岸上。也就是说，本来我是该死的，谁知道却活了下来。"

她揉了一把膝盖上弥弥的屁股，又道："因为脸被'域'所伤，不得已我只能进太焱派，这就超出了我的计划，因而天命被改写了。"

牧层霄沉吟道："确实是这样。"簪星落入水涧，又生还，还进入太焱派，从头到尾他都看在眼里。

他点头附和："这么说也没错。"

"原来如此，"田芳芳道，"不过照这样看，是不是师妹你得回去岳城和那个少城主成亲，才算是回到正经'天道'路上？"

他话音刚落，"砰"的一声，众人回头，就见顾白婴将手中的瓷杯往桌上重重一蹾，冷笑开口："什么天道如此不入流，还要管人成亲生子？"

他这莫名其妙的火气一下子令众人不敢吱声了。

簪星试图打个圆场："师叔，我——"

顾白婴嘲讽地看着她："怎么，还想回去当少城主夫人？"

这人怎么又突然阴阳怪气了？

簪星道："我暂且没有这个打算。"

"暂且？"少年脸色沉下来。

"我日后也没有这个打算。"

他哼了一声，脸色稍稍缓和了些。

田芳芳的目光在两人身上徘徊片刻，他默默端起茶来灌了一口。

簪星不知道顾白婴为何又操心起自己的终身大事了，不过这位小师叔喜怒无常也不是第一次，习惯就好。

众人又说了一会儿话，看天色不早了才各自散去。顾白婴走在后面，正要出门，冷不丁被簪星一把拽住。

"师叔。"簪星凑近他。

他躲瘟神般后退两步，一脸警惕地盯着簪星："干什么？"

"先前在离耳国秘境的时候，你不是答应过我，回到宗门就教我幻术的吗？"簪星提醒他，"说话算话，你可不能忘了。"

那时候他们被困在石室中出不去，顾白婴为了安慰假哭的簪星，确实曾提了这么一嘴。他没料到簪星居然记着。

"你……"

"左右现在无事，去藏宝地还要些日子，明日一早咱们在出虹台会合，你教我幻术怎么样？"簪星抓住他的手臂。

女孩子目光清亮坦荡，越发衬得他心虚。顾白婴一把拨开她的手，抛下一句"知道了"，快步离开了院子。

簪星望着他的背影，忽而叹了口气。

明日他们二人单独相处，这样，她应该就可以说出枭元珠的事了吧。

但愿他听完来龙去脉后，还能如眼下这般心平气和。

第二日，是个晴天。

姑逢山四季分明，一到初春，好似漫山大雪一夜间融化，再看时，群山便成了深深浅浅的绿。

出虹台的虹色比往日活泼了些，五色交映，云气缭绕，浓桃艳李。飞瀑边上，有人正在舞枪。

茶白锦衣上，红色的牡丹纹样鲜艳欲滴，衬得少年人越发丰神俊朗。银色长枪舞过，桃花纷纷扬扬落下来，与胭脂色发带混在一起。树上黄莺歌笑，远处岚光掩映，连光阴都变得可爱。

顾白婴听见脚步声，手中的动作一顿，回过头来。

簪星朝他挥手："师叔！"

他目光落在簪星腰间的盘花棍上，眉头微皱："你怎么还在用这棍子？"

盘花棍在簪星与蜃女交手时断为两截，后来他们回到太焱派，善于铸造灵器的月琴师叔帮忙加以修补。盘花棍用是可以用了，看起来却破破烂烂，实在算不得美观。不过，兵器库的灵器簪星一把都拔不起来，她又是用棍的，一时半会儿也找不到更称手的灵器，只能将就着用了。

"师父说会为我寻更合适的棍子，不过棍子本来就少。"簪星道，"还是先别提这个了，你想好怎么教我幻术了吗？"

顾白婴看了她一眼："你学幻术做什么？"

簪星想，会魔术是一件多么值得骄傲的事，只是这话不能对顾白婴说。她想了想才回答："人生在世，多门技术饿不死。那螶女会幻术，连宗门里的修士都能解决，我要是将幻术修炼得炉火纯青，日后说不定打架的时候也能派上用场，搞不好还能成为撒手锏。"

这世上高手如云，还有一个天道对自己虎视眈眈，生死关头要是硬碰硬不行，说不定她还能借幻术逃跑。

"用幻术做撒手锏，"顾白婴鄙夷，"你出去不要说你是太焱派弟子。"

"幻术怎么了？"簪星振振有词，"生死关头，智取比蛮干更有用。"

顾白婴懒得跟她争执，示意她跟过来，走到出虹台边上的飞瀑下："修炼幻术需要修炼精神力，大多修炼精神力的修士是符咒师，像三师兄就是如此。很少有人用精神力来修习幻术。修士与大妖不同，精神力有限，无法幻化大物，更不用说城池。"

"那修士修炼幻术，至高能修炼到什么程度？师叔你殿中那棵花树，又需要多强的精神力？"簪星诚心发问。

"修习幻术的修士，大多能幻出花鸟虫鱼，至多能幻化出活人，这也看精神力强弱。幻化逍遥殿中的比翼花树并不难，难的是长时间维持花树的形貌。"顾白婴认真回答，"精神力比元力更难修炼，而回报并不等于付出心血。你要用修炼的精神力来修习幻术，无异于暴殄天物。"

"各人有各人的想法，"簪星很执着，"我不认为这是暴殄天物。"

顾白婴无言以对，过了片刻，道："闭眼凝息，集中精力，在脑子里想象需要幻化之物，不必想别的事，不要分心，自可感到脑海中有元力一般的波流经过。"

簪星虽觉得他这教法委实有点儿粗略，却还是老老实实地照他所说的闭上眼睛，用力在心中想象。

"不要分心，"他道，"待元神宁静，你会在脑海中进入神元境。"

簪星用力地忽略身边人。

"可有感觉？"

簪星："有。"

"什么感觉？"

"像便秘。"

顾白婴："……"

他按了按额心，头疼地道："你的精神力实在很弱，连神元境都无法进入，真不知道巫凡城里你是怎么打碎幻境的。"

簪星睁开眼，不服气地道："师叔，哪儿有你这样教人的？不如你先做一个，给我演示一下？"

顾白婴看了她一眼，神情颇为自负："那你看清楚了。"

他走到出虹台边，闭上眼，飞瀑播洒下细密的水珠，丛丛飞溅在水涧上，裂成丝丝缕缕的线。簪星倏尔生出一种错觉，好像时光静止了一刻。

刹那间，潺潺流动的飞瀑变得晶莹，从下至上，寸寸凝结成冰。乱啼的莺鸟扑棱着翅膀飞走。水涧边花开得热闹的桃树，胭脂色迅速消退、暗淡，变得干瘪而枯黄。浓艳的色彩被雪白覆盖，从春到冬，从闹到静，似乎只在一息之间。

簪星怔住。

这就是幻术？

他的声音从一旁传来："幻术需以精神力维持，此次变幻，可维持一至两个时辰。你眼下连神元境都摸不到，就先不要想维持长久了。"

没听见簪星回答，顾白婴微微蹙眉："杨簪星？"

一个清脆的声音突然在他的耳边响起，伴随着指尖落在额上微凉的触感："师叔，看来这幻术很是神奇啊。"

顾白婴猛地睁眼。

簪星的脸近在咫尺。她正倾身仰头望着他，手点着他的前额。她盯着顾白婴的眼睛，仿佛将他从里到外都看穿了，似乎有些迷惑，又有些感叹："为何你的精神力就如此强大，你到底和我有什么不同？"

少年一下子愣住了。

她眼神清澈，比出虹台的水还要晶莹，靠近他时，身上有淡淡的玉兰花香气。宗门中的女弟子们爱用画金楼的长香丸，他惯来不喜这些香气，而这是他第一次觉得这气息芬芳起来。

女子的脸上，从前被"域"所伤的黑疤似乎淡了一些，能看见原本雪白的肌肤。她就像这寒冰季节里唯一的鲜活色彩，连被幻术维持的冰潭都要为这眼神融化。

"叮——"。

一个低微的轻响，从某个地方溢出来。

他心中大震，下意识地屈手按住腰间的铃铛。簪星浑然不觉，却因他的动作微微一晃，上前一步站定，于是二人的距离，呼吸相闻。

簪星怔了一怔。

冰雪开始消融了。

晶莹的白霜像是终于忍不住，来势汹汹地由水洞横冲直撞下来。刹那间，静止的一切变得喧闹，东风将树枝上堆积的霜雪吹散，一瞬间化成娇艳的桃色。万紫千红，细草微风。少年眉眼干净，清眸中似有狼狈之色一闪而过。满树桃花纷纷扬扬地落下来，落在他朱色的发带上，随着朱颜一同飞舞。

灿烂春景，清光潋滟，不可名状。

簪星听到了自己的心跳声，"扑通扑通"，一声声急促而有力。

她喃喃开口："你不是说，幻术可以维持一到两个时辰吗？"

少年怔住，喉结微动，随即猛地别过头去，眼中有恼怒之色一闪而过："你……离我远点儿！"

"师妹！师妹！"

簪星还没来得及反应，就听见身后有人叫自己的名字。她回头一看，见田芳芳站在不远处，呆呆地看着他们二人，神情有些尴尬："师妹，对不住，我不知道你和师叔在……在……你俩在干什么？！"

顾白婴回过神，一把将身前的簪星推开，整了整衣领，还不忘加重语气，冲田芳芳强调："我在教杨簪星幻术。"

"对对对，"簪星赶忙点头附和，"师叔在教我幻术。"她话音刚落，心中又暗暗唾骂自己，本就是教幻术而已，怎么说得这般心虚？

"哦，"田芳芳了然地点了点头，故作爽朗地大笑道，"学幻术好，学幻术挺好。"

簪星问："师兄你找我吗？"

"岳城那边来人了，"田芳芳记起自己的来意，"师父让我过来告诉你一声，你要不要回去看看？"

簪星看了看顾白婴。

顾白婴挥了挥手，像是巴不得她赶紧离开。

"那我先走了。"簪星走出两步，又突然转身，吓了顾白婴一跳。

她朝顾白婴眨眨眼："师叔，我们明日再练。"

待她走后，顾白婴长松了一口气。他垂眸，看向自己掌心的青色铃铛，眉头慢慢蹙起。

这铃铛，又一次响了。

这不是错觉。

妙空殿的院子里，老牛正被红酥拉着四处观赏。

"大小姐院子里这棵柿子树，是整个太焱派里最大的，足以见宗门对大小姐的看重。不仅如此，牧公子也住在咱们殿里，是大小姐的师兄。还有，咱们隔壁殿中，有一位顾小仙长，别看人家年少，生得可是一表人才，比牧公子还要俊美。大小姐已经答应我，日后会让顾仙长做姑爷。牛叔，你想想，日后咱们家说不准就有两位姑爷了，这事要是传回岳城，还不羡慕死别人家？"

簪星刚一跨进院子，听见的就是这么一句话，心中不由得沉思，原来在红酥心中，姑爷是越多越好，没瞧出来小姑娘平日里看着乖巧可爱，路子倒是很野。

她进了屋，唤了一声"牛叔"。

牛叔回过头，看到簪星，先是呆了一瞬，似乎有些不敢相认，过了一会儿，才惊喜地道："大小姐？老奴老眼昏花了，一开始差点儿没认出来。这宗门里果真养人，大小姐看着和过去真不一样了。"

许是因为修仙界充溢着灵气的瓜果十分养人，又许是因为修炼会让人的眼界见识变得广阔，簪星的容貌还是过去的容貌，气质却迥然不同。看起来，她比之从前少了几分柔弱娇媚，多了几分温和明朗。

娇媚会惹人怜爱，明朗却会招人喜欢。

"您过来受了不少累吧？家中一切可还好？"簪星问。

红酥上了姑逢山不久后，老牛就回岳城了。关于杨家，簪星从红酥的嘴里了解到，都州大陆寻常人家多重男轻女，杨家也不例外。杨老爷儿女不少，养着簪星就如养一只宠物，只等时日到了将簪星嫁出去，自己好做岳城少城主的岳家。

"不受累，不受累，托大小姐的福，家中一切都好。如今杨家在岳城可是扬眉吐气，城中许多养女儿的人家也开始让女儿修炼了。据说听了大小姐的事迹，大家都觉得，女儿家也能进宗门修炼，替家里争光。"

"果真？"簪星心想，这倒是意外之喜。

"真的。此次老奴过来，除了看看大小姐外，还拿了一些大小姐平日里爱吃爱穿的衣物用品。老爷说，宗门里虽然什么都有，但弟子多，不一定会照顾到每一个人。这些都是老爷和夫人的心意。"

簪星看着满满当当的一屋箱子，有些头疼，不过这是家人的心意，她也只得收下。

她又与老牛说了些话，红酥带老牛回房间休息。簪星将屋里的箱子打开，一箱零嘴儿，一箱胭脂水粉，一箱绫罗绸缎和成衣，还有一箱居然是话本册子。

簪星："真行。"

难道杨老爷认为自己是来太焱派度假的吗？

最高兴的要数弥弥了。银琅狮与家猫一样，看见箱子就喜欢得紧，一下子来了四个，立马轮流进去打滚。簪星将胭脂水粉箱子先收好，这些估摸着是用不上了，她在宗门每日睡足四个时辰都很难，哪儿来的时间梳妆打扮？

她将在衣裳里打滚的弥弥拎出来，拿起一匹绸缎。绸缎上的金线亮闪闪的，如意刺绣比少阳真人衣袍上的还要复杂，在宗门里穿太扎眼了，不实用，也得收起来。

吃的可以留下，至于书……

太焱派的藏书阁里，书籍已经很丰富。簪星坐到装书的箱子旁，从里面随手捡起一本，见封皮上头写着《魔界奇闻异事录》。

这杨大小姐，看来也是个喜欢看闲书的主儿。

簪星又拿起一本册子，这本的标题更劲爆了，《魔后自述：大婚当夜，我发现了夫君的私生子》。

修仙界的闲书，倒是深谙取名之艺术。

再来一本，《魔族方言趣读入门》。

簪星："……"

她怎么觉得有点儿不对劲，"杨大小姐"纵然涉猎广泛，是不是也有点儿过于关注魔族了？而且这些不是都州大陆修仙界的禁书吗？

簪星又拿起一本书。甫一看到这本书，簪星就愣了一下：这书她曾在藏书阁里看过，叫《铭记历史：纪念人魔族战败二十周年》。

战败？不是胜利吗？

犹豫了一下，簪星翻开第一页。

"所有魔族都应铭记这一日，这是我们所有魔族耻辱的一日。"

"哐"的一声，簪星一把关上箱盖，难掩心中的震惊。

出大事了！

日光透过窗户，照在木箱刻着花纹的箱盖上。

弥弥舔了舔爪子，卧在绫罗绸缎里眯着眼睛看坐在地上的人。

簪星按住箱盖的手指微微颤抖，她再怎么对"杨大小姐"的过去一无所知，此刻也察觉出不对劲来。

这本《铭记历史：纪念人魔族战败二十周年》分明就是从魔族的角度来写的，而"杨大小姐"将这些有关魔族的禁书悉心保存，怎么看也不像是一时兴起。

她和魔族，绝对有千丝万缕的关系。

《九霄之巅》里的"杨大小姐"，戏份也不过三千字而已，一路走来，簪星将属于"杨大小姐"的命运改写，有违天道，因此天道一路挖坑，先是让枭元珠从灵宝变成魔物，如今，连她的身份都给篡改了。难道天道追杀她不成，干脆让她升级做反派了？

什么《魔后自述：大婚当夜，我发现了夫君的私生子》，难道，自己就是那个私生子？

簪星忍不住打了个冷战。

她暂且不能将枭元珠的事告诉顾白婴了。

据老牛说，这些都是从前"杨大小姐"爱看的书，平日里也没人翻动。可谁知道"杨大小姐"是否在此之前就已经知道了自己的身份，或是岳城杨家里还有没有与魔族有关之人。倘若她刚告诉顾白婴枭元珠在自己身上，另一头就揭出"杨大小姐"魔族私生子的身份，那么说她上太焱派没有别的居心，连簪星自己都不相信。

此事只能暂且搁置。

簪星望着弥弥，胖猫对这须臾之间发生的巨大变化一无所知，冲她喵喵叫了两声，暗示该开饭了。簪星思考良久，将那书箱收进乾坤袋中，而后快步出了门。

情况有变，太焱派也不是久留之地，她还是早做打算吧。

第三十九章

魔　族

第二日，依旧是个晴天。顾白婴在出虹台等了许久，没等到杨簪星。

少年人在原地坐了两个时辰后，终于按捺不住，前去妙空殿兴师问罪。

红酥正在给弥弥做灵丹拌饭，灵气滋养的米粮上放着切成碎粒的灵丹，再一同蒸好拌匀，是银琅狮最爱的口味。她还很注意荤素搭配，用胡萝卜雕好的小花做点缀。弥弥的毛就在这样的滋养下越发丰盈有光泽。

"杨簪星呢？"顾白婴问。

红酥一边削胡萝卜花，一边答："大小姐吗？一大早就去藏书阁了。"

顾白婴微愣，脸色顿时黑了："她连约定都忘了，什么人啊。"

老牛正从外面进来，手里抓着一把绿油油的东西，见到院子里有人，神情微怔，看向红酥。

"牛叔，这是太焱派的顾小仙长。"

老牛的眼睛亮了亮："这就是顾姑爷？果真一表人才，俊朗非凡！"

顾白婴正欲离开，闻言险些怀疑自己听错了，脚步一停，看向老牛："你叫我什么？"

"顾姑爷啊！"老牛一脸理所当然的表情，转头问红酥："这就是大小姐说的将来要当我们姑爷的那位？大小姐眼光一贯好。"

红酥呵呵笑了两声，没否认。

顾白婴见了鬼似的看着他："别乱叫！"

老牛被吓了一跳，不敢说话了。

气氛顿时凝滞，顾白婴有些不自在，目光落在老牛手中那把葱绿的植物上，怔了一下："你怎么把洗骨叶全摘了？"

门冬辛辛苦苦种了它好几年，素日里宝贝得不得了，如今被人像薅杂草一样薅了一大把，回头不崩溃才怪。

"洗骨叶？"牛叔紧张地回道，"我看这小葱长得绿油油的，就想着摘回来给大小姐做她最爱吃的葱油拌面……这不是葱啊？"

"这当然不是葱，"顾白婴无言片刻，忽而想起什么，看向老牛，"杨簪星不是不爱吃葱吗？"

"怎么会？"老牛哑然失笑，"大小姐最爱吃的就是葱油面了。"

顾白婴看向红酥，红酥点点头，表示老牛说得对。

顾白婴眉心微微蹙起，想了想，没再说什么，转身离开了。

簪星并不知道顾白婴去妙空殿找自己了。

事实上，自从发现自己有可能是魔王的私生子后，簪星已经将与顾白婴约定学幻术的事抛到了九霄云外。白日里，她在藏书阁里试图找到解决枭元珠的办法，可惜的是，都州修仙界中，许多关于魔族秘事的书籍是禁书，而"杨大小姐"的那一箱子有关魔界的手册，看起来像是八卦娱乐的杂书。

没一样有用的。

簪星出了藏书阁，天色已全然黑了下来。长空中万星闪烁，她走了两步，望向远处，忍不住长吁短叹起来。

早知如此，当初在巫凡城，巫女许她提出一个问题时，她应当问"如何才能回家"或者"怎样才能避祸"。虽然巫女也不一定能回答，但总好过她如今这样无头苍蝇一般到处乱碰，也不知未来会不会又有什么新的陷阱。

她正惆怅着，迎面走来一人，见她如此，喊道："师妹？"

簪星抬眼一看，来人是牧层霄。

这位原本气运加身的天之骄子，如今"主角光环"被她抢走了一半，好多次该他大出风头的场面，他都没能发挥实力。纵然如此，牧层霄还是十分勤奋，回到太焱派的这些日子，不是在藏书阁看书，就是在出虹台修炼，功课一天没落下。

簪星有气无力地冲他点了点头："牧师兄。"

"师妹这是怎么了？"牧层霄问，"是不是身体不舒服？"

大约是因为在巫凡城的时候，大家曾同甘共苦，牧层霄倒也没有像从前一般对她警惕疏离，今夜还难得关心了她一番。

"没有。"簪星摆了摆手，"就是压力有些大而已。"

牧层霄了然："是因为要陪小师叔去藏宝地吧？无须担心，师父说，届时五师叔和月琴师叔也会跟着一道前去。就算有魔煞心怀鬼胎，有他们二人保护，也可保你们安全无虞。"

簪星道："我哪里是为了这个……"她忽而心中一动。

按说牧层霄从进入太焱派到现在，去过离耳国，进过秘境，见过巫凡城巫女，每走一个地方，以他原本的气运，早已收获满满。而如今，簪星自己算是满载而归，牧层霄除了拿到一把灭神刀之外，并无所获。是否正因如此，"天道"才会对她穷追不舍？

毕竟，她出来抢人家机缘，迟早是要还的。

但如果她现在就开始还了呢？

簪星向牧层霄靠近一步，低声问："牧师兄，你想不想去藏宝地？"

牧层霄愕然看向她。

"巫女给的藏宝图中，所谓生长着圣树的废墟里，或许还有别的机缘。不如我将藏宝图交给你，你去碰碰运气如何？"簪星诚恳建议。

要是牧层霄在藏宝地中找到机缘，走上天道为他设计的原本该走的路，或许天道对她所造成的影响还能睁一只眼闭一只眼。

"师妹。"牧层霄轻轻皱眉，"藏宝图是巫女赠予你的，本就是属于你的机缘。纵然你……"他看了簪星一眼，有些不自在地道，"我不去。"

"你怎么能不去呢？"簪星急了，"这本来就该是你的啊！"

她不说此话还好，一说此话，牧层霄如临大敌，只闷头道了一句"师妹的好意我心领了，此事不必再提"，随即匆匆溜走。

簪星看着他的背影，十分疑惑。原本在《九霄之巅》中，牧层霄可是个一心沉迷修炼、只想变强的事业型男人啊，如今大好机会就在他面前，他居然不为所动。

这下，不仅剧情线变了，连人物性格都变了。

接下来的几日，簪星本着亡羊补牢的想法，日日去找牧层霄，试图让牧层霄接受藏宝图。然而牧层霄坚持拒绝了，以至后来为了躲避簪星，干脆日日不在院中，只剩下一个柳云心不好意思地对她道歉："杨姑娘，牧大哥又出去了。"

有好事之人将此事传开，于是关于簪星与牧层霄的流言，一夜间卷土重来，再次传遍了整个太焱派。

旁人不知藏宝图一事，只知道簪星日日去找牧层霄，而牧层霄避而不见，便自动在脑海里编造了一出落花有意流水无情的苦情戏码。

"看来杨师妹还是对牧师弟余情未了，这般痴情连我看了都感动。"

"要说牧层霄那小子还真是好艳福，一个义妹对他情深义重，一个师妹对他痴心不改，你说咱们怎么就没有这样的好运呢？"

"来来来，下注了下注了！是沉鱼落雁的柳姑娘，还是脸上有疤的杨师妹，一赔一百，买定离手，买定离手了啊！"

"一赔一百，你怎么不去抢？"

"我押柳姑娘！男人嘛，从来都是初恋香。"

"没眼光！我押杨师妹，你看六师叔对杨师妹如此宠溺，要是牧师弟选了杨师妹，前程一片大好，哪个男人不想少奋斗十年？"

"肤浅。我是初恋派！"

"迂腐，等你为灵石所累的时候就知道了！我选杨师妹！"

"嘻，都别吵，男人什么货色大家还不清楚？指不定牧师兄也和那些臭男人一样，嘴上不说，心里想着齐人之福呢。"

这些声音飘过殿外，传到院里，少年寒着一张脸，"啪"的一声将门关上，隔绝了外头的一片吵闹。

门冬正踮着小短腿坐在长榻上吃酥饼，见此情景，长叹了一口气："如今每个大殿都在下注，赌牧师兄的心上人究竟是谁，连我们殿里都有了，我还去下了一注，也不知道能不能回本。"

顾白婴转身，盯着他道："你押了谁？"

"我本来想押柳云心的。"门冬吃得满嘴都是酥饼渣，"毕竟柳云心性情温柔，长得也好，和牧师兄又是幼时情谊，怎么看杨簪星都没有胜算。不过，"他话锋一转，"先前在巫凡城，杨簪星救了我们，我觉得她人挺好的。所谓肥水不流外人田，我自然要押她一押，好歹给她撑撑面子，让她不至于被人笑话。"

顾白婴咬牙切齿地道："难为你想得长远。"

"那是自然。"门冬想了想，"杨簪星对牧师兄这么深情，师叔，要不咱们从中撮合一下吧？"

"怎么撮合？"

"那办法就多了去了，我记得藏书阁里有本书叫《没有我搞不定的男人》，要不我去借来给杨簪星看看？她看完指不定有什么灵感，办法总比困难多，是不是……"他说完，一扭头瞧见顾白婴的脸色，吓得坐直身子，"师叔？"

顾白婴盯着他足足一刻，才平静地开口："原来，你在藏书阁里看的是这种书。"

门冬打了个冷战，从长榻上跳下来，连连摆手："没有没有师叔，我也只是偶尔看一看！"

他见顾白婴火冒三丈，有些摸不着头脑，小心翼翼地斟酌着语气："师叔，你怎么看着不大高兴？其实现在咱们有藏宝图，圣树果实又可以修补灵脉，那琴虫种子也没什么用了，杨簪星和牧师兄双不双修，对你来说也无甚影响，何不成人之美……"

顾白婴目光如刀，冷笑道："门冬，我看你还是不要在太焱派修仙了，干脆去平阳镇当个冰人更好。"

门冬满头雾水，实在不理解顾白婴何以发这么大的火，苦苦思索半天，忽然心念一动，看向对面的少年："我知道了师叔，你是担心圣树果实有什么意外，万一咱们没能找到果实，那头琴虫种子又没了，得不偿失，故此这样严防死守？还是师叔想得周到。"门冬佩服地点头，"不错，那咱们就再等些日子，等师叔找到圣树果实，为表达谢意，等他们二人成婚之时，我再亲自送上一份厚礼，也显得咱们礼数周到。"

顾白璎怒道："你再给我胡说八道，我就把你踢出太焱派！"

门冬立刻噤声，不敢再说什么。顾白璎抓起桌上的茶灌了一口，犹觉心中不忿，又站起身，怒气冲冲地走了。

门冬盯着他的背影，半晌，低声喃喃："这火发得，莫名其妙呀。"

再说那头的顾白璎，气势汹汹地冲进妙空殿中。玄凌子找月光道人下棋去了，妙空殿里没人，他到了后院，刚一进院门，就瞧见正要出去的簪星。

簪星见了顾白璎，道了一声"师叔"，就要错身离开。

顾白璎厉声喝道："站住！"

簪星转过头来看着他。

少年恶狠狠地开口："你是不是忘了什么事？"

"什么事？"簪星疑惑地看着他。

顾白璎顿时语塞。

他本来有很多话要说的，本来想理直气壮地发一通火，至少斥责她几句，可临到头了，只能憋出一句："你不是说，要去出虹台学幻术吗？"

簪星闻言，露出一个恍然的表情，一拍脑袋："哎呀，我最近实在太忙了，都忘了这茬儿。没事师叔，幻术嘛，随时都能学。我还有事，先走一步，待过些日子得了空闲，再同你讨教。"说罢，她也不看顾白璎是什么表情，匆匆走了。

妙空殿的柿子树，枝繁叶茂，一只黄鹂停在树梢上，"喳喳"叫个不停。

少年立在原地，珍珠色的缎袍上，朱红如意纹艳丽夺目，却将他衬得孤零零的，好不可怜。

老牛走过来，宽慰道："大小姐她最近是挺忙的，好像是要与牧姑爷商量什么事，成日早出晚归，一定不是有意忘了与您的约定，您千万不要放在心上。"

"牧姑爷？"顾白璎难以置信地看着他。

"就是隔壁的牧层霄牧公子呀。"

红酥拉了一把老牛，对顾白璎赔了一个笑脸："没有，顾仙长，您听错了。"

顾白璎站在原地，过了片刻，自嘲地一笑："原来，想要齐人之福的，另有其人。"说罢，他脸色冷下来，转身走了。

待妙空殿里再看不到那位小师叔的影子，红酥才推了一把老牛，埋怨地开口："牛叔，好端端的，你提牧姑爷干什么，看把顾姑爷给气的。"

"我这说的不是实话吗？"老牛茫然。

"什么实话。"红酥抱起弥弥，摇摇头，"难怪你一把年纪了都打光棍，这都看不明白。"

平阳镇的夜，总是分外热闹。

因太焱派就在姑逢山上，连带着山脚的平阳镇也比寻常镇子繁华。到了夜里，千灯万火，亮如白昼，喝酒的、吃席的、听歌的、唱曲的，把整个平阳镇装点得热闹非凡。

画金楼，气氛热烈。一到夜里，修士们换好所需的灵石丹药，常在此地休息。老板娘金翡翠眼光极好，当初买地特意选在漓秀江畔，如这样的春夜，月光流满江面，春风入柳，笙歌不绝，再来一坛浓酒，实在令人心醉。

金翡翠站在柜台前，一边轻摇团扇，一边打着算盘。团扇是用金蚕丝做的，薄如蝉翼，绣着玉堂富贵图；算盘是金算盘，拨动时声音清脆，声声悦耳。

美人风情万种，拨算盘的动作麻利又娴熟。世人刻薄，但凡女子表现得爱财些，在旁人口中总与"拜金""铜臭"脱不了关系。寻常女子总是耻于行商，不肯开口谈钱，金翡翠却不同，就差没将"视财如命"写在脸上了。

她这样大方，男人们反而不敢说她什么。

今日亦是一样，她盘点完昨日的收支，一个小伙计走到她身边，在她的耳边低声说了两句。金翡翠愣了愣，随即摆了摆手，合上账本："我去看看。"

二楼靠窗的位子，珠帘遮蔽了堂厅的欢歌笑语。一片热闹里，桌上一壶新开的绿酒，少年半个身子陷在铺着狼皮的软榻中，正抬眼看向江面。

两岸晚山，一江春水，少年心事。

"婴婴啊——"珠帘被人撩起，美人和香风一同扑了进来。

顾白婴嫌恶地抖了抖："别这么叫我。"

"我与你娘是好友，按理说，你该叫我一声姨，我这样叫你有何不对？"金翡翠在他对面坐下，不以为然地道，"再说了，没旁人的时候，我不是一贯这么叫你吗？"

少年以沉默表达自己的抗拒。

金翡翠的目光在桌上那壶绿酒上顿了顿，她好奇地看向对面人："怎么还学会借酒浇愁了？难得见你有心事，跟姐姐说说，让姐姐开心开心。"

顾白婴："我没有心事。"

"得了吧，连我们楼里新来的那位十二岁的伙计都看出你心情不好了，你和我有什么不好意思的？快和我说说。"

"不说。"

金翡翠看了他半晌，摇摇头："固执。"她换了个话题，道："对了，我听闻，这次你们去离耳国秘境，十分凶险，多亏玄凌子新收入的那位小弟子，喏，就是上回来画金楼里挑灵器的那位。当时我就觉得女修用棍的极少，小姑娘很特别，如今看来，我果然很有眼光。她既有此等灵根气运，若是得你们太焱派好好栽培，说不准日后成就不可小觑。你们宗门里，孟盈被月琴看得紧，极少下山，我看小杨姑娘性情活泼多了。要是日后我同她打好关系，让她做我这里的活招牌，正好。我要不再送她一件什么东西吧，她平日里喜欢什么、讨厌什么？"

顾白婴闻言，烦躁地抓起桌上的酒盏喝了一口，"她喜欢什么我怎么会知道？"

"也是。"金翡翠点了点头，随即又嗔怪地瞪了他一眼，"你们好歹也相处了这么多日，纵然先前陌生，如今也相熟了，你怎么不知道关心关心人家？"

顾白婴轻哼一声："她哪里需要我关心？"

"怎么不需要你关心了？"金翡翠摇了摇团扇，"我听说她之前在平阳镇，被未婚夫在大庭广众之下退婚了，一个女孩子，多伤自尊心呀。如今你们太焱派下山的弟子又说，她苦恋玄凌子另一位姓牧的弟子，你这个做师叔的，平日里也要多帮着撮合撮合……"

"啪"的一声，桌上的酒盏被人重重一搁。

金翡翠吓了一跳。

"撮合撮合撮合，怎么走到哪儿都让我撮合？"少年忍无可忍，"我是她管家还是她媒人，这和我有什么关系！"

四周静寂。

琴声不知什么时候停了。

素月悬空，将江水映得皎皎明明。

金翡翠静静地盯着他，过了一会儿，突然粲然一笑。

"原来如此。"

画金楼里的绿酒，甘甜清冽，酒色是漂亮的浅碧色，盛在瓷白酒盏里，青碧莹莹，如饮下一杯春日。

那样溅几滴在桌上，着实可惜。

金翡翠笑盈盈地伸手拿过酒壶，将少年面前的空盏斟满，再给自己也斟了一杯，低头浅酌一口，才道："我这几百灵石一壶的绿酒，旁人想喝还喝不着，你倒好，白白糟蹋了人家的好东西。"她又意味深长地看着对面人，"酒又没招你，你拿它撒什么气？"

"我又不会不付钱。"

"我又不缺钱。"金翡翠不以为然，"说吧，我们那位小师妹，究竟是如何惹得你不高兴了？"

少年不说话，寒着一张脸看向窗外。

"我瞧她性情活泼大方，又懂规矩礼仪，做事亦是周全，听玄凌子说她修炼也很勤奋刻苦，怎么着都不至于将你气成这样。"

"规矩礼仪？勤奋刻苦？"顾白婴怒道，"自己说要学幻术，缠着我约好每日在出虹台见面，回头就把自己说的话忘了，还日日往别人的殿中跑，连个人影都看不见。你说她懂规矩礼仪、勤奋刻苦？我好心提醒她别忘了，她居然说日后有的是时间。"

金翡翠看着他："你生气了？"

"她连我生气都看不出来！"

顾白婴说完，胸口剧烈起伏。

或许，这才是最令人气愤的。他只觉胸口好像堵了团棉花，怎么都不舒畅。

"好啦，"金翡翠托腮看着他，"瞧把我们婴婴委屈的。你若喜欢她，直接告诉她就是，何必躲在我这里自己跟自己生闷气？"

"喜欢她？"少年见了鬼似的盯着对面的人，"谁喜欢杨簪星了？"

"这还不明显吗？"金翡翠失笑，"你的每一句生气，每一句讨厌，都在说喜欢啊。"

少年一愣，下意识地反驳："我没有……"

"结心铃响了没？"

顾白婴："……"

金翡翠了然一笑："有没有动心，你自己心中清楚，你执意不认，我也没有办法。不过婴婴啊，你娘送你的结心铃，比你自己的嘴巴还好使呢。你下次见了她，仔细听听结心铃会不会响，要是响了……"老板娘两手一摊，"那你就别嘴硬喽。"

顾白婴恼怒地别过头："这还用说，怎么可能响？"

金翡翠眨了眨眼："既然没响，你心虚什么？"

顾白婴："……"

"真是令人感叹呢，"金翡翠转头看向窗外，漓秀江上，夜里的渔船亮起三两点灯火，她声音轻轻地开口，"我们婴婴，也到了为情所困的年纪了。"

"喂，你不要乱说话……"顾白婴恼羞成怒。

"为情所困又不丢人。"金翡翠笑着举起酒盏，"不过小杨师妹苦恋自己师兄的事，连我们画金楼都传开了。婴婴你还得再多努力努力，小心人家捷足先登啊。"

"都说了我不喜欢……"

"既然不喜欢，就别生气了，或者换一个人喜欢，何必自己为难自己？"美人劝哄着，"人活得久了，所有感情都如露水朝花，颜色淡了，就会有下一个，没什么了不起。你如今喜欢她，以后，也会喜欢上别人，那还不如现在就喜欢别人，省得为情所伤。"

顾白婴忍了忍，放下一袋灵石："我懒得跟你说。"他起身离席了。

"不喝啦？"

"不喝了！"

金翡翠也不恼，望向窗外的江水，江水滔滔如练，缠着月光一同流向远方。她摇了摇团扇，喃喃道："究竟响没响呢……"

结心铃以前响没响，旁人不知道，不过，估摸着以后是不会了，因为顾白婴施了一个缚音诀在铃铛上。

这铃铛三天两头出意外，要是响声被别人听到，那他真是有嘴也说不清。施了缚音诀，他就安心多了，至于金翡翠说的话，他全当她是胡说八道。

毕竟他与杨簪星，一个是师叔，一个是师侄，若他对晚辈有非分之想，与禽兽又有何异？

当然，他本来也不喜欢杨簪星。

然而，操心他终身大事的竟不止金翡翠一人。金华殿外的小院里，玄凌子正与赵麻衣说话。

"你说七师弟还真是长大了，"玄凌子感叹，"七师弟惯来争强好胜，此次他们一同前去离耳国，簪星得了青华仙子传承，师弟居然能心平气和地看待这件事。非但如此，他还主动跑来询问簪星要不要修习幻术。你说，他是不是长大了？"

赵麻衣神秘地捋了一把小胡子："你怎么不想想别的原因呢？"

"什么原因？"

"毕竟我们七师弟，也到了慕少艾的年纪……"

玄凌子先是怔住，随即恍然："你说的是湘灵派的蒲萄？"

赵麻衣："啊？"

"就是湘灵派那个最小的女弟子啊！容霜掌门最爱的那个。"玄凌子低声道，"我听紫螺说，湘灵派有意与咱派交好，蒲萄是容霜掌门最爱的小弟子，又是容霜掌门的亲戚，那头有心和咱们七师弟结个道侣。他们二人年纪、容貌、身份都相当，说起来也是般配。七师弟脾气不好，较起真来，算是咱们高攀了。"

"什么高攀，"一个女子的声音从外面传进来，"那湘灵派的女弟子脾气也不见得多好，我看比我们孟盈要差得远了。还有，湘灵派这是什么意思，当初师父和容霜的婚约毁了，就要咱们赔她们一个婚约？父债子偿也不是这么偿的！"

"小点儿声师姐！"玄凌子急得跺脚，"等一下被别人听到了。"

"你还知道怕？"月琴冷眼瞧着他，"怕你还在这儿嚼舌根！"

"我还不是好奇嘛！师父和容霜掌门见面，二人都没什么反应，当年的事传得沸沸扬扬，而今如此平静，怎么不叫人猜想？"

"你有那个闲工夫猜掌门的事，不如多管管你自己的徒弟。眼下整个太焱派都知道杨簪星苦恋牧层霄了，成何体统？"

"怎么就成何体统了？少年人，纠结于情情爱爱很正常。"玄凌子护短，闻言立刻反驳，"你们孟盈还不是一样？"

听闻爱徒的名字，月琴柳眉倒竖："你说孟盈怎么了？"

玄凌子"哼"了一声："你自己平日里板着个脸，估摸着你们殿中弟子不敢当着你的面儿议论，我们殿中可有风声传出来，说孟盈和层霄之间，铁定有事。"

几人出去一趟离耳国，回来后绯闻传得越来越离谱。

然而这些离谱的话都没传到簪星的耳中，大概是因为这些日子她早出晚归，不是在找牧层霄，就是在去找牧层霄的路上。就连她晚上回到妙空殿，梳洗完上了榻，也躲在被子里偷偷翻看那些魔界的闲书。如此一来，她自然也无心聆听周围的流言蜚语。

老牛在一边道："大小姐，都收拾妥当了。"

在太焱派待了几日，老牛也该回去了。他年纪大了，在姑逢山上住着不习惯，还是回岳城过得自在。老牛走之前，簪星让红酥准备了一些特产吃食让他带回去，也好风光风光。

一头骡子在旁边叫了两声，老牛便将收拾好的行李在骡背上拴好。

这骡子是玄凌子送给老牛的。姑逢山上的骡子，吃的喝的都是蕴含着灵气的粮食和水，与普通骡子自然大不一样，脚程要快得多。听说别的骡子走三日的路程，这骡子一日就走完了。

老牛问簪星："大小姐，您给这骡子取个名吧，回头老爷问起来，老奴也好说。"

簪星："……"

她道："那就叫顺丰吧。"

"顺风？顺风顺水，这名字吉利。"老牛欢欢喜喜地牵起绳子，同簪星道别，"大小姐安心在山上修炼，老奴会照顾好顺风和老爷的。"

待送走老牛，簪星回到妙空殿。红酥抱着弥弥从屋里面出来，见到她，道："大小姐，刚刚紫螺仙子来找您，说今夜赏莲，怕您忘了，特意来提醒一句。"

簪星点头："我知道了。"

太焱派山上种了一池红莲。红莲是羽山圣人年少时偶然路过一仙境，见盛开莲花似红玉，光华璀璨，便挖了莲花种子带回宗门。如今还未入夏，姑逢山上的花开得却比山下早一些。年年这个时候，红莲开得正好时，几位师叔都要设席赏莲。

修行本就枯燥，大家偶得一息闲暇，看看莲花，吹吹晚风，喝喝小酒，吃吃点心，不仅有助于联络弟子间的感情，放松放松心情，也有助于那些爱在心中口难开的有情人增加勇气。

簪星第一次听紫螺说起此事时，还很是奇怪：这不就是公司组织的部门联谊嘛！可顾白婴曾说，太焱派中弟子不许谈情，怎么，如今规则有变？

无论规则有没有变，与她都没有太大关系，毕竟她现在是个怀揣魔物的魔界私生女，一不小心就会被正道就地正法，还是夹着尾巴做人比较好。

红酥将老牛带来的箱子打开，将里面最闪亮的几条裙子挑出来放到床上："大小姐，挑一件吧。"

"你要我穿这个？"簪星看着红酥手里缀着晶石的墨色纱衣，"未免太闪了些。"这看着像是去逛夜店时穿的。

"自然要越闪越好！"红酥认真点头，"届时夜里，一片昏暗，灯火微茫，而大小姐你衣裳上的晶石闪闪发光。他们宗门里的衣裳都灰扑扑的，咱们不好独树一帜，过于艳丽，因此墨色挺好，有了这些晶石做点缀，也不显得单调。您再将口脂涂得艳丽一些，头发不必梳得太过整齐，到了晚上，那些弟子不看您看谁？"

红酥果然深谙逛夜店之精髓，连氛围感都懂。簪星道："我要那么多人看干什么？"她随手拿起平日里穿的灰纱衣，"我就穿这个。"

"这可不行！"红酥急了，"今夜柳姑娘、孟仙子，还有那个湘灵派的'果子'都要去。柳姑娘柔弱纤纤，孟仙子风华绝代，那'果子'艳比花娇，咱们可不能输！"

簪星长叹一声："红酥，没想到你的好胜心如此之强。"

"咱们从前在岳城时，论漂亮，大小姐你何时输过？如今你虽然脸上有疤，可绝不能破罐子破摔。人一旦懈怠，日后就会越来越怠懒，大小姐，你原先可不是这个样子的！"

簪星心中一个激灵。

对啊，原先的"杨大小姐"可不是这样的，她这样成天灰头土脸的，与"杨大小姐"相去甚远，是不是也在催促天道对她赶尽杀绝？

况且她也不忍拂了红酥一片好意，便道："好吧，不过我们还是另选一件为好……"

夜里，姑逢山上难得的热闹起来。

内门弟子们成日忙于修炼与考核，难得有这样闲暇放松的时候。此刻，他们个个打扮得光鲜亮丽，三三两两聚在一起。

多罗台上，摆满长席。长席上铺了编成花状的芭蕉叶，席单是玄凌子亲自拟的——太焱派中，没有人比他更懂吃喝玩乐。

凉亭里缀着流萤灯，以灵力幻出流萤残影置于琉璃灯内，夜里无须灯火，自有荧荧光辉。

凉亭再往下，是长春池，长春池池水清澈，莲叶铺满整个清池。簪星抬眼望去，只见初夏时分一片碧色摇曳，莲叶中又点缀有淡红花朵，红莲花瓣细长，卷舒开合，暗香浮动。

这样的夜，纵然没有酒，也令人心醉。相熟的弟子自发坐在一起，田芳芳正与门冬认真对比哪一桌上的糕点比较大，在两桌中犹豫不决。有人走了过来，看也不看，径自坐下。

"师叔，你怎么来了？"田芳芳愣了一下。

顾白婴没好气地道："怎么，我不能来？"

"不是，师弟说你不来了，我还遗憾着。那咱们就坐这桌吧。"田芳芳拉着门冬在顾白婴的那桌坐下。

门冬看了看顾白婴，凑到他身边低声问："师叔，你不是从不参加赏莲吗？今日怎么又来了？"

"关你什么事。"顾白婴看着心情不大好，顿了顿，又气道，"要不是掌门师尊叫我，鬼才要来。"

原来是少阳真人叫他来的。

门冬恍然，轻咳一声："掌门师祖叫你来这里，是不是为了撮合你和湘灵派的蒲萄师姐？最近宗门里到处在传这事，说掌门毁了和容霜姑姑的婚约，就要把你赔给人家当赔罪礼呢。"

顾白婴骂道："你都听谁胡说八道的？"

"唉，不怪小师弟，我们殿里也在传。"田芳芳嚼着嘴里的杏花饼，"你不觉得咱们宗门里，最近这些风言风语很多吗？比如……"

顾白婴神情顿了顿，倾身过去正要仔细听听，就见田芳芳朝他身后挥手："牧师弟、柳姑娘，这里！"

原是牧层霄来了。他身侧跟着柳云心，柳云心穿着鹅黄长锦衣，眉梢眼角都是温婉秀气，一眼看去，淡雅无双。

牧层霄如今在太焱派也是小有名气的人：一来是他那把破破烂烂的灭神刀如今摇身一变，居然成了能斩灭大妖的上等灵器；二来嘛，这人一会儿和青梅情深义重，一会儿和孟盈暧昧不清，还有一个簪星痴心相随，怎么看，都像是一个传奇。

牧层霄一来，周围的弟子们立刻就窃窃私语起来。

"实在无法理解，不就是长得稍微好看一点儿，何以连孟师姐都瞧上他了？"

"就是，要说长得好看，咱们七师叔不是更胜一筹？可七师叔至今还不是孤家寡人一个。"

"可不兴胡说，咱们七师叔马上就要被当成赔罪礼，送到湘灵派了，日后好歹也是有道侣的人了。"

"唉，掌门也真是狠心，怎么能让弟子去偿自己欠的情债呢？"

修行之人耳力本就出众，这些私语立刻传到顾白婴几人的耳中。顾白婴脸色顿时黑了，牧层霄也有些尴尬，倒是牧层霄身边的柳云心满脸坦然。

他们二人坐了下来，甫一坐下，旁侧有人喊道："孟师姐！"

孟盈这会儿也出来了。

少女没有特意装扮，仍是一身白衣，腰间一柄黑色长剑。不过她这样的姿容，若多施脂粉，反而污了原本的颜色。门冬朝她招了招手，喊道："师姐，坐这里！"

孟盈脚步一顿，看到人群中的他们，随即走了过来。

待她走近了，门冬笑着指向牧层霄身边的空位，笑道："师姐，坐呀！"

桌子是圆桌，牧层霄一侧坐着柳云心，若是另一侧坐着孟盈……

田芳芳忍不住捂脸。

牧层霄有些不自在。

孟盈的目光在桌子上扫了一圈，她没说什么，在田芳芳身边坐下了。

田芳芳大大松了口气。

然而，他这口气还没松完，簪星的声音就从众人身后传来，她道："找了好久，原来你们在这儿。"

众人回头一看，簪星今日穿了一件翡翠色的绢花长裙，上面缀着银色星星，昏暗的灯火中，她走起路来衣裙似泛着粼粼波光。

萤火将她面上的黑疤也模糊得不甚真切，于是那张脸便显出几分令人惊艳的美丽来。

田芳芳招呼："师妹……"

下一刻，这人自然而然地在牧层霄身侧坐了下来。

"不好意思，我来晚了。"她笑道。

桌上的气氛有几分凝滞。

确切地说，不只是桌上，周围弟子的目光已经朝这头聚集过来。

而簪星对此毫无察觉，只问田芳芳："你们怎么来得这样早？"她又瞧见一边的孟盈，颇为稀奇，"孟师姐也来了。"

倒不是簪星多嘴，毕竟这种相亲局，孟盈是从来不参与的。何况月琴看孟盈看得极紧，生怕孟盈被宗门里那些花言巧语的小子给骗了，这样的场合，从来都让孟盈敬而远之。难得簪星今日能在这里看到她。

孟盈眸中亦是浮起疑惑，道："是师父让我来的。"

竟是月琴让她来的，果真奇怪。

簪星的目光又落在顾白婴身上，还没等她发问，顾白婴看了她一眼，冷冷开口："看什么看。"

簪星到嘴边的话就被她咽了下去。看来顾白婴今日心情不怎么好。罢了，这位师叔喜怒无常，谁知道他发什么疯，突然又想来这种场合了呢？

她正想着，又有熟人的声音传来："各位。"

簪星抬眼一看，原来是紫螺，她身侧还跟着一位粉衣少女。这女孩子穿着浅粉鲛纱裙，粗看简单，却又在裙摆处绣了杨桃色的蝶纹，便显出几分娇艳来。许是怕夜晚风大，她在外头罩了件云丝披风，那披风也做得精致。她走过来时，笑靥如花，极尽天真。

太焱派中自然也不缺美人。可大抵是因为太焱派弟子都爱用灰扑扑的色彩，虽耐看，到底不鲜艳。而像孟盈这样的倾城美人，又被月琴教得清心寡欲，长年累月一身白裙。

于是，太焱派众人乍见装扮精致、粉粉嫩嫩的小姑娘，都忍不住要多看几眼。

紫螺拉着小姑娘在众人面前站定，笑道："这是湘灵派的同修蒲萄姑娘，师叔们让我带她过来同坐。你们之前在离耳国试炼时已经见过面，就不用我多介绍了吧？"

见无人说话，田芳芳便打圆场笑道："那是，都是老熟人了。"

听说他们被金花虎追杀时，还是湘灵派的人给太焱派传的消息。何况如今魔族中人对修仙各派不怀好意，大敌当前，各派有什么梁子都要日后再说，眼前总得维持表面关系。

蒲萄倒是不怕生，目光在桌边的人身上扫了一圈，便径自走到顾白婴身侧坐了下来。

于是顾白婴身边，一侧是蒲萄，一侧是簪星，而簪星挨着牧层霄，牧层霄另一头是柳云心。

周围窃窃私语的声音更大了。

田芳芳："……"

他想了想，看向牧层霄："牧师弟，要不咱俩换个位子？"

"哎哎哎，干什么？"门冬打断他的话，警惕地盯着他，"你想挨着杨簪星坐，你喜欢杨簪星啊，还是喜欢柳姑娘？"

牧层霄和顾白婴一同朝田芳芳看去。

迎着两道锐利的目光，田芳芳道："当我没说。"

位子就这么定下了。

然而，这座次毕竟十分微妙，不仅让门中弟子议论纷纷，也让远处看戏的玄凌子几人充满期待。

"你为何要让紫螺将蒲萄带过去？"玄凌子问赵麻衣，"这么坐着，我们簪星岂不尴尬？"

簪星身侧，一侧是牧层霄，一侧是顾白婴，这二人都有未来道侣在身边，那么剩下簪星一个孤零零的，看着有些可怜。

"我看你那弟子并不尴尬。"赵麻衣一派悠然，"我看这一桌人里，除了门冬外，就数她最坦荡。"

"那都是装的。"玄凌子痛心疾首，"我们簪星，惯来都是默默隐忍的性子。

你看她喜欢层霄都喜欢成那样了，可也从来没为难过柳姑娘，甚至对柳姑娘照顾有加。如今他们这么坐着，不是往人家的心上扎刀吗？"

"这扎的是谁的心还说不定呢。"赵麻衣嘀咕了一句。

月琴冷声开口："玄凌子，别岔开话头。你不是说我们孟盈和牧层霄之间不清不楚吗？你看清楚了，我们孟盈才不掺和你们这些情情爱爱的破事。以后管好你殿中弟子的嘴，要是再让我听到有人胡说八道，别怪我不念及同门情谊。"

这话说得十分严厉，玄凌子不敢搭话，支支吾吾应了一声。月琴松了口气，天知道刚刚孟盈走过去的时候，她有多么紧张。

情爱，那就是修仙路上的绊脚石，她就这么一个得意弟子，怎么能被男人的甜言蜜语蒙蔽了！

何况这男人还有个和他关系不清不楚的小青梅。

还好孟盈没有辜负她的期望，否则光是如何找孟盈谈心这件事，都能烦得她几夜睡不着觉。

师父们这头是看好戏，那一头被看戏的人心情却不怎么轻松。

天色渐晚，多罗台上的弟子们热闹也看够了，不再将注意力集中在簪星他们这边，各自回桌上喝酒吃菜。弟子们本就是相熟的坐一桌，谈心的谈心，赌酒的赌酒，气氛热烈无比。而在一片热闹中，有一桌却是静悄悄的，桌上坐着的人更像是木偶，碗筷酒盏，原封不动，并无一人去碰。

簪星："……"

她实在不知道这是怎么回事，气氛怎会如此紧张。顾白婴冷着一张脸不说话，没人敢触他的霉头。孟盈惯来沉默，众人都已习惯。可柳云心和牧层霄也不说话，她就不知道是怎么回事了。他们不说话，平日里话痨的田芳芳也不开口，门冬更是正襟危坐，目光若有所思地在众人身上来回。

簪星忍了又忍，终于忍不住，正要打破这令人窒息的沉默时，紫螺开口了。

这位温柔和蔼的师姐，笑着拍了拍手，道："今日赏莲，我瞧着诸位许是修炼勤勉，有些困乏，不大精神，不如来做个游戏如何？"

谢天谢地，总算有人说话了，簪星感激地望着她："什么游戏？"

紫螺微微一笑一摊手，手上出现一把银色勺子。这勺子有手掌大小，银光璀璨。她将勺子放在桌上："喏，就是这个。"

"勺子？"

"等一下我会转动这把勺子，勺子停住的时候勺柄指到谁，谁就要回答我一个问题。"

"如果不想回答我的问题，"紫螺叩指，桌上的酒坛摇摇晃晃地飘浮起来，倾斜着将酒倒进白瓷碗中，"就要喝掉一碗酒以受惩罚。回答完问题的人呢，接着转动这把勺子，等勺子指向下一个人。"

簪星恍然，这不就是修仙界中的真心话大冒险嘛。

"回答问题的人，不可以说谎啊。"紫螺笑了笑，"否则这把勺子，会转不动的。"

田芳芳奇道："这游戏听着怪新鲜的。"

"如此，那紫螺师姐快点儿来吧！"门冬迫不及待地开口，"我正好有一肚子的问题想问！"

"好啊。"紫螺笑了笑，伸手覆住那把勺子，顿了顿，微微一按，而后松开手。

银色勺子像一只小小的迎风转动的风车，先是迅速旋转，晃得人眼睛发花，接着又逐渐放慢，直至最后停了下来。

勺子的银柄端端正正指向门冬。

门冬愕然："我？"

"啊，竟然是师弟。既然如此，那我就先来问你，你可不要答不上来啊。"

门冬自信地拍拍胸，头上两朵莲花发髻跟着颤了颤。他道："知无不言，我有什么答不上来的。"

紫螺狡黠一笑："是吗？在座各位之中，师弟你说说你最讨厌谁？"

"我最讨厌……"门冬一下子语塞了。

他最讨厌谁，这说谁出来都是要得罪人的啊！同门且不说了，都是一座山上的，抬头不见低头见，如何好说人坏话。那唯一一个外人，还是顾白婴的未来道侣，他要尊称一声师娘的主儿，他前头说人坏话，后头只怕就要被穿小鞋。

这个问题好阴险！

思来想去，小孩儿一拍桌子，那碗盛满的浮梦酒就落在他面前。他两手捧起碗，一口气喝了个干干净净。

太焱派毕竟是正经修仙门派，给弟子们准备的浮梦酒，是李丹书殿里酿造的，不像凡间酒那么伤身，其中添加了各味灵草药材，说是药酒，不如说是大补之物。是以，门冬这样的小孩儿喝它也没关系，只是味道对他来说苦了些，不如糖水甜蜜。

一口气喝完酒，门冬苦得皱了皱鼻子，缓了口气，报复性地按住那把银勺："现在轮到我了！"

骨碌碌——

银勺指向了牧层霄。

门冬两眼放光，不等牧层霄开口，立刻发问："请问牧师兄，你喜欢怎样的女子？是温柔如水型，还是冷若冰霜型，抑或心比人美型？"

"喀喀喀——"簪星本来正看好戏般咬着一块玫瑰酥，闻言差点儿没把自己呛死。

门冬真是胆大包天，也不怕尴尬，竟问这种问题，指代性未免也太明显了吧？而且如果她没猜错的话，那个"心比人美"指的是她？

心比人美……心比人美？

难道她生得很丑吗？

顾白婴看了簪星一眼，表情平静得有些反常。

柳云心有些意外门冬会这么问，微微睁大眼睛。孟盈仿佛没听到他们说话，冷淡地喝茶。牧层霄则有几分不自在，犹豫了一下，径自拿了酒坛，倒了一碗浮梦酒默默饮下。

他避开了这个问题。

门冬顿时失望："怎么不答呢？"

簪星也有些失望，毕竟她也想知道，红白玫瑰都喜欢的牧层霄，究竟如何才能将一碗水端平。

勺子继续转起来。

这一回，被指到的是蒲萄。

小姑娘先是一怔，随即大方地笑道："到我了，问吧！随便问。"

田芳芳长松了一口气，簪星很能理解他的心情，同门日后还要在一起修炼，秘密知道得多了，再见面时难免尴尬。外人就不同了，反正他们也不会常去湘灵派，而且以牧层霄的性格，也问不出什么惊世骇俗、让人难以回答的佳问。

簪星这么想着，就听见那一头牧层霄开口道："请问蒲同修，当年掌门师祖和容霜掌门人的婚约，究竟是因何而毁？"

簪星："……"

没想到你是这样的牧层霄。

牧层霄这个问题问得可算是全场最佳了，少阳真人和容霜姑姑之间的那点儿事，是每个太焱派弟子心中的困惑。世上之事，本就是越不让提，就越让人心中痒痒，何况少阳真人俊美脱俗，容霜姑姑丽质无双，怎么看，都让人很有茶余饭后的谈论欲。

众人目光炯炯地盯着蒲萄，就连孟盈都停下了喝茶的动作。

蒲萄脸上的笑容早已僵住，片刻后，她勉强挤出一个笑："我还是喝酒吧。"

又一碗浮浮梦酒空了。

勺子继续转起来，到现在，一个答案都没问出来，被指的人尽喝酒了。簪星想，难道就没有一个人能问点儿简单的问题吗？意思意思也好啊。

她正想着，门冬的声音响了起来："轮到师叔了！蒲师姐，你要好好问！"

簪星抬眼一看，银勺子果然指到了顾白婴。他似是有些不耐烦，又不好在游戏进行到一半的时候拂袖而去，强忍着不耐烦，道："问吧。"

蒲萄却没有立刻发问，踌躇了一会儿才看向顾白婴，假装不在意地问："顾同修，你有心上人吗？"

簪星愣住。

夜风拂来，暗香浮动，貌美少女巧笑倩兮，目光盈盈地望向身侧的英俊少年，傻子都能看出她眸中的情意。

簪星突然想起来，在离耳国的时候，蒲萄虽时常与顾白婴针锋相对，却也总喜欢关注顾白婴。毕竟顾白婴表面上瞧着脾气不怎么样，实则嘴硬心软，颇有责任感，讲义气、修为高，人又长得俊俏，寻常少女看了，罕有不喜欢的。

这不就是旁人嘴里常说的欢喜冤家吗？

她本来也该以一个旁观者的姿态看待这一切，甚至起哄两句，只是……

只是不知为何，她的心情有些低落。

那一头，门冬早已唯恐天下不乱似的喊了起来："蒲师姐，你这问的是什么问题，我师叔能有心上人吗？你这问题问得很好，下次不要问了。"

簪星闻言，忍不住哑然失笑，心道也是，问这么显而易见的问题，实在是浪费机会。毕竟顾白婴如今年少气盛，仿佛没有开窍，就差把"谢绝谈情"四个字写在脸上了。

然而，顾白婴竟没有立刻回答蒲萄的问题。

一刻，两刻，三刻。

无数时光如萤火一般，无声地从亭台水榭中流走，化成晚风，吻上长春池中的绯红花朵。

少年低垂着眼帘，眸中如潮水汹涌。

这并不是一个很难回答的问题，答案无非是"有"或者"没有"。倘若顾白婴没有心上人，自然不必遮掩，大大方方地说没有就是，而不是像现在这样沉默。

门冬按捺不住，夸张地叫起来："师叔，不是吧，你真有心上人了？"

下一刻，顾白婴拿起桌上的浮梦酒，仰头灌了下去。

他一口气吞完整杯酒，将空碗搁在桌上，瞪了门冬一眼："闭嘴。"

门冬不敢再多问，可面色难掩诧然。

惊讶的自然不只是门冬，桌上所有人都意外，蒲萄更是脸色极不好看。紫螺嘀咕了一句："既有心上人，怎么从未听结心铃响过……"

簪星心中一动。顾白婴有青华仙子的法器结心铃在身，若他动心，结心铃会发出响声。如今顾白婴身上的结心铃纹丝未动，可见这桌上并没有让他心动的人。

顾白婴的心上人不在这里，那他喜欢的，究竟是谁？

簪星恍恍惚惚地想着，未曾察觉勺子已经重新开始转动，直到柳云心提醒的声音从一旁传来："杨姑娘，到你了。"

银色勺柄指向了自己。

该顾白婴向自己提问了。

簪星抬头，看向顾白婴。少年在灯火里，眉眼干净又清澈，眼神明亮地盯着她，似乎与往日有些不一样。

待仔细一看，她却又觉得他与平常没什么不同。

簪星莫名其妙地紧张了起来。

一片安静中，顾白婴开口了，问："杨簪星，你喜不喜欢吃小葱？"

簪星："啊？"

不等她回答，门冬就聒噪地喊起来："师叔，这是什么问题？你想不出问题可以不问，也不必如此敷衍！要不你把这个机会给我，我来帮你问也好啊！"

簪星也感到无法理解，不过还是老老实实地答道："我最讨厌吃小葱了。"

顾白婴"嗯"了一声，没有说话。

这个问题问得委实让人摸不着头脑，再看顾白婴一脸高深莫测的模样，簪星就更猜测不到他问这个问题的用意了。

勺子继续转了起来，这一次，转到了孟盈。

孟盈看向簪星，示意她可以问了。

簪星一时有些犹豫。她虽对宗门弟子间的八卦很有兴趣，可孟盈的日常实在没什么可八卦的，至多就是和牧层霄之间扑朔迷离的关系。她本来想问问孟盈和牧层霄之间发展到哪一步了，可柳云心就在牧层霄身边坐着，只怕这个问题一问出来，好不容易融洽的气氛又要开始尴尬。

她是成年人，又不能像门冬那样童言无忌。思考良久，簪星才看向孟盈，郑重其事地问："师姐，你会介意未来道侣脚踏两条船吗？"

田芳芳倒吸一口凉气。

顾白婴的脸色顿时铁青。

簪星觉得自己这个问题问得挺好。她既不好直接问孟盈与牧层霄之间的关系，那就问问孟盈的恋爱观。《九霄之巅》里，牧层霄最后娶了八位夫人，而身为天之骄女的孟盈居然接受了，这是作为读者的簪星十分不解的一件事。

而如今，剧情早已被打乱，牧层霄的第三位夫人还没出现，剩下的红白玫瑰目前与牧层霄的关系也尚未清晰。万一孟盈的选择与原著里并不相同呢？

孟盈怔怔地看着簪星，似乎没料到簪星会问这么一个问题，直到簪星又问了一遍，她才回过神，点头道："当然。"

当然，这两个字她说得无比自然。

门冬气急败坏地道："杨簪星，你这问的是什么问题，根本就是明知故问嘛！世上哪儿有女子不介意道侣脚踏两条船的。别说是女子，男子也是一样，就算是再心胸宽大之人，对这种事也不可能不介意！"

簪星反驳："那可不一定。"

至少《九霄之巅》里，就有八位不介意。

她刚说完这句话，就见顾白婴腾的一下站起身，吓了她一跳。少年漠然地看了一眼众人，道："无聊，我回去了。"

那火气，别人隔着八百里都能感觉到。

他这火发得实在莫名其妙，众人还没反应过来，他已经起身离开。蒲萄犹豫了一下，跟着站起身，道："我也还有事在身，先走一步。"说罢，她三两步跟上顾白婴的步伐，消失在夜色里。

人一下子少了两个。

簪星蒙然开口："他怎么了？"

田芳芳干笑了两声，紫螺叹了口气："罢了，别管他们，我们继续吧。"

热闹渐渐被抛在身后了。

初夏的夜风微凉，将浮梦酒带来的热意吹散了一些。远处荷影在灯火下轻轻摇曳，本是宁静的画面，却无端让人心情更加烦躁。

而他不知道自己在烦躁什么。

"顾同修……顾同修……顾白婴！"少女气喘吁吁地追了上来，一把拉住他的衣袖，大声喊出他的名字。

少年不耐烦地停下脚步："你跟着我干什么？"

蒲萄一时语塞。

他眉毛微皱，昭示着此刻的心情着实不爽利。而他看着她的目光没有半分耐心，这令蒲萄感到有些委屈，又有几分沮丧。

她是湘灵派中最受宠的小师妹，性情天真烂漫。姑姑将她保护得很好，同门都待她亲切温柔，只有眼前这个少年，在离耳国的时候毫不客气地与她针锋相对，丝毫不将她看在眼里。

她本来应该很讨厌这个人的，本来应该将他当作死对头的，但当知道顾白婴可能会折损在秘境中时，看到顾白婴陷入危险时，她居然会忍不住为他担忧。

蒲萄不是小孩子，自然明白这代表什么：她喜欢顾白婴。

"我喜欢你。"她仰起头，看向身前的少年。

第四十章
再次铃响

夜如此安静。

远处的喧嚣被风声模糊成背景，姑逢山上，野鸟藏在密林中，低声梦呓。

没有月亮时，长空落满星辰。少女似被这夜晚的凉风吹得发冷，身子忍不住轻轻颤抖，看着对方的目光却很坚定。她重复了一遍："顾白婴，我喜欢你。"

少女的表白，羞怯又热烈，直接又大胆，像是宣誓，又像是肯定，明明白白展示着自己的勇气和心意。

她的脸像初春里绽开的花，细润如脂。不合时宜地，顾白婴的脑海里，突然浮起另一张脸来。

那张脸不像眼前这张脸毫无瑕疵，比起鲜妍的花，那个人更像是挺拔的树，迎风傲雪，生机勃勃。她不够烂漫，不够娇媚，偏偏活得千姿百态，峥嵘青翠。

"你有没有听见我说话？"蒲萄有些着恼，"顾白婴，我说我喜欢你！"

他垂眸，目光落在面前人身上，平静地道："我听到了。"

"那你没有什么话想对我说吗？"蒲萄的眼圈微微发红。

被人娇宠着长大的姑娘，不曾被人如此无礼地对待过，更不曾像这样捧着一颗心送上，却得不到半分珍重。

"我有喜欢的人了。"少年回答得很无情。

"我知道。"

她自然知道，刚刚在多罗台上，那一个简单的问题，得不到答案。他没有回答，却比回答了还让人心碎。

所有人都知道答案。

"她是谁？"小姑娘不甘心地凑近，誓要从他的神情中发现蛛丝马迹，"她是你们宗门里的人吗？"

少年沉默。

那个人，那个人从不会这样咄咄逼人地发问。当然，她总是很狡猾，有时候他倒宁愿对方问问自己，可她偏偏不这样，或许是因为不关心。

她明明很讨厌，明明总是令他生气，可她甚至都不知道自己在生气。最后，还是他自己将自己说服，自己将自己哄好，又巴巴地跑来多罗台，生怕她又瞧上了别人，成了无数有情人中的一个。

金翡翠说："我们婴婴，也到了为情所困的年纪了。"

他的确是为情所困了。

为了一个不喜欢自己的人，他患得患失，辗转难眠。

这滋味也令人讨厌。

蒲萄红着眼睛，马上都要哭出来了，偏偏字字句句都是倔强。她道："你们宗门里的人既然都不知道此事，你方才又不肯言明，可见你们并没有在一起。既如此，我总有机会。"她握紧拳头，"姑姑当初和少阳真人有婚约在身，最后都没能在一起，何况你们现在还什么都不是。我偏要缠着你，总有一日，你也会喜欢我……你总会是我的！"

湘灵派的小师妹，是个倔脾气，认定了的事，九头牛也拉不回来。可惜情之一事，和修仙大不一样，并不是努力就会有收获。

情无法勉强，阴错阳差。

晚风吹起少年朱红的发带，将夜衬得缠绵又温柔。而他眼神明亮，语气平静得近乎冷酷："我劝你不要在我身上浪费时间了，我不会喜欢上你，更不是你的。"

"可我不会放弃！"

"你最好放弃。"顾白婴淡淡地道,"因为我已经放弃了。"

多罗台上,热闹没有半分减少。

萤火到了夜里,发出细小的光。

一只纸鹤摇摇晃晃地飞到紫螺面前,一张嘴,李丹书的声音从里面传出来:"紫螺,我昨日炼丹用的瓶瓶草放哪儿了?殿里弟子四处找都没找着,你快来帮我瞧瞧。那赏莲会留给新入门的弟子们去热闹嘛,你都看了多少次了也不腻,还是赶紧回来吧!"

紫螺:"……"

她站起身,抱歉地笑了笑:"对不起,我得去三师叔殿里一趟。"她看了看银勺子,"这勺子就留在这里,你们继续。"

唯一能缓和气氛的紫螺也跟着纸鹤走了,桌上诸人瞬间沉默下来。

田芳芳试探地问:"诸位,我们……还继续吗?"

没人回答他的话。

这气氛委实微妙了些,簪星也不敢搭腔。倒是一边的门冬很是扫兴:"怎么说走就走了。"

簪星瞅了他一眼,如今她与门冬之间的人都已经走光了,她便将凳子往门冬那头拖了拖,凑近门冬。

门冬警惕地盯着她:"你想干什么?"

"有一件事我很好奇。"

"什么事?"

"冬冬,我们在巫凡城的时候,你……是不是喜欢上豆娘了?"

此话一出,周围人顿时朝门冬看去。

门冬万万没想到簪星居然会问这个,愣了足足一刻,随即脸庞迅速涨红,怒道:"你在胡说八道什么?"

"当时我瞧你对她颇为照顾,言语又很是体贴温柔,我还以为你喜欢她呢。"簪星奇怪,"没有吗?"

"当然没有!我就是……我就是正常的关心!"一向伶牙俐齿的门冬难得结巴了一下,"你不要乱说!"

簪星拖长了声音"哦"了一声,促狭地看着他。

门冬别过头去，握紧拳头，努力争辩："修仙之人，本就有济世之心，我是看她可怜，你不要什么事都往那方面想！你应当多听师父的《清心咒》！而且……"他顿了顿，声音忽而低落下去，"她已经死了。"

徐豆娘已经死了。

早在他们进入巫凡城之前，她就已经死在沙漠的幻境之中。不管门冬是不是因为身世相似，对豆娘存在一份特别的照顾和关心，豆娘都已经死了。

这就是命运的残酷。

命运不会因为任何人过得悲惨，就对他格外慈悲、温柔一些。它残酷，也不公正。

田芳芳沉默着，端起面前的浮梦酒灌了一大碗。

徐豆娘与他一同在徐家村中长大，那些最难的岁月，在柴房里咬牙切齿赌咒发誓、一边啃馒头一边做着发达美梦的日子，已经一去不复返。他离乡已经太久，最后一个在少年时代与他相扶持的伙伴，也渐渐消失在沙漠之中。

"她会往生。"孟盈突然开口。

"世上万物，皆有灵魂。她既已打碎幻境，灵魂得以自由，转世轮回，说不定有一日，你们还会再遇。"

"再遇？"门冬懵懵懂懂地看着她。

孟盈点头，那双漂亮的、总是冷冰冰的眸子，在萤火微弱的亮光下，显得柔和而温润。她轻声道："日后等你长大了，有朝一日走在路上，路过的花、吹过的风、塘中红鲤、庭中飞鸟也许就是她。或许她会再世为人，生得跟此生一模一样。待那时，你在路上若是遇见她，一眼就能认出来。"

田芳芳握着酒碗的动作顿了一顿。

她是在安慰门冬。

孟盈惯来不爱管这些闲事，事实上，除了修炼，她对任何事都不怎么上心，如今倒是有耐心来安慰这位难过的小师弟。

有些事，到底也是变了。

牧层霄低头，微微笑了笑。柳云心若有所思地看了他一眼，没再说话。

僵持如冰的气氛，仿佛被柔风吹过，渐渐融开了。

夜色深了。

萤火虫的光逐渐暗淡,山中星辰闪烁,赏荷的弟子们醉的醉,睡的睡,陆陆续续散去,只剩下一桌人。

田芳芳推了推伏倒在桌上的牧层霄:"师弟,醒醒?"

牧层霄迷迷瞪瞪地伸出一只手臂,扒拉了一下田芳芳的手,又缩了回去,没动静了。

"牧大哥醉了。"柳云心有些不知所措。

簪星放下碗,埋怨田芳芳:"都怪你,你老灌他干什么?"

田芳芳大声喊冤:"师妹,你听听你说的这话,我灌他了?他统共喝了两碗酒就醉成这样,门冬师弟好歹还喝了三碗!"

簪星语塞,这倒是实话。谁能想到牧层霄居然如此不能喝呢?那浮梦酒虽说是酒,实则同补药差不多。牧层霄如今修炼上的主角光环被人夺去,感情上的主角光环也不再明显,难道连喝酒也不行了?

这真是她的罪过。

门冬仰着一张小脸,脸蛋红扑扑的,问:"师兄,现在是什么时辰了?该吃午饭了吧?"

簪星:"……"

孟盈淡声道:"现在时候不早了,还是将他们各自送回殿里,早些休息吧。"

田芳芳点头:"对对对,总不能晾在这儿吹冷风,容易着凉。"

簪星站起身:"我送门冬回去。"甫一起身,她便觉得头晕眼花。

浮梦酒可以说是酒味的补药,也可以说是补药味的酒,虽喝着苦涩,但喝多了到底有几分醉意。桌上的糕点太甜,难免多喝几碗去去甜腻,她方才没觉得,这会儿一站起来,才觉得这酒后劲颇大,让人连路也走不稳。

簪星跟跄了几步,才扶着桌子站稳,田芳芳见状问:"师妹,你还好吧?"

簪星摆了摆手:"没事。"

田芳芳又看向醉倒的牧层霄,有些犯难。

门冬和牧层霄都醉得走不动路了,必然要人送回去。柳云心瞧着瘦弱,身体又不好,要将牧层霄弄回去也不容易。而孟盈……如今大家这样的关系,真要孟盈帮忙,指不定明日又要传出什么风言风语。

"孟师姐,你送门师弟回去吧。"田芳芳道,"我带牧师弟先回去。"

孟盈看了一眼牧层霄,没说什么,走到门冬身边,一扬手,轻轻松松提起门冬的后衣领，离开了多罗台。

田芳芳将牧层霄的一条胳膊搭在自己的肩上，柳云心扶着牧层霄的另一条胳膊。田芳芳对簪星道："师妹，你稍等我片刻，一盏茶的工夫我就回来接你。"

簪星点头："你放心吧，我可以自己走。"

"别逞强，"田芳芳叮嘱，"听紫螺师姐说，这长春池里每年不知道有多少喝醉的师兄弟们栽下去淹个半死。这黑灯瞎火的，你小心摔着。咱妙空殿离得又不远，你等着我。"说罢，他才和柳云心架着牧层霄离开。

霎时间，只剩下簪星一人。

她安静地坐着，看向掌心生长的红色花朵，花朵妖妖娆娆，藤枝交错，如诡谲无常的命运。

半晌，簪星打了个喷嚏："真冷啊。"

最后一只萤虫从流萤灯中飞走，飘飘荡荡，成为荷影中一个璀璨的绿点儿，消失不见了。

一同消失的还有本该坐在这里的人。

顾白婴眉头蹙起："人呢？"

他在回殿的路上遇到了田芳芳。田芳芳正扶着牧层霄往回走，看见他喜出望外："师叔，你来得正好，簪星师妹喝醉了，还在多罗台。你帮我接一下她，省得她多吹几刻冷风。"

他当时横眉冷对："我为何要接？"他一副打死也不愿上赶着的模样，而最后，还是妥协了。

毕竟簪星叫他一声师叔，身为长辈，照顾晚辈也是自然，顾白婴这样说服自己。

然而，眼下他到了多罗台，却扑了个空。

玄凌子的话浮现在他耳边："每年赏莲，多少喝醉的弟子走不稳栽到长春池里了，万一有弟子喝得太醉没反应过来死了怎么办？师弟，要不今年咱们问掌门人要点儿钱，给多罗台上加点儿栅栏什么的，以防出事。"

顾白婴按了按额心，自语道："这个笨蛋……"

须臾，他伸出手，蓦地握紧，再摊开时，四只发着光的绿色纸鹤出现在掌心。纸鹤摇摇晃晃地各自飞向远处。他转身，走向长春池。

清风疏朗，拂过长春池满池荷叶，夜色澄澈似水，花影零乱。

池边堆积着各色奇形怪状的石头，这些石头都是羽山圣人当年在各处游历时，从秘境中搬回来的。他酷爱搜集这些人间之物，有时候是一粒树种，有时候是一块石头，甚至是一抔土，一捧沙。

不过也正因他如此，冷冷沉沉的太焱派，才总带有几分人间的丰美鲜活。

顾白婴正走着，一只纸鹤在远处，遥遥对他叫了一声，声音清脆。少年脚步一停，朝纸鹤的方向走去。

荷花初红，晚风吹过，满殿浮香。

水池边，青石上，有人和衣醉倒，枕着惬意清梦。

女子的绿色衣裙上，缀满了银色星星，越是昏暗，越是璀璨。她头枕着手臂，裙摆将青石覆满，粗粗一看，恍若莲池精灵。

顾白婴在她身侧停下脚步，居高临下地道："杨簪星。"

簪星毫无察觉。

他皱了皱眉，语气有些不耐烦："喂，杨簪星，醒醒！"

簪星依旧没有回答。

顿了片刻，他无奈地蹲下身，将睡着的人扶好，试图将她抱起。

她素日里叽叽喳喳，很是活泼，虽说不像门冬那样聒噪，却也难得会有这般安静的时刻。而她安静起来的时候，像是另一个人。

一个陌生的，却会让他的心像是有蚂蚁爬过、蝴蝶飞过、痒痒的、不属于自己的另一个人。

他这么想着，冷不丁怀里人突然睁开眼，迷迷瞪瞪地看向他："顾白婴……"

顾白婴吓了一跳，差点儿撒开手。不过片刻，他就稳了稳心神，不怎么有底气地斥道："谁让你在这儿睡觉的？真是不省心，喝醉了还到处乱跑——"

簪星皱了皱眉，打断他的话："怎么梦里还如此多事……"

"多事？"少年难以置信地看着她，"你说我多事？"

簪星冲他一笑，下一刻，没等顾白婴反应过来，她已经往前一扑，捧住他的脸。

四目相对。

顾白婴僵住了。

远处有蝉鸣的声音，或许还有蛙叫，姑逢山的夏夜安静又热闹，这里是无人察觉的角落。而她揪着他的脸，还在靠近。

簪星道："顾白婴……"

她凑得很近，他可以感受到女子带着酒气的呼吸，温热的、亲昵的、过分危险。罪魁祸首一无所觉，几乎要贴上他的脸，认真地，一字一顿地道："你不应该叫顾白婴，应该叫顾白雪。"

顾白婴气息不稳，竭力维持面上的平静，试图往后拉开与她的距离："什么？"

她淡定地开口："你看，你的皮肤像雪一样白。"她的手指抚摹过少年的脸，被她触碰过的地方，立刻变得灼烫起来。

"头发像乌木一样黑……"她的手若即若离地穿过他的头发，穿过他的发带，朱色的丝绸发带如月光微凉，从她的指尖溜过。

而她还在继续。

"嘴巴像血一样红……"

指尖来到了他的嘴唇上。

少年整个身子都僵住了。

她还在凑近，眼神清澈，像秘境中那汪清可见底的湖水，安静、温和，倒映着世间万物和他的身影。夜风吹来，他能闻到女子身上传来的玉兰香气，清淡的、柔软的，像是春日永恒的芬芳。

身后是巨大青石，他退无可退。

星空沉沉，悬在人的头顶，清光遍照荷叶，晚风吹斜人衣。

就在这万籁俱寂中，他突然听到了一声清脆的铃响。

那只被施了缚音诀的结心铃，本不该再响起的结心铃，挣脱了繁复的咒文，在这夏夜中，突兀地响了起来。

"什么声音……"簪星喃喃。

少年一愣，下意识地伸手覆住女子的耳朵。

下一刻，他的嘴唇覆上一点儿温热。

他的手还维持着捂人耳朵的姿势，铃声还在漫山遍野地回响，风还在吹，花还在开，萤火飞舞，夜色醉人。

而他们的影子，在青石上，重叠。

她亲了顾白婴。

一夜好眠。

簪星醒来的时候，天已经大亮。红酥正在门口喂弥弥，听见动静，回头一看，忙端了一杯热茶走到床边。

簪星接过茶，才喝了一口，就听见红酥的声音在耳边响起："大小姐，你已经拿下顾姑爷的芳心了吗？"

簪星差点儿一口水喷出来，抬头问："什么？"

"没有吗？"红酥有些失望，"昨夜牧姑爷被柳姑娘送回了隔壁妙空殿，大小姐是被顾姑爷送回来的。我还以为大小姐已经决心在他们二人中选顾姑爷了，结果什么都没发生吗？"

簪星将她的脑袋推开，一边下床一边道："当然什么都没发生。"什么时候轮到她来二选一了，这又不是什么恶俗话本，她也不是选妃的皇帝。

忽然想起了什么，簪星叮嘱红酥："还有，你别在顾白婴面前一口一个'姑爷'，他是连脱衣服都不让别人看的贞节烈男，古板得要命，将男德背得比《心经》还要烂熟。要是他听见你背后胡乱坏他清誉，不把你打死才怪。"

"可是……"

"可是什么？"

红酥咽下到嘴边的话："没什么。"

见簪星起身穿衣，红酥问："大小姐这是要出去？"

"我要去大师伯殿里一趟，"簪星拍了拍她的头，"你在屋里和弥弥玩儿吧。"

红酥乖乖应了。

簪星穿好衣裳，梳洗过后，随便抓了一块米糕就往月光道人殿中去。路过逍遥殿时，她恰好看见顾白婴站在比翼花树下出神。

丰神俊朗的白袍少年，在明艳盛开的比翼花下，色彩干净又热烈，当得起姑逢山十大美景之一。

簪星欣赏了一会儿美色，心中有些奇怪。顾白婴修为高，素日里有人经过，第一时间他就注意到了，今日她在此处看了半晌，顾白婴却毫无察觉，也不知想什么想得这么出神。思及此，簪星主动与他打招呼："七师叔。"

顾白婴回过头来。

风吹过，一朵比翼花从树上落下来，不偏不倚地落在他的发间。簪星走过去，伸手向他的头顶摸去。顾白婴下意识地往后一退，紧张地盯着簪星："你干什么？"

"你头上落了朵花。"簪星拿下那朵火色的花，在他面前晃了晃，"师叔这么紧张做什么？"

顾白婴恼怒："谁紧张了？"

簪星叹了口气："我紧张，行了吧。"她转身要走，忽而又想起什么，回头对顾白婴道，"对了，红酥说昨晚是你将我送回来的，多谢师叔啦。"

少年愣了愣："就这个？"

簪星疑惑地看着他："还有别的什么吗？"

"你没有其他的话要对我说？"

"我该说什么？"簪星有些摸不着头脑。

顾白婴盯着她足足一刻，神情很是复杂，又过了一会儿，转过身去："没什么。"

簪星觉得，这人好像有什么话没说完，然而眼下她还要赶去月光道人殿中，耽误不得，便道："昨日我喝多了，什么都不记得，要是我有什么地方做得不对，你可别放在心上。"她说罢，再看顾白婴也没什么反应，便先行离开了。

待簪星走后，顾白婴回到殿中，在长椅上坐了下来。

逍遥殿中，平日除了洒扫的小童，罕有人来，与妙空殿的热闹不同，这里总是寂寞而冷清。而今他一人坐在长椅上，沉默地看着手中的青色铃铛。

他曾以为结心铃永不会响，这铃铛跟随他这么些年，沉默得像是一个摆设。他不知道这铃铛会有如此热烈的铃声，连缚音诀都困不住。

连缚音诀都困不住的心动。

很难自欺欺人，前一刻他才硬起心肠说放弃，下一刻就在对方手中弃甲投降。

门冬的声音从门外传来："师叔，师叔！"

顾白婴抬眼，心不在焉地问："干什么？"

"师父让我叫你去他殿中，说是商谈去藏宝地一事……咦，你拿着结心铃做什么？"

顾白婴将结心铃收好："没什么。"

穿粉色纱衣的小童眨巴着眼睛，试探地问："昨日咱们在多罗台上，紫螺师姐的勺子转到你，那个湘灵派的师姐问你有没有心上人……师叔，你是不是真有心上人了？可我日日与你在一起，我怎么不知道？也没听见那铃铛响过啊。"

"聒噪，你还是多操心操心自己的事吧。"顾白婴此刻心情糟透了，不欲与他多说。

"你有什么不懂的，可以多问问我。"门冬自信满满，"虽然我年纪小，可帮那些师姐师兄传的情书，没有八百也有一千了。师叔，不是我自夸，情之一事上，我懂得颇多。若你有什么困惑，可以随时跟我说。我指点指点你，比你一个人瞎琢磨来得好。"

"你指点我？"顾白婴没好气地道，"你可真会给自己的脸上贴金。"

"三人行，必有我师焉。你别瞧不起人。"门冬振振有词，"咱们宗门里的小明师兄和阿娟师姐，就是我为他们二人传的情书，说起来，还是我撮合有功呢。等他们结为道侣的那日，他们说好给我一份大大的谢礼。"

顾白婴闻言，眼皮轻抬："果真？"

"不信你可以问他们。"门冬拍胸脯保证。

思考良久，顾白婴凑近他，低声道："那好，我问你，一个女子头天亲了一个男子，第二天再见面时，却什么反应都没有，既没有提起头天之事，也没有说日后如何相处，这是为什么？"

门冬想也没想地回答："这还能为什么，不想负责呗！"

顾白婴愣住。

"我跟你说师叔，世上就有这种人，占了旁人便宜，将该做的不该做的都做了，吃干抹净后两手一摊，假装什么事都没发生。这种人就是典型的一肚子坏水。"门冬说得唾沫星子横飞，"这种人一般是借着酒后乱性，霸占别人清白，到了第二日，就对对方说——对不住，昨日我喝多了，什么都不记得，要是我有什么地方做得不对，你可别放在心上。你看看，这种人啊，何其无耻？不必说，那就是人品极差的烂人。不过……"他疑惑地看向顾白婴，"咱们宗门里有这种人吗？"

顾白婴黑着一张脸道："不知道！"

"师叔，"门冬面露怀疑之色，"你说的那个男子，难道是你自己？"

"当然不是！"顾白婴飞快地否认，强调道，"是我的一位朋友！"

"那就好，"门冬心有余悸，"我还以为是你呢。师叔，告诉你那位朋友，可千万别被骗了。这根本就是被对方拿来消遣，别一头陷进去出不来。"

顾白婴面色微变，过了片刻，生硬地岔开话头："你刚刚说，大师兄叫我过去干什么？"

"哦，"门冬这才记起自己的来意，"师父说要商量一下去藏宝地的人选。"

先前他不是说让月琴、赵麻衣领着簪星和自己一起去？

顾白婴狐疑地看向门冬。

门冬耸了耸肩："好像情况有变。"

月光道人殿中，赵麻衣、玄凌子和月琴都在。

少阳真人又闭关去了，一年三百六十五日，他大概有三百日在闭关，露面的时间极少。其余人，李丹书和崔玉符一个忙着炼丹，一个忙着画符，也鲜少出自己的法殿。月琴忙着考察弟子剑术，月光道人时常整理《心经》，赵麻衣大部分时间陪着顾白婴四处寻找修补灵脉的草药，于是剩下一个玄凌子，总像个无所事事、四处游窜的闲人。

不过这闲人，最近也忙了起来。

田芳芳和牧层霄已经先到了，那一头，孟盈走了进来，甫一看到簪星三人，微微一怔。

"七师弟和门冬怎么还未到？"玄凌子看了看殿门的方向。

他话音刚落，门冬的声音就从门外传来："来了来了！"

他拉着顾白婴跑进大殿，喘了口气才站定："到齐了！"

顾白婴被门冬带得踉跄，待对上簪星的目光，立刻转过头去。

簪星愣了一愣。

另一边，玄凌子轻咳一声，开口道："既然人到齐了，就来说说去藏宝地一事吧。

"你们都知道白婴灵脉一事，我也就不隐瞒了。先前说好，此次白婴去藏宝地寻找圣树，由月琴师姐和五师兄一路陪同，加上藏宝图本也是巫女赠给簪星的，簪星便同去，四个人刚刚好。只是……"

顾白婴问："只是什么？"

月琴接过玄凌子的话继续："只是先前在离耳国，魔煞袭击各大宗门弟子，不仅如此，近来还在百姓中作乱。各宗门决定再赴离耳国，彻查魔煞踪迹。事关魔族，兹事体大，我和五师弟也要一同前去离耳国，就不能陪你们去了。"

"不是还有三师叔和四师叔吗？再不济还有月光师伯，虽然年纪大了点儿。"田芳芳提醒。

"宗门里不可无人，就怕这是魔族使的调虎离山之计。他们三人得留在宗门里。"

"所以？"

"此次去藏宝地寻找圣树，就你们几人吧。"

"先前你们在离耳国和巫凡城的历练中相处得很是不错，颇有收获。此次仍旧一道，也算是熟悉。"

"哎？"田芳芳疑惑，"我们也能去吗？"

藏宝地中除了圣树，想必有别的机缘，旁人得了一张藏宝图，大多藏着掖着，就怕别人发现。谁还会如簪星这般主动，带着顾白婴一道，如今更是分享给这么多人。

玄凌子看着簪星，神情很是慈爱："这就是我们簪星的过人之处了。这么多年，像这样乐于分享的弟子，我还是第一次见。就是簪星主动跟我说，想要你们一起去的。"

田芳芳闻言，大为感动，抓着簪星的手，赌咒发誓："好师妹，师兄果然没白疼你一场！日后等我发达了，一定不会忘了你的大恩大德！"

牧层霄的神情却有些别扭起来。

顾白婴的目光落在牧层霄身上，黯了两分。

殿中涌动的暗流被赵麻衣看在眼里。他捋了捋胡子，微微一笑："那么，你们就各自回去休息，两日后就出发吧。"

"这么快？"孟盈问。

"七师弟的灵脉问题如今虽被压住，可撑不了多久，他随时都有危险，你们还是早日出发为好。"月琴问顾白婴："师弟，你觉得如何？"

顾白婴看了簪星一眼，顿了顿，道："可以。"

藏宝地之行就此定了。

商量好之后，众人就各自回去收拾东西了。毕竟在藏宝地中，他们也不知会遇到什么，往乾坤袋里多装些东西总没有坏处。

门冬跟在顾白婴身后，叹了口气："果然。"

顾白婴莫名其妙："果然什么？"

"果然，杨簪星对牧师兄还是没死心。"门冬指了指远处，那里，簪星正站在牧层霄身边，笑盈盈地与他说着什么。

门冬道："她哪里是想将藏宝图分享给咱们，分明是只想分享给牧师兄一人。只是人言可畏，牧师兄怎么也不肯接受，杨簪星才跟六师叔说要咱们一起去。这是为了送给一个人，就送给了所有人。她果然对牧师兄爱得深沉。"门冬点头，"师叔，还是你想得长远，杨簪星既然如此喜欢牧层霄，可见他们二人还是有可能双修的。如今圣树果实还未找到，你的灵脉没修补好，还是防着点儿他们为好……师叔？"

他一转头，面前早已没了顾白婴的身影。

"师叔……你等等我呀！"他赶紧跟了上去。

夜里，姑逢山上起了风。

红酥将箱子里厚实的衣物全都收拾出来，比比画画地挑选了几件，再仔细叠好。

簪星正往盒里放丹药，见状道："不必麻烦，随便收拾几件就好。"

"那可不行，"红酥很是认真，"大小姐去的地方极冷，终年下雪，白雪配红衣才好看。可惜牛叔送来的衣裳里没有大红色，只有玫瑰红，还是少了两分艳丽。"

簪星看着她抖开一件玫瑰色撒银花披风，叹了口气。

巫女送给她的那张藏宝图中，圣树所在地位于都州以北的寒荒之地，是一大片雪原。传说此地曾有过一个小国，后来因为天气寒冷，实在不宜人类居住，百姓迁往南方，国便渐渐成了一座空国。后来此地常年下雪，积雪将人迹掩盖，就再也没有人居住的痕迹。

红酥还在絮叨："大小姐既然已经决定让顾姑爷和牧姑爷同行，可见是要在这二人中选择一位。若您穿得艳丽，无论选择哪一位，另一位都会求而不得，心中永远牵挂，也算是给自己留条后路，万一小姐以后后悔了，还有人在痴心等着你。"

簪星："……"

她实在没想到，红酥竟是一把"养鱼"的好手。

她道："红色也太扎眼了些。"

"扎眼才好，就是要扎眼。"红酥很坚持，"咱们可不能被别人抢了风头。"

她说的"别人"，自然是指孟盈。

簪星心中叹息。她如今最怕的就是抢人风头，尤其是抢牧层霄的风头。先前她主动将藏宝图交给牧层霄，牧层霄死活不肯要。不得已，她只能将藏宝图交给玄凌子，提议让大家一起历练。

只有牧层霄去了，才可能获得他本该有的机缘，而她自己……簪星垂眸，看向自己掌心的红痕。红色花朵没再继续生长。果然，如果主线剧情不崩，至少她这边的情况也不会恶化。

只是……谁知道这一趟去藏宝地，又会发生什么事？

此去一定要小心行事，不到万不得已，千万莫出风头，簪星心中暗暗地想。

这一夜，许是即将远行，簪星睡得不甚安稳。到了第二日，众人到出虹台会合时，田芳芳惊讶地指着簪星眼下的两团乌青："师妹，你昨天夜里去杀人了？"

"没睡好。"簪星有气无力地道。

"不必紧张。"田芳芳拍了拍簪星的肩，宽慰道，"我问过师父了，那藏宝地位置偏僻，罕有人去，也没听说过有什么凶兽恶物出没。就算有也没关系，有师兄在，保管不让你受一点儿伤。"

顾白婴面无表情地从他们二人中间穿过，撞开田芳芳搭在簪星肩上的手："让让。"

牧层霄和孟盈也走了过来，簪星问："怎么不见柳姑娘？"

他们每次出行，柳云心对牧层霄都恨不得十八相送，今日簪星连她的人影都没看到。迎着众人好奇的目光，牧层霄艰难地道："她今日……身体有些不舒服，我让她不必送了。"

门冬从他身后绕出来，一脸了然："你们不会是吵架了吧？"门冬又老气横秋地教训他，"年轻道侣，吵架很寻常。此去藏宝地，你若遇到珍贵的花花草草，记得带回去，算作赔罪礼，想来柳姑娘是不会和你计较的。"

"不……"牧层霄看了一眼孟盈，"我们不是道侣。"

门冬俨然一副不信的模样。

"说完了没有？"顾白婴不耐烦地抬眼，"说完了就赶紧走。"

仍旧是熟悉的地方，传送阵已经准备好。灵石散发着璀璨的光辉，众人挨个儿走进传送阵，簪星抱着弥弥跟在最后，冲着泪眼婆娑的红酥挥了挥手。

他们再次出发了。

与此同时，姑逢山深处，水涧溪前，有白发男子微微垂眸，看向眼前空无一子的棋局。

他轻轻叹了口气。